运河儿女

晏宝银 著

中国文史出版社

图书在版编目（CIP）数据

运河儿女 / 晏宝银著. -- 北京 ： 中国文史出版社，
2024. 9. -- ISBN 978-7-5205-4792-5

Ⅰ. I247.5

中国国家版本馆 CIP 数据核字第 20245F2V30 号

责任编辑：刘华夏

出版发行：中国文史出版社

社　　址：北京市海淀区西八里庄路 69 号院　　邮编：100142

电　　话：010-81136606　　81136602　　81136603（发行部）

传　　真：010-81136655

印　　装：济南精致印务有限公司

经　　销：全国新华书店

开　　本：1/16

印　　张：26　　　　字数：382 千字

版　　次：2024 年 9 月第 1 版

印　　次：2024 年 9 月第 1 次印刷

定　　价：93.00 元

赫赫抱犊崮，是一座英雄的历史丰碑；
滔滔大运河，有一部动人的抗战传奇。

序　言

　　红色历史是中国共产党人创造的，红色文化是革命先烈用鲜血浇灌的。山东枣庄是一片红色沃土，是一个英雄辈出的地方，在抗日战争、解放战争中产生了"五大革命力量"，发生了"五大战役"，为打败日本帝国主义、推翻国民党反动统治、完成新民主主义革命、建立中华人民共和国，做出了重大牺牲和贡献。枣庄属于"沂蒙革命老区"，这里的革命故事多、红色印迹深。在中国共产党的领导下，枣庄人民利用地理优势、社会人脉，凭借赤诚之心、坚定信仰、革命斗志，不怕牺牲，创造出了不少英雄业绩。从地理上讲，枣庄北部岭脉相延、群山连绵，与泰沂山区连成一体；南面地势平坦，有2000多年的大运河穿境而过；西与微山湖对接，南与江苏相连。当时区域内交通发达，有津浦铁路、枣台铁路与连云港、徐州陇海线对接。现在京沪高铁、京台高速公路、菏临高速公路在此交会，是典型的战略要地。由于向北绵延不断的山脉隐蔽性强，向南有铁路、水路交通可进可退，这里成了革命武装的汇集地。从社会人脉看，因枣庄煤炭资源丰富，从清朝开始采挖，民国时期形成规模，并组建了"枣庄煤炭中兴公司"，1931年九一八事变后被日本人占领。在枣庄境内还盘踞了多伙土匪及各种恶势力，一些反动势力抢盗成风，峄、滕人民深受迫害，处在水深火热之中。哪里有压迫，哪里就有反抗，对此，中国共产党人看在眼里，带着初心使命和历史责任走进枣庄。在这块有情感、有温度、有血性的土地上，1926年就有共产党火种被点燃；1931年滕县在国民书店建立中共滕县特支；1931年中共枣庄特委成立；1933年中共峄县县委成立；1935年中共苏鲁边区临时特委在峄县西集镇建立；1936年滕县五所楼懋榛小学党支部成立。随着党组织建设发展，峄、滕地区革命斗争形势发展较快，引起了党中央的高度重视。为了创建全国革命根据地，在中央军委的指挥下，八路军第一一五师挺进峄县北部山区，为建立山东革命根据地打基础，在此发展革命武装力量。其间苏鲁支队、运河支队、峄县支队、铁道游击队、文峰大队等武装相继建立。枣庄人民为抗日战争、解放战争的胜利，以及全国的解放、新中国的成立，都做了重大贡献。

枣庄是典型的革命老区，红色故事多、红色印迹深。在大革命时期和土地革命时期，中国共产党组织建立得比较早；在抗日战争时期，鲁南第一个抗日民主政府在峄县成立。此时还发生了抗击日本侵略者的滕县保卫战、台儿庄大战、津浦铁路阻击战。在解放战争时期，鲁南战役、淮海战役（战争开始在枣庄地区）等，无论是人民军队还是枣庄老百姓，都做出了重大牺牲，人民军队有5万多人的热血洒在枣庄这块土地上。广大人民群众支援前线，达到了男性人人上战场、女性个个忙支前，全民共同参战的局面。历次革命战争也给枣庄留下了厚重的红色文化。经全方位调研认定，红色印迹深的乡镇达20多个，红色村150多个，国家级红色遗址1处，国家红色经典地4处、省级红色文化遗址12处、市级红色文化遗址30处，这些红色遗址对今天的枣庄起到重要影响。

红色文化是在中国5000年文明史的基础上产生的，也是共产党人用生命换来的。红色是中国共产党的底色，如何将底色保护好、传承好，是我们这代人的责任。我作为枣庄市革命老区建设促进会的会长，有这个义务把发生在枣庄地区的红色文化、红色故事、红色基因挖掘好、整理好、弘扬好。为此，我在深入调研、认真思考的基础上，产生了用文学创作的方式弘扬红色文化的想法，想要将发生在大革命时期、土地革命时期、抗日战争时期、解放战争时期中国共产党组织建立情况、抗日战争英雄故事、有影响的重大战役等进行文学创作。在创作中还原红色文化内涵，释放文化正向能量，达到弘扬传承之目的。我作为创作指导人，首先提出了创作形式、创作意图、创作手法、创作提纲。在众多的红色资料中，最终确定有重要影响、有可创作价值、有可弘扬意义的红色经典，定为文学创作的着笔点。同时在兼顾文学价值、艺术审美、篇目结构、小说成色等基础上，确定五部大型历史题材长篇"红色纪实小说"（以下简称小说）。

《国民书店》是以新民主主义革命时期的滕县"国民书店"为背景，讲述1926年共产党火种被点燃，1931年成立滕县共产党特别支部，开始传播马克思列宁主义。小说创作以"国民书店"党的特别支部任务为主线，把"国民书店"培养革命青年走向革命道路、党组织开展革命斗争的过程作为小说创作的路径。小说融合真实红色故事、时代革命情怀、红色基本素材、辩证理性思维、高尚真挚情操，讲述了共产党人经营的特色书店所发挥的作用，以及在革命战争年代所产生的独特价值。小说以"店"为背景，以人为主线，以事为看点，将店的故事、人的作用、事的情节，串联成一部有骨头有血肉的文学大作。相信这部小说，会在红色文化弘扬中展现风采、产生影响、发挥作用。

《沙沟受降》是以抗日战争为题材，将日军受降地"沙沟"作为创作背景。讲述了发生在枣庄地区抗日战争的斗争经过、日军投降的真况、枣庄人民英勇抗日的故事，歌颂了共产党领导的人民军队，揭露了日军在枣庄地区所犯的滔天罪行。作品让人民记住国家蒙辱、人民蒙难、文明蒙尘的屈辱历史。相信此作品可与其他抗日文学作品相媲美，也会在爱国主义教育中发挥作用。

《鲁南硝烟》是以鲁南战役（峄枣战役）为背景，全过程讲述战事的发生、战争的经过。该小说叙说的英雄人物、红色故事、战斗历程、军民团结，皆是鲁南战役的真实写照。小说展现了人民军队应有的特征，证明了共产党领导的人民军队是一支战无不胜的军队，鲁南战争的胜利是人民的胜利。

《初心本色》歌颂了中国共产党组织在枣庄的发展，反映了中国共产党领导人民群众坚持抗战斗争、建立人民政权、发展人民武装、解放劳苦大众的革命历程。小说还讲述了枣庄早期党的建设活动情况，歌颂了中共枣庄特委、峄县县委、苏鲁豫皖特委在枣庄地区革命斗争的壮举。小说以党的组织建设为红线，以共产党人的特质为本色，以革命斗争为基本内容，讲事、说人、论情，是一部较为完美的长篇文学作品。小说的创作出版，会对枣庄地区中国共产党领导的革命斗争史进一步完善补充，增光添彩。

《运河儿女》这部文学作品以八路军第一一五师领导运河支队抗战斗争为素材，讲述了枣庄段大运河两岸的英雄儿女参加革命抗战的历史。小说讲述了一名女共产党员，在抗战斗争中的英雄气概，以及运河支队在抗日战争、解放战争时期活跃在苏鲁大地、运河两岸的抗战英雄故事。小说将运河传统文化、红色革命文化、枣庄风土人情相融合，把女英雄气概和运河女性的内在美，表述得入情入理，是一部既有抗战特色又有运河文化底蕴的文学作品。出版发行后，能让读者了解枣庄大运河的文化内涵、革命抗战英雄故事，也会对弘扬中国共产党的革命精神产生积极影响。

五部小说的创作是一个大型文化工程，又是命题小说。从创意、选题、立纲、定篇，创作指导人和作者都做了认真思考和斟酌。总的创作指导思想是：坚持以习近平新时代中国特色社会主义思想为指导，按照小说创作规则，采用文学创作基本方式，纪实叙述红色故事，力创红色经典作品，为培养社会主义核心价值观提供红色素材，达到启智润志、培根铸魂、释放社会正能量的目的。为了创作好这五部长篇小说，创作指导人对每部小说进行了立意、定性、把关，从故事情节到小说人物，都与作者做了深入交流，形成了创作思维上的无缝衔接，有效提高了五部长篇小说的创作质量。

在创作过程中，创作指导人要求作者盯住四个问题：一是向历史学。学党史、学革命史、学文化发展史，把党的历史进程中三个关于若干历史问题的决议作为创作的政治遵循。要求作者讲党性、遵历史、重实际，坚定创作的信仰、信念、信心；二是走出去学。启发作者灵感，组织作者走入"大别山区"，向革命老区学习，激发灵感，拓宽路径，增加素材，提高觉悟。让五部长篇小说充满红色文化底蕴，展现革命风采；三是向故事发生地学。为把命题小说写实、写真、写好，要求作者到故事发生地学习调研，取得第一手真实素材。每位作者全部走到故事发生地，与知情人面对面交流，了解故事发生的背景、人物的生活经历、革命斗争的真相、抗战取胜的真况、党与百姓的真情，力争小说的内容真实、文创高尚、语言流畅、有情有味；四是向文学经典学。五位作者虽然都有文学创作史，也都有文著，但是创作红色革命历史题材纪实小说还是第一次。创作指导人，要求作者总结创作经验，向文学经典学，向红色著作学，从而找到新的创作理念，注入新的创作动能，激发新的创作灵感，把每部小说创作成文学经典、红色纪实小说的典范。经过两年的创作，每位作者不分昼夜，圆满完成了创作任务。在中华人民共和国成立 75 周年之际出版发行，这是对国家的大爱、人民的真爱、文学的热爱，也为深耕红色文化、厚植爱国情怀，撰写了五部红色典籍。

小说的创作成功，主要取决作者的艰辛创作、用心耕耘。《国民书店》的作者邵磊，不光有厚实的文学创作功底，还有良好的政治素质，完全具备写好这部长篇小说的能力。这部小说的创作，政治站位高、文学语言好、故事情节多，有高山流水之美，有曲径通幽之感，内容引人入胜，阅后收获颇多，是一部典型的优秀红色文学作品。对于不忘初心、坚定信仰有积极影响。《沙沟受降》的作者张玉军，有扎实的文学创作真功，有良好的政治觉悟，出版过多部文学作品。这部小说准确把握了抗日战争的历史，完整地叙述了日军在枣庄投降的全过程。看后能激发读者的爱国热情、增强爱国认知。《鲁南硝烟》的作者邵磊，是在创作指导人多名遴选者中，谨慎斟酌，反复衡量，确定的最佳人选，来承担《鲁南硝烟》的创作。读完这部作品，犹如亲临鲁南战役战场。小说把鲁南战役的真况，用文学创作手法，塑造了鲜活的军事文学作品，把战役中军队的担当、牺牲、力量、情意化作战无不能的军魂。同时，还把战役中产生的英雄故事、军民情怀融合到小说之中，是一部有血、有肉、有情感、有担当、有使命的红色纪实小说，有战地火花分外重之感。《初心本色》的作者殷振峰，是一位有经验、有品位的作者，从事文学创作多年，又在地方党校任职，对写好《初心本色》具有地方性党组织发展历史的作品是完全胜任的。这部作品对歌颂枣庄地区早期党的组织活动，以及革命斗争有着重要意义。《运河儿女》的作者晏宝银，擅长文学创作，有良好的写作基础，从事过法教工作，出生在大运河岸边，对运河文化颇有研究，对红色文化更有情怀，是承担这部作品的最佳人选。《运河儿女》是一部歌颂运河支队抗战历程的作品，小说对于赓续红色血脉、传承运河文化有积极作用。这五部长篇小说既有弘扬红色文化的共性，又有文学作品的纪实性，还有故事的独特性，出版发行后，会在社会上产生积极的文化反响。

文学作品永远相传，红色经典永不褪色，相信这五部长篇纪实小说，会成为枣庄文化发展史和文学创作史上的重要一笔。集成创作出版大型红色历史纪实性小说，是文学创作的大动作，也是文学创作创新的体现，在我国文学创作史上有不少范例。但是一个地方同时集成连续出版五部长篇红色纪实小说是少有的。实践证明，创作指导人与作者们的坚毅奋进，艰辛创作，排除困难，消除干扰，用两年时间全部完成创作出版任务，这在枣庄文学史上是一个创举，是无私的奉献。在五部作品的创作过程中，创作指导人、作者、协助人员付出大量艰辛的劳动，没有经费、没有报酬，全靠个人拿退休金、工资外出调研、寻找资料，如果没有坚强的党性、崇高的信仰、奉献的精神是办不到的。在创作过程中，创作指导人多次召开动员会、协调会、推进会、审定会，对每部作品全篇通审两遍，提出问题，写出评语，寄予希望，推动小说顺利完成创作。在创作过程中，创作指导人还对小说应遵循的原则、把握的篇章、故事的情节做出系统安排，在会上从每部小说的创作点评，到审后评语，都做了精心指导。

这五部红色历史题材纪实小说的创作，对于枣庄革命老区红色遗迹的保护宣传、红色资源的挖掘利用，都具有重要意义。小说全面完整地把枣庄老区红色文化进行了创新提升、挖掘弘扬、传承延续，是对中国共产党人在枣庄革命历史真相的有力还原和褒扬。通过文学方式将红色经典提升到更高、更远、更深的层面，是对红色经典的致敬，也是对红色历史负责。在枣庄文化发展史上，曾有一部《铁道游击队》长篇小说把枣庄宣传到全国，提升了枣庄知名度。相信这五部红色长篇小说也会像《铁道游击队》一样，进一步扩大枣庄对外影响力，并形成一体效应。多部长篇小说共同发力，会更好地拓展枣庄文化内涵，增强文化自信，推动枣庄经济社会全面发展。枣庄市革命老区建设促进会自2019年10月16日成立以来，就把弘扬红色文化、利用红色资源、传承红色基因作为己责。我作为枣庄市革命老区建设促进会会长，想在心里、抓到手上、干到实处，编辑出版了《枣庄红色记忆》《枣庄革命老区发展史》，记录了枣庄百年红色历史。如果说那几部红色书籍是对枣庄革命历史真况的盘点和保护，那么这五部长篇红色纪实小说更是对枣庄红色经典的传承和奉献。文化的力量是无穷的，红色文化的生命力会更强，通过文学作品将红色文化转化为社会正能量，对助推爱国主义教育、社会主义核心价值观的培育，将起到重要作用。这五部小说的底色和成色是饱满的，可以说底色正、成色足，对于坚持习近平新时代中国特色社会主义思想，推进强国建设、民族复兴伟业，建设中国式现代化，推动革命老区乡村振兴，产生积极作用。

红色纪实小说的创作，要坚守灵魂、遵守道义、保守品格，作品创作坚持什么、反对什么、弘扬什么是底线，也是文学作品应把握的问题。这五部红色小说皆遵循了这些基本原则，应该说都具有马克思主义立场观点，具有中国共产党人的精神品格，具有中华优秀传统文化的脉络内涵，具有文学作品创作的情操，具有可读应知的红色故事，具有作者朴素高尚的真挚感情。在小说中形成了一个系统文学体系，用生动具体的实例、科学合理的情节、高尚的情操，让红色历史可感可及、可读可学。在计划创作这五部红色经典时，我作为创作指导人，思考最多的有两个问题：一是找谁来创作？二是在什么时间节点完成？第一个问题是最难确定的，在我的谋划中，凡是在国内我了解的文学创作爱好者都与本人做过沟通，见面交谈的有20多人，按我确定的作者标准，"政治信仰坚定、文学功底扎实、情怀境界高尚、无私奉献担当"的人可作为创作人选，最后确定现在的四位作者。从创作成果来看，这个决定是成功的，达到了我需要的结果。在完成时间节点上，用两年时间赶到中华人民共和国成立75周年前出版发行，体现革命老区工作者的爱国之心。2024年也是《中华人民共和国爱国主义教育法》实施的第一年，从各个时间节点看，本套书出版发行意义重大、对于坚定文化自信，弘扬革命精神，从优秀经典中汲取营养和智慧，延续红色血脉，萃取思想精华，展现红色魅力、升腾民族意志都会产生重要影响。

小说的创作需投入精力，更需时间打磨，还需各方配合。一次性创作出版五部红色纪实小说，工作量可想而知。特别是作者邵磊，承担了两部作品的创作任务，实属不易，更不简单。这五部共计230多万字，从调研采风、素材收集，用时半年，征集史料达3万多份，创作指导人和作者都付出了艰辛劳动。在这里首要感谢作者。小说的创作出版是一项综合性工程，不仅需要有作者的文学智慧和奉献精神，还要有为红色纪实小说出版发行的服务者，没有他们给予的支持也是办不到的。在这里，要衷心感谢中国文史出版社给予的支持肯定，感谢山东诗韵书坊文化发展有限公司给予的大力帮助。再好的远景预期，没有众人的支持是不成功的。枣庄市革命老区建设促进会有关人员，为红色经典创作提供了热情服务，值得称赞。五部红色纪实小说在各方的帮助下，创作出版才得以圆满成功。这五部小说除了在内容上用心用情创作外，小说的封面也做了精心设计。封面景照为北京八达岭长城，意在"江山就是人民，人民就是江山，红色文化有人民的贡献"。压底照片采用"大运河枣庄段画面"，意在大运河2000多年的文化史孕育了枣庄这片有温度、有情感、有血性的热土，产生了许多红色文化、红色故事，体现了枣庄特色。小说的出版发行，是对枣庄革命老区红色文化传承的贡献，也是向红色经典致敬的最好形式。作为创作指导人，深感高兴。红色纪实小说的出版发行，也填补了枣庄历史题材长篇红色纪实小说创作的空白，无论对枣庄、山东，乃至对全国都是一份厚重的文化大礼。枣庄市革命老区建设促进会，对这份厚礼会倍加珍惜，积极呼吁社会各界搞好宣传，并在此基础上做好影视作品的创作生产，为宣传沂蒙枣庄革命老区做出积极贡献。

枣庄市革命老区建设促进会会长　刘宗敬

2023 年 12 月 12 日

目　录

引　言　抱犊崮雄峙峄北　大运河逶迤偪阳

在奇雄险峻的抱犊崮下，在蜿蜒流长的大运河畔，有一座因抗战而闻名的"中国红色经典城市"，她的名字叫峄州；有一支"敢在鬼子头上跳舞"的抗日武装，她的名字叫运河支队。优秀的运河儿女在抗日战争中舍生忘死、英勇杀敌，留下许多可歌可泣的传奇故事……

峄州，"因峄山而得名"。"峄山之阳多梧桐，引得百鸟来朝凤。众山环抱绕天柱，四周峭绝卓群峰。"这是块神奇的土地，历史非常悠久，早在四五十万年前就有人类在此繁衍生息。新石器时期，先民在这里创造了"北辛文化"，是迄今为止黄淮地区发现最古老的文化，是东夷文化的滥觞。其地北依抱犊崮，南至黄邱山套，东临沂州府，西濒微山湖，纵横三百里，崮峰耸峙、丘陵绵绵；水网交织、河湖连连。在这众多河道中，流域面积在 100 平方公里以上的就有 12 条之多，如郫运河、承水河、伊家河、薛河、郭河等。"水行乘舟始自远古，补天然运道之不足，则有运渠（河）之开。"这里自古就与运河紧密相连，水运文化大量遗存。据考古发现，境内有我国北方开掘最早的运河——偪阳运河，又叫龙河，且运河与城内水系连通，渠网交织，宽 15~20 米，水从西"安澜"闸口入、穿城而从东"乐康"闸口出，可驾舟游弋于宫城内外，十分罕见。《水经注》云："偪阳运河上联相水，下接彭河。"乱于沂而注于沭",共一百六十里。粗水发源于圣土山清凉泉、凤凰山玉华泉……"众泉汇聚合流南绕建陵,集粗漕河一路向东南,与偪阳运河衔接,然后再向东经彭河而入沭水。它肇始于黄帝、兴盛于夏商、衰落于战国,想当年也曾桅樯林立、舟舸争流。

偪阳,福旺阳都,背靠黄邱山套,龙河环城转而东流。据相关史料所载,这里是黄帝的诞生地和初都城。其境内有黄邱,乃黄帝之陵墓也。黄邱四围分为"东山九岭""西山九峻""南山十户""北山八绝",大小山共有三十六座,主峰黄龙峰高约五百米,为黄帝当年采矿冶炼处,因此又叫黄炉峰,峰下有一土丘,其名寿丘,直径千米,周长数里,封土之上草木茂盛。北宋时期被政府认定为黄帝陵(黄邱),南宋罗泌撰《路史》载:"黄帝都彭城,寿丘在山北。"宋、元时皆立有碑。《峄州志·山川志》云:"城南六十三里曰黄邱山,相传为黄帝陵。"宋朝官府下令"禁樵采,置守陵户"。偪阳城南有铸钱山,即为国家铸币之地。黄邱至铜山一线盛产铜铁,偪阳运河后来又发挥运输铜铁矿石的功能,至此被俗称为"铁运河",把从峄阳、铜山、利国等地开采的矿石源源不断地运往黄炉峰冶炼铸币。《峄州志》载:"故濒河黄炉、铸钱诸山,坑堑犹存,皆昔开采遗迹。"又"峄南迤西六十五里曰铸钱山,上有二坑深数丈,为铸钱坑也"。明朝嘉靖之后渐毁。自黄帝在此置初都,至夏、商中期,国都全在偪阳区域,后移于薛。晚期从薛(奄)迁至河南安阳。偪阳是目前我国唯一整体存在的古运河之都。偪阳运河成就了它的繁荣,延续至数千年。

峄州大地物华天宝、人杰地灵,人文始祖伏羲、女娲、轩辕(黄帝)等,八千年前就在这里开创了东夷文化,在亚洲文化发源与交流中都处于重要地位。历经北辛文化、大汶口文化、龙山文化、建新文化、岳石文化,都是东夷文化之后的不同阶段和渐进衍化过程。黄帝初都为峄阳之南偪阳城,后世子孙求言继之。《世本》云:"偪阳,妘姓,祝融之孙、陆终第四子求言之后也。"《国语》记:陆终第三子封于大彭、都彭城;第四子封于偪阳,为妘姓之都。《春秋》载:鲁襄公十年(公元前563年)四月,晋悼公以霸主身份,召集鲁、宋、卫、曹、薛、杞、邾、滕等十三国,会盟于粗水之邑建陵,借口偪阳国君妘豹与楚交好，以打通进攻楚国道路为名，水旱两路讨伐偪阳。妘豹率城民顽强抵抗，历经月余城破。国灭先归于宋，后属于楚，改偪阳为傅阳。秦代设傅阳郡。汉置承县，隋、唐继之；金、元置峄州；明朝洪武二年（1369年）降州为县，清朝延之。新中国设峄州市，辖峄、滕、麓（水）、白（彦）诸县。

在偪阳西北有条薛水河，它是薛国的母亲河、运粮河、运兵河。薛水之滨的薛国故城，城墙逶迤起伏长达二十八里，春秋战国之时，都市人口最多时达六七万户。《通志·氏族》载："颛帝少子阳封于此，故以为姓。夏朝时期，阳的第十二世孙奚仲亦封于薛。"奚仲的父亲叫番禺，《山海经》记载："番禺始作舟"，指出舟船是自番禺开始发明使用的。番禺被人们供奉为"舟神"。《左传》载："薛之皇祖奚仲居薛，以为夏车正。"奚仲为中国造车鼻祖。奚仲之子吉光，驯马拉车牵舟，被后世奉为"马神"。祖孙三代以发明、改造、提升舟车而造福于薛民。西周初年，"周武王封任姓后裔畛，复于薛国，爵为侯"。周显王四十六年（前323年），为齐国所灭。任姓薛国自畛开始，相传三十一世。齐灭薛之后，齐威王少子田婴封于薛地，大兴土木，扩建城池，仅次于齐都。田婴去世后，田文继封于薛，称为"薛公"，号"孟尝君"，招贤纳士，门下食客数千人，"冯谖弹铗""鸡鸣狗盗""焚券市义"……故事多多。这里河水丰盈，水运通畅，舟车穿行，成就了薛邑的千年繁盛。它历经夏、商、周三代，立国1900多年，堪称人类历史上的奇迹。在薛水上游，还有邾、郳、滥等国。滥国虽小，但颇有名气。借助薛水，通江达海。"中华儒商"鼻祖范蠡，在助越国勾践复国后，为躲避国王加害，携西施泛舟历三江过五湖来到滥国之都昌虑。西施在桃（陶）山牧羊遍置羊桩（庄）以防羊亡。范蠡制陶在伏里、羊庄、陶庄等地，陶窑林立，富甲天下，齐国王请他去做宰相，他说："忠已为越、情已为施。一生一世，衡而不弃。"为逃避齐王三请礼遇，紧接着他把万贯家产布施于民，而后与西施乘舟而去。当地百姓因避其名讳，而称范蠡为陶公、陶朱公。而今范家村、陶家镇的范、陶二姓，多是其后裔。

在峄北还有一条古时通运的河道，名叫许由河，又称蟠龙河。它发端于抱犊崮西山里的飞来泉，由东向西横穿薛地曲折流转百里入泗河。相传帝尧当年想把帝位禅让给许由，但许由拒不接受，逃到蟠龙之滨。后来，尧又想委任他做九州牧，结果不等传旨人说完，许由又落荒而逃，奔到飞来泉洗耳，表示不愿让这些世俗的话弄脏了自己的清耳。这时正巧巢父牵犊来溪边饮水，问了许由为何洗耳？许由说出了缘由。巢父嘲讽道："请你甭洗耳朵了，别弄脏这清溪玷污了我小牛的嘴巴。"也不知这二位先贤谁更清流。许由河上有百泉汇聚而成，水源丰富，后人不断开挖拓宽河道，成为一条宽约百米的运输航道。百里沿河流域至今文化遗存众多，许由池、巢父涧、安阳故城、夹谷会盟遗址、汉墓群遗址、中陈郝瓷窑遗址等星罗棋布。中陈郝被考古界称为"北国第一瓷都"，存有"九庙、十桥、七十二瓷窑"。许由河两岸当年曾窑炉林立、河中舟楫穿梭。走水路运输瓷器销往四面八方。它兴盛于隋唐，沿至明清。

一条古运河，半部华夏史。隋炀帝当年为开挖运河，曾征调 360 万人参加劳役，不到一年时间，累死 250 多万人。大运河如同长城一样，一头系着帝王的霸业梦，一头系着劳役的血泪仇，它既凝聚了劳动人民的智慧，也是先民们用血肉之躯筑成的。京杭大运河，是中国古代一项伟大的水利工程，也是世界上开凿最早、流程最长的大运河，全长 1794 公里，是苏伊士运河的 16 倍，是巴拿马运河的 33 倍。这条中国大运河和万里长城一起，被誉为世界最宏伟的四大古代工程。京杭大运河跨越了今天的北京、天津、河北、山东、江苏、浙江六省市，沟通了海河、黄河、淮河、长江、钱塘江五大水系，是我国仅次于万里长江的"黄金水道"，滋润了两岸文明，繁荣了千座城市。它一路纵贯南北，但进入微山湖却像突然迷失了方向，在峄州的大地拐了个弯，划出一个"L"形，急转由西向东流去。这段东西走向的大运河，又叫"泇运河"，西起微山湖、东至台儿庄，全长约 80 公里。明朝永乐年以后，停罢海运，全赖河运。明朝迁都北京后，为避开黄河连年决口、黄泛侵袭运道，保证南粮北运和军事政治行动，便于迁都，当年就决定开凿东泇河至微山湖这段"泇运河"。万历二十二年（1594 年），明朝河总舒应龙于微湖东韩家庄"挑挖河渠百里，以通彭河水道入泇河以泄昭阳、微山诸湖积水"。

完工后由夏镇至邳州泇运河全程通航，北上进京粮船过泇河者达三分之二，每年过境粮船万余艘，漕粮400余万石，其他军用、民用物资不计其数。

泇运河，而今又叫台儿庄运河。这里地处南北过渡带，是京杭大运河的"腹地"，北连秦晋、燕赵文化，南接江淮、吴越文化。"号为腹里，史称泇运。"其河道基本顺沿于古偪阳运河，上承薛泗，下注沂沭。据《峄州志》载："泇以峄邑东、西两泇水得名。西泇自抱犊崮山东南疏与东泇合，南合武河入泗，谓之泇口，淮泗舟楫通焉。峄之南有中心沟，复受众水下流，东汇丞水入泇。""通计开泇二百六十里，邳属一百里隶中运河；峄境运道西起李家港，东至黄林村，共一百六十里。"泇运河迂回于峄州丘陵地带、偪阳城下、山套之间。岸北是泰沂余脉百崮峰峦，岸南有连绵起伏的黄邱山套、山重水复、峰回路转。若乘一叶扁舟顺流而下，只见两岸"家家炊烟，户户垂柳。画在水中、人在画中"。风景不亚于江南，令人目不暇接，荡气回肠。"划呀划呀划呀——！""撑吆撑吆撑吆——！""老大我弄潮船头站哎，伙计们齐心过险滩哟。舳舻穿梭泇河间唷，涛声不断哟歌不断。"伴随着"吭唷！嗨哟！"时而激昂、时而悠扬的"运河号子"，轻舟穿行百里川。其下游的漕运和军事重镇台儿庄，历史悠久，形成于汉唐，发展于金元，繁庶于明清，南北孔道、百舸争流、商贾云集、游人如织。"入夜，一河渔火、歌声十里、夜不罢市。"康熙、乾隆各六下江南，走的就是这条"黄金水道"，驻跸台儿庄多日，又在这泇运河留下许多风流韵事。康熙四十六年（1707年）春，在此举行"诗文会"，献诗赋者八百人，进呈二十一卷，钦拨峄州学子李克敬为第一。乾隆除留下"惊龙桥"，"运河的蛙子干鼓肚"之说。还有童子结对的趣事：天子微服闲逛，恰遇一户娶亲。送去三文铜钱并附一联，"三个铜钱贺喜，嫌少莫收，收则爱财"。搞得账房先生左右为难，不知如何是好，抓耳挠腮当口，幸被一聪明童子看到，这扎着一条猪尾巴小辫的幼童脱口而出："两间茅屋待客，怕穷莫来，来者好吃。"乾隆听之甚悦，于是就"好吃"了一回。乘酒兴挥毫泼墨，留下"天下第一庄"的御笔。

古之大计，莫过漕运。大运河的开挖、贯通、漕运、航行和充分利用，与中国历朝历代的战争、战事和军事建设息息相关。自偪阳运河至泇运河的一大特色，是其为军事之要地。枕河跨湖，南连铜（山）邳（州），北接峄（州）滕（州），当南北之孔道，扼漕运之咽喉要冲，在这兵家必争之地，曾上演过一幕幕悲壮的历史剧。自春秋战国偪阳城之战始，就一直战事不断。孔子之父叔梁纥、汉高祖刘邦、唐太宗李世民、宋朝抗金名将岳飞、明成祖朱棣，都曾在此金戈铁马、纵横驰骋。清朝咸丰年间在这里爆发了大规模的农民起义，捻军首领张乐行、刘天福率兵数万，"自丁庙闸渡河、直犯台庄，长驱直入，如探囊取物之易"。随后，幅军首领刘平占据运南重镇汴塘，与太平天国遥相呼应，受封"北汉王"领命召兵南下，"于是运河南北诸渠若，莫不携兵裹粮争先恐后，前后至者不下十余万人"，"营栅数十里、兖（州）徐（州）大震"。1938年春，这里又爆发了一场震惊中外的民族扬威之战——台儿庄战役，更是彪炳史册。面对日本侵略者的疯狂进攻，国军在中共和民众的支持下，以运河为屏障，筑起血肉长城，用土枪土炮、大刀长矛与洋枪洋炮、飞机坦克、武装到牙齿的日寇搏杀，经过16个日夜血战，以牺牲3万多中华优秀儿女的生命之代价杀死日军1万余人，最终取得台儿庄大捷。使其成为"中华民族扬威不屈之地"。1939年9月，中国共产党领导的八路军第一一五师挺进鲁南，创建了以抱犊崮为中心的鲁南抗日根据地，当年11月建立了鲁南第一个抗日民主政权——峄县抗日民主政府，随后又建立了邹、滕、苍、费、邳等11个县级政权和38个区、171个乡级政权组织。在军事上，组建了运河支队，苏鲁支队、峄县支队、铁道游击队等多支抗日武装，在大运河两岸、铁道线上配合八路军、新四军同日军展开不屈不挠的拼杀，令日寇闻风丧胆，寝食难安，直至把侵略者赶出中国。解放战争刚一开始，津浦路阻击战在此打响；鲁南（峄枣）战役在此决胜；大决战淮海战役于此首发。1948年11月8日驻防运河一线的国民党第三绥靖区四分之三以上的官兵，在中共地下党员何基沣、张克侠的率领下，2.3万人战场起义，使徐州东北大门敞开，让我华东野战军顺利南渡运河畅入徐淮，为决战全胜创造了条件。运河支队编入华野参加战役，也立下赫赫战功。

近代，因京杭大运河"伽运河"一段开凿，中兴煤矿兴建，津浦、陇海、临赵铁路网贯通，使峄州愈加繁荣昌盛。清朝光绪版《峄县志》载："古峄北兼鄫、兰陵，负抱犊五崮之险；西缘薛水，跨蒇、倪建陵全境；南逾运河、达偪阳、据黄邱之阳；而东割武原、良成之半。疆域之扩，十倍于汉、晋。"峄有八景：承水环烟、湖口观渔、许池绿波、君山望海、仙坛晓翠、青檀秋色、仙洞悬云、刘伶古台，没有离开水文山韵，山水环抱，引来多少文人骚客的叹为观止，留下诸多赞誉诗词文赋。

这里民风朴实，文化荟萃，英才辈出，世族兴旺。古贤有叔孙通、匡衡、萧道成、王良、疏广、疏受、贾梦龙、贾三近等；近有崔、宋、黄、梁、金、田、李、王"八大家"最负盛名，他们多是因煤运而兴，富甲一方。在国民革命和抗战时期，这几大旺族表现各有不同，忠奸参半，玉石杂存。由中国共产党领导的八路军第一一五师于1939年挺进鲁南，创建抱犊崮抗日根据地，建立民主政权、扩大抗日武装，峄州"八大家"有的积极投身民族抗战，成了民族英雄；有的却当了铁杆汉奸，成了民族败类。

运河支队，是经罗荣桓批准组建的一支抗日武装。起初有1500人，是整合当时活跃在鲁南苏北，峄、滕、铜、邳等县多支抗日武装而成。队伍最多时达3000人，在中国共产党的领导下，积极配合八路军、新四军一直战斗在抱犊崮区、铁路沿线、黄邱山套、运河两岸、微山湖畔。在抗日战争中，历经大小战役战斗数百场次，以牺牲400多运河儿女的代价，歼敌5000多人。解放战争中，运河支队北撤南下进军江南，一路高歌猛进，最后把胜利的红旗插上舟山群岛。在运河支队里，有一位跨战马、挥双枪，左右开弓、百步穿杨的巾帼英豪，她的名字叫梁瑾侠，属"八大家"之一的梁家后起之秀。梁瑾侠天生丽质、秀外慧中，自幼就讨人喜欢。上学期间学业优秀，从事教育精益求精。修成秉文兼武，不仅文笔很优秀，而且武艺更见功底。她出生在革命家庭，在姥姥、父母和良师益友的言传身教下，形成疾恶如仇、敢作敢为的性格和坚持到底的意志。她在火线上经受锻炼，身经百战、舍生忘死、坚韧不拔、机智果敢。可谓是军中梁红玉、文苑李易安。

"巍巍抱犊崮红旗飘飘，悠悠大运河怒浪滔滔。怒涛诉说着我民族的苦难，军令发出还我山河的号角。"这首《运河支队赞歌》就是梁瑾侠在战斗间隙创作完成的，从抗日战争一直传唱到解放战争，极大鼓舞了峄州儿女打鬼子、除汉奸的士气。《夺枪》《战杜庄》《骨肉恩》《抗战九歌》等数百篇（首）诗文剧作登载抗日报刊。先后参加对日作战百余场，在打韩庄、战杜庄、伏击常埠桥、阻击朱阳沟、鏖战湾槐树等经典战斗中，作战十分勇敢。特别是在毛家楼遇险时，在主帅殒命、群龙无首的危急时刻，主动担当起战场指挥官，组织不健全的两个班，带领仅有的 20 多名战斗人员，与 1500 名日寇汉奸决战一整天，打退敌人 20 多次进攻，歼灭日伪军 300 多人，最后成功突围。运河支队童政委称这样经典的战例"恐怕在华东、在全国是仅此一例"。由此，同志们夸她是"智勇双全的神枪手""倚马千言的快笔头"。还曾被多位领导誉为"不可多得的军事人才""有胆有识的运河儿女"。她天赋异禀、崇文尚武，和孙竞云、朱道先、邵剑利、胡伯勋、文立政、孙正才、谢昭唐、王金凤等中华优秀子孙，在大运河两岸翻江倒海与日寇拼杀，"在鬼子头上跳舞"，上演一幕幕惊心动魄的活报剧。运河儿女们不怕流血、不怕牺牲，用鲜血和生命誓死捍卫鲁南这片神奇土地，直至把日军赶出峄州，赶出中国，迎来神州换新天。

第一章　瑞雪纷飞好兆头　娇娃迎春诞梁家

　　峄州之北的山峰别有特点，在绵延起伏的崇山峻岭上，有诸多峰顶头戴高高的"贵冠"，远远望去又酷似一座座城堡。"贵冠"处于山峰的顶端，四周陡峭如刀削斧砍，顶部平坦而开阔。冠高五十米至上百米不等，是喀斯特地貌、丹霞地貌等四种之外的第五种岩石造型地貌，岱崮地貌，或叫崮型地貌。在当地被人们俗称为"崮"。这种奇特的山势，形成于距今约5亿年前的古生代寒武纪浅海相沉积。当年从海底突起，经过千万年冰消水磨，当平原再遇到地壳抬升时平顶升高。崮顶的高度可以代表平原抬升的高度。强烈的地壳切割和抬升运动，形成高高冠帽和峭壁。在鲁南的百崮之中，当数抱犊崮为首，号称"天下第一崮"。《辞海》等工具书和教科书上解释"崮"字，皆以抱犊崮为例，"沂蒙七十二崮，抱犊为第一"，它海拔584米，崮顶面积665.5公顷，可耕种养殖。抱犊崮，汉代称"楼山"或"君山"，魏晋时叫"仙台山"，还有名称为"英雄山""豹子崮""乳峰山"等，汉代刘向的《列仙传》、东晋葛洪的《抱朴子》、唐代李吉甫的《元和君县志》、清代东轩主人的《述异记》等对该崮多有记载。"邑八景之冠，为君山望海。"《峄州志》载："昔有王老汉，为逃徭役，抱犊耕其上，后成仙而去。"明末清初农民起义领袖刘平、刘双印、孙化祥、宋继明、靳豹等发起幅军起义，与捻军、黑旗军、白莲教等遥相呼应，高举反清大旗。先后有多支农民队伍占崮为王，抗捐拒税，进行武装斗争。清军多次进剿而不得。清朝曾派忠亲王僧格林沁，率八旗劲旅兵临崮下，围剿数月，久攻不下，无功而返。

发端于抱犊崮山区的承水河，是峄州的一条母亲河，九曲十八弯，环绕峄州城，向南汇入京杭大运河。在它刚流出崮区，由东向西折转向南的拐弯处，留下一片肥沃的土地，形成一个大的村寨，名叫梁家庄。紧围其前后左右的还有前梁、后梁、东梁、西梁等村庄。不用说，梁家在当地也是一个人丁兴旺的世族大户。据相关史料考证，峄阳梁氏一族，源于嬴姓，出自帝颛顼嫡孙伯益之后裔，封地夏阳梁山，属于以国名为姓。该支由少昊氏—伯益—非子—秦仲—梁伯，一脉相承，在春秋战国时期形成梁氏。到了梁的第45代后裔，后唐天平节度使梁惟忠，举族迁居于山东东平府。这支梁氏家族在北宋朝时期成为科甲鼎盛的望族，有一支在元末迁往泰安莱芜。明朝万历年间，梁成聘从莱芜莲花池村带出一支落户于峄州北梁家庄，开峄阳梁氏之基业，现已传十八世，人口数万。"聘祖占业峄阳地，族裔发迹遍四方。"运河女儿梁瑾侠就诞生于这个名门望族世家。这里群峰耸峙、弱水长流的环境，造就了她坚强如崮而又柔情似水的性格。

1916年2月，农历丙辰年春节过后，峄州北部天气时阴时晴、忽冷忽热。特别是正月十五之后，以阴湿潮寒居多。此时在梁家大庄西边不远处的中兴矿区，田庄附近的一座四合院里，有一位少妇十月怀胎已到预产期，却迟迟不见临产的动静，胎儿虽然在母腹天天躁动，但母亲却没有一点临盆感觉。家人有些着急，请来医生把脉，说是一切正常。时间一拖再拖，已由正月进入二月。几天阴沉过后，这一夜天降瑞雪，飘飘洒洒下个不停，冷雨温雪，母亲迎来困神，在雪夜安睡中做了一奇梦，在银装素裹的世界里，见到一匹大红骏马驮着一个红孩儿向她飞奔而来，在惊喜中她由混沌变得清醒，不觉下腹一震，有了亟待生产的感觉，听到她一声大叫，家人就知道要生，赶忙去叫接生婆。

等到接生婆田阿姨迎着晨曦、踏着春雪急匆匆赶来，孩子已经瓜熟蒂落，白白胖胖，一称足足八斤。一家人欢天喜地，唯独产妇郁郁寡欢，因为她很自信一定是个带"把"的，却未能如愿以偿。她很不甘心，所以在之后的岁月中，又为老梁家生了七八个子女，实现了多为革命传宗接代的愿望。

这位母亲可不是一般的家庭妇女，她本身就出生在革命家庭，所以她从小就立志做一番大的事业。她的名字叫张柏英，字耀寒。其父张养清，字文渊，峄城北门里人，前清秀才。早年留学日本，与孙中山、宋教仁、黄兴等结识，加入中国同盟会。1907年为维护百姓利益，带头反对知县谢曦提价坑民的政策而被捕入狱。在狱中仍与反动政府抗争。出狱后继续开展革命活动，发展组织，成立了中国同盟会峄县分会并担任分会理事长。1911年10月，孙中山领导的辛亥革命推翻了清朝专制帝制，建立了共和政体。后革命胜利果实被袁世凯窃取，养清痛心疾首，对袁世凯、张勋等人搞封建复辟表示出极大愤懑。他带领同盟会会员积极宣传新思想，坚决反对封建旧俗，推动剪辫子、放足运动，革除嫖娼卖淫、聚赌吸毒、贩卖人口等社会时弊，提倡廉洁奉公、文明礼貌、为民请命、伸张正义。而在此时，封建遗老、据守兖州的反动军阀"辫帅"张勋，成为镇压革命的急先锋，疯狂肃清正在兴起的革命势力，于1912年11月在兖州杀害了革命志士、峄县同盟分会负责人张养清，使当地的革命活动转入低潮。壮士殉难后，张柏英作为张养清唯一的女儿，为继承父亲的革命遗志，毅然把自己的名字改为张傲寒，取意"狂歌当笑，不惧严寒"。"冰雪林中著此身，不同桃李混芳尘。忽然一夜清香发，散作乾坤万里春。""拔剑长歌仰天笑，凌霜傲雪不畏寒。"至此，她决心效仿谭嗣同、秋瑾等先烈，秉承父亲的革命思想，勇敢冲出封建势力的羁绊，走出乡关，求学闹革命，努力去完成老一辈未竟的革命事业。在济南求学期间，曾带头参加反对反动军阀的学生运动。回峄县曾任妇女协会常务委员、县妇救会负责人、县立中学校长，利用教育阵地传播革命思想，培养学生的自由、民主意识。后因不满国民政府的反动腐朽，愤然辞职去寻找新的革命道路，在革命志士朱道先、张径山等进步人士的影响下，投身反帝反封建的斗争，汇入革命洪流。

丙辰为大龙年，"二月二，龙抬头"，象征着春回大地、万物复苏，又下了一天一夜的雪，"瑞雪兆丰年"，梁家对傲寒在雪夜生下的头生闺女，格外高兴。刚出生的婴儿大多一脸的褶子，像个红猴儿，但这个小天使一出生就颜值很高，白皙的皮肤，粉嘟嘟的小脸蛋，灵动的大眼睛，高高的鼻梁，红红的嘴唇，生生的一个小美人坯子。为给这个"小龙女"起个好名字，爷爷忙着翻皇历，奶奶忙着查《辞源》，有的说叫美儿，有的说叫玉儿，还有的说叫瑞儿、玲珑、雪梅、春花……最后，还是姥姥、妈妈说了算，既然生在龙年雪晨，乳名就叫龙雪儿，大名克瑾、字鉴侠。寄希望她传承好革命家风，立龙志、成大器、学秋瑾、做女侠，能成为巾帼不让须眉的国家栋梁之材。

第二章　田姥姥精心呵护　龙雪儿茁壮成长

　　龙雪儿的母亲张傲寒，在当时就是一位思想很前卫的职业女性，不守在家里过安逸的生活，而是积极主动参与改造社会的革命活动。龙雪儿不满周岁就被她断了奶，送给外祖母田毓贞在峄县城里抚养。田氏也是峄县"八大家"之一，与其他七大家一样，靠山吃山，以煤炭生意起家。清朝光绪四年（1878年），总理大臣李鸿章奏请光绪皇帝批准，筹备银两发行股票，办峄县中兴矿局。自 1882 年 9 月中兴公司日产原煤百吨，而后产量不断提升，1936 年曾创出年产原煤 182 万吨的业绩。田育远、田育峨、田育泰等一批田氏族人踊跃参与中兴的矿建与生产，既为中兴发展做出了贡献，也为家族积攒了万贯家产。位丁田庄的田家大院在峄北也是比较有名的。田育远先生兴学义举，带头创办的"南马道小学"，存续至今，闻名全国；创办的"峄县师范养成所"，后被山东省公署改为劝业所，他被委任为所长、校董。田毓贞出身书香门第，曾随男童读过私塾，上过洋学堂，识文解字，一肚子学问。作为国士遗孀，她意志坚强，把全部爱都用于培养独生女儿和长外孙女身上。

　　龙雪儿天资聪颖，自幼就对目之所及的事物有兴趣，学有所悟，一教就会。在姥姥的教导下，从蹒跚学步，到咿呀学语，习而不停。刚开始冒话，姥姥就教她儿歌、诗话。两岁就会接《小老鼠上灯台》《咏鹅》《悯农》《登鹳雀楼》等。姥姥读："白日——"，她会接："——依仙（山）尽"，"黄河——"，"——入海牛（流）"。"欲穷——"，"——千你（里）目"，"更上——"，"——一晴（层）楼"。三岁就会背《三字经》《百家姓》《千字文》，五岁就已识千余字，熟记几十首唐诗宋词，并会简单释义。在她似懂非懂的时候，姥姥田毓贞就经常向她讲述姥爷张养清的革命故事。

好、好、好！革命党，快来到。

敲洋鼓、吹洋号，旗帜招展蔽云霄。

进城门、放铁炮；

万众高呼震天地，热烈欢迎士气豪！

杀恒兴、宰老鲍；

吴小鬼、不漏掉。

审判贪官和污吏，劣绅恶霸全打倒，保皇分子更不饶。

王三猴，真胡闹，不该出些流通票，

市场不使商不要，物价高涨命难保。

百姓写呈子，申理县衙告。

县知事、名张耀；阅诉状，发了躁，

受理凭公道：怒摔惊堂木，揍掉三猴的帽。

害民贼，羞又恼，卧床不起药无效，

大年初一归阴曹。家人齐痛哭，万民哈哈笑。

张养清早年创作的这些歌谣，在峄州流传甚广，"闹革命、驱鞑虏；惩劣绅、斗恶霸"。民众喜闻乐见，耳熟能详，便成了民谣。对这些歌谣，龙雪儿早已背得滚瓜烂熟，在她幼小的心灵里，外公已成为她崇拜的偶像，内心已播下革命的火种。

龙雪儿自幼算比较听话的，很少惹大人生气。学做什么都认真执着，包括做游戏、练舞蹈、学武功等都很较真，不甘人后，敢于当先。姥姥非常喜欢她这种性格，也有意由着她的天性。但有时也会很生气。在当时那个年代，封建礼教还未铲除，仍严重禁锢着人们的思想认知和生活习俗。田毓贞虽比同时代的女性开通，但传统观念仍未完全打破，在鲁南地区，女人裹小脚的陋习仍在，并认为那是天经地义的事。"小脚美，大脚丑，三寸金莲颤悠悠。"这个自五代十国开始，被南唐后主李煜发明的"女人裹小脚"一直在民间流行着。当龙雪儿四五岁时，她姥姥也拿来一条长长的裹脚布开始给龙雪儿裹脚。刚开始虽然有些痛，但在姥姥的哄骗下，感觉很好玩，就忍住了。但几天过后，姥姥一加重手法，她就感觉受不了了，龇牙咧嘴地说什么也不干了，一改往日的"温顺"，开始撕抓姥姥了，大哭大闹不让缠脚，夜里睡觉也不让姥姥搂了。有一天姥姥一不留神，她跑了出去，出逃一天没跑出城区，在其亲友帮助下到晚上才找到。姥姥的小脚已经磨出血泡，吓得害出一场病来。

问龙雪儿干什么去了？她就一声不吭，双目怒视着姥姥。姥姥既生气又心痛，想把她揽到怀里，她坚决不从。"我不想跟你玩儿了，你把我的脚丫儿弄痛了。是个坏姥娘，你别招我，我要回家找妈妈。"

姥姥一听，眼泪当时就下来了，忙说："都是姥娘不好，是姥娘老糊涂了，姥娘从今往后不再给你缠脚了。"

就是这样，龙雪儿仍不依不饶，哭着闹着要去找妈妈。面对她的这种犟脾气，姥姥打也不是，骂也不是，哄也不是，只好捎信让远在济南进修学习的女儿赶回来一趟，劝和一下，免得她再出逃或闹出事来。

两天之后，妈妈从省城赶来，龙雪儿一头扎进妈妈的怀里大哭不止，非让妈妈把她带走不行。妈妈也流了泪，批评姥姥不该给龙雪儿裹脚。姥姥不服气："小东西脾气全随你，你的脚被裹得葫芦半个没成个型，她现在连招也不让我招，我彻底管不了了，你把她带走吧。"

其实这完全是气话，姥姥哪舍得放龙雪儿走，这是女儿送给她的小天使。张田氏毓贞自丈夫为国捐躯后，她虽刚强，但仍一度精神抑郁，直到小龙雪儿到来，她才逐步走出悲痛的阴影，是小天使给她带来无穷的快乐和希望。同时，张傲寒也不可能把龙雪儿带走。这几年她一直追随着朱道先开展革命活动，同时又给龙雪儿添了弟弟妹妹，全托付给了奶奶、姥姥、姑姑等家人养着，她才能够腾出手来去做父亲未竟的事业。小龙雪儿依偎在妈妈的怀里，听妈妈讲外公外婆的故事和革命道理，逐渐消除了对姥姥的抵触情绪。姥姥又不断向她赔不是，终使她破涕为笑，重新扑进姥姥的怀里。几天之后，张傲寒离开峄城，又到梁家庄看望两个子女后返回济南，抓紧进行补课和开展革命活动。

龙雪儿第一次无意识地对不合理的封建礼教进行抗争，最终取得胜利。她敢于反叛、勇于斗争的性格已初有显露，姥姥从此就按照她的天性，研究用新式方法去培育她。除了教她识文解字，传播革命家风，还注重寓教于乐，启发式调动她的良知兴趣，保护她爱思考、爱提问、爱行动的好习惯。

龙雪儿年幼时好奇心就特别强，遇到不懂的事和想不明白的问题，马上就去问姥姥。"鸟儿在天上飞，为什么不掉下来？""鱼儿在水里游，怎么喘气？""小燕子为什么春天来、秋天走，怎么跑到咱家梁上筑巢？"……

姥姥有时被问得答不上来，就说："你先自己想，等你真想不出来，我明天再来告诉你。"为了回答清楚她所提的问题，姥姥有时也需要翻阅资料，借助教科书。但姥姥始终非常耐心，从不曾糊弄敷衍她。在十岁之前，小龙雪儿虽没进过一天学堂，姥姥已基本完成了对她的初小教育。

第三章　闹革命为国救民　好家风赓续传承

　　龙雪儿的父亲梁崇民，字羡农，也是一位胸怀救民救国之志的进步人士。在山东省第一师范学校上学期间，接触到革命思想，积极参加反帝反封建的学潮运动。并在济南与进步女青年张傲寒喜结连理，携手共进。在大革命的洪流中加入孙中山先生创立的中国国民党（其前身为中华革命党），反帝反封建，反对北洋政府的弊端，积极迎接国民党北伐军的到来。1927年6月，当北伐军一部国民革命军四十一军在贺光祖军长的带领下挺进峄城和中兴煤矿公司时，他组织民众和矿工数千人夹道欢迎。这其中有他的好友孙竞云。在北伐取得胜利后，他曾任国民党峄县县党部常委、枣庄矿区分部主委等，积极协助县党部主委、书记长孙竞云的工作，组建工会、农民协会、妇女协会等，开办军事训练班，开展农民运动，提倡妇女解放，反对封建主义，组织领导当地建政权、争民主、务民生。后因对蒋介石的独裁统治、苛捐杂税、不顾人民死活的行为不满，愤然辞职引退，赋闲在家，开展乡学教育，并注重对子女的培养。抗战时期曾出任鲁南解放区参议员，为迎接抗日战争的胜利，积极做好统战工作，因积劳成疾，英年早逝。

　　梁家近代是有革命基因传承的。龙雪儿的爷爷梁伯瀚，字子盈，与革命志士张养清是同窗，后来梁崇民和张傲寒喜结连理，他们又成为亲家。梁伯瀚在亲家张养清的介绍下，加入同盟会，成为志同道合的战友。

梁伯瀚虽然天资聪明，能说会道，出口成章，学习成绩也很好，但在与张养清一起参加科举考试时，张一举中秀才，他却屡试不第，只得花钱捐了个二署道，历任峄县保安团团长、第二支队少将队长等。1907年，时任峄县知县谢曦，随意增加田赋、滥加税费、哄抬物价、坑民害民。张养清为民请命，找谢知县理论，结果被衙役扣押拘禁并遭殴打。梁伯瀚得知后，不顾众人劝阻，亲率峄北社众保家局子，并联合各庄会头面人物，强闯峄县衙门，大堂之上痛骂谢知县，砸了公案。谢知县在衙役护送下跑到王茂细家躲藏。梁伯瀚一时气愤难消，又率众到后宅威逼谢夫人交出官印，那妇道人家哪见过这种场面，被吓哭了，说她从未摸过官印，官印肯定被丈夫带走了。梁转身又带众出去直奔王府。他们一帮人刚一离开衙门，谢夫人连惊带吓，就悬梁自尽了。这事就惹大了，弄得一发而不可收。

王氏一族可不是一般家庭，在峄县号称"王半城"，也是"八大家"之一。家有良田千顷，分布峄县四区，城里开有钱庄、酒肆、油坊等，"恒兴钱庄"开到外埠，外庄子有十八座贮粮仓库。城内南北大街两旁商铺百分之八十都姓王，所以叫"王半城"。王祖籍安徽省宿县，先祖从戎任中级军官，驻扎在涧头集镇穆柯寨，后辈落户在穆家庄。近代族人在峄县北窑（枣庄）、南窑（贾汪）先后开过煤矿，建有船队，走运河水道，把煤炭发往连云港、扬州、苏州、上海、杭州等地，然后又把南方茶叶、丝绸、瓷器等带回北方，生意越做越大而暴富。王茂细，字峄山，14岁入邑庠从学，那聪明伶俐也是没说的。清朝光绪二年（1876年）23岁考中举人，光绪六年（1880年）27岁考中进士，担任过清朝廷翰林院编修、内阁中书、云南御史等，后因病告归故里。但他并未清闲，一边养病，一边编纂《峄县志》和《峄县乡土志》两部史籍。这次梁伯瀚带领家丁和乡贤，从县衙来到王府，群情激愤，破口大骂："王老贼，滚出来。""不要倚老卖老护狗官，赶快把谢曦放出来，不要当缩头乌龟！"并揭露王谢狼狈为奸、欺行霸市、搞得峄地民不聊生等罪行。熙熙攘攘闹了一整天，最后，军警出动才平息了这场民暴，从此梁、王两家结下怨仇。

对这种"欺负人到家了"的行为，王茂细、谢曦岂能善罢甘休。为了出这口恶气，二人在官兵的护送下到济南府告状，力陈梁伯瀚的聚众闹事暴行和张养清蛊惑民心、煽动反政府的罪行。梁伯瀚的这次意气用事，不仅没给张养清帮上正忙，却帮了倒忙。张养清由拘禁被转到济南判罪入狱服刑。梁伯瀚也被迫逃亡到北京，投靠当年同考的济宁同学叶智仁，人家当年先中秀才、后中进士，现为朝中财政大臣。经过叶智仁帮助上下打点，多方斡旋，梁卖掉千亩粮田、转出一座煤矿，方才勉强了却此事。为躲避风头，梁伯瀚一时隐居在外。

1911 年 10 月 10 日夜，辛亥革命取得成功，推翻了千年的专制帝制，建立了共和政体。至 1912 年元旦，孙中山就职临时大总统。此时，因反清朝政府入狱的张养清才得以重见光明。出狱后立即召唤世亲好友梁伯瀚等重新出来革命，大力宣传三民主义，发动民众与土豪劣绅作斗争，筹建峄县新政权。

也就在此时，不甘心灭亡的清王朝旧部，躲身在山东青岛的恭亲王溥伟（溥仪的弟弟），命令在家病休赋闲的王茂钿立即启程去青岛，面授机宜，委以重任，授清室"弼德院"顾问大臣，出山当密使，去兖州辅佐"辫帅"张勋复辟清室。王茂钿借此机会再次报复梁伯瀚、张养清。以劳军的名义，王出资 20 万大洋以助军饷贿赂张勋，蛊惑其秘捕秘杀革命志士。

1912 年 11 月 10 日，当张养清等人去济南给省同盟会领导人杜志平汇报完工作，乘坐火车返回峄县，途经兖州站停车时，被张勋派人秘密抓捕押下车，梁伯瀚再次侥幸逃脱，潜藏起来。当月 20 日，一代志士仁人张养清被张勋秘密处死，消除了王茂钿的心头之恨。从此，王茂钿死心塌地地为张勋复辟卖命，并很快写出《国贼孙文》《峨妖传》两部书，一是污蔑孙中山先生，二是丑化梁伯瀚，把梁描绘成红眼睛、绿鼻子、肚大如船，日吃千人，在抱犊崮占山为王的老妖魔。1917 年 6 月，张勋、王茂钿等利用黎元洪与段祺瑞的矛盾，率 5000 "辫子兵"，借"调停"为名于 6 月 14 日进京，急电各地清朝遗老进京"襄赞复辟大业"，把 12 岁的溥仪重新抬出，宣布复辟成功，张勋自任首席内阁议政大臣，兼直隶总督、北洋大臣。王茂钿被封为"弼德院"副院长。但这场复辟仅仅存活 12 天就灰飞烟灭，张勋逃入东交民巷荷兰使馆，王茂钿潜回济南，没敢回峄县。其族谱记"因盗匪攻陷峄县老家，避患济南"，后客死于济南一家旧旅店里。

一代枭雄梁伯瀚，隐居一段时间又复出了。东山再起之后，他所做的第一件事就是迎回烈士张养清遗骸。当灵车驶进峄城，万人空巷，在道路两旁自发地肃然默立，很多人痛哭失声，在峄城北关设灵堂祭奠七日，厚葬于檀山之阳，供后人景仰。为捍卫和保护辛亥革命英烈夺取的胜利果实，峄县成立"人民保卫团"，由县长兼任总团长，梁任保卫团第一分团团长，子侄梁洁真、梁洁纯、梁结庐等跟他当营长，维护抱犊崮山外、采煤矿区一方平安。

龙雪儿在姥姥身边，经常听到梁、张两家的英雄传奇故事，也很受鼓舞，立志要成为祖父辈一样的人。从小除了热爱学习，更喜欢舞枪弄棒，很像个男孩子，缠着姥姥教她武功。姥姥说："我哪懂什么武功，想学以后跟你爷爷学去。他可是骑马、射箭、枪刀剑戟十八般武艺都行。你姥爷闹革命全靠他的支持。"其实，张傲寒与梁崇民的结合成婚，也算是两家为好做亲。张养清和梁伯瀚两人脾气相投，他们既是结义兄弟，又是生死之交，所以后辈能走到一起那也是天经地义的。张养清把毕生精力全投入革命事业上，只留下张傲寒一个后代。而梁伯瀚却是革命、生产两不误，留下子女多多，不下十余人。在他的族人中，除了有梁崇民这样的爱国爱民之士，有出息、有作为的大有人在。梁洁真为清朝监生，同知钦加五品衔，赏戴花翎；梁洁纯七品官员，曾掩护过共产党人郭志华、郭志远在抱犊崮山区开展地下工作；梁结庐在抗日战争中曾担任国民党第五战区第三支队中将司令。龙雪儿对他们都十分崇敬，立志学做革命人。

第四章　入学堂正规受教　初练成童子武功

　　十二岁那年，龙雪儿离开姥姥的家庭式教育，进入峄县城关镇完全小学。此时她在姥姥的身边已经学有所成，基本掌握了小学阶段的课程知识，学习基础扎实，一上来就插班读五年级。这时她已出落成半大姑娘，个头已长高到一米六，在班里同学中可以说出类拔萃。她皮肤白皙，身材高挑，鲁南人特有的国字形脸上五官匀称，棱角分明，天庭饱满，地阁方圆，下巴略尖又圆润，叠双的眼睛，高高的鼻梁，一见面就给人一种落落大方的感觉。班主任葛桑花一上来就从心里喜欢上了她，刚开始叫她梁克瑾，当知道她取名的含义，以革命先驱秋瑾为榜样，说不如干脆叫梁瑾侠，或是梁瑾秋。随后就改名为梁瑾侠，同学们也有喊她"梁鉴侠""秋瑾梁"的。她能歌善舞，喜欢蹦蹦跳跳和体育运动，班里组织文体比赛，她都打头阵，如果排名次，她总是名列前茅。当学文化课总觉得"吃不饱"时，葛老师就给她单独"开小灶"，除向她传授天文地理知识和新文化、新思想，还教她唱革命歌曲。葛老师回到家里也经常提到班里的优秀生，直夸梁瑾侠同学不仅人长得好，学习成绩更好。她的丈夫孙竞云，兼任这所学校的校长，他说："你不要再夸了，我和梁崇民是同志加兄弟，对他这个宝贝女儿早有耳闻，只是在襁褓之中见过一次，之后再没见过。你把她当自己的孩子去教就是了。"

孙竞云，字元龙，也曾是多才多艺的学生领袖，此时是职业革命者。在考入峄县高山高等中学上学期间，就组织过反帝反封建的学生运动，被全校推举为"高等中学反日救国会会长"。1922年考入山东省立第一师范学校，开始接触中国共产党直属济南支部负责人，接受马克思列宁主义的革命思想，在学校组织开展爱国主义运动。为此，学校迫于反动政府的压力，将他开除学籍。但他仍坚守在济南，到山东大学参加学习，并继续开展同反动军阀统治的斗争。1926年离开济南，奔赴革命圣地广州，考入黄埔军官学校第六期，和程子华、赵铸、廖耀湘等是同学。1928年4月预科学习期满，适逢国民革命军北伐节节胜利，他紧跟军长贺光祖随北伐军勇猛向北推进，一战徐州，再战峄州。此时他奉命留在家乡峄县，组建国民党峄县县党部和县政府。

孙竞云也算是贺光祖的得意门生，被任命为县党部常务执行委员、书记长等职，直接领导峄县党务军政。他意气风发，廉洁勤政，一举扭转了老峄县颓废破败的局面。为唤醒民众反封建、反压迫，积极组织农民协会、妇女协会、青年协会等，公开提出"打倒贪官污吏""铲除土豪劣绅剥削""解放妇女、提高女权"等革命口号。他让妻子葛桑花在学校传播新思想、新文化，并举办妇女识字班夜校，既教妇女识字学文化，又教唱革命歌曲。在城里创办了"血花书店"，主要推销进步书刊，传播陈独秀、李大钊、鲁迅、胡适等的新思想、新文化。如《新青年》《新觉路》《新周刊》《独立评论》《新月》《大公报》等报刊；鲁迅的《野草》《热风》《呐喊》，郭沫若的《凤凰涅槃》《地球，我的母亲！》《女神之再生》等一时成为热销书刊。

这一年的秋天，孙竞云骑着高头大马，在一队卫兵的陪同下来到小学校视察。学校师生列队欢迎。在一片欢呼声中，孙竞云频频向大家致意、敬礼。孙竞云从枣红战马背上下来，葛桑花引导他走进教室、餐厅、礼堂。在会议室听取了校办主任、老师和学生代表的汇报发言后，孙竞云做了讲话，对学校的新式教学工作给予充分肯定。为鼓励和支持学校老师办公和学生学习生活条件改善，这次又给学校助赏10万元。在学校操场检阅了学生的队列操练，观看了学生们表演的几个小节目。

东亚开化中华早，及美追欧、旧帮改造。

飘扬五色旗，国荣光、锦绣山河普照。

我同胞，鼓舞文明，世界和平永保。

梁瑾侠站在队伍前指挥，师生共同合唱。最后，孙竞云又做了即席演讲，他从国际国内形势风云变幻，讲到孙中山"三民主义"革命成功、推翻了封建旧王朝、建立了共和新政体，鼓励同学们要在新型学校、新式老师的培养教育下，从小立下报国志，在三民主义旗帜指引下，勤奋学习，锻炼身体，做品学兼优、思想先进的"三民主义"的合格接班人。尽管梁瑾侠对其中的词意有些还似懂非懂，但对那磁性的语言已如痴如醉。

其后，孙竞云在百忙之中，经常到学校讲党义课程，主要讲授三民主义、孙中山思想，为国民党进行党化教育。这也是当时的国民政府教育行政委员会所制定的《学校实行党化教育草案》所要求的。规定县党部官员，特别是县视学、督学，要亲自到学校授课。由于孙竞云较早地接触过马克思主义，对中国共产党的先进思想也有所了解和认识，在"党义"教学中也经常提到列宁、斯大林、季米特洛夫、陈独秀、李大钊等名字，使梁瑾侠很感兴趣。她经常借阅进步书刊，对看不懂的问题就求教于葛老师，葛老师也讲不明白时，她就跟老师到家里找孙竞云讲解。因为她从小就不怯场，在偶像面前也无拘无束地大胆提问题，对一些敏感而又尖锐的问题，孙竞云有时很不好给她解释，她仍会打破砂锅问到底，不依不饶一直追问下去。

对梁瑾侠这种认真劲，孙竞云非常喜欢，对与她的争论，当作是一种摆脱烦心问题的休闲娱乐开心事。他已经看出，梁崇民兄的这个女儿绝不是一个平凡孩子，长大后肯定有出息，说不定能做一个职业革命家或是职业教育家，就刻意往这方面引导她学做革命人，给他讲"职业革命家的修养和养成"。她当时虽然似懂非懂，却认真抄写在学习笔记上："为了湔雪国耻，铲除不平，解脱落后，创造文明……要为革命奋斗终身。要有坚定不移的革命信念，要有不怕牺牲的革命精神，要有无私奉献的决心，要有独立工作的能力，要有思想理论和文化知识水平……"孙竞云引导她把父辈的革命精神传承发扬，完成他们未竟的事业，实现他们的革命理想。孙竞云由此也成为梁瑾侠重要的革命引路人之一。在她成长的革命道路上所给予的指导帮助，不亚于朱道先等领导和师长。

在峄县完小上学，成为梁瑾侠少年时代最值得留恋的一段时光。她跟随孙校长、葛老师不仅学到文化知识、懂得革命道理，同时还学会了骑马、射箭、舞枪、弄棒等准军事技能，有了良好的童子功，为后来她打日本、战顽匪奠定了功底。由于她生性活泼、自由好动，到老师家里也闲不住，缠着孙校长教她武功和军事技术，并刻苦进行练习。

因梁瑾侠是英烈的后人，又特别聪明好学，孙竞云夫妇都特别娇宠她，基本是有求必应，拿她当自己的孩子对待。对她的爱，甚至超过对自己的孩子。她提出想学骑马，孙校长就把他的坐骑牵过来，看她敢不敢上。这是一匹由黄埔同学赠送的、来自内蒙古赤峰克什克腾旗的火红色战马，恰似《三国演义》书中写到的吕布胯下的"赤兔"神驹。据说这是唯一不用挂铁蹄的骏马，当年成吉思汗就是骑着这种马征战天下的。孙竞云叫它"龙驹"，也喊它"龙儿"，与瑾侠的乳名重一字，所以她听着感到十分亲切。这也是一匹烈性马，平时只准它的主人和负责喂养者才可以靠近和抚摸它，其他人很难接近，好不好它就会尥蹶子，且"咴——咴——"咆哮。

"龙雪儿，对龙儿你害不害怕？"孙竞云问道。

"我才不怕哪，我很小的时候，老爷爷就抱我骑过这样的马。也就是五六岁的时候，我才刚记事，老爷爷一手揽住我，一手持着缰绳围着操场飞奔，我都一点都不觉得害怕。前两年我回梁家庄，老爷爷让卫兵牵来一匹性格比较温顺的白色骡马，让我自己单独围操场跑了几圈，我当时感觉很惬意。"

听瑾侠这么一说，孙校长就有点放心了，不过还是叫她不要马虎，"上马后切记两腿要夹紧马肚，身体前倾，抓住缰绳，一旦跑起来，一定要俯身贴紧马背，防止被掀翻下来"。

"我知道了校长，保准没事。"说着，瑾侠很老练地上前轻拍几下马头，撸几下马鬃，那龙驹非常友好地打着响鼻，并频频点着头儿。瑾侠又揽过马头，用脸颊贴近一下，龙驹也高兴地"咴——！"叫一声，并用前蹄刨着地，那意思是，还不赶快骑我。

孙竞云从卫兵手里接过缰绳，也轻拍了几下马背，示意它要听话，千万不要摔着这个淘气的小祖宗。他把瑾侠托上马背，脚蹬好马镫，手握好缰绳，稳住好身体，然后照马屁股一掌。那龙驹就很听话地轻跑起来，颠儿颠儿的，让瑾侠觉得很爽。两圈下来，她又觉得不过瘾，问孙校长能否让它跑快些？

"你用两脚磕马肚就行。"磕了几次，速度虽有提升，但她仍觉得还不够快。

"啪！"这时只听一声清脆的鞭响，马儿突然加速，瑾侠差点身体后折，她赶紧俯身贴紧马背，双脚夹紧马肚，双手握紧缰绳，只感觉耳边风飕飕的，那叫个过瘾。龙驹正在风驰电掣之时，操场内突然闯进两只打架的野狗，龙驹受惊，猛然立起，把瑾侠掀了下来。好在这马很有灵性，没有撒欢，而是停了下来。如果撒欢逃跑，瑾侠手再被缰绳缠住，那非拖伤不成。

孙竞云吓出一身冷汗，跑上前去看瑾侠伤着没有，只见她疼得龇牙咧嘴，还口口声声说："没事儿，没事儿！"扶起后让她走两步，虽然瘸瘸的，但看起来并无大碍，既没挂彩，胳膊腿也都能动弹。卫兵过来问，要不要用担架送医院。"不用，不用，我一会儿就好。"这时，她再也感觉不出惬意了。

对梁瑾侠逞强骑马摔屁股一事，孙竞云没有批评或埋怨一声，反而自责不该给龙儿一鞭子，如果真把孩子摔伤了，怎么向她家大人交代？好在瑾侠有些泼皮，长得结实，瘸走两天，松了松筋骨就没事了，嚷嚷着还要骑马。

孙竞云说："先歇几天，等屁股不疼了再说。"歇那几天，梁瑾侠也没有闲着，天天摆弄刀枪剑戟、瞄准射击、挥刀练臂，使她的眼法、手法、功法有不少长进。而后，一有机会，还是来找孙校长，恳请让她骑上战马驰骋兜风，尽显少女飒爽英姿。骑马、射箭、搏击、格斗等，在孙竞云这位黄埔军校高才生手把手的指教下，她练就了一些实战基本功，比跟其他教练学的更具实用性、针对性，为日后驰骋疆场奠定了基础。

第五章　上济南正义中学　下南京法政学院

在姥姥张田氏和葛老师的精心呵护和教育培养下，梁瑾侠愉快地度过了童年，轻松地完成了小学学业，以非常优异的成绩考进省府济南正义中学。姥姥对她仍不放心放手，于是就随她一起到济南陪读，继续娇宠着她心中的宝贝疙瘩。由于学习好、品行端、人长得标致，梁瑾侠到哪都有人意愿靠近。这是天生气质造就的，具有天然的吸引力。她和姥姥的住处成了同学们的校外聚集地，姥姥成了大家的全职服务员，还唯恐"伺候"不好，惹小淘气们不满意。

自五四运动爆发之后，学潮在全国各地风起云涌。1928年，蒋介石联合李宗仁、冯玉祥、阎锡山发动了与张作霖的争霸战，联合军队节节胜利不断向北推进。日本侵略者担心英、美等国跟进，侵占它在山东的既得利益，5月3日，日军以"山东局势混乱、保护日本侨民利益"为借口，悍然向国民党军开战，攻占济南城，大肆屠杀无辜军民和外交官，制造了震惊中外的五三惨案。由于蒋介石一味妥协退让，并下达不抵抗命令，激起了包括学生在内的全体人民的极大愤慨，在济南掀起一场声势浩大的学潮，波及全国。持续到1929年5月，日军才在内外压力下撤离济南。梁瑾侠在正义中学积极参加学校党组织发动的游行示威活动，并积极登台演讲，痛斥日本帝国主义野蛮行径，带头高呼："打倒日本侵略者！""日军滚出济南、滚出青岛、滚出中国！"

梁瑾侠在济南上学期间，她的恩师、老校长孙竞云曾两次专程去看望她，关心她的学习与生活。当他知道梁瑾侠作为学生小领袖，是组织学潮运动的积极分子，就好心相劝："瑾侠，你年龄还小，应把全部精力用于学习上，不要跟着瞎起哄，万一被军警或坏人伤着怎么办？以后咱不要再上街参加示威游行和发表演讲了，不要让家人为你担心。好好学习，为将来争取一个好饭碗才是正经事。"

梁瑾侠听了之后非常疑惑，这与之前非常支持她的革命行动的启蒙老师言行大相径庭，简直判若两人，她问孙竞云："校长，您是不是喝多了？"

孙竞云很生气："怎么，你认为我这是醉酒说胡话？我可是作为一个长者对你的关爱，今后咱可不能再乱来。"

梁瑾侠感觉心里不是滋味，校长这是怎么了？短短两年不见，思想全变了……

是的，孙竞云自黄埔军校学习期满，参加国民革命军誓师北伐，跟随贺军长一路凯歌高奏，雄姿英发。奉命留在老家峄县，主持县党部工作，为民办事，公正廉明，深受广大民众的拥护和支持。他一直同情和支持共产党，并多次提供帮助。朱道先在参加广州起义失败后，因与部队失去联系而返回家乡，依然开展革命活动，孙多次给予掩护。在朱被捕后，他心急如焚，积极营救，才使朱道先免遭杀害并安全脱险，得以继续从事革命事业。他在革命行动中，不可避免地触及地主资产阶级和国民党顽固派的利益。特别是他支持农会揪斗恶霸地主，勒令给恶霸地主戴上高帽子游行示众，支持中兴矿区建立失业工会，为贫苦矿工争取合法利益，触犯了部分大家族的既得利益。

因反动恶势力不断联名上告，上级又偏听偏信，致使孙竞云受到降职处分，先由书记长降为秘书长，不久后降为普通执行委员。后又转调到山东安丘县党部、博山县党部任整理委员或执行委员。因其刚正不阿、宁折不屈，为国民党腐败政府所不容，最终被彻底贬黜，返回老家。一时深感空有爱国之心，但却报国无门，思想极度苦闷，所以在对梁瑾侠的教诲方面，较之以前，明显意志消沉。

学生反过来教育老师："校长，我一直对你崇拜和敬仰。您是我心中的偶像、学习的榜样和精神的旗帜。'后皇嘉树，橘徕服兮。受命不迁，生南国兮。''苏世独立，横而不流兮。''秉德无私，参天地兮。''路漫漫其修远兮，吾将上下而求索。'您教我背诵《橘颂》《离骚》，学习屈原爱国之心、报国之志，学习花木兰、梁红玉、秋瑾，做巾帼英雄，我始终铭记在心，您肯定也不会忘记。我十分祈盼您继续当好我革命的领路人。宁鸣而生，不默而死。深固难徙，更壹志兮。我愿轰轰烈烈干一番事业，而不愿做生活的奴隶。"梁瑾侠一气之下，说了很多很多……

孙竞云无言以对这个已长大的真传弟子、得意门生。对此，深感汗颜。他想："梁瑾侠这个学生我没有看错，她将比我更有出息。肯定会青出于蓝而胜于蓝。"

后来，梁瑾侠因偷看《共产党宣言》《资本论》《国家与革命》《新青年》等禁书，并加入党的秘密组织，经常组织学生开展公开或隐蔽的集会活动，被学校开除。但她在情绪上依然昂扬向上，追求自己的理想。她从未想过要为将来争取个好饭碗。

梁瑾侠在济南求学的那几年，也是清末民初，山东相对比较稳定的几年。辛亥革命成功，掀翻了封建帝制，但随后多年军阀混战，加之匪患严重，仍民不聊生。山东匪患严重，究其主要原因，是直、奉、皖等军阀你方唱罢我登场，城头常换大王旗，地方统治经常"易主"。自 1912 年之后十八年间山东九易督办和主席，每换一次鲁督或主席，他们为了扩充自己的势力，无不疯狂搜刮民脂民膏，横征暴敛，穷苦百姓被逼上梁山。

在济南读中学中断后，梁瑾侠考进南京女子法政学院。这是旧中国唯一一所培养女子法学人才的教育机构。它位于南京太平路东侧常府街，因明初著名将领开平王常遇春王府在此而扬名，1912 年时这里已经高楼林立，马路宽敞，车水马龙，已成为国民政府的政治、经济、文化、商业聚集中心。自国民党定都南京后，就把权力机构和高级官员府邸安置到这里。1927 年国民革命军北伐攻克上海、南京后，成立南京国民政府。

九一八事变后，日本帝国主义加紧侵略中国。在张学良撤出东北后，日军在此推行殖民地化统治的同时，利用蒋介石"攘外必先安内"的对日不抵抗政策，日本把侵略魔爪一步步伸向华北，民族危机日益严重。1935年五六月间，日本侵略者经密谋策划，在天津和河北等地制造事端，并以武力相威胁，先后迫使南京国民政府接受达成了"何梅协定"和"秦土协定"，把包括平津在内的河北、察哈尔两省的大部分主权奉送给了日本。之后，日本军国主义又积极策动所谓的华北五省"防共自治运动"，策划成立由其直接管控的傀儡政权，全面在华北进行政治、经济、文化侵略占领。"华北之大，已经安放不下一张平静的书桌。"由此激起了北平各大院校及社会各阶层人民的极大愤慨。1935年12月9日，广大爱国学生的抗日怒火像火山一样爆发。东北大学、中国大学、北平师范大学等高举大旗和标语，分别朝着新华门进发。清华大学和燕京大学因离城心较远，学生们进行到西直门时，城门已被军警关闭，请愿队伍受阻。两校学生在西直门一带召开群众大会，声援城内学生，并向附近居民和守城军警进行抗日宣传。城内学生遭到军警镇压，当场有数十人被捕。12月16日的大示威游行，又遭到大批军警的扑杀，20多名学生被捕，300多人受伤。在中国共产党的领导和号召下，由北平爱国学生首倡的一二九运动，迅速席卷全国。天津、上海、南京、武汉、广州、西安、济南、太原等城市的爱国学生请愿集会，游击示威，并发表宣言、通电，声援北平学生的爱国行动。梁瑾侠积极组织法政院校的学生走上街头，公开揭露日本军国主义侵略中国、吞并华北的阴谋，批判南京政府的不抵抗主义，高呼："打倒日本帝国主义！""打倒汉奸卖国贼！""打倒何应钦！""立即释放被捕学生！"

　　南京以中央大学、金陵大学、法政大学、南京中学等校为主的数千名学生冲破学校和国民党当局的阻挠，于12月18日、19日、26日连续三次在南京举行声援大游行。在这场学生运动的基础上，南京学生成立了秘密进步团体——南京学生抗日救国联合会，其成员大多日后都成为抗日战争中的骨干力量，梁瑾侠是骨干成员之一。南京声援北平的学生运动，也是土地革命后期发生在秦淮河畔的一次著名的抗日救国运动，它更加坚定了梁瑾侠抗日救亡的信念和意志。使她深刻认识到，在外族入侵、国难当头的危急时刻，只凭法律难以救国，与野兽讲法，也只能是对牛弹琴。唯有迅速唤醒政府和民众，团结一致、共御外敌，才能拯救国家危亡，匡扶民族倾倒。

第六章 受聘于文庙教学 奋起在七七事变

　　孙竞云被国民政府贬黜后，从安丘到济南去看望梁瑾侠，因情绪低落说了一些泄气和世故的话。开导学生未成，却反被学生冷嘲热讽。返回老家峄县后，深感报国无门，思想极度苦闷，反复思考着几年来努力打拼，一切出于公心，没有为个人、家人或亲友谋取过私利，自感问心无愧，对得起天地良心。于是奋笔写道："官可丢，志不可屈。"张贴到书房墙上，以此来表达他为国为民、刚正不阿的决心不变。

　　他毕竟是经过大革命风潮洗礼的革命者，绝不会自甘沉沦。从政不行，就另开新路。当他看到当地政教腐败不堪，峄县完全小学在他离任后已办得不成体统，他就下决心要在城内创办一所新型学校，作为挽救民族危亡的一个阵地。利用他在当地的社会影响力，争拨黉学学田和社会贤达捐助，作为新建学校的经费来源，并卖掉家中百亩良田，用于学校补充。"峄州黉学"历史悠久，系元代私塾，后改为官办学堂。辛亥革命后一度停办，处于荒废状态。孙竞云在此基础上创建新校，也是再续千年文教传承。他给新校取名"峄县文庙学校"，其含义是要把它办成像"南京文庙"一样的学府。他亲自担任校长，为把学校办成传播新思想、新文化的圣地，他首先广招有新思想、新文化的教员，第一个想到的是把刚从南京女子法政大学毕业的梁瑾侠招来任教导处主任，陆续又招进张耀先、孙竞峰、张同军等10余名有学识的青年才俊，这些老师后来大都走向抗日救亡的革命道路。

张耀先论辈分是梁瑾侠姥姥家那边远房的舅，但年龄却小瑾侠一岁。他俩既是峄县城关镇完全小学的同学，又是济南正义中学同学，张耀先后来考取北平师范大学，梁瑾侠考取南京法政大学。在济南上学期间，二人关系就很好，情同手足，亲如姐弟。梁瑾侠处处呵护着张耀先，张也处处依赖着梁，并对梁产生了懵懂恋情。梁却对此毫无感觉，只把他当成小长辈、小兄弟看待。现在又来一起工作，使张耀先感到更加愉快高兴，天天形影不离，精神愈加焕发，思想和行动上自觉趋向梁瑾侠。

峄县文庙学校打破传统的招生模式，广泛接收工农子弟和女学生，交不起学费的照样来校受教。学校不仅传授文化知识，更重要的是培养时代新人。在日军侵占华北之后，受一二·九学生运动的影响，学校不断向学生灌输"抗日救国""誓死不当亡国奴"的思想。特别是梁瑾侠、张耀先这几位曾在北平、南京参加过一二·九学生运动的老师，在爱国教育中更加活跃，引起峄县国民党当局的恐慌和忌惮。他们惊呼："不得了啦，文庙学校出现共产党了！""文庙学校成了共产党的宣传阵地了！"扬言要进学校抓捕共党分子梁瑾侠、张耀先等人。

孙竞云听到后十分气愤，挺身而出，直接到县党部去理论："日军入侵、华北沦丧，马上就要打进我们的家门口了，师生宣传抗日救国，何罪之有？"并针对他们要抓共党分子的言论进行驳斥："听说你们要组织军警进学校抓捕共产党？我怎么就没看出哪位老师像共党分子。你们要抓就先抓我吧！我是校长，你们可以把我作为共党分子上报去邀功行赏。""如果你们拿不出真凭实据，进学校乱抓人，我是绝不会答应的。不然咱们就法庭上见，或到省里找韩主席评理去。"孙竞云虽然在政界已无职位，但前几年曾在这里当过主官，虎势余威还是存在的，政府当局再也不敢造次，不再提到校抓人的事了，使梁瑾侠、张耀先等青年进步教师躲过一劫。

当时的峄县文庙学校，宣传抗日救国的名气确实很大。梁瑾侠他们不仅在学校向学生们宣传爱国主义思想，还时常组织宣传队到工厂车间和田间地头，向工人、农民做抗日救国、抵制日货的宣传，并书写标语、传单，让学生们在晚间到大街小巷散发。由此也引起了当地活动在枣庄矿区和老山里的中共地下党组织的高度关注，苏鲁豫皖党组织负责人郭志华，曾经秘派共产党人李维东等到文庙学校听梁瑾侠的讲课。梁瑾侠非常机警，当她发现台下有陌生人，讲课内容随时调整，避开当时十分敏感的政治内容。李维东非常失望地回去向郭志华汇报说："梁瑾侠不像是我党同志，只可能是位比较激进的青年。"几年之后，当他们成了同一个战壕的战友时，李维东说："瑾侠同志，我几年前就亲自到峄县听过你的讲课，考察你是不是共产党员，是不是我们的同志。当时你可能还不是，但国共两党却认为你是，因为你的言行，已足以说明你那时已经在思想上入了我们的党。"

梁瑾侠这时才如梦初醒："我说我好像在哪见过你，但又一时想不起来，原来你去偷听我讲课，为什么课后不找我？如果你直接找我，把我领进组织，我的党龄将会提前好几年呢。"

李维东说："看，这事都怨我，我向你赔罪。"说后，两人哈哈大笑。但话说回来，在那时鱼龙混杂、白色恐怖形势下，谁又会轻易暴露自己的身份？

1937 年卢沟桥事变，日本帝国主义全面侵华战争开始，叫嚣"三个月灭亡中国"。举国上下群情激奋，纷纷举行抗议活动，支持宋哲元的第二十九军的热血将士誓死捍卫中国领土主权。孙竞云在梁瑾侠的极力鼓动支持下，召开了全县教职员工和学生大会，声讨日军的野蛮侵华罪行，呼吁国民党政府改变"攘外必先安内"的政策，实行对日全面抗战。会上，成立了"峄县抗敌后援会"，一致推举孙竞云任会长，梁瑾侠任宣传部长。从此，他们带领全县师生，积极投入抗日救亡运动。到工厂、到矿山、到农村宣传抗战和开展募捐活动，声援国军积极抗战，抵御日军侵略。

1938 年 1 月 3 日晚，日寇就侵占了曲阜北关，县长孟宪阮早在泰安沦陷时就已带着家眷从曲阜南逃。大汉奸吴廷玉提前精心赶制了膏药旗，1 月 4 日早晨就把日寇迎进曲阜城。汉奸们打着新做的膏药旗，引领日军进了曲阜孔府孔庙，引狼入室，鬼拜先师，真是丢尽了孔圣人的脸。1 月 5 日，日军侵占邹县，鲁南人民抗日游击总队在两下店、界河等地配合英勇的川军阻击日军连日来的一路狂奔。国民党第二十二集团军在邓锡侯、孙震将军的组织带领下，打响了滕县保卫战的外围阻击战。在界河东西的香城、九龙山、王福庄、金山一线占领阵地、构筑工事，阻击日军向南进犯。从1月中旬至3月初，打退日军多次进攻。阻止日军近两个月没能继续向南推进。并主动出击，冒雪夜袭，在两下店击毙日军中将中岛荣吉以下的官兵40余人。

国民党第二十二集团军的顽强阻击，使日军放缓了向南推进。3月15日，日军久攻不下我界河防线，而撇开我正面阵地绕道直捣滕县县城。第一二二师王铭章师长指挥城内各部队仅有的3000余官兵，难以抵御装备精良的日军第十联队，战至17日下午，王师长和他的参谋长赵渭宪、副官长罗甲辛、少校参谋谢大墉等同时为国捐躯，滕县失守。

消息传来，峄县抗敌后援会的孙竞云、梁瑾侠等师生悲愤交加，一方面动员组织支援国军前线抗战，一方面疏散师生，因为敌机已经打前站，开始沿津浦铁路一线向南狂轰滥炸，峄城城里人开始向老山里逃反，预计日军很快就会打过来，学校是办不下去了。孙竞云准备再次投笔从戎、保家卫国，并动员有志青年教师投奔抗日队伍，去投奔他的同学和好友共产党员朱道先所组织的抗日武装。在安排好梁瑾侠、张耀先等去找朱道先之后，孙竞云就离开峄城、回到峄西老家招兵买马，拉起抗日的队伍。他一呼百应，在族人亲友的帮助下，短短几天之内就组织起百余人的武装。

日军沿津浦路一路南下，相继占领了临城、枣庄、峄县，先后制造了惨绝人寰的北沙河惨案，老和尚寺惨案，邹坞、龙头、郭里集等惨案。其中，日军在滕县北沙河村一次杀害村民83人，其中儿童15名，全家被杀绝的有11户。坐落在峄县西深山里的老和尚寺，当时有躲难的四周城乡难民1万多人，这其中就有梁瑾侠家的亲友，日军飞机超低空投弹、扫射，打死打伤1600多人，他们多是妇女、儿童和老人，尸体成堆，惨不忍睹。郭里集惨案有500多人被杀害，日军罪行罄竹难书。不能不激起极大民愤。鲁南人民在中国共产党的领导下，全力支持国军第五战区对日军的作战。

也正是在此时，梁瑾侠、张耀先就跟随朱道先开始闹革命、打鬼子。两位青年立志，不打败日军，决不谈情说爱，更不会谈婚论嫁，誓将一腔热血报效于国家，奉献于抗战。后来，张耀先也许为躲避情感纠结，到山西省参加了"牺盟会"，因作战勇敢，有智有谋，很快被提升为连长。不久牺牲在抗日的战场上。梁瑾侠知道后，悲痛欲绝，遗憾终身。她化悲痛为力量，跟随朱道先在战场上英勇杀敌，为同学和战友报仇雪恨。

第七章　追校长参加国军　勇出走五十支队

　　梁瑾侠作为第五战区青年救国团的积极分子，在台儿庄大战时和四川旅沪同乡服务团的男女青年，组成抗日宣传队，到阵地前沿演出文艺节目，编演活报剧，揭露日寇侵占我国国土、残害我无辜百姓的滔天罪行，激励我抗日将士勇敢杀敌。梁瑾侠带头演唱的"我的家在东北松花江上……"一曲歌罢群情激奋，战士们连呼："打倒日本帝国主义！""誓死不当亡国奴，团结一心，共赴国难！""以血还血，以牙还牙，坚决消灭日军！"

　　抗日宣传队的同志们在演好节目、做好宣传鼓动工作的同时，每当战斗打响，他们直接参与战场救护，抢救伤员。有的拿起牺牲战士的枪，直接冲上阵地，不畏强敌，血战到底。梁瑾侠在抢救伤员时，曾几次接过战士的枪，向进犯的日军射击，由于她枪法精准，曾一次打倒5个日本兵，大战期间毙敌10人。四川旅沪同乡会战地服务团，在共产党员李浩然的带领下，既是宣传员，又是战斗队，分成宣传、谍察、爆破等小组，配合川军有力打击日军，受到第五战区司令部的嘉奖。

　　台儿庄大捷是继平型关大捷之后，中国军民对日本侵略者的又一次沉重打击，打破了日军三个月灭亡中国的幻想。它也是世界反法西斯战争的一次重大胜利。大战期间，中外记者百余人来到前线采访，如《大公报》的范长江，

《新华日报》的陆诒、爱国诗人臧克家、苏联塔斯社记者谷礼宾斯基、美国合众社记者爱泼斯坦、芝加哥记者阿希博尔德·希蒂尔、荷兰电影摄影师尹文思、新西兰女作家威尔金森等，在血染的焦土上，在弹飞的战壕里，不知疲倦、不怕牺牲地采访、报道、评论、宣传，热情讴歌了中国军队英勇作战、青救团团结抗战、人民踊跃支前的事迹，深刻揭露日军的狼子野心和滔天罪行，使世界各国人民更多地了解中国，使中国人民更加增强反法西斯战争必胜的信心。

台儿庄大捷打乱了日本的军事计划。大战后，日军本部调整军事部署，准备集中10个师团30万兵力进攻徐州。当时日本整个侵华日军就15个师团，他们拿出三分之二的师团，分南、北两路于5月5日向徐州迂回，几天之内已攻占徐州南重镇蒙城，北路绕过南阳湖、昭阳湖、微山湖，直插徐州西兰考、开封，切断了陇海路。5月15日，已形成对徐州的合围。国军为减少损失，化整为零，向西、南、东方向悄悄撤退，钻出了日军包围圈，各自进入指定位置。5月19日，日军占领徐州，得到空城一座。徐州失守前，中共苏鲁豫皖边区特委已提前撤离到枣庄抱犊崮山区，梁瑾侠随特委一起行动，又回到朱道先领导的鲁南人民抗日自卫团，任抗日自卫团宣传委员。

台儿庄大战之前，孙竞云已走出书斋，离开文庙学校，回到老家，利用孙氏家族的关系，很快拉起了一支百余人的抗日武装。梁瑾侠在随特委撤离徐州到抱犊崮之后，当得知这一消息后，经请示朱道先同意，又追随心中的偶像校长，马不停蹄地奔赴了孙竞云拉起的抗日队伍。

孙竞云刚刚拉起队伍，就在他的黄埔六期同学黄僖常的邀请下加入了国民党别动总队华北五十支队，任参谋长并兼任第二梯队司令。一天，黄司令带着两个操南方口音的"高参"来到孙竞云营地寻访。两人身着国军正式军装，腰扎武装带，别着手枪，在这群农民武装的队伍里显得很扎眼，以"军官"的气派，吹胡子瞪眼地要求岗哨士兵向他们行礼，立正慢了点就大发雷霆，踢这个踹那个。梁瑾侠一看这两人的立愣劲就心中来气，以蔑视的眼神不屑一顾，讽刺他们着身正式军装就人模狗样得不知天高地厚。她一看他们欺负自己的老乡，就打抱不平，同两个"军官"发生了争执，之后，矛盾不断加深。

其实，孙黄二人在黄埔军校时关系就很不错，既是峄县老乡，又有拐弯亲戚；既是同学，又都是复兴社成员。黄僖常通过关系，被国民政府军事委员会任命为别动总队华北第五十支队司令，他当时基本上是光杆司令，回峄县后，先拉拢老同学孙竞云入伙，任孙为参谋长。随后，通过孙竞云又到峄县重镇阴平东楼村，找峄县四区联庄会会长孙莫汉（字云庭，号龙城），按辈分论，孙竞云称他为叔。孙莫汉手头有300多人的联庄会武装，他也接受了黄僖常的任命，当上了"国民党军事委员会别动总队华北五十支队第三梯队司令"。之后，黄又模仿孙的办法，在老家马兰屯、泥沟一带利用本家的亲戚关系也拉起了100多人的队伍，总计500多人，成为当地比较有实力的一支抗日武装。

梁瑾侠的父亲梁崇民为支持对日抗战，利用自己的身份和威望，在日军进攻鲁南之前，就组织了抗日救援会，动员枣庄矿区和工商界捐资献金，先后资助给了孙竞云五万大洋。之后孙竞云用这些钱装备枪支弹药，并按国民革命军军服的样式定制了军装，还购买了几匹战马，安排之前跟他服务的姓徐的马弁，精心喂养和调教。孙对最钟爱的老首长贺光祖赠送的火龙驹，亲自进行驯化。而把他原来的老坐骑"赤兔"交给了梁瑾侠，当她身着军服，脚蹬战靴，腰间左右别着两把左轮手枪，再跨上战马，愈加英姿飒爽。这样一来，农民武装一点也不比南边来的军官差了。由此引起黄僖常羡慕嫉妒恨，他心里想的是："我怎么就没有老同学这样的艳福，摊上这样文武全能、才貌俱佳的女参谋兼秘书呢？"总想跟梁瑾侠套近乎，主动打招呼，几次挑逗都碰了一鼻子灰，想吃豆腐不成反惹一腔骚。

有两次孙竞云在没有其他人在场时提醒黄："我说僖常兄，你可要正经点。瑾侠尽管已20多岁，但她毕竟还是个孩子，玩笑不要开大了，弄得谁都不好看。"之后，黄司令的言行是收敛了，他不再主动搭理梁瑾侠，而让两个参谋处处找碴。但梁瑾侠不吃这一套，她从来不会穿别人的小鞋。因为参谋咬不动煎饼，就经常开小灶炖米饭加肉汤，梁就直接找到伙房，不让给他们开小灶，说大家要官兵一致，伙食一样。没过几天，两个参谋就受不住了，找黄司令闹着要回南方。梁幸灾乐祸，心想他们走了正好，用不着他们瞎参谋。这也都是因为年轻气盛，针尖对麦芒，互不相让，越闹越僵。

五十支队组建之后，孙莫汉带着第三梯队仍驻扎在峄县西南的阴平、棠阴一带，只能算挂上了名，尚未真正入伙，黄僖常加孙竞云，队伍总计也就200人。五十支队驻守在天柱山以南的泥沟、马兰一带，台儿庄大战前后，他们在枣台铁路沿线、运河南北、车站码头及日军据点等处，不断袭扰日军，围住小股敌人，坚决歼灭之。其中有十几名掉队了的日本兵，在向南追赶大部队时，沿途杀害无辜百姓20多人。孙竞云获悉情报后，就带领梁瑾侠等几名骑兵，沿途跟踪追击，终于在泥沟镇南大北洛村追赶上日军，一举将10余人全部击毙。当地老百姓拍手称快。

黄僖常好大喜功，善做宣传，有一次在《中央日报》和《抗敌报》上刊登了"别动总队五十支队破袭津浦铁路三十里，有力支援了徐州保卫战"。梁瑾侠拿着报纸找到黄僖常质问："我说黄司令，这是什么时候的事，破袭津浦铁路几十里，我怎么一点不知道？"

孙竞云当时也在场，拉她的胳膊不让她说，她坚持说下去，闹得黄僖常下不了台，尴尬地笑："这都是记者瞎编的，没我什么事。不过宣传一下，对我们也没有什么坏处。虽然没扒津浦路，枣台路我们可真扒了。竞云，你说是不是？"

孙竞云说："是，瑾侠你也别太较真，我们打小鬼子还真没闲着。前几天，我们不是还炸毁一座桥梁，袭击了鬼子的车队吗？"

梁瑾侠一看孙帮黄说话，气呼呼地把报纸一摔，立马走人。弄得孙黄二人都很尴尬。

队伍进驻在白山南高皇庙村，有天早上刚起床，就听有妇女骂街："恁个婊子养的！住俺的屋，烧俺的柴，还切害俺。俺喂了三年的芦花大公鸡，专留打鸣的，恁连个屁都没放，招呼不打就炖吃了。谁吃了，谁心尖上长瘊子！……"

梁瑾侠一听就知道是两个参谋干的"好事"，就赶忙出来劝那白发老太婆："大娘，你别骂了，瞎挨累，你再骂，俩人也听不懂。"她这是有点幸灾乐祸，不是真心劝解，而是有点火上浇油。紧接着她找黄僖常，一查正是他的参谋干的，黄司令让他俩给老太婆赔礼道歉，并照价赔偿，然后又关了两天禁闭。梁与两位参谋的矛盾进一步加剧。同时，司令和参谋长相处得也不是很融洽，黄僖常私下里对孙竞云说："我说老同学，你的这个女秘书、女参谋，我怎么看她都像个共产党，你可千万别中了美人计，上了她的当。弄不好咱俩吃不了兜着走。"

孙竞云回他道："请你不要疑神疑鬼的，我敢打包票，她绝对不会是共产党。如果是，你可以把我俩一起毙了。都什么时候了，你还拿当年清党的老眼光看问题，现在是国共合作，全面抗战，我们所思所想的应该是如何把日军早日赶出中国。"说完，拂袖而去，把黄晾在那儿。

当梁瑾侠了解这一情况后，知道自己不能夹在二人中间受气，给外人造成争风吃醋的误解，于是就决定回老山里找朱道先去。并奉劝孙竞云也要尽快离开这个"又抢又夺"名声不好，且又只想反共、不想抗日的滑头黄司令，说不准他哪天就会投进日本人的怀抱。她的作风就是雷厉风行，说办就办。给孙竞云打过招呼，拔腿就走。孙还想挽留，但是怎么也没能劝住。她的扬长而去，使孙很有失落感。

第八章　老古泉找到特委　新加入义勇总队

　　梁瑾侠返回抱犊崮老山里，在山亭西集老古泉一带找到了中共苏鲁豫皖边区特委，参加了"鲁南人民抗日义勇总队"，在刚成立的鲁南人民抗日义勇总队里，任宣传委员。

　　在梁瑾侠离开峄南天柱山不久，孙竞云也毅然带着自己的队伍返回峄西，摆脱了与黄僖常的纠葛。经老熟人邵子诚介绍，到湾槐树村会见了邵世清及其同人。邵所领导的第五战区特种工作团第五总团第二分团第五大队，也是其通过各种关系在联庄会的基础上拉起来的队伍，已发展到300多人。

　　邵世清，字剑利，峄县四区湾槐树村人，1910年生于地主家庭，1931年高小毕业，考入育英中学。九一八事变后，出于爱国热情，他参加济南学生南下示威团，开到国民政府首都南京举行示威游行。1933年春，他中学尚未毕业就弃学从军，到河北张家口参加了抗日同盟干部学校当学生兵。同年冬同盟军在同国民党顽军作战中失败，在走投无路的情况下，又返回峄县老家。1934年，在同学的帮助下，考入梁漱溟举办的山东乡村建设研究院，毕业后在城武县、邹县等乡农学校任教员和教育主任。七七事变后，毅然返乡组织抗日武装，并接受第二分团第五大队队长的委任。之后，部队改编为江苏游击第三路步兵第二团，他先任第三营营长，不久又代理第二分团团长。

这次孙、邵二人相见恨晚，一见如故，二人推心置腹，都深怀坚定抗日的决心和意志。二人决定联手在阴平、周营、沙沟一带创建自己的根据地。孙竞云部驻扎王楼、牛山后一带，邵世清部驻扎白楼、单楼等村。两支队伍密切联系，互相配合、联合作战，在峄县以西、临城以南，机动灵活地袭扰打击敌人。此处，牛山孙氏是大户，孙竞云回到这里真正是如鱼得水，本家户族、亲戚朋友踊跃参加他的队伍，不久就扩充到 300 多人，峄西人民的抗战热情空前高涨。

孙竞云自摆脱了黄僖常的控制，心里既很愉悦，但同时又有失落感，梁瑾侠一离开，他心里总是空落落的，工作上感到力不从心。急忙派人去老山里，想把梁尽快请回来。进到抱犊崮老山里的梁瑾侠，此时的心情也是一样的，离开了火热的战场，来到相对安全的后方，却时刻担心着孙竞云及其他战友的安危，担心黄僖常不仁不义再把队伍给裹胁走了，所以也很想再出山，协助孙管好队伍，多打胜仗。但来山里之后，在朱道先的安排下，接手宣传任务，工作也是一时忙得不可开交，也不好再请示朱道先，更不能立马甩手走人。。

在四支队伍中，其中的"鲁南人民抗日自卫团"，是由朱道先在邹坞领导暴动以后，建立起来的抗日武装。朱道先，名本贤，号老仙。1902 年 8 月生于峄县北于家村，也是当地的大户人家，书香门第。兄弟排行老四，长得也是一表人才，高高的个头，瘦瘦的体形，显得斯斯文文、风度翩翩。1924 年考入山东省立第一师范，1926 年考取武汉中央军事政治学院。1927 年 2 月又考入湖南长沙黄埔第三分校，同年 3 月加入中国共产党，12 月参加广州武装起义。起义失败后，与幸存的同学追赶部队，被编入中国工农红军第四师第十团，任排长。后在战斗中负伤被俘关进监狱，组织越狱成功，逃进森林，过了半年多的野人生活，没吃没喝，贫困交加，病倒沟旁，幸被好心山民发现，得到救治才捡了条命。在与党和组织失去联系后，于 1932 年艰难地回到家乡，在孙竞云、梁崇民等好友的帮助下，被安排到峄州教育局任教育委员，创办"南华书店"，用进步书刊引导青年走向革命道路。利用合法身份到各个学校开展革命活动，经常到梁瑾侠家里，向梁崇民、张傲寒灌输共产党的先进思想和主张，这里也成了他开展革命活动的一个重要落脚点和宣传教育阵地，因为他与梁崇民既是亲戚又是同学，情谊很深，把梁家当成他自己的家。因为他在南方山里困得时间太长，严重缺乏食物，有时两三天吃不上一顿饭，造成一种极度的饥饿感，也就是老百姓所说的"饿痨"。每次到梁家先是找吃的，然后再说话，完全不拿自己当外人。梁瑾侠有几次回家见到他狼吞虎咽的样子直想笑，真是没见过像个"挨了八年饿"的抢食狼："我说表叔，你能不能吃慢点，没人跟你抢。请你文明点吃。"

"好！好！我这是在部队养成的快食习惯，得慢慢改，今天还得先吃饱再说。"吃饱喝足后就有了精神开讲。他上的学多，知识面广，天文地理，海阔天空，可以滔滔不绝一讲两三个小时，把革命思想和革命理论贯穿其中。

1937年卢沟桥事变之后，朱道先利用自己渐已发展起来的力量，组织成立了"抗日联庄会"，建立起了枣庄地区第一支人民武装，借鉴"广州起义"的经验和教训，亲自组织策划并领导了"邹坞暴动"，打响了由共产党领导的对反动政权和日伪宣战的枣庄第一枪。1938年4月，台儿庄大战后期，濑谷支队等日军残部，沿着临（城）枣（庄）铁路两侧向西逃窜。朱道先与刘金振、朱育祥商量后，决定在铁路附近修庄和小甘霖村设伏袭击日军。由于日军按大本营命令，急于西撤，不与小股武装纠缠。第一天伏击战打得很顺手，歼灭日军10余人，缴获部分枪支弹药。但大家总感觉不过瘾，又于第二天半夜去偷袭日军临时的落脚点。不仅又打死10余名日本兵，同时缴获了三匹大洋马，外加枪支、弹药、缸头等。连续两天两打都很顺利，日军没怎么还手，队伍没有人员损失。大家很兴奋，第三天又去偷袭，日军有了防备，刚一接近目标，就遭遇敌方枪声大作，一看苗头不对，赶紧组织后撤，班长陈连生断后时英勇牺牲。第四天刮起狂风，黄土蔽日，自卫团的队员怀着为陈班长报仇的急切心情又开始行动。因天气原因，路过的日军很少，临近中午伏击打劫了两辆牛车，击毙4个鬼子，卸下车上的物资，除了军衣、军毯，一袋袋装着的是台儿庄阵亡的日军骨灰。连续四天的行动，在鲁南影响很大，当地百姓无不拍手称快，这也引起了日军的高度重视，加强了警戒，并对铁路沿线村庄进行清剿，再想袭扰已很难。为减少不必要的牺牲，朱道先就带着队伍撤回老山里。这是共产党领导的峄县人民抗日武装第一次连续向日军开战。梁瑾侠回到老山里加入义勇总队之后，为宣传抗日战斗的英雄事迹和重大意义，就根据朱道先带领联庄会袭击日军的事迹，和队友们及时赶排了《伏击》《夜袭》等街头活报剧，及时向战士和山里群众演出，鼓舞了战士们的抗日士气，激发了人民群众参军抗战的热情。

1938年5月19日，徐州失守，苏鲁豫皖边区特委提前撤离徐州回到抱犊崮，调集峄、滕、临、沛四县的人民抗日地方武装到峄滕边区集合，分驻在峄北的墓山、凤凰、南塘、善堌等村，5月21日在老古泉村召开特委扩大会议，特委书记郭志华主持，特委委员张光忠、丛衍瑞、何一萍、陶洪瀛及各县县委委员、抗日武装负责人参加，经过酝酿讨论，会议作出了"发展抗日民族统一战线""组织各种抗日救亡活动""坚持独立自主的游击战争""开辟敌后战场、建立抗日根据地"等决议，张光忠任总队长，何一萍任政治委员，王建新任政治部主任，韩文一任参谋长。总队下辖三个大队和一个警卫连，第一大队由谢文秀任大队长，宋学民任教导员；第二大队由于公任大队长，渠玉柏任教导员；第三大队由朱育祥任大队长，季华任教导员；警卫连由李荆山任连长，李继如任指导员。同时成立战地服务宣传队，由四川旅沪同乡会战地服务团副团长、共产党员李浩然任队长，梁瑾侠被编入这支队伍任副队长，负责战地服务和宣传、教育、培训工作。

义勇总队在军事上由第五战区苏鲁豫皖游击司令李明扬直辖，党的关系受苏鲁豫皖边区特委领导。名义上是国民党的军队，实际上为共产党掌握。总队部驻南塘村，第一大队活动于羊庄、北溪一带，第二大队活动于善堌、桑村一带，第三大队活动于枣临铁路沿线邹坞、张范一带，发动群众，袭击日军，发展党组织，队伍不断扩大。为团结抗战力量，郭志华先后到张里元部、申宪武部，朱道先先后到王雪礼部、沈鸿烈部做统战工作，希望他们以民族大义为重，按照抗日民族统一战线的要求，加强团结，共同抗日。经过说服动员，其中一些"司令"与边区特委保持了较好的统战关系。

但也有顽固不化者，把特委的统战工作视为软弱。如自称为国民党华北游击第五纵队司令的马玉民，收编附近土匪，组织起一支400余人的队伍，盘踞在峄滕边山区的马庄一带，到处抽枪、派款、牵牛、绑票，当地百姓对其恨之入骨。更可恶的是，他们经常把绑票栽赃到义勇总队身上，牵牛抢猪说成是义勇队干的，并且贼喊捉贼，在徐州国民党的报纸上辱骂义勇总队是土匪。一次，义勇总队第三大队第三中队司务长乔锦章率10余人往南塘村运送粮草，路过马庄村，被马玉民连人带枪和物资全部劫去。义勇总队多次派人交涉未果，于是决定歼灭这股顽匪。第三大队在朱道先、朱育祥的组织带领下打头阵，其他各队全力配合，经过三个昼夜的激战，全歼马部400余人。生俘了马玉民，缴获电台一部，枪支弹药及物资一宗。马玉民提出要见朱道先一面，求情放他一马。朱义正词严地对他说："我多次教育你都不听，教你做人你偏做鬼，不积德善专作恶，今天我已管不了你的事了，听候总队对你的处理吧。"马一听把头低下了，知道自己罪孽深重，谁也救不了他了。消灭了马部顽匪，群众无不拍手称快，认为只有抗日义勇总队才是保护人民利益的队伍。为庆贺这一战果，战地服务宣传队连续组织了三场活动，梁瑾侠临时编演的《朱老仙智斗马王爷》的小品剧，引来观众阵阵掌声，对建立统一战线、团结联合抗日，收到了良好的宣传效果。当地百姓纷纷送自己的子女参加义勇总队，踊跃献粮万余斤，长短枪、土枪300余支，土炮12门，队伍扩大到2000余人。

峄滕边山区抗日根据地的创立和基本形成，特别是义勇总队的快速发展壮大，引起了这一地区顽固势力的不满和仇恨。如驻在冯卯的所谓的"国民党游击第七纵队"司令申宪武，心里感觉很不爽，卧榻之侧岂容他人鼾睡，于是就纠集邹县的秦启荣、峄县的梁结庐、滕县的刘广田、费县的李以锦等国民党地方顽军，密谋吃掉这支新建的由共产党领导的抗日武装。申宪武亲率3000余众气势汹汹南下羊庄镇，妄图围歼驻南塘的义勇总队。这时，与朱道先有着特殊交情的峄县士绅崔蓬庵获悉这一情报后，马上派人到邹坞一带找到朱道先告知这一情报。朱道先一看情况紧急，策马扬鞭从邹坞镇墓山村赶往南塘义勇总队部所在地，并安排朱育祥赶快组织队伍向南塘靠拢。

到南塘，朱道先立即向郭志华作了汇报。形势是十万火急，郭志华主持召开了战前部署动员会，分析面临的严峻形势，命令各大队立即进入临战状态。会后，以特委名义调集鲁南抗敌自卫军董尧卿部，临、郯、费、峄四县边联常备队前来参战。同时告知与特委统战关系较好的田瑶峰、崔蓬庵、梁洁真前来协助。一切安排就绪，公推上级派来的红军军事干部童陆生统一指挥这场反顽斗争。部队快速集结完毕，各部密切协作配合。翌日拂晓，部队向申宪武发起全线进攻。特别是朱道先、朱育祥领导的义勇军第三大队，以迅雷不及掩耳之势挺进到羊庄申宪武的临时司令部，来回穿插，开展巷战，以猛虎掏心之术，击溃了申宪武司令部的 300 余人。缴获迫击炮两门，争取了朱锡一个中队投诚，同时收编了申顽李景洲一个大队 200 余人。与此同时，第二大队包围了庄里村申顽另一据点，经过两昼夜的拼杀攻下庄里村，活捉地主王尚祥，缴获枪支 30 余支，粮食 2 万余斤。第一大队在沙冯村打退了申顽的进攻。战斗打响，各路官兵奋不顾身，英勇杀敌，经过四天四夜的激战，彻底粉碎了申宪武的阴谋，申率领残部逃回老巢冯卯。

这场战斗，义勇总队也付出了沉重代价。总队政治委员何一萍及 10 余名干部战士英勇牺牲，30 余人负伤。何一萍，又名何冰如，河南省孟县人，1913 年生，1937 年加入中国共产党，同年 10 月受河南省委派遣来苏鲁豫皖边区特委工作，先后任特委委员、宣传部长兼鲁南中心县委书记、苏鲁人民抗日义勇总队第一总队政治委员等职。他作战勇敢，不避危险，身先士卒，靠前指挥，深得全体官兵的爱戴和拥护。在前沿阵地牺牲时年仅 25 岁。义勇总队在战争风云弥漫的南塘，为何政委举行了隆重追悼会，战友董一博为其作联："墓山有灵、长恨千古、疆场洒血，大业未成身先死；英雄回眸、当惊六月、南塘飞雪，青史永垂贯长虹。"特委书记郭志华沉痛写下《悼念何一萍烈士》诗一首：

热血满腔愤义师，锄奸未尽竟长辞。
独留豪气摧敌胆，先把宏躯奠国基。
呜咽南塘流漫漫，隐忧北岭草萋萋。
祈君安息泉台下，逐倭杀寇有健儿。

第九章　临险境省委驰援　白楼村培训干部

　　义勇总队取得反击地方顽军申宪武部战斗胜利之后，边区特委面临的形势仍很严峻。特委和总队根据党的抗日民族统一战线政策，从团结抗战的大局出发，随后释放了申宪武部被俘人员，并退还了缴获的枪支弹药，真诚地希望申宪武能够接受教训，改变其反动立场。但申宪武却毫无悔过之意，反将义勇总队的宽容大度视为软弱可欺，妄图重整旗鼓卷土重来。他一面在冯卯、东江一带招兵买马，一面联络地主武装韩秀尧、刘广田等部，沆瀣一气、狼狈为奸，又纷纷向初创的峄滕边根据地逼近。面对复杂多变的形势，郭志华召集特委和义勇总队负责人开会研究对策。大家经讨论一致认为，特委和义勇总队要想在峄滕边站稳脚跟，创建好根据地，必须向省委请求援助和支持。于是派特委委员王建新北上找省委汇报。

　　6月上旬，王建新抵达鲁中见到省委书记郭洪涛。听取汇报后，郭洪涛决定率领省委机关和鲁中第四支队第二、第三两个团南下支援边区特委和义勇总队。同时执行党中央指示，要在以抱犊崮为中心的峄（县）滕（县）费（县）一带探索开辟"鲁南根据地"途径，以及处理苏鲁豫皖边区特委划归边区省委领导的事宜。6月15日，郭洪涛等省委领导率领省委机关大部和八路军山东人民抗日游击队第四支队第二团、第三团及山东抗日军政干部中学校师生到达抱犊崮，在那主持召开了干部会议，分析了当地敌顽我友各方力量，做出部署，决定集中力量打击申宪武、刘广田等反动地主武装，依托峄滕边，逐步向东发展，设想最终创建抱犊崮山区抗日根据地。

为巩固峄滕边区，扩大抗日根据地，苏鲁豫皖边区特委于1938年6月，派朱道先率领义勇总队第三大队走出北部山区，向峄县南运河两岸开进。梁瑾侠主动请缨跟随第三大队出山，参加对日军的作战。朱道先经请示特委，批准了她的请求。随后，梁成了朱开展山外统战工作的得力助手。第三大队抵达峄南后，部队纪律严明，气势高昂，走到哪里便把抗日的歌曲唱到哪里，帮助群众重建家园，得到当地群众的拥护和支持。

朱道先当时任鲁南中心县委统战部部长，第三大队的大队长朱育祥是他本家叔，也是他动员参加抗日武装的，教导员季华，是河南孟县人，1931年10月加入中国共产党，受党委派，于1937年10月来枣庄开展抗日工作。这二人，自觉服从朱道先的领导和指挥，可以说是指到哪打到哪。朱通过梁瑾侠了解到，山前活动在运河两岸各部武装发展情况，孙竞云因与黄僖常在抗日与反共的问题上见解相悖，再加上梁瑾侠的离开，逐渐与黄闹僵，带领队伍返回阴平、周营一带；早先的各联庄会虽然仍称第五十游击支队，实则是各干各的事，第三梯队内由共产党员孙竞萃、孙竞杰掌控，抗日态度坚决；邵剑利部虽使用特种工作团的番号，但陆仰山远在南方，从来没有统领过，邵有完全的自主权，为靠近临城更便于打击日寇，他从老家湾槐树村积极向北发展。但这一区域是牛山孙氏巨大宗族的地盘，历史上孙、邵两族曾有过大的过节，恩怨情仇一直存在，邵感到活动有点掣肘。而孙竞云回到这里有大家族光环照着，在这一带开展抗日活动那是得心应手，自由畅通。孙、邵二人作为新一辈，之间没有什么矛盾隔阂，出于相同抗日目的拉起的队伍，在打击日寇时，二部自发而默契地互相配合，相互支持，全凭二人之间的私人情感，暂无任何有形的联系纽带。于是，朱道先就利用梁瑾侠与孙、邵二人有亲戚和友情的关系，派她先去二部疏通，牵线搭桥。随后，朱联合滕县董尧卿的抗敌自卫军，一同越过临枣铁路来到周营镇。

周营，原名许家屯。汉朝形成。后因元朝广威将军周忠在此驻军扎营而改名周营。一条圣水河潺潺流淌了数千年，孕育两岸淳朴百姓世世代代在这里繁衍生息。在沙河东岸不远处有个牛山村，西岸有个白楼村，抗战时都是"堡垒村"。朱道先先到牛山访问了孙竞云，阐明联合抗日的观点。因为二人多年来一直交好，孙对朱也非常坦诚，说明他之所以离开黄僖常，不再当那个五十支队"参谋长"，而回到老家根据地，主要是对黄的"宁亡于日，不亡于共"的论调不认同。"谁真正抗日我就跟谁干，不抗日我们拉队伍干什么？"二人越谈越投机，共同分析研究了当时大运河以北、津浦路以东区域的对敌斗争形势，在日军大举进攻、敌强我弱的情况下，只有加强团结，才能打好游击战，巩固和扩大根据地，站稳脚跟，抵御外侮，直至把日本侵略者赶出中国。两人的认识非常统一，并且酝酿了筹建某种组织，以便更好地攥起拳头、形成合力、克敌制胜。

离开牛山，朱道先又带着梁瑾侠来到白楼，找到邵剑利谈话，论证成立联合抗日团队问题。邵属于少壮派军人，办事雷厉风行、干净利落。他在张家口参加"抗日同盟军干部学校"受训时，就聆听过地下共产党员张克侠将军的授课，认知共产党的威名。当见到朱从老山里带来的抗日队伍精神抖擞、歌声嘹亮，特别事先从梁瑾侠那里了解到共产党领导的抗日义勇总队杀敌战斗的故事，就急切想加入这支队伍，邵问朱："我听说，共产党领导的抗日队伍是八路军和新四军，你们为什么不叫八路军？"

朱告诉他："名字不是随便乱叫的，八路军现在主要活动在陕西、山西，新四军活动在江南，暂时离我们很远，无法获取部队正式番号，但我们有地方党组织的领导，组建起自己的军队，就近领取抗日武装番号，照样组成敌后抗日力量，开展对敌斗争。为了加强党的统一领导，我们可以派出共产党员担任政治工作干部，协助军事主官（司令）管好队伍。"

听到这里，邵当即表示："那就请朱部长尽快派遣共产党员来我们部队，抓好队伍的思想教育和训练管理。"朱说："我可以先答应你，但需要请示特委批准后才能到位。"

恰在此时，国民党军事委员会战区特种工作团第三总团第二分团头目陆仰山，带队来视察他的第五大队邵部，邵剑利一边应付上级的检查，一边加紧与共产党洽谈如何建立抗日联合组织的问题，可以说是左右逢源。

邵剑利和族人邵子诚，在七七事变后，变卖家产，购买枪支弹药。当时3亩地才能换一支"汉阳造"，两家卖地600亩，买进200多支枪，组织起了300多人的抗日队伍，与日军较上了劲。在朱道先到这之前，邵部刚在沙沟镇东杨庄村与日军干了一仗，邵挑选50名精干战士打伏击，打死日军13人，缴获汽车1辆、机枪1挺、步枪10支、子弹2箱和日军扫荡抢劫的一车物资；在大运河新闸子至六里石一段设伏，从水中暗下拦网，拦翻击沉日军4条橡皮船，船上的日军全部落网身亡，对随后赶来救援的日军快艇，又是一阵穷追猛打。快艇受损严重，也险些被拦击沉，冒着黑烟落荒而逃；接着又在津浦铁路塘湖段扒铁路、炸火车，切断敌人的交通线。一连串的动作，有力打击了日本侵略者的嚣张气焰，引起了老山里边区特委对这支队伍的重视，也成为这次朱道先出山的重点统战对象。没想到一见面就谈得很好，这与梁瑾侠、孙竞云事先的疏通有很大关系。

由于孙竞云脱离黄僖常不再担任别动总队华北第五十支队"参谋长"，对五十支队下属的各梯队已不好发号施令，于是朱道先在做好邵部工作的同时，带着梁瑾侠等人穿梭寨山至运河一带的东楼、西楼、宁楼、圩子、文堆等地，会见孙云庭、孙倚庭、邵子诚、丁瑞庭、单兰庭等，仅用5天时间，就成立了有义勇总队、抗日自卫军、五十支队梯队、特别工作团第五大队参加的"山外四部抗日联合委员会"，公推朱道先为主任委员，孙竞云、邵剑利、孙云庭为副主任委员，梁瑾侠为宣传委员。在白楼召开了誓师会和军民联欢会，士气高涨、民心大振。

"山外四部抗日联合委员会"成立之后，应朱道先的请示，边区特委及时抽调文立政等党员干部来四部委工作，在白楼村举办了山外抗日联合委员会青年抗日干部政治训练班。文立政出任政治教官；孙竞云出任军事教官；梁瑾侠出任助理教官，协助教学管理、教唱抗日歌曲。首批学员共有50多人，原计划培训3个月，由于鬼子"扫荡"，仅举办30多天就被迫中断。时间虽然短暂，但也为我党培养了大批干部，好多人成了之后建立的运河支队、铁道大队及其他部队的中坚力量，助燃了抗日的熊熊烈火。

文立政，原名文立徵，字国道，湖南省衡阳人。1911年4月生，1934年7月考入北平辅仁大学，次年参加抗日救亡的一二·九学生运动，随后投笔从戎，成为中华民族解放先锋队成员，加入中国共产党，被组织派往鲁南人民抗日义勇总队做宣传和民运工作，任鲁南人民自卫军政训处副处长，积极协助朱道先做好四部委员会的统一战线工作。在白楼创办抗日青年训练班时，他的讲课内容虽好，但由于南方口音太重，北方本地学员很难听懂他的方言，梁瑾侠在南京上过几年学，南方的同学很多，口音繁杂，她基本都能辨别听懂，就专门为文做翻译，不仅翻译得准确，而且声情并茂，大家听得津津有味，不时报之以热烈的掌声，使文立政也很受感动。孙竞云、邵剑利等由于是当地人，讲军事课不用翻译，梁瑾侠就跟堂服务，由于她与学员们年龄差不多，有的岁数比她还要大，所以与学员更处得来。

文立政讲毛泽东的《论持久战》，有时梁瑾侠要逐字逐句翻译讲解，让学员们认识抗日的形势和理解团结抗战的道理。她活泼可爱，吸引青年人互动，经常寓教于乐，教唱革命歌曲，如《义勇军进行曲》《三大纪律八项注意》，激发大家的爱国热情。在教唱《大刀进行曲》《救亡进行曲》《牺牲已到最后关头》等，带着真感情，眼含热泪，很具感染力，学员们备受教育和鼓舞。后来指战员们唱着她教唱的革命歌曲奔向抗日战场，英勇杀敌，取得一次又一次的胜利。

因抗日联合队伍经常袭扰打击敌人，后来日军就针对白楼附近村庄进行大"扫荡"，训练班不能再办下去。除一部分学员被转到山东岸堤抗日干部学校继续深造受训外，多数被分配到各部队，成了抗日骨干，有些同志后来成为我党我军的重要领导干部，像曹捷、孙竞华、褚斯林等成了部队或地方的高级干部。训练班结束后，应邵剑利的请求，经边区特委批准，文立政奉命留在邵部做政治工作，为这里发展党员、建立中共支部，做出了杰出贡献，为这支部队随后编入八路军第一一五师运河支队奠定了良好的政治基础。

在山外抗日联合会"青年抗日干部政治训练班"，梁瑾侠既是教员，又是助手，同时也是学员。培训期间，她是最忙活、最积极的，和学员们一起听文立政、朱道先、孙竞云、邵剑利讲政治、军事理论，第一次比较系统地学习军事科学和革命文化，政治思想、军事素质有很大提升。文立政由于在延安抗日军政大学接受过培训，对毛泽东的军事理论很有研究。他讲毛泽东的《矛盾论》《实践论》，学生们还听不很懂，但他讲《井冈山的斗争》、《星星之火可以燎原》、"枪杆子里面出政权"，建立农村革命根据地、开展武装斗争和游击战的"十六字诀"，大家能够听得懂。对毛泽东的四渡赤水出奇兵，学员们听得津津有味。梁瑾侠对有些内容也都是第一次知道，她从文处长那里借阅到毛泽东的《论反对日本帝国主义的策略》《中国革命战争的战略问题》《反对日本进攻的方针、办法和前途》《抗日游击战争的战略问题》《论持久战》等论著，如饥似渴地学习，弄不懂的问题，及时请教文处长。这老文年龄只长梁瑾侠五六岁，同属年轻人，很合得来。对梁请教的问题，那是有求必应，认真讲解，特别是在政治理论方面，使梁受益匪浅。

文告诉她，《论持久战》共5万多字，是毛泽东不分昼夜用一周时间写作完成的，可以说是一挥而就。梁瑾侠感到很惊奇，用这种速度创造性地形成这一军事理论，可以说是前无古人的，她深感毛泽东的伟大，把他看成神人。

文立政告诉学员们，毛泽东成为中国共产党的领袖，那也是经过千锤百炼的，他在指导中国革命战争的长期实践中所创立的军事理论，成为人民军队在战争力量敌强我弱、武器装备敌优我劣的条件下克敌制胜的法宝。特别是在游击作战中，要坚持一切从敌我双方的实际情况出发，你打你的、我打我的，有什么武器打什么仗，对什么敌人打什么仗，一切依时间、地点、实力为转移。打得赢就打，打不赢就走，灵活机动、不拘一格、扬长避短、力争主动，利用矛盾、各个击破。反对进攻时的冒险主义、防御时的保守主义、退却时的逃跑主义，做到"敌进我退、敌驻我扰、敌疲我打、敌退我追"，有效地实现保存自己、消灭敌人的战争目的。这些都对梁瑾侠和学员们有很大的教育和启发，为她之后参加战斗和指挥打仗奠定了更加坚实的思想和理论基础。

第十章　随省委撤离西集　赴沂蒙宣传抗战

山外青年抗日干部政治训练班结束之后，梁瑾侠没能留在峄西，奉命随朱道先返回第五战区人民抗日义勇总队宣传队，参加了再次反击土顽申宪武的战斗。

1938年7月，正值卢沟桥事变发生一周年纪念日，中共苏鲁豫皖边区省委书记郭洪涛，在西集庄里主持召开省委和边区特委干部会议，研究决定，集中现有武装力量，进攻多次挑衅的土顽"国民党游击第七纵队"司令官申宪武设在冯卯镇的匪巢。

第四支队副司令赵杰发布命令，由第四支队打先锋，义勇总队打配合，于7月16日对申宪武老巢冯卯发起突然总攻。梁瑾侠带领宣传队员，一方面做好宣传，另一方面参加救援，直接插到前沿阵地，救助伤员和参加战斗。由于冯卯的土围子易守难攻，战斗持续7昼夜，共发起20多次冲锋，最终将冯卯、高庄两匪巢攻破，毙伤顽军280余人，俘虏150余人，缴获长短枪200余支。申宪武带着残部潜逃到白彦一带。第四支队和义勇总队也付出40多人伤亡的代价，副司令赵杰和第二团第一营营长封振武等身负重伤。

战斗结束后，省委进驻冯卯。几天后，又移驻善堌，省委进驻善堌夏家大院。山东抗日军政干部学校则设在雪山灵芝寺，与苏鲁豫皖边区军政干部学校合并后随之开学，梁瑾侠参加了教育培训。

此时对敌斗争形势十分复杂多变并且非常严峻，省委率领的第四支队和苏鲁人民抗日义勇总队，连续开展一系列军事行动，虽然粉碎了地方顽固势力的进攻，暂时巩固了峄滕边区，但尚未能给敌人以毁灭性的打击。顽匪申宪武僵而不死，不甘心自己的失败，残喘休整一段时间之后，又开始四处活动，联合滕州的国民党复兴社头子秦启荣，鼓动滕县的褚汉峰、刘召汉、孙鹤龄，峄县的梁结庐、黄僖常，费县的李以锦等地方顽固势力，从四面八方一齐围向峄滕边根据地。加之省委第四支队在反击土顽进攻的过程中，急于求成，没能很好地执行党的统一战线政策，四面出击，打击面过宽，将与我方关系很好的如崔蓬庵等地方士绅用来看家护院的武器也收缴，致使一部分原来与鲁南人民抗日义勇总队保持较好统战关系的地方武装，纷纷掉转枪口与我为敌，使中间力量变成仇视红色政权的敌对势力，增加了峄滕边根据地的压力。

8月中旬，郭洪涛决定进攻东江刘茂田部，希望以此改变被动局面。但由于缺少攻坚武器，部队连攻数日未能攻克，且伤员不断增加，武器弹药供应不上，部队给养面临困难。在峄滕边根据地周围，敌我力量发生变化，敌强而我弱。顽固势力数倍于我，红色根据地随时有被围歼的危险。而此时的峄滕边根据地的广大人民群众尚未充分发动起来，还没有建立起稳定的抗日民主政权，根据地面积相对狭小，纵横回旋余地不大。在此背景下，省委郭洪涛书记听取多方意见，经认真分析论证，认为周边敌对势力虎视眈眈，且力量强我数倍，目前建立抱犊崮抗日根据地的时机尚不成熟，于是决定，省委机关和第四支队暂时撤离峄滕边区，返回鲁中，以便更好地组织全省的武装斗争。

根据省委指示，抗日军政干部学校和抗日宣传队随省委一起行动，梁瑾侠跟随省委同宣传队于1938年8月下旬撤离鲁南山亭，开赴鲁中沂水一带。在沂蒙山腹地相对比较安全，梁瑾侠和宣传队队员们抓紧编排抗日剧目向群众演出，宣传共产党的抗战政策，提升群众的抗日热情。她把在鲁南发生的抗日故事编写成《破路截车》《夜袭日营》《运河伏击》等情景小品，既当编剧，又当导演，并亲自演出。她还把柳琴戏和运河小调带进沂蒙山区，糅合进沂蒙山小调，创作出为当地群众喜闻乐见的节目，一时间忙得不亦乐乎。

省委机关在撤离峄滕边区之前，向苏鲁豫皖边区特委发出通知：（一）峄滕边区偏处一隅，交通、通信十分不便，省委决定机关移驻沂蒙山区，便于指挥全面工作；（二）鉴于特委与张里元有较好的统战关系，特委可在鲁中南张里元辖区活动；（三）土顽势力联合向我逼近，形势不利，特委率义勇队能在当地坚持就在当地活动，否则可以转移其他地区，由特委研究决定。

郭志华在接到郭洪涛的指示后，得知省委及第四支队开始撤回鲁中，马上连夜召开紧急会议。知道单靠义勇总队的力量，在西集、羊庄、邹坞、陶庄一带难以支撑下去。为了挽救峄滕边区的危局，即派朱道先和丛林去莱芜国民党第六十九军石友三部，找到在石部任政治部主任的共产党员张友渔，请求支援未能成功，朱急得捶胸顿足，张虽然做出努力也未能劝动石友三。在周围敌人蠢蠢欲动的危险困境中，郭志华当机立断，决定撤离峄滕边根据地，向抱犊崮附近大北庄、大炉村一带转移。因为在那里他很早就扎了根，1935年5月就派弟弟郭志远在大北庄建立了第一个工作点，以开办"天德堂"药店为掩护开展革命活动；为加强对这一地区的领导，同年10月，又派张光忠来此协助郭志远的工作，建立了鲁南第一个农村党支部，组织开展农民运动，组织农民反抗地主阶级的残酷压迫。之后又在高桥、徐庄、北辛、大炉等地建立了党支部和党总支，打下了良好的群众基础。战略转移命令一下，各部立即行动，峄滕边根据地的群众难舍难分，尤其是部队家属，害怕大部队走后顽匪过来报复，有300多户请求随部队一同转移，生死不离。特委经研究同意了军烈家属一同撤离。义勇总队1500多人，加上300多户家属和后勤人员，总共2000多人，浩浩荡荡向东部抱犊崮老山里挺进。

边区特委和义勇总队东撤行军不久，天公不作美，突降大雨，部队和随军家属冒雨前行。因道路泥泞，加上携带辎重和战略物资较多，行进极为缓慢，一天仅走二三十里地，在途中还不时受到顽军袭扰和阻击。部队开拔到山亭就休整了一天。第三天，当先头部队东进抵至旱河坝村时，遭遇当地土顽刘玉华部的堵截。义勇总队一面掩护随军家属后撤，一面进行自卫还击。战斗中，义勇总队第一大队连长刘廷玉、政治指导员杜继贤负伤；第二大队教导员渠玉柏、政治干事杨际员在掩护部队撤退时负伤被俘，顽匪毫无人性地对他们进行摧残，最后在他们身上捆上石头推入奔腾的河流中，渠、杨二同志壮烈牺牲。部队于当夜到达鲁南中心县委驻地徐庄宿营。天未亮又从徐庄出发，继续东进，经过一天的缓慢前行，于深夜行至孔家汪村，又遭遇土顽李以锦部的拦截。因深夜双方互摸不清对方情况，僵持在孔家汪。天亮后，张光忠持山东省第三行政区保安司令张里元的信与李以锦交涉，晓知以大义。最后说通李以锦，得以顺利通过。经过五天的艰苦跋涉，边区特委率领义勇总队几经辗转，克服重重困难并付出巨大牺牲，终于摆脱重围。部队和家属到达目的地抱犊崮深山里。这里因是郭志华早期从事革命活动的地方，统战工作和群众基础都比较好。到此算是找到了比较安全稳定的落脚点。

在梁瑾侠奉调离开峄西时，她曾动员孙竞云带着队伍一起到峄滕边区根据地，孙明确表示不愿离开老家，不能丢下乡亲们不管。他说："我跟你走了，乡亲们怎么办？因为我的这支队伍，都是当地的亲属，他们不愿离开故土去老山里受穷。我跟你去了，到山里只能发挥我一个人的作用；我不跟你走，在这里我可以带领着大家一起干，发挥更大的作用。再说，在哪里都是一样抗日打鬼子。这里西靠津浦路、微山湖，南面大运河，北倚文峰山、卧牛山，进可攻，退可守。又距峄县、临城都很近，打鬼子更为方便。进了老山里，上哪杀鬼子？所以，我想还是暂时留下。"

因为在这里，孙氏是一个大家族，当地有句民谣说："南常褚、郗山殷，人多不如牛山孙。"峄阳牛山孙氏宗族在苏、鲁、豫、皖临界区域的族群人员达几十万。其始祖自明朝永乐年间，由山西平阳府迁居山东峄阳牛山南麓牛山村，已逾600年，繁衍20多世，人丁兴旺，人才辈出，家业繁茂。近代有不少大户土地达千亩、万亩，在滕、峄、铜、邳沦陷后，孙氏有不少大户人家受竞云的影响和动员，毁家纾难，毅然走上抗日的道路。如比较著名的"孙氏六庭"：孙正惠，字恩庭；孙莫汉，字云庭；孙莫遐，字丹庭；孙竞舆，字倚庭；孙竞璋，字华庭；孙竞芬，字香庭。抗战之初，全部都拿起武器打鬼子。当然后来也有个别变节者。除这六庭，还有共产党员孙正才、孙竞萃、孙竞杰等，都拼将一腔热血厮杀在抗日的战场上，有的多次负伤，有的英勇献出生命。黄埔军校高才生孙竞云是其中的佼佼者和领军人物，发号施令，一呼百应，带领孙氏族人在大运河两岸、津浦路东西，搅得日军日夜不得安宁。从当时的情况看，孙竞云没有跟朱道先、梁瑾侠离开峄西，也许是正确的选择，无论是从发展队伍，还是从杀敌效果看，他不走真是比走结果更好。进了抱犊崮老山里上哪里去杀日本人？要想主动杀敌，还得回到山外铁路沿线和大运河两岸。

邵剑利在梁瑾侠离开白楼后，为了获取国民政府的军事援助，领取枪械和被服等物资，受陆仰山的鼓动拉拢，随同国民党特种工作团离开了峄西，一路南行，跨过陇海铁路去清江，沿途经过睢宁、宿迁等地，再越过海（州）郑（州）公路时，正遇日军由徐州东进"扫荡"抗日武装，狭路相逢，邵部奉命抵抗，杀敌八十，自损一百。原来300多人的部队，现已剩下不足200人。政训处主任文立政一看这种情况，估计队伍到不了清江，就会被打散。他一方面利用官兵远离故土、思亲挂家的情绪，鼓动他们要求北返；另一方面做邵剑利的工作，说服动员他不要再追随陆仰山，把好不容易拉起的队伍搞垮了。邵去征求官兵的意见，大家一致反对南下清江，请求返回老家闹革命。

随后，邵部不顾陆仰山所下的"继续向南前进"的命令，立即调转方向北返。返回途经邳县，又受到国民党邳县县长王化云的武力阻挠，邵剑利组织官兵边打边撤，在郁头山突破重围。经燕子埠、贺窑、涧头集、耿山子，抵达运河南岸，在德胜庄过运河时，又突遭韩庄日军巡逻汽艇的袭击，一艘渡船被击沉，牺牲几名战士，经奋力反击，鬼子的汽艇被打冒烟向西逃窜。这次南下清江，减员近半，损失惨重，但总算保住了基本队伍没有解散。文立政主任在这中间起到了关键作用，邵剑利十分感激，"这次如果没有老文的正确主张和辛苦工作，我拉起的这支抗日队伍，恐怕很难存在。"返回峄西之后，经过一段时间休整，部队才逐渐恢复了元气，继而又开始了新的战斗。

第十一章 话剧《夺枪》引轰动 过度劳累患重疾

　　梁瑾侠跟随边区省委进入沂蒙山区，是省委领导和部队首长看中她的文字功底和文艺天赋。无论到哪，无论干什么，她都十分认真，努力做好。在继续搞宣传服务工作中，多次受到领导的表扬。是年底，中央决定中共苏鲁豫皖边区省委改称中共中央山东分局，郭洪涛仍任书记。不久，梁瑾侠被分配到山东分局战地服务团工作，任副队长，她在紧张的战地服务工作中，不忘学习和创作，牺牲休息时间，加班加点编写出多个战斗故事短剧，其中《夺枪》这个话剧在沂蒙根据地轰动一时。《游击队之歌》中唱道："没有吃没有穿，自有敌人送上前，没有枪没有炮，敌人给我们造。我们生长在这里，每一寸土地都是我们自己的。无论谁想抢占去，我们就和他拼到底。"《夺枪》所表现的正是这样的场景，有异曲同工之妙。我们虽然一穷二白、缺吃少穿，但我们有着坚定的信念，战斗中不怕流血牺牲，用大刀长矛去战胜持有先进武器的日本强盗，去夺取他们的枪炮。用敌之矛，击敌之盾，用鬼子的武器去消灭鬼子。官兵们看了士气大振，百姓们看了纷纷送子参军，不断壮大抗日的队伍。这一剧目深受省委领导和部队首长的好评。

　　此时，朱道先随边区特委转移到抱犊崮，协助郭志华继续做好统战工作，重新恢复与周边友军的关系。抱犊崮老山里土地贫瘠，当地人民群众的生活十分艰苦。为了减轻当地人民群众的负担，区边特委经报省委批准，鲁苏人民抗日义勇总队在保持原领导干部和独立编制不变的情况下，暂时改用张里元的国民党山东省第三区保安司令部直辖第四团的番号，部队仍受省委指挥。改编后，张里元供给棉大衣千余件和部分枪支弹药，虽然粮饷和被服未能完全按正规部队标准配发，但也暂时缓解了义勇总队的生存困难。这也是统战工作成功的结果。随后，中共苏鲁豫皖边区省委决定撤销苏鲁豫皖边区特委，成立鲁南、苏鲁豫、苏皖三个特委，郭志华调任苏鲁豫皖边区省委统战部部长。不久又调往延安参加党的七大，留在了延安，至日本投降后返回山东。

义勇总队改编为直辖第四团，张光忠任团长，李乐平任政治委员（对外称政治处主任），梁度世任政治处副主任，韩文一任参谋长。下辖三个营：第一营营长朱育祥，教导员为宋学民；第二营营长石世良，教导员为白坚；第三营营长刘金振，教导员为张鸿仪。可以看出这支队伍，还是朱道先举行邹坞暴动的老班底。三个营的营长，有两位出自朱道先手下，骨干多是原来的"鲁南民众抗日自卫团"的成员。

1938 年 12 月，八路军山东纵队成立，张经武任总指挥，黎玉任政治委员。义勇总队（直辖第四团）又正式编入山东纵队。团长张光忠、政委李乐平奉命到沂水县王庄村参加了山东纵队成立大会。义勇总队虽然编入了八路军山东纵队，但对外仍沿用直辖第四团的番号，继续和张里元保持统战关系，获取国民党山东省第三保安司令部的军饷，继续活动在抱犊崮山区坚持开展抗日游击战。

1939 年春，国民党第五十一军周毓英的第一一三师、方淑洪的第一一四师途经津浦路与枣台路之间进入鲁南峄滕铜邳地区，日军沿途围追堵截，双方在峄县城西的战斗中各有损伤，丢失大量武器。当地百姓打扫战场，把捡拾到的武器全送给了当地的抗日队伍，使孙竞云、邵剑利两部得到补充武装。其中牛山后绅士许路阳将百姓上交给他的两挺日军丢下的拐把子机枪转赠了邵部。许家此举后被日军知道，惨遭灭门之灾。

武器装备得到补充之后，是年 5 月，孙、邵两部联合讨伐高安奎部。高安奎本系北洋军阀的高级军官，后因官场失意回家闲居。峄县沦陷后，他也拉起一支几十人的队伍，先打着抗日的幌子，四处招兵买马，之后就与日本人勾勾搭搭。他跑到南京向汪精卫谄媚，投入汉奸的怀抱，被任命为维特会长和保安司令。回来后在峄西大肆进行"大东亚共荣"宣传，壮大汉奸队伍，并对孙、邵两部进行挑衅。在他扬扬自得之际，孙、邵趁其不备、出其不意，一举将其歼灭，对运河两岸地区自汪精卫投敌掀起的投靠日寇成风的势头给予沉重打击。

为了追随共产党，孙竞云、邵剑利二人于1939年夏初，来到抱犊崮山区寻访共产党的组织和队伍，找到了郭志华和朱道先，申请接受共产党的领导，为部队找个新归属。于是，朱道先受中共鲁南特委委派，出面说和国民党鲁南行政专员张里元，分别给予孙竞云、邵剑利以旅长、团长的委任。这次老山里之行，孙、邵收获颇丰。但也给孙竞云留下遗憾，未能见到日夜思念的梁瑾侠，听说她随省委到了沂蒙腹地沂水，也就比较放心了，但内心仍感觉空落落的，不是滋味。

而此时的梁瑾侠并没有孙竞云想象的那么好过，正在受着疾病的煎熬。因饥饿过度营养不良，加之水土不服，过度焦虑，深染沉疴，恶心呕吐，拉痢疾，经常上吐下泻，已几个月不来例假，身体消瘦到弱不禁风，如同林黛玉一样有时咳嗽不止。但她仍忍着病痛折磨，不吭不响，继续拼命工作，结果在一次演出话剧《夺枪》时，直接晕倒在舞台上，半天没有醒过来。日军又在这时对山东敌后根据地进行疯狂大"扫荡"，省委机关也已居无定所，不断转移，当时又缺医少药，在这里已无法对梁瑾侠进行系统治疗。如果再耽误，恐怕性命难保。于是组织上经研究决定，安排她的两个亲人护送她回家治疗。一个是胞弟，一个是堂弟，两人当时只有十三四岁，小小年纪就被她带上革命道路。受组织委托，俩少年护送姐姐回老家治病。因为她当时已经不能行走，组织上出经费雇了一辆独轮车，那兄弟俩一推一拉就上路了。在平原行进时，她可半依半躺在车上；到了山区，兄弟俩只能轮换背着姐姐爬山越岭。一路奔波，走走停停历经近20天，才回到峄县老家，梁克玉、梁克举小兄弟俩很艰难地完成护送姐姐回家治病的任务后，未敢在老家多停留，只待两天就向回返，又经过十多天，在沂蒙老山里找到大部队复命。

当时，峄县、枣庄、临城等城镇已被日军占领，把守严密，城里有家也不能回，梁瑾侠就被送到了张林乡下。由于疾病再加上一路颠簸，此时的她已经奄奄一息像个死人。姥姥一见揽在怀里抱头痛哭："我的好孩子，怎么被搞成这个样子呢？你要是有个好歹，让姥娘我可怎么活呀？"随后，赶紧安排人进城去请医生。城里的中医堂历史悠久，金兴定年间（1217—1222年）置峄州，就有郎中在此行医声名鹊起。近年来有位姓梁名结清、字济民的名医，早年曾和孙逸仙、周树仁一同在日本留学医术，回国也曾闹过革命，但家命难违，只好回老家悬壶济世。上善黄芪、下合中西，练就妙手回春之术。日军占领县城后，他不愿为侵略者服务，于是也隐居乡下。被派去的人费好大劲才在梁家庄附近找到他，一听是给本家孙女治病，二话没说就起身来到张林。

这时的梁瑾侠两眼紧闭，气息微弱，已经不认人，叫了几声也不知答应。姥姥在一旁一直垂泪："我说她三姥爷，您看这孩子还有没有救？您可要给我救活了，要不然我也不过了。"

梁先生说："老嫂子，您先别着急，让我先仔细看看再说。"他平心静气地把了一会脉。又翻开眼皮看看眼球，姥姥帮助让她张开口看看舌苔。望闻问切过后说道："这孩子湿热过度得了重伤寒，与她风餐露宿、饮食不洁、水土不服、卫生条件差、营养不良等有关，再加上她性格比较急躁，思念老家亲友闷在心里，工作压力大，气火攻心，又强撑着不去治疗，病就耽误了。我看生命尚可保住，但需要慢慢治疗调养。如果用西医还能治疗得快些，但现在是兵荒马乱，上哪去弄西医针药呢？我开几服中药让她先吃着，先稳住病情，待有好转后我再给她调方子。"边说边开了药方，并交代熬制和服用方法，让人跟他去拿药："我那儿药已不是很全，这几味药让小伙计到城里药店看能不能买到。如果也买不到，就先吃着我那现有的这几味：地龙、黄芪、丹参、胡黄连、山栀子……我再想想法看能不能弄到奎宁、盘尼西林等西药。"

几服中药吃过之后，在姥姥的悉心照料下，梁瑾侠总算保住了性命。当时在张林村附近的聂庄、天桥、李庄、蔡庄、薄板泉、马场等村经常有抗日武装活动。所以日军经常到这一带偷袭、"扫荡"。姥姥不敢大意，就把梁瑾侠安排到后院用于储藏蔬菜等杂物的地窖里，白天出来晒晒太阳，夜晚就住在那里。有她的一个还不到十周岁的小妹妹陪伴，姥姥有时也住在那儿。

吃了梁先生开的药，真的发挥了疗效，由不省人事，不知睁眼、不知张嘴，逐渐到意识清醒，知道张口喝药、吃饭。因她有着顽强的生命力，未能用上洋药就病情开始好转，止住了发烧和吐泻。加上鸡蛋、鸡汤、肉食等营养跟得上，一月过后就能慢慢起身、慢慢坐立。但此时她头发已全部脱落，完全像个比丘尼，一度失明的眼睛开始能模模糊糊看见些物体大框了。姥姥的工夫没有白费，看到自小跟她长大的宝贝外孙女日渐好转，笼罩在心头的阴云开始消散。

也就是在梁瑾侠于沂蒙山区患病和回老家治疗养病这段时间，暂时与组织失去联系，不知道孙竞云在干什么的时候，孙竞云和邵剑利联手干了许多大事。在邵部被他的顶头上司陆仰山带赴苏北清江那段时间，只有孙部在原地坚守抗日，处境十分危险。

梁瑾侠在离开抱犊崮之前，曾经来到山外，再次奉劝孙竞云率部进驻老山里，暂避危险处境，但他就是不答应，还是强调他的那些理由："我不是不想跟你一起走，但队伍都是老家人，又是本家户族或是亲戚朋友，他们祖祖辈辈在这里土生土长，传统的乡土观念很强，故土难移。我若带不走他们，自己进山还有什么意思？"

梁说他："你是司令，你说了算。你若下命令，谁敢不听？说到底还是你自己不愿离开故土。"

孙也承认梁的说法："是的，你得给我一段时间，让我也做做他们的思想工作。人说，强扭的瓜不甜，待时机成熟我再跟你进山里。现在处境是很险恶，越是在这种情况下，我越不能不仁不义，置父老乡亲于不顾一走了之，我还不想把大家用鲜血和生命开创的峄西根据地拱手让给日本人。"

孙竞云是这样说的，也是这样做的。在梁瑾侠离开他返回抱犊崮之后，他这一部在峄西苦苦支撑着。邵部从南方撤回后，牛山一带的抗日队伍又壮大了。为了寻求上级支持，以便于进一步打开峄西运北的抗战局面和找到新的靠山，孙、邵二人经再三商量研究，决定去老山里一趟，想找朱道先、梁瑾侠帮助出出主意。到了老山里虽未见到梁瑾侠，但朱道先却帮他们俩解决了大问题。在别动总队华北五十支队"参谋长"和特种工作团第三总团第二分团的第五大队"司令"已不复存在情况下，经鲁南特委书记宋子成委托朱道先找张里元统战说和，国民党鲁南专员兼保安司令部，特委任孙竞云为鲁南游击司令部特务二旅旅长，委任邵剑利为鲁南游击司令部直辖七团团长。使这两支队伍有了新的正式番号，二人又有了正规的头衔，并领到了部分军饷，缓解了一些经济压力。

孙竞云、邵剑利接受完国民党的任命后，共产党这边宋子成书记、朱道先部长，再与二人会面，商定当前的抗战大计。指示他俩回到峄西后要"采取主动战略，积极打击日寇，团结一切可团结的力量，开创峄南运河两岸抗战新局面"。从此，孙、邵两部摒弃了原来的番号，打起了国民党鲁南保安司令部的旗帜，加强了与共产党的联系，更增强了抗战必胜的信念，满怀高昂的革命热情回到峄西。回来不久，孙、邵两部不断袭扰日军，派出侦察兵，利用明暗两线，准确掌握周围日军行动的情报。不几日，经摸准敌情，决定在曹家埠一带对日军打一次伏击战。

曹家埠位于牛山之阳，周营和阴平两个大镇之间，是一个仅有百十户人家的小村庄，但曹家大地主所建的庄园却很有规模，四周筑有高高的围墙，围墙四角和村中心筑有六个炮楼和两个高大门楼。1939年7月13日这一天，驻津浦路韩庄车站据点的日军指挥官四支郎君带着装备有轻机枪、掷弹筒等精良武器的22名日军小分队和100多名伪军，到牛山后一带搜索我抗日游击队，结果很失望，到那扑了个空，当晚就垂头丧气地带着抢夺百姓的家产返回到韩庄据点。当天夜里，驻防在曹家埠的孙竞云部和驻防在安乐庄的邵剑利部互通了情报，获悉第二天，日军四支郎君小分队将继续出动，到周营、阴平一带扫荡。因第一天没有见到抗日队伍，自认为游击队吓得躲藏起来不敢与他们碰面，自鸣得意，气焰十分嚣张。孙、邵二人为了协作抗敌，连夜到周营会面研究作战方案。经研究决定：如果明天日军先到阴平，经邵楼、周营"扫荡"后仍返回老巢，我们可以再放他们一马；如果日军先经邵楼再到曹家埠，那么，孙部就在原地设伏，打他个措手不及。而后，邵部从安乐庄、三尖汪等地背后杀出，内外配合，使日军首尾不能相顾，两部联合发力，把他们消灭掉。商定完之后，孙、邵从周营各自返回自己的营地，做好动员，准备好第二天的战斗。

7月14日上午，四支郎君趾高气扬地带着日军的小分队和伪军窜到邵楼，抓了个名叫邵泽先的老实巴交农民为他们带路，目的是经曹家埠多捞些油水再去周营。邵泽先是邵剑利的远房侄子，他当时也不知道驻在这一带的孙竞云和邵剑利有没有准备，怕孙、邵吃亏，就故意将日军带往北褚楼，他知道那里没有孙、邵的驻军，不会发生擦枪走火。绕了一段路被日军发现方向不对，四支郎君抽出指挥刀架到邵泽先的脖子上吼叫道："你的不是良民，良心大大的坏了。你的，这是往哪里的干活？"

邵泽先一看势头不好，忙说："太君，我被你们吓晕了，没听准你们要往哪里去。"

"我们曹家埠的干活，你要不老实，死啦死啦的。"邵泽先一看没辙，只好硬着头皮带日军往曹家埠方向走，路见行人，他就故意噘嘴使眼色，让行人提前去通知一下孙竞云、邵剑利他们好有准备。一路磨磨蹭蹭，到中午日军才到达曹家埠。准备在这里的大户人家饱餐一顿，再大捞一把。当鬼子们大摇大摆走进西门时，在这里早有准备的孙竞云的官兵严阵以待。

刚一接近村庄，邵泽先就吆喝开了："老少兄弟爷们！'皇军'到了，快出来迎接！"他这是在提醒乡亲们赶快躲起来。日军刚有一半进到村里，有的战士就沉不住气了，躁出响声，孙竞云当机立断："打！"顿时枪声大作，日军猝不及防，被打倒七八个。四支郎君从慌乱中稍一镇静："八嘎！快快抢占有利地形！"舞起战刀指挥剩下的日伪军向村外撤退，占据村外坟头、粪堆、土坎等有利地形，组织密集火力向村外射击，打得游击队员们抬不起头。鬼子和汉奸在四支郎君的驱使下，开始向村内进攻。这时的邵剑利带着队伍，凭借高粱地青纱帐的掩护，早已从安乐庄迂回到日伪军背后，紧咬住敌人其尾贴近到敌后不能再近，用许路阳赠送的两挺轻机枪，带着复仇的怒火向小鬼子们一阵猛射，使日伪军腹背受敌，难以招架。

孙、邵两部火力交叉，经过约两个小时激战，以轻伤3人的代价，把四支郎君等22名日军全部歼灭，毙伤伪军30多人，俘虏20多人。并缴获大量武器和战马2匹、马车3辆。是役，不仅打击了日军的嚣张气焰，而且也锻炼了抗日队伍，鼓舞了广大人民群众的抗战热情，受到了国民党鲁南保安司令部和共产党鲁南特委的分别表彰。病痛中的梁瑾侠在过了很久之后才从姥姥那获知这一消息，但仍激动得泪流满面，她为孙竞云、邵剑利感到骄傲和自豪，由此，自感病也好去一大半，心已飞往峄西，急切地想和孙竞云、邵剑利并肩作战，多给侵略者以沉重打击。

第十二章　获惊喜大病神愈　急盼望早日归队

人的肌体潜能是很大的。梁瑾侠突然知道孙竞云打胜仗的喜讯，也是一震而痊愈，接着眼睛大亮、视物清晰，并且能够下床了，不再用姥姥、妹妹给她刮屎擦尿了。

一能动弹，梁瑾侠就开始闲不住，四处打探外边的情况，渴望能尽快返回战场。但腿脚总感到使不上劲，就让姥姥和妹妹帮扶着她刻苦练习，累了就停下来教妹妹识字学文化，讲革命故事，教唱抗日歌曲：《开路先锋》《大刀进行曲》《九一八纪念歌》《打回老家去》等，灌输革命思想和爱国精神。这个幼小的妹妹在她的影响之下，也萌发了革命思想。

梁瑾侠在老家治病养病期间，山东省委、鲁南县委曾先后派人来看望她，也给她战胜病魔增添了信心和力量。朱道先因脱不开身，曾派交通员代为探视，并带来钱和营养品，鼓励她尽快战胜病魔。她身体一有好转就急切想归队参加战斗。这段时间，朱道先山里山外活动，加强对运河南岸孙正才、胡伯勋两支队伍的统战联络工作。

在大运河南的涧头集古镇，因处库山两涧水流之端得名。镇上有一座天主教堂，隶属于兖州教区，是 1908 年荷兰人伯多录神父来峄县坐堂传教时设立的，1931 年由德国的舒也神父购置 15 亩土地开建的。它采用了中西兼容的建筑理念，把中国传统文化的视觉符号与天主教文化的建筑风格融合在一起，使两者交相辉映、相得益彰。再后来，由山东郓州的王方襄神父来这坐堂传教。王神父比较开明，共产党人季华，就是以传教士的身份做掩护，住进涧头集天主教堂里，才得以顺利开展工作的。

季华，原名席公汉，河南孟县人。1914年3月生，1931年加入中国共产党，1933年在师范学校因组织师生罢课集会被开除，1935年12月在孟县落驾头小学任党支部组织委员，1936年孟县县委成立，任县委委员，1937年3月被县委派遣到延安抗大学习。同年10月，河南省委将他分配到苏鲁豫皖边区工作，与朱道先在此相识并成为好战友。时隔不久，季华被委任为鲁南中心县委委员。1938年3月，经特委批准成立峄县人民抗日义勇队，任政治委员。同年5月，义勇队编入"苏鲁人民抗日义勇总队"，季改任第三大队教导员，1938年10月，任峄县县委书记，受命到运河两岸发展组织，组建队伍，开展敌后抗战工作。

1938年金秋时节，峄县涧头集天主教堂，经朱道先介绍来了一位传教士。此人瘦高个，面容清瘦，鼻梁上架着一副近视镜，看上去是一个文质彬彬的书生，他就是新任峄县县委书记季华。他住进教堂对外装作神职人员，对神父谎称是来涧头集找药铺老板要账的。安身之后就开始紧张而繁忙的工作，走街串巷，从山里到山外，足迹遍布古邵、马兰屯、贺窑、后孟、张山子。广泛动员工农群众参加抗日，努力争取当地上层爱国人士，利用他们的地位和实力，壮大我党的抗日力量，孤立汉奸和顽固派。当他了解到峄县六区区长孙正才与朱道先有亲戚关系，为了争取孙正才，他马上又进抱犊崮老山里一趟，约朱出山做好对孙的统战工作。

孙正才，字斌权，1901年10月生于峄县道庄村。祖父去世后，祖母带着家人逃荒到运河南郝楼村落户。他7岁进私塾读"四书""五经"；11岁父亲孙葆廉去世，嫡母宋氏继续供他读书，20岁时母逝而停学务农。由于他性格耿直，不攀附豪强，敢于仗义执言而得罪一些恶人，同时也赢得了平民百姓的信赖和拥护。1934年六区万仓乡乡长、刘庄大地主王学猛倚仗权势、玩弄阴谋，企图选举他的亲信当副乡长，结果弄巧成拙，不仅其亲信没当上副乡长，他的乡长也落选。不愿干的孙正才被大伙推选为乡长。当选后，孙动员全乡兴修水利、开挖沟渠、铺平道路。1935年10月建立起了学校，因工作出色，1936年又调山花乡任乡长。峄县、台儿庄沦陷后，1938年8月在家乡拉起抗日保民武装，先把埋藏在北许阳的20多支步枪取来，又派其弟孙正惠到台儿庄购来两挺轻机枪，拉起队伍本来是为打鬼子的，却在9月被伪政府委任为六区区长，他是身在曹营心在汉。日军让他催交田赋，他就躲懒、耍滑、磨洋工。日军要惩治他，他就准备杀敌反正，恰巧国民党第五十一军到来，日军从涧头集后撤，孙的计划落空。季华认为此人可用，所以就去请朱道先出山。

季华见到朱道先后，就把计划和盘托出，朱听后哈哈大笑："我看很好，计划可行，我可以帮你落实。按辈分我得称孙正才为外姥爷，他是我母亲娘家叔，是很有正义感的一位长辈。我在峄县政府做督学时，他是乡学校董事，我们算上下级关系，走得很近。我下去督学，俺爷儿俩还经常喝两盅。不过，我现在统战友军的工作正处在节点上，暂时离不开。我可以给他老人家写封信，你带回去转交给他，事会一样办好。"

从老山里回来，季华决定去找孙正才，就打发人去递话，就说"有人带着朱道先的信来见他。问他有没有时间"。孙决定当天晚上就在乡公所会见这位陌生人。季华来到乡公所，出来迎接的正是孙正才。寒暄过后，季掏出信双手递给孙："请您收好。"

孙说："不用客气。"边说边拆开信一看，正是朱的字体没错。信的大意是：上来先问好，主题是介绍季华的身份和找他想做的事，最后拜托外姥爷尽全力给予支持。

二人第一次见面就很投缘，一聊就是半夜。季华向孙正才全面介绍了国内外反法西斯战争的形势和中国共产党的抗日救国主张。"党把我调到这里来当县委书记，就是为了发展党员，建立抗日武装，加强抗日统一战线，大家一起努力，才能早日赶走日军，解救劳苦大众，建立起红色新政权。听道先说，您这人耿直、公道、正派，对道先同志的共产党员身份很认可，对我党没有什么成见。我想听听您的想法和意见。"

孙正才说："道先让你来找我，这是看得起我老孙。我人生的道路已走过了 38 年，现在终于看到了希望，找到了光明。我认为共产党的抗日纲领很正确，你们打游击战也很有办法。我前不久在徐州城边小地摊上买来一本小册子，里面有十六字诀：'敌进我退，敌驻我扰，敌疲我打，敌退我追'真是字字真言呀！共产党是真心抗日，真心为老百姓奋斗。对此，我非常赞同和拥护。你虽然年轻，但看起来比我有学问。你是峄县书记，有什么想法和要求尽管提出来，我们一起商量着办。"

在朱道先的亲情感召和牵线搭桥下，经过季华书记的教育启发，孙正才终于下定决心跟共产党走。在朱、季二同志的介绍下，孙于 1938 年 11 月 20 日加入中国共产党。12 月 8 日，孙带领队伍反正，跟上了共产党，中共峄县县委在大运河畔组建起第一支抗日武装——"苏鲁抗敌自卫团特务营"，孙正才任营长，张喻鼎为政治指导员。队伍共 60 多人，1939 年春，为尽快扩大队伍，提高队伍素质，在郝楼小学开办了抗日训练班，并从中发展一批党员，队伍很快发展到 300 多人。同年 10 月，孙带着这支已有三个中队和一个警卫连的抗日武装开到抱犊崮，被八路军第一一五师命名为"运南抗日武装第十四区队"，委任孙正才为区队长，张震为参谋长。

而在涧头集以西的不远处，同时还有一支抗日武装正在形成和壮大，胡伯勋是这支队伍的领头人。他 1899 年生于铜山县柳泉镇，幼年入私塾，后就读于县第一高等小学，1916 年考入南开大学附中，两年后改考苏州农业大学，毕业后进入国民党军队。1924 年在西北军任军械长，随后任军械库主任、财务处庶长、葛县警备营营长等。因看不惯旧军阀的作风，而辞职不干。1932 年返乡赋闲。在家乡为乡民主持公道伸张正义，多次帮扶穷人打赢官司，在乡间很有威望。1938 年 5 月徐州沦陷后，在贾汪地区组织起了 200 多人的"苏鲁边区抗日游击队"，韩治隆任司令，胡伯勋任副司令。这支队伍发展很快，短短两三个月，队员达到千余名，被国民党收编为江苏省常备四旅第七团，韩、胡分任正副团长。同年底队伍分裂，在共产党员陈诚太、胡伯毅（伯勋的六弟）帮助下，胡率七团大部投奔八路军山东纵队，被改编为陇海游击支队第三团，胡被任命为参谋长。不久又受组织委派，改任八路军陇海游击支队驻铜峄滕邳办事处主任，再回运河南一带发展武装。

1939年4月初的一个晚上，胡率12人，带着200个八路军的臂章，驻进洄头集西边的唐庄村地主李功铸家里。从此李家变成了胡伯勋、胡伯毅、陈诚太、高守金、孙式云等人的宿营地和军事指挥部。当时在唐庄村周围的杜安集、小杏窝、大路、西伊家、杨家埠、平山子、新闸子、六里石、单庄、泉源、候孟等村庄都住有顽匪。日伪军与抗日武装力量相互交叉，犬牙交错，可谓敌中有我，我中有敌。唐庄处境十分险峻，但开明乡绅李功铸不畏众敌和家族势力的反对，毅然接纳办事处设在家里。胡伯勋在这里很快又组织起有200多人的抗日队伍，并正式成立"八路军运河大队"，委任胡伯毅为大队长，陈诚太为政治委员。

胡伯毅，1914年生于江苏铜山，1929年加入共产主义青年团，1930年进江苏省立第十中学，当年转为共产党员。因闹学潮遭到反动军警搜查，被党组织调他任徐海蚌特委共青团巡视员。1932年被捕入国民党监狱。抗日战争开始，国民党释放政治犯时才得以出狱，跟随哥哥参加八路军山东纵队。

陈诚太，原名陈令信，字仲乾。1897年生于江苏省铜山县二区小李庄。7岁进私塾读书，13岁进县第五高级小学，17岁考进山东省济宁中学，因饥饿带队闹学潮，被学校除名，后转入济南上学。1918年中学毕业后，到贺庄小学教书。1929年加入中国共产党，因积极开展革命活动，于1930年1月被捕，至1932年才以共产党嫌疑犯判处五年徒刑，关到苏州反省院。1936年被释放出狱，恢复党组织关系之后，回铜山二区进行宣传组织发动群众反剥削、反压迫、反日货的活动。1938年5月徐州沦陷后，他邀约胡伯毅、韩光豹、韩光翠、胡令德等协助胡伯勋动员组织了200多人枪，7月在山东滕县第九区唐庄村，召开了"苏鲁边抗日游击队成立大会"。推举韩治隆、胡伯勋分任正副司令，胡令德任参谋长，陈诚太任政训处长。陈年长胡伯勋两岁，韩治隆小他11岁，所以二人都很尊敬他。后来胡、韩闹翻脸，胡带领队伍出来，与陈的鼓动有直接关系。由此，也可以看出胡陈二人交情很深，胡对陈很敬重，并愿意听取和接受陈的意见和建议。

运河大队成立之后不久，于5月26日夜袭了柳泉伪区公所。胡伯毅为组织好这次初战，提前做了细致的调查研究。通过策反伪区队士兵胡伯周、胡孝顺做内应，已对敌情和地形了如指掌。深夜零时左右，胡率警卫连进到柳泉，在内应二胡的引领下进了卫公所。王洪洲、王洪酬、刘启家、郭玉桂分别担任对柳泉火车站据点的警戒和捉拿伪区长马成典父子的任务。马成典父子及伪区队40多人全部被俘虏，缴获步枪30支、短枪4支、战马4匹，首战告捷，不仅扩大了八路军运河大队的影响，而且武器装备得到补充。7月10日，大庙火车站有两名日军肩扛三八式大盖枪，耀武扬威离开据点，到侯集子去赶集，区分队派出4名战士身着便衣，混入赶集的人群，光天化日之下干掉2个日本兵，随即安全撤离。8月中旬，夜袭茅村火车站和日伪乡公所，打死了3个日本兵、活捉了伪乡长周光前和日军翻译金波。经过不到半年的时间，发动组织群众参军和连续袭扰津浦、陇海铁路沿线日伪据点，运河大队不仅声名大振，而且抗日队伍发展到300多人，并以唐庄为中心，在周边地区扩大了党建、政建、抗日团体，在黄邱山套附近建立起一块小小根据地。之后与孙正才领导的运南抗日武装联手，相互支援、协同作战，不断取得新的胜利。这些，都是与朱道先、季华的辛劳工作是分不开的。

至此，在运河南岸由共产党领导的两支抗日队伍，"运南抗日十四区队"和"运河大队"，人员已发展到600多人。与运河北岸的孙竞云、邵剑利两部遥相呼应，搅得峄、滕、铜、邳四县边界驻地日伪军不得安宁。

第十三章　八路军挺进抱犊　抱病体领受重任

为支援鲁南地区的抗日武装，创建扩大鲁南抗日根据地，1939 年 4 月 26 日，罗荣桓在泰西中固城召开干部会，明确指出，第一一五师进军鲁南的任务。5 月下旬，司令部参谋处处长王秉璋、师政治部副主任黄励等率司部机关、直属队及冀鲁边第七团，首先进入鲁南滕（县）、费（县）以北地区。8 月 1 日，新成立的八路军第一纵队致电第一一五师，要求将第六八六团调往鲁南。于是，第六八六团立即由鲁西出发，跨过南阳湖，进入邹（县）滕（县）边界，9 月初进入抱犊崮山区。同时，由王秉璋、黄励率领的师部机关，直属队也由费县南下，抵达抱犊崮山区大炉镇。从此，津浦路以东也有了八路军主力部队，这对鲁南地区的日伪军和国民党军都产生了很大的震动，使国民党山东省政府主席兼保安司令沈鸿烈排挤八路军山东纵队的计划也因此落空。

为适应新的对敌斗争形势，同年 7 月，中共中央山东分局决定把山东统一划分为三个地区，胶济路南、津浦路东的鲁中、鲁南为第一区（统称鲁南区），津浦路以西的鲁西南为第二区，胶东为第三区。第一区党委于 10 月在沂水召开第一次党代会，选举产生了以林浩为书记的鲁南区委领导机构。第一区党委建立后，将划归其领导的泰山、淄博、尼山、鲁南、鲁东南五个特委分别改建为第一、第二、第三、第四、第五地委，抱犊崮属第三地委领导，宋子成任书记。第三地委下辖峄、滕、费、曲（阜）、邹（县）等县委。第三地委在山东分局和第一一五师党委的领导下，放手发动群众，发展武装，建立抗日民主政权，活动搞得轰轰烈烈。

为了促进鲁南地区抗日民主政权的建设和发展，按照罗荣桓的指示，第一一五师和第三地委抽出100多名干部，组成若干个工作队，分赴各县进行动员发动工作。不久就相继成立了峄县、临郯费峄四县边联民众抗日动员委员会。第一一五师政治部民运部部长潘振武率领工作队，与峄县县委书记季华、委员朱道先等人一起商量筹建峄县民众抗日动员委员会，委任朱道先任动员委员会主任。经过潘振武、季华、朱道先等人的共同努力工作，是年11月20日，鲁南第一个抗日民主政权——峄县抗日民主政府在王家湾正式成立。在170多人参加的抗日民主代表大会上，第一一五师代师长陈光、政委罗荣桓、高级参议彭伟山及第三地委书记宋子成分别讲话。通过民主投票选举，潘振武当选为峄县县长，民主人士孙倚庭当选为参议长，朱道先、邱焕文、王志刚、王鼎新等35人当选为县政府委员，动员委主任朱道先兼任民政科科长，张径山任财政科科长，刘仲旭任教育科科长等。之后峄县所辖的六个区相继建立起抗日民主政权。随着形势的好转，县政府还发行了流通券。这种具有货币性质的流通券，不但在解放区能用，连敌占区的商人也乐于使用，对于克服解放区的经济困难，刺激根据地经济繁荣发展，起到良好的促进作用。

苏鲁人民抗日义勇队第一总队，是鲁南地区共产党领导的一支基干武装。1937年9月，朱道先组织的"鲁南民众抗日自卫团"，在1938年枣庄沦陷后转移到峄北部山区。与"四川旅沪同乡会战地服务团"合并为"战地服务团义勇队"，梁瑾侠在战地服务队做宣传员。是年5月，峄、沛、滕三县武装会师后，编为"第五战区游击总指挥部苏鲁人民抗日义勇总队"。但从是年9月起，一直使用国民党张里元部的番号，在当时情况下，虽有利于对张部的统战工作和获得一些军备，但同时又受到诸多束缚和限制，严重影响到队伍的扩大和发展。八路军第一一五师进驻抱犊崮，罗荣桓政委认为此种状况必须改变，经与中共山东分局和山东纵队协商，决定取消张里元第二旅第二十九团的番号，于 10 月 1 日在呦鹿山镇将第一总队正式改编为八路军"苏鲁支队"，仍由张光忠任支队长，李乐平任政委，下辖第一、第二、第三地委和特务营。这时，山外的抗日联合会的几支部队分散在运河两岸，不成系统。为了掌握山外抗日队伍情况，整合地方武装组织，壮大人民抗日武装力量，罗政委亲自指派峄县民众抗日总动员委员会主任朱道先出山考察。

朱道先从抱犊崮出山为找个助手便于开展工作，所想到的第一人就是梁瑾侠。这时的梁瑾侠大病初愈，身体仍十分虚弱。在梁先生的指导下，姥姥正在给她继续调养，她却天天盼望着早日归队。

1939 年 11 月，初冬的一个傍晚，朱道先派地下交通员到峄西张林村，一是看望梁瑾侠的病情；二是她若身体已恢复正常，让他来北圩村一趟，有些事情需要安排她去做。

一见到组织派来的人，梁瑾侠像久旱逢甘霖，激动加感动，说着就要立即见行动，动身要跟交通员走。她姥姥不干了："熊妮子，你不要命了，身体还没好利索，你哪都不能去，给我好好在家待着。"说着，就让她妹妹把屋门锁上了，并让交通员回去把事情告诉朱老仙，"龙雪儿身体还没好利索，今儿个去不了。需要再调理一段时间，等好利索才能再出去工作"。

当晚七八点钟，交通员就把情况报告给朱道先，他一听，感到心里有点拔凉，思考如何另辟蹊径，再找他人去替代完成统战任务，但一时又确实找不到合适人选，愁得朱道先在屋里来回打转转……

交通员走后，无论梁瑾侠怎么闹，好说歹说，姥姥出于心疼，反正就是不让她出去。梁瑾侠在屋里一会儿要水喝，一会儿上茅房，姥姥不吃这一套，让她屙尿在屋，甭想耍花招出来。她妹妹急得团团转，想帮姐姐，姥姥又不肯。恰巧这时有邻居叫姥姥出去处理事，姥姥对小外孙女交代："妍妍，你可给我看住你姐，她如果跑了，看我回来不打断你的腿。"

"你走吧，姥娘，我一定听你的话。"

"嗳，还是俺这个丫头乖，姥娘回来给你带好吃的。"

姥姥走出门不久，梁妍就跑到后院问姐姐还去不去北圩，并告诉她，姥姥被邻居喊走了，一时半会儿回不来。梁瑾侠一听，高兴坏了，妹妹也完全听她的话，就对妍妍说："赶紧把门给我开开，我要撒尿。"

妹妹说："我没钥匙。"

"还不快去找？"

妹妹不一会儿回来说："没找到，可能让姥姥带走了。"

瑾侠安排妹妹找锤头来砸锁，妹妹很听话，就拿来一把斧子来破锁。由于妹妹年小力不足，砸了几下也没砸开。梁瑾侠气得骂她："没用的东西，再砸不开，看我出去不揍死你。"

妹妹都急哭了，好在那土锁不是很结实，终于被妍妍敲开了。姐妹俩高兴坏了。瑾侠对妹妹说："走，跟我做伴，咱一块去北圩。"

妹妹说："姥娘回来会揍的。"

"傻样，你跟姐姐走了，她上哪揍着你呀？"梁瑾侠边说边用手指刮了一下妍妍的鼻子。妹妹一听是这么个理，就毅然决然地跟着姐姐走了。即日起，妍妍也算是走上革命道路了。

从张林到北圩总计不到20里路，正常人行走用不了俩小时。由于梁瑾侠大病之后第一次出远门，头晕脑胀，走起路来还有点发飘打晃，妹妹不时要搀扶她一下，黑灯瞎火，一路磕磕绊绊，走了四五个小时才到北圩村，引来村内一阵犬吠。瑾侠前去敲门，连敲三遍，屋里才有一位女士小声问："三更半夜的，是谁在敲门呀？"

"婶婶，是我，梁龙雪。是俺表叔让我来的，他不在家吗？"

朱道先的妻子金玉莲没再多问，就赶紧把院门打开了："哎呀，这都几点了，胆真大，这兵荒马乱的还敢走夜路。"进屋后在灯下一看，梁瑾侠满头大汗。金玉莲接着又心疼地说："听说你害病还没全好，看这累的，千万别再着凉加重病情，快坐到火盆边烤烤，我去后边叫老朱出来。"

刚一开门，朱道先就抱着一捆秫秸进来，没等去叫就从窖里爬出来了："我一听动静，就知道是龙雪儿来了。我还以为你姥娘看得紧，你来不了了，你是怎么做通你姥娘的工作的？"

梁瑾侠说："上哪儿做通去，她有事出门，我和妹妹是砸门破锁偷着跑出来的。"

"不容易，好样的，等几天我要亲自登门赔罪，让俺婶子骂我几句也能解解气。"朱道先边说边安排玉莲去给瑾侠姊妹俩下碗面，取取暖，补补肚子。

瑾侠说："不用婶子忙活了，俺俩都不饿，天不早了，俺妹妹也困了，让俺妹妹到婶子铺上睡一会儿吧，她一路搀扶我，也累坏了。"

朱道先一听在理，就说："那好吧，玉莲，你和小妍先去睡吧，我还有很多话要给龙雪儿说，有很重要的事情安排她。"

"俺知道，如果没有急事，你也不会从老山里出来，也不会找龙雪儿这么急，这年月哪有女孩子敢走夜路的，也就是咱龙雪儿有这个胆，你们爷儿俩好好谈，我们娘儿俩先睡了。"金玉莲说完，和梁妍转身进了里屋。

接着，朱道先给梁瑾侠倒了碗热茶，又去端来一瓢花生，放在秫秸火里烧。边忙活边向瑾侠介绍山里山外抗战的形势，特别讲到罗荣桓、陈光带领八路军第一一五师挺进抱犊崮，建立革命根据地，使各地方抗日武装有了依靠。苏鲁人民抗日义勇总队已正式改编为八路军苏鲁支队，由依靠国民党地方武装而转变成为共产党领导的正规部队，他所带出的朱育祥、刘金振等都已成为正牌的八路军营长。听着朱道先的形势报告，梁瑾侠精神大振，一点困累意和病痛的感觉都没有了，真像是打了兴奋剂，急着让朱道先继续讲下去。

"我这次出山是受第一一五师首长的委派。出山之前，罗荣桓政委给我指示，为了扩充抗日武装力量和扩大抗日根据地，要我摸清活动在大运河两岸的抗日队伍情况，做好组织动员工作，争取尽快把几支队伍联合起来，形成拳头，才能对日军打击更有力度。"朱道先边谈边从火中取出已烧得半生不熟的花生，剥给梁瑾侠吃。

"我自己能剥，你剥自己吃吧。"梁瑾侠拒绝之后，自己开始剥花生吃。

朱说："那你就自己剥着吃吧，我一点不饿。这全是给你烧的，你边吃边听。如果你感觉身体还行，那我就给你布置任务了。"

一听说要给她安排任务，梁瑾侠更精神了，腰杆挺直，十分严肃认真地对朱道先说："我现在已能正常吃饭、正常走路了，有什么需要我去做的，我可以马上行动，保证完成任务！"满屋子烟雾缭绕，直呛得嗓子疼，谁也看不清谁的脸。

但朱道先凭感觉就知道梁瑾侠非常急切地要领受任务。"吭！吭！"他清了清嗓子，很正式地说道："梁瑾侠同志，为了做好山外抗日游击队的工作，鲁南地委经研究决定，由你配合我做好山外统战和动员工作，你不要再回山东分局战地服务团了。你有什么意见吗？有什么想法可以提出来。"

"我没有什么意见，你是我参加革命的引路人，我绝对服从命令、听指挥。但我不知我的具体任务是什么？"梁瑾侠坚定地回答道。

"你的具体任务是尽快回到寨山前去，利用你和孙竞云的关系，继续做好他的工作，让他不要再固守老家狭小的地域，把队伍带出来融入大的革命洪流之中去，发挥他更大的聪明才智，指挥千军万马去与日军拼杀。做通了他的思想工作，你就去找邵剑利和文立政，我相信他们二人的工作会好做些。你就说是我朱老仙的意见，让他们尽快与孙竞云合并在一起，编入八路军第一一五师的战斗序列。你看还有什么困难吗？"

梁瑾侠斩钉截铁地答道："什么困难都没有，我明天就去寨山前，保证完成组织交给的任务。"

第十四章　只身到运河北岸　联络成两支武装

　　在烟熏火燎的柴火堆旁，一瓢花生早已让饥饿的梁瑾侠吃光了，她已经好久没有这么开心高兴、没有这么好的胃口，吃嘛嘛香。不觉得天已快亮，她的心里也愈加明亮。

　　一夜没合眼，却一点也不感觉困，这完全是革命精神的鼓舞。天一放亮，朱道先就安排交通员把梁瑾侠的妹妹小妍送回张林村，交给了她的姥姥。梁瑾侠这一离开，就是半年多没再回张林村一趟。

　　梁瑾侠在第二天一早就辞别了朱道先夫妇，去找孙竞云。朱道先知道她身体虚弱，三四十里路行走困难，本来打算让人用独轮车送她一程，她说什么也不让派车，不用人陪同，连身换洗的衣服也没带，就空身直奔寨山前。走小道一路翻山越岭，好在没有遇到日伪军盘查。即便遇到，她也会应付自如的。一路走走停停歇了几十次，一直到了下午才到寨山前。边打听边走，临近傍晚，才找到孙竞云的队伍驻地。

　　一见面，孙竞云几乎不敢认了，只见梁瑾侠身体瘦弱，面容更加清秀，更加妩媚，特别是当她解下头上的围巾，露出一个光头，猛然间吓了竞云一跳："你怎么削发为尼了？"

　　"哪还用削，病魔给拿的。先生说了，等长出头发还得需要一年半载的。

这都是因为你，我等不了啦，只能硬着头皮来找你了。"梁瑾侠嗔怪道。

孙竞云一听笑了："我觉得这样倒挺好，更像个军人了。从今往后，就跟我当兵，咱哪儿也不要去了。"

"美的你。这就要看你的造化了，不知哪天上级另有安排，命令一到，我还要随时离开的。"

"那好吧，我知道你肯定不是想我才来这里的，是你的上级组织派你来的吧？不过，我全听你的，你就是我的上级领导，你想来就来，想走就走，我绝对不会阻拦你，来去自由。但在我这一天，我就要对你的安全负责，需要去哪，要给我提前打个招呼，我好安排人陪你去。我看你身体还很弱，要在我这里先把身体养好，再干别的去。"

梁瑾侠给孙竞云打了个敬礼："谢谢司令的关怀！这次我一定做个好兵，跟你一起打胜仗，也请你再给我多传授一些军事技术。"

说说笑笑就到了开晚饭的时候，孙竞云赶忙安排勤务兵加做两个菜，他要好好犒劳一下多日不见、朝思暮想的得意门生、战友、参谋和教官。

自从峰南天柱山黄僖常部分别，一晃已有一年时间了，之后虽见过两面，那都是来去匆匆，自梁瑾侠随山东战地服务团离开抱犊崮，就再也没能见过面。一方是连打了几个胜仗，一方是受着病痛的折磨，带病坚持工作，险些丢掉性命。

孙竞云对梁瑾侠既是师生关系，又有一种高于师生的特殊感情。上小学时，梁瑾侠跟孙竞云夫妇学到终生难忘的大学问，接触到最新的进步书籍、进步思想，立志走"职业革命家"的路，走鲁迅笔下"过客"的路，做"过客"一样的战士。上中学时，她在泉城不留情面地给师长上了生动的一课。那时孙竞云心灰意冷，要退出革命的行列，而梁瑾侠正在积极闹学潮，他劝她要"慎重"，"远离是非地，慎防枪打出头鸟，能挣一个饭碗最重要"。

她不留情面，讽刺加挖苦地说："我现在看不起你，我不会为挣一个饭碗而活。我会永远坚持在小学阶段你教我的，学着为救国救民而奋斗，长大了做个职业革命家。你说过的话、做过的事，怎么这么快就忘了？"梁瑾侠越讲越激愤，完全失去了学生的体统。

但作为师长的孙竞云看着自己发疯的学生，眼睛里带着疑惑，很有风度地摇摇头自嘲道："是我堕落啊，被我的学生甩后十万八千里。惭愧啊惭愧！从今天起，你就是我的老师，我做你的学生，我跟你这个共产党走。"其实梁瑾侠那时根本还不是一个共产党员，加入中国共产主义青年团也不久，但无论她是也不是，承认不承认，在孙竞云心里就已认定她是共产党员，并处处维护和呵护这名"党员"，时时听从她的意见和建议，无论是在文庙学校，还是在五十支队和黄僖常部，都是如此这般。现在，他对这个"学生"更言听计从，他知道自己下步的革命道路将走向何方，要先很好地听听梁瑾侠的意见，让她当好自己的"参谋长"。

认为梁瑾侠早已是共产党员的，不仅仅是孙竞云一人，连朱道先这位在1927年就已经入党的老革命也早已认定她是，要不然也不会一次次安排她重任，特别是这次又官差病夫（妇），把这么重要的统战工作交给她去完成。因为她勤奋好学，所掌握的马克思主义、列宁的国家与革命、毛泽东的战略战术，比一般共产党员要多得多，把政治课能讲得生动活泼，让人愿意听，愿意受教育，这是不容易做到的。这正是"胸藏文墨怀若谷，腹有诗书气自华"。

自来到寨山前，梁瑾侠马不停蹄，一天没闲着。穿着一身新军装，腰扎武装带，别着驳壳枪，英姿飒爽，又比穿女装越发精神。在孙部营房里出出进进，孙部的老班底大都对她很熟，见面互打敬礼，有的叫她"梁参谋"，有的叫她"梁教官"，有些小战士仍喜欢叫她"梁姐"。她上前刮他们一下鼻子："不许喊姐，还是喊教官。"逗得小战士哈哈大笑："好，梁姐教官。"叫得虽然别扭，但梁瑾侠很乐意听，这包含战士对她的亲近和爱戴。她在这里如鱼得水自由自在，比做后勤服务宣传工作更加快乐。也使沉闷已久的军营中，时时有了欢歌和笑语。虽然大病初愈，在这里她已完全忘却了病痛，教战士唱歌、识字、学文化，讲她在抱犊崮和沂蒙山区战斗生活的故事，鼓舞士气，增强斗志。

梁瑾侠的到来使孙竞云十分开心。他在想，邵部有个文立政，成了邵剑利的左膀，我部来了梁瑾侠，也就成了我的右臂，这都是共产党派来的优秀干部，在政训上我就轻松多了，可以腾出更多的精力研究打仗。他推心置腹地对瑾侠说："你来了，政治训练上的事我就不去管了。对战士教育培训的事全由你管，我只管带兵打鬼子。"

"好的，我一天不走，就帮你一天管好带好队伍，搞好整训。但我也要给你说清楚，朱老仙派我来可不是给你当政委的，再说当政委我也不合格。他让我来主要是征求你的意见，想尽快整合峄南运河两岸的抗日武装，形成铁拳，对日军更有威慑和打击力。"

孙竞云表示："整合的问题我没什么意见，对参加共产党领导的八路军，我完全赞同。老朱怎么安排，我全听他的。这方面的工作不需要你再给我做，我早有这个准备。在你离开抱犊崮去沂蒙山期间，我和剑利专门去了一趟老山里，八路没找到，却又加入了国民党的队伍，成了张里元的部下，还被委任为旅长。现在八路军来了，我们不尽快加入，更待何时？"

梁瑾侠听到这里也就放心了，任务也完成了一大半。下步的任务是去邵部找邵剑利和文立政商谈部队整合事宜。

她接着对孙竞云说："没想到你现在这么开通，当先劝你跟我们进老山里，怎么劝说你都不同意。这还不到一年，你的思想也进步了，想通了。关于下步如何整合，也请你先拿个初步意见，我好带给朱老仙。我想明天就去邵部，你看行吗？"

孙竞云回答道："怎么不行。我这里水土养人，你这才来几天，那是精神头大变，已看不出是个病人了，我也放心了。明天我派四名卫兵护送你，你就骑我那匹火龙驹去，也展示一下咱孙家将的风采。"

梁瑾侠白他一眼："少套近乎，谁是你的孙家将？我只能算是朱老仙的特派员，派来跟你当兵的。"

孙竞云笑着道："好，好，好，俗话不是说，端谁的碗，服谁管吗？不论是你管我，还是我管你，你在这一天，我就负责你一天的安全，明天就这么办。"

这时邵部驻扎在距运河很近、韩庄不远的湾槐树一带。第二天上午，梁瑾侠身着戎装，骑着高头大马奔驰而来。一近地界，早有人通报邵剑利，说是好像孙司令来了。邵准备出来迎接，卫兵又报，从望远镜中看，马是孙司令的，马上的人不像是孙司令，看上去比孙司令年轻瘦小。邵将信将疑，怎么会马是人非？"不用再说了，反正是友军来了，我们要好好迎接。"说着，邵剑利走出屋门，来到院子。

不一会儿人马来到跟前，一看马上坐着的的确不是孙竞云，有点眼生不认识。

梁瑾侠翻身下马，双脚一并给邵打了个敬礼："你好邵司令，梁瑾侠前来报到！"

一听这声音很熟，一看这面仍有些生，仔细辨认后，邵剑利惊讶地说："哎呀，哎呀！我的梁大小姐，几日不见，怎么大变了，由俏姑娘变成帅小伙了。你若不说话，我还真不敢认了。"

"是邵司令过发达了，贵人多忘事。从去年白楼办培训班到现在才一年多的时间，就不敢认了？还老熟人哪。"

"人说女大十八变，越变越好看，你这变得太狠了点，不光我不敢认，谁都不敢认。各位说是不是？"

"是！"

梁瑾侠索性摘下帽子，露出光头，又把邵吓了一跳："我的娘咪，真变成大小伙子了，这还了得。"说着，几人哈哈大笑起来，惊动老槐树上的麻雀"叽叽！喳喳！"飞向远方。

"这是哪阵风把梁教官刮了来的？老孙呢？他怎么没来？外边天凉，快到屋里坐。"邵剑利边让客人进屋边问道。

梁瑾侠答道："怎么，邵司令不欢迎我这个不速之客？"

"岂敢！岂敢！我怎会慢待孙兄的人。"邵剑利一语双关地回敬。

"谁是你孙兄的人？是朱老仙派我到贵部的。他让我来找你和文处长，有事要我们一起商量。"梁瑾侠机智地避开笑谈，挑明来意。

邵剑利听到这里就止住了玩笑："噢，我说梁教官怎么会有时间专门来看我，原来是无事不登三宝殿。通讯员快去叫文处长到司令部来，我们一起领受任务。"

文立政来到司令部，寒暄之后，话就进入正题。梁瑾侠说："上次邵司令和竞云司令到老山里找八路，那时八路还未到，但也不错，在朱老仙的协调下，你们二人被委任为旅、团长。现在是延安派来的八路军三大主力之一、第一一五师挺进了抱犊崮，开始创建革命根据地。陈光代师长、罗荣桓政委为迅速壮大革命武装，扩大革命根据地，开创山里山外共同抗日新局面，特委派朱老仙出山联络各地方抗日武装，共同参加八路军的事宜。因他暂时脱不开身，特派我来征询你们的意见，看你们愿不愿意参加八路军？"

邵剑利说："我和老文都没问题，我猜竞云兄也不会有什么问题。能够参加八路军，是我们大家梦寐以求的愿望，你今天找上门来，我们何乐而不为。请你回去转告朱道先主任，我们坚决听从他的指教，随时服从八路军第一一五师的命令，只要能够抗日，首长指到哪，我们就打到哪。"

文立政接话道："是的，我完全赞同邵团长的意见。我本身就是一名共产党员，时刻听从党召唤，党叫干啥就干啥，服从命令听指挥。为了打鬼子，我们刀山敢上，火海敢闯，为战败日寇，我们不惜抛头颅洒热血。"

句句掷地有声，大家听得热血沸腾，梁瑾侠也十分激动："没想到朱主任交给我的这么重要的工作就这么顺利完成了，我马上回去复命，争取尽快把我们的新旗帜打起来。"

邵剑利赶忙说："既来之，则安之，今天说什么也不能走，至少要给我们的战士讲一课，把沂蒙和抱犊崮老山里的革命形势转告大家，以增强大家的抗战斗志。"

梁瑾侠说："文处长是老师，我只是个学生，老师讲得比我好，我就不讲了。"

文立政忙说："那哪成，在白楼培训班时，也不是我讲得好，而是你翻译得好。我这个南腔北调，讲话有一半别人听不太懂。再说了，老山里的情况你比我们清楚。你不上一课，邵团长和我绝不会放你走的。"

梁瑾侠一看没办法，只好答应他们，午饭后，集合就近的战士，在操场上讲述一些她在沂蒙山区跟随省委转战和刚从朱道先那里听到的关于老山里的情况和当前国内外反法西斯战争的形势。对重大理论问题没有多做涉及，留给文处长去做报告。

当日下午讲完课，梁瑾侠一停没停就在邵剑利、文立政的陪同下回到了孙部驻地牛山村。晚饭后，邵、孙两部联合召开了座谈会，两部一拍即合，都表示愿意共同参加八路军。孙竞云说："我和道先是中学同学，又都上了黄埔军校，但之后走向不同的道路，他从一开始就跟上了共产党，我却跟国民党干了十多年，一上来跟贺光祖军长北伐，干得很顺心。当他不再被党国信任受到排挤，我的日子就不好过了。你越认真越不被人认可。越往前走，感觉路越窄。我和剑利对国民党的那一套'攘外必先安内'，都是看不惯的。我们拉杆子打鬼子都是自觉自愿的。谁真心打鬼子，我们就愿意跟谁干。这次又是道先主任给我们指出一条新路，我愿意按他的意见办，接受八路军第一一五师的整编，跟着共产党走。"

邵剑利也表示愿与孙部一起接受共产党八路军的领导。他说："这次瑾侠给我们带来的信息非常重要。八路军第一一五师到达抱犊崮，开创了鲁南抗日的新局面。第一一五师是共产党领导的八路军的精锐之师，抗日坚决、敢打硬仗，平型关一战威名扬。现在朱道先主任动员咱们参加八路军第一一五师，这是给咱们指出一条光明的道路。我考虑，只有参加八路军，咱们才能在抗日的战场上大有作为。"

文立政随后说："我完全同意竞云和剑利的看法和意见。目前，不论这个党那个派，只有我们中国共产党是全心全意为民族解放而奋斗的，是真心抗日，而不是半心半意。蒋介石仍未放弃他的'攘外必先安内'的思想，内部钩心斗角，保存嫡系实力，排挤打压非嫡系武装；外部限共反共，敌视八路军、新四军在日寇敌后的大发展。但他阻挡不了正义的力量，我们就是要在他丢失的地盘上大显身手，打出一片新天地，把沦陷区变成解放区，使穷苦大众免遭日军铁蹄蹂躏，使生灵免遭涂炭。"

听到这里，孙竞云一拍桌子，站起来说："文处长讲得好、讲得对。我看这件事不用再细讨论，干脆，今天我们所有到会的举手表决一下，愿意参加八路军的请举手！"话音刚落，大家齐齐地全部举手赞成。孙竞云接着说："既然大家一致同意，我们就抓紧讨论，形成个初步方案，让瑾侠带给朱道先主任。"大家纷纷发言，讨论到大半夜，由梁瑾侠记录整成文字材料。接着宣读一遍，再征求大家的修改意见。形成正式文稿后，分别给孙部、邵部各一份备案。为了路上安全，梁瑾侠把文案刻印在大脑里，准备进山后再复述誊抄出来，提交给朱道先主任。

第十五章　朱道先出访运南　峄铜邳武装整合

在安排完梁瑾侠去峄西寨山前之后，朱道先又急忙赶往峄南，到运河以南涧头集镇、候孟、唐庄等地与县委书记季华，峄县六区区长兼运南抗日第十四区队队长孙正才，八路军陇海游击支队驻铜峄滕邳办事处主任胡伯勋、"八路军运河大队"大队长胡伯毅和政治委员陈诚太等接洽，带着八路军第一一五师首长的指示，协商整编运南的抗日武装力量。

朱道先对运河南北两岸孙家爷们所领导的几支地方武装，利用亲戚关系多有联系，搞统战是不二人选。孙正才他叫外姥爷；莫字辈的孙莫汉、孙莫迟他喊舅；竞字辈的孙竞舆、孙竞芬等与他是表兄弟；包括张里元部的支队长孙亚洪和他还是姨兄弟。这众多的孙家兄弟也对朱道先大都敬佩有加，因为他既是国民党的黄埔系，又参加了共产党的广州起义，回乡后又做过峄县督学，很有身份。所以，他到哪支孙系队伍去，都是宾客相待。如和孙亚洪两人在抗战之初曾一度携手专打日军，队伍发展壮大到300余人。分手后关系一直未断，虽然多次争取他参加八路军未成，但仍保持了较长时间的友军关系。后因他的一个下属军官被我方抓捕并杀害，而耿耿于怀走向反面。

孙正才在朱道先和季华的引领下，很快走向正确的革命道路。在与反动道会红枪会的作战中，朱道先协调峄县四区区长孙莫汉和五区区长孙莫迟两部约1000人参加战斗。在当时中共峄县县委政府所在地洞头集附近，采取内外夹击，一举将红枪会打败，小头目刘老刁被击毙，大首领王业平带着数百名残兵败将逃往贾汪日军据点。红枪会下属第二大队大队长，人称"黄邱山套套主"的谢昭唐，带着50多人，反正参加了共产党领导的抗日武装，从此，黄邱山套便为我方所掌控，为之后建立抗日根据地奠定了基础。孙正才在打红枪会的战斗中身负重伤。伤未痊愈，又继续投入工作。

这次朱道先又来看望他，孙正才很受感动，说："道先，我得很好地感谢你，如果不是你出面协调莫汉、莫遄两部参战，那后果将不堪设想，仅靠我们的400多人，根本打不过王业平。尽管那是一群乌合之众，但毕竟是2000多人。我这点小伤算不了什么，还让你想着专门来看我，太谢谢了。"

朱道先说："外姥爷，你对我怎么还客气上了，咱爷俩用不着'谢'字。另外，我这次出差也是罗荣桓政委专门安排的。一是代表他来看望您；二是他想整合峄南各地的武装，也想听听您的意见。"

孙正才说："我没有什么意见，我们第十四区队已经归属八路军第一一五师领导了。至于下步要属于哪支部队领导，我们全听师首长的指令。请你回去告诉罗政委就行了，同时也感谢他对我的关心。"

离开洞头集，朱道先一路西行，经过历史古城偪阳故地和穆柯寨山，凭吊了当年的古战场。偪阳城原为黄帝所建，是黄帝的初都。至春秋之时，为妘姓封国之都。偪阳国，为春秋子爵。《世本》云："偪阳。妘姓，祝融之孙，陆终第四孙求言之后也。"它处在群山环抱、龙河环绕之中，城周长3000多米，当地有"九里单八步"之说。据《春秋》记载，鲁襄公十年（公元前563年）四月初，晋侯以霸主身份联合鲁、宋、卫、曹、吴、邾、滕、薛、杞、齐等13国联军气势汹汹杀来，偪阳国君有勇有谋，带领国人顽强抵抗。城内有一座小山，国君安排民众把粮食撒遍山岗，伪装成粮山迷惑敌人，被后世称为"米山"。诸侯联军连攻数十日未克。这一日，为迷惑来犯之敌，偪阳军主动出击袭扰敌营，然后佯退诱敌入城。敌过半，放下城楼悬门截敌，打算将入城敌军分而歼之。此时，鲁国邑大夫叔梁纥（孔子之父孔纥，字叔梁）策马而至城门下，双手托起千斤闸门，马被压垮于胯下，他却双脚着地，力举千钧，稳住城门，而使入城军士大半撤出。联军经月余久攻不克，偪阳城也遂以"城小而固""民风彪悍"而著称。宋朝穆桂英在此大摆天门阵，清末捻军刘平在此多年占山为王。由此可以看出，这里历来是兵家必争之地。胡伯勋的峄滕铜邳四县边联办事处和运河大队驻地唐庄，就在偪阳国西侧、穆柯寨山下。朱道先忧古思今，一路边走、边看、边想，为我们多灾多难的民族而感慨系之，不知不觉就走过了 20 多里地，来到了唐庄村。

唐家大庄，历史上有名，方圆百里的百姓都称之为"铁打的唐庄"。它地处穆柯寨山脚下，是鲁南苏北南来北往的必经要道。庄上大户多为李姓。明末清初，李氏一族为了防止匪患侵扰，保护氏族百姓安危，建了寨墙，四角设有炮楼，所放置的"神威无敌大将军"大炮制造于乾隆十三年（1748 年），炮筒长 220 厘米，口径 11 厘米，炮架下有两个铁轮，可以针对目标非常灵活地调整炮口，射程 200 米，威力大，杀伤力强。1912 年，李功藩因智勇兼备，文武双全，被山东省政府委任为峄、铜、滕三县治安团总指挥。总团部就设在唐庄家里，而调动峄、铜、滕三县联动剿匪。1927 年，军阀混战，直皖互打，兵匪混杂，三月初，千匪攻圩劫寨，枪炮声震天，李功藩一边安抚村民，一边率兵反击，激战一昼夜，唐庄岿然不动，匪丢下百多具尸体而溃逃。是年底，鲁南悍匪邵八爷率 2000 余人围攻唐庄，李功藩一方面加强寨内防守，一方面调遣外援。大炮一响，内外夹击，邵八爷被当场击毙，匪徒死伤过半，其余被俘，村寨安然无恙，是名副其实的铜墙铁壁。现在，胡伯勋的峄滕铜邳办事处，也是设在李家大院。贾汪、利国驿、韩庄等地的日伪顽都觊觎这块要地，既虎视眈眈，其欲逐之；又心有余悸，谈虎色变。想来偷袭抢占，又怕偷鸡不成蚀把米，得不偿失。再说了，那胡老大也是名声在外，非必要一般不愿去招惹他。在胡伯毅、陈诚太辅佐下，运河大队在同日伪顽军不断斗争中，队伍也不断壮大，现已发展到 500 多人。因朱道先一直和陈诚太很熟，也有拐弯亲戚关系，通过陈诚太介绍，与胡伯勋一见如故，二人非常投缘合脾气。经朱道先上下协调，运河大队已于上个月划归第一一五师后方司令部领导。这次再来唐庄，朱道先和胡伯勋主要商讨运南、运北几支抗日武装怎样整合的问题。

来到唐庄李家大院，胡伯勋出来迎接朱道先："你好道先老弟，上次到抱犊崮老山里，承蒙你引荐，能够与陈光司令、罗荣桓政委等第一一五师首长会面，使我受益匪浅。您这次到来，我要好好招待，以示感谢。"

朱道先拱手道："老兄客气了，咱俩谁跟谁。初次见面，你就给罗政委留下深刻的印象，他说：'胡伯勋主任不简单，能在运南立稳脚跟，建立一块小小的根据地，很不容易。我看他带兵打仗很有一套。同时，与友军的关系也处理得很好。'能得到罗政委的肯定，你老兄，了不起。"朱边说边竖起大拇指。

胡伯勋谦虚地笑道："哈！哈！哈！咱算得了什么？人那大首长才真了不起。罗政委当年跟毛委员上井冈山，走过二万五千里长征，经历过多少风风雨雨，这次又派他来山东，这是多大的信任和重托。你看人家那才叫大将风度，机智、沉稳、和善、可亲，而又不怒自威，我是由衷的感佩，跟着这样的领导才有干头，才有盼头。老弟，你说是不是？"

朱答道："老兄言之有理，我们只有跟着共产党闹革命，革命才能成功，才能早日把日寇赶回东瀛去。"

谈到队伍整编问题，朱道先问胡伯勋有何高见。胡说："高见谈不上，不过要从抗日大局上来说，我们现在三三两两，各干各的，成不了什么大气候。现在的苏北鲁南，遍地都是司令，谁都想说了算，但谁说了又都不算。日伪顽不大规模扫荡，日子还能混下去；一旦大'扫荡'，多数如鸟兽散。现有不少小股武装，要么解散，要么归顺日本人当了汉奸。国民党作为国军，也不是完全不想抗日，那是力不如人，技不如人，抗衡不了人。北平守不住、上海守不住、南京守不住、徐州守不住、武汉也守不住，从东向西一路撤退，这都退到哪儿了？退到峨眉山上去了。国将不国，颜面尽失。共产党能把主力第一一五师派往山东，到这里建立敌后根据地，这就是真抗日、敢抗日。我看只有跟上这样的队伍，才有夺取抗战胜利的希望。我和诚太、伯毅也多次商量过，都乐意融入八路军第一一五师的行列，跟着陈师长、罗政委打胜仗。在你的撮合下，上个月我们运河大队虽然划归了第一一五师后方司令部领导，但总感觉还不够规范。也只算是挂个名头，实质内容不多。两地远隔百里，交通受阻，互通个情况都很困难。你这次回去要和师首长商量拿出一个成熟的方案，把苏北鲁南几支真正抗日的武装整合在一起，形成一个拳头，拧成一股绳，打出去才有力量。这也是我和诚太、伯毅比较一致的想法和建议。请你带给陈光师长和罗荣桓政委。"

听到这里，朱道先连拍了几下巴掌说："好，很好！听君一席话，胜读十年书。老兄的想法很有见地，我一定把你的建议和意见带回去，呈报给陈师长、罗政委，以便他们尽快做出决定。"

"那好，我们静候佳音。"这时胡伯勋一看表，已经过午一点多了："哎呀，光顾说话了，都过吃饭点了，罪过！罪过！走，我们喂脑袋去，边吃边谈。"

走进餐厅一看，胡伯毅、陈诚太等运河大队领导，全在那儿恭候着。胡伯勋说："不好意思，是我怠慢了客人，也让大家一起跟着饿肚子。"

陈诚太说："那等一会儿，胡主任要先自罚一杯。"

朱道先说："我讲情，就别罚了，是我耽误了时间，让大家久等了，要罚应该先罚我。不过，我下午还要赶回去，酒，我看就别上了。"

胡伯毅接话："那可不行，我哥为盛情款待你，筹备了这样一桌子美味，没有美酒就白浪费了，我来给朱主任倒酒。"

朱一看不喝点过不去，只好说："恭敬不如从命。不过我酒量有限，请胡老兄和各位手下留情。原打算还想给伯毅弟和诚太老哥单聊几句。上午胡兄代你们都唠透了，你们还有什么新的想法和好的建议，咱们边吃边谈，我把意见一并带回去。下午咱们就不再单独座谈了，我吃过饭就往回赶。"

胡伯勋说："你既来之，则安之。今天在我这儿歇歇脚，我们再多交流一下，明天再走也不迟，我派人马送你回去。"说着端起酒杯："来！让我们共同举杯，为朱主任远道而来传达领导指示，请干杯！"说着一大盅酒一饮而尽，接着连敬三盅。

朱道先想讲话，但按鲁南喝酒规矩，大家一齐不让，必须等主陪、副主陪、三陪、四陪等敬完了，才让主宾说话。

一看这样喝下去非耽误事不行，朱还是抢过话题说："谢谢各位的美意，我看还是少喝酒，多拉会儿呱，争取 3 点钟结束。我还能赶三五十里路，到四区莫汉舅那再看看，争取明后天能返回老山里。"

一看他真心要走，胡伯勋就说："朱主任也不是外人，他确实重任在肩，我们不要强求他多喝，我看谁再敬酒，自己喝三盅，让朱主任只喝一盅，你看这样行吗？"

朱说："承蒙胡兄抬爱，我一定尽力而为。"军人最遵守的就是时间，时间还没到三点，胡就安排上饭。饭后派人策马把朱道先送到运北峄县四区。

峄县第四区区长孙莫汉，字云庭，号龙城，是峄县西南阴平东楼村大地主，抗日前任阴平社社长、峄县四区联庄会会长。抗日战争爆发后，在国难当头的关键时刻，他毅然站在抗日一边，拥护共产党的抗战主张，拒绝日本人任命的"维持会"会长，支持长子孙竞杰投身抗日，把亲手拉起来的300多人的武装交给共产党领导。当上"国民党军事委员会别动总队华北第五十支队第三梯队司令"后，曾以峄县第四区抗日动员会主任、区长和"第三梯队"司令的名义，召开乡长和乡绅会议，决定以乡公所加绅户的武装为基础，扩充第三梯队，下设三个大队和一个直属中队。在这支队伍里，共产党员孙竞杰、孙竞萃等同志实际上是领导核心。中共峄县县委书记季华、中共峄县四区区书记朱倚民一直对这支武装重视和关心，经常召见孙竞杰、孙竞萃等同志，论国事、谈抗日、沟通思想，加强领导。最近，经过朱道先、季华等对孙莫汉及其他上层人物做工作，这支部队已被第一一五师收编，改为峄县支队第二大队。支队长由县长潘振武兼任，孙莫汉任副支队长，孙竞杰任第二大队大队长，孙竞萃任大队参谋长，季华兼任支队政治委员。改编之后，上级充实一批红军干部，帮助整顿，使部队的面貌焕然一新。

朱道先来到四区，分别会见了朱倚民、孙莫汉、孙竞杰等同志，并实地考察了经过整训后的第二大队，一看最近这两个月，部队的变化确实很大，精、气、神大振。土八路着新装，更像正规部队了。就对孙竞杰说："表弟，你现在是鸟枪换炮了，士气高昂，更能打胜仗了。"

竞杰答道："是的，这一切全托四哥您的福。我自从山东分局党校学习回来，就公开了共产党员的身份，又在队伍中发展了孙莫益、孙竞铎、赵仁义、段茂森等一批中共党员。我们的力量加强了，通过对部队进行三大纪律八项注意教育，提高了官兵的组织纪律性和军事素质，以使这支武装成为有着浓厚抗日爱国倾向的革命队伍。你看哪方面还要加强，请指正，我们好马上改进。"

朱道先鼓励他说："近一个时期，你和竞萃参谋长配合得很好，和国民党顽固派黄僖常、李同伟等巧妙周旋，粉碎了他们企图完全控制部队的阴谋。还带领部队拔除了日军在宁楼设的据点，消灭了潘明希、孙竞仪、孙竞千等小股汉奸武装，统一了筹粮和部队供给，维护了周围地区社会治安，保护了当地百姓利益，受到了群众的拥护和支持，根据地也逐步扩大。下一步，你们要稳扎稳打，开展好游击战、麻雀战、运动战，要有打持久战的思想准备，配合主力部队打好大仗，多歼灭日伪顽的有生力量。"

"是！我们一定按照你和上级领导的要求，抓好班子，带好队伍，严明纪律，巩固峄西根据地，逐步向东向北发展，向城区和铁路沿线推进，配合好老山里的外线作战。"

朱道先对他的规划表示赞赏："第一一五师首长，有把峄县南部、大运河两岸抗日武装进行统一整编的设想，也想听听下边的意见，你们还有什么想法和建议，可以提出来。我带回去向罗荣桓政委一并汇报。"

孙竞杰表示："我们峄县支队第二大队一切听从第一一五师的指挥，绝无讨价还价，队伍怎样整编，我们听从首长的安排，让我们怎样做，我们就怎样做，保证完成好上级交给的各项任务。"朱道先听后非常高兴，准备抓紧回老山里向首长汇报。

第十六章　罗政委亲切接见　受教诲鼓舞斗志

朱道先此次出山，用了半个多月的时间，和梁瑾侠分头考察了山外峄南地区的地方抗日武装。在他回到抱犊崮的第二天，梁瑾侠也从峄西来到老山里。自打跟随山东战地服务团到蒙山、沂水，离开抱犊崮已有一年多了。那段时间是苏鲁豫皖边区特委和苏鲁抗日义勇大队最困难的时期，也是她人生最痛苦的时期，因害大病险些丢掉生命。现在，她大病已去，身体日渐康复。来到山里一看，根据地的面貌一新，显示出抗战的生机和活力，使她愈加精神振奋。八路军第一一五师的到来，开创了鲁南抗日的新局面，使山里山外各地方抗日武装有了靠山和支撑，苦难的百姓也呈现出笑容。看到这些，梁瑾侠感到十分开心。加快脚步去找朱道先汇报近期在山外联络孙竞云、邵剑利两部的工作情况。

听了梁瑾侠的工作汇报，朱道先非常满意，认为整编山外各派抗日武装的时机已经成熟。于是就对梁瑾侠说："走，我带你去见罗荣桓政委，咱们一起向他汇报。"

梁瑾侠忙说："还是您自己去吧，这么大的官让我去见，恐怕有点不合适吧？"

朱道先一听："你怎么还拘谨了？我可知道你在生人面前从来是不怯场

的。咱这大首长平易近人，和蔼可亲，没见过他摆大架子，盛气凌人，你不要有什么思想顾虑，主要由我汇报，你多听听领导的指示，也是对你很好的历练，走吧！不用多说了。"梁瑾侠一看躲不过，只好随从朱道先，由大北庄去双山涧村。

双山涧地处抱犊崮腹地，周边有曹庄、杏山头、候宅、徐洼、杏峪、下十河、上十河等村，隐蔽在崇山茂林之中，八路军第一一五师司令部就驻在这里。在一处三合院，朱道先和梁瑾侠见到了罗荣桓政委。

在这之前的十月份，第一一五师后方司令部的胡大荣司令员，听取了朱道先关于峄县十四区队和运河大队的情况汇报，曾向首长提出了要在运河两岸以运河大队等四支武装为基础，组建"运河支队"的建议，陈光代师长、罗荣桓政委等都认为这个名字很好，既符合实际，叫起来又响亮。所以，就确定成立"运河支队"。师首长的指示，成为"运河支队"部队建设和开展运河南北抗日斗争的指导思想。

1939 年 12 月在第一一五师驻地，罗荣桓政委再次召见朱道先，正式向他谈起："第一一五师司令部、政治部经研究同意峄县县委、县政府的意见，决定成立'运河支队'，拟任孙竟云为支队长，你任支队政治委员。"

朱道先这次来抱犊崮领受任务，在老山里住了两天，除了罗政委的彻夜长谈，还两次受到代师长陈光的召见，并与萧华、邝任农、王秉璋等领导会面，请教有关部队建设的问题，听取指示。

为了充实和加强山外抗日武装的领导力量，第一一五师司令部、政治部抽派红军干部王福堂、钟联祥、王广汉等 6 人随同朱道先一起出山。全面交代完任务，朱道先、王福堂等依依与首长握手话别，连同 3 名抗大学生和 2 名警卫员共 12 人，一起跨上战马，向老山外大运河畔奔去……

第十七章 一九四零迎元旦 运河支队树大旗

从抱犊崮出来，朱道先一路向西沿山区而行，经北庄到半湖，过凫山到西集，这段路比较安全。然后向南经伏羲过墓山，乘夜色掩护在邹坞西袁家庄附近跨过被日军控制的临枣铁路线，绕过大吕巷，过了黄蜂山口，再往南又安全了，进入了孙竞云、邵剑利的根据地。经郑官庄、大石门、陈家庄，就到了周家大营，完成了跨越敌占区的百里大行程。

周营，在当地是有名的万人集镇。历史上就很有故事，旧称许家屯，汉唐时期就有官府屯兵。因元代周忠带兵安营于此，改名周家大营。据《峄州志·职官考》记载: 周忠，峄之南常里人，骁勇有胆略。金兵乱淮北，忠甫弱冠，即依山保寨，所全活不啻万余人。至元初，超授峄州兵马钤辖，攻城破栅，讨逆安民，所向无敌。以功迁峄州军事判官。不逾年加封广威将军，同知峄州军事。提兵从征江淮，屡立大功。周忠长子周瑞昌，亦是一位"智勇绝人"，曾随舅父李志远大将军征伐东海，攻打涟城，屡立奇功，被朝廷加封武节将军兼邳州节度副使。可谓是"父子双雄"。"周家大营，举事宜成。"所以，朱道先和孙竞云、邵剑利等人共同研究决定，就在这里举起义旗，成立"八路军第一一五师运河支队"。

1939 年 12 月底，正是严冬季节，滴水成冰，哈气成雾。但在周营镇周家地主大院子里却热闹非凡，各路英豪齐聚，为即将召开的"运河支队"成立大会，进行着紧锣密鼓的准备。驻扎在运河南岸的峄县县委书记季华，峄县六区区长兼运南抗日第十四区队队长孙正才，八路军陇海游击支队驻铜峄滕邳办事处主任胡伯勋等，都提前接到了通知，按时来到周营，等待着听取朱道先从抱犊崮带来的八路军第一一五师首长陈光、罗荣桓的指示。大家情绪高涨，热血沸腾，完全忘却严冬的寒冷，笑迎新年春天的到来。

12月31日，朱道先深夜抵达周营，不顾鞍马劳顿，立即布置任务。叫起梁瑾侠起草《运河支队一号布告》、邵子诚等书写宣传抗日的标语口号，然后在一间大屋里连夜召开筹备会。待季华、孙竞云、邵剑利、胡伯勋、文立政等核心成员到齐后，朱道先在一盏棉油大灯下简单介绍了这次进老山里的工作情况，然后打开从老山里带来的包裹，把八路军第一一五师关于运河支队组成人员的委任状、队旗和关防印鉴展示在桌上。他说："师首长对我们大家非常关心，对组建运河支队高度重视，指示我们要把抗日大旗高高举起，行动越快越好。因为我们这也算一次起义，之前有的同志提出来看看日子，选个黄道吉日。我们共产党人不信这个，看日子不如撞日子，旧年已经过去，现在已是1940年的元旦凌晨，我看今天的日子就很好，我提议，今天上午我们就召开运河支队成立大会，大家看还有什么意见？"

季华书记说："今天召开成立大会，从时间上讲是紧了点，但我也觉得事不宜迟，说干就干，完全同意朱主任的意见。"

孙竞云也站起来说："对！我们说办就办，以最快的速度落实师首长的指示。"随后大家异口同声，纷纷表示赞同，报之以热烈的掌声予以通过。然后又讨论确定了人事安排和成立大会的细节等问题。

不觉得天已快亮，大家仍意犹未尽，因心情激动而没有一丝困意。朱道先说："既然大家一致同意今天召开成立大会，那么我们就分头去做好准备。这里是孙竞云部的驻地，关于会场准备，我看就由竞云全权负责，地方可否就放在老教场点将台？"

孙竞云答道："我看可以，用点将台做主席台，操场当会场，把旗台整理一下，安上新旗杆，把运河支队的队旗挂上去，以鼓舞大家的士气，也让老百姓认识我们。"

"很好。我们这个会，既是宣告运河支队成立，又是宣传庆祝大会，朱主任可在会上多讲一下当前抗日的形势和我们党的抗日主张。"季华书记说。

朱道先接着征求季华意见："季书记，你看我们这个会应当怎么开法？"

季华说："程序要简单，气氛要热烈，我看就先升队旗，随后你就传达第一一五师首长的指示，宣布任命书，然后再让竞云代表支队讲一讲就行了，时间安排在上午 10 点，会议控制在一小时左右。大家看怎么样？"

孙竞云、邵剑利、胡伯勋等都说："行。"

朱道先又说："程序可以简单些，但这是我们向群众宣传展示的好机会。会议主持人由文立政担当，由季华代宣布第一一五师委任状，我和竞云、剑利、伯勋分别说两句，然后在高呼口号、燃放鞭炮中结束比较好。"邵剑利、胡伯勋表示，不在会议上讲话。

文立政说："我这南腔北调的，学说峄州话还没过关，我看让伯勋同志主持最好，他那徐州口音和峄州差不多，大家都能听得明白。"大家经过一番议论，基本形成了统一意见，确定让胡伯勋主持"八路军第一一五师运河大队"成立大会。

朱道先一看怀表说："现在是 6 点多钟，还不到 7 点，离我们开会的时间还有三四个小时，大家分头行动，有困神的可以打个盹儿稍眯瞪一会。"

季华说："好吧，我们现在散会。"

大家起立，伸了个懒腰。然后推开房门一看，外面正飘着雪花。"啊，瑞雪纷飞兆丰年，运河支队大发展。"胡伯勋一张口就带着诗的味道，有人就鼓励他把诗作下去。胡伯勋嘿嘿一笑说："我这哪是作诗，只是胡说一句。见笑，见笑。我可不是梁瑾侠，能够出口成章。让我作诗，我得酝酿一会儿再说。"

有人起哄说："好！那我们就等一会儿洗耳恭听啊。"说说笑笑，大伙就冒着雪花散去。朱道先和孙竞云来到另一个房间一看，梁瑾侠、邵子诚仍在忙活着写抗日标语，火盆里的火早已熄灭，他们只顾全神贯注地写，忘了往火盆里添柴，也忘了天气的寒冷。

1940年1月1日（农历己卯兔年十一月廿二日），已离春节很近，这天正逢周营大集，虽然兵荒马乱，但农闲没事，农村赶年集的人仍比较多。日军此时主要驻在铁路沿线临城、沙沟、塘湖、韩庄等据点，几次想在周营、阴平安插据点，全被孙竞云、邵剑利部给搅黄了。只要日军不大规模扫荡，这里暂时还是安全的，所以，赶年集的人们仍比较多，且是喜气洋洋的。

　　周营集镇西头不远处老教场，据说就是当年周忠演兵的地方，因地势相对较高，人们远远就能看到那里彩旗招展，听到军歌嘹亮，有不少人凑上前去准备看热闹，教场四周已经放哨警戒，专等上午十点的庆祝大会开始。今天能够看到的部队主要是孙竞云部的300多名队员和邵剑利部开来的100多名队员，其他两部驻运河之南，路途相对遥远，没有参加今天的检阅。

　　元旦当日上午，雪过天晴，阳光明媚。今年的第一场雪只是湿润了一下干裂的地面。稍微滋养一下半冬无雪干旱的庄稼，使干燥的空气也变得舒适了些。九点五十分，身着国军戎装、荷枪实弹的孙、邵两部官兵进入教场，季华、朱道先、孙竞云等登上点将台。十点整，运河支队成立大会主持人胡伯勋宣布大会开始，全体起立，司号员吹响《义勇军进行曲》，绣有五角星和"八路军第一一五师运河支队"字样的红旗冉冉升起，在空中飘扬。大会进行第二项，由峄县县委书记季华代一一五师宣布"运河支队"班子成员及下属机构组成人员委任状：

　　支队长：孙竞云

　　政委：朱道先

　　副支队长：邵剑利

　　参谋长：胡伯勋

　　政治部主任：文立政

　　然后是下设机构组成人员：

　　参谋处参谋：褚雅青、蒲沛霖、邵泽连等

　　副官：孙莫芝

　　政治部宣传教育部长：梁瑾侠

　　供给处主任：孙筱鲁

警卫队队长：陈立功

手枪队队长：沙玉坤

干部教导队队长：王广汉

政治指导员：杨荣

副指导员：李光明

一大队大队长：邵子诚

政治委员：张洪仪

副大队长：王默卿

二大队大队长：孙正才

政治委员：宋学民

参谋长：王福堂

副大队长：胡伯毅

政治处主任：钟联祥

政治处副主任：陈诚太

铜山独立营营长：佟震五

副营长：佟昌勤

大队下设共 11 个中队，分别设中队长、政治指导员、参谋、副官等。

任职名单宣布完之后，孙竞云、朱道先等从季华手里领取委任状。下属机构的人员任命，由刚上任的支队长孙竞云、政委朱道先一一发放委任书。

大会进行第三项：孙竞云表态发言。他说，第一一五师首长任命我为运河支队支队长，是对个人的极大信任和重托。个人绝对不辱使命，勇敢担当，积极带领大家多打胜仗，坚决把日军赶出中国。

大会进行第四项：朱道先讲话。他按照第一一五师首长的安排，把从老山里带回的消息转告大家。他说，抱犊崮有两架电台每天与延安保持联系，可随时接听党中央和八路军总部的指示、命令。朱道先结合现实对敌斗争的需要，有重点地讲了三个方面的问题。

"一是国际国内革命战争的形势。现在不仅我们中国在打仗，整个亚洲、欧洲都在战火之中。主要是以苏、中、美等结成的'同盟国'，同纳粹德、意、日结成的'轴心国'之间的战争。德国法西斯野心勃勃，希特勒想占领整个世界，现已占领荷兰、捷克，闪击了英、法，又在进攻苏联；日本在侵略中国后，又占领了菲律宾、马来西亚、泰国等。所以中国对日本的战争不是孤立的，苏联、美国、英国等都在支援我们，我们站在正义的一方，最后的胜利一定是我们的。

"二是抗日战争的战略问题。我们的领袖毛泽东同志讲，在抗日战争的过程中，大体可分为两个战略时期，前期包括战略防御和战略相持阶段，主要的是游击战争；后期为反攻阶段，主要的将是正规战争。抗日游击战争中的六个具体问题：（一）主动地、灵活地、有计划地执行防御战中的进攻战，持久战中的速决战和内线作战中的外线作战；（二）和正规战争相配合；（三）建立根据地；（四）战略防御和战略进攻；（五）向运动战发展；（六）正确的指挥关系。这六项是全部抗日游击战的战略纲领，是达到保存和发展自己，消灭和驱逐敌人，配合正规战争，争取最后胜利的必要途径。我们要按照八路军总部的要求，在战略防御和相持阶段，组织开展好游击战。

"三是我们目前的主要任务。按照'保存自己、消灭敌人'的基本原则。（一）发展和壮大武装力量；（二）建立抗日根据地；（三）动员和发动群众支持抗日；（四）搞好统战，处理好与友军的关系。兵民是胜利之本，部队与人民的关系是鱼水关系。我们若离开了人民群众，就像鱼儿离开了水，这样无法生存。我们要关心士兵、尊重人民，做到官兵一致、军民一致、瓦解敌人，这也是军政工作的三原则。要坚持抗日民主统一战线总方针，动员全民参加抗战，坚持持久战，才能不断地消耗日军，消灭敌人，为保护一切未失地区、恢复一切已失地区而战，实现我们最后的胜利！"

朱道先政委的讲话，不断迎来官兵和场外围观民众的阵阵掌声。

至此，"八路军第一一五师运河支队"成立大会的基本内容已经完成。大会主持人胡伯勋参谋长情不自禁地高呼一声："八路军运河支队万岁！"台下是一呼百应。

梁瑾侠十分激动地站起来，带头响应振臂高呼："八路军万岁！""共产党万岁！""打倒日本帝国主义！""坚决消灭日寇及其走狗！"欢呼声此起彼伏，气氛达到最高潮。

胡伯勋手持铁喇叭话筒，连喊几声："肃静！肃静！"仍制止不住，只好大声宣布"大会到此结束，鸣炮！"礼炮一响，欢呼声才静下来，领导和官兵退场。

梁瑾侠、王广汉、杨荣、李光明等带领部分队员到街里和附近村庄张贴《运河支队一号布告》和标语，宣传抗日主张，扩大政治影响。

当主要领导走下主席台时，几位大队长、政委等迎上前去，再次鼓掌、握手表示祝贺。这时，二大队大队长孙正才给胡伯勋开玩笑说："哎，我说参谋长，你的诗酝酿得怎么样了？怎么也没给我们宣读一下。"因为他俩年龄相仿，又都驻守运河南，相互很熟，又有嬉闹场，所以二人见面经常开玩笑。

"好你个老孙，你想将我的军。我还真就胡编出来了，不怕各位见笑，这就读给各位听听，敬请指教。"胡伯勋接着很有兴致地高声朗诵道：

瑞雪飘飘兆丰年，运河滔滔掀波澜。
抱犊师部传命令，寒山抗日烽火燃。
四支队伍擎义旗，八方民众聚力前。
鲁南苏北齐参战，消灭倭寇凯歌还。

第十八章　韩庄据点搞侦察　手刃两个小鬼子

　　同胞们：日本帝国主义侵略中国，烧杀抢掠，无恶不作，占我国土，毁我家园，致使我国山河破碎，生灵涂炭，民不聊生，妻离子散。如果我们再不起来反抗，中华民族将亡国灭种。为了驱除日寇，保家卫国，共产党派八路军第一一五师挺进抱犊崮开辟根据地。经师部批准，现将鲁南运河两岸四支抗日武装合编为八路军第一一五师运河支队，特发一号公告：

　　一、运河支队为八路军正规部队，受一一五师直接领导，坚决抗击日寇，捍卫国家主权和领土完整，保护人民生命和财产安全。

　　二、运河支队坚决贯彻中国共产党关于抗日民族统一战线的方针政策，团结一切爱国人士，共同抗击日本侵略者。

　　三、运河支队坚决与一切汉奸卖国贼作斗争，奉劝伪顽迷途知返，回头是岸，与日寇彻底决裂，重回人民一边。对主动弃暗投明，主动赎罪者，我军将给予奖励。愿返乡者，发放路费。

　　四、运河支队坚决执行八路军的"三大纪律、八项注意"，不拿群众一针一线，努力减轻人民负担，尊重群众，不要骄傲，时时处处爱护人民。

　　五、国家兴亡，匹夫有责；国难当头，慷慨赴难。凡我中华热血青年，应积极参军报国，救亡图存，力挽狂澜于既倒，匡扶民族大厦之将倾。打败日军，还我大好河山，赢得世界和平，实现国泰民安。

以上是运河支队成立向外发布的一号公告，由梁瑾侠起草，集体讨论研究通过，经支队长孙竞云、政委朱道先签发，邵子诚用楷书誊写的。几天之内，张贴到四镇八乡，引起各据点日寇、汉奸的一片恐慌，扬言要尽快扑灭这股抗日烈火。

特别是家住离周营镇不远的北石楼村的张来余，土匪出身，通过打家劫舍已发迹成有土地千亩和多家店铺的财主。日军占领津浦铁路后，在水陆交通要道韩庄设立伪警察所，让张来余当所长，负责管辖周营、性义、曹庄、阴平一带。这里成了他的食利之地，他以维护当地治安为名，利用各种手段盘剥当地老百姓，民众对他恨之入骨，恨不得剥其皮、食其肉。近一时期，孙竞云、邵剑利两部不断对其骚扰打击，使其嚣张气焰有所收敛。但仍不时下乡"扫荡"，当运河支队公告贴到韩庄街上，被他揭掉送到临城日军指挥所，提出要日军出动兵力，帮他去消灭八路。日军官龟田太郎将信将疑，再加上天寒地冻且快到春节，暂不愿出动兵力，就对张来余说："哪来的八路？都是些当地的小毛猴子，你自己去处理好了。"

"是！太君，我这就去处理。"

张来余到临城一趟，碰了一鼻子灰，没能请动日军却又领受了任务。越想越窝囊，越想越来气，他又不敢违抗龟田太郎的命令，只好硬着头皮答应自己去对付八路。

1940年春节将至，已进入腊月的初四，适逢周营又开大集，张来余准备在节前再大干一家伙，过个肥年。就利用逢集的机会，派两名小喽啰去侦察情况。这两位也都是当地人，一位家住褚楼姓褚；另一位就是周营街上的姓孙，自小家里穷，是吃百家饭长大的，近两年跟张来余混，也没混出个名堂。虽然与张来余沾亲带故，也没沾上什么大光，连个班长也没让他当，只是混口饭吃。这次让他出来，内心很不乐意，认为这是张来余又拿他当枪使，因为周营街都知道他跟张来余当了汉奸，如果这里真有八路军运河支队，那他若被集上的人发现，抓去送给八路军，那还能有个好，就怕小命难保。越想越害怕，就和姓褚的商量："我说大兄弟，这大冷的天，我领你找窝喝酒去吧。侦察个鸟，如果真有八路被咱们碰上了，那就麻烦大了。再说了，竞云是我本家兄弟，与你也是表亲，他干没干八路，我俩都不能害他，你说是不是？"

姓褚的说："是。但我们不去到集上看看，回去怎么给张所长交差？除非你不想回去干了。"

"等下午回去，你听我的保管没错。"姓孙的拍着胸脯打包票说道。

他俩正拉着往前走，刚到李河湾就碰到了熟人："哟，这不是竞友哥吗？怎么没穿军装就出来了？带盒子枪了吗？"

"带枪干吗？这到年关了，我想回去看看大爷、大娘，把年没回家了，怪想他们的。"

"你不带枪出来，不怕碰到八路？"

孙竞友这碰到的也是本家兄弟，叫竞富，也住在周营街上。忙问："我说竞富兄弟，咱这真有八路军了？竞云真当上八路军的大官了？"

孙竞富一看孙竞友有点慌，就说："逗你玩呢，没影的事，那是有人张贴布告，故意吓唬你和张来余的，怕你们节前又出来扰民祸众。"

孙竞友长出一口气说:"哦，吓死我了。要真有八路，这集我们就不赶了。"

孙竞富说："怕什么，走，跟我到家喝点酒去。我昨晚上在李河湾朋友家喝高了，没能走，今天正好投投。这位哥是跟你一块儿干的吧？走，一块儿喝酒去。"

姓褚的不愿去，就说："你们喝去吧，我也想回褚楼看看，咱们两便吧。"

孙竞富其实是刚成立的运河支队放出来的外哨，警戒韩庄、塘湖一带日伪据点的动静。他知道这二人肯定是来刺探运河支队情报的，哪能让姓褚的放单，强拉硬拽一起进了周营镇。

孙竞友来到镇里，还想到大叔、二老爷、三婶子、四大娘家坐坐。走了两户，人家都不很热情，知道他当汉奸，这次来了也是黄鼠狼给鸡拜年，没安好心，所以都鼻子不是鼻子、脸不是脸的，他却很不识趣。

一路上，孙竞富见人就打招呼说："竞友哥回来了，跟我喝酒去，还有谁愿意陪的吗？"他这是故意宣告大家，汉奸来了，要注意一下。进街不久，就看见梁瑾侠向这边走来，他装作不认识，却又提高嗓门："陪俺竞友哥喝酒去了。"然后悄悄给梁使了个眼色。梁瑾侠一点就透，马上回去将情况向孙竞云做了汇报。孙竞云一听，就决定将计就计，再派一名和孙竞友熟悉的本家，装着串门子到孙竞富家一起参与喝酒，详细了解韩庄镇张来余的情况。

湖口观渔，是峄县八景之一。这湖口就位于微山湖东畔的韩庄，它可是鲁南重镇，是重要的交通枢纽，津浦铁路在这里跨过运河南接徐州，京杭大运河在此由北南流向改为西东走向。峄县境内的大运河上设有八大闸：韩（庄）、新（闸子）、巨（梁桥）、万（年闸）、丁（庙）、顿（庄）、候（宅子）、台（庄），韩庄闸为微山湖下游的第一道闸门。韩庄湖口闸在航运史上有着很高的地位，它处在"三分迎天子，七分下江南"的咽喉水段。置身湖口之上，西眺是波光粼粼、渔帆点点的微山湖，东望一桥飞架南北、列车穿梭在韩台运河之上。这里物产丰富，有"日出斗金"的美誉。烟波浩渺的湖水里有四个鼻孔的特色鲤鱼，鲫鱼、鲢鱼、鲇鱼，乌鲤等数百种鱼鳖虾蟹活跃其中。1765 年，乾隆来到湖口，诗兴大发，留诗一首：

韩庄实泄微湖水，筹涸金鱼闸建新。
济运利农期两益，每因触景忆贤臣。

现如今的韩庄，因日军的侵占而变得日益凋敝。当孙竞富问起韩庄镇的情况时，孙竞友和老褚直摇头，自日军在韩庄火车站和运河铁桥安插据点后，经常在街上抢夺民财、骚扰百姓，大闺女小媳妇已很少上街。前几天就有两个鬼子兵在光天化日之下强暴了一个民女。张来余的警察所不敢管这些事，碰到了也装作没看着。所以，当地老百姓恨透了日军和他们的帮凶张来余。

经孙竞富和另一名运河支队也姓孙的队员三敬五劝，孙竞友和老褚舌头根有点发硬了，就开始套他二人的话，竞富问："竞友哥，我知道你这两年跟张所长混得不错，你们又是亲戚，是不是提拔你干小队长了？"

竞友说："张来余他不讲究，整天拿我当枪使，哪事危险哪事难办，都安排给我干，到现在连个班长也没给，哪还有当队长的好事。不信你问老褚，是不是？我俩都是出力的命，好事没摊上。"

老褚说："是，是！我俩都是冤大头。再这样，我就回家不干了。"

竞友说："我也早有这个想法，不过现在兵荒马乱的，到哪也都不好干，咱想当八路，人家也不可能要咱，先混着再说吧。行就行，不行裂熊。我要是不干了，得跑远远的，那要让张来余个龟孙抓住我，不死也得扒层皮。"

老褚说："你别光在这说硬话，一见到张所长你就跟老鼠见猫的样，哪天你要跑也把我带上，咱躲远点。"

孙竞富插话道："躲什么躲？如果不想在韩庄干，你们可以去找竞云司令跟他干，他还能不收留你？我看你们俩今天也不是来赶闲集的，是不是想来找竞云的？"

"不！不！不！我们找他干什么。咱也不识字，听说布告上写着竞云现在是运河支队的司令了，不知是真是假，如果是真的，他抓住俺俩还不给枪毙了？"

竞富说："不会的，都是自家兄弟，见面最多批评你几句，不会让你再去当汉奸。"

竞友说："你说得真难听，什么汉奸不汉奸的，俺又没杀人放火，最多是抢吃抢喝，混口饭吃。再说日本人也不鸟俺，俺也不认识日本人是老几。"

"是。喝酒，喝酒。咱不提汉奸的事了。吃好喝好，你们今天就别走了，我好明天也跟你们赶趟韩庄集。这么近，我已大半年没去过了。"孙竞富继续劝说道。

听到这里，孙竞友说："那、那、那可不行，我和老褚今天无论早晚都得回去，还、还得向来余个龟孙交、交差哪。"

老褚忙堵他："你、你胡说些什么，交、交什么差。"

竞友不服："你、你这人咋这样呢，竞富又不是外人，咱来干什么的，不就是打听情况的吗？竞富也没瞒咱，咱们确实没见到洋八路，土八路也没见着，年集上没发现一个扛枪的。我看这日本人正在势头上，竞云他们早不知躲到哪里去了。是、是不是竞富兄弟？"

竞富说："哥，你说得对，竞云自带队伍去了东乡跟黄僖常干，回来后也闹了几回动静，但人却一次没见着，现在是不是回老山里了也不好说。不过南边邵司令的队伍还在，你们还真得注意点。"

老褚说："那是，那是。竞友，咱别再喝了，再喝天黑不好赶路了。"

竞友有点不耐烦地说："走，走，这就走，明儿竞富兄弟到韩庄，咱们再喝，我，我请客。"说着二人就起身，东倒西歪地在街上寻摸一圈，仍未见到带枪的人员，就向西南韩庄方向返回。

张来余派来的两个探子走后，孙竞富就向运河支队的领导做了汇报，并提出他明天也想到韩庄侦察一下，看看张来余有什么动静。孙竞云说："很好，我看可以对今天来的两人多做做工作，争取为我所用。我派梁瑾侠和你一起去，她骑驴，你赶脚，扮成新媳妇回娘家。到那里你们可分开行动，你重点策反孙竞友，多掌握张来余的情况。瑾侠可以混入赶大集的人群，四处多看看，重点侦察打探鬼子据点的情况。"

随后，叫梁瑾侠过来征求她的意见，她说："去韩庄侦察我没什么意见，但非要假扮夫妻干什么？"

孙竞云说："谁让你们非要扮夫妻的？你是主子，他是用人，让竞富为你牵驴赶脚还不行吗！"

瑾侠一听笑了："这还差不多，路上要顺利，我们什么也不用说，如果遇到盘查，那我们就随机应变。你让我打探鬼子的情况，我就到性义村走个亲戚，多了解些火车站鬼子据点的情况。"

"那好吧，你就准备一下，明天和竞富一起去赶韩庄集吧。"孙竞云说道。

韩庄逢大集的日子是农历三、八、五、十，每旬逢四个集，每年的四月初八逢大会，那是人山人海。这里的集每次比周营集晚一天，所以做小生意的头天赶周营集，第二天来赶韩庄集。因为这里交通便利，有水旱码头，平常街上也有人赶集上店，但相对较少。

第二天一大早梁瑾侠和孙竞富就出发了，他们尽量绕开大的村寨，走小路直奔韩庄镇街北头的性义村，这里姓郑的大户人家是梁瑾侠的表姑家，之前来过两趟，路比较熟悉。一进性义，梁瑾侠就对孙竞富说："你去赶你的集，我去串我的巷，咱俩各干各的事，谁办完事谁就先回去，咱就不要再碰面一齐回去了。各走各的路，我看这一路上还比较安全，只要跨过铁路就没有什么大危险。"

孙竞富说："那可不行，竞云支队长专门安排我来保护你的，我不能离你很远。"

"你还要去会孙竞友呢，不分开，难道你想让我陪你一起去？"

"那也得咱们一块儿赶集，中午头你回到性义，我再去找竞友喝酒。"

瑾侠一看竞富也是好意，就说："你先在这等我会儿，我把牲口放到表姑家，咱就去街里。"表姑知道梁瑾侠是干什么的，也非常支持她干大事业。

孙竞富眼瞅着梁瑾侠骑着毛驴进了村里，不一会儿从一个高大门楼前走出来。二人一起随着三三两两的赶集人向南洋街走去。一路上也没见到鬼子兵的行踪。也许天还早，尽管出着太阳，天气依然很冷，日军单等中午头暖和些才会出来寻吃寻喝找乐子。梁瑾侠边走边想着就进了街里。这洋街，南北一条主道，东西两条横街，小商小贩大都集中在这里。往年一到这时，赶年集的人很多，男女老少挤不动。现在由于日本人常出来捣乱，人明显减少，稀稀拉拉的不到往年的三分之一。这已是上午的八九点钟，摆长摊的已经开张，临时摆地摊的该来的也都来了。赶年集的散客正向这集中。这时只见有两名背着长枪的二鬼子，吆喝二三地由东向西走来，远远看去，孙竞富一眼就认出了孙竞友，忙让梁瑾侠到旁边躲躲，然后迎上前去："这不是竞友哥吗，出来巡逻的？"

因身边有人，不便过于亲热，竞友冷冷地说："是你，二兄弟，来赶闲集的，我现在公务在身，等中午有空闲，我请你喝酒，警察所就在这东边不远处，你要有时间，中午头去找我。"

"好嘞，我先遛遛，到中午头再说。"说完，竞富就走开了。

梁瑾侠一看二人在一起行动真不方便，就对孙竞富说："咱们还是分头行动，你也不用保护我，咱各人保护好自己。你重点摸清警察所的情况，我到运河边上转转，看看鬼子在津浦铁路运河岸头所设的炮楼位置情况。然后我再回性义，重点看看火车站的情况。咱谁先完成任务就先回周营，不要相互再等了。"

"咱俩你是头，我听你的，尽管你武艺高强，也得小心为妙。"说完，竞富悻悻地往东走去，瑾侠就奔向运河大堤。

冬季的大运河两岸一片肃杀景象。树叶凋零，毫无遮拦。梁瑾侠边走边观察地形，还没有接近运河铁桥，就被站在桥头堡的日军发现，鸣枪示警，不准靠近。她还没有看清敌人，敌人已用望远镜看清楚了花姑娘，然后有两个鬼子叽里呱啦走出哨岗，向大堤跑来。瑾侠一看不好，赶紧撤退，一口气跑进街里混入赶集的人群方才脱险。两个鬼子追丢了目标，就垂头丧气地回去了。这次冒险行动，使梁瑾侠对运河大桥把守的鬼子兵的岗楼布防情况只观察了个大概，没有弄清楚多少实际内容。

第一次搞侦察活动，也许是经验不足，过早暴露了自己，险遭不测，平复一下心境，在街上没敢再多转，就向韩庄火车站方向走去。那时的火车站在日伪的把持下，刚恢复客运不久，一天之内有个两三班列客车停靠。她还未靠近车站，就发现有日伪军在那边正在严格盘查行走路过人员，为避免再惹上麻烦，于是绕道离开，先回表姑家去了。

梁瑾侠接受了上午的教训，下午在表姑家脱下靓装，换上表姑老气点的一身黑衣裳，出了大门又向火车站方向走去。火车站就坐落在性义村东边，离她表姑家也就二三里地，这里村户相连，便于隐身。她胳膊上挎个篮子，篮子里有表姑给准备好的香烟、糖果、麻花等物品，既像走亲访友的，也像赶集上店的本地人。这次眼睛更欢实了，边走边看，随时注意周边的动静。火车站门口没见到上午的紧张气氛，有人进进出出，正是上下车的时间，对出来的乘客，鬼子汉奸没有过问，比较宽松，暂时没有人注意到她。在车站北边，她发现有日军驻守，门口有两名日军站岗；车站南边，驻有伪军，也有两人把门。两边都是军事禁区，不让外人接近，也只能从外围了解情况。相关信息表姑也向她做了介绍，站内驻有二十几个大鬼子和三十多个二鬼子，对车站地形有了基本掌握。这时乘客已经散去，她又成了只身孤影。正当她转身想回表姑家时，发现有两名日本兵匆匆忙忙向她这边赶来，一看情况不对，就赶紧向村内急走，脚步不断加快。

其实，在梁瑾侠观察地形时，站在高高炮楼上的日军也在观察她。这正是"你站在桥头看风景，看风景的人也在楼上看你"。尽管她穿得很朴素，但却难掩她高贵的气质，她那一米七多的高挑个儿，亭亭玉立，在乡下是很少见的，举手投足根本不像个村姑野妇，左顾右盼引起鬼子的怀疑，所以就派两名小鬼子追了过来。

她走得越快，日本兵跟得越紧，并拉动枪栓，咿哩哇啦喊话："站住，再跑就开枪了！"这次出行为了避免路上敌人检查，减少麻烦，她并未带枪，碰到这种情况，只能拼命向前拐进村巷，这双未被姥姥裹坏的大脚板儿发挥了作用，比两个短腿日本兵跑得还快，七拐八转，把鬼子给甩得晕头转向。

这时，她突然转念一想，不能白来韩庄一趟，得留下点记号，干脆一不做二不休，把两个鬼子兵给结果了算了。于是心一横，扔下篮子，向前拐进一个直角处隐身，等到跑在前面的日本兵急匆匆过来刚一靠近，她伸脚使个绊子，日本兵一个狗啃屎扑倒在地。说时迟，那时快，她上前一步，把匕首从背后直插心脏，那鬼子兵连"哼"一声的动静都没出来，就一命呜呼了。她回眸一看，另一名鬼子兵提着篮子追来，她毫不迟疑地掷出一只飞镖，这自小跟老爷爷学的撒手锏，今天派上了用场，那飞镖削向鬼子兵的喉咙，"八嘎！"没说完就应声倒地。梁瑾侠不放心，回去又踢了一脚，一看没动静，就背起两支枪，提起篮子向村北树林子跑去。

她不能再回表姑家，毛驴留下了，篮子里的东西没舍得丢下，用头巾一裹缠在身上。两支三八大盖被她掖进一草垛里，然后甩开大步奔向东北方向。因为她对这一带路比较熟，还没等日落，她就跨过津浦铁路线，稍微放缓速度，平复一下激动的心情。回望一眼韩庄，满怀胜利的喜悦向周营跑去……

第十九章　周营设伏反"扫荡"　韩庄警所连窝端

这次梁瑾侠和孙竞富去韩庄侦察，可以说是出色地完成了任务。但二人非但没有得到表扬，还受到了孙竞云、朱道先的严厉批评。虽然梁瑾侠手刃两名日军，对民众是一种鼓舞，对敌人是一次震慑。但由于她这是个人英雄主义作祟，不顾危险逞一时之快，要出了威风，但却违反了组织纪律，任务是侦察，不是杀敌。这样的冒失行动，两位主官严令她今后不能再犯。批评孙竞富没有配合保护好梁瑾侠，如果她出现闪失，他将受到军法处置。孙竞富感到委屈，心想："梁部长是头，我是兵，我全听她的，我有什么错？"

孙竞富想要辩解，被梁瑾侠使个眼色，给制止住了："责任全在我，要处理就处理我，与老孙没干系。我愿受罚，接受处分。"

这时，参谋长胡伯勋就开始说讲情的话："我看这次侦察，小梁同志有功有过，功不可没，功过相抵，功大于过，还是值得肯定的、赞扬的。像这样智勇双全、大智大勇的，在我们男爷们中也很难找，人说'什么人玩什么鸟'，我最喜欢这样的战友。"说完又看看孙支队长、朱政委的表情，都没有反对的意思，就用手碰了一下文立政主任，让他帮说两句。

文立政这是受胡参谋长之托，也不好再说反对的话，只好说："我看老胡说得也有道理，也许是歪理，他那绕口令我差点没听懂，什么公公婆婆的，原来是功功过过。"这句话一下子把大家全引笑了，严肃的气氛被缓和下来。文主任接着说："梁部长是我们政治部的人，她出问题我也有责任，若要给她处分，把我也算上。她这次英雄主义行为，不仅违反了组织纪律，也是对自己生命的不负责任。如果真出了事，个人吃亏，组织受损，我想还是给她记过一次，给我警告一次。"

说到这里，大家你看看我，我看看你，面面相觑，不好表态。还是胡参谋长打破尴尬局面："我看大家都不要推功揽过了，小梁这次打得好，全是你们几位教导得好。要说有过，只有我。你们都是她老师，咱是一天没教过她，所以功劳没有我，有错应是我的错。这侦察本来就是我们参谋部的事，这文官干了武将的活，出事也是我的事，要处分也算上我一份。"

经老胡这一掺和，朱道先政委认为"胡搅蛮缠"各有道理。梁瑾侠这次行动，肯定会给日军以震撼，这是在他们眼皮底下行的事，他们肯定会采取报复行动，我们要有迎战的准备。所以就折中一下说："对梁瑾侠这次冒险行为提出一次警告，不给其他处分，功劳只记在账上，不再给予表彰。我看对孙竞富同志还要给予一次表扬。他这次进韩庄，基本摸清了伪警所的情况，对张来余的下步动向有了掌握。"边说边看着孙竞云，这是在征求他的意见。

孙支队长表态："我看就先到这里，有关情况，我们仔细分析研究之后再定。"

梁瑾侠安全撤离韩庄后，日军阵营真闹翻了天，到韩庄街上、性义、刘桥、岳庄等四处搜捕，弄得鸡飞狗跳。因为日军哨兵当时发现有女的向他们军营靠近，于是就派二人去追，结果是有去无回。

对两个死于梁瑾侠手下的小鬼子，日军经验证伤口，又认为不可能是女人所为，那活干得干净利索，非身强力壮男武士莫属。鬼子一边抓人一边分析，总认为是活动在铁道线上的飞虎队"毛猴子"干的。因为去年 8 月，铁道游击队洪振海、王子胜等人在枣庄火车站抢劫日本洋行，杀死 3 个日本特务，全身而退，随后又在津浦线和临枣线上连续爬火车杀鬼子、抢枪械及其他物资，搞得日军心惊肉跳，他们听说这些"毛猴子"腿上长毛人会飞，来无影去无踪不好对付。于是，他们把梁瑾侠干的这件事算到了铁道大队"毛猴子"

头上。

韩庄一带的老百姓更是传得神乎其神，说有人亲眼见到，一黑衣女侠飞檐走壁如履平地，勾引两个鬼子出来送死，两人还没分清东西南北，就稀里糊涂被女侠给宰了，猪临死还哼哼两声，俩鬼子连哼哼都没来得及就一命归西了。这话传到日本人那里，他们仍将信将疑："难道微山湖里还真出了这样的女'毛猴子'？看来这里的花姑娘的不好惹。"于是命令他们的兵士没事不许单独离开兵营，有事集体行动。不久，胡伯勋根据民间传说，写了几句赞扬女侠的诗：

> 梁家娇娃真英豪，杀敌报国志向高。
> 抱犊崮前练真功，微山湖畔显神招。
> 两个鬼子见阎王，万民称赞拇指跷。
> 要学黑衣女侠客，驱逐倭寇开新朝。

到韩庄侦察时，孙竞富的活动比较顺利，中午时分到伪警察所找孙竞友，连大院也看了个遍，又专门请竞友和老褚喝了酒，进一步加深了感情，他们更不拿竞富当外人："我说竞富兄弟，你昨天试热情了，把我俩都劝醉了。我们回来被张所长剋了一顿，说再这样就开除我们。开除拉倒，此处不留爷，自有留爷处，到处不留爷，爷去当八路。你说是不是，竞富兄弟。"

竞富接话："哥，你说的也是，如果在这里真干不下去，你可以去找竞云哥，跟他也是干。"

"我上哪找他去，再说了，竞云还不知收不收咱，先忍着吧，看看再说，不看僧面看佛面，我跟来余好歹还有点亲戚关系，谅他也不会把我怎么着。"

"别光说话，喝酒喝酒。"竞富劝道。

"今天可不能学昨天那样喝了，得悠着点。"

竞富又说："哥，我看你们这平时也没什么大事，不就是到街上随便转转就完事了。"

竞友说："哪有你说的那么轻巧，我上你那赶集不是白赶的。等两天周

第十九章　周营设伏反"扫荡"　韩庄警所连窝端·113

营再逢大集，我们就会集体出动，再收取点好处费好过年。"他没避讳，就把情报透露给了竞富。老褚只顾喝酒，也没说什么。

竞富一看差不多了，就说："来，来，两位哥，我再敬你们两杯，你们下午还有事，我还得赶路，咱喝完走人。等两天你去周营咱们再喝，您看行吗？"

"行，行。只不过后天我们是集体行动，不能找你单喝酒了，抽空再说。"

竞富答应："那好吧，如果你们不得空，等哪天我再来韩庄请您，反正是大冬天我没什么事，就是走亲访友，找人喝酒。"两杯酒过后，孙竞富就脱身而回。回到周营之后，一问别人说梁瑾侠还没有回来，他就酒醒大半。担心梁瑾侠出了事，他会吃不了兜着走。

眼看太阳快落山，孙竞富只好硬着头皮向支队长、政委汇报他们分头行动的情况，领导一听也十分着急，不用批评孙竞富，这大冬天的他汗都下来了。

孙竞云这位一向很沉稳的人，此时也沉不住气了，立即安排人去韩庄接应，并严厉地说："找不到梁瑾侠，不要回来见我。"说完在屋里来回踱着步子，这时其他几位支队领导也都到了，没人出声，都在看着支队长来回走动。

但令人没想到的是，派出的侦察兵刚到村口，就见梁瑾侠身披霞光，风风火火地向这里走来，大家欢天喜地，但支队领导个个神情严肃，唯胡参谋长面带笑容，上前狠劲握了梁瑾侠一下手，一切尽在不言中。并在随后为梁瑾侠和孙竞富解了围，所以梁瑾侠对参谋长心存感激，直拿他当亲大叔（哥）待。在此后的艰难岁月中，胡伯勋对梁瑾侠也多有照顾和提携帮助，完全出自他内心深处的一种喜欢，有一种非同寻常的亲近感，是很难道明的一种情愫。对此，梁瑾侠也是心知肚明。剪不断，理还乱，说是战友情，又好像高于战友情，一切尽在不言中。对领导的关怀和体贴，她把握得很有分寸，处理得恰到好处，也是一种天赋情商和睿智表现。

根据孙竞富侦察的情况，韩庄伪警所计划腊月初七再出来"扫荡"一次。不知会不会因火车站日军被杀而改变方案。因现在那里已经很乱，日军增兵四处搜查，再派人进去侦察已不现实。运河支队为慎重起见，还是做出了迎战的决定。

"张来余现有的兵力也就200多人，就是全部出动，也不够我们打的。但大家绝不能有轻敌思想，战略上可以以一当十，但战术上还是要以十当一，确保初战必胜。对西边李家村、南边蔡古楼和李河湾各派兵力30—50名，初七佛晓潜伏到位，让开大道，形成口袋阵，只要敌人进来，我们就关门打狗，绝不放一人回去。"孙竞云支队长讲完之后，就安排参谋部研究，拿出具体作战方案。

按照司令部的命令，胡伯勋参谋长一边召集参谋们细化作战计划，一边又派出几名家是当地的战士，着便装去靠近韩庄的地方再进行侦察，并叮嘱侦察员身上一律不要带枪，不要暴露身份，不与敌人发生正面冲突。最好利用附近亲戚关系，去接近伪警所，打探敌情是否有变，以便我们随时调整作战方案。

正在这时，梁瑾侠又急匆匆地来到作战指挥部，请求参加这次战斗。胡参谋长说："我是不敢用您这位尊神的，你归朱政委、文主任管，我又无权调用，你还是搞你的文教宣传吧，那也是抗日的需要，上战场的事还是让给我们男爷们吧。"

"什么男爷们女爷们的，反正这次我一定参加，就算是为做好宣传寻找素材。"说罢，她就直接去找孙竞云了。

在运河支队长办公室里，当梁瑾侠一提出参战申请，孙竞云就批评她道："派你搞一次侦察，你还上瘾了？不行，你不能参战，你的任务是搞好宣传教育和动员群众工作，不到万不得已，你不能亲自到前线打仗。你是文化人，你是我们部队不可缺少的宣教人才，你不能亲自冲锋陷阵，这也是命令，请你服从。"

梁瑾侠说："我服从，我一定服从。不过我有个想法还是要说出来。"

"请讲。"孙竞云没好气地说。

"我们运河支队刚刚成立，士气正旺，仅我们第一大队就有500多人，而驻在韩庄的日伪军加起来也就200多人。他们这次如果出动百人"扫荡"，我想我们不仅要让张来余有来无归，干脆派两个中队到韩庄把他老窝给端了。我对韩庄路熟，可随一个中队去火车站拿下鬼子的据点。"

"你说得倒轻巧，只怕我给你两个中队也拿不下日军据点。我们虽然人多，但用烧火棍怎能打得过洋枪洋炮，再说铁道线上一个据点接着一个据点，他们随时可以增援，我们学习过毛泽东的《论持久战》，现在仍是敌人的进攻期、我们的战略防御期，还没到硬拼的时候，你这是不是冒险主义？"支队长的这句话问得瑾侠不好回答。

"还是你对《论持久战》理解深刻，我承认有轻敌思想。不过，我们可以暂时不去戳大的马蜂窝，我觉得借机端掉伪警察所还是有把握的。"梁瑾侠仍坚持自己的观点。

竞云说："如果这次张来余倾巢出动，我们可以派一个中队去打伪警察所，给汉奸们一个震慑，等我给老胡商量过再说。你现在的任务还是好好研究宣教工作。不要满脑子个人英雄主义，光想打仗，不计后果。"

胡参谋长派出的侦察兵，通过亲戚关系，打探到伪警察所的内部情况。为加强对铁道线的防守，不让"毛猴子"靠近运输大动脉，日军除了向韩庄增派了一个中队，又从张来余那里调走50人，安插到火车站和运河码头，利用伪军加大巡查密度。张来余还剩下百十人，但他仍念念不忘春节前再下乡大捞一把，坚持原计划不变，只是出动人数减少一半，能来的也就七八十人，留下三四十人守老营。一般来说，张来余好显摆，会亲自带队出来。胡参谋长全面了解情况后，基本吃了定心丸，准备做好这顿饭，布好这张网，就等那姓张的赖鱼（来余）来钻。

腊月初七这日，天阴沉沉的，好像又要下雪。俗语说，冷雨温雪。天气稍显得暖和些。运河支队第一大队的五个中队，派到沿途潜伏的两个中队和准备偷袭伪警察所的一个中队，队员们上半夜睡了个囫囵觉，下半夜起来先填饱肚子，趁着天不亮就向目标地出发了。留下的两个中队，二中队做预备队留守营区，一中队作为主力，在中队长华新艺、政治指导员郑森昌的带领下，在镇子南、西两面隐蔽起来，准备在镇外与敌人交火，不放他们进街里祸害百姓。梁瑾侠软磨硬缠，以战地记者的身份随一中队行动，没有让她跟五中队去韩庄。孙竞富作为向导，参加了奔袭伪警察所的行动。

上午8点多钟，韩庄伪警察开始出动，共有60多人，外加两驾马车，缓缓向东北方向龃龉而行。大约九点半，伪警察已接近运河支队的伏击圈，领头的骑着一匹战马，像是张来余。战士们异常激动，等待着战斗打响。但按照指挥部的命令，要先全部放过大队人马，然后扎口，堵住敌人的退路，要待前方枪声响起，再合围歼敌。有些新战士，因是第一次参加这样的行动，战斗未打响前，控制不住自己的身体哆嗦，手脚打战，头冒虚汗。老队员安慰他们稳定情绪，说等枪声一响就好了，先坚持住，甭吭声，再忍耐一会儿。

9点50分，伪警队已接近运河支队前沿20多米，华新艺队长大喊一声"打！"枪声骤起，子弹横飞，走在前面的几个伪警察应声倒下，后面接着趴下或借助墙体、土坎等进行还击。骑在马上的那个掉头就往回跑，置其手下兵士于不顾，没跑出多远，就碰到了设在外围杀过来的运河队员，四处杀声与枪声混在一起，那骑在马上的头目只好又折返回来，组织伪警察向左右突围。梁瑾侠站在高处，看得很清，但由于射程超过百米，手枪很难够到，于是她从一战士手中夺过步枪，稳稳瞄准，扣动扳机，枪一响，那人直接从马背上跌落下来。伪警们一看头目被击中马下，不知死活，于是四分五裂，各自逃命。战斗持续半个多小时就结束了，是役共毙伤伪警29名，缴械投降和被抓23人，丢下马车两辆，有10余人逃脱。被梁瑾侠击中落马的那人，子弹偏离心脏3厘米，人重伤但没死。经辨认，他不是张来余，而是他的副官本家弟弟张来丰。今天该当他倒霉，张来余被日军叫去开会，他是临时顶替过来的，经医生尽力抢救，总算又捡回一条命。

奔袭韩庄伪警所的五中队，在队长陈英坡、政治指导员郑林州的带领下，进展也很顺利。因张来余不在所里，群龙无首无人恋战。除击毙5人，击伤9人，余下20多人被俘。孙竞友等8人不愿再当汉奸，跟了五中队，其余被遣散，整个战斗没用20分钟时间，没敢耽搁，接着就组织队伍离开伪警所，向东北方向撤离，在过铁路时受阻，有日伪军拦截。情况紧急，事不宜迟，越等会越危险，陈队长下死命令强行通过，并带头冲在前面，机枪手端起轻机枪扫射前进，终于撕开口子，队员们大部分冲了过去，但是也有不小的伤亡。

周营和韩庄两个战场，运河支队以牺牲3人、伤10人的代价，毙伤敌人40多人，俘虏30多人，并缴获一大批枪支弹药和其他物资，取得了运河支队成立之后的开门红。这极大鼓舞了运河队员的士气，得到了广大人民群众称赞和支持。梁瑾侠和华新艺、傅秀亭、陈英坡等 20 多人受到记功和嘉奖。

第二十章　队伍出征运河南　首战告捷杜家庄

　　1939年8月，"血染洋行"在峄县枣庄家喻户晓，铁道队从此美名扬。1940年元旦过后没几天，黑衣女侠血洗性义，从此，梁瑾侠有了运河女侠的名号。而周营和韩庄一战，也使刚刚成立的八路军运河支队威名大震。伪警察所所长张来余因去临城开会，躲过一劫，回韩庄一看，伪警察所千疮百孔，破烂不堪，心生忌惮，对运河支队又恨又怕，从此与运河支队结下梁子，死心塌地为日本人效力。在日军的扶持下，不久又招兵买马，拉起200多人的反动武装，之后，一直与运河支队摩擦不断。

　　运河支队运北一战，为周营一带争来了短暂的和平。1940年的这个春节，在四周一片阴霾笼罩的环境中，当地百姓过了一个比较稳定和欢乐的春节。自前年峄县沦陷后，老百姓的生活就不得安宁。周营是个特例，自从有了孙竞云、邵剑利等抗日武装，日伪军警的肆意妄为在此处有所收敛，张来余始终蠢蠢欲动，但也不敢贸然行动。春节期间，运河支队与当地百姓开展军民大联欢，挂红旗、贴标语、演节目，使梁瑾侠的宣传部忙得不亦乐乎。文艺演出她作为台柱子，又念又唱又跳，载歌载舞，前来看节目的群众，多数是为了一睹黑衣女侠的风采，只要她一出场，那就掌声雷动，气氛热烈，欢呼雀跃。《松花江上》《大刀进行曲》《游击队之歌》《三大纪律八项注意》

等歌此起彼伏。梁瑾侠赶编的《打韩庄》活报剧，以诙谐幽默的风格，展示了运河支队袭击韩庄伪警所的场景，运支队员机智勇敢，伪警人员垂头丧气，演绎得活灵活现，把演出气氛推向高潮。但观众们也有遗憾，没能看到女侠智斗绝杀鬼子的武功表演。梁大侠很谦虚，哪好意思歌颂她自己。虽然有领导和队员们鼓励让她写出来，她是坚决不干。尽管这样，黑衣飞毛腿女侠的故事却从此在微山湖畔、运河两岸传颂开来。

台儿庄运河，是京杭大运河在山东省境内的最南端，是明朝万历二十一年（1593年）开挖的泇运河，西自韩庄、微山湖口起，一路东行，途经峄县达涛沟河口入江苏境，与中运河相连，全长43公里，区间流域面积1828平方公里。这里河流纵横交错自北向南汇入运河、流域面积达300平方公里以上的支流有承水河、东西泇河、四支沟、大沙河等，是从抱犊崮老山里流出的；自南向北汇入运河支流有引龙河、偪阳河（又叫龙河）、于龙河等，是从黄邱山套流出的，补充了大运河的水资源，在这片山水环抱的宝地上，矿产物质十分丰富，广泛分布着煤炭、石膏、铁矿石、铝矾土、耐火黏土及磷、镁、铜、锌等矿产几十种。在运河南北两岸，峄县的南窑贾汪煤矿、北窑枣庄煤矿、西部有铁矿利国驿、东部有兰陵铁矿、底阁石膏矿等，这些都是日本人所垂涎三尺的。早在清末民初，日特就到峄县、枣庄、贾汪、台儿庄等地刺探情报，绘制地图，为其日后的侵略和掠夺做了充分的准备。

日军进犯这一地区，就是冲着煤、铁等矿产资源而来的。自1938年春强占这些矿山之后，就不想再让他人涉足。一方面加强对矿山、铁路的防守；另一方面对周边兴起的抗日力量进行打压。所以，在1940年春节期间，正当人民沉浸在节日的氛围中，日军就开始对鲁南抗日根据地进行大规模的"扫荡"。他们从徐州、临沂、兖州、济宁等地调集大批兵力，针对八路军第一一五师所在地抱犊崮进行"围剿"，为减轻对抱犊崮的压力，第一一五师首长命令运河支队在运河两岸采取积极行动，在贾汪、利国驿、台儿庄、燕子埠、汴塘等地开展游击战、麻雀战等袭击敌人，拖住后腿，配合策应老山里的反扫荡斗争。运河支队接到命令，马上进行组织部署，在春节刚过的正月初五（2月12日），就派出第一大队的第一、第二、第三中队隐蔽地进入运河南岸的涧头集、穆家庄、耿山子、新闸子、德胜庄等地，以支持配合第二大队阻击日伪军的北进。梁瑾侠也随同第一大队向运河南岸出征。

驻守在运河之南的第二大队，在大队长孙正才、政委宋学民、副大队长胡伯毅等人的组织带领下，自成立之日起就没闲着，在第一大队战周营、打韩庄的同时，第二大队多次出击贾汪、利国驿等地，采取抓一把就走的战术，闪电出击，快速撤离。一个多月的时间，打死打伤日伪军200多人，惹恼了日军，日军急于剿灭运南的这支抗日武装。派出大批日特汉奸四处打探运河支队的驻地和行踪，日军陆军特务齐藤弼州自占领贾汪矿，就经常受到地方抗日武装不断袭扰，他一直寻求报复机会，这次接上级命令，让他派出1000多名日伪军向运河一线进攻，企图给八路军第一一五师刚刚成立的运河支队第二大队以致命的打击。

1940年2月15日，在小野次郎少佐的带领下，日军于夜间从贾汪出动，悄悄摸向运河支队第二大队驻地唐庄村。半夜抵达后却扑了个空，由于运支已提前接到内线的情报，快速转移到涧头集附近徐楼、呼庄等地。这个情报的传递者就是潜伏在贾汪的地下情报员王金凤同志。

王金凤，小名凤侠，1918年出生于峄县六区杜安集的一户农民家庭。其父王增财，老实巴交，经常受人欺负，由于家庭人口较多，土地越种越少，最后成了上无片瓦、下无立锥之地的贫雇农，借住邻居的房屋。从未曾发过什么大财，靠干长工、打短工，在集上讲牲口行为生。全家人有时吃了上顿没下顿，生活极度艰难。小凤侠自幼聪明伶俐，人长得漂亮，尚未成年，就经常有人上门提亲，但她自有主张，一律拒之门外。加上她性格刚烈，敢于同恶势力做斗争，父母整天为她担惊受怕，还不到17岁就把她偷偷卖给了魏集的张姓地主老财为妾。从此她落入火坑，备受欺辱压迫，她不堪忍受，为争取人身自由，不断抗争，不久她毅然挣脱枷锁，逃出张家，与其一刀两断。她的不幸及其勇敢的反抗精神，得到当地正义人士的关怀和支持，在杜安集行医的爱国人士收留她在医院当助工，使其生活有了基本保障。八路军陇海南进支队驻峄、滕、铜、邳办事处主任胡伯勋，在开进唐庄、杜安集一带后，使这里的抗日活动开展得如火如荼，很快拉起了百余人的"八路军运河大队"，为随时掌握贾汪据点的日伪军动向，便于采取行动，决定派人到贾汪设立情报站。此项任务交给了共产党员龚正刚，让他寻找合适人员。龚正刚是老中医龚孝宏的儿子，他以行医为掩护，发展党员，动员参加八路，工作非常出色，在他父子的呵护和教育启发下，王金凤思想进步很快，多次提出要加入"运河大队"，参加抗日斗争。后经组织批准，她被派往敌占区贾汪日军据点，以"良民"身份潜伏下来，经常为运河大队传递情报。运河大队改为运河支队后，她自然就成了运支的情报员。她胆大心细，能说会道，经常携带烟土、药材、烟酒、食品等，巧妙周旋于日伪军之间，并在伪军中发展了五名眼线，施以小恩小惠，动之以大道理，让伪军脚踩两只船，为我军所用，使运河支队在对日斗争中能占据主动。这次由于她的传送情报及时，使运河支队第二大队提前撤离了唐庄、杜安集一带，免遭日伪军的围歼。

15日夜，日伪军在唐庄、杜安集扑了个空，瞎忙活一夜，连八路军的毛也没见到，于是就气急败坏地抢夺一些吃的喝的，放火烧了几间民房，又转走黄邱山套，向涧头集东边的小山子村搜索前进。日军所得到的情报是运河支队第二大队已转移到了小山子村。于是，16日又趁着夜色围住了小山子村，一看村里没什么动静，怕有埋伏，深夜没敢贸然推进，天一拂晓，日伪军就开始了大举进攻，一路畅通无阻，当然又扑了个空，气得小野少佐直跺脚，"八嘎呀路！"骂个不停，叫嚣要让传递不准情报的"统统死啦死啦地。"转而又向涧头集以北运河方向蠢蠢欲动。

2月17日清晨，运河支队第一大队第三中队驻进运河南岸杜庄村的两个排，战士们正在吃早饭，放在村外不远处的哨兵透过薄雾发现有黑影窜动，再近一点，看见日军太阳旗，认定是有敌人向这里靠近，随即鸣枪示警。中队长丁瑞庭听到枪声，知道有紧急敌情，当即下达命令，让战士放下碗筷，立即快速向南，占领村南有利地形小河坝，在那阻击敌人，给日伪军以迎头痛击，争取不让鬼子进村祸害百姓。

杜庄南邻涧头集，北靠大运河，是一个仅有百十户人家的小村。村中有开明绅士杨本德的豪宅大院。院子分为南北两处，南院青砖黑瓦，墙高院深，住着杨氏家人；北院住着长工用人和养的牲口家禽，四周是两人多高的围墙，四角各设有 5 米高的坚固炮楼，为在兵荒马乱之际，以用来防止强盗土匪入侵。第三中队的战士到此住在大院周围，没有进入大院，使杨本德很受感动，认为这是仁义之师、正义之师。

队员们刚一进入村南阵地，就发现日伪军大摇大摆地向村边扑来。丁瑞庭反复叮嘱队员："一定要等敌人靠近再打，没有我的命令，不要开枪。"200 米、100 米、50 米，敌人越来越近，丁队长沉着冷静，准备把敌人放进 30 米内再打。但由于部分新战士性急，当前面的敌人刚一接近 50 米，就提前开了枪。丁队长看到眼前这种情况，只好下令全面开火，冲在前面的鬼子应声倒下，但后面却是一个长蛇阵。小野少佐命令日军卧倒，指挥伪军往前冲，子弹"嗖——嗖——"的，伪军也止步不前。

一阵慌乱过后，小野稳定一下情绪，开始组织队伍向第三中队阵地进攻，迫击炮弹一批又一批落到了第三中队的阵地上，土坝已快削平，日军又分左右两路向第三中队后面包抄迂回。眼看着当前的阵地已经守不住，如果再不后撤，将会受到敌人的前后夹击。丁队长果断命令队员收缩阵地，向村内撤回，要一排利用村南民房做掩护，再狠狠地打击敌人；二排撤向庄里杨家大院周围布防，设第二道防线；派通讯员跑步到离杜庄二里多地的小王庄，命令三排向一排、二排靠拢打增援，内外夹击敌人。

一切部署完毕，运河支队第一大队第三中队指战员有秩序地边打边撤。这时太阳已升起老高，薄雾散尽，日军在炮火的掩护下越过村南小河沟，向村庄靠近。连发几排炮弹，接着用机枪扫射，火力掩护日伪军向前冲。第三中队一排在排长殷延铸、指导员褚宪章的带领下，打得毫不含糊，连续打退了敌人的三次进攻。日伪军已在村南丢下 20 多具尸体。这时，日军指挥官小野次郎恼羞成怒，暴跳如雷，大吼着："杀鸡给给！"不断向村内发射燃烧弹，顿时村南一片火海，房屋被损坏，好多运河队员衣服着火。他们就地十八滚进行自救灭火，或在战友的帮助下脱身。在烈火浓烟的熏烤下，战士们毫无退缩，仍继续顽强地坚持战斗。这时第三中队一排已出现伤亡，一些轻伤员利用战斗间隙时间，简单包扎一下伤口，又继续投入战斗。

由于日军的武器装备先进，我方的土枪、土炮很难抵挡住敌方的迫击炮、重机枪和三八大盖。日军稍微喘息一会儿，又在重武器的掩护下向第三中队一排扑来，从村东南方向冲了进来，一排副排长王华堂、班长李明生、战士肖振海等见此情景，满腔怒火，奋力跃出掩体，与冲进的日军开始拼刺刀、进行肉搏，先突进来的十多个鬼子基本报销。随后又有鬼子冲进，战士单立朴等扔出已剩不多的手榴弹，又炸倒七八个鬼子。战斗已进入白热化，双方参战力量都在减损，这时，运河支队的优秀官兵一排排长殷延铸、班长李明生和四位战士已壮烈牺牲。

丁瑞庭队长了解情况后，立即派出二排上去打增援，抢回死伤的战友，悲愤地喊道："同志们，这杜庄也许就是我们的坟墓。我们为了民族的利益、中华的尊严，就要在这里与日军血战到底！"为了减少不必要的牺牲，他调整作战部署，在敌众我寡、敌强我弱的危急关头，不得已而把队伍撤进了杨家大院，依托高墙壁垒，阻击抵抗强敌。一排由王华堂接任排长，吩咐把守杨家大院南院；刚从小王庄增援过来的三排，负责把守北院；二排作为机动队，随时增援薄弱部位。这边刚刚部署完毕，那边鬼子就突进了村里，向杨家大院逼近。运河队员凭借有利地形，居高临下，机枪吐着火舌，死死封堵住各道口，不让敌人靠近，日军伤亡惨重，他们暂停了人员强攻，而发挥他们大炮的优势，集中炮火猛轰四角炮楼和四个大门楼子。一阵猛烈的炮火过后，大院北面的两个炮楼和门楼被炸塌，飞砖走石，砸伤不少战士，三排有五六名战士被埋在瓦砾中，战友们正在抢挖救援。日军的炮火仍在继续，转向重点轰炸南面的炮楼和门楼。丁队长一看各炮楼很难保住，就下令让在高处的战士撤离炮楼，躲过炮火的轰击。不多时，炮楼和门楼几乎全部被损毁，围墙也被炸塌多处。

一阵猛烈的炮火过后，敌人紧接着大举进攻，这也是日军的一贯战术，靠着先进武器向前推进。丁瑞庭队长要求战士们暂时隐蔽好自己，守住缺口，一定要把敌人放近再打，同时要注意节约子弹，因为我们的弹药已经不多了。敌人冒着尚未散尽的硝烟，开始进攻杨家大院。院里静悄悄的，日军佝偻着腰，端着三八大盖向前搜索，不时放几下冷枪壮胆，放近、再放近，最后只剩三五米远。队长一声令下："给我打！"四处枪响，打得日军措手不及。

特别是运河队员机枪神射手单立朴杀出了威风，端着机枪不断调动位置，四处射击，鬼子一倒一片，吓得后面的鬼子赶紧卧倒向回滚去。

从清晨战斗到中午，运河队员们的子弹快打光了，手榴弹所剩无几，战士们上好了刺刀，阵地前摆满了砖头瓦块，准备以血肉之躯与敌人硬拼。丁瑞庭队长决定把战士所剩的子弹集中起来，分给枪法准的队员使用，提高杀敌的有效性。他首先找到身边年龄最小的战士康美才，家住运河北岸的卜乐村，8个月大时父亲病亡，从此母亲怀揣着他四处讨饭，不到12岁就给地主放牛、干活，受尽折磨。跟邵剑利当兵时，年龄还不到15周岁，现在才刚17岁，但人长得非常机灵，活泼好动，大家都很喜欢逗他玩儿。这时队长可是认真的，非常严肃地喊道："康美才！"

"到！"

"请问你还有几颗子弹？"

"只有三颗了。"

"把它交给我。"

"为什么？"

"不为什么，为了保证这三颗子弹能够消灭三个敌人。"

康美才很不情愿地嘟囔着："我也打死了好几个鬼子，为什么让我先交？如果鬼子上来了，我只能用头去拱了。"边说边把三颗子弹交到了丁瑞庭手上。

丁队长接过三颗沉甸甸的子弹，心里五味杂陈。正要继续向下收交。这时，只见房东杨本德和他的两个儿子、一个女儿抬着两个大木箱子过来，往地上一放说："丁队长，你不要再收大家的子弹了，我这里还有几箱硬家伙，都是乡亲们从台儿庄大战阵地捡回被我收购来的，保你们够用。"打开两只箱子一看，全是明晃晃的子弹。

杨本德一带头，其他乡亲赶忙回家翻箱倒柜，把藏的子弹和枪支全献给八路军运河支队战士们。有一老汉扛过一挺机枪说："这是我从寨山捡来的日本人的拐把子机枪，我当成毛宝，天天擦得锃亮，咱要这玩意没啥用，就觉着好玩，说可以镇宅，这'镇宅'玩意俺也不留了，给你们八路，好派上大用场。"战士们一起给他鼓起了巴掌。

丁队长忙说："谢谢杨先生，谢谢各位父老乡亲，有你们的大力支持，这仗我们一定能够打赢。"有了新增加的几箱子弹，一挺机枪、三支步枪和十几枚手榴弹，运支队员们的情绪大振。

康美才又从队长手里领回自己的三发子弹，高兴地连翻了三个跟头，然后又到箱子里抓过五排子弹，装进自己的弹袋里，向丁瑞庭一挤眼做个鬼脸说："队长，我这是替你先保管着，我会节约用弹的，用不完回来再交给你。"说着，又从篮子里拿起一个乡亲们送来的煎饼，卷起一根大葱又上阵地了。

杜家庄村的人民群众非常热情，不仅把家里好吃好喝的全给战士们送来，还提供了这么多弹药，使运河支队的队员们十分感动，纷纷表示一定要与小鬼子血战到底，誓死保卫杜家庄。

一上午的战斗，小鬼子们也打累了，暂停了大规模的进攻。利用这短暂的时间，运支队员抓紧填饱肚子，补充好水分，稍事休息以迎接下午更激烈的战斗。此时，运河支队第二大队跳出敌人的包围圈之后，并未闲着，已去贾汪煤矿抄日军的老巢。本以为鬼子汉奸大部分出动，后方空虚，肯定好打，却不想攻了一上午也没攻下。王金凤这时传来情报，老奸巨猾的齐藤弼州早有预防，提前从徐州调来一支队伍做了补充。第二大队接到情报后，知道再进攻，于我方不利，于是，边打边撤，向黄邱山套返回。

正午刚过，日军又开始行动了。只听"咣——咣——"几声炮响，落在地上的几发炮弹，炸开之后冒着白烟，带着刺鼻的怪味，呛得运支队员直打喷嚏、流眼泪。丁队长一看不好，知道这是鬼子使孬种法、放毒气弹，忙向战士们喊道："鬼子放毒气了，赶快用湿毛巾捂住口鼻。"这时队员们纷纷拿出毛巾找水沾湿，可是找不到水源。能够盛水的家什全部被炮弹打烂了。慌乱间有一位老乡喊道："快过来，这里有水！"大家奔过去一看，一个饮牲口的石槽没被炸烂，里边还存有不少水，队员们已顾不得腥臊恶臭，有的干脆就尿湿毛巾，赶忙捂在脸上，减轻了憋闷。

毒气尚未散尽，鬼子兵又开始进攻了。运支队员们经过大半天的锻炼和考验，已积累了临战经验，不再贸然开枪，而是趁敌人不备，扔出石头砖块。小野次郎用贼眼观察判断，"土八路这是没有子弹了"。于是下令上刺刀，要与运支队员比试一下肉搏的功夫。

鬼子兵"咿哩哇啦"不计后果朝前冲。结果刚一进院，就枪声四起。"嘟嘟嘟——！嘟嘟嘟——！"单立朴的机枪响起，鬼子兵随即又倒下一片。

小野知道上当了："八嘎！"骂完就赶紧后撤，但飞来一颗子弹穿透了他的左臂，险些丧命，转过头来又让鬼子兵释放毒气弹。水槽里的水已很快被用完，不少队员只好用半干不湿的毛巾捂住口鼻。因为再想用尿，也尿不出来了。这时，有的老百姓冒着生命危险从村里的井里、村外的汪里提来水供战士们使用。在乡亲们的支援下，运支队员连续打退了日军的三次毒气弹进攻。

此时，驻守在运河南岸耿山子、中山子村的运河支队第一大队第二中队接到第三中队在杜庄与日军交火的情报后，在中队长褚斯清的带领下向杜庄赶来，梁瑾侠随同第二中队行动打增援。

在夕阳西下时分，第二中队还没有接近杜庄，就开始对天鸣枪，并大声呐喊向前冲。日军指挥官小野一看情况不好，不知道西边来了多少八路，吓得赶忙收战，惊慌失措地用这次扫荡来的十几辆马车、牛车拉着他们扫荡来的战利品，并拖着百多具日军尸体和百多伤员向贾汪方向撤退。刚撤出杜庄村不远，就在王河口村遭到第二中队的迎头痛击。梁瑾侠甩开两支手枪左右开弓，连着撂倒几个鬼子，打得非常开心。此时的鬼子不摸底细，无心恋战，一方面拼命阻击运支第一大队第二中队的进攻，一方面拼命南撤。这时，天已冒黑影，再战于我也不利，只能见好就收。日军又丢下20多具尸体，夹着尾巴逃走。

杜庄一战，运河支队以牺牲和负伤30多人的代价，歼灭日伪军120余人，伤敌100多人的重大胜利，在大运河南岸引起轰动。从此，日伪军再也不敢小看这支抗日武装。褚斯清、梁瑾侠来到杜庄之后，与勇士们相拥一起，带泪欢呼。一是怀念牺牲的战友；二是庆祝取得的胜利。

梁瑾侠顾不得多和战友们一起欢呼，而是抓紧现场采访第三中队指战员和当地村民及杨绅士一家，并连夜改写了《战斗杜家庄》的一段渔鼓词，第二天就由运支副官褚斯宇到涧头集上演唱：

历经百年苦难，熬来铁臂钢肩。

何堪屈辱摧残，送了神州赤县。

日寇恃强走险，凄凄血沃中原。

炎黄遗胄奋鹏抟，教敌亡魂丧胆。

咚——！咚——！咚——！

《西江月》罢，咱言归正传，单表八路军第一一五师运河支队第一大队第三中队在杜家庄一战，以少胜多、以弱胜强的战功。只杀得小鬼子心惊胆战，鬼哭狼嚎，最后狼狈逃窜。各位父老乡亲，您可听明白了，这可是昨天刚发生的事，一整天炮声隆隆，枪声不断，大家都为咱们的队伍捏着一把汗。您要想一知究竟，请不要嫌弃俺这南腔北调、哑喉破嗓，听俺一一为您说唱、演绎一番……

第二十一章　梁瑾侠赶写鼓词　褚斯宇四处传唱

　　在鲁南苏北一带，人们赶集上街有听书看戏的习惯。这听书就是听民间艺人说大鼓书和唱渔鼓。"渔鼓，裁竹为筒，长三四尺，以鱼皮蒙其首。""演艺者左肘夹鼓，手持两片尺许竹简，边说边唱，右手击鼓，左手打板。"说唱的主要内容多为《乾隆下江南》《八仙过海》《响马传》《杨门女将》《穆桂英大破天门阵》《孙美瑶临城劫车案》等传奇故事。这次梁瑾侠用一夜时间赶写出万言渔鼓词《杜家庄大捷》，可谓是一挥而就，充分展示了她的文艺天赋，褚斯宇夸她是"能文能武，智勇双全，不愧为武林侠客、文魁快手"。

　　鼓词转到褚斯宇手中，他接着就能演唱，并且能临场发挥，补充丰富一些新内容。说明这人也很不简单，虽然读书不多，但自小跟着戚家庄的戚师傅打铜板，说评书，唱莲花落，说数来宝，练就一副好口才、金嗓子。记性也好，听一遍看一遍，录入脑海过目不忘。他和梁瑾侠有亲戚关系，按辈分梁瑾侠叫他舅老爷。

　　这爷儿俩都有艺术天分，二人相互合作非常默契，一个是写得快，一个是演得好。运河支队大战杜家庄这段鼓词，在涧头集说唱完之后，梁瑾侠做了一些修改润色，随后，褚思宇又到古邵、金寺、曹庄、阴平、周营等大集上演唱。

渔鼓一敲竹板响，表一表运河支队好儿郎。

为了配合反"扫荡"，三中队开进杜家庄。

这边运南刚驻下，那边鬼子离了贾汪。

千名日伪齐出动，乡下百姓遭了殃。

奸淫烧杀又抢掠，花姑娘的无处藏。

小脚女人跑不快，最后只好跳了汪。

狗强盗拿着杀人谝本事，活劈了三岁小儿郎。

（白）乡亲们哪，你看这些狗杂种万恶不万恶，反正我是恨得牙根痒，只想上前把他们消灭光。这次出来，他们首先是冲着运河支队二大队的，但在杜安、唐庄、小山子，接连扑空，心中恼怒，四处牵牲口又抢粮。

（唱）

日军气势汹，一路横冲又直闯。

出来两天收获大，整整弄到八车粮。

本想回巢去邀功，老巢太君开了腔：

（白）日本上级指挥官发话："你们的没有找到土八路'毛猴子'，不可以的回来，要继续向北的搜索八路'毛猴子'。"常言道，"军令如山不可违"。小鬼子头目一听傻了眼，只好再往北"扫荡"，寻找"毛猴子"的踪迹，这就来到了杜家庄。

（唱）

二月十七雾茫茫，三中队早起整戎装。

战士正在吃早饭，丁队长四处巡营房。

东南传来两枪声，报告那边有情况。

队长登上东炮楼，透过迷雾看端详。

那队人马来得快，膏药旗帜前头扬。

下得楼来快部署，命令一排占河岗。

二排村边筑工事，三排王庄出击援杜庄。

通讯员去了耿山子，报告大队来帮忙。

（白）丁瑞庭队长：同志们，我东南方向有一大批鬼子正向这里逼近，一字长蛇阵，少说也得有500人以上。而我们三中队三个排，总计不足100人，这仗怎么打？要靠智慧，我们绝不能硬拼。咱们今天要以一当十，以十当百，打出我们运河支队的威风。大家有信心吗？"有"一排长殷延铸一拍胸脯说："守好东南面，我排保证完成任务。"丁队长说："那好吧，现在敌人距我们还有不到二里地，趁着雾还没有散尽，请大家立即进入阵地。""是！"

（唱）

鬼子武装到牙齿上，而且凶狠又猖狂。

我们装备差子弹少，全凭灵活打巧仗。

沉着冷静不用急，三十米外不开枪。

战士昂头齐答"是！"只等鬼子投罗网。

敌人盲目朝前拥，村南河边响了枪。

机枪射手十九岁，陈延军打得真漂亮。

一梭子撂倒七八个，鬼子这时发了慌。

活的拉着死的撤，短腿王八一命亡。

一口气退到射程外，叽里呱啦乱嚷嚷。

（白）"'毛猴子'的大大的厉害，我们的死啦死啦的。"日本小队长一看红了眼："八嘎！打炮的干活！"

（唱）

日军大炮全开火，杜家庄百姓遭了殃。

爆炸声声连环响，塌了房屋倒了墙。

烧夷弹燃起熊熊火，滚滚尘烟黑带黄。

可恨那开花榴霰弹，战士两伤一阵忙。

伤者不肯下火线，非要再去拼一场。

日寇利用重武器，打了一个钟头还要长。

小河岸堤坝被炸平，战士撤进杜家庄。

炮停鬼子向前拥，逼迫汉奸来劝降。

（白）伪军喊话："共军兄弟们，皇军大大的厉害，你们赶快投降吧，不投降只有统统死亡！"

"哒！哒！哒！"

（唱）

这边陈延军一举枪，那边的伪军见了阎王。

（白）日军小队长这时沉不住气了，只露出喊话话筒，向这边喊道："土八路的毛猴子，你们的跑不了啦！缴枪不杀，太君会大大的犒劳你们……"

（唱）

鬼子的话音还未落，单立朴瞄准给一枪。

话筒被打飞上了天，王八缩头没了腔。

（白）日军一看劝降没有作用，就用枪逼着伪军在前，他们在后，步步向村内硬闯。

（唱）

东南西北机枪响，飑风骤雨搅大江。

两军对阵又交火，伪军哭爹又喊娘。

不想往前也得上，因为后边抵着枪。

两场冲锋来得猛，殷延铸二目圆睁冒火光。

我的子弹长着眼，谁先靠近谁先亡。

（白）这时丁队长喊道："同志们——要好好瞄准活靶子，做到弹无虚发。""是！"

（唱）

鬼子兵四面进攻哪为主？丁队长判断在东方。

忙把队伍来调整，二排官兵及时上。

单立朴守住东门口，百发百中不虚枪。

李明生手雷扔得快，小鬼子死的死来、伤的伤。

（白）二排不仅守住了东门口，而且消灭日伪军30多人，夺来日军三八大盖枪十几支。正应了那句："没有枪没有炮，鬼子给我们造……"单立朴换上三八大盖，打得更加得心应手。

（唱）

　　神枪手接过大盖枪，哗啦一声弹上膛。

　　远处鬼子指挥官，指手画脚站高岗。

　　立朴眼快手又疾，扣头扳机弹出膛。

　　鬼子官身体打趔趄，一头栽到地当央。

　　（白）不用说这是日军队长身体中弹，不知是死是活。见此情境，其他日伪军乱作一团，忙往后撤。

（唱）

　　战士们打得正顺手，鬼子们纷纷撤后场。

　　大炮重新又响起，震得大地直晃荡。

　　仗已打了一上午，英雄们的子弹快用光。

　　丁队长心里很焦急，思考如何打好后半场。

　　（白）正在这时，看见全队最年轻的战士康美才，虽然才十六七岁，个头却有一米八，他臂力很强，是投掷手榴弹的一把好手。丁队长就问他还剩余多少子弹，他说："只有三发。"队长让他上交，他却很不乐意，嘟囔道："我又没少打鬼子，不信你去问李（明生）班长，我扔的手榴弹可远可准了，炸死的鬼子比谁都多。"队长说："这些我都知道，所以，要你把省出的子弹让给神枪手用，你还是发挥自己的特长扔好手榴弹。""哪还有弹可扔？下午我只能扔石头蛋了。"

（唱）

　　英雄少年康美才，膀大身宽有力量。

　　打起鬼子不手软，掷弹高手美名扬。

　　战争烈火经锻炼，化作利刃断金刚。

　　今日雏鹰初展翅，明天鲲鹏任翱翔。

　　（白）放下诸多英雄先不表，咱得说说开明绅士杨本德，人是家大业大心胸大，贡献自己的院子做了主战场。如果没有这高墙大院做依托，战士们以一当十，这仗很难打。在战斗进入残酷阶段，又是他和乡亲们救了驾。

（唱）

杜庄乡绅本姓杨，开明大度心善良。

欺压百姓他不干，有事他还多帮忙。

眼看家宅被毁坏，心里恨透小东洋。

他问队长愁何事？

（白）

丁瑞庭伸开手掌，展示刚从小康手里齐上的三发子弹。

（唱）

枪炮已经快断粮。

"丁队长请你不用愁，这个忙来我来帮。"

（白）丁瑞庭忙问："你有子弹？"杨本德回答："有，你先一等，我马上送来。"

（唱）

杨绅士叫来众乡亲，动员取出家私房。

带着俩儿一姑娘，抬出两只大木箱。

两只箱盖一打开，露出子弹明晃晃。

乡亲们有的送来汉阳造，还有的抬来挺轻机枪。

不要为子弹再犯愁，丁队长这又开了腔：

（白）同志们，为了感谢杜庄村的父老乡亲，我们一定要打好下午的仗，誓死保卫杨家大院，保护好这里的各位乡亲。战士们情绪高昂，连声高呼："打败日本侵略者！""坚决消灭小鬼子！""坚决保护人民利益！"

（唱）

运支战士正高兴，小鬼的大炮又开腔。

炮弹落下冒狼烟，刺鼻刺眼又呛嗓。

队长说这是毒气弹，请用湿巾捂脸上。

大家四处把水找，脏水尿液全用光。

乡亲们冒死送来井河水，挽救战士免受伤。

（白）整整一下午，日寇三次放毒气弹，随后又发起三次进攻，均被我英勇的战士打了回去。夕阳西下时分，西边传来密集的枪声，那是一大队二中队正在赶来增援。上午挨了单立朴一枪的老鬼子没死，身上缠着绷带，一看情况不妙，马上组织日军后撤。

（唱）

三中队战士真刚强，以一当十打东洋。

全天战斗没停歇，二百多鬼子死与伤。

眼看夕阳西落山，慌乱息鼓回贾汪。

牛车装满鬼尸体，还有抢来的米和粮。

屁滚尿流往回返，赶到王河口又遭殃。

天晚不敢再恋战，丢盔弃甲快逃亡。

鬼子的狼狈相不再说，单表咱健儿喜洋洋。

入夜风轻月儿亮，支队首长进了庄。

朱政委和孙支队长，一同来庆祝提表扬。

丁中队上前忙汇报，把作战的经过讲周详。

感谢杨家大爷献子弹，乡亲们全都来帮忙。

送吃送喝还不算，还有手雷机关枪。

军民协力得全胜，凯歌高奏杜家庄。

七位英烈洒鲜血，战地黄花分外香。

后死者要把仇来报，运河两岸摆战场。

驱逐倭寇开新宇，迎接神州全解放。

梁瑾侠和褚斯宇共同创作的这篇渔鼓说唱，随后有不少说大鼓书的、演花鼓戏的，不断进行翻新传唱，响彻抱犊崮区、微山湖畔、大运河两岸，成了战斗的号角，杀敌的呐喊，激励着无数青壮年报名参加八路，保家卫国，鼓舞着广大人民的抗战热情，拥共拥军，共同携手抗击日寇。一时传为佳话。提起文武双全的梁大侠，人们无不竖起大拇指。同时，对褚斯宇的说唱，大家喜闻乐见，听得认真，记得详细，深受教育和启发，所以也都交口称赞。

第二十二章　胡梁统战韩治隆　瑾侠讽劝梁结庐

　　1940 年的春节过后，天气乍暖还寒。日本侵略者扬言三个月灭亡中国的幻想早已破灭，中华民族全民抗战已进入第三个年头，敌我双方较量，都处在比较困难的阶段。作为一个资源十分匮乏的岛国，日本为了能够继续推进侵略战争，开始实行"以战养战""现地存活"的战略，在鲁南苏北大肆掠夺当地丰厚的煤炭和铁矿资源。为了保护民族利益，运河支队自成立之日起，就一直跟驻在峄、滕、铜、邳矿区和铁路沿线上的日军作对，破坏它的铁路和水陆运输线，捣毁它的大本营和盘踞点。

　　为此，日军不断在峄、滕、铜、邳地区增兵，以应对八路军第一一五师及其下属的运河支队、铁道大队、峄县支队等。日军第十二集团军以第三十二、第二十一师和独立混成第六、第十旅各一部及伪军约万人，乘春暖花开正盛、青纱帐尚未兴起之际，分多路"扫荡"抱犊崮山区，企图消灭刚在山东稳住阵脚的八路军第一一五师，一举摧毁鲁南抗日民主根据地。第一一五师首长运筹帷幄，决定采取内线与外线相结合的方针，进行反"扫荡"作战。师部率特务团和边联支队坚持内线作战，第七、第六八六团与教导大队、东进支队、苏鲁支队、峄县支队和运河支队转移到外线作战。

　　日军由邹（县）、滕（县）、枣（庄）、峄（县）、临（沂）、费（县）

等地出动，首先"扫荡"费县以南的崮口和滕县以东的山亭等根据地边缘区。苏鲁支队在大炉以南的王庄、薄石板村一带阻击日军进攻，掩护师部安全转移到老山里，不断伏击、袭击日军。一天夜里，苏鲁支队在费（县）、滕（县）边界地区乘夜色提前埋伏在丘陵山道两旁。天一放亮，当战斗打响，我军如猛虎下山，打敌人个措手不及。此役伏击日军400余人，毙伤100余人；随后又在山亭东南横岭、摩泉突破日军800余人的包围，安全转移。

峄县支队在峄西南的褚楼、罗庄与日军激战。运河支队在运河南北两岸的韩庄、利国驿、贾汪一带不断袭击日伪据点，与数千名日军周旋，毙伤日伪军500余人。

杜庄大捷后，运河支队队员们纷纷乘着高昂的士气，第二大队在大队长孙正才、副大队长胡伯毅的亲自带领下，袭击了贾汪煤矿、利国驿铁矿；第一大队在大队长邵子诚、副大队长王默卿的带领下，袭击了临城、沙沟、塘湖、韩庄等津浦铁路的日军据点，毙伤日伪军300余人。这期间，还曾两次取得反顽斗争的胜利。

国民党特务出身、极端反共分子陈鉴海，当上国民党峄县县长后，利用自己是"中央命官"的身份，笼络峄县一带的地头蛇，委以重任。比如，马兰屯尤口一带有名的恶霸地主尤传道，其子尤望贞，外号"尤瓜屋子"，自幼泼皮无赖，扰乱四邻，被陈任为峄县抗敌自卫团总司令。这一天，陈鉴海带着"尤瓜屋子"父子来到"国民党徐州常备四旅七团"司令韩治隆的驻地凤楼村，宴请韩治隆和国民党第五战区游击第三支队司令梁结庐、国民党军事委员会别动总队华北第五十支队第三梯队副司令刘毅生共商反共大计，企图共同讨伐运河支队。

宴席间，陈鉴海察言观色，扮出一副可怜相，挤了挤一双发红的小眼睛说："我陈某人不才，辜负了党国信任，如今县城被日军占了，农村又被八路占了，我这堂堂的县长无立锥之地，实在令人痛心。"强挤出几滴眼泪，看一眼韩治隆又继续说道："日本人倒在其次，真正可恶的是共产党的部队。特别是运河支队，虽然目前只有不足千人，却已搅得运河两岸不得安宁。你绝不能小看这支队伍，一旦羽毛丰满，不仅我们难以在峄县立身，到时恐怕韩司令您也难以保全。"

韩治隆一撇嘴说道："陈县长是什么意思？你是说我韩某人害怕那些个土八路，你也太小看兄弟我了，我打心眼里没把这些土八路放在心上。"

"韩司令，您这是大人有大量。对土八路你可不能太小看他们，因为他们背后有第一一五师做支撑。不如趁他们现在运河一带立足未稳，把他们打垮或打跑，以绝后患。"陈鉴海怂恿道。

这时，梁结庐、刘毅生等也纷纷打气："韩司令，您可不能有妇人之仁。当断不断，必受其乱。我们大家联合一起，兵力两三千人，对付几百名共军是很有把握的。您当总指挥，我们全听您调遣。咱们说干就干，保证一举成功。"

韩司令此时举起酒杯说："咱们今天先把酒喝好，此事容我考虑考虑再定。"

韩治隆，字右民，1908 年出生在峄县之南的青山泉村。1926 年考入国民党西北军校，毕业后在张发奎部任见习排长，1929 年任国民党铜山县第二区区团长。后又考入国民党江苏省警察学院，两年后毕业分配到江苏省保安团第三十八大队第二中队任队长，驻在微山湖东岸、利国驿、柳泉一带。1938 年 5 月，徐州沦陷后，韩部军心涣散纷纷逃跑，使他几乎成了光杆司令，只好退回老家隐蔽一段时间，又重新招兵买马，东山再起，拉起了 200 多人的队伍。这时，胡伯勋在家乡柳泉一带也组织了 200 多人的武装。为了联合抗日，胡和韩两伙合为一伙，成立了"苏鲁边区抗日游击队"。胡年长韩九岁，论亲戚，他是韩的表哥，论仁兄弟，胡为老大，韩为老七。两支队伍合在一起，按说要由胡伯勋任司令。但为了抗日大计，胡推让韩任司令，自己任副司令。另外随胡过去的共产党员陈诚太任政训处长。游击队组建后，不断破袭铁路，打击日军据点，队伍很快发展到 1000 多人。在运河以南、不老河以北，抗日名气很大。不久队伍被国民党收编为徐州常备四旅七团。后来韩想投靠国民党江苏省主席韩德勤，准备把队伍带往江淮。陈诚太认为韩德勤有投日嫌疑，就奉劝胡伯勋要远离二韩，拉出队伍单干。于是，胡就带领自己的嫡系部队撤出韩部，被编入八路军陇海游击支队。胡韩从此成了两股道上跑的车，虽然各干各的，但时有交集和摩擦。

当运河支队通过内线了解到韩治隆、梁结庐等人将要联合进攻运河支队时，胡伯勋向孙竞云提出要单刀赴会，去见一见韩，质问他还要不要抗日、讲不讲大局、论不论情理。这也是一次冒险行动。支队慎重研究，一开始不同意胡参谋长去与韩见面，但犟不过胡的一再坚持，支队经报上级审批后，批准了他的申请。

梁瑾侠知道这一情况后，执意要随胡出访，去会一会韩司令和本家族的长辈梁结庐司令。支队一开始也没有批准她的请求，孙竞云对她说："你是政治部的人，少掺和作战参谋部的工作。"

她的理由是："胡参谋长能去做韩治隆的统战工作，我怎么就不能去统战梁结庐，他是我本家二姥爷，做通他的工作，不再与我军搞摩擦，有什么不好？统战工作，谁适合让谁去做，我去做有什么不合适？"

梁瑾侠的理由倒很充分，孙支队长一看没办法，就说："你反正不听我的，你去找朱政委去说吧。"

梁瑾侠又去找朱道先陈述了自己的观点，一听也很在理。孙支队长让她找朱，那就已经是一种默许，于是，朱道先也就顺水推舟，批准了梁瑾侠的请求。

早春二月，杨柳尚未吐絮，桃李正在含苞。胡伯勋、梁瑾侠身着戎装，各骑一匹战马。梁骑的这匹追风赤兔，那也是孙竞云爱骥，是别人所驾驭不了的，但这马对梁却很温顺，对她从来未炸蹶子。她平时骑的是一匹雪驹，自觉着今天骑它出门不够威风，所以又借骑了赤兔。胡伯勋骑的是一匹油亮的骊驹，二人威风凛凛，十几名随从个个也都精神抖擞。从穆寨山出发，经黄邱山套一路向东，几十里地总共没用两个时辰就到了凤楼附近。因事先有通报，韩治隆一大早就来到军营驻地等候胡伯勋的到来，毕竟是亲戚加兄弟，又是友军关系，之前又一直是一锅摸勺子，不分彼此。

在韩部军营门口，韩治隆迎向前去，胡伯勋翻身下马，二人就寒暄上了："欢迎胡兄大驾光临敝团，真是蓬荜生辉。不知是哪阵风把我兄吹过来的？"

"那还能有什么风？是一阵韩（寒）风把我给吸过来了。"胡伯勋机智地回答。

"大哥取笑我了不是，七弟哪有什么大吸引力。如果真是这样，大哥也不会离我而去。我们合，是大哥说了算；我们分，也是您说了算，如果我们不分开，仍在一起干，咱们比现在还要好。"韩治隆边说边看胡伯勋的表情。

胡伯勋谈笑自若："弟弟说得没错，当时我们两支队伍合编是我的提议，但是我让你来当司令，我甘当配角。那时咱们的队伍发展多快，短短两个月就达一两千人，咱们天天扒铁路、炸桥梁、拔据点、占矿山，闹得小日本胆战心惊。正干好好的，谁知你连个招呼都不打，瞒着哥又去投靠与你一家子的韩德勤。说实在的，我很看不上那个'饭桶'司令。他除了对老蒋溜须拍马、见风使舵，还能干什么，你能指望他真去打日本人，我可以断定他只会望风而逃，仍去做他的'跑跑将军'。至于他现在有没有与姓汪的联系？只有天知道。你说我不走，咱俩一块儿跟韩德勤去做'跑跑'吗？"

说到这里，韩治隆已有所汗颜，非常尴尬地说："好！好！大哥说得对。光顾说话了，请大哥快进屋，这外边天还是怪凉的。"边说边向室内走去，"哟，你看我光顾给大哥说话了，还没问您身边的这员骁将尊姓大名，是干什么的？"

"噢，怨我忘了介绍，他是我的参谋和秘书，姓梁，名瑾侠。她可不仅是骁将，还是我军中的梁红玉，文武双全。今天跟我一起来，一是见识见识你韩司令，二是会一会她的本家二姥爷梁结庐司令，他不是在你这里还没走嘛？"

胡伯勋这么一问，韩治隆有些结舌："啊！啊！是在我这没走，大哥您真是眼观六路，耳听八方，佩服！佩服！等中午我宴请大哥，让他一起过来作陪。"

"那好啊！请老弟把你们一起议事的都叫过来吧，你们想在一起做什么大事，不要再藏着掖着。咱亲兄弟明算账，有话说在明处，把事摆到桌面，你想让大哥做什么，怎么做，提前先打个招呼。现在是国、共两党联合抗日，八路军也属于国军。你我之间现在不要伤了和气。你说对不对？"

说到这里，韩治隆有些沉不住气了，一边擦着鬓角的汗，一边说："大哥说得对，大哥说得对。请大哥不要听信外面的流言蜚语，小弟我绝对不会做对不起大哥的事。"

"那好吧，大哥我就信你一回。"

梁瑾侠插话道："我听参谋长说，你是仁义之人，也是仗义之人。要不是你们俩脾气性格相投，也不会结合在一起。咱明白人要做明白事，绝不可听信谗言犯糊涂。陈鉴海昏聩反动，倒行逆施，不顾抗日危难、救亡图存，仍坚持'攘外必先安内'那一套，将会导致国将不国，是无耻的行径，可以断定其人绝不会有好下场。相信大家谁也不愿与这种人同流合污的，请韩司令三思而后行。"这是对他们的预谋予以揭露，使韩治隆狼狈至极，不好回答，他只好环顾左右而言他。

"大哥，您有福气，手下有这么优秀的干才，能说会道，不知会不会打枪，上没上过战场？"韩治隆这话有些挑衅。

没等胡伯勋回答，梁瑾侠就当仁不让地说道："上战场我肯定不敢与韩司令相比，因为你是身经百战，我上战场是屈指可数的。但是，我也亲手杀死日军不下 20 人，若论枪法，我可能比韩司令差不了多少。不敢说是百发百中，但也是八九不离十。"说罢头一昂，有点扬扬自得和理直气壮。

话到这里，现场气氛有些缓和。韩治隆自嘲道："哎哟喂，还真是位巾帼女侠，青春年少，后生可畏。我哪敢跟你比试枪法，胡兄是知道我的底的，手枪打靶三发五发的不挂靶，惭愧！惭愧！今天算遇到高手了。抽空让我们开开眼界，也让我手下那帮小子们跟梁参谋好好学学。"

胡伯勋接着又赞许两句："梁参谋不仅能说会道，还能唱会演，文字水平也很高，编写剧本一挥而就。并且自幼习武，一身功夫，擒拿格斗，你我恐怕都不是她的对手。这我可不是替她吹牛，韩老弟如不服气，可与她过过招。"

"不敢当！不敢当！请胡兄不要让我当众出丑了。我信了还不行吗！"韩治隆这时才有笑脸，不再过于神经紧张。

说着唠着就到了中午用餐的时候，韩治隆就叫上梁结庐、刘毅生等陪同胡伯勋、梁瑾侠。陈鉴海知道今天胡伯勋要来，先是怂恿要么不让胡来，要么等胡来之后将其扣押。当这两条都被韩否定后，陈认为自己再不离开不会有什么好的结果。于是就带着"尤瓜屋子"父子提前灰溜溜地离开了。他把自己划为八路军的死对头，所以不想也不敢与胡伯勋碰面。他知道胡不好对付，惹不起就先躲起来，给韩打个招呼就回运河北台儿庄了。

对梁结庐、刘毅生等人，韩治隆为防止出现尴尬局面，私下里已有言在先："老胡兄今天来，这是他离我而去之后我们的第一次会面。我们既有亲情，又有交情，他又年长我几岁，我一直很尊重他，大面总要过得去。一会儿到酒桌上，我们只谈酒的话题，不谈政治和军事。如果他谈，我们就洗耳恭听，不与他讨论和争辩。今天他主动找上门来，那肯定是有备而来。如果他真骂我，我也听着，你们也不要帮我说话。特别是跟他来的那位女参谋，很不简单，伶牙俐齿，咱都不要招惹她。也不知她和胡大哥是啥关系，看起来非常亲密，关系很不一般。梁司令，你是否知道你的这位孙女的情况？"

梁结庐说："他是我本家孙女不假，但房份不是很近。她外姥爷张养清是老同盟会峄县的会长，被张勋在搞复辟时杀害。张会长就一个独生女儿，叫张傲寒，继承先烈遗志，一直从事革命活动。瑾侠是傲寒的长女，自小跟姥姥长大，性格叛逆，十几岁就在学校闹革命，听说她多才多艺，很有出息。我虽是她的长辈，但相互没什么交集，多年不见，连她长什么样也不记得了。但我知道她一直跟着孙竞云干，至于跟伯勋什么关系，我真一点不摸底。"

一到酒桌，还没等韩治隆介绍，梁瑾侠就抢先一步给梁结庐打招呼："嗨，二姥爷您好，我是梁龙雪，您还认识我吗？"

"这还哪敢认，人说女大十八变，越变越好看，我孙女真是越来越漂亮了。"梁结庐说，"你要不自我介绍，我哪知道我们老梁家还有这么一位后起之秀、军中花木兰。"

韩治隆怕他们说起没完，忙插话："还是让我先介绍一下吧。这位是我尊敬的大哥胡伯勋，现任八路军运河支队参谋长，这位是胡兄的主要随从梁瑾侠参谋。今天前来作陪的这位是第五战区游击第三支队梁结庐司令，这位是华北第五十支队第三梯队副司令刘毅生，敝人韩某大家都认识，我就不自我介绍了。大家入席吧，我们边喝边谈，把酒言欢，不醉不归。"

大家落座后，韩治隆致了几句祝酒词，主要还是谈他和胡伯勋往日一起共事的好，祝大家吃好喝好，没有什么实质性的内容。

胡伯勋一讲话，就直奔主题："各位友军兄弟，我们都是抗日的队伍，运河支队也是国民党革命军第十八集团军第一一五师批准成立的，是真正的友军。目前仍是日本人强势，我们弱势，我们联合在一起尚且打不过日本强盗，还有必要相互之间再搞摩擦吗？我听说你们几位正商量，要一起向运河支队发难，有这个必要吗？要论地盘，运河以南这一块是我和韩七弟打下的，与其他几位老弟不相干。你们要是真觉自己力量强，可以进攻徐州、贾汪、利国驿、枣庄，去抢那些个地盘，油水也大，没必要算计我们这点小地盘。各位说是不是这个理？"

"是！是！是！"几位的头像鸡啄米一样直点，因为韩治隆事前有交代，他们也不好回答什么。

接着，梁瑾侠端起酒杯说："论年龄几位应是我的长辈或兄长，我先借花献佛，敬大家一杯，我先喝为敬！"说完一饮而尽。"我今天跟胡参谋长到这里来，也是无事不登三宝殿，就是想在这里见一见我二姥爷，你和我爸也算是国民党的元老了。我爸不会来事，被国民党给开除了，您是春风得意，兵强马壮，呼风唤雨，要有自己的主心骨。现在是国共合作、联合抗日的时期，不是起内讧、搞'窝里斗'的时候，'兄弟阋于墙，外御其侮'，这是《诗经·小雅·棠棣》中里的话，古人尚知道在外来侵略时，正闹家包子的兄弟也要不计前嫌，团结一致、共同抵御外来之辱。我想您老人家一定更懂得。七七事变之后，蒋先生在庐山会议上强调：'如果战端一开，那就是地无分南北，人无分老幼，无论何人，皆有守土抗战之责，皆应抱定牺牲一切之决心'，'我们既是一个弱国，如果临到最后关头，便只有拼全族之生命，以求国家之生存'。现在我们已经是国土沦丧、民族危亡，如果再不团结起来一致对外，就真有可能要亡国灭种。团结才有力量，团结才能胜利。八路军、新四军也都是蒋委员长批准的'国民革命军'，是你们的兄弟部队。二姥爷，你们怎么就好意思联合对付自己的兄弟部队？我们运河支队虽然刚刚成立，但也与日伪干过好几仗，是真抗日的队伍，不想与任何友军对抗，但我们也不怕对抗，'人不犯我，我不犯人；人若犯我，我必犯人'。我们的原则是：

'坚持抗战，反对投降；坚持团结，反对分裂；坚持进步，反对倒退。'我可能说多了，请二姥爷和各位都不要介意。我再敬大家一杯，还是我先干了，大家随意。"

梁瑾侠的一席话，说得梁结庐脸上有点挂不住，表情很不自然地说："我孙女真能讲，连一点面子也不给姥爷留。这些道理我们都懂，但上峰的命令还是要执行的，姥爷我有时也是身不由己，请孙女见谅。"

"您要我见谅什么？这次你们要对我军采取行动，是哪个上峰的命令，是沈鸿烈还是韩德勤，我看都不是。而是吃人家的嘴短，听信了陈鉴海的挑拨离间。您说是不是二姥爷？"梁瑾侠这"二姥爷"叫得很亲切，确实又没给二姥爷留面子。不仅梁结庐不好作答，韩治隆、刘毅生也是面面相觑，因被揭了老底，不好再作解释，只能支支吾吾，闪烁其词。

胡伯勋一看梁瑾侠把话全都挑明了，为缓解一下韩、梁、刘等人的尴尬难堪局面，就说："瑾侠年轻气盛，不分轻重把话都说了，有什么不对的地方，还请各位原谅。兄弟我与韩七弟分开之后，先是参加了新四军，现又归属八路军，但我们仍都是友军，友军之间就不能互相残杀。大敌当前，一致对外才对。我今天来的目的，就是与各位握手言和，维护团结，维护大局。如果各位同意我的意见，就共同干了这杯酒，化干戈为玉帛。"说着胡自己先干了。韩治隆他们几位相互对视一下，也都一饮而尽。

"我看这是各位兄弟都同意了我的观点，那就什么也不说了，好事成双，我再敬各位兄弟一杯。干！"胡提议喝起这两杯酒过后，现场的气氛才由冷变暖，渐渐热烈起来。

韩治隆站起来说："我大哥把话都说到这份上了，我这回就听大哥的，维护团结大局。我单敬大哥一杯，希望我们将来仍是好兄弟。"说罢先干了，胡说了句："谢谢，兄弟。"也喝干了。紧接着，梁结庐、刘毅生也给胡伯勋敬了一杯。

一看今天来的目的基本实现了，梁瑾侠又站起来说："二姥爷，我也单敬您一杯，小孙女冒昧，今后还请您多加指教。"

梁结庐说："你这都快成神孩了，我哪敢指教。你有出息，二姥爷我高兴，干杯！"喝干之后又说："我也给你回一杯，带给你老爷爷和你爸爸，祝他们身体好，一切顺利。"

一场酒化解了一场危机。胡伯勋、梁瑾侠大智大勇，主动出击，这次行动非常成功。和韩治隆、梁结庐等握手话别后，带着喜悦的心情策马扬鞭向西而行……

第二十三章　常埠桥村设埋伏　广田中佐把命丧

谁是我们的敌人？谁是我们的朋友？这个问题是革命的首要问题。当日军侵占中国，中日矛盾上升为主要的民族矛盾，全民族一致抗战才是大局。毛泽东指出，抗日战争胜利的基本条件，是抗日统一战线的扩大和巩固。而要达此目的，必须采取发展进步势力、争取中间势力、反对顽固势力的策略，这是不可分离的三个环节，而以斗争为达到团结一切抗日势力的手段。在抗日统一战线期间，斗争是团结的手段，团结是斗争的目的。以斗争求团结则团结存，以退让求团结则团结亡。梁瑾侠对这一真理思想有着深刻的理解和认识。她同胡伯勋这次深入虎穴，携手与韩治隆、梁结庐等人的正面交锋，就是争取中间势力、反对顽固势力的一次比较成功的统战，揭露了他们的阴谋，阻止了他们将要采取的行动，避免了矛盾冲突，使运河支队在运河一带立住抗日的脚跟。

随着天气逐渐变暖，日军加大了对运河支队、峄县支队等抗日武装的"扫荡"。刚过"五一"，驻峄县、枣庄、临城、韩庄等据点之敌，就出动3000余人，其中骑兵500人，兵分五路，围攻活动在峄西运河北岸的褚楼、邵楼一带的峄县支队第二大队。

峄县支队是与运河支队同时成立的抗日武装，支队长由县长潘振武兼任，政委由县委书记季华兼任，孙莫汉任副支队长。下辖直属大队、第一大队、第二大队。直属大队由朱育祥任大队长，曹捷任教导员。这也是一支由朱道先带出来的抗日武装。第一大队由田瑶峰部整编而成，大队长田培荃、政委刘向一。第二大队由孙莫汉部整编而成，大队长由孙莫汉之子共产党员孙竞杰担任，侄子孙竞萃任政治指导员兼参谋长。

峰县第二大队始建于1938年初，由几十人，很快发展到300多人。为改造这支部队，中共鲁南中心县委书记何一萍，委托朱道先做其表弟孙竞杰的工作，委派孙竞杰回乡争取和改造其父缔造的国民党华北五十支队第三梯队。不久，又派孙竞萃过来一同做好孙莫汉的工作，朱道先曾和梁瑾侠多次到孙部做指导，使这支队伍成为与运河支队一样坚定抗日的武装，成为峰县支队的骨干。

日伪军包围第二大队驻地西邵楼村和直属大队驻地褚楼村。战斗从上午8点一直打到下午。孙竞杰、孙竞萃率领第二大队300余人，协同直属大队与日伪3000余人和500多骑兵开展激战，打退敌人数次进攻，击毙日伪200余人。大队长孙竞杰在战斗中身负重伤，参谋长孙竞萃和100多名官兵英勇牺牲，第二大队受到重创。

当运河支队接到日伪军围攻峰县支队第二大队和直属大队情报后，支队长孙竞云、政委朱道先立即命令驻守在运河北岸周营镇的运支第一大队，在大队长邵子诚、政委王福堂的带领下去打增援。因中途遇敌受阻，直至下午才攻进邵楼，为峰支第二大队解围。同时部署驻扎在运河南岸张山了、平山子一带的第二大队，由大队长孙正才、政委宋学民向运河以北迂回前进，主动出击敌人。梁瑾侠骑着雪驹随支队领导，从得胜庄、新闸子一带涉水过河，抵闫庄、潘家楼，向北进攻。

这次日伪军的集中行动，从韩庄等据点出来的1000多人，是在日军驻韩联队中村太郎联队长和副联队长广田中佐带领下，向褚楼峰支直属大队进攻的。直属大队主动撤离褚楼，向邵楼峰支第二大队靠拢打增援。日军在褚楼扑空后，就转向北边的邵楼，途中获悉运河支队主力去增援峰县支队，日军又向西北方向周营筹袭，结果又扑了个空，搜刮一些民财后再去邵楼，途中与运河支队遭遇，前进受阻，数十名鬼子丧命。这时又听到邵楼方向枪声渐稀，估计那边战斗已接近尾声，用不着他们再去增援。眼见得天已过午，不想再恋战，准备向西南韩庄方向撤回。

汉奸张来余，春节之前已吃了一次亏，对运河支队仍心有余悸。之后，他在日本主子的扶持下，又很快发展300多人，这次也参加了集体行动，他担心再次被端了老窝，也劝中村太郎，趁天黑之前抓紧后撤，免得后院起火。这也正中了运河支队领导的设计。

根据前方反馈的情况，运河支队领导孙竞云、朱道先、邵剑利、胡伯勋等分析研究，日军前几次出来"扫荡"，都不是原路返回，而是绕场一周，多侵扰几个村庄，好多捞些外快。早上，日军出韩庄向东走罗庄、邓庄、张庄、前范等一路扫荡去褚楼，从褚楼向北经磨庄、铁佛沟、安庄、河湾奔周营、邵楼，下午的回程，肯定要朝西南方向走蔡古楼、董庄、米楼、常埠桥一线。孙竞云踱着方步稍作思考，一拳砸到桌子上说："我看大家的分析很有道理。那么，我们马上调整队伍，第二大队第七、第八两个中队抓紧从曹庄、韩洼、大辛庄等赶往常埠桥两旁设埋伏；第十中队赶往岳庄，准备阻击从韩庄、利国驿来增援的敌军；第十一中队坚守在大运河边，以接应参战的伤员快速南撤。支队和第二大队领导随第九中队行动，在福兴庄临时驻防，以应对东部援军。这次作战敌我力量悬殊较大，是敌强我弱，我们要以一当十打巧仗，绝不能硬拼，夜十点结束战斗，迅速撤离战场，各队分头撤往运河以南的泉源、官庄一带会合，集结休整。"

常埠桥，是常埠村南一座横跨龙湾河上面的三拱石桥，长百米，建于明朝永乐年间，成为临城去韩庄的唯一咽喉要道。由于年代久远，长桥两端逐渐有生民沿水而居，逐渐形成了有百户人家的村庄，因属常埠村地界，当地就叫它常埠桥村。运河支队参谋长胡伯勋领受任务后，为确保这次伏击战的成功，他化装成双目失明的算命先生，由化装成村姑的梁瑾侠用竹马牵领到常埠村和常埠桥村实地侦察。把常埠桥村内旮旮旯旯转了个遍，然后把化个装走亲串友老百姓的战士安插到位，部分主力隐藏在村外大树林里。布置妥当后，他和梁瑾侠在常埠桥村内选择一处制高点作为临时指挥所，只等他的一声枪响，全员将迅速投入战斗。

胡参谋长一切安排就绪，运支第二大队两个中队分别隐身在常埠桥村南、村北，布好天罗地网，只等小鬼子们往里钻。这边耐心等待，那边却迟迟不见小鬼子的身影。有些年轻的战士开始沉不住气，有探头探脑的现象。胡参谋长在望远镜里看得真真的。于是他让"村姑"梁瑾侠下去，分别通知第七中队队长褚斯惠、政治指导员龚正刚，管好自己的队员，不要暴露目标，如有违反，将按战场纪律处理。

日军之所以迟迟未来到常埠桥，是因为上午两次扑空，下午进攻邵楼又受阻减员严重，中村太郎和广田有点气急败坏，返回途中又进周营街上烧杀抢掠一番，才带着几车从百姓家中抢来的浮财和两车日军尸体，匆匆忙忙往回返，等到常埠桥已接近黄昏。由于他们经常"扫荡"这一带，老百姓让他们坑苦了，只要知道小鬼子来了，能躲则躲，能藏则藏。一路上很寂静，日军一字长蛇阵向常埠桥方向蠕动。

刚一进村，张来余颠颠跑到中村太郎马前讨好地问："大太君，常埠桥到了，要不要在这咪西咪西再走？"

"吆西！吆西！你的到前面给广田君说去，让他的停下，咪西咪西再走。"中村太郎告诉张来余，快到村里找找哪家有好吃的和花姑娘的干活。

沿街居民全都关门合户，不见袅袅炊烟，你让张来余上哪儿去找好吃的。只不过现在家家藏有运河游击队员，小鬼子进得院来再想出去，就怕不可能了。

骄横的副联队长广田中佐，骑着高头大马走在队伍的最前头，满脑子想着如何编好故事，把今天的损失说成战绩，自夸打垮了峄县支队在褚楼的驻军，向上邀功请赏，急切想升为大佐，把中村太郎挤走，因为韩庄是水旱码头，油水大大的，他想要独吞。正在他边走边想已进入常埠桥村中，冷不防地听到张来余马前一声"报告！"吓了他一跳："八嘎！你的什么的干活。"并抽出指挥刀指向张来余。

吓得张来余连连后退，打躬作揖："我的八嘎！我的八嘎！"一脸堆笑地说："大太君说了，咪西咪西再回韩庄。"

"什么的咪西，人的都没有，哪有什么好吃的？你的良心坏了坏了的，天的马上黑了，继续的前进！"广田训罢张来余，指挥刀向前一指："加快的前进，不得停留！"他已不把中村太郎放在眼里，一停没停继续向前行进。

长蛇阵大部已进入伏击圈，进户去找好吃的大鬼子、二鬼子一个也没见出来。张来余这时有些慌神，又回过头去找中村太郎汇报。

此时，广田中佐已接近今天运河支队的临时指挥所。胡伯勋大喊一声："打！"手起枪响，只见广田应声从马背跌落到地上，再也没有动弹。事后听说广田头部和胸部分别中枪，说是被胡参谋长和梁瑾侠二人一齐射出的子弹同时命中，胸部一枪是胡参谋长打的，脑袋上的一枪是被梁部长击中的。在韩庄一带蛮横好强、猖狂至极的广田中佐，最后连"哼！"一声都没有就一命呜呼了。

天已临黑，常埠桥枪声大作。前进的路已被第七中队截断，后退的路也被第八中队封堵。老鬼子中村太郎骑在马上东一头、西一头乱撞，不知往哪儿去好。枪声、手榴弹声、呐喊声混在一起，直杀的日伪军哭爹喊娘。夜幕一降临，小鬼子更是晕了头，一时间误对那汉奸开了火。张来余大声呼喊："太君！太君！别开枪，我们是自己人，我是张来余！我是张来余！"趴在地上不敢抬头。

不一会儿，中村太郎回过神来，收编队伍进行反扑，借助照明弹疯狂用机枪四处扫射，用迫击炮向前开路，好歹冲出个口子，刚向南行进二三里地，又被第十中队截了回来。第十中队本来的任务是打援，当前面无敌情，后面听到鬼子的马队声，就掉转枪口阻击溃败的敌人。中村太郎一看冲不过去，只好就地还击，战马被击毙，他腿部受伤，坐上了担架。

由于张来余土生土长在这一带，大小道路都比较熟悉，就带着一帮日伪军逃出常埠桥，抄小道南回，刚接近岳庄，也与第十中队接上了火。张来余如惊弓之鸟，哪敢对抗？接着又往回撤，万万没想到的是，又与中村太郎的精锐交上了火，伪军武器装备没法跟日军比，张来余夹在运河支队和日军联队中间，队伍早已损失多半，又借着夜幕带着残兵向西微山湖方向撤退，真是跑得比兔子还快，一气跑过铁路，跟过来的日伪军不足百人。

中村太郎非常狡猾，他在常埠桥和东岳庄之间一片林地上部署构筑工事，不再进退，而是固守待援，哪里有枪声，他就只会向哪里打炮，不管是游击队还是日伪军一律统统消灭。夜里 10 点钟一到，运河支队参战的几个中队指战员，借着夜幕做掩护向运河以南撤回。但常埠桥一带的枪炮声紧一阵、慢一阵，几乎一夜没停。那是日伪军们仍在相互自残，狗咬狗，折腾到天亮，中村太郎一看周围倒下的全是日伪军，气得疯狂连声大骂："八嘎！"不知是骂自己还是骂下属。

运河队员们，已乘夜色于拂晓前全部撤回到指定地点。这一仗打得很漂亮，游击队员除有几人负伤，无一人牺牲。而从韩庄据点出来的日伪军，死300 多人，伤 200 多人，来回减员大半，当然这大半之中，就有不少是他们自伤自损的。至此，韩庄的鬼子再也不敢在夜间贸然行动。

常埠桥村伏击战，打得痛快利落。整场战斗中，梁瑾侠耍开双枪，毙伤日伪军不下 20 人。战士们高兴，当地群众拍手称快。梁瑾侠又据此编写了一段快板书数来宝，名字就叫《常埠桥村伏击战》：

打竹板，响连天，
运河支队威名传，
杜庄阻击打得好，
常埠又设伏击战。
三月廿七日一大早，
日军出了临城、韩庄和峄县。

鬼子伪军三四千，
分路奔向寨山前。
打邵楼、攻褚楼，
气势汹汹想把抗日烈火湮。
峄县支队好儿男，
拼将热血杀敌顽。

运河支队巧安排，
专打鬼子伏击战。

常埠桥，长又宽，
历史悠久几百年，
南来北往人行便，
鬼子却难过这一关。

支队长，孙竞云，
运筹帷幄不怠慢。
政治委员朱道先，
战前做好总动员。

一大队，驻运北，
派往邵楼打增援，
韩庄出动的千余日伪军，
北犯途中遭截拦。
敌军死伤二百五，
再想前进半步艰。

眼看太阳已过午，
急忙掉头往回返。
沿途烧杀又抢掠，
周营一带遭劫难。
游击队员摩拳又擦掌，
个个怒气冲霄汉。

二大队，驻运南，

接到命令飞渡河北岸。

参谋长，胡伯勋，

身先士卒冲在前。

为了打好常埠伏击战，

他亲自到那做侦探，

装扮成算命先生"瞎半仙"。

大街小巷全串了个遍。

安排七、八、九中队埋伏好，

张网以待乌龟王八朝里钻。

前方侦察报告敌已近，

参谋长登高又望远。

那镜头里看得很真切，

长蛇阵正开向这一边。

他让游击队员们沉住气，

一定要等敌人全部进入伏击圈。

"我不开枪不许动，

战场纪律要从严。"

夕阳西下敌军进入常埠桥，

打头的是副联队长名广田。

骑着高头大洋马，

趾高气昂横着脸：

"八嘎！杀鸡给给！

快速的前进，回去的吃饭！"

不知他自己的死期已来临，

还在那硬充圣人蛋。

参谋长大喝一声："给我打！"
手起枪响那一瞬间，
广田一头栽到马下边。
兵弁上前忙施救，
摇晃几下不动弹。
参谋长，好枪法，
中佐副官一命归西玩了完。

游击健儿齐奋起，
四面出击战犹酣。
机枪步枪手榴弹，
一起射向敌酋间，
日寇伪军全乱了套，
鬼哭狼嚎把爹娘喊。

中村太郎联队长，
中弹落马腿致残。
坐着担架指挥往南逃，
前方遇阻又折返。
那里有九中队打阻击，
想回韩庄难上难。

参谋长，巧设计，
搅起日伪自相残。
中村太郎同张来余，
狗咬狗相互开了战。
你打我来我打你，
几乎一夜没消闲。

游击队员按计划 10 点已撤离，
零时已过运河南。

天放亮，望四野，
联队长一看傻了眼，
死伤全是他自己的人，
回来减员一大半。
老鬼子气火攻心得了病，
半身不遂成疯癫。

伏击战，运动战，
机动灵活打得欢，
神出鬼没游击队，
搞得倭寇头晕旋。
常埠桥一战打得好，
军民同庆笑开颜。
这就是运河支队设伏一小段，
您要觉得不过瘾啊——
那咱们下回接着谈。

第二十四章　突袭利国驿铁矿　惊扰津浦路日酋

运河支队在常埠桥的伏击战中取得大捷后，梁瑾侠即时撰稿，立马成章。快板书词形成后，转交给艺人褚斯宇，由他组织队员四处传唱，在运河两岸引起轰动，广大人民群众对八路军运河支队有了更新的认识，迅速形成一股拥军热、参军热，使运河支队在很短时间内，抗日武装的队伍就增加一倍，由 1000 多人增加到 2000 余人。最有意思的是，一些反共武装也纷纷表示立地成佛，要求参加八路军的队伍。一是"孙氏六庭"之一的孙丹庭，名莫遟，曾任国民党峄县五区区长、第六警备大队大队长，受感召参加八路军峄县支队，任第五大队大队长。二是外号叫"尤瓜屋子"的尤望贞，时任国民党张里元部的独立营营长，此时，他也向运河支队伸出橄榄枝，主动联系参加了运河支队，任第三大队大队长。

常埠桥村西邻津浦铁路，南距韩庄三四公里，可谓在日军据点的卧榻之侧。在此打伏击，凭的是艺高人胆大。之所以能够取得完胜并成为经典战例，得益于以下几点：一是指挥员熟悉敌情，掌握敌人活动的规律。驻守韩庄的日军近期每次外出"扫荡"，都是早出晚归，来回路线绕圈不重复，支队领导分析判断准确，决策及时；二是参谋长亲自上阵侦察部署，参战队员服从命令听指挥，行动迅速、隐蔽、机动、灵活，闪电进攻，及时撤离，跟敌人玩迷踪；三是人民群众拥护支持。把子弟兵当亲人，提供便利条件，给予有力帮助；四是日寇扫荡不得人心，老百姓痛恨到咬牙切齿，巴不得他们早点灭亡。鬼子们野蛮残暴，自以为是，难免"盲人骑瞎马，夜半临深池"，死到临头而不知。广田中佐骄横跋扈，亡命于常埠桥，也是咎由自取。此战，极大鼓舞了运河支队官兵的士气，随后又不断声东击西，接连打了几场胜仗。几天之后，又偷袭了日军霸占的利国驿铁矿。

利国驿位于苏北鲁南，距峄县西南50里，距韩庄不足20里。它背靠运河，津浦铁路穿镇而过，交通十分方便。这里矿产以铁为主，且矿石品位很高，大多高于70%。据史料记载，早在春秋战国这里就有了采矿业，冶金炼铜日渐兴起，秦汉时期这里已大面积进行铁石开采冶炼，汉代在小北山设"铁官"，唐代设置"铁丘冶"，北宋大将狄青曾在此炼造盔甲，宋朝太平兴国四年（979年），这里已发展成为全国四大炼铁基地之一，利国驿镇晋升为"利国监"。明朝永乐十三年（1415年）又在此设驿站，从此"利国驿"名响天下。清朝康熙三十八年（1699年），状元李蟠，在《游利国》诗中写道：

> 自古留城水西流，铁岸铜崖隐渡舟。
> 朵朵青云拂银杏，粒粒珍珠泛铁牛。
> 三山暗映微湖壁，二桥遥连反照收。
> 更喜姜公残碑在，诗人写景杏花楼。

诗中的留城，为汉高祖刘邦的重臣张良的封地，利国为留城所辖。宋朝苏轼在任徐州知州时曾上书《神宗皇帝》，利国铁矿"凡三十六冶，冶户皆大家"。可见当时冶铁规模。1938年5月，日军占领徐州后，随即在利国设下据点，掠夺这里的铁矿石，走津浦线运往东北，精练后制枪造炮，"以战养战"，支撑它的东南亚攻略及其征服世界的梦想。

为了管住铁矿和铁路，日军在矿区和车站分设两个据点，各驻一个小队，并招募伪军数百人。在日军的淫威下，有上万名矿工为其开采铁矿石，初炼之后又源源不断地发往东北。为了拔除日军驻在利国驿的据点，搅乱日军的部署，断了它们的香火，运河支队领导孙竞云命令第一大队采取行动。胡伯勋参谋长因是当地人，对利国驿地形十分熟悉，于是就召集第一大队队长邵子诚、第一大队第三中队队长丁瑞庭、第五中队队长陈英坡共同研究作战方案。

陈英坡家住利国以东的官庄村，抗战爆发前曾在矿山干过，在这里认识的人很多，也有几个知己朋友。为了这次行动方便，战前，他多次进出利国驿找关系、会朋友，做争取矿山伪军的工作。并利用熟人托动伪乡长厉以恩给开出了良民证。和他原来一块干的工友崔振寰、王敬方、魏志才等，在现在利国驿铁矿的矿警队当警察，崔振寰还当上了班长。通过陈中队长的说服教育，他们都表示支持运河大队的行动，愿做内应，准备工作基本就绪。

为了更有把握打好这一仗，战前一天，陈英坡又叫上第三中队二排排长王子尧，一同再进利国驿。因为王子尧也是利国驿本地人，并有亲戚朋友住矿里，他的一个亲戚还在西大寺里当和尚，名叫高宜全，很有爱国心。因家里贫困从小被舍在庙里。这天，陈、王二人把与内线接头的地点选在寺院里，接头后和线人一起敲定了行动的时间、地点、联络暗号，并察看了接头位置和周边情况。随后，二人兴致勃勃地回到杜安集，将情况向参谋长、大队长等人做了详细汇报。胡参谋长听后认为事不宜迟，当即拍板，决定明天夜晚偷袭利国驿。

第二天傍晚，第三、第五两个中队的游击队员们吃饱喝足，在第三中队长丁瑞庭、第五中队长陈英坡的带领下，冒着小雨向利国驿奔袭。

路上由于雨越下越大，影响了行军速度，直近子夜时分才到达津浦铁路附近。但大雨也掩护了游击队员们的行动，使其顺利地越过了铁路。紧赶慢赶，总算在商定好的行动时间内，赶到了接头会合地点。

这次行动的总指挥是丁瑞庭，两个中队共90余人，分三个战斗小组：第一战斗小组由丁瑞庭带领，王华堂、刘钦美、单立朴等参加，去攻打矿部日军据点；第二战斗小组由副指挥陈英坡带领，于士林、孙伯诚、刘安仁等参加，去袭击伪军营；第三战斗小组由王子尧排长带领，咎胜芳、于兴芝、刘安义等参加，负责守好矿大门并监视火车站方向的日军，做好阻击和接应。

一切安排就绪，只等"内线"发出暗号。

雨有点渐小，但仍下着。游击队员们在着急等待，身上的衣服湿透了，此时感觉到有点凉，好在心里是滚烫的。时间在一分一秒过去，还迟迟不见"内线"的动静，这时心里最焦急的是陈英坡和王子尧，二人担心情况有变。零点过后，矿南门闪开一条缝，出来一名伪军，陈英坡迎上前去，一看是好友王敬方，忙问："可以行动了吗？"王敬方说："还不行，日军还在喝酒狂欢，过什么男孩节，仍未归宿，请再稍等片刻。我是怕你着急，先出来说一声的。""那还要等多大会儿？""我估计半个多小时，日军一回去睡觉，我马上带大家进去，崔班长和我分头带你们行动。"

丁瑞庭和陈英坡嘱咐大家："既来之，则安之，大家一定要沉住气，好饭不怕晚，好戏在后头。"嘴上是这么说的，其实内心他们比谁都更着急。

夜更深了，雨基本停了，时间凌晨一点多钟。此时南大门又打开了，这回不是闪条缝，而是双门大敞。崔振寰说："哪位是丁队长？请跟我来。"

王敬方又对陈英坡说："大哥，请带你的人跟我来。"

第一战斗小组直扑日军营房，来到大门，崔振寰带着两名化装成伪军的游击队员向岗楼上喊道："太君，我的崔振寰，来给你送夜宵的，有烧鸡烧酒的，请你咪西咪西。"这个小鬼子和崔班长很熟，因为在岗上没能参加狂欢，肚子还真有点饿了，于是就下了岗楼，把门打开，三人进去之后，把岗楼上下两名值班的小鬼子先解决了。大队人马冲进院里，分头到鬼子的住处开了杀戒，多数鬼子醉如烂泥，呼呼猪睡，没听到动静就见了阎王。个别清醒的刚要反抗，在游击队员的手起刀落下，也成了刀下之鬼。各屋充满了酒糟味、血腥味，游击队员搜集起枪支弹药，全身而退。

第二战斗小组行动也很顺利。因有内线策应，没受到阻拦就进了伪军的营房。在一片"我们是八路军，中国人不杀中国人！""谁要顽抗，死路一条！""缴枪不杀，放你回家！"的喊声、命令声中，矿警队的伪军全部举手投降，没费一枪一弹。伪军全被集合到院子里，陈英坡给他们训话："各位兄弟们，我们多是穷苦老百姓，我知道大家都不容易，为了讨口饭吃，身背二鬼子的骂名，丢了祖宗八代的人。今天我们是对着日军来的，也是来解救大家的，有谁想回家的我们发路费，想干八路军的跟我们走，想留下的我们也不强求，只是今后要多为自己留条后路。"随后，游击队员分别给他们各发了两块大洋，当场有十余人表示要跟陈队长当八路。

两个战斗小组，不到半个小时就结束了战斗，并打扫了战场。此战共有30多名日军毙命，龟田小队长因去徐州开会未归，侥幸留下一命。被俘的40多名伪军，有16人参加了运河支队，其余被遣散，未伤及一人。共缴获轻重机枪5挺、三八大盖步枪30支、二十响快慢机驳壳枪8支，及其他枪支弹药等物资一宗。

战斗一结束，丁瑞庭马上安排部队撤离，这时雨下得又有点大了，丁队长这时不想让车站据点的日军闲着，他让王子尧排长带着几人又摸到火车站，对着日本据点扔了几枚手榴弹，用刚缴获的日军信号枪打出三发信号弹，吹起冲锋号，一片枪声响起，岗楼上的日军忙开机枪没有目标地乱扫射，山本小队长在睡梦中被惊醒，不知外边来了多少队伍，也不知是八路军，还是国民党军，穿着睡衣就摇响了电话，让徐州、茅村、韩庄、临城的鬼子前来救援，因半夜时分天黑又下着雨，日军不敢贸然冲出军营，只在碉堡里大呼小叫，向营外乱放枪炮。闹腾了大半夜，王子尧早已带领队员撤回去追赶大部队了。

凯旋的运河支队游击队员们，带着扩大的队伍和战利品一路向东南方向，越过郝家庄、万家庄、梁庄、阚庄，直奔穆柯寨山，天未明就进入了黄邱山套休整。第二天，支队首长孙竞云、政委朱道先、参谋长胡伯勋、政治部主任文立政等在张塘村召开了表彰大会，专门为袭击利国驿铁矿的运河支队第一大队庆功慰问，丁瑞庭、陈英坡、王华堂、于士林等披红戴花上台领奖，新加入运河支队的崔震寰、王敬方、魏志才等十余名队员被点名表扬，欢迎他们加入八路军的队伍，并组织了军民联欢会，在大家一致要求和掌声中，梁瑾侠部长即兴用《打黄沙会》曲谱演唱一段鲁南小调，为联欢会助兴：

人人那个都说哎黄邱山套好，

运河那个两岸哎稻花香，

自从那个来了哎日本鬼，

苏鲁那个人民哎遭了殃。
共产党那个领导的八路军，
运河那个支队哎杀敌忙。
昨夜那个突袭利国驿，
三十多个鬼子见了阎王。
……

第二十五章　踩高跷送万民伞　智取塘湖鬼据点

在运河支队一大队第三、第五中队袭击利国驿的同时，第一、第二中队也没闲着，正在筹备拔除日军年后刚设在塘湖车站附近的周庄据点。

塘湖洼南距韩庄不到20里，北离沙沟车站不足15里。原本没有火车站，只是孟家庄以南、杏树园以北的一片溏稀湖洼地，芦苇丛生，荒草遍野。当年修津浦铁路在这一带没少费劲，是用巨量石材物料堆积起来的，这里又是个慢弯道，列车走到这里一般都会放慢速度。运河支队成立前后，就不断有抗日武装在这一段扒火车、抢物资、劫军火，闹得日军日夜不得安宁。但他们一时还没有想出什么办法对付这些游击队，这还是汉奸张来余帮助出的馊主意。日军在塘湖洼周庄附近建了据点，增设了塘湖车站。

在未设据点之前，这一带属于韩庄据点管辖，铁路守护和巡查，除了日军自己负责，也由汉奸张来余的责任。春节之前那次遭袭后，他被吓破了胆，白天黑夜能不出门就不出门，躲在老巢里瞎指挥，指使下属到铁路上巡查。人说，越怕出事越来事。春节期间，大年初一运河支队第一大队的第一、第四中队，在中队长华新艺、王铎箴的带领下，在塘湖洼附近袭击了一列日军军车，截获了一批军用物资。高桥大队长被叫到徐州，日本司令官板垣狠狠地把高桥臭骂一顿。回到临城之后气正没处撒，正好叫张来余赶上了。

这大年初三，张来余本来是想拜年讨好的，顺便呈送一份厚礼，准备让高桥高兴。没想到这进门就被高桥队长抓住脖子，摁倒在地，拳打脚踢一顿不说，还拔出军刀顶到张来余的胸膛："你的良心坏了坏了的！该死啦死啦的！"

张来余吓得浑身哆嗦，满脸是汗，下边裤裆也湿了："大太君饶命，大太君饶命，我的知道有罪，没有看好铁路。我该死！我该死！请你让我把话说完，您再杀不迟。"

高桥一伸手，又把张来余提了起来："你的还有什么话要说？"

"我说，我这就说。"高桥一松手，张来余又瘫到了地上，边磕头作揖边说："报告大太君，塘湖洼距韩庄、沙沟两站太远。光靠来回巡查解决不了问题，我想为了太君的长久之计，应在那建车站、设据点，建好爱护村，才能更好地对付土八路。"

一听是这么个理，高桥眼珠一转，收起了军刀，换了一副面孔，由凶神恶煞变得和颜悦色："吆西，你的起来说说。"

张来余起了几次也没能站起来："大太君，您还是让我坐在地上说吧。"

"吆西！"

张来余坐在冰凉的地上，稍微抬头瞟了一眼高桥，又赶紧把头低下说："大太君，这条铁路自修通，塘湖一带就一直不太平。原来有土匪经常袭扰，现在是土八路，更加猖狂。今天扒铁路，明天炸桥梁，神出鬼没，咱又抓不到他们，光靠巡逻队哪能顾过来。"说着又斜一眼高桥，看高桥听得很认真并点头，于是又来了精神，赶忙爬起来立正站好，很规矩地说："不瞒大太君，我想了很长时间没敢跟你提，今天我斗胆说出来，请您定夺。为了保证塘湖这一带安全，最好的办法就是建据点，设车站。有皇军在这里驻守，那些土八路就老实了。同时，再把铁路沿线十里以内的村庄设立成'铁路爱护村'，让保甲长负责保护铁路、挖壕沟。对护路不力的实行连坐，给予严惩，看谁还敢靠近铁路。您说是不是？"一看高桥又点了下头，他接着献媚道："大太君，您一直知道我是真心向着皇军的，我与土八路有不共戴天的杀父之仇，还能对您三心二意？您是我的大靠山，我一切绝对听您的。再说前天夜晚那件事，您可不能全怪我，沙沟站到那比我近五六里路，要说那里应属于他们的责任区。如果大太君让我全管那一段，我还是请求您在那安插个据点，由皇军驻守，我可多派些人协助，实行保甲连坐，保管那里不会再出事。如果不这样，大太君就是活剥了我，我也不敢保证那段不出事。"说到这里，张来余长出一口气，总算把他的全部想法报告了主子，又偷眼看着高桥的脸色，有点摇尾乞怜。

"哈！哈！哈！张桑，你的不要害怕，我的逗你玩，不会真杀你的。"高桥脸上总算给了张来余一点阳光。

"谢谢大太君，谢谢大太君。"张来余那头像小鸡食米一样直点，但内里仍是心有余悸。他这哪是"逗你玩"，军刀再往前一推，那就是透心凉。跟日本人做事，那也是与狼伴舞，豺狼就是豺狼，他们根本就毫无人性，并且心狠手辣，反复无常。张来余甘心当狗，也是一天到晚提心吊胆，只能小心伺候。

"张桑，你的良心没坏，大大的好人。我们是朋友，今天的一起咪西。"高桥边说边拍了张来余的肩膀一下。

"谢谢大太君！不敢当！不敢当！"张来余那是受宠若惊，连连躬身。

"你的不要客气，我请你咪西，你的要替我把活干好，在塘湖周庄设据点、建炮楼的事就交给你了。等天一转晴，你就动工，争取不出正月就能竣工，我要在你们中国人的'二月二龙抬头'之日派兵过去。"高桥边说边往餐厅走去。

"请大太君放心，我保证按时完成任务，二月二保证能够进驻。"张来余像条哈巴狗颠颠地跟在高桥身后。

跟高桥吃了一顿饭，张来余像打了鸡血，兴奋异常，浑身木疙瘩不知道是哪个痒痒。见谁给谁谝，却只字不提他挨揍的事。对日本人安排的事他非常上心，回来之后就马上安排设计施工，天寒地冻的，就开始组织人员挖地槽子、打地基。按当地的风俗，不出正月十五，老百姓走亲访友不会出来干活。张来余不问这些，他把附近村庄的伪保长叫来安排任务，按人口多少抽丁出劳务。但保甲长们也犯愁，节没过完，大多庄户人宁愿出钱不愿出工。

三天过去了，工地上只有十几个人，大都是家里揭不开锅的、年老体弱的、绊倒爬不起来的。

张来余一看这样不行，又出了歪点子。一是让保甲长多交钱交物，对愿意出工的给双份报酬。二是在集市上去抓，单挑长得壮实的，以"私通八路"为名，强迫来给他干活。让他的亲属张连城、李有前等当监工，手持皮鞭，谁不老实、谁偷懒就抽谁，有的被他们活活打死，就以私通八路的罪名处理了。工地有两次集体闹事，也把监工张连城、李有前打个半死。

后来，张来余又跑到临城，找到高桥："大太君，穷鬼们不好管，请您派几名皇军带着大狼狗，给俺助助威，谁再闹事，咱就放狼狗咬他，您看可以吗？"

"吆西，明天的派一个班给你帮忙，你要安排好他们的吃住。"高桥答应得很痛快。

张来余就更有胆了，回来之后耀武扬威，吆喝二三，看谁不顺眼，就踢上两脚，抽上几鞭子。在日军的助威下，紧赶慢赶，在正月底用石头、砖瓦拉起了围墙，盖好了营房，并建起了三层十米高的炮楼，同时又在车站旁边给伪军盖了几间营房。

二月初二这一天，高桥大队长亲自到新据点视察，对张来余的工作表示满意："张桑，你的很能干，功劳大大的，我的要提你为大队长的干活。"

张来余点头哈腰："多谢大太君，为您做事我绝对尽心尽力、肝脑涂地。"

自炮楼建好，野村少佐带着20多个日本兵进驻塘湖周庄据点后，周边的百姓更遭了殃，他们三天两头出来进村作孽，抢吃抢喝还抢花姑娘。在西边杨楼村有一大户人家管他们吃管他们喝，后来这几个畜生还是把人家姑娘给糟蹋了，那姑娘不堪耻辱而悬梁自尽了，家里告到临城，最后也不了了之。当地老百姓对日军恨得咬牙切齿，游击队员们激愤难当，个个摩拳擦掌，想赶快毁掉这个据点，但一直没能腾出手来。常埠桥伏击战大捷后，拔除塘湖周庄日军据点，就被运河支队提上了议事日程。第一大队第一中队主动请缨去执行这一任务。

第一中队队长华明诚，又叫华新艺。他的老家朱姬庄，就距塘湖不很远。

1915年出生于稍微富裕的农民家庭，幼年在本村读私塾，1929年进滕县城关小学，1932年考入县中学，1936年考取峰县小学教员，在峰县四区教学时，结识湾槐树村的邵剑利，并成为好朋友。1937年七七事变之后，激于民族义愤，参加了邵组织的抗日武装，任特种工作团第五大队第二中队队长，先后率部参加了西杨庄伏击日军、破袭津浦路、袭击日军军用列车、曹家埠歼灭日军及韩家洼、叉河子击溃日军等战斗，运河支队一成立，他就被任命为第一大队第一中队队长。这次，为了能够成功拔除塘湖日伪据点，他提前做了准备。在日伪军进驻不久，首先派游击队员潜伏打入敌人内部，全面了解据点内的敌人兵力的分配布置情况，选准适当时机向小鬼子动手。

5月中旬的一天，已潜入伪军内部多日的刘秉吉，急匆匆来找华明诚队长报告："昨天我跟张连诚进了一趟周庄日军据点，去给鬼子送给养，听说最近他们要换头目，野村小队长准备回国结婚。高桥准备调邹坞据点的西川过来，西川比野村更坏，外号就叫'血坏种'，并准备再增兵一个班。到那时我们再打，恐怕要增加难度，最好在鬼子调防前采取行动，也让欠下血债的野村回不了国，结不成婚。"

听过情况之后，华明诚一停没停就向大队和支队作了汇报。支队长孙竞云："刘秉吉同志报告的这一情况非常重要，也非常及时，明诚中队长你不是早就请战要拔除塘湖周庄据点吗，我看这次任务就交给你完成。朱政委你认为怎样？"

朱道先说："我没什么意见，完全同意。因为明诚同志早有准备，我相信会马到成功。子诚、福堂，也请你们谈谈意见。"

大队长邵子诚，大队政委王福堂一致赞同，并表示，如果第一中队觉得人手不够，可让第二中队配合行动。战略上我们是以一当十，战术上我们还是要以十当一。

华明诚表示："保证完成任务，绝不辜负首长的信任。"

从支队回来后，华明诚立即召集中队指导员郑森昌、副中队长李允平和各分队队长开会，研究作战方案。经过讨论分析，华队长认为，"这次行动要想更有把握，我们还需要派人再去侦察。刘秉吉暂时不要动，让他在伪军里多发挥作用，做好瓦解工作"。

"报告！到鬼子据点搞侦察，我可以去完成。"大家一看是第一中队三分队长龚连生。"我家住龚家庄，离塘湖周庄很近，我自小在这长大，对这一带地形谁也没我熟，并且我姥娘家就在刘庄，离周庄一节地，我有可利用的亲朋好友，由他们带我混进据点更方便。"大伙不用讨论，就一致同意了龚连生的意见。

华明诚伸出手紧紧握了下龚连生："好！我们等你的好消息。"

第二天一大早，龚连生装扮成当地普通农民，头戴席荚子，上身穿白粗布短褂，下穿黑土布裤子，赤脚穿一双半新不旧的布鞋，就去了刘庄村。进村后看看左右没人，就进了村长刘成义的家。刘是外黑内红的两面人，表面跟日军干，内心倾向游击队，商量让刘村长带他进鬼子据点。这刘村长跟龚连生是不远的老表，那还有什么话讲，直接就答应下来。安排家人买来烧鸡、猪蹄、咸鸭蛋、花生米等，外加一箱微山湖大曲，不到中午，就去了周庄据点。

刚来到壕沟前，站岗的日军就开了腔："站住！你们什么的干活？"

"太君，是我，爱护村的刘村长，给大太君送好吃的来了。"

刘成义经常来这里，据点里的鬼子多数认识他，于是就放他和龚连生过来："他的什么的干活？"

刘答道："他是我的表弟，一个村的，今天带的东西有点多，我让他帮我挎篮子搬酒，他前几天也来过，你忘了吗？"边说边把两只猪蹄、一包花生米和两瓶酒塞给了那站岗的日军。

那日军一摸头脑，也不知真见过、假见过，但吃人家的嘴短，接了人家的东西就要给人方便："吆西，你的好人，快的过去吧。"向另一个哨兵一挥手，开门把他俩放了进去。

一进大门，龚连生就对院内看个仔细，两排营房，一个大碉堡，东头一排是伙房。正在观察着，迎面走来一个长得敦实、满脸横肉的家伙。刘成义小声提醒龚连生："那就是野村小队长，当心。"

话音刚落，那猪头小队长就叫上了："刘桑，几日不见，今天又带来什么好吃的？"

"都是太君喜欢的，烧鸡、猪蹄、猪头肉等，还有几瓶您爱喝的好酒。"刘成义答道。

"他的什么的干活？"

"是俺表弟，帮我出力的干活。"正说着，刘成义掏出大前门香烟，递给了野村并帮他点上，跟随着他向伙房餐厅走去。

"你的在外面等着，我有事要给刘桑的说。"野村说着把重篮子从龚连生身上接过来。

"我来，我来，这活哪能让太君干。"刘成义接过篮子，他们二人进了餐厅，把龚连生晒在一边，为他提供了更充分的侦察空隙。因为马上就要到开饭的时间，营房内和炮楼里的鬼子兵开始站队集合，点名报告人数准备就餐，一看从营房里走出十几个，炮楼里出来五六个，再加上留守执勤的人，这里的兵力不会少于20人。龚连生心里有了底数，正要再到别处转转，这时一个也身着黄皮，腰间系着围裙的青年从厨房出来，两人一打照面，互相都愣住了，这不是多义沟村的表弟郑继绪吗？

郑继绪一看有鬼子往这边来，已躲不开，就提高声音说："哟，大老表，你今天怎么有空来看我了。"

龚连生也随机应变道："是俺大姑让我来的，说你整天忙得不回家，如果你一个人忙不过来，赶紧给队长说说，让我来给你打个下手。"

龚连生其实与郑继绪是很远房份的亲戚，但多年认识，相互知根知底。郑家是三代厨师，炒菜、做饭、摆大席，那在当地很有名气，做出来的饭菜可以说色、香、味俱佳，没想到他进了据点，当了汉奸。龚连生心里还真有点生气，但又不便发作，见那日本兵进了餐厅，他在鼻孔中"哼！"了一声，算是对郑表示不满。

郑压低声音说："老表别生气，这里不是拉呱的地方，今晚你到继众哥家等我，我有重要情况向你汇报。"

"那好吧，我等你。"说着二人就分了手，郑继绪赶快回厨房忙去了。

刘成义陪着野村喝了两杯酒，就匆匆告辞了。因为不是喝酒的时候，龚连生还在餐厅外候着，赶紧找个理由脱身。出了据点大门，刘就告诉龚："野村马上回国，临走前还想再捞一把，前两天召集各爱护村的保甲长开了会，一是各村都打紧点，确保铁路上不出事，他好给高桥一个圆满交代。二是要各村给他送'万民伞'，为他歌功颂德，他想请高桥给他提个中佐，说明他来中国干得不错，回去结婚更有面子。问我们村准备得怎么样了。我说正准备着哪。等天，我们跟乡保长一起来。"说着唠着就回到了刘庄，龚连生在刘家简单吃点饭，就去了多义沟村。

多义沟的郑继众，和龚连生是亲奶老表，这庄上的人都认识龚，但对他干没干八路大多不清楚，因这两年没大过来，连他亲表哥郑继众也不太清楚。但郑继绪因在日军那干事，他是知道龚一直不是瓢茬，从日伪军那里了解到龚现在是干什么的，并听说还提了官。所以一见到龚，心里就打怵。

龚连生来到多义沟，先看了老姑奶奶、表大爷，就进了表哥家。表哥是农村里老实巴交的庄稼汉，也没问表弟来干什么的，只是一看没有要走的样子，就安排妻子做饭留客。你不留，他也没打算走，在耐心等待郑继绪忙活完日本人的事再过来谈心。

天渐渐黑下来，郑继绪急匆匆来到郑继众家："不好意思，让连生兄弟久等了，我是开完饭没停留，就赶过来的。野村晚上一喝两盅，就得耽误点时间，谁知他中午和刘村长没喝足，这晚上又投投，我就不能脱身，所以来得有点晚。"

直到这时，郑继众才知道表弟是在等郑继绪，怪不得越让他吃饭，他说不饿再等等。一看他俩见面，那肯定有事，知趣地说："你们俩好好聊，我和你嫂子还有点事，先出去趟。"

龚连生也没阻拦："那好吧，等半小时之后，你和嫂子过来，咱们一起吃饭。"

那两口子一出去，郑继绪一下子给龚连生跪下了："连生兄弟，我虽然给日军做饭，穿了身黄皮，可从来没干过对不起乡亲们的事，不信，你一会儿可以问继众大哥。"

"你这是干什么，快起来坐下说话。"龚连生上前扶起了郑继绪。

"表弟，你知道我们家是厨子出身，祖辈就靠这手艺吃饭。我父亲近几年一直在郑云卿家当长工，伺候他一家子人吃饭，有时我也去帮厨，他也知道我活干得不错。他现在是乡保长，说话更有权威了。他和日本人好上之后，就向俺爹提出，让我去给日本人做饭，俺爹就答应了。我这才刚到那个把月。人在屋檐下，不得不低头。请你理解我们爷儿俩的苦衷。有什么事你安排，我绝对不会做违抗八路的事。"

"那就好，我就等你这句话的。"龚连生说，"我知道你一家都是忠厚人，但你一当上皇协军，别人肯定会在背后戳你的脊梁骨。你把日军伺候好了，他们不就更有力气欺负咱们中国人了，你说是不是这个理？"

"是！是！是！连生兄弟，我马上辞职不干了。"郑继绪紧张得头上冒汗了，知道自己伺候日本人也是不对的。

"现在先不要说辞职，我问你野村要'万民伞'的事，你知道吗？"龚连生问道。

"知道，知道，最近两天他正操持这件事，他临回国之前往脸上贴金，想再捞点好处。并让我多采购点好吃的好喝的，临行前想请高桥来一趟，见识一下各村为他送来的表功伞，看还能否提携他一下吧。"

"准备什么时候举行这次活动？"

"原定的是大后天中午，时间一般不会再变。因为已给郑乡长安排，让他到时候带上爱护村的保甲长，还有喇叭、高跷、秧歌队一起送伞庆贺。"

"那太好了，这回我们要把来这里的老鬼子、小鬼子一块全包圆，为当地老百姓出口恶气。"

听到这里，郑继绪也打起了精神："连生兄弟，咱们八路能拔除这个据点，也是我巴望不得的，你让我干什么尽管吩咐，拿下据点，我也跟你去当八路，天天给你做好吃的。"

"那好吧，你回去要随时注意观察，如果情况有变，请你及时转告。情况不变，我们大后天中午见。如果方便，你可后天在早餐时放点巴豆之类的拉肚子药，最好让小鬼子提不上裤子。"

龚连生安排的这项任务有点重，郑继绪有点为难地说："恐怕很难得手，如果能管的话，你让我放耗子药都行。但是真的不好办。一是大门检查很严，二是做饭时有日军监视，我只能尽力而为，看能否把药带进去再说。"

"好的，你也不要犯愁。我也只是提个建议，不成就算。千万不能让日军起疑心，你也要注意保护好自己。只要时间不变，我们大后天一定拿下据点。"龚连生又做了一番安排。

和郑继绪分手后，龚连生连夜赶回部队，向首长做了汇报，并提出了自己的想法，直接去找伪乡长郑云卿谈，做好统战，为我所用。孙竞云、朱道先经分析，认为可行，决定派文立政、梁瑾侠去会郑云卿。

郑云卿，外号郑豁子。不是因为兔子嘴，而是此人上过几年学，嘴大舌长，能说会道，看风使舵。见人说人话，见鬼说鬼话，属墙头草两边倒。虽然很坏，但还没有坏透气，有争取的可能。所以，运河支队就派两位会做思想工作的前去说服他。龚连生从他姑奶奶那边论，也应称郑云卿为表叔，在龚队长的引领下，文主任和梁部长就在郑豁子家里会了面。

郑豁子也不是个蠢材，行走江湖多年，也见过一些世面。没等龚连生介绍，他就看出来几位"客人"气度不凡，不是土八路，而是洋八路。自认为是土包子，甘拜下风。忙请文主任上座，安排下人上好茶。文立政客套一番，落座后就侃侃而谈，对全国抗日的形势进行分析论证，"日军虽然仍很疯狂，但已是强弩之末，中日对抗已进入相持阶段。最后的胜利一定属于中国。一切有良知的中国人都不要忘了民族大义，数典忘祖必被人民唾弃。我想郑乡长也是个明白人，不要总做糊涂事，你说是不是？"文主任来峄滕工作这几年，虽然学了鲁南地方的土话，但南方口音依然很重，有些话还需要梁部长予以解释。

郑云卿基本听明白了，有些新思想、新观点，他是第一次听到，只能洗耳恭听而插不上言，说的最多的是"是！是！是！"

俗话说："明人不用细讲，响鼓不用重槌。"对郑云卿这种既明白又不明白事理的人，重敲一下，才能使他清醒。郑豁子这个老江湖一听文立政的口音，就知道是来自南方的军官，不敢怠慢，于是说道："听君一席话，胜读十年书，首长的教诲我已铭记在心。鄙人跟日本人当差也是迫不得已。我原本一直在乡里做事，日本人来了，让我还接着干，给他们效力。我知道乡亲们背后骂我、嚼我、诅咒我，说我是日本人的狗。说实在的，我也不想当这个狗，请首长给我指条明路。"

"明路就在眼前，就看你想不想走。你不是后天要带头给野村送万民伞吗？我们计划利用这一机会端掉日军据点，你能提供帮助吗？"梁瑾侠问郑云卿。

"能！能！一定能！你们让我做什么我就做什么，请八路军不要为难我的家人。"郑云卿眼珠子乱转，在察言观色，一看首长点头，他又接着说："后天您有什么要我去做的，尽管吩咐。"

梁瑾侠说："后天我们派几名队员，插进你们的送万民伞队伍里，随你们进入据点，剩下的事你就不要管了，你看能行吗？"

"行是行，不过我们这些保甲长，日军都基本认识，也都得搜身，你们不好混进去。除了插进高跷秧歌队伍里也许能行。不知咱们那里有会踩高跷扭秧歌的吗？"郑云卿试探道。

"我从小就会踩高跷，这几年虽然没练过，我想一复习就行，下午你就让我跟高跷队合练一下就行。"梁瑾侠爽快地说道。

"不行，你怎么能去踩高跷扭秧歌呢？孙支队长、朱政委和我都不会同意的。你一会必须跟我一起回去。龚连生同志先留下，协助郑乡长落实好相关事宜。"文立政态度很坚决地否定了梁瑾侠的想法，因为他知道万一出了什么事，不好给孙竞云交代。

回到支队部，梁瑾侠仍很委屈地对孙竞云说："文主任就是犟，非让我和他一起回来，我会踩高跷，等后天混在高跷队里，兴许可以带枪进到据点里，那好多大问题可都解决了。这是个机会，我还得请求你批准，让我回多义沟，参加彩排去。"

支队长一听她说的也有一定的道理，就召集朱政委、胡伯勋参谋长等人一起商量，结果就同意了。并安排第一大队副大队长王默卿、第一中队指导员郑森昌等一同去，争取都能编入高跷秧歌队里，如果能有十几人加入送伞队伍里，后天的任务就完成了大半。紧接着第一、第二中队中抽调几名年轻机灵，或踩过高跷，或会扭秧歌的队员，化装成当地群众，由王默卿副大队长带队去了多义沟，就说是郑乡长从周营请来的演员，一起参加了送万民伞的彩排。

因为这些人多是从铁道附近几个爱护村临时抽出来的"演员"，互相不是很熟，也没时间相互打听姓甚名谁，都在集中精力听"明白先生"讲明白后天的行进路线和注意事项。

这次他们彩排的是以《八仙过海》为主题的文高跷，有铁拐李、吕洞宾、张果老等，梁瑾侠争取了何仙姑这一角色，装扮得花枝招展，风情万种，那在三尺高木上"扭、浪、逗、相"，引得现场观众阵阵掌声，连那艺术指导"明白先生"周老二都说："人家这可不是一年两年的功夫，希望大家照这位大小姐这样练，后天也让太君开开眼。"

行动的头天晚上，郑继绪又来到郑继众家里，与龚连生接了头，说明天的情况没有什么大变化，只听说高桥大队长去济南了，派副官清水一男代他来据点视察，9点多钟坐铁甲车到塘湖站，然后十几分钟就能进周庄据点。送万民伞的队伍到达时间还是定的10点。中午一共安排四桌，连留保甲长的饭菜都准备了。龚连生幽默地说："你把羊肉汤、辣子鸡、老鳖靠河崖等拿手菜做好点，那明天中午的大餐肯定是为我们准备的了。"

行动当天天还没亮，运河支队第一大队的第一、第二中队游击队员们就早早用过饭，在队长华明诚、褚雅青的带领下隐蔽进入预定阵地，一旦听到在周庄据点枪响，马上投入战斗。

上午10点钟前，送万民伞的队伍出发了。在离据点还有半里路的时候，锣鼓家什就敲打起来："咚鼓隆咚呛！咚鼓隆咚呛！"同时还伴有《庆丰收》的唢呐声，吸引了周庄及附近村庄的大人小孩前来观看。

郑云卿乡长脚步沉重地走在队伍前，脸面上却挂着强挤出来的笑容，两眼左转右看，他知道大战即将开始，但又不知道鹿死谁手，内心深处忐忑不安。来到据点大门口，首先接受日军搜查的是这些爱护村的保甲长，然后是挑"万民伞"的和抬盒子的群众，敲锣打鼓吹喇叭的都好查，唯独踩高跷的，那日本小个子却没办法搜身，两米高上哪够着胳肢窝去，踩高跷的又不能停，他们手中舞着扇子、拂尘、花棍等，脚下也不闲着，来回倒腾做各式花样。

特别是梁瑾侠，扮相俊俏，美得不可方物，挑逗几个搜身的小鬼子眼睛直勾勾，心里犯痒痒，蹦三蹦也没能够着大腿，就稀里糊涂、神魂颠倒地就把人都放进去了。

十几名游击队员随送伞队伍一进入大门，梁瑾侠大喊一声："给我打！"同时回首双枪连环射击，打倒了门口的几名日军。其他几名扭秧歌的游击队员随即捡起被毙伤日军的武器，除留两人迎接后续部队，其余在王默卿的带领下冲向院里。这时，潜伏在据点附近的队员，在中队长华明诚、副中队长傅秀亭的带领下蜂拥而至，安排狙击手对炮楼射击，压制敌人制高点火力，掩护大部队跟进和群众隐蔽撤离。此时，外边围观的群众一哄而散，四处奔命，个别胆大的，趴在地上看热闹。

"叭嘎！杀鸡给给！"野村一看急了眼，一边叫嚷着让日军顶住，一边拉住清水匆忙向炮楼跑去。龚连生边射击边追向前去，接连打倒四五个鬼子。直到这时，小鬼子才从迎接万民伞的兴致中清醒过来，赶忙还击。中队长华明诚，队员李树森、李青山、王统来赶在最前面，连续扔出数枚手榴弹，炸得日军鬼哭狼嚎，有的拼命退居营房，有的就地举手投降。

野村之所以拉着清水奔向炮楼，不仅因这里是个制高点，里面存有大量武器弹药，同时狡猾的小鬼子在建地上碉堡时，已在地下预留了通向堡外的地道。龚连生第一个进入碉堡，在手榴弹的烟雾弥漫中追上了野村，上去抱住这个猪头小队长，两人扭打在一起。这时又有一枚手雷扔到了他俩身边，二人上下翻滚，都想把对方推向手雷一边，说时迟那时快，瞬间手雷炸开，龚连生右腿和背部受了重伤，进入昏迷状态，险些牺牲。野村奋力推开龚连生，在两个残兵败将的扶持下，向地洞外逃去。

当梁瑾侠听说野村已逃出据点，正沿着铁路向北逃窜时，来不及卸装，踢掉两只高跷，拉出野村的战马，跨上马向据点外驰奔。李青山、王统来两个飞毛腿紧随其后，一直追出去2里多地，梁瑾侠策马跑在最前面，连开数枪，击毙了野村、清水等日军，其余几名小鬼子掉头又往回跑，又被李青山、王统来给解决了。野村回国娶亲的美梦破灭，葬身于津浦路边。至此，周庄据点里的20多名日军和跟随清水过来的十几人，除5人投降，其余全部被歼灭。

运河支队游击队员也有十几人负伤,最重的是龚连生、王树森,但无一人牺牲。

在第一中队战斗打响的同时,第二中队褚雅青队长和杜立指导员带领队员,向车站和伪军营地发起进攻。因为伪军内部有刘秉吉策应,进展十分顺利,有几名伪军直接掉转枪口,跟随第二中队拿下车站。除打死十几名小鬼子,毙伤伪军10余人,游击队员无一伤亡,仅20分钟不到就结束了战斗。

是役,运河支队第一大队第一、第二中队以轻、重伤15人的代价,拔除了塘湖日军据点,共毙伤日伪军50多人,俘虏26人,郑继绪等12人参加了运河支队,缴获了轻重机枪、三八大盖等枪支弹药等一大宗物资。为防止铁路沿线的枣庄、峄县、韩庄、临城等日军前来报复,运河支队打扫完战场,带上战利品,押着5名日军战俘,迅速撤往运河之南,进入黄邱山套。在那里,支队召开了庆功会,重点表扬了梁瑾侠、龚连生、刘秉吉和第一、第二中队全体参战的官兵。

这次袭击津浦铁路塘湖据点的战斗,之所以能够在很短的时间内全歼日伪军,运河支队首长们分析认为,一是对敌情的侦察详细具体;二是统战工作做得到位;三是内线策应及时有力;四是制订战斗方案具体明确;五是参战队员勇猛善战,敢打硬仗。特别是梁瑾侠同志智勇双全,协助文立政同志做通郑云卿的工作,且带头进入敌人据点,并打响第一枪,亲毙敌首,可以说是立了大功。支队号召大家向受到表彰的同志学习,要与敌人斗智斗勇,多杀鬼子,保护自己,减少不必要的牺牲。

第二十六章　苏鲁支队出抱犊　统战结合胜运南

　　"上兵伐谋，其次伐交，其次伐兵，其下攻城。""不战而屈人之兵，善之善者也。"运河支队的孙竞云、朱道先、胡伯勋等领导在游击战中，不断巧妙运用孙子兵法，除了研究如何把仗打好，同时注重伐谋、伐交，广泛结交各方抗日武装，搞好抗日民族统一战线。但对顽固势力也绝不姑息迁就，该出手时就出手，伐交和伐兵交相呼应。特别是对那些朝三暮四、出尔反尔、不守信用、不讲情义的反复无常的恶势力，及时敲打一下，也是十分必要的。如对"尤瓜屋子"之流，既要统战，又要斗争。

　　"尤瓜屋子"名望贞，字正元，1903年生于运河边上的尤口村，他家在当地是财势颇显的地主家庭。尤望贞自幼爱吃瓜，夏季瓜地是他家。据说，他十几岁时一顿就能吃一叉头子瓜。说不准是20斤还是30斤。为了他，其父尤传道每年种2亩多地的瓜，地头盖了个看瓜的屋子，尤望贞一到夏天，几乎天天吃住在这里，人送他外号"尤瓜屋子"。他自幼就是个泼皮，喜欢打架斗殴。19岁弃读后玩刀弄枪，耍拳舞棒。后经其父尤传道引荐，颇得峄县头面人物刘国基、刘化庭等要员青睐。

　　尤传道，亦雄亦霸，在军阀混战、匪患猖獗之时，为保家自卫，于1926年从洛阳请来造枪师傅，在尤口村私造枪支，然后转卖乡里。规定家有50

亩土地者购买 2 支；有 30 亩土地者购买 1 支，组织起有 50 支枪的峄县联庄剿匪督工所，委任尤望贞为该所督队官，全权负责联庄护卫。1937 年七七事变后，尤望贞将队伍扩充为 200 余人的抗日游击队，不久受编于国民党山东省鲁南专员兼保安司令张里元部，任独立营营长。1938 年至 1939 年，曾配合朱道先、孙竞云部和孙亚洪部在峄南运河两岸多次打击日伪军的骚扰活动，在他的影响之下，其二弟尤望贡、三弟尤望贤分别参加了抗日的队伍。在八路军第一一五师挺进抱犊崮之后，他看到这是一支很有实力的正义之师，真正地为国家、为民族抗战的武装，就主动进行联系，申请加入八路军的队伍。1940 年春，经第一一五师批准，在运河南毛楼村被编入运河支队第三大队，尤望贞被任命为大队长。为此，孙竞云、朱道先还专门为尤召开了欢迎大会，尤望贞在大会上表示：“参加了运河支队，就是八路军的人，一定要在孙支队长、朱政委的领导下，一心一意打鬼子，保家为民，死而后已。”

但令人未曾想到的是，尤望贞参加运河支队不久，被他老爹尤传道知道了，这老尤发疯似的反对：“什么，你去当八路了？我看你这是放着好的日子不过，拉枪攮牛。张里元那是正牌国军，孙竞云那是土八路。你跟土八路干，能干出个什么名堂来？”

“爹，竞云他们最近在连续打胜仗，歼灭不少日军，得到社会各界和当地老百姓的拥护和支持。哪像国民党的军队，见日本人就跑，连老百姓都看不起他们。我就是想跟运河支队天天打鬼子。”尤望贞答道。

老奸巨猾的尤传道，举起龙头拐杖就向尤望贞打来：“气死我了，你抗日我不反对，但你绝不能干土八路。老二、老三已经都偷跑到老山里跟了陈光、罗荣桓，半年不见回来，也不知是死是活，也许早死外边了，我是不指望他们了。咱家全靠你支撑和传宗接代了，我就指望你有出息了，你必须把八路给我辞了，咱还是干正牌国军，我明天就去峄县给你疏通，保管你有职有权，吃香的喝辣的，比在那八路里整天东躲西藏、吃苦受罪强多了。”

这“尤瓜屋子”虽然心狠手辣，但比他爹还略逊一筹。由于自小顽皮，没少挨老尤的打，留下恐爹后遗症。只要老尤一举拐杖，他就马上腿打哆嗦。人说棍头出孝子，他就是棍下出尿子，见到老尤就尿裤子。

趋利避害，是所有生物的一种天性。人类，当然也不例外，总是趋向对自己有利的一面，而避开有害的一面，这是一种天然自私的表现。但人之所以区别于其他动物，因为他又有智慧、理性、道义的一面，有舍生取义的担当精神。"苟利国家生死以，岂因祸福避趋之。"这是志士仁人的坚守和信念，尤传道永远做不到。他所传的道只是歪门邪道，据说他研究《易经》，会观天象，但就是看不到日军必败、共产党必赢的光明前景。而是内心灰暗，只看到眼前的蝇头小利，抱残守缺，追恶逐臭而不知。在他的软硬兼施和挑拨教唆下，尤望贞不如他的两位弟弟坚贞，他只当了一个多月的八路，就在一个月黑风高之夜，又带领部属300余人脱离运河支队，投靠国民党峄县县党部，当上了"峄县抗敌自卫团团长"，官职远高于大队长，与支队长平级了。尤传道、尤望贞爷儿俩都感觉很有面子，得意扬扬，大摆宴席庆贺三天。

为了挽救尤望贞，朱道先和梁瑾侠又深入虎穴，奉劝他两次。尤表面上"好好好！是是是！"说适当时候再归队，继续当八路。其实是阳奉阴违，口是心非，他暗中勾结顽匪李子盈部，火并了红色政权的一个乡队，打死打伤我方人员多名，把账赖在李部身上。从此，他在错误的道路上越滑越远，最终背叛了国家和民族。

随着夏季的到来，气温升高，国民党第五十七军军长缪徵流，秉承蒋介石的旨意，又在苏北鲁南掀起一波反共高潮，在沂蒙山区组织召集苏北鲁南十七县县长会议，布置反共方案，并串通山东的沈鸿烈、秦启荣，江苏的韩德勤、李守维等坚持反共的分子，准备在这一游击区发动一场清洗共产党，消灭八路军、新四军的行动。

此时，国民党第五战区第三支队司令梁结庐和峄县抗日自卫团团长尤望贞又同流合污，趁机不断向驻在黄邱山套一线的运河支队进行袭扰。运河支队领导经研究决定要还以颜色。运河支队第九、第十两个中队配合苏鲁支队三营发起讨顽战斗，由第一大队政委调任第二大队参谋长的王福堂亲自率两个中队由督公唐山南进，向北许阳的梁结庐下属王治尧部发起攻击，王向阚山子逃跑与梁部会合，由于我方攻势猛烈，梁部随即向东南方向涉水溃逃。在过河时有些旱鸭子因不会游泳，在深水中淹死30多人。随后，第九、第十中队南渡不老河，又偷袭顽敌阚周栋部，没费一枪一弹，把阚部全部俘虏。

这一区域实为韩治隆的地盘，因春天他与胡伯勋、梁瑾侠有约定，相互联合抗敌，不搞摩擦。但在上压下挤之下，韩又乱了阵脚，失去了主心骨。苑河会议之后，又充当了联合反共军的总指挥，发兵北进，企图把运河支队挤出不老河以北、运河以南这一地区，韩治隆部又推进至旺庄、贺窑、督公唐一线。

为支援配合运河支队的反顽斗争，八路军苏鲁支队在张光忠司令率领下，三营两个连由抱犊崮出山，进到运河之南的涧头集地区，在张光忠司令和孙竞云支队长、朱道先政委的统一指挥下，坚决回击了顽军进攻。紧接着又研究决定在顽军立足未稳之际，分东西两路出击，各歼敌一部，迫使其停止北进，继而迫使顽军退回不老河地区。

在战前会议上，孙竞云向中队以上干部介绍了敌情和敌我双方的力量对比。"韩治隆、梁结庐、尤望贞等总计兵力3000多人，我们总计兵力1000多人。单从人数上看，敌方很占优势。但他们是临时组织起来的乌合之众，平时欺压百姓都有种，但一打起仗来，大多都贪生怕死往后退。我们现在有苏鲁支队支持，张司令员撑腰，一定能打赢这场反顽之战。现在欢迎张司令做指示！"

张光忠司令讲："统一战线是我党我军克敌制胜的三大法宝之一，但绝不是唯一。以斗争求团结则团结存，以退让求团结则团结亡。我们的原则是'人不犯我，我不犯人；人若犯我，我必犯人'。今天他们讹上门来，我们不能装着没在家，而要坚决给予回击。在战略上，我们可以藐视敌人，但在战术上一定要重视，绝不能轻视来犯之敌。经研究决定：运河支队第一大队由黄邱山套向西南出击，苏鲁支队第三营和运河支队第二大队继续向东反击，打击的重点是韩治隆的主力，一定要狠狠地打，让他们知道疼，好好回敬韩的挑衅，叫他以后不敢再来捣乱。同志们有信心吗？"

"有！"与会者一致回答。

午夜时分，天黑得伸手不见五指。微风吹来，带有丝丝凉意。各部按照张司令的部署，乘着夜色掩护，分头悄悄进入预定地点。

运河支队第一大队由后楼、郑庄出发，穿过黄邱山套，直插督公唐山和柴窝子；东线部队苏鲁支队第三营和运河支队第二大队由涧头集、徐庄出发，经过库山抵达旺庄村。

按规定时间，凌晨4点，两边的战斗同时打响。西线部队枪声一响，驻督公唐山的敌人毫无抵抗，接着向村外撤离，向南落荒而逃。驻在柴窝子的邢焕章营，说是韩治隆的主力部队，但也很不经打。在运河支队第一大队第一、第二中队的猛烈攻击下，熟睡中被惊醒的顽军仓促应战，找不准方向，抵抗者全被歼灭，大部分迷迷糊糊就举手投降了。驻在后面营房的顽军营长邢焕章，惊醒后匆忙组织应战，游击队员就冲了进来，接连毙敌10余人，吓得邢焕章急忙带领几个卫兵向西逃进村口的一个小院落里，还要负隅顽抗，几枚手榴弹扔进之后，邢焕章等人就大声喊道："别打了！别打了！我们投降。"西线共打死打伤顽敌36人，俘虏邢营长以下45人，只有少数几人侥幸逃脱，跑向南不老河。

东线的进攻也很顺利。驻在旺庄附近的梁结庐部，多次在搞摩擦时和我八路军运河支队交过手，前不久刚又挨了一次狠揍，知道自己不是对手，黑夜中一听远处传来枪声，如惊弓之鸟，就不顾什么"苑河村协议"，望风而逃。苏鲁支队三营没费劲就拿下了旺庄，缴获大量武器装备。运河支队第二大队在后边李山口突袭韩治隆部驻军，打死打伤顽敌20多人，生俘韩的作战科科长胡大庆等10余人。驻在苑河附近的韩治隆一听他设的作战指挥所被端，作战科科长被俘，急令他的部队撤回六河崖一带，并派人到涧头集向运河支队赔罪，请求释放他的被俘人员。

时近中午，张光忠司令在战地召开会议，分析敌情，东西两线战斗基本结束，但有一个情况不容忽视，我们要找算账的人"尤瓜屋子"至今仍无踪影。于是，张司令命令部队下午分两路继续搜寻：一路由运河支队第一大队从黄邱山套以东向南搜寻；一路由苏鲁支队第三营和运河支队第二大队由南北许阳向东搜寻。下午3点多，向东搜索的部队在离西河泉村不远的地方，发现有200余人出西河泉村向东逃跑，估计是尤望贞的人。一问当地群众，他们说是一伙杂牌军，不像是正规部队。第二大队大队长孙正才判断就是"尤瓜屋子"的人，亲自指挥部队全力追击。当追到扒头山西侧尤庄时，村里的炮楼突然开火，苏鲁支队第三营副营长刘启玉腿部负伤，激起战士们的愤怒，发起强攻，下午5点多，在机枪的掩护下，突击队攻下炮楼，打死4人，其他8人缴枪被俘，但全是当地人，未见"尤瓜屋子"的部队。这些不明真相的当地百姓，轻信尤的忽悠，把他们作为"本家"好人打掩护放走了，而误把我追击部队作为顽匪而狠命抵抗，延误了我部队追击时间。下午6点多，在大吴庄、胡里村附近，苏鲁支队第三营和运河支队第二大队追上了"尤瓜屋子"的队伍。他本想顽抗，当听到韩部已逃到不老河南，就心慌意乱，无心恋战，想向南逃，又怕过不了不老河。在四面包围之中，他担心被抓，就带着20多名亲信和卫兵逃向李家庄，而被扔下的200多人群龙无首，像没头的苍蝇，乱碰乱撞。不多会全部被歼被俘。李家庄是个伪化村，尤望贞在这里得到照顾和喘息，用上了丰盛晚餐，然后急匆匆继续北行。

打扫完战场，清理完被俘人员，仍未见"尤瓜屋子"，孙正才向支队做了汇报。孙竞云、朱道先、胡伯勋等领导一分析，认为他跑不了。因为扒头山不远就是邳县，这境内全系敌占区，俗话说"黑土地的蝼蚁，到黄土地就拱不动"。"尤瓜屋子"肯定不敢贸然进入。他是运河边上长大的土霸王，在外边惹完事，还得回老鳖窝，人称他是屋门口的光棍儿，龙头拐杖下的孝（尿）子。估计他今夜肯定要回运河北岸老家。

"对，我也觉得他要奔老窝。"孙正才说，"他要北去回村，得先过新河，现在河水很深，他必须经过下桥口，走桥上过河，我们派人埋伏在那里，守株待兔，就一定能逮住这个鳖羔子。"

"有道理，那就赶快安排人过去。"孙竞云说。

孙正才翻身上马，策鞭直奔小吴家村。一看第二大队第七中队褚斯惠队长、周振东副队长正和战士们一起吃饭。"抓紧快吃，有活要干。"

一听有活要干，大家又都来了精神，忙问："大队长，什么活？我们不吃了，这就去干。"

"看把你们急的。好！下面我宣布，由褚斯惠同志带队，一排参加，快去新河口去抓'尤瓜屋子'。其他人员吃完饭抓紧撤回黄邱。"孙正才安排完任务，就回涧头集静候前方的消息。

孙正才回到涧头集吃完晚饭，又冲了个澡，刚到床上躺下拿起报纸，看《大众日报》上关于各游击区反"扫荡"的情况，门外一声"报告！"他折身而起，开门一看是褚斯惠，问道："怎么这么快就回来了，鳖羔子给我捉到了吗？"

"你神机妙算，那还能有个跑，我是手到擒来，逮个正着。"褚斯惠撩起衣襟扇着汗，得意地说着。

"很好！通讯员，请快搬个西瓜过来，我要慰劳咱们的功臣！"

褚斯惠一边吃着解渴的西瓜，一边汇报捉拿"尤瓜屋子"的经过。

第七中队一排到达下桥口村时，天已经黑了。褚斯惠家住在这不远，对这一带道路非常熟悉，就带队埋伏在尤望贞的必经之地尚庄，堵住小桥口。大约九点，一听远处有了脚步声，就小声说："注意！打起精神！有人过来了。"说完，褚斯惠就佯装睡着，打着小呼噜。

"尤瓜屋子"来到这里，一看就认为是看场的老百姓，大声喊道："快起来，给老子让开路，人说'好狗不拦路'，哪有在路上睡觉的。"说着就朝褚斯惠的腔上踢了一脚。

褚斯惠和尤望贞认识多年，对尤的声音再熟悉不过了。他是一个鲤鱼打挺，把驳壳枪抵住尤的胸口，大喝一声："缴枪不杀！谁动我们就打死谁！"队员们迅速包围了尤带来的十几个残兵败将，全都缴枪投降了。

天很黑，谁也看不清谁的脸，但声音很熟悉："哟，这不是子宽吗？"尤望贞接着套近乎，"咱们屋搭山，地连边，家离得最近，你把我放了，哥今后绝对不会亏待你。"

"去你的吧，你不讲信用，我们正一起干得好好的，你说跑就跑了，放不放你那是上边说了算，我是没这个权力，我今天只负责把你带回大队去。"褚斯惠说道，"对了，你刚才踢了我一脚，我就不还了，但我得把你捆紧点，路上如果不老实，可别怨我的枪不长眼。"

褚斯惠带着游击队员，没费一枪一弹，就活捉了国民党峄县抗敌自卫团团长尤望贞，成为这次反顽斗争的重要战果之一。

是夜，张光忠司令主持召开苏鲁支队、运河支队领导参加的战斗总结会："同志们，我们这次联合作战，仗打得非常漂亮，以少胜多，取得完胜的原因是：其一，咱们行动迅速，作战勇敢；其二，顽军互不团结，贪生怕死，不战而逃；其三，情报工作非常重要，知己知彼才能百战不殆。我们虽然取得了胜利，但绝不能麻痹大意，韩治隆的部队虽然受到打击，有所损失，但在人数上、武器装备上仍在我之上，实力还在，咱们切不可掉以轻心。"

接着，张司令话锋一转说："目前，我们主要斗争对象是日本帝国主义侵略者，也是我们和国民党的共同敌人。现在，国民党仍忘不了'攘外必先安内'，一有机会还是想消灭我们，大搞什么曲线救国，不断在敌后搞摩擦。我们要学会用革命的两手，对付反革命的两手，坚持既团结，又斗争。对于顽军我们应该区别对待，大敌当前，不能树敌过多，对于那些还打着抗日招牌的国民党军队，只要他们暂时不投降日军，我们还是要做好统战工作，有理、有利、有节地去争取他们。"

朱道先接道："张司令强调的非常重要，现在是抗日战争的相持阶段，我们对日寇的战争还是长期的、持久的、复杂的、艰苦的。大敌当前，我们还是要团结更多的力量去对付主要的敌人，梁结庐是国民党复兴社的小头目，刘毅生是国民党军统骨干，他们的反共的观点不改，我们就要狠狠还击。但韩治隆只是一般的国民党员，思想虽然反动，但不是顽固不化，仍是我们争取的对象。并且在几路顽军中，他是势力最大，仍有两三千人，争取他保持中立，对我们在运河两岸立足大有益处。伯勋参谋长和他是故交，这个统战任务，还是得叫伯勋同志去完成。"

"对！胡参谋长对韩治隆知根知底，必要时仍可由参谋长和梁瑾伙再去找韩好好谈谈，让他不要再朝三暮四、出尔反尔，要言而有信。现在我们手头有他两个大员，这方面的工作肯定更好做了。"孙竞云正讲着，门外突然报告，说"尤瓜屋子"被带到，问首长还见不见他。

张司令一听，哈哈大笑："好哇，这是吉星高照，漏网之鱼也被捞回来了。我还没见过这个能吃瓜的主，带进来让我见识一下。"

"是！"卫兵一边答道，一边把五花大绑的尤望贞推进屋里。他从黑暗处进到屋内，灯光下一看满屋子领导，还没分清谁是谁，就扑通一声跪在地上，连声求饶："我对不起支队各位领导，我不该太听俺爹的，是他把我害苦了，要不然我不会离开咱们队伍的。"他把责任推给尤传道,是想减轻自己的罪责。

胡伯勋上前托起尤的下巴,拧到面向张光忠的方向,问:"这位首长,你认识吧?"

"不认识,真的不认识。"尤望贞眼看张司令,摇了摇头说。

"这是从北山里来的八路军苏鲁支队张司令,专门过来支援我们的,你想抱韩治隆的大腿也白搭。你这带枪带队伍投敌,枪毙你一点也不亏。"

一听胡参谋长要枪毙他,当场就吓尿了:"请首长手下留情,我有罪,我该死,但这次行动我没放一枪,没杀运河支队一人。看在这份上,饶我一命。我保证听首长的,让我做什么我就做什么,绝不再反水。"

张光忠早就听说"尤瓜屋子"的事,知道他非常立愣,非常蛮横,欺压百姓,当地人大受其害,既恨他又怕他。没想到是这副德行,典型的外强中干,色厉内荏。强忍住笑容,板起脸来说:"尤望贞,你真给你们老尤家丢脸。你的两个弟弟都是好样的,在我那干得都挺好,你却出尔反尔,光明大道不走,专钻死胡同。今天我们可以不杀你,但你要很好地反省自己,改一改身上的臭毛病。"

"我反省,我一定好好反省,请张司令看在我弟弟的份上,饶我不死,我一定戴罪立功,重新做人。"尤望贞带着乞怜的目光看着张光忠。

"好,先带下去吧。"张光忠一挥手,尤望贞被带出房外,房内响起"哈哈!"大笑声。

"都说'尤瓜屋子'是硬汉,今天一见到我们张司令,一点也不硬只剩下软了。"胡伯勋幽默说道。

尤望贞被运河支队抓获的消息传到尤口村时,尤传道一家如丧考妣,哭天抢地。全家都埋怨是尤传道出的馊主意害了尤望贞。这尤传道毕竟是个老江湖了,老奸巨猾,一肚子鬼主意,眼珠子滴溜一转,计上心来。大咋呼一声:"都他娘的甭哭了!我这还没咽气,你们都哭上了,光哭有熊用,能救人出来吗?该干什么干什么,都给我滚一边去。"打发走家属和用人,他把本家侄子二歪子尤望财叫来,面授机宜。让他快马加鞭到涧头集去找运河支队领导说情,请枪下留人,说他愿以老命担保,保证尤望贞今后跟八路一干到底,绝不再反水。并说随后有重礼相赠，以表尤家一份真情。

其实这次运河支队原本就没打算杀尤望贞，一是有他两个弟弟的面子，都在八路军的队伍里干。二是尤望贞这次确实没对我游击队员构成多大伤害，一路光顾逃跑了，没有负隅顽抗，包括他被抓时，基本也是老实的；并且他手下有100多号人被俘，有争取重新归顺运河支队的可能。三是抗日形势严峻，团结抗战是主要的，准备再统战一次，放他一马。

尤二歪子上午9点多钟到了涧头集，见到了孙正才大队长并说明来意，孙大队长马上向支队做了汇报。临近中午，尤传道表达的"心意"就运到了。用马驮车拉送来了两挺机枪、250支步枪、20支驳壳枪、20箱子弹、四匹战马和布匹、药品等物资一宗，也算是出了血本。根据这一情况，支队领导孙竞云、朱道先、胡伯勋、文立政等经研究，又报张光忠司令同意，决定再给尤望贞一次改过自新的机会，不仅释放了他，还让他当了运河支队副官。尤望贞千恩万谢，表示一定要立功赎罪，绝不辜负领导的宽宏大量免他不死，如再有二心，就不是娘生爹养的，并发了毒誓，保证向他弟弟学习，跟共产党革命到底。

……

韩治隆的两个部下，营长邢焕章和作战科科长胡大庆，被俘后心里一直忐忑不安，他们二人被关进一间小屋子，相互之间你看看我，我看看你，走坐不安，唉声叹气。邢问胡："我说老弟，看这架势我们俩出不去了，不是砍头就是枪毙，哎！算是活到头了。"

"要死要活鸟朝上，瞎子放驴随他去。睡觉！"胡大庆大大咧咧地说着，其实心里也发毛，强说硬话。

"哎！你说咱这是什么事，要是死在日军刀下，还能落个英雄美名，大敌当前，韩司令不让我们去打日本人，却与自己的同胞搞摩擦，死在自己同胞手里，真有点他娘的窝囊。"邢焕章发牢骚道："操他娘的梁结庐、'尤瓜屋子'，跑到咱们地盘上，调唆韩司令要听从上峰命令，枪口对内，这下好了，先把我们俩搭进来了，他们也不知躲哪里去抽大烟逛窑子去了，老子变成鬼，也得去找他们算账。"

二人正唠着，门被打开了，吓得邢、胡二人面色如土，蜡黄蜡黄的，两脚直打战。"喂！出来吧，我们领导有话要对你们说。"警卫战士向里边喊道。

邢焕章一听，心想完了完了，这是要拉出去枪毙，所以坐在地上三起没起来。"行了二哥，你拉裤子了也没有鸟用，来，我扶你起来，咱还得硬强的出去。"胡大庆扶起邢焕章，一步三挪，向门外走去。一看院里有和他们一起被俘的几十个士兵，分四排整齐站着，心里仍犯嘀咕："这是要杀鸡给猴看？"

正在邢、胡二人心犯嘀咕时，迎面走来一位四十来岁仪表堂堂的汉子，既是对他俩，也是对全体被俘人员和蔼可亲地打招呼："各位兄弟，鄙人胡伯勋，代表张司令、孙支队长、朱政委等来给大家见个面，说说话，讲讲我们的政策。你们是韩司令的兵，我原来和韩司令也是一伙的，所以咱们也算是曾经一伙的，你们中间肯定有人也认识我，是不是？"

接着有几个俘虏兵举手说："胡副司令，我们认识您。您是一位好领导，您走之后，我们有不少人想念您，都还想跟您干。"

"那好呀！愿意跟我干的可以留下，愿意回去的我们欢送。我们今天既不杀谁，也不剐谁，我是来请大家客的，你们这些伙计们这次是不请自到，来到了我的家门口了，我总得管顿饭。这枪也响了，炮也放了，算是对大家欢迎。这是一种特殊方式的欢迎，气氛也很热烈。"胡参谋长讲到这里，引起了一片笑声和掌声。

这时，邢焕章、胡大庆才听出点门道，放松了点心情，脸上浮出了很不自然的似笑非笑的表情说道："胡司令大仁大义，令邢某没齿不忘。如能高抬贵手让我回去，我一定跟韩司令好好说说，我们今后决不能再搞摩擦，不能再干对不起人的事。"

邢焕章正说着，胡大庆赶忙插话："司令大哥，小弟给你赔罪了，咱是一笔写不了俩字的本家兄弟，我从来也不敢给大哥捣蛋。这次是上命难违，多有得罪。大哥这次愿留我，我就跟大哥好好干，如果让我回，我保证只帮忙不添乱，劝韩司令与您继续保持友好关系。"

"哈哈哈！这就对了。"胡伯勋双手叉腰间继续说："我们运河支队，是共产党八路军的队伍，一贯主张团结抗日，枪口一致对外。现在大敌当前，抗日战争处在相持阶段，国共两党必须精诚合作，方有取得胜利的希望。据我所知，你们的韩司令目前还是愿意抗日的，这次是因为上了顽固派的当，才向我们进攻的。而我们是迫不得已，进行了自卫，双方伤了和气，这对你们也是一个教训。韩司令是我曾经的战友，又是我们苏鲁支队张光忠司令的老乡加同学，我们是不打已相识、打了更相知。我们是知根知底的兄弟，切勿相煎太急。请各位回去后，奉劝韩司令以民族大义为重，凡事三思而后行，不要再上别人的当。仍要按我们春天约定的君子协议去做，团结抗日，挽救民族危亡。"

胡参谋长的一席话含情在理，说得俘虏们心服口服，窃窃私语，点头称是："胡司令讲得好，今后我们一定要一心一意打鬼子，坚决团结抗战到底，决不再打自家人。"

"那好吧，下边由我们支队的宣传部部长梁瑾侠同志教大家一首歌，教会了我们就开饭，午饭后就送你们回去，你们有愿意跟我干的，我这次也不留你们，回去跟韩司令一样打鬼子，等他哪天不愿打鬼子了，大家再来跟我胡某干也不迟。"胡伯勋说完就向邢焕章、胡大庆招招手说："我看你们就别学唱歌了，请跟我过来，有些话再给你俩单独聊聊。"

邢焕章、胡大庆刚刚放松的心情一下子又紧张起来，战战兢兢地跟在胡参谋长后边，向另一个院子走去。身后传来梁瑾侠的声音："同胞们、兄弟们，现在由我教大家一首团结抗战的歌曲，大家一定要用心听，用心唱。胡参谋长说了，大家会唱了我们就开饭，不会唱就不开饭。为不耽误各位下午赶路，一定要认真学唱，大家说好不好？"

"好！"接着响起热烈的掌声。

秋风起，叶渐黄，
七七事变上战场。
咱们本是一家人，
祖宗世代住一乡。

我参加了八路军，

你干了国民党，

都是为了抗战保家乡。

抗日到了新阶段，

顽固派对内开了枪。

鬼子一边哈哈笑，

爱国同胞痛心肠。

国仇不报愧为男子汉，

紧握钢枪对准敌胸膛。

我们要团结，

我们要抗战，

东洋鬼子必定亡，必定亡……

梁瑾侠用心教，被俘人员用心学，三遍过后就能合唱个差不多了。

胡伯勋领着邢焕章、胡大庆进了西边一个院落，迎面飘来一阵菜香，进到房间一看，已摆好一桌酒菜，二人全愣住了，也不知是鸿门宴还是上路席，呆呆地站着不落座。突然，桌边站起一个人过来与邢握手："邢营长混发了，不知你还认识我吧？"邢焕章一打愣，随口说出："沛霖老弟，你怎么在这里？"

蒲沛霖和邢焕章在贾汪煤矿矿警队一起共过事，并且关系不错，只是近几年失去联系。胡伯勋说："沛霖是我们运河支队的军训参谋，干得很不错。今天我们略备薄酒，一来为二位接风，二来为二位饯行，可绝不是送你们上断头台，而为送你们回归原部队。我们这里与你们那没法比，条件比较艰苦，菜不够，酒来凑，请二位包涵。"

胡大庆不胜感激地说："哪里，哪里，只要不是送我们上路的饭，吃什么都香。当了俘虏，不但不杀我们，还搞这一桌子酒菜招待我们，惭愧啊惭愧，早听说八路军政策好，优待俘虏，之前不信，现在我信了，谢谢大哥和蒲老兄。"说完，九十度鞠了一躬。

邢焕章随声附和道："是啊！是啊！这可不得了了，当了俘虏，你们没打没骂，还这样优待我俩。罪过！罪过！今后谁要再打八路，他就不是人养的！"

"好啦！不要再骂誓了，俗话说，'人在做，天在看'，谁做得好坏，老百姓人人心里一杆秤。我们八路军虽然向来是既往不咎，但你们也要记住，咱下不为例。"酒过三巡之后，胡伯勋起身说道："我还有事，先失陪了，由蒲参谋代我多与二位喝两盅，我还要赶写一封信，由你们带给韩司令。"

"好好！司令你有事先忙去，我们也不能紧着喝，等你把信写好了，我们拿上信就回去。"胡大庆说。

"是的，我们也不能多喝，喝多了回去韩司令还不骂死我们，当了俘虏，还有脸喝醉回来。等哪天让韩司令请胡司令到我们那再好好喝。"邢焕章有酒装成三分醉，舌头根不硬装硬，弄得蒲沛霖也不好多劝，随意边喝边聊，等着胡参谋长的信……

酒饭之后，运河支队就放行了韩治隆的人。当天晚上，回到韩治隆驻地的邢焕章、胡大庆，当面向韩治隆汇报战斗中被俘情况，表示愿受司令处罚，随后，面呈了胡伯勋写给他的信。韩治隆忙展开信，只见上面写着——

韩司令大鉴：

宿迁握别，转瞬两载，戎马倥偬，见面甚少。春天一别，又是半年。你我虽不能常晤，但兄弟情义长在。

日寇侵略中国，杀我同胞，毁我家园，国仇家恨，不共戴天。国人当同仇敌忾，共诛异类。然贵军之顽固派置民族大义于不顾，消极抗日，积极反共，挑拨离间，破坏团结，专搞摩擦，真可谓亲痛仇快，为日军所窃笑。这次运南事件，同室操戈，实非偶然，系梁结庐等小人诡计所至，尚望明察。

抗战之初，你我曾同在家乡组军击敌，深得民望。兄素知阁下历来以国家民族为重，望今后一如既往昔，贵我两部在苏鲁边境团结抗战，切勿再为好事者离间，以国家幸甚，民族幸甚……

看到这里，韩治隆掷信，一拳砸在桌上，感慨道："八路军够意思，我胡兄够朋友。我真是他娘的上了梁结庐、"尤瓜屋子"等人的当了。我胡兄待我不薄，不仅放了咱的人，而且把枪也带回来了，共产党八路军真是大仁大义。我们今后绝不能再偏听偏信，对不起人的事不能再做。"

第二天，韩治隆又派邢焕章代表他向运河支队致歉，并送来一些部队急需的医药。支队领导朱道先、邵剑利、胡伯勋三人会见并款待了韩治隆派来的官兵。

由于运河支队正确地执行了党的抗日民族统一战线政策，韩治隆领导的3000多人的国民党部队，从此在苏鲁边境保持了中立，使运河地区日伪顽与八路军的实际力量对比发生了变化。这种关系一直保持了两三年，对当时和之后的政治军事斗争都产生了很大的影响，有力地推动了峄、滕、铜、邳地区的抗战形势向好的方面发展。胡伯勋、梁瑾侠等同志的统战工作功不可没。这也是运河支队"上兵伐谋，其次伐交"的成功案例。

第二十七章　王金凤提供情报　黄邱套围歼板本

　　贾汪镇地处峄县之南约 30 公里，别名泉城，历史悠久，远在商周之前就有人类定居、生息繁衍。此地水盛草丰，以"泉窝头"为首万泉喷涌，形成湖泊。明朝万历年间，有贾姓一族临水而居。当地人喜欢把小的湖塘称为"汪"。因而把此处称为"贾家汪"。这里也是矿产资源丰富，清朝光绪八年（1882 年），南京候补知府胡恩燮在贾家汪掘井建煤矿，由此揭开了贾汪百年煤田开采的历史。峄县人称贾汪煤矿为南窑。1931 年，上海民族资本家刘鸿生集股 80 万大洋接办贾汪矿产，成立华东煤矿股份有限公司，又开凿夏桥新井。1938 年 5 月徐州沦陷，日寇占领南窑，开始疯狂掠夺贾汪煤炭资源，残酷压榨煤矿工人，推行法西斯管理，使 4000 多名矿工遭受奴役和迫害，短短一两年时间，有 200 余人惨死井下。

　　日寇恨不得一口气把贾汪矿的煤炭全部掠夺到手，每年从这里运往日本岛国的煤炭达百万吨。强迫矿工没日没夜地下井作业，很多人承受不了如此高强度的劳动，而纷纷倒在矿井下。使昔日的"门对青山龙虎地，户临绿水凤凰池"的风水宝地，变成了暗无天日的人间地狱。因而，不断激起工人的反抗和斗争。为镇压工人运动，控制生产局面，日本派一个中队驻在矿区。中队长叫齐藤弼州，是个残忍的刽子手。另有 500 多人的伪矿警队驻在煤矿四周圩子里，成立有日军警务处，下设警务科、治安科、特务科。警务处成了残酷镇压矿工的机器，其特务科内设十几种刑具，日寇常常以私通八路、破坏生产、聚众闹事等罪名，抓捕矿工进行毒打，放狼狗撕咬等，直至杀害。

为解救贾汪煤矿的穷苦矿工，也为阻止日寇疯狂掠夺我矿山资源，八路军陇海南进支队峄滕铜邳办事处一成立，胡伯勋主任就委派人员打入贾汪日伪内部收集情报，策反伪军，发展抗日力量。特别是女共产党员王金凤，受组织委派，潜进贾汪日军据点，以居民身份隐蔽埋伏下来，为八路军传递情报，并做策反伪军的工作，积蓄抗日力量。

八路军陇海南进支队峄滕铜邳边联办事处和陇海南进支队运河大队在唐庄正式成立后，分别由胡伯勋任办事处主任、胡伯毅任大队长。龚孝宏、龚正刚父子与二胡是老熟人，关系不错，并且非常支持他们兄弟的抗日行动，主动义务帮助在外围建立情报站，王金凤更是积极参与，自愿提出参加八路军抗日武装，到最艰苦的地方去工作，接受组织的考验。把女儿委托他人抚养，毅然进入贾汪日军据点，打入敌人心脏，开展对敌斗争。为给我军及时传递军事情报，她经常携带一些当地的土特产、酒肉食品等接近日伪，并利用看相、算命、把脉开方等方式与敌人巧妙周旋，套取情报和拉拢日伪人员为我所用。在黄邱山套丁庄，她第一次见到梁瑾侠，就感到似曾相识，非常投缘，两人好得像一个娘生的姊妹。她对这位年长她两岁的梁姐姐崇敬有加。培训班上，梁是老师，她是学生。因为梁经多见广，学识渊博，她主动拜师学艺，经常请教一些问题，学习增长革命新知识。梁瑾侠对王金凤也是诲人不倦，有求必应，使她俩成为运河支队里的一对红色姊妹花。也有人称为"运河双侠"，瑾侠和凤侠。

运河支队在击退顽军联合进攻之后，我军指战员士气极其高涨，纷纷提出要攻打贾汪日军据点。但在这段时间却一直没有接到王金凤送来的情报。为知己知彼，百战不殆，梁瑾侠主动请缨去贾汪一趟，与王金凤接头了解敌情，并实地勘察一下贾汪矿里的日伪军兵力部署情况。支队领导经慎重研究后，同意派梁瑾侠化装去一趟贾汪。

第二天上午，梁瑾侠化装一番，带着伪造的良民证，篮子里装着花生、栗子、大枣等食物去了贾汪。

来到贾汪矿北门口，只见到伪军，没有日军站岗，一看好对付了，就大大方方地向前走去："兄弟们辛苦了，我想到矿里走趟亲戚，请行个方便。"梁瑾侠边说边亮一下"良民证"，接着就抓花生、大枣放到伪军手里，他们也不客气，赶忙接过装进衣袋里，忙问："你到矿里找谁的？"

"哦，我是来看我表妹的，她好长时间没回家了，俺姑让我来看看她是不是病了？"梁瑾侠自来熟，边说边就往大门里进。

那伪军忙用枪挡住："你怎么硬往里闯，你表妹她叫什么名字，住在哪儿？"

"她叫王凤霞，就住在这北门里不远。"

伪军听到这里，收起枪笑着说："哦，原来你是找俊嫂的，我们都跟她很熟。最近好像是生病了，多天没出矿到汪边洗衣服了。你看我这衣服都脏了，沾不上光，洗不成了。你要不知道路，我这就领你去。"

"不用，不用，你忙你的，我能找到。"梁瑾侠说着就进了矿里，在东南方向不远处就找到了王金凤的住处。

上前一敲门，里边问："谁呀？"

"你表姐，快来给我开门。"梁瑾侠答道。

开门一见面，王金凤说："我的娘咪，你怎么来了？不要命啦。我这几天感冒发烧，头晕脑胀的，正打算明天硬撑也得出去趟，有重要情报需要送出。听昌田说，小鬼子最近两天要出动千余人，到黄邱山套一带进行'扫荡'，说要直捣运河支队驻地。咱们那边得赶紧做好迎战的准备。姐，你也忒胆大包天了，现在盘查恁紧，你是怎么进来的？"

"好进，我有'良民证'，一亮就进来了。"梁说。

"俺姐，恁真管，什么都难不住恁。恁这一来，倒省我少跑一趟，在我这吃完饭，恁得赶紧回去，免得夜长梦多。"王金凤边说边要起身做饭。

"饭谁没吃过，你这病秧子，先躺下，给我好好说说敌情，我马上就离开，到矿里转一圈，观察一下日伪军据点兵力分布情况，回去绘个图交给支队领导，为下步攻打据点做好准备。"梁把王按到床上说。

"俺姐恁真有本事，还会绘画军事地图，我要会画就好了，也省得再亲自看了。"

梁瑾侠对她说："你的本事也不小，又会算命，又会看病的。不过这回连自己的病也没看好。"

一句话把王金凤逗笑了："俺姐恁真会说，俺那还不都是糊弄鬼子汉奸的，对好人俺却不敢装神弄鬼的。"

二人说了接近半个小时，王金凤把自己了解掌握的敌人动向情况，详细介绍给了梁瑾侠。刚想起身陪梁出去走走，一下子就差点栽倒。梁扶住她说："不然我先陪你去趟医院看看，回来我再走。"

"不用，我就是感冒，治不治等两天就好了。还是让我陪你一起转转，我才放心。走吧！你扶着我咱慢慢走，我能撑，我路熟。"这王金凤的犟脾气比梁瑾侠一点不差，硬是陪梁走小巷穿胡同，在矿里转了一大圈，路上也碰到几个鬼子和伪军，有认识的就打个招呼，不认识的尽量躲远点。有两个小鬼子想找花姑娘，凑近一看是"老丑病号"，就淫笑着走开了。

在矿南门口遇见正在岗上的伪军小队长李昌田，李当即吓了一跳，赶忙跑过来："凤姐，这大白天的你上这儿干什么？有事你让谁捎个话，我到家向你汇报不行吗？"

这李昌田早被王金凤争取过来了。他家也住在贾汪北边，村名叫小房上，离杜安集不远，和王金凤能扯上拐弯亲戚，外边风言风语，说二人早就好上了，闹得李昌田远房的本家哥、伪军中队长李昌明还吃上了醋："看看，我这当中队长的，还不如当小队长的。弟弟你比哥有本事，家里有媳妇，外边又找个相好的。"李昌田既不争辩，又不解释，让别人随便怎么想、怎么说去吧，他只想如何保护好凤姐才是正事。通过他，王金凤又策反了五六名伪军，再加上她的本家侄子王庆珍也在伪警队当上了小队长，所以在贾汪伪军方面，没有几个敢惹凤姐的。这边李昌田一过来，那边站岗的伪军肯定又在瞎猜想。

"这里不是说话的地方，你俩赶紧回去，等会儿我过去再说。"李昌田支走梁瑾侠和王金凤，一回到岗哨，那几个站岗的伪军凑过来："哟！二哥，小二嫂又想你了？那还不赶快过去。""我看小二嫂还领个女的，合适也给俺介绍介绍。"

李昌田故意装出十分生气的样子说："不要再胡扯了，谁再胡说八道我就开除他个妻侄。"几个伪军伸下舌头，知趣地回到岗位。

时近中午，王金凤刚回到家里，和梁瑾侠还没坐下多会儿，李昌田就带着菜饭过来了，一进门就抱怨上了："凤姐，你这胆也忒大了，大白天的也敢去岗楼找我，这不是故意让人说闲话吗？我也不知你领的这位姐姐是谁，脸抹得再黑，衣服穿得再脏，再会装，单凭那走路姿势，别人也能看出不像是乡下人。这气质不是能装出来的，那是渗透到骨子里的，也不是能掩盖了的。这要是让精明的小鬼子碰上就麻烦了。我跟你说凤姐，矿井队这边没什么大问题，咱还能说上话，小鬼子那边咱可不好打发……"

"行了，别再啰啰唆唆了，赶快说正事吧。"王金凤摆下脸来训李昌田。"我给你介绍一下，这位是咱梁姐，手持双枪百步穿杨的运河女侠，听说过吗？那是远在天边，近在眼前。"

李昌田一听十分激动，立正打了个敬礼："哎呀！幸会，幸会。一照面我就看出这姐不简单，但做梦也没想到是梁大姐。这边经常议论，战场上可别遇到双枪女侠，那是来不及眨眼就毙命了。梁姐，我可没做对不起咱那边（八路军）的事，请您高抬贵手，饶在下一条狗命。"说着抱起双拳示意下跪。

"哟——别看平时呆头呆脑的，今天一见女侠倒挺会说哎。梁姐想要你的狗命，那还能让你进得门来。"王金凤揶揄道，"别耍贫嘴了，快把小鬼子的近期动向介绍给梁姐。"

梁瑾侠上前托了李昌田一把，说："小凤把你的表现向我们运河支队领导做了汇报，支队随时欢迎你参加我们的队伍。已把你列为我们自己的同志，希望你在矿警队多发展抗日力量，为我们打贾汪据点做好准备。"

"是！"接着王昌田给梁瑾侠又打了个敬礼。然后详细汇报了日军调动的情况。日军计划从徐州向贾汪增兵300人，加上矿上现有的兵力，出动千余人于后天向贾汪以东以北旺庄、北许阳一带进行"扫荡"。凤姐不去找我，我也打算今晚来找她，商量如何把情报送出去，梁大姐一来，我和凤姐倒省事了。请大姐吃完饭赶快离开这里，回去好把这一情况迅速上报，让咱们的队伍提前做好迎战的准备。"

"很好，我先代表运河支队领导对你和小凤给予表扬。你们提供的这些情报非常重要，如果我们被蒙在鼓里，只能被动挨打。有了你们的情报，我们提前做好准备，定能打他个人仰马翻。"梁瑾侠边说边做出一个强有力的手势。

"人逢喜事精神爽，俺姐这一来，我感觉这病全好了。上午溜了这一圈，这浑身一出汗，头也不晕了，也不犯迷糊了，手脚也都有劲了。饭后，我想陪俺姐一块儿回去，不知俺姐同意吧？"王金凤看看梁瑾侠的表情说。

还没等梁说话，李昌田抢道："你别给咱梁大姐添心事了，你病恹恹的20多里路怎么走？别再耽误事了，想回去也得等病好了再说。"

"昌田说得对，你要安心养病，等病好了再说。再说了，咱俩出去目标也大。情况我已经掌握，你没必要再陪我，还是先留下，协助昌田多做点争取伪军的工作，多收集提供些情报。"梁瑾侠作为大姐所说的话，王金凤是乐意听的，因为她把梁作为偶像崇拜，所以言听计从。

离开贾汪，脱离敌占区，梁瑾侠一路飞奔，不到两个小时就回到了黄邱山套，将在贾汪取来的情报一五一十地向孙竞云、朱道先、胡伯勋、文立政等做了汇报。支队领导经研究之后决定，立即召开有第一、第二大队和各中队负责人参加的战前部署和动员会。

孙竞云左手叉腰，右手拿着指挥棒，站在军事地图前说："梁瑾侠这次贾汪之行，深入虎穴可没白去，带来了非常及时的情报。这次日伪军警出动千人，并配有五辆坦克，这也是日军在峄、滕、铜、邳地区进行'扫荡'以来第一次配备坦克、汽车，可谓是来势汹汹，我们绝不能掉以轻心，要充分利用好明天一天的时间，做好迎战准备。第一大队重点在大伏山、二伏山、江崮山一带设伏，构筑工事，隐蔽待命；第二大队要在峃岘、阎庄、独角湖东西一线，利用小岭山坡青纱帐，部署小股兵力打麻雀战，不断伏击骚扰敌人、消耗敌人、拖住敌人，影响他们的东进速度。《孙子·军争》写道：'善用兵者，要先避其锐气，击其惰归，此治气者也？'这次我们如果硬拼，肯定是打不过敌人的，无论是武器装备和兵力人数，我们都不占优势，我们的优势是对地形熟悉，有老百姓支持，把游击战和阵地战巧妙结合，上午主要是消耗敌人，争取下午在敌疲我锐之时发起总攻，歼敌于龙门山一带。大家有没有信心？"

"有！"与会人员齐声回答。

"那好吧！下面由胡参谋长分配各中队的具体作战任务。"孙竞云说罢，把指挥棒交给了胡伯勋。

按照支队长和参谋长的部署安排，两个大队十二个中队，马上回去进行落实，在黄邱山套以南、岵岘以北、西起二伏山、东至北许阳之间进行布防，构筑工事，严阵以待。

8月9日这一天，天气阴沉沉的，虽已立秋，但仍当伏，显得十分闷热。一大早，贾汪的日伪军就出动了，前面是坦克车开道，日军趾高气扬在前，伪军尾随在后，最后边是一辆汽车上架着机枪，声势很大，一经村庄就闹得鸡犬不宁。上午8点多就到了岵岘、阎村，扫荡了几个村庄，继续东行。9点多已接近独角湖，这东西一线田野里有着没人高的玉米、高粱地，天然的青纱帐，道路两边南北各有丘陵，上面也是乔灌木丛生，非常适合打麻雀战、阻击战。运河支队第二大队队长孙正才，安排第七中队在此先给日军个下马威。日伪军进入伏击圈，中队长褚斯惠一声喊："打！"枪炮齐鸣，土地雷发挥威力，炸停了日军两辆小型坦克。日军仓促应战，盲目向各个山头打炮，用机枪向青纱帐里扫射，激战一个时辰之后，第七中队主力向东撤离，牵引着敌人围着丘陵打转转。

中午时分，天气时阴时晴，热得让人喘不过气来。我军在树荫下以逸待劳，日伪军在汗流浃背，艰难前行。逐渐进入了运河支队第八中队的防地，在中队长张友蕃、指导员龚正刚的带领下，猛然出击，又给日军以迎头痛击，吓得领队板本中队长缩进乌龟壳里不敢露头，盲目指挥坦克车向前开，而让铁甲车外的日伪军四处射击，后边的督战车，机枪不停地扫射，打死的多是想逃离战场的伪军，气得贾汪矿警队的中队长李昌明大骂："不长熊眼，专打自己人。"他所带出的200多人，死伤加逃跑已经减半，元气大伤。鬼子这时又变换了队形，让伪军在前，日军在后，继续向他们既定的目标，运河支队总部最近几日的驻地北许阳扑去。

下午两三点钟，烈日炎炎，山谷无风，气温不低于 40℃，日伪军喘着粗气，挥汗如雨，艰难地进入龙门山、蝎子山、大涧山、小京山之间。运河支队的主要兵力就部署在这左右，南面是第九中队，北面是第十中队，东面是第十一中队和警卫队。另外还有第一大队的第四、第五两个中队作为预备队。战士们吃饱喝足，都在炎热的气氛中急待着战斗打响。梁瑾侠部长随第一大队行动。大队长邵子诚、政委张洪仪，带领第一、第二、第三中队，正隐蔽在大伏山、尤窝子一线，专等正面战斗打响，出击敌后，堵住敌人退路。下午三点整，三发红色信号弹射向天空，我埋伏在南、北、东三面的运河游击健儿们正同时发起攻击，首先拉响了埋在路上的土地雷，重点打击那三辆坦克和一辆汽车。山谷里杀声震天，战士们不顾枪林弹雨，犹如猛虎下山冲向敌阵，短兵相接，大刀砍向敌人，杀得鬼子伪军鬼哭狼嚎。板本一看情况不妙，心想："这是中了八路的埋伏，要偷鸡不成蚀把米，现在看来，运河支队的老营不仅端不掉了，自己的性命也怕难保。"他恼羞成怒，眼珠子转了几圈，自认为东进已不可能，南北两边又都是山岗也不好绕过去，只能向回撤，他躲在坦克车里指挥残余日伪军向西退逃。

那坦克加足马力往回开，退却的日伪军拼命跟着跑。刚到督公唐山、磨山堂、焦岭一带，运河支队第一大队的主力，借助有利地形进行阻击。突击队的队员们抱起炸药包，在机枪的掩护下冲向坦克，几声巨响过后，敌人的坦克和汽车全部瘫痪，板本爬出乌龟壳后还想再逃，梁瑾侠手疾眼快，只一枪将其毙命。是役，上千名日伪军只有百余人逃脱，其余全部被歼或被俘虏。运河支队以牺牲 10 余人、伤 30 余人的代价获得胜利，缴获一大批武器装备。

第二十八章　梁谢协同去贾汪　策反伪警中队长

　　龙门山一战，沉重打击了驻贾汪日军的嚣张气焰，对汉奸也是强有力的震慑，除个别死心塌地为日军卖命的，伪军多数是出工不出力，出战不拼命。这次在战场上侥幸逃脱的李昌明吓得在乡下躲藏几日，又回到贾汪找他的主子齐藤弼州，官复原职，继续任矿警队中队长。因为他是本地人，对贾汪周围人熟地熟，鬼子每次外出"扫荡"，都让他当向导，对运河支队和当地群众威胁很大。原来和他一起共过事、有交情的游击队员都有争取他的想法，如果能让他改邪归正，能为运河支队所用，会减去不少麻烦。运河支队第二大队参谋谢昭唐，之前和李昌明拜过把兄弟，关系一直不错，就主动向组织提出，去会一会这位把兄弟，争取把他拉到革命队伍中来。

　　谢昭唐，又名谢偪尧，峄县六区谢庄人，家住离偪阳城不远，这里也属于黄邱山套十八村之一。1904年出身于农民家庭，青少年时期读过几年私塾，1922年辍学经商，后因匪患逼迫，逃亡浙江当兵多年，后又在安徽淮南大通煤矿做工。抗日战争爆发前夕，返回家乡拉杆子，与土匪抗争。1938年初夏，日军占领峄州、徐州，家乡沦陷，匪患蜂起，巨匪刘七、魏伍以抗日为名，收容匪众千余人，活动在不老河两岸和黄邱山套岵岘东西地区，四处劫持绑票，稍有资产者全被洗劫一空，被绑架者常遭撕票，当地百姓对其恨之入骨而又敢怒不敢言。血气方刚的谢昭唐，激于保家护民的热情，联络黄邱山套内外各村乡绅，组织起民众自卫武装，打起"抗日灭匪、保家卫国"的旗号，很快聚集起数百人。当时活动在运河南岸的"红枪会"因与魏伍有利益之争，在会首王业平的带领下，在岠岘、阎村与魏伍打了一仗，打垮了魏匪，名声大振。王业平自封为"红枪会"总司令，按居住地域共编成五个大队。分别推出黄邱山套及附近地区有一定实力的谢昭唐为第一大队长、陈庆和为第二大队长，小房上的李昌明为第三大队长等，势力不断壮大，总人数为2000多人。1939年夏，红枪会在日军特务收买操纵下，对我党峄县县委所在地涧头集发起进攻。刚成立不久的县大队在队长孙正才的带领下，奋力抵抗，激战中身负重伤仍坚持指挥战斗。幸有朱道先、孙莫汉、孙莫迟几支队伍及时增援，才勉强险胜。谢昭唐人很聪明又深明大义，参战过程中发现上当受骗，走错了道路，及时回头，带领黄邱山套、运河南北的红枪会第一大队100多人，脱离了红枪会，反戈一击也立了大功。之后就参加了峄县县委领导的抗日武装。从此，黄邱山套为我军所控制。八路军第一一五师挺进抱犊崮，整编峄县抗日义勇队为八路军第十四区队，谢昭唐被任命为副队长。由于他在这一带群众中威望很高，被称为"黄邱山套套主""黄邱王"。

1940年初，八路军第一一五师运河支队第二大队宣布成立，谢昭唐被任命为第二大队侦察参谋。他利用之前曾参加过青帮、安清道教"三番子"和红枪会等关系，常只身打入日、伪内部刺探敌情，每每成功，为运河支队在运河南的活动，提供准确情报。他还拜胡伯勋、梁瑾侠为师，学做统战工作，分化瓦解敌对势力。贾汪的日伪矿警队，通过他的统战已发展内线三人。这次，他想把李昌明拉过来，经组织批准后，他就去请教梁瑾侠，看有何法宝能够降服李昌明。

梁告诉他："李昌田是可利用的对象，他和李昌明是本家兄弟，原来关系不错，现在兄弟俩虽有点生分，那也是李昌明小心眼造成的。我可以通知王金凤，让她先做好李昌田的工作，再让李昌田疏通李昌明，促成你与李昌明直接面谈。"

几天之后，王金凤从贾汪传出话来，说李昌明愿意与谢昭唐会面，李说让谢选好会面地点告诉他。近几天，谢昭唐反复琢磨这次的行动计划，他想，二人虽然一起把头磕在地上，结义为兄弟，但现在身份完全不同，由同伙变为各自效力不同的组织。最近，日伪又刚吃了败仗，李昌明作为漏网之鱼，仍心有余悸，惶惶不可终日，有利于策反。如果能规劝李昌明回心转意，那对我方十分有利；如果他翻脸不顾情面，那就十分危险。个人生命倒是小事，主要是会给攻取贾汪日军据点增加困难。经过慎重周密思考，他向组织提出申请，想让梁瑾侠部长参与这次行动，也增加统战的把握。支队领导经研究，同意了谢的请求。决定派梁瑾侠配合他的统战行动。

一切从安全考虑，谢昭唐先到岠岨找到原"红枪会"的分会二当家孙崇立。孙是贾汪人，在矿里矿外都有住宅，也是当地的头面人物，黑白两道通吃。孙原来就跟谢干，谢当老大时，还数不着他，所以对谢很尊重。谢一提出想通过他约见李昌明，孙就一口答应下来。事不迟疑，孙说："我本来打算今天回家看看的，那就今天晚上，在贾汪矿南门外我的家里，请你和昌明见面，你看行吗？"

"很好，人说看日子不如撞日子，那就今天我随你一同去贾汪。"谢昭唐说，"不过，我还打算带一名女将一同前往，你可要给我安排好了。"

"好嘞。请问是不是小嫂子？"孙崇立小心问道。

"哪有那么多嫂子，是同事，双枪女侠。听说过吗？"

"听说过，听说过。那也让小弟开开眼界。"

当天晚上，在贾汪矿边孙崇立家里，摆了一桌酒席。李昌明非常担心是鸿门宴，先派李昌田来到孙家一探虚实。李昌田来了之后，先向梁瑾侠、谢昭唐汇报了贾汪矿的情况，然后说道："李昌明现在是惊弓之鸟，整天提心吊胆地不敢出门。但齐藤弼州很信任他，队伍被打散后，这又马上给他组织起了二三百人的队伍，他是日军的红人，红得快要发紫，恐怕很难把他拉拢过来。他这先让我过来看看实情，等一会儿他过来，肯定还得让我和几位兄弟相陪。到时候你和梁姐先给他谈谈看看，不行，我看就在这把他给宰了算了。"

梁瑾侠说："那可不行，我们是来搞统战的，不是来杀他的。如果想杀他，他也活不到今天，在督公唐山板本都没活着出来，他有本事能活着出来？那是我们故意放矿警队兄弟一马，包括他在内。希望他能认清形势，浪子回头。"

"是！是！我正想呢，板本都死了，他怎么能全活得回来。原来是梁姐高抬贵手，枪下留人。我看他有点好歹不知，等会儿你可要多教训教训他。"李昌田说完，转身回矿里去叫李昌明。

不大一会儿，李昌明在李昌田、李昌兴的陪同下，从矿南门出来，腋下夹着已打开机头的二把竹节盒子枪，两眼滴溜溜地转着，一进孙家房门先看见大桌上放着两把驳壳枪，才把心稍微放回肚里，上下打量一下谢昭唐说："二弟近来可好，今天怎么有空来贾汪，找哥有什么事吗？"

谢昭唐一抱拳说："大哥别来无恙，多日不见非常想念，特来看看大哥。"

"哪还别来无恙？前些日子被你们打得落花流水，吓得我到现在还没缓过劲来。"李昌明有些生气地答道，说着，也把夹在左胳肢窝的右手拿出来，也礼貌地将枪放在了桌面上，转脸示意："昌田、昌兴，你们几个在门口候着，我和二弟好好唠唠。"

"我知道大哥近日会心神不定的，小弟今天特意给你带了点提神的。"谢昭唐说着掏出一包烟土放在了李昌明的手里。

李昌明一见烟土，两眼冒出绿光，恨不能这就抽上两口。因为他是个大烟鬼，家里的几亩地全部被他抽光了，父母被活活气死，他就跑出来混吃、混喝、混抽，一会儿干三番子，一会儿干红枪会，一会儿干二鬼子。人说，光蛋无正业，就指的是他这号人。"感谢二弟，还记得哥就好这一口，那我就不客气了。"李昌明说着就随手把烟土装进衣袋，这时脸上也由阴到晴，有了点笑意。

这时，孙崇立过来说："你俩别光站着唠了，我让家人做了几个菜，走，咱们过去边喝边唠。"

"这样不好吧，我是公务在身，皇军会随时找我有事，我还是先回吧。"李昌明边说边装出要走的样子。

"哟，这是大哥嫌菜孬，不给我面子。你总得给二哥面子吧。人家大老远来找你，你话没说完就要走人，这也太得罪人了吧？"孙崇立揶揄道。

"是啊大哥，崇立说得对，我们兄弟多长时间没在一块儿吃饭喝酒了，既来之，则安之，少喝两杯叙叙旧，你再走也不迟。"谢昭唐伸手示意向餐厅走，这李昌明半推半就来到餐厅落座了。

"我看今天没外人，大哥、二哥，干脆把昌田、昌兴和小二嫂叫过来一块儿吃吧？"孙崇立提出。

李昌明眼珠一转说："也行。老二你真管，又有新欢了，快叫出来让哥见识见识。"

"你别听崇立胡扯，是亲戚，是老乡，哪有什么新欢。崇立你再胡说八道，小心我撕豁你的嘴。"

"好，好，我不再胡说，我去叫他们仨。"孙崇立紧接着把梁瑾侠、李昌田、李昌兴让到餐厅。几个家丁忙前忙后地伺候着。

一见到那梁瑾侠，李昌明那眼都直了，心想，老二真有艳福，能遇上这样如花似玉、美到精美绝伦的女人，但又觉得似曾相识，好像在哪碰过面，又一时想不起来。正在他心里犯嘀咕时，梁瑾侠开口说话了："李队长，在想什么呢？是想让我坐还是不想让我坐？"

"想！想！哪能不想让你坐呢？求之不得，求之不得。"李昌明尴尬地边说边站起来让座。

今天是孙崇立做东，右边是李昌明、李昌田，左边是谢昭唐、梁瑾侠，李昌兴坐在席口负责接菜服务。桌上总共六人，能喝酒的也就四位，梁瑾侠说不会喝酒，李昌兴还是个十七八岁的孩子，又是卫兵，所以就没让这二人喝。四个人越唠越投机，就放开量地喝起来了。没多会儿两瓶白酒就进肚了，接着打开第三瓶。

"大哥，我今天借崇立这方宝地与你见见面，也没什么大事，就是想劝劝你，别再死心塌地地跟日本人卖命了。别看他们现在很张狂，早晚还得滚回东洋岛去，在咱中国，他们肯定是兔子尾巴长不了。你要想想自己的后路，日本人投降了，你怎么办？再说了，常跟日本人干事，那名声就瞎了，背后被指指戳戳，叫汉奸、二鬼子，骂祖宗八代，多不好，不如干脆离开这里，跟我干八路算了。"谢昭唐边说边站起来，"我单敬大哥一杯，请大哥三思。"

"二、二弟，你说的全在理。但我，我不能听你的，我、我听说你们那边纪律很严，大、大烟不让抽，酒也不让喝，我、我可受不了。咱还是井水不犯河水，各干各的吧。我现在有吃有喝，能干到哪天算哪天，我可不去跟你干八路活受罪。"李昌明这时有点舌头硬，边说边摇头，有酒装出三分醉。谢昭唐知道他有点装，论酒量他三个喝不过谢昭唐，但也是一斤以上的量。所以紧接着又单敬了一杯。

"李队长，我虽然从来没喝过酒，但今天既然跟昭唐参谋来了，也想单敬李队长一杯。"梁瑾侠说着让服务生给自己斟满一杯白酒，端起来说："我先喝为敬了。"

"别、别，别慌喝，我想问问咱们好像在哪儿碰过面，你、你说清楚咱再喝。"李昌明两眼直勾勾地看着梁瑾侠，请她回答。

"李队长是贵人多忘事，咱们不就在督公唐山见过面吗？我挥枪指使你们快逃，并连说几句'中国人不打中国人'，我想，你一定是听到了？"梁瑾侠答道并反问道。

经梁瑾侠这么一提示，李昌明醉意半醒、恍然大悟，连拍几下脑袋说："罪过！罪过！你看我这熊脑子，这才几天的事，从你一进屋，我就犯嘀咕，你要不说明，让我再等八天也想不起来。这么说来，我得先敬你，感谢你的不杀之恩。那天只要你手指一动，我这条小命就没了。来，还是我先敬你一杯，先干为敬了。"说着，李昌明就端起酒杯一饮而尽。

"噢！原来还有这么一节。我们第二大队当时在东部，对西边发生的这件事还是头一次听说，看来我让梁参谋和我一起来，真是选对了人。"谢昭唐说，"大哥，你服气了吧？"

"服气，我非常服气，贵军是大仁大义。我要代表那天逃生出来的兄弟们再单敬梁小姐一杯。兄弟们经常私下传说运河女侠的神话，今日得见，真是三生有幸，三生有幸，再次感谢！"李昌明说罢又干了一杯。

话越说越明，理越摆越透。李昌明似乎有些回心转意，梁瑾侠抓住机会，趁热打铁，继续对其进行攻心，讲中国革命的前途、日军的穷途末路、中华民族的传统美德、民族败类的可耻下场等，教育启发李昌明能够幡然醒悟。

李昌明一直点着头说："好！""好！""好！""是！""是！""是！"显得很虔诚，无任何否定和反对之意，砸碴着苦瓜脸说："梁小姐说的句句在理，可我也有难言之隐。谁人不知雁过留声，人过留名，兄弟我干的这个熊差事，亲戚朋友不搭理，日本人又拿咱不当人看，咱是叫花子赶场，低三下四讨口饭吃。别看咱穿着日本人的军装，也是身在曹营心在汉，想学我二兄弟他们搞'曲线救国'，有机会再反正。"

"那很好，我们希望你尽快反正。"梁瑾侠说道。

"你们要给我点时间，容我好好想想，谋划谋划。我总不能今天就跟你们走吧，我还不想一拨拉腔就走，要反正也得多带些人过去，有个好的见面礼，投名状。"别看李昌明没上几天学，在江湖混了多年，练得能说会道。要不然也不会让他在"红枪会"和"矿警队"等当头头脑脑的。

"我们不仅要听其言，还要观其行，给你时间思考，但你也不能久拖不决。我们随时准备攻打日军据点，你若愿意配合，最近你看哪天合适？"梁瑾侠追问道。

"给我两天时间，我计划好就通知你们。兄弟我绝不食言，吐口唾沫砸个坑。"李昌明点头哈腰地说道，"我这两个本家兄弟也可作证。如果说话不算数，天打五雷轰。"又是赌咒，又是发誓。

梁瑾侠一看也差不多了，就说："那好吧，我们就等你'曲线救国'实至名归。"

孙崇立也是一点就透，一听话音，觉得该上饭了，立即安排家人上面条，为的是拉拉扯扯不断线。四个半人喝了六斤台庄高粱烧，因为梁瑾侠是半场插入的，也喝了半斤多白酒，各自都带点酒意。李昌明是被他的两个本家兄弟架着走的，临出门还来了句："拜拜！后会有期。"

离开贾汪，当夜返回黄邱山套后，梁瑾侠、谢昭唐一看支队部的灯光还亮着，知道那是支队长、政委在焦急地等待，等待着他俩的安全而归。"报告！我们回来了。"梁瑾侠一声清脆划破夜空，两位首长心里总算石头落地。

"这都下半夜了，怎么这么晚才回来，是不是谈得很不顺利？"孙竞云问道。

"哪能不顺利，是很顺利，基本上是我和昭唐说什么，那李昌明就听什么，全无反驳的话。这一喝起来，就把时间给拉长了。"梁瑾侠回答。

"怎么，你也喝酒了？你会喝酒？"孙竞云一看她脸上红彤彤的，原以为是赶山路累的，现在有点疑惑。

没等梁瑾侠作答，朱道先接道："看来支队长还没全面了解瑾侠，能喝酒也不是全在练的，祖传基因也很重要。瑾侠不用练，随她爸爸喝个四两半斤的等于漱漱口。我跟他爸喝酒，她那时还很小就夺酒杯，沾酒不哭，而是笑着还要。前两年在老山里过春节，她带着宣传队的一帮小朋友，演出完还跟我要酒喝，我没给。是刘金振队长家的捣蛋鬼刘晓刚，不知从哪弄的二斤白酒，其他小朋友不敢沾酒，全让她和刘晓刚喝了。所以要真喝，恐怕你还不是对手。好了，你看我这扯远了。不多说了，赶紧叫他俩汇报吧。"

梁瑾侠一五一十地把去贾汪的情况做了汇报。谢昭唐补充道："李昌明今天虽然态度很好，但我看不能全信，我知道他很鬼，当面一套背后一套，有些两面三刀。为了攻打贾汪据点更有把握，我还想利用等他两天回话的时间，再通过王金凤找些更加抵实的关系，从敌人内部攻破，以减少我们不必要的牺牲。"

"这个想法很好，我看可以。政委你说呢？"孙竞云征求朱道先的意见。

"我也同意。等明天再给老胡、立政他们说声就行了，我看就不要再开会商量了。"朱道先这就算拍板了。

"我愿奉陪谢参谋再次出行，也不需要商量了。"梁瑾侠插言道。

"你能不能出去，再另说。天不早了，今天就先到这里。都快回去休息一会儿吧，明天还不知会碰到什么情况。"孙竞云说罢就向门外走去。这下半夜天气凉爽了很多，虽然都毫无困意，但也需要休息一会儿，解解乏，补充一下能量。

第二十九章　谢昭唐说服王二　梁瑾侠教育庆珍

为了能够及时向外传递情报和向矿里带进一些东西，从春到秋，王金凤有事没事经常端着一大盆衣服、床单、被褥等，出矿北大门到老汪崖里去洗涤。这里是一潭活水，从九龙山老龙口喷涌的山泉，沿着一条弯弯曲曲的山涧沟，蜿蜒流淌到贾汪北门外，因这里地势低洼，回旋成一个大汪，春、夏、秋三季，四周汪崖打水、洗衣服和洗澡的儿童不断。盛夏时节，大白天时有男士在远处裸体洗澡，说是"有理的江山，无礼的河道，你走你的路，我洗我的澡"；天黑之后这里就成了女人的天下，乘着夜色朦胧掩护在此嬉戏玩水。但自从日军占领矿山后，老汪崖一下子冷落了，来这里洗衣服的女人越来越少，昼夜再也没人敢光身子洗澡了。王金凤的那些同伴，有时几天也碰不到面，但她仍是有时一天两三趟地出来洗这涮那。

这天一大早，谢昭唐又从丁庄村出发了，直奔贾汪矿北老汪崖，隐藏在小树林里，等着王金凤出来接头。上午八九点钟，她又端着大盆出来了，来到汪崖边，把衣服泡进水里，一边开始清洗，一边向四下观望，时刻警惕着。谢昭唐仔细观察着动静，一看比较安全，就在树林中发出了"叽叽、喳喳"的鸟叫声。这是他和王金凤约定好的暗号。王金凤假装小解进了树林，把从她侄子王庆珍那里了解的情况告诉了谢昭唐。

在矿警队里，有小房上的"三李"，李昌明、李昌田、李昌兴，还有杜安集的"三王"，王庆珍、王庆义和王思富；"三王"不如"三李"混得好，尤其是中队长李昌明看不起"三王"，专找他仨的碴儿。前几天"三王"在饭店喝酒，偷说了李和日本人的坏话，耽误了上岗，被李抓住把柄，各打了二十军棍。特别是外号二秃子的王思富和矿警队中队长李昌明泡上同一个窑姐"赛天仙"，有一次王出李进走顶了头，十分尴尬，李把"赛天仙"毒打了一顿："我说你也太不值钱了，连个秃子你也给睡，真犯贱欠揍。"

"谁给钱我跟谁睡，你管得了吗？你要是吃醋，有本事把我赎了专门伺候你，没有本事打这别来。""赛天仙"很硬气地说道。

气得李昌明掐着"赛天仙"的脖子连扇几个大嘴巴，然后扬长而去，老鸨拉也没拉住。从此再看到王思富就恨恨的，这次新账老账一起算，打完二十军棍又把王思富开除了，这也算是公报私仇。王思富在贾汪混不下去了，回到老家杜安集了。

了解到这一情况后，谢昭唐没进贾汪矿，就辞别王金凤，马不停蹄地去向杜安集，找开理发店的王思胜，之前也干过"三番子"，参加过"红枪会"，谢跟他很熟，想通过王思胜找他二哥王思富，做通工作，让王思富再返回贾汪矿去对付李昌明。李昌明回心转意便罢，如果仍然是我行我素，继续为非作歹，那就让"三王"抽机会把李除掉，省得每次日军"扫荡"都让他带路祸害百姓。

来到杜安集三秃子的理发店，一看门敞着没有人，谢昭唐对里间喊了声："喂！老三在里屋吗？"没人答应，他就进屋坐在理发椅子上等着，看样子不会走远。

不一会儿，王思胜提着一桶水回来了，一进屋发现谢坐在椅子上，吓了一大跳："哎哟，二哥，你怎么来了？小弟我靠手艺养家糊口，我可没干什么对不起咱八路的事。"

"熊样，我就不能来理理发，怎么，怕哥不给钱？"谢昭唐笑着说道。

"那说哪里话了，二哥给钱我也不能要。现在正好没事，让小弟我好好给你拾掇拾掇。"王思胜边说边给谢昭唐围上了围裙，一边理发，一边家长里短地唠上了。

"我听说老二不在贾汪矿警队干了，你最近见到他了吗？"谢昭唐像是很随意地一问。

"没见到，他又用不着理发，从来不上我店里来，我有半年没见到他了。都快40岁了，连个家眷都没有，还不知云游哪去了？"王思胜埋怨道。

"等会给我理完发，你去找找他。反正今天我没大事，我请你们兄弟俩喝两盅。"

"哪能让你请客，来到我门上了，凉水变热水也得我请你。"王思胜比他二哥王思富本分，说话办事比较实在。

"谁请谁都行，看看能不能找到老二。不瞒你说，我想通过老二到贾汪走一趟。"

王思胜了解他二哥，回来后多数泡在赌博场上。轻车熟路来到一牌场，一看他二哥正在摸着纸牌，招招手让他二哥出来趟，说家里有人找他，他正在兴头上，不愿离开："谁找我？让他等会儿。我手气正旺，让我再摸几把。"王思富没好气地边说边走了出来。

"是昭唐哥找你。"王思胜对王思富耳语道。

听到这里，他不敢怠慢，回屋放下牌说："不好意思，家里有点急事，等我处理完再来玩。"

王思富虽和谢昭唐没有什么交情，但也早就认识，也知道他现在是八路，一见面套上了近乎："是哪阵风把昭唐弟吹过来了，怎么还想到二哥我了。二哥混低鼻了，裂熊了，矿警队也干不成了。看你那八路要咱吧，二哥我去跟你干。"

"想当八路，我们随时欢迎。"谢昭唐说，"等等，我到饭店叫两个菜，咱哥仨就在这儿边喝边唠。"

王思胜也很识窍，忙说："你兄弟俩先唠着，我去叫菜。"说着就走出了门。

谢昭唐也没再客气，等老三走后，他就单刀直入，故意问道："二哥正在矿上干得好好的，怎么说不干就不干了？"

"这还不都是李昌明个龟孙捣的蛋，借俺上班喝酒这点熊事，不仅打了罚了，还把俺给开除了。"王思富气哼哼地说，"日他奶奶的，等我伤好了就回贾汪，非宰了这个妻侄熊羔子不行。"

"宰不宰李昌明咱先另说着，我们当前最主要的敌人是日本人。你看自从他们占领贾汪矿，那里还有老百姓过的吗。如果你能再回矿警队，多组织些力量，我们里应外合，端掉日军据点才是正事。"谢昭唐说服教育王思富，让他看远点。

王思富是个直肠子，心里有啥说啥："我现在一心想着宰李昌明，你要能帮我宰了李昌明，八路军让我干什么我就干什么，上刀山下火海我都干。其实我也一直恨日本人，我们为他们出力，他们仍拿我们不当人看待。要不是抓住我们爷几个酒后痛骂日本人，李昌明也不敢各打二十军棍，处罚这么重，全是因为有日本人给他撑腰。咱们合起伙来，把李昌明和齐藤弼州一块杀。昭唐你看怎么样？"

"你的想法很好，我看这事宜早不宜迟，你得抓紧回贾汪矿警队，行动要快。"谢昭唐说，"我们八路军最近就要采取进攻贾汪的行动，也可以说越快越好，等收拾完贾汪的日寇，你再来参加八路也不迟。"

"那好吧，我吃完中午饭就赶回贾汪，矿警队我是明着进不去了，只能私下里活动，里面有几个本家爷们都得称呼我，我长他们一两辈，我只要说话，他们还是听的，动员十个八个人为咱出力，我还是很有把握的。"王思富自鸣得意地说，"这可不是恁二哥我吹牛，说到保证能做到。"谢昭唐对此未置可否。

等他二人把话说得差不多了，王思胜买来了酒菜，就在理发店不太大的房间里，三个人边喝边唠，越唠越近乎。本来说好不给王思胜说贾汪矿警队的事，但王思富满肚憋屈，借着酒劲又说到要杀要剐李昌明的事。

人说："瞎子狠、秃子愣、瘸子抓住没了命。"二秃子一说完，三秃子上劲了，火冒三丈地骂道："他妈的，就欺负咱姓王的。走，二哥，咱下午就去贾汪宰了他个妻侄。"看他那架势真要行动。

谢昭唐一看酒无尽话无尽，不能再多喝了，就说："老三，你也不用这么激动，让你二哥先回去看看情况再说。那里已有咱们庄上好几个姓王的，已足够对付姓李的，等用得着你再过去也不迟。你还是好好理你的发，好好养家糊口。"

王思胜借点酒劲拧个脖子说："那不行。打仗亲兄弟，上阵父子兵，我不帮俺二哥谁帮。"

"二哥不是说我们一起合伙干吗？我们一起齐心协力去捣毁日军设在贾汪的据点，端掉矿警队。"谢昭唐说着站起握紧右拳做出一个强有力的手势，该说的话都说了，这酒也喝得差不多了，然后握了一下王思富的手说："二哥，我们贾汪矿上见。酒无尽话无尽，您兄弟俩歇着，我先回黄邱山套了。"

谢昭唐离开杜安集，一路飞奔回到黄邱山套，向支队领导汇报了策反王思富的情况，为里应外合攻打贾汪矿又增加了成功的砝码。贾汪矿警队李昌明的态度至关重要，还要通过王金凤去探听虚实，谢准备隔一天再去贾汪。梁瑾侠了解这一情况后，就对谢说："你去不如我去，我找王金凤比较方便。我直接跟她进矿里，可打探更多的情况。"

"要不然还是咱俩一块儿去，也好互相有个照应。"谢昭唐征求道。

"人多目标大，还是我自己去更方便，我这就去请示支队长、政委。"梁瑾侠说着就去了支队部。

梁瑾侠二进贾汪矿，非常顺利。在北门外老汪崖见到王金凤，她陪王把衣服很快洗完，就来到北门口。因她还是前次来的那身打扮，站岗的正赶巧还是那帮人，由王金凤陪着，连"良民证"也没看就放行了。

来到王金凤的住处，衣服没晾，她就去找李昌田，让他过来当面给梁瑾侠介绍李昌明最近两天的动向。

中午时分，李昌田利用吃午饭的空闲时段，来到王金凤家，没有什么客套，就直接介绍了李昌明的表现："那天说得好好的，感谢八路军放他一马的不杀之恩，绝不会做对不起八路的事。但这两天态度不阴不阳的非常沉闷。我问他，那天你答应的事考虑怎么样了？他却打马虎眼，装作不记得了。我提醒他，那边给他两天的考虑时间，现在该回话了，他却说，回什么话？！先等等再说。我看他，很可能说话不算数，靠不住。"

一听到这里，梁瑾侠就有些生气着急："不行，我得去找他，问他为何出尔反尔。"说着就站起身来。

"俺姐,你疯了,这是什么地方,满街净是鬼子、宪兵的,你这一出去,见到李昌明,如果谈不拢,就是有三头六臂也别想回来。还是让昌田回去再做做他的工作,至少得稳住他,别向日本人打小报告。他不帮我们,若能保持中立,也对我们的行动大有好处。"王金凤自参加运河支队,特别跟梁瑾侠结识后,学到不少新东西,明白不少革命道理,说话也一套一套的很在理。

"就是,大姐你别着急,我看我这本家哥还没坏到不可救药,有可利用的价值。他现在是有权有势,得吃得喝,贪图享受,不愿跟你去吃八路的苦,所以犹豫不决。我看他也想给自己留条后路,还没到死心塌地跟日本到底的程度。要不然,他不早就给日本人献好了。如果他真只听日本人的,给咱对着干,我会大义灭亲,把他给宰了,不用麻烦大姐动手。"李昌田越说越有劲,"凤姐是八路,我就是八路的人。不管你们认不认,我是一心一意帮凤姐,你和凤姐说什么我就听什么。我看打贾汪不能再等,应趁日军刚吃完败仗,还没恢复元气,尽快动手,不要担心他李昌明,我和昌兴会看住他的,不会让他坏了咱们的大事。"

李昌田说的也有些道理,稍缓了梁瑾侠的心头之气。她想,那天半夜的口舌不会白费,敲山震虎,他李昌明也得有点感觉。对这个老江湖,也许不是一时一事所能教育改造好的。通过一席话,能够搅动他心里泛起涟漪,或许就不错了。她有些想开了,看来谢参谋的多虑是有道理的,然后说道:"那就拜托昌田老弟了,你一定要千方百计稳住李昌明,多劝他不要一条道走到黑,少给祖宗留骂名。另外,你和金凤的事,她都和我说清楚了。等我有空,我要把你们俩的故事编成反封建、反压迫的戏曲,揭批封建社会的黑暗。"

"俺姐,你可给俺留点面子吧,可甭写俺丢人现眼的事。"王金凤请求道。

"这哪有什么丢人的事,全是阶级压迫造成的,有情人不能成为眷属。这是后话,我现在忙得也没时间去写作。昌田,你可以先回去了。我再给金凤说会话就走。"梁瑾侠安排李昌田走后,又让王金凤叫来她侄子王庆珍过来了解情况。

王庆珍叫王金凤姑,房份很近。他身高一米八多,人称"傻大个",面憨心不憨，很硬汉，挨了李昌明的二十军棍，他一声没吭，但全记在心上。挨打后之所以没被开除，仍让他当三小队队长，一是看他憨厚；二是三小队多是他和王思富的人，怕处理不好引起反水。王庆珍来到之后，王金凤说："这是你梁姑，要问你一些情况。她也不是外人，你如实说就是了。"

"你好，庆珍。咱们各亲各叫，你就叫我梁姐好啦。你姑都说了，你是个很有正义感的青年，干这份差事也不是出于真心，主要是为了混口饭吃。你这膀大身宽，到哪都干不孬。如果你愿意，下步可以跟我们干，我们绝对不会亏待你。"梁瑾侠对王庆珍说。

"这个我知道，俺姑早就给我说过，我知道你是干什么的。俺姑非常崇拜你，认你为老师，你教她的话，她都教给我了，所以你也是我的老师。你有什么要问要交代的，你说了我一定照办。"王庆珍答道。

"我问你，王思富回矿了吗？"

"回来了。我昨天晚上专门给他接风。他现在不便露面，暗地里活动，一心想找机会报复李昌明。咱那边有什么安排，给我说就行，我也可转告王思富二姥爷。"王庆珍与王思富房份很远，早已出五服，只能算本家，但爷孙俩关系处得不错。在矿警队里相互照应。以前王思富任三小队的队长，王庆珍接任后，他成了幕后指挥，说话仍很顶用。

"金凤、庆珍，咱们运河支队想最近几天采取行动，破坏日军在贾汪矿疯狂采煤外运计划，你们的内应工作能不能跟上？"梁瑾侠征求二人的意见。

"我看没什么问题，李昌田、李昌兴、孙锦成、王庆义、杜玉才等都已说好，随时听候命令。"王金凤说。

"我看事不宜迟，越快越好。俺秃二姥爷已经等不及了，说咱们队伍再不行动，他就去单干也得宰了李昌明。"王庆珍认为王思富能够干得上来，所以也想早采取行动。"大家都说'此处不留爷，自有留爷处，处处不留爷，爷去当八路。八路不接收，回家卖豆腐。'等打完贾汪，我们该干什么干什么去。"这里体现了一种民族的自觉，抵抗外族侵略人人有责，谁都不愿做亡国奴。

"听你俩这么一说，我更有了信心。庆珍，你回去和王思富、王庆义等抓紧做好准备，金凤，你也给李昌田、李昌兴、孙锦成、杜玉才等安排好，我马上回去给支队领导汇报，争取明天开始行动，后天拂晓前发起进攻，一举端掉日伪在贾汪矿的据点。请你们记住，今天是阴历二十，后天是二十二日，星期天，务必明天晚上准备到位，后天天亮之前结束战斗。如果有什么变故，我会及时通知金凤。"梁瑾侠这还没有回去报告，就先做了安排，这种擅自做主、冒失行为，按说是不符合组织原则的。但她认为等回去后汇报，再研究来研究去，黄花菜都凉了，就会贻误战机，近几日的行动就白忙活了。风风火火、说干就干、敢作敢当，这就是她的一种风格，也是她的一种胆识。认准的事，就坚决去办，绝不会拖泥带水犹豫不决。这不是鲁莽草率，而是有勇有谋地分析判断，特别适合应对战场上的瞬息万变。

第三十章　四勇士提前行动　入虎穴打进敌营

　　梁瑾侠离开贾汪矿，返回黄邱山套张塘村，没有直接去支队部，而是先找到谢昭唐，对接了有关情况，并谈了自己的想法。没想到与谢一拍即合。谢昭唐说："你上午替我去了贾汪，我就去找大队长孙正才汇报我的个人想法，为防止夜长梦多，我说，近一两天必须马上行动，一鼓作气打下贾汪矿，不给敌人喘息的机会。如果等日军再增兵，进攻就难了。孙大队长非常认同，也认为早打比晚打好。他已向支队做了汇报，并主动请缨，由我们第二大队去完成本次任务。你回来正好，走，咱们先给孙大队长见个面，然后仨人一起去请示孙支队长、胡参谋长。"

　　"那还等什么，走，赶紧找孙大队长去。"梁瑾侠听谢昭唐这么一说，心中一块石头才落到地。心想仨人一齐去汇报，那就免除了她的自作主张，个人意见成了集体的意见，就不用担心支队长、政委严厉批评她了，也不需要参谋长帮她打圆场了。对谢昭唐心存感激而没说，就照腚打了他一巴掌算是回敬："走呗，还愣什么？"

　　谢昭唐年长她十几岁，这一打腚还真不习惯，使他瞬间想起孙崇立叫梁"小二嫂"的情境，不觉得脸一红，感觉很开心，有一种说不出的惢儿。他虽然行走江湖多年，真让他动心的女人还真不多，爱美之心人皆有之，他也只是动动心而已。等回过神来忙说："走！走！"急匆匆出门去找孙大队长。

孙正才也是位爽快人，听梁瑾侠一说贾汪矿伪军内部被瓦解的情况，非常高兴："你们俩和金凤同志都是有心人，没少做统战策反工作，这次拿下贾汪据点，我看更有把握了，支队领导肯定会同意和支持我们的意见。说干就干，我就喜欢梁部长这种风格，论打仗，比我们男爷们还爷们，巾帼不让须眉，敢作敢当，真了不起。"

"好了，老长辈，您再夸我就无地自容了。您哪方面都是我的老师，我在您面前只是名小学生。连朱政委都很尊重您，你们都是前辈，永远是我的师长。"

梁瑾侠这么一说，孙正才也有点欣喜和不好意思了，忙说："论年龄，我多长几岁，可以算是长辈，老师却不敢当。我只念过几年私塾，你上的是大学堂，政治、军事理论一套一套的，我听过你讲的课，还是很受启发的哝。"

他俩一唱一和，把谢昭唐晾在一旁，谢插话道："你们这一老一少，别再相互表扬和自我表扬了，咱们还是赶快去找支队领导说正事吧。"在革命队伍里就是这样，官兵一致，上下同心，有时下级也敢给上级开玩笑，相互取乐。

来到支队部，一看支队长、政委、参谋长、政治部主任都在。孙正才说："报告！我又回来了。"

"任务不是已经交给你了吗，还有什么事？"孙竞云问道。

"这不瑾侠也从贾汪回来了吗，我们三个人刚刚商量了一下，打贾汪据点越快越早越好，趁热打铁更有利。我们认为时机已经成熟，明天就采取行动，白天先派几名同志过去，通过王金凤把武器传递进去，潜伏下来和已经争取过来的伪军弟兄们一道作内应，下半夜行动，争取一个小时内结束战斗。"孙正才说："这两天瑾侠、昭唐一直忙活，已从敌人内部打开缺口，这将会大大减轻进攻阻力，减少人员伤亡，值得给予表扬。"

朱道先说："好，那就口头表扬一次，其他的等咱们打下贾汪日军据点再说。瑾侠搞统战已很内行，请把你这次进矿的情况跟我们说说吧。"

梁瑾侠择其要向支队领导做了汇报，她重点肯定了王金凤在敌后工作的情况："金凤真不简单，较短时间内，就在敌人内部发展了多名能为我们所用的力量，等这次打完贾汪也该让她归队了。她孩子还很小，老寄养在别人家也不是个办法。她跟我说，孩子已经与她生疏了，时间长了就怕不再认她这个妈了。说着泪眼婆娑的，谁看到都会心里难受。如果今后再需要潜伏敌人内部，我宁愿替她去。"说着，梁的眼睛也饱含泪水。

"是呀，金凤同志不仅性格刚烈，革命态度坚决，但也是铁骨柔情，孝敬父母，疼爱孩子。逃脱狼窝火坑，也没舍得扔下孩子，但为了革命事业，却自愿割舍母爱，只身打进虎穴。"文立政主任很深沉地说，"我们通过考察，发现龚正刚发展的这名同志真不错，她爱憎分明、立场坚定、服从命令、听从指挥，立志跟党走，党叫干啥就干啥，是一名非常优秀的共产党员。等她回来后，让瑾侠好好带带她，进一步提高政治文化素养，放在哪工作都会是一把好手。"

"我说文主任，你谈跑题了。我们现在是研究如何打好仗的问题。"胡伯勋开玩笑地说，紧接着就强调，"这次打贾汪矿，我看正才大队长信心满满，但具体细节还要合计一下。我们这次是一场战斗、三项任务：'端掉据点''遣散伪军''武装请客'，也可以叫'三位一体'，由正才大队长负总责，但你身体欠佳，腿脚不利索，这次不必亲上战场，行动可让伯毅带队去执行。第二大队第九、第十一中队和手枪队共同参加，分别由孙式清、刘永胜、沙玉坤三名队长直接带领，明天晚上半夜出发，下半夜进攻，三组按分工各自完成好任务，确保后天早晨日出前，各战斗小组胜利返回黄邱山套。"胡参谋长这是代表司令部做出的安排。

"孙大队长，这是你上午请战后，我和政委、参谋长商量的共同意见，你看哪方面还需要调整补充？"孙竞云征求孙正才的意见和建议。

"领导高见，都考虑到我们前头去了，我们认真执行就行了。现在大家的士气正旺，我们保证完成好胡参谋长部署的三项任务。"孙正才拍着胸脯表态，"我刚才说了，准备明天上午，就派昭唐参谋带王宜萱、孙忠诚去贾汪，让金凤想方设法把枪给带进去，他们三人都持有真假良民证，空身人很好混进去。先到金凤家隐蔽起来，然后化装成日伪军，保证在战斗打响前能提前打开大门，使各战斗小组顺利进入矿里。我就补充这些，这还都是瑾侠、昭唐的主意，也算是我们三人的共同意见。"

孙正才刚说到这里，梁瑾侠就插话道："明天上午还有我一起先进贾汪，孙大队长忘了说。"这根本不是人家老孙忘了说，而是原本没打她这一牌。

"报告首长，可不是我忘了说。瑾侠是咱支队部的人，我们大队哪有权安排。我看有昭唐参谋带队去三人就行了，你和首长在家静候佳音吧。"孙正才答道。

一看争执不下，还是主要领导拍板。孙竞云说："既然瑾侠执意要去，那就让她去吧，仅此一回，下不为例。朱政委、文主任、胡参谋长，你们看怎么样？"

朱道先笑着说道："你都表态了，我们还说什么，那就让她再去一回呗，我看她这是见王金凤上瘾了。""哈！哈！哈！哈！"大家开心一笑，就算通过了。

8月24日，农历七月二十一，星期六，虽然已处暑，但风未见凉，今秋这天气依然比较闷热。知了声声仍在树上不知疲倦地叫着，梁瑾侠不顾秋热，怀着愉悦的心情和谢昭唐他们向贾汪奔去。为了安全起见，他们前后分开，没走在一起。他们四人又分成三批，梁瑾侠先行，王宜萱、孙忠诚结伴，谢昭唐随后。因梁瑾侠已连进几趟贾汪，对矿北门口的哨岗情况已经很熟，有几个站岗的也差不多认识她，所以进出更方便些。于是她就打前站，先去探路。

上午9点多钟，王金凤端着大盆衣服往矿门外走，因站岗的伪军都跟她很熟，也没人阻拦。"喂。我说俊嫂，我上次因为你挨了二十军棍，你得给我补偿。"欠揍的张迎山说。那是他想吃俊嫂的豆腐，往腔上摸了一把，被俊嫂扇了两个大嘴巴。俊嫂也没当个事，就当是一场玩笑，不知是哪个伙计汇报给了李昌田小队长，李昌田一听火了，认为这事有损他的颜面，也是为防止有人再欺辱金凤，就打了张迎山二十军棍。

"你挨打又不是我告的状，与我有什么事，谁叫你不会为人的，再动手动脚我还扇你的熊浪脸，这就是我给你的补偿。"王金凤不恼不怒地说笑道。

"我的好俊嫂，俺可再也不敢了。早知道你是李队长的人，借我个胆也不敢。"张迎山说，"不过，请你行个方便，下午帮俺把衣服给洗了，你要多少钱，我给你多少钱，这就算赔偿俺的烂腚帮子行了吧？"

"这个没说的，你下午把脏衣服拾掇好，我来帮你洗。"王金凤边说边向老汪崖树荫下走去。

在汪崖边，树荫下，王金凤一边洗着衣物，一边不时向四周观望，因为说好的黄邱山套那边要有人过来，但不知是谁。她那手中的棒槌有一下没一下地捶着衣物，全神贯注于周围的动静，等待着前来接头的人。

不大一会儿，梁瑾侠身着土里土气的一袭村妇打扮，向汪边走来。王金凤赶紧揉搓几下衣物，起身去迎梁瑾侠："姐，怎么今天就你一个人来？情况有什么变化吗？"

"没有变化，一切照旧，还有三名同志，过午之后才能到。"

"我们还用在这等他们吗？"

"不用等，咱们可以先进去，吃过午饭再出来接他们。"为慎重起见，梁瑾侠边说边把两支驳壳枪掖到大盆衣物下边。唠着家常来到矿北门口，梁在前亮了一下"良民证"，接着又从挎的篮子里拿出花生、大枣给伪军，没被搜身就放进了。王金凤给张迎山挤眉弄眼的，打个招呼就端盆进了矿里。

回到家里，王金凤把玩两支手枪，爱不释手："俺姐你真厉害，耍枪也是左右开弓，以后你得好好教教我，我也要学你做双枪女侠。"

"好！好！等你回运河支队，我们就天天在一起，有的是时间去练习。"梁瑾侠说着把枪收藏好，让王金凤出去通知李昌田、王庆珍等，一切按计划进行，做好战前准备。当王庆珍转告王思富时，他异常激动，表示一定全力配合运河支队的行动，坚决消灭日军和李昌明。

吃过午饭，王金凤又端着一盆衣物去矿门口，张迎山嬉皮笑脸地叫住王金凤："俊嫂，你可是上午答应我的，那就麻烦你把我这几件衣服也给洗一洗。"

"没问题，你好好站你的岗，等会儿洗好了，我就给你送过来，如果你没窝晾晒，我就拿家里晾干再送给你。"王金凤一把抓过衣服放在盆上。张迎山贼心不死，又动手去捏屁股，被王金凤狠狠地掐了一把，疼得张迎山"哎哟"一声。王金凤脸一红，没再给他纠缠，赶紧向老汪崖走去。

衣服洗到一半时，走过来两个头戴草帽的青年，来到王金凤跟前："凤姐，请你也帮我俩洗洗褂子，我们晚上到你家去取。"王金凤心领神会，一摸衣物里裹有两个硬家伙，便赶紧放进盆底。

"你们放心好了，我和梁姐做好饭，在家等着你们。"王金凤这么说着，那两人就要离开。"喂！你们别慌走，怎么少来了一人？梁姐说你们是三个人。"

"哦，那一位临时有事，可能要晚来一两个时辰，是他让我们先来了，他说随后就到。"答话的是王宜萱，他和孙忠诚按照谢昭唐的安排先一步来见王金凤。

他俩为避免引起敌人的注意，把枪交给王金凤后，没有去走矿北门，而是转到矿南门，亮明"良民证"，下身短裤，上身汗衫，也不怕搜身检查，大摇大摆地就进到了矿里，在南门附近找个喝茶的地方坐下，注意观察周围的环境。直到夕阳西下，才向北门里王金凤家走去。

王宜萱、孙忠诚离开之后，为了等谢昭唐，王金凤磨磨蹭蹭洗了两个多小时的衣服，也没见有人来，一看不能再等了，趁着张迎山还在岗上好蒙混过关。如果等接班的来了，即使能蒙骗过去，那又要多磨多少嘴皮子。于是马上把衣物收拾好，把张迎山的制服放在最上边，来到矿门口，就问张迎山，是他把衣服拿走，还是让她带走去晾晒。

"天这么晚了，放在这一时半会儿也晾不干，你带走吧，等明天晾干给我捎过来就行了。"张迎山答道。

"那好吧。"王金凤端着一盆东西，也没人检查，就顺顺利利地把两支枪带进了矿里。回到家里藏好枪支，王金凤还要再出去迎谢昭唐。梁瑾侠说："你不能再去洗衣服了，哪有这么晚还去汪崖洗衣服的。一去就会引起别人的怀疑，我想谢参谋会自己想办法混进来的。真为保证安全，我看你可以去找李昌田，让他到矿北门去巡查，一旦碰上谢参谋，就能给予照应。"

一听梁瑾侠说得很有道理，王金凤一停没停就要出去："俺姐，请你帮我晾下衣服，我这就去找昌田。"

"看把你慌的，先把围裙解下来再出去。"梁瑾侠批评她道，"遇事不仅要胆大，还要心细，慌里慌张的怎么能行。"

"是，还是俺姐想得周全。"王金凤脸一红，连忙解下湿漉漉的围裙，又换上一身比较干净的衣服出了门。

她先到了矿警队，一问，说李昌田不在，到各岗点巡查去了。她连找几个岗点都没找到，最后还是在矿北门追到的。她在门外招了招手，李昌田就出来了，把需要接应谢昭唐的事一说，李就让她赶紧离开。她刚离开，日军的巡逻队就过来了，好像有什么新情况，要临时戒严。过了半个多小时后，日军巡逻队才离开。李昌田担心这时谢昭唐出现就会遇到麻烦，好在谢没有在此时现身。

日军走后，李昌田等了一会儿仍不见谢昭唐的踪影，因心里有事，也离开矿北门去找李昌明了，问有什么新情况。

"日他奶奶的，皇军刚又从徐州调来一个小队，刚下火车没多会，看样子还要去东北山里去报复运河支队。他娘的，这回老子可不再去给他们带路了，上次要不是八路高抬贵手，我这小命早没了。昌田，这两天你先应付着，我请假去徐州看病躲几天。"李昌明骂骂咧咧地说道。因为李昌明近日的态度不明朗，运河支队今夜的行动信息并未向他透露，他仍被蒙在鼓里。

"你这个时候请病假，齐藤弼州能给你批？"李昌田问。

"官不差病夫，我现在是真有病，自从黄邱山套回来，不想吃不想喝的，就靠抽几口大烟提提神，齐藤太君也看出我不像个好人，所以就批了。"李昌明告诉李昌田，"我还向太君推荐你临时负责，代理中队长，你可要把矿门守好了，运河支队那边的事也都由你去应付了。梁女侠叫我做人做事要留条后路，咱也看不清后路在哪里，两边都惹不起，我还是先躲躲吧。"

听李昌明这一说，李昌田亦喜亦忧。喜的是李昌明让他临时代管矿警队一中队，那对运河支队今夜进矿十分有利；忧的是日军据点增兵，增加了运河支队进攻的难度，恐怕很难端掉这个据点。他必须马上去王金凤那里，将这些新情况向梁瑾侠汇报说明。由于急于脱身，他就对李昌明说："大哥，还是你来坐镇，我来跑腿。我看皇军加强了巡逻，为了保证安全，不让皇军抓住把柄，我这就去各岗点再安排一遍，以加强警戒。"说着，没等李昌明表态是否同意，就出了办公室，直奔北门里王金凤的家。到那一看很愕然，不仅梁瑾侠在，谢昭唐也在。忙问："二哥，你是什么时候进来的？怎么进来的？"

"咱二哥他会飞，没有你我帮忙就自己进来了。"王金凤说，"人说运河支队游击队员都是飞毛腿，我看不仅是飞毛腿，还长了翅膀子。我去找你还没进家，人家已进家坐下了，我真佩服。"

谢昭唐也是常走江湖，艺高人胆大，因大队长孙正才临时叫他有事需要商量，也是通过内线接到日军又将向贾汪增兵的消息。如果是日军增兵已经到位，究竟是打还是不打？孙大队长想听听他的意见。谢昭唐说："我们现在已是箭在弦上，不得不发。支队已经批准，我们当然要打，这也是机不可失，失不再来。之前的准备工作都已到位，又已派三名同志去了贾汪矿，打是必须的，是不可动摇的。"

"我们的想法是一致的，开弓没有回头箭，坚决要打，但我想问你，我们能有几分胜算的把握？"孙正才探寻道。

"我看有九成把握，至少也在八成。你常说，有七成就能打，这就根本不用犹豫了。"谢昭唐拍着胸脯说，"这仗如果打不赢，我提头来见。"

"好！我要的就是你这句话，你可要把内应工作做好了，那可是事半功倍的成效。你要同伯毅副大队长沟通协调好，发挥好内应的作用，我们这次进攻不仅里应外合、内外夹击，而是要像孙悟空钻到牛魔王的肚里去，搅他个天翻地覆。你们几位就是孙悟空，先去把敌人内部搅乱，我们的后续进攻就顺利了，我等你们明天早上凯旋。"说罢，孙正才用力地拍了一下谢昭唐的肩膀，"好了！出发吧。"

听了孙大队长的一番话，谢昭唐既受到鼓舞，也感觉到此去责任重大，不能有任何马虎或纰漏，要确保万无一失。一路边走边想，等来到贾汪矿北门外汪崖边，已见不到王金凤的身影。知道时间耽搁来晚了，他有点着急，考虑怎么把枪带进矿里。这时太阳已经偏西，如果大门关了，他就只能爬墙头了。他在树林内瞅着，不一会看到有位老者挑着挑子从这路过，他迎上前去问道："老师傅，你挑的山货是要进矿里去卖吗？"

"不，我宁愿蹓乡多跑点腿，也没打算进矿里卖。上次我进过一次，连本都折进去了。他娘的小鬼子、汉奸光吃不给钱，我一要钱，小鬼子还急了眼，骂我'八格呀噜'。我一还言'你老个鸟的还讲不讲理！'那龟孙子还捣了我几枪托子，到现在肋叉子还疼，俺可不再进了。"

谢昭唐本打算让他帮助把枪带进去，听老者这么一说，也不好强求，就让那老者给他称了五斤大枣，取下头戴的席荚子放在了里面，等老者走后，他顺手把枪放到大枣下面，干脆也把褂子脱掉搭在了肩上，一看大门口只有伪军，没有鬼子，就一手托着席荚子，一手拿着"良民证"，大模大样从容不迫地向矿大门而来。来到门口，主动给站岗的伪军打招呼："老总辛苦了，这大热天的还得衣衫整齐站在外边，你看，我这一走路，连褂子都穿不住。"说着就递交了"良民证"让伪军检验。

那伪军一看"良民证"没什么问题，又见他光个膀子，只穿着短裤，不用摸了，一抬眼看到他端个席荚子，就问："喂，你席荚子端着什么？"因为伪军个矮他个高，所以没看到里面装的什么。

谢昭唐不慌不忙地说："老总你真眼尖，我这刚买的大枣，就给你一半儿吧。"说着抓起两把大枣就掭给那伪军。"请你品尝，如果你觉得好吃，等天我出门再给你掭点。"说完就大方地向矿里走去。那伪军一看此人气度不凡也不是善茬，不仅没有为难他，而且还点头哈腰地说："好！好！请你走好。"

第三十一章 准备工作做充分 夜袭贾汪获成功

谢昭唐来到王金凤家，一看只有梁瑾侠在，就问："金凤哪？"

"去找你了呗。"梁瑾侠没好气地说，"还不都是因为你。她在老汪崖等了你两三个小时也不见人，衣服都快洗烂了。一看紧等也不是个事，因为大盆里已藏着两支枪，趁没换岗先进来了。还要再回去等你，我怕引起怀疑，就没让她再过去。而是让她去找李昌田，去北门接应你。你没见到李昌田？"

"他俩我谁也没见到。"

"那你怎么把枪带来的？"

"我是从墙头爬进来的。"

"你骗谁呢？那上面有电网，除非你会飞。"

"对！我就是飞进来的。我行走江湖多年，会腾云驾雾，你还没发现吧。"

谢和梁正闹着笑话，王金凤就回来了。一看谢正在谈笑风生，也很奇怪地问："二哥，你是怎么进来的？"

"他说他有孙悟空的本事，一个跟头就翻进来了，你说咱都为他愁什么，人家根本不用帮忙就飞进来了，真是个半日不见，令人刮目相看。"梁瑾侠揶揄道。

开过玩笑，三人就开始研究正事，主要是落实好南北两个大门，今夜负责接应运河支队的人员。梁瑾侠对谢昭唐说："我在北大门负责接应第十一中队，你到南门负责接应胡副大队长和第九中队、手枪队。王宜萱、孙忠诚也都交给你。你看这样行吗？"

"不行，王宜萱必须留下，和你互相有个照应，还是按原先说好的，我只带小孙。"谢昭唐坚持道。

正说着，李昌田就进来了："嘘，小声点，我在门外就听到你们的声音，也不怕被别人偷听到。"

"谁有你贼耳朵那么尖。"王金凤训李昌田，"再说了，这大白天的，谁会趴在别人门口做贼？"

"我看昌田说得对，我们还是要小声点。小心驶得万年船。金凤，你勤往门口看着点。"梁瑾侠接着问道："昌田，你有什么要说的？安排到位了吗？"

"梁姐，我按你的要求，该找谈话的都已经谈过了，这个你就放心好了。"李昌田由于心里急，说话不仅语速加快，声音也不小。"我最想汇报的是，就在今天下午，日军又从徐州增派了一个小队，要端掉日军据点，我看有点难，他们有洋枪洋炮，我们又没有重武器，我看不好打。"

"不好打也得打，我们首长说了，箭在弦上，不得不发。"谢昭唐说，"我就是因为这事来晚的，大队也接到了情报，说是日军近两天增兵，没想到今天就到位了。现在，我们只能趁他们立足未稳，才能打他个措手不及，大家一定要坚定必胜信心。"

"谢参谋说得对，敌变我不变，该打还要打，今夜不打，更待何时。昌田，你上次不是也说了，宜早不宜迟嘛，早打早主动，晚打更被动。我们就是要说干就干，矿警队的工作已经没有多大的问题，打日军据点，我们也要争取一举成功。"梁瑾侠坚决地说，"人说，不成功便成仁。为了国家和民族的利益，我们要与日寇血战到底。"

梁瑾侠正慷慨激昂地说着，从矿南门进来的侦察员王宜萱、孙忠诚也来到了王金凤的家，二人随手把草帽甩进了锅屋，就把他们对南门口的侦察情况做了汇报。日军巡逻的密度明显增大，并有摩托车出动，日军还牵着两条狼狗，四处嗅闻，好像他们已有防备。

听到这里，梁瑾侠说："无论他们有无防备，我们今夜的袭击行动已定，大家要按照分工，各自做好战斗准备。金凤这里大家也不能久留，要抓紧分散出去，分头行动，晚饭自己想办法解决，这里也不宜开大火做饭，减少给她带来的麻烦。"人说，十事九不全，这没让金凤进锅屋做饭，却留下了重大隐患和遗憾。

"瑾侠部长已经把话说得很明白，大家出去之后要格外小心，特别是身上带着枪的更要注意，千万不能提前暴露。"谢昭唐进一步提醒大家。他把新来的孙忠诚、王宜萱介绍给李昌田，让他们互相认识一下。

等人走个差不多了，谢昭唐又小声说："我还得出去趟，这枪不能再带了，就先放在金凤这里，等我回来再取。参加今夜行动的200多名队员现已集合在贾汪东十里处的吴家庄，我要向胡副大队长说明这里的情况变化，行动要更加隐蔽、迅速，确保零点前达到指定位置，一旦大门打开，以迅雷不及掩耳之势攻进矿内，并分头完成各自的任务。矿南门由昌田、忠诚负责；打开北大门的任务就交给瑾侠部长了，你一定要给庆珍他们交代好，务必在零点打开大门。"安排完任务后，谢没等梁表态，就起身了。梁也认为在理，所以也就没加阻拦。

谢昭唐离开王金凤的家，趁着太阳尚未落山，又在矿里走了一圈，观察一下敌人的动向，然后从南大门走出，直奔吴家庄。在那里见到胡伯毅、王福堂等，汇报了贾汪矿里的敌情和内应力量分布情况。等说完这些，天早已黑下来了，他还要返回贾汪矿。胡副大队长说："那边你都已经安排好了，我看没必要再单独回去了。你先简单吃点饭，喝口水，稍事休息，等一会儿咱们一起走，有你给我们引路不是更顺当吗？"谢昭唐一听胡伯毅说的也有道理，就没再坚持要先走。

"胡副大队长，你不让我走可以，但你得帮我解决个烧火棍，我的枪没带出来，放在王金凤那儿了，打仗，我手头总得有个家伙吧。"谢昭唐很认真地说。

"那还不好办，我的枪和大刀片随便你挑，先紧你用，你要都愿意拿走，我就借用战士的长枪。"胡伯毅非常慷慨地说着，就把背在身上的短枪和大刀解下交给了谢昭唐。

谢昭唐哪好意思接："不不不！我是开玩笑呢，哪能动用你的指挥棒。我再另想办法，实在不行，等进了矿，我就借用敌军的武器。"

他俩正说着，胡伯毅的卫兵就用篮子提着煎饼、咸菜、大葱进来了。"来吧，我们先填饱肚子才能有劲干活，凑合吃一顿吧。"胡伯毅边说边递给谢昭唐一张煎饼。

"怎么，你到现在还没吃饭？"谢昭唐问。

"大队长、参谋长心急火燎，连水都没顾得上喝，哪来得及吃饭。老乡喊他一块儿吃，他说不饿，如果你不来，这顿饭他就不吃了。"战士抱怨道。

"是的。他说的没错，你若不来，这顿我就省下来。之前真的没胃口，你这一来，给我吃了定心丸，那是吃嘛嘛香。"胡伯毅说着狠咬下一口煎饼卷大葱。不一会儿，风卷残云，十几张煎饼全被三人瓜分干净，也不知是吃饱还是没吃饱。

夜渐渐静下来，等待出征的游击队员们，和衣抱枪在村外树林里做短暂休息。经常打仗的老队员假寐一会儿，新队员无论如何睡不着。风吹树叶，沙沙作响，驱走了白天的炎热，大家感到很惬意，有个别老战士还伴随着秋虫的蛐蛐鸣叫，"喝！喝！"地打起小呼噜。哨兵支起耳朵，分辨着四周的动静，因月亮未出，天漆黑一团，视线所及也就是附近三五米，耳朵发挥着更大的作用。当听到由远及近的脚步声，哨兵轻声问道："口令！"

"运河！"

"贾汪！"

一听声音，哨兵知道是胡副大队长过来了，马上就要行动了。

在战士们休息的这段时间，胡伯毅、王福堂和谢昭唐都没闲着，召集三个行动小组的领队队长开了小会，把贾汪矿日军增加一个中队的情况通报给大家，又把队伍稍作调整，从第九中队抽调两个班充实到第十一中队，以对付更强大的日军。"不管战果如何，限定一个小时结束战斗，从哪门进的就从哪门撤出，敌强我弱，绝不可恋战。"胡伯毅再次强调。

"我们这次偷袭敌人，打的是巧仗，大家一定要在'巧'字上下功夫。

打扫战场时，能带出的东西尽量带出，我已在小李庄安排两辆马车。我们现在最缺的是枪支弹药和医药等物资，布匹、棉花、食盐等也紧缺，给战士们讲清楚。'武装请客'每小组六人，要快进快出，绝不可拖泥带水，把客人'请'出直奔小李庄，单给你们一辆马车装人。大家都听清楚了吗？"王福堂问道。

"听清楚了！保证完成任务！"

一切又重新部署就绪，胡伯毅和与会人员一起来到杨树林，哨兵问："是否现在叫醒大家？"

"不慌，我刚看过表，现在还不到10点，我们11点动身，让大家再多休息会儿。我们这里离贾汪不到一个小时的路程，11点出发，时间足够用。我们也稍合一合眼吧。"胡伯毅边说边席地而坐。谢昭唐坐在他的旁边，也算是歇下脚，几位队长已分别回到各支队伍之中……

更深人静，远近不时传来犬吠声和乱时提早的鸡鸣。胡伯毅虽然夹着眼，但心里跟明镜似的，全无困意。他还想让战士多眯困一会儿，不忍心叫醒大家。再掏出怀表看，行动的时间已到，马上让勤务兵通知下去，相互叫醒向贾汪进发。

此时，月亮仍未出来，天黑得像锅底，微见大家左臂上白色毛巾在晃动。队伍在急切前行，引起吴家庄群犬狂吠。因为村民们知道这是自己的队伍去打东洋鬼子和汉奸，所以就有人起来呵斥家犬，那"嗷——！嗷——！"的惨叫声，定是被家人所打，谁让它不老实在窝里待着的。战士们心想，等会我们去教训日本狗，不仅要打它个嗷嗷叫，还要把它们消灭掉，谁让他们不好好蜷在东洋岛上的。

游击队员行进在路上，那贾汪矿里，梁瑾侠、王金凤已开始准备行动。王金凤自接过谢昭唐的枪，心里就异常激动："俺姐，我自从跟你学会打枪，还没一次杀过人味，俺不能白练会子，今天总算有了机会，我要向你学习，争取多杀几个鬼子。"她爱不释手地一直托着那只"王八盒子"，这还是梁瑾侠在常埠桥战斗中缴获的日军广田中佐的手枪，支队领导作为特别奖赏给谢参谋使用的。

"打仗你不能参加，你的任务是做隐蔽斗争。深入虎穴刺探情报，也是抗日报国。你已经为抗日做了很大贡献，做出许多别人做不了的事情，完成许多别人完不成的任务。如果组织需要，你还要继续潜伏，所以你不能轻易暴露。你我都已给庆珍他们安排好了，你就在家老实待着吧。"梁瑾侠这是当头给王金凤泼了一盆凉水。

"我就不，这次我非参加不行，要不然我哪有机会亲自杀敌。我要向你学习，做杀敌女侠。"王金凤怄气地说道，"你要是不带我玩，我就自己出去玩。"

"玩什么玩！打仗是儿戏吗？那是随时会死人的。你要是出了事，那组织不是白培养你了。你必须服从命令，我这就是命令。"梁瑾侠很生气地教训她，"今夜你无论如何不能露面，好好给我在家待着，哪里不许去，等着谢参谋来取枪。"

王金凤一看梁瑾侠真生气了，就不再言语，保持了沉默。但内心仍盘算着如何参加今夜的战斗。

时间已近子夜，李昌田、王庆珍以查岗的名义，分别带着李昌兴和王庆义等去南北两个大门。梁瑾侠女扮男装，和王宜萱、孙忠诚也身着伪军服上街"巡逻"，去迎接大部队的到来。

新来的日军小队长田中一男，年轻气盛，白天进驻贾汪后，就没闲着，坐着摩托车四处巡查。夜里就增派日本兵到四门加岗，并亲自驾驭摩托车巡查各岗点，每到一处，还要"咿哩哇啦"训几句，让其提高警惕。这给内应增加了很大的困难。因为之前已经讲好，大部队进不到位，一律不许开枪。这是胡副大队长的命令，行动以他的枪响为准，战斗时间为一小时，做到干净麻利快。

零点刚换过岗，田中小队长谝完也能回营睡觉了。这时，李昌田、李昌兴、王宜萱等来到南门口，因新来的日军还不认识李小队长，持枪指问："你的，什么的干活。"

这时也在岗上的伪军排长杜玉刚说："太君，他是我们的李队长。"

"吆西！"一声就放李昌田他们过来了。进屋之后，李昌田向杜玉刚一使眼色，说时迟那时快，大个子杜玉刚出去上前一刀，抹了持枪站岗日本兵的脖子。李昌田同时也把匕首刺进了立岗的另一名小鬼子的胸膛。紧接着，杜玉刚打开南大门，迎接胡副大队长带领130多名游击队员进来。

北矿门，也是如此操作。三小队长王庆珍来到之后也没客气，先把两个加岗的小鬼子送上了西天。王庆义打开北大门，运河支队第二大队第十一中队外加两个班也是100多人，在第二大队参谋长王福堂和中队长刘永胜的带领下，与梁瑾侠等在北门里会合，直奔矿井附近的官房里，去偷袭日军驻贾汪矿的大本营。

南门口，李昌田、王宜萱等引路，直奔伪军大队部鹿家楼，门岗一看李昌田队长来了，就直接拉开了大门。一小队的伪军在门口背枪列队站齐，迎接运河支队官兵的到来。因为这里住着200多伪军，被王金凤、李昌田、王庆珍、王思富等争取过来的主要是一小队和三小队的一部分成员，共有30多人，这30多人对这次端掉日伪营部起到很大的帮助作用。他们做向导，引领游击队员们分头行动，使许多的伪军在熟睡中就做了俘虏。

就在此时，一声枪响，划破夜空，紧接着四处枪声大作。这时只见王思富光个秃头骂骂咧咧地过来了："日他奶奶的，我算白忙活了，李昌明个妻侄羔子不知跑哪去了，我白开两枪，他根本没在床上睡觉。我这仇看来报不了了。"王秃子报仇心切，提前行动，说是操李昌明的鳖窝，结果扑了个空。但他这不守纪律的两枪，给后续工作带来了不少麻烦。

沙玉坤、谢昭唐带领手枪队去"武装请客"。"请"的都是贾汪镇上有头有脸的人物，其中有号称"二华东"的郑玉轩，他靠矿吃矿、贩运煤炭，成为贾汪的首富；外号"镇关东"的刁有财，原来只是个杀猪匠子，在老矿里摆摊卖肉，养家糊口，靠要横挣下一些家产，也娶了三妻四妾，小日子过得很舒坦；另外还有钱来顺、仇家喜等，都是这里的有名财主。运河支队去"请"他们，那是想让他们出出血，以解决运河支队的燃眉之急，让他们为抗日做点贡献。他们住的都是深宅大院，有的还设有保家护院的家丁，那可不是一般人能够随便进入的。运河支队专设的手枪队，这些游击队员们也不是一般的人，个个都是身怀绝技，一般的墙头是挡不住他们的。队长沙玉坤，自幼练功习武，曾进过少林寺，练就一身功夫，在大运河南北、利国驿、柳泉、贾汪一带很有名气，在铁道线上爬火车如走平路，号称"沙千里"，说是可以日行千里夜行八百。尤其是1939年底，那时运河支队还没成立，他就带领五人偷袭日军新庄据点，打死打伤十几名鬼子，全身而退。这次他带来的20多名游击队员，在他的教练下，各个都身手不凡。在王思富枪响之时，他们有的已经进入财主大院，有的尚未到达指定地点，虽然遇到些麻烦，但都没耽误任务的完成，邀请的四位"客人"全都"请"到。

北门里，梁瑾侠与王福堂、刘永胜接上头之后，她和孙忠诚、王庆珍等身着伪军服装的人在前，其他人随后，跑步奔向官房里。快到日军营房门口，哨兵问："站住，什么的干活？"说着拉动了枪栓。

"太君！别开枪。我是王庆珍，矿警队三小队的队长，有事要向大太君汇报，也是田中少佐安排的，请行个方便。"王庆珍等人边说边往前走，他人高马大，赶紧几步就来到哨位前，站岗的小鬼子有一人认识他，正准备放行，东南方向枪声响了，哨兵就不再让进。梁瑾侠飞身一脚踢倒了哨兵，当胸一刀，那小鬼子当场毙命。另一哨兵被王庆珍抓起，猛摔地上，脑浆崩裂。岗楼上的哨兵一看不好，又是放枪，又是吹哨子，梁瑾侠向上掷出一镖，没听到他吭声就倒下了。大门被孙忠诚打开，梁瑾侠大喊一声："同志们，冲啊。"率先向日军大本营冲去。

睡梦中的日军听到枪声和哨声，慌乱中起来应战。还没等他们穿好衣服，王福堂和游击队员们已冲了进去，大开杀戒，无论你再喊："缴枪不杀！"小鬼子也照样抵抗，死不投降。有耍大刀习惯的战士，冲进屋里大刀飞舞，杀得手提裤子、伸着袖子的日军鬼哭狼嚎。梁瑾侠哪还顾得女性害羞，对那光着身子的小鬼子，那是左右开弓，一枪一个毙敌。一转身，看见王金凤怎么跟进来了，而且双手持枪射击。"你不听话，谁叫你跟进来的，赶紧回去。"梁瑾侠大声训斥着她，她一声不吭，继续耍那"王八盒子"。

这时，地堡里、岗楼上的机枪响起，日军开始猛烈还击，王福堂身先士卒，冲向最危险的地方，狙击手打烂了探照灯，造成敌人盲目射击。爆破小组靠近一个碉堡，放上炸药包，轰隆一声巨响，碉堡和里面的鬼子跟着上了天，据说田中少佐就在里面。他这才来贾汪不到一天，想谝能还没谝够就见了阎王。按说，这家伙也是够倒霉的，刚从徐州调过来，飞扬跋扈还没使开劲，年轻气盛自寻灭亡。

战斗正在白热化地进行中，突然三发红色信号弹升起，紧接着又吹响了冲锋号。它不是在号令游击队员继续往前冲，而是一小时战斗时间已到，通知各战斗队开始收官。明面上大声喊："冲啊！""杀啊！"实际上是让各部队就地打扫战场，把需要带的物资带走，打好掩护，快速撤离。王福堂命令梁瑾侠、刘永胜带队先撤，他和一班、二班断后。

梁瑾侠有意将王金凤一同带走，但没有组织安排，感觉不好擅自做主。能够在敌营中长期潜伏下来，这是不容易的事。王金凤也深深知道自己肩负的责任，暂时还不能跟队伍走，就对梁瑾侠说："你走吧，姐，我知道暂时还不能回去。这里的小鬼子还没有消灭干净，咱们的队伍今后可能还要二打贾汪，三打贾汪，我要继续坚守这里。你不是说了：'提供情报也是抗日吗？'不过，我是真想跟你回去学做女侠，看来做不成了。"她说得如泣如诉，梁瑾侠不禁眼泪哗哗。王金凤把谢昭唐的枪放在梁姐手里，转眼消失在夜幕中……

第三十二章　金凤侠英勇就义　梁瑾侠演义传奇

　　贾汪一战，运河支队取得丰硕成果。打死打伤日军 50 多人，毙伤伪军 60 多人，接受投降和俘虏伪军 80 多人，缴获长短枪 150 多支，子弹数万发，打开伪军一个仓库，截获日用物资一宗。战斗中，有 5 名游击队员牺牲，伤 20 多人。手枪队干得最利索，无一人伤亡，把该"请"的"客人"全部"请"到。

　　运河支队游击队员安全撤离后，回望贾汪鹿家楼和官房里一带火光冲天，那是日伪的军营和仓库仍在熊熊燃烧，并伴有时松时紧的枪声。那要么是日伪军在狗咬狗，要么是乱放空枪自我壮胆。游击队员们押着"客人"和两大车物资，开心地向黄邱山套返回。此时，月牙儿从云层中钻出，为战士们照亮道路，战士们加快了行军步伐，在拂晓之前已分别抵达张塘、丁庄等营地。

　　当日上午，运河支队领导孙竞云、朱道先、胡伯勋等在涧头集出面宴请被"武装请客"邀来的郑玉轩、刁有财、钱来顺、仇家喜等，为他们接风洗尘压惊。这里面有两位和胡参谋长熟悉，也曾资助过八路军陇海游击支队驻峄滕铜邳办事处，也算是"老朋友"了。所以支队长和政委就让胡参谋长致辞。他先回顾了之前郑玉轩、钱来顺对办事处开张给予的支持，帮峄滕铜邳办事处和八路军运河大队度过艰难时期，接着讲了共产党八路军的抗日主张和民族统一战线工作。"现在大敌当前，日军不断对运河支队进行"扫荡"和封锁，造成物资极为匮乏、等米下锅的局面，还要请玉轩兄和来顺弟及各位慷慨解囊，以帮助我渡过难关，让游击队员能够填饱肚子，好有力杀敌，争取早日把日寇赶回老家去。也使各位能够安居乐业，免遭外族欺压，能够挺起腰杆做人，生意更加兴隆。"随后，孙支队长、朱政委也讲了话，阐述了全国抗战的形势、民族大义及峄、滕、铜、邳四地人民武装斗争情况。

在这种鸿门宴上，被"请"的四人如坐针毡，很不自在，但又说不出别的，只能你看看我，我看看你，点头哈腰。领导讲的很多，他们也不知能听进几句，心里的小九九是如何能过了这一关，八路军虽然不会撕票，但不出点血，一时半会儿也回不了家。比较开明的"二华东"首先表明态度，"变卖家产也要保证八路军吃上饭，准备让家人送来大洋 3000 元"。"钱半城"钱来顺和"鬼见愁"仇家喜二人附和也出 3000 元，"镇关东"刁有财闷不作声，拿出死猪不怕开水烫的样子。

这时酒场的气氛有点沉闷，孙支队长站起身来说："该说的话我们都说明白了，我还有事，单敬大家一杯先撤了。"

支队长离席后没多大会儿，朱政委也找个理由离开了。留下胡参谋长、孙正才大队长等继续作陪，从中午坐下，唠到了太阳偏西，孙大队长半开玩笑地说："看来各位今天是走不了了，那就敬酒罚酒继续喝。"

"甭喝了！甭喝了！参谋长、大队长，请容我们商量一下，给领导个答复。"郑玉轩年长两岁，成为他们四位的代表提出了请求。

"那好吧，饭局先到这里。你们几位抓紧商量，晚上再接着喝，接着谈。"胡伯勋说过，酒席暂停。

郑玉轩他们被暂时关进一间屋里，让他们商量。郑、钱、仇的思想基本通了，就是老刁不吭声。他们三人反过来做老刁的工作，问他到底想出 3000元还是 2000 元，请给个话。刁有财是有名的"肉头户"，油盐不进，气哼哼地说："反正我没钱，要杀要剐随他们的便。"这整整一个半天，算他说的第一句话。几人争来吵去，也没有个结果。郑玉轩感到左右为难，一时也不知如何是好……

但这种僵局，最终却是被老刁家打破的。他虽然很"肉头"，但他夫人却很开通，他被"请"走之后，几个小老婆找大老婆来要钱，说要离开这个家。"当家人被绑走了，我们还在一块儿过个什么。"大老婆一合计，这怎么能行，把钱分了，一拍两散，这个家不就完了，留钱留不住人，舍财保命要紧，得赶紧把老刁捞出来。于是，刁夫人就把家里现有的钱拿出 5000 元，派店小二送过来了。第二大队队长孙正才接到款后，马上报告支队。孙竞云和朱道先等一碰头，认为 5000 元也不少。尽管刁有财态度不好，但家人开明，该放人也得放人。结果是老刁先出去了，余下三人赶紧让老刁带话，让家人就按他这个数，打发人赶快送来。刁有财心里高兴但不露声色："哼！看我回家不揍死这个熊娘们儿。"其余三位也急等着回家"揍熊娘们儿"，但却在这过了夜。第二天上午才一起离开涧头集，这"武装请客"所拿来的 2 万元大洋，解决了运河支队的燃眉之急，支援了抗战。

第二天下午，运河支队在黄邱山套张塘村银杏树下，为第二大队专门召开了祝捷会。这株神树高 20 余米，直径 3 米，大树旁侧长出一株子树，被称为"怀中抱子"。六大主枝，或斜或立、错落有致、竞相延伸。仰观似数条苍龙舞于空中，树冠遮阴数亩，树龄已有 2500 余年，历经数朝，成为见证历史的活化石，全身挂满红布条，那是远近百姓为求福、求贵、求子拴到上面的。在神树下祝捷，也是借助她的荫蔽，大树底下好乘凉，使大家有个好心情，能把会开得更好。虽然共产党人不信鬼神，但也敬畏自然，祈盼神树福荫大地，护国佑民。

大会由文立政主任主持，孙竞云致辞，第二大队副大队长胡伯毅汇报了袭击贾汪矿的战况，朱道先讲话并宣布了表彰决定，梁瑾侠、王金凤、谢昭唐、沙玉坤等个人和第九中队、第十一中队、手枪队分别记功表彰。并欢迎李昌田、王庆珍、杜玉刚、李昌兴、王庆义等 48 位贾汪伪矿警队成员反正加入运河支队，为他们更换了新军装。大会结束后，当晚又演出了文艺节目。一开始，梁瑾侠就指挥大家共同合唱了由她作词并谱曲的《运河支队战歌》：

巍巍抱犊崮红旗飘飘，

滔滔大运河卷起怒潮。

风声诉说着中华民族的苦难，

军号发出"还我河山"的号召！

我们是抗日的游击队员，

运河两岸杀敌逞英豪。

战杜庄、伏常埠，

打韩庄、攻利国，

我们敢在鬼子头上跳舞，

杀得日寇伪顽鬼哭狼嚎，

……

祝捷大会之后，当运河支队还沉浸在胜利的喜悦之中时，突然接到来自贾汪矿的噩耗，队友王金凤同志，在第二天日军大搜查中被捕入狱，受尽敌人的折磨和摧残，第三天就被日寇活埋了。听说之后，大家的心情异常悲愤，又非常遗憾，敌人没有给战友们留出营救女英雄的时间。

贾汪矿遭袭后，日军受到很大损失，于是又从徐州调兵遣将，疯狂地进行报复，对当地居民挨家挨户搜查洗劫。当搜查到王金凤家时，发现了游击队员王宜萱、孙忠诚丢在锅屋的两顶草帽。因为白天进矿要做掩护，晚上打仗用不着，就随手扔在了这里。王金凤也大意了，就没有想到检查一下，把草帽处理掉。梁瑾侠也有些后悔，一是当时怕再添麻烦，没让王金凤去锅屋做饭，如果让她去做饭，也就会发现草帽，处理掉了，不会留下这么大的隐患；二是部队撤离战场时没有大胆拍板，把金凤带回来。王宜萱、孙忠诚更是后悔莫及，请求组织给予处分。这一失误留下了祸患，一见两顶草帽，小鬼子蜂拥而上，就将王金凤捆押到了官房里日军营房。

在凌晨的激烈战斗中，狡猾的齐藤中队长早早躲进阴暗的地下室，一直没露面，而让不知轻重的田中少佐在前边顶着，直到枪声停止，齐藤才钻出地堡，又张牙舞爪、大呼小叫地要为田中君报仇。

一见到王金凤，齐藤弼州这只老狐狸，隔着厚厚的镜片，转动着一双绿豆眼，阴险地淫笑着凑到跟前，用他那不是很灵敏的狗鼻子，上嗅下闻，周身寻遍，转脸露出狰狞的面目："八嘎！你的八路的干活！"

王金凤非常冷静地说道："什么八路、九路的，俺听不懂，俺一个妇道人家，除了会洗衣服做饭，别的什么都不会。"

"你的不老实，死啦死啦的！你的昨晚干什么去了？"齐藤又问。

"没干什么，就在家里睡觉。"王金凤回答干脆。

"骗人的不要。你的一身火药味，定是夜里上了战场。你的枪放哪里去了？那戴草帽的两个八路，现在在哪里？你的说出来，皇军会大大的奖励，送你到东京或大上海享福的干活。"齐藤威逼利诱。

王金凤沉着应对："俺哪见过什么枪不枪的，就知道围着锅台转，这烟熏火燎的味也成了罪？什么草帽不草帽的，反正俺也没见过，也不知道是谁什么时候摞俺家的。"这句回答，有点儿不够周全。

齐藤暴跳如雷，抽出指挥刀，恶狠狠地架到王金凤的脖子上："你的狡猾狡猾的，不说实话，这就死啦死啦的！"那刺刀在她脖子上划开一道口子，顿时鲜血涌出，染红了衣衫。

"要杀要剐随你的便，反正俺什么都没干。"王金凤怒目以对，直视齐藤那副邪恶的嘴脸。

齐藤软硬兼施不见效果，也开始怀疑自己的嗅觉和判断力，一时下不了台。"八嘎！把她押进死牢。"说着把军刀狠劲插入刀鞘，转身离去。

在阴森森的地牢里，王金凤手把铁窗浮想联翩。最先想到的是她那五岁的俊妮。逢人都说从小和她像一个模子刻出来的，那圆圆的大眼睛忽闪忽闪，像会说话，高鼻梁下一张小嘴甜甜的，两腮有着深深的酒窝，十分讨人喜欢，现在不知是跟着姥娘，还是跟着姨娘，也不知乖还是不乖。又想起她的青梅竹马，李昌田自小在姥娘家长大，他姥娘和王金凤家住对门，自幼在一块儿玩，可以说是两小无猜，按当地最通俗的说法，那是一起光腚长大的，她只长李昌田半岁，但却一直像个大姐姐呵护着他。可恨那地主老财张二歪，抢走她之后，关押虐待两三年，与心上人断了音信，李昌田被家里逼迫已成了亲。没想到在贾汪碰上面，但破镜已不能重圆。也不知道他现在身落何处。慈祥驼背的母亲一辈子忍辱负重，没过上一天好日子；父亲老实巴交，窝窝囊囊，任人宰割，与世无争，从来就没有解决好一家子的温饱问题。自己最快乐的时光不是在童年、少年和青年，而是逃出张家大院，遇到了共产党、八路军。想起了龚正刚、梁瑾侠，是他们使自己明白了许多革命道理，明白了人生的前途和目标，如沐雨露春风，活得心花怒放。不知道这样的生活是否还能延续……

黑暗中思着想着，不觉得已凄然泪下。一转念，王金凤骂了自己一句没出息，想起自己在鲜红的党旗下宣誓，铮铮誓言，怎能忘记，自己从参加革命那天起，就已把生死置之度外，又怎么能够过于儿女情长。想到这里，她狠劲撸了一把脸，把那泪水甩到身后，坚定地攥起拳头，准备迎接明天更残酷的斗争。

齐藤把王金凤关进大牢之后，他并未闲着，而是把现有的日伪军集合起来，让他们辨认那两顶草帽，问有谁见过近两天王金凤接触过哪些人。那张迎山在队列里表现很不自然，因为他的制服晾在王金凤家已被发现，两腿有点发颤，齐藤上去把他拉出队列，两眼死死地盯着，问道："你的紧张的什么？快说。不说实话，马上死啦死啦的。"

"我说，我全说。"张迎山瘫倒在地上，"这小娘们儿天天到老汪崖去洗衣裳，她长得俊俏，我看得心里痒。有一次趁她不备，我扭了她一把腚，结果被她扇了两个大嘴巴，后又挨了李昌田二十军棍，腚帮子都被打烂了，我都亏死了。"

说到这里，引起了几个日伪军的偷笑，齐藤很不满意，"八嘎！你的说正事，草帽的见过？"

"昨天，我让俊嫂帮我洗衣服了，我远远看见有两个戴草帽的人找过她，但并没跟她进来。不过上午倒有一个女的跟她一起进来了，我们检查了有良民证，就放行了。"张迎山这个汉奸，把他知道的，竹筒倒豆子，全都交代了，也把记恨发泄了。

"李昌田的在哪里，出来！"齐藤吼叫道。

"报告太君，他已跟八路队伍走了，你找不到他了。"说话的是苟胜利，外号"狗剩子"，做人低三下四，见风使舵，是讨人嫌的角儿。他又讨好献媚地说："昨天我在班上，真见到两个戴草帽的很壮实的小伙子，光着脊梁，褂子搭在肩上，从南门进来的，到我交班也没见他们出来，不知道是不是太君要找的人？"

"吆西，你的大大的好，可以当小队长了。"

"谢谢太君！谢谢太君！我一定好好为您效劳。"

齐藤眼珠一转，突然又想起请假看病的李昌明，就赶紧派人去医院和他家里，想把他找来，挖掘更多的线索。结果那李昌明家里已是人去楼空，不仅当地医院，到徐州各大医院也没找着，不知所踪。齐藤非常失望和沮丧，自己十分信任的人开了小差，炒了他的鱿鱼。由此可以看出，梁瑾侠、谢昭唐的策反工作，在李昌明身上还是起到一定的作用。他脚底抹油，不再为日军出力卖命。

第二天，王金凤被提出大牢，押到齐藤的办公室，他一改昨日的嚣张，忙拉出一把椅子让王金凤坐，并解开她的手铐、脚镣，端起一杯水送过来。王金凤昂着头，不看也不接。她知道齐藤这是黄鼠狼给鸡拜年，没安好心。因为她那脖子上的刀伤还痛着呢。

齐藤装着不恼不怒，脸上强挤出点狰狞笑："王小姐，你的年轻漂亮，又聪明伶俐，如果死了十分可惜。你只要给我配合，我齐藤弼州保证你前途一片光明，钞票大大的，会有享不尽的荣华富贵。"这个"中国通"说汉语一套一套的，根本不用翻译，他这吃人不吐骨头的豺狼，装作善人也不像，但仍皮笑肉不笑地鼓舌如簧、喋喋不休，苦口婆心地进行劝降。

王金凤早就了解他的底细，知道他的蛇蝎心肠，于是就装聋作哑，不与他还言。不再像昨天，还给他来回争辩。反正是你来大风起，我就不开船。你不怕劳神，就继续表演吧。

谈了大半上午不见效果，齐藤使出了撒手锏，他让张迎山、苟剩子前来当面对质，这两个死心塌地的狗汉奸，猥琐地来到王金凤面前，不敢抬头正面相看。

"我说俊嫂，你就别再硬撑了，谁不知道你是李队长的人。他都参加八路了，那还不都是你的功劳。"张迎山乜斜一眼，王金凤毫不回应，于是他又按齐藤的交代继续说道，"俊嫂，我早就看出你是八路，所以一直监视着你。你前天上午带进一名女八路，下午又放进两名男八路，我都看见了。"

"放你娘个屁，你哪只狗眼看见我放进八路，我哪知道什么是八路、九路的。"她这一激动，终于又开口了。

齐藤有点得意，忙充好人插话道："骂得好，骂得好，你哪只狗眼看到的？"

"我说俊嫂，你别激动，我和昌田可是好伙计，他早就给我说了，你是干这个的。"苟剩子边说边用手做出一个"八"字，"他让我去参加八路，我才不愿跟他去受那份罪咪。"

"八嘎，你的该死，早知道他们是八路，为什么不来报告？"齐藤说着就上去一脚把苟剩子踹到地上，军刀直指脖颈。

"太君饶命！太君饶命！我是胡说八道的。我要真知道他是八路，早向你汇报了。"苟剩子边说边掌嘴，知道这回牛吹大了，这小队长还没当上，眼看小命玩完，忙往地上磕响头，"都怨我嘴贱，没按你交代的说，看在我主动向您报告草帽的事，请饶小的不死。"

王金凤脸上不经意露出一丝轻蔑的微笑，心想，这狗汉奸也不是好当的，出卖良心，出卖祖宗，也换不来日寇真的把你当人待。

这齐藤弼州翻脸比翻书还快，那冷血丑态随时原形毕露，吓得张迎山更加小心谨慎。唯恐碰不准齐藤的心计，那刺刀就会刺向自己，他不敢再言语。但齐藤不依不饶："张桑，你的为什么不说话了？那男女八路到哪里去了？你的快说。"

"我、我、我哪知道谁、谁是八路，我、我只见俊嫂领一个女的进矿，没、没看见她领男人进来，我、我只在远处看见有两个戴草帽的男人找、找过她，我说的全是实话，如有半句假话就天打五雷轰，让我不得好死。"张迎山哆哆嗦嗦、啰啰唆唆地撇清自己。

王金凤鄙视一眼张迎山说："你就是个欠扇的王八羔子，你占姑奶奶便宜，扇你扇轻了，今天又来诬陷姑奶奶，你还有人味吗？你认贼作父，专干舔鬼子腚眼的事，哪还配做中国人？呸！自己尿泡尿淹死算了。"

张迎山被骂得无地自容，恨不能找个地缝钻进去："我该死，我嘴贱，你愿怎么骂就骂吧。"说完扇起自己的脸，那是当真用力扇的，直到嘴角出血，也没人制止他。

"八嘎，你的就是女八路的干活。你的不说，我这就扒光你的衣服，你的信不信。"齐藤吼叫着，军刀指向王金凤。

"畜生！你除非不是人生娘养的，你也有姑姨姐妹，缺德的事做多了会遭老天报应的。"王金凤猛然站起，高昂着头颅骂道。

"吆西，我的就是畜生。我让你骂。"说着，齐藤的军刀就刺向王金凤胸前，狠劲一划，褂子就被豁开，鲜血染红了雪白的肌肤，引起豺狼们的狂热淫笑。正在扇自己脸的张迎山跪在地上，偷看一眼，血晕过去。

"齐藤，你不是人揍的，丧尽天良，姑奶奶我给你拼了。"看着齐藤仰面大笑，王金凤飞起一脚正踢要害，只见那狗东西惨叫一声，抛却军刀，双手抱球倒在地上。

站在旁边的两个鬼子疯狂扑上来，王金凤不知哪来的邪劲，左右开弓又把两个鬼子击倒，顺腿踢翻了张迎山和苟剩子，接着就冲向门外，被外面的鬼子死死抱住，几人一齐上，使王金凤不得脱身，但她又踢又抓又咬，弄得几个小鬼子全都挂了彩。这是王金凤跟梁瑾侠学的几招，今天全用上了。

蛋被踢伤的齐藤弼州，瞬间晕死过去，当他醒来看到几个小鬼子还在拼命厮打已经是衣不遮体的王金凤，立刻"八嘎！"骂着喊停。他这可不是良心发现，而是为了讨好上司，谝本事邀功。今天一大早，他就向徐州大本营的野田大队长做了汇报，说抓住了女八路、女共党。野田次郎很感兴趣，说他明天要亲自过来看看。齐藤怕把人打死了，明天交不了差，所以，他才一手捂蛋，一手摆动制止野兽们的暴行。

遍体鳞伤的女英雄，被几个血头血脸的小鬼子架回了牢房。她昏昏沉沉很长一段时间，头脑才渐渐恢复了意识，感觉浑身胀痛，想要坐起而四肢无力，腰像是断了一样不听使唤。躺在地上她又思念起亲人和战友，期盼还能和他们一起杀鬼子除汉奸；她十分痛恨齐藤弼州等日寇和汉奸张迎山、苟剩子，盼望共产党、八路军能为她报仇雪恨，使百姓免遭涂炭。她知道这次很难再活着出去，已抱定必死的信念，誓死不出卖组织、誓死保守党的机密、誓死捍卫共产党人的坚定信仰。上刀山下火海坚决革命到底。她在疼痛中醒来，又在疲惫中睡去……她在黑暗中盼望着黎明，她又准备着迎接更残酷的考验。近四十个小时没吃没喝，全然不觉得饥饿和干渴。她试着攥起拳头，手还有点力气，就挣扎着坐起，想要整理一下身上的衣服，那破烂的布条碎片全都和血粘在了肉体上，很难再揭开。她毕竟是女儿之身，有着本能的尊严和羞耻心，毫无人性的敌人可以羞辱和摧残她的身躯，却不可以动摇她坚强的意志，这意志如钢似铁。决心不管怎样，明天要凭一身正气、一脸阳光，去应对那邪恶势力，藐视那野兽豺狼……

牢门打开了，两个小鬼子进来给王金凤送来了饭菜和一身衣裳。其中一个肥头大耳的胖猪嗅着满牢的血腥味，淫笑着说："花姑娘，你的好漂亮，死了大大的可惜。一会大太君的问你，你要好好配合，回头是岸，识时务者为俊杰。"边说边凑近，想触摸她的身体，被她吐了一脸唾沫、挨了一个大嘴巴，灰溜溜地退出了。王金凤还想要骂他几句，但嗓子已干得说不出话来。

两个日军走后，王金凤强忍着疼痛，穿上了他们从她家里搜来的一身较新衣服。一看送来的是两菜一汤，外加两个玉米窝头，虽然有着扑鼻的香味，但她全无胃口。这样的招待，看来像将上刑场的最后一顿送行饭。她想了想，不吃白不吃，吃饱了上路总比当个饿死鬼强，于是心一横，就先端起汤喝了，然后风卷残云把饭菜全吃光。她已连续四五顿未进食，吃后仍感觉未饱，但体力开始恢复，她冲门外喊道："小鬼子，让齐藤再送俩馍来，姑奶奶我没吃饱。"鬼子虽未回音，但不大一会儿又真送来俩菜四个窝头。

上午不到9点，野田次郎从徐州来到贾汪矿，准备提审王金凤。齐藤已领教了这位女共党的厉害，人证物证一应俱全，她就是共产党八路军的情报员，但就是撬不开她的嘴，不仅没拿到想要的东西，而且差点丧了命。他要看看老野田有什么高招儿，能把女八路劝降。

出于报复，也是为了野田的安全。齐藤安排提前把王金凤绑在了十字架上。王金凤不吭不响，怒目以视，看小鬼子还有什么丧尽天良的花招儿。

穿着一身和服的野田进到审讯室。这个齐藤特制的酷刑拷问，什么电椅子、老虎凳、火炉子、烙铁、皮鞭、竹签等全摆在那里，以加重被审者的恐惧心理。"吆西！快把王小姐放下来，我们要好好谈谈。"野田装仁显义地让小鬼子解下绳索，把王金凤放在椅子上。王金凤仍是一言不发，横眉冷对。

"王小姐，鄙人野田次郎，专程从徐州而来，跟你谈话，希望我们能交谈得愉快，谈好了你一会儿就可回家，身上的伤痛我可马上让人来给你治疗，不知你意下如何？"这野田，光秃着头，一脸横肉，鼻下留着一撮小胡子，生就一副凶恶相。他想充好人也装不出好样。

对野田所言，王金凤是充耳不闻，好像是没听见。那野田仍不急不躁，心藏杀机而面带微笑："哈！哈！哈！我说的可是中国话，难道王小姐听不懂了吗？我们已经完全掌握，你就是八路军的情报人员，我们几次清剿运河支队都不成功，全是你的情报的功劳。这次又是你的里应外合，使土八路攻打我贾汪据点，造成我军伤亡惨重。你的已经是死罪的干活。我看你很年轻，还少不更事，共产党、八路军给了你什么好处，值得你为他们这样卖命，你这落难了，再也没人来救你。你的要自己救自己，把你掌握八路的情报告诉我，我这就可解救你，让你马上脱离苦海，享受荣华富贵。我这是给你机会，望你好自为之。"野田唠唠叨叨像个老太婆，说起没完。王金凤仍然是我行我素，心想："任你怎么说，说得天花乱坠也没有用，我就是不还言，愿说你就说去。"

时间已过去两个小时，野田磨破嘴皮子也没见成效，他的忍耐也是有限的，一看劝降不成，突然就撕去伪装，原形毕露，声嘶力竭地吼叫道："八嘎！你这是敬酒不吃，吃罚酒，给我大刑伺候！"野田吼完转身出去了。齐藤扶着小鬼子尾随其后，谄媚道："大队长，请您的不要生气，我这就让人杀杀她的威风。"

这两个老鬼子一出去，几个小喽啰上前又重新把王金凤绑到刑架上，那蘸水的皮鞭像雨点般落在她的身上，留下道道血痕。她咬紧牙关，闭上双眼，把仇恨记在心里……

不知过了多长时间，王金凤在昏迷中大脑幻化出五颜六色的画面，那是童年的梦境，村南是九龙山，那漫山遍野的红红绿绿，不知是春花还是秋叶，一条蜿蜒的龙溪，绕村而过，流向不远处的大运河，那里是鹰飞鱼跃，楫舟穿行，时而光亮光灭，时而浪红浪白……"浩浩乎如冯虚御风，而不知其所止；飘飘乎如遗世独立，羽化而登仙"。身体似被一朵彩云托浮于空中，飘忽之间，她一会儿看到自己的父母、俊妮在呼唤；一会儿又发现逝去的亲人在向她招手……在死神临近的时刻，一桶凉水把她从昏沉的迷幻中激醒，她看见一个个狰狞的面目，恰似阎罗殿里的魑魅魍魉。已换上日本军装的野田还原了他本来的兽面，上前抓起她的头发，恶狠狠地问道："怎么，这样好受了王小姐，俗话说'苦海无边，回头是岸'，你现在回头还来得及。否则马上死啦死啦的。"

令野田猝不及防，一大口血沫啐到他的脸上。"呸！你个老王八羔子，你还有什么鬼花招儿，全使出来，姑奶奶我不怕，怕我就不配做共产党员。"王金凤怒斥道，"你不是要问共产党、八路军在哪吗？远在天边，近在眼前，姑奶奶我就是共产党员、八路军战士，就是你们这些乌龟王八蛋的眼中钉、肉中刺。你不是嫌我不说话吗？我全给你说完了，这下你满意了吧？"

夹着两眼血沫后退两步，抹去满脸的血污，野田更加气急败坏，亲自抄起烧得通红的烙铁，烫到女英雄的身上，发出一股焦煳的肉味，恨恨地说："我让你嘴硬！快说，你的同党是谁，八路军运河支队现藏在哪里？说了我饶你不死，不说马上枪毙！"

"要杀要剐随你的便，姑奶奶绝不会告诉你任何机密。你不说要枪毙吗？请给你姑奶奶来个痛快。"王金凤二目圆睁直视野田。

野田倒吸一口凉气，不寒而栗。"天下竟有这样顽强的女人，这在我们大日本是难以想象的。有这样坚强的巾帼英雄，这样坚强的人民，我们大日本想要征服亚洲，称霸世界，看来是根本不可能的。"野田想到这里，看到了"大东亚共荣"的渺茫，感到一筹莫展。在女英雄面前，觉得自己太无耻和渺小，他在怨恨和崇敬间切换着思绪。这个"中国通"熟知中国文化和大汉民族精英优秀人才的品格，这些人有钢铁一样的坚强意志，是任何力量都击不垮的。他知道自己已经没有能力改变一个女八路的思想和意志，于是绝望地把烙铁掷在地上，拂袖而去。齐藤匆忙跟他出去，问他如何处置。

"活——埋——！"野田从牙缝里挤出俩字。"你要杀鸡儆猴，杀一儆百，威慑这里的老百姓不敢再与我们作对，保障这里的煤炭大大的发往大日本帝国。"

当天下午，乌云翻滚，大有山雨欲来风满楼之势。在贾汪矿北门外，老汪崖西面的黑土岗子上，挖下一个深深的大坑，周围站满了日伪军和被他们用枪逼迫而来的当地百姓、矿工。人围得里三层、外三层。不一会儿，一辆日本囚车开过来了，前面是响着警笛的摩托，后面是架着机关枪的军车，他们如临大敌，胆战心惊，在为运河支队女英雄送行。来到黑土岗，鬼子兵荷枪实弹地闪开一条道，王金凤被两个小鬼子架着下了囚车。她虽然披头散发，衣不遮体，遍体鳞伤，但意志依然坚强，掩不住那凛然正气："乡亲们，请你们不要害怕，日军在我们中国究竟是兔子尾巴——长不了。前天夜里，我们八路运河支队袭击了日军据点，毙伤鬼子百余人。我亲手射杀了五个鬼子，所以已经够本了，死也值了。遗憾的是没能把这些龟孙杀干净。"

听到这里，监斩官齐藤沉不住气了："八嘎！你的真会打枪？枪的放在哪里？你这带我去取，仍可饶你不死。"

"那王八盒子早就被我扔到了前边的汪里了，你派人去捞呀。"王金凤轻蔑地笑着说。她这是在戏弄齐藤。那枪早已被梁瑾侠带走了。

齐藤来了兴趣："请问王小姐，你那南部十四式手枪，是怎么搞到的？"

"那是在常埠桥战斗中，我从广田中佐手中夺来的，怎么样，你还有意见吗？"王金凤挑逗齐藤，弄得齐藤一头雾水，他也不知是真是假，信又不信，但当他一想到广田惨死，又脊背发凉，那前天夜里要不是学老鼠钻地洞，不就也像广田和田中一样早一命呜呼了。他越想越害怕，自己不知哪天也要把这条小命搭进去，"大东亚共荣"也怕看不到了。

"吆西吆西！王小姐，你的大大的厉害，今天我的不杀你，明天你就会杀我，我已给你准备好了新窝，请你进住吧！"齐藤狞笑着手指大坑，几个鬼子架着王金凤向深坑走去。

"放开我，姑奶奶我还能走，不用你们伺候。"王金凤猛然晃动双臂，挣脱小鬼子之手，强忍住浑身剧痛，向前走去，"齐藤老熊，你听好了，那一脚我踢轻了，让你捡回一条狗命。如果我有梁姐的功夫，你早死定了。姑奶奶我做鬼也不会放过你的。"接着高呼："共产党万岁！""八路军万岁！""打倒日军！""打倒汉奸卖国贼！"然后，高昂头颅纵身跳进坑中……

那声音回响天际，引起电闪雷鸣，现场的百姓也随之高呼："打倒日本帝国主义！"人流朝前涌动，齐藤鸣枪示警也阻挡不住："八嘎！快快加土！"

"咔嚓！"一个响雷，震得大地颤抖。齐藤的手枪掉在地上，他顾不得捡拾，在小鬼子的搀扶下仓皇向汽车方向逃窜。霎时间天地昏暗，九龙山在呐喊，大运河在呜咽，鲁南苏北大地为失去一位优秀儿女而哭泣。炸雷过后，大雨倾盆而落，"轰隆隆！轰隆隆！"……一阵大雨过后，天似无晴又有晴，日隐日现红霞满天，空中似有一个景象在显现：凤凰涅槃……

齐藤弼州受过这场惊吓，女八路王金凤的魂灵好像一直缠绕着他，让他时常一乍一乍、胡言乱语："快快地加土，活埋了女八路，别让她跑了！"因吃不下饭、睡不好觉，狂躁至极，像得了疯狗病，面目狰狞，见谁就想咬谁。闹得上级不愿搭理，下级人见人躲。

王金凤英勇就义的消息很快传遍黄邱山套、大运河两岸，抗战军民无不悲愤和惋惜，愤怒的火焰在熊熊燃烧，游击队员们立誓要给王金凤报仇。在杜安村为她举行的追悼大会上，运河支队领导孙竞云主持，朱道先致悼词，追述这位年仅 22 岁的共产党员，为了党和人民的利益英勇捐躯，值得大家学习。文立政宣读了八路军第一一五师首长发来的吊唁和慰问英雄家属的信。对王金凤大义凛然的英雄气概给予表扬，充分肯定她是一名优秀共产党员和坚强的无产阶级革命战士，威武不屈，视死如归，撼天动地，重于泰山。号召八路军指战员和各抗日武装要向王金凤学习，不怕流血牺牲，坚决抗战到底，不赶走日寇绝不收兵。

不久，齐藤又犯着疯狗病出动"扫荡"运河南，这次他没能侥幸逃脱，被梁瑾侠击毙于偪阳城下，没能活着回到东瀛岛国。

为更好地宣传英雄、歌颂英雄，梁瑾侠化悲痛为力量，根据王金凤的事迹，含泪赶写创作了柳琴戏《烈凤传奇》。

柳琴戏，又称拉魂腔。明末清初起源于峄州，流行于苏北鲁南大运河两岸，因此也叫拉河腔。它是以鲁南民间小调为基础，吸收当地柳子戏（弦子戏）

的精华发展形成的，风靡于峄滕铜邳一带。"两天不吃饭，围着弦子缎""三晚不喝汤，为听拉魂腔""拉魂腔进了庄，茶不思饭不想，男女老少魂拉走，看了上场接下场"表达了这里的人们对拉魂腔的喜爱。《喝面叶》《打干棒》《王二赶脚》《夏三探亲》等成为其经典代表作。"大路上来了我陈世铎，赶会赶了（我）三天多。想起东庄唱的那台子戏哟，有几个唱得还真不错。头天唱的'三国戏'，赵子龙大战《长坂坡》，第二天唱的'七月七'，牛郎织女会天河……"当地百姓耳熟能详，人人都会哼唱几句。

梁瑾侠借助这当地民众喜闻乐见的民间小调，演绎了金凤与昌田凄美的爱情故事。金凤、昌田自幼玩在一起、两小无猜，背着父母早已私订终身，可恨那地主老财张二歪，仗势欺人，抢走了金凤，活活拆散了一对有情人。金凤性格刚烈，不屈于封建邪恶。张二歪娶金凤是为了传宗接代，因为前四房妻妾没有给他生出一男半女，也不知原因何在。强娶金凤当年，就生出女儿俊妮，张二歪怎么算也不是他的种，所以就把金凤往死里打。金凤抗争两年后，终于带着女儿逃离虎口，在好心人的帮助和共产党的教育指引下，走上了革命道路，参加抗日武装，打入敌人内部，刺探日军情报，发展革命力量。并在敌营与有情人重逢，动员有情人一同抗日，共同携手为八路军运河支队传递情报，给敌人以沉重打击。但由于一时疏忽大意，因两顶草帽身陷囹圄，最后大义凛然以身殉国。虽未能与有情人终成眷属，但已留下革命的后代，有情人完成她未竟的事业，并把俊妮抚养成人。《烈凤传奇》演唱剧本形成后，梁瑾侠和褚斯宇等指导排练，随后在大运河南北两岸巡演，引起轰动。观众无不为英烈金凤感动，更加激起对日寇的仇恨。演出现场时常响起"打倒日寇！""消灭汉奸！""为凤姐报仇雪恨！"的呐喊声。

第三十三章　队伍撤离运河南　临危决战朱阳沟

在运河以南，袭击贾汪煤矿取得成功之后，运河支队又乘胜攻打运河以北已与八路军离心离德、分道扬镳的守军孙莫遲的老巢——古邵镇。

孙莫遲，字丹庭，1906 年生于峄县古邵镇大黄村，自幼好武，练就一身功夫。其父孙正岱为当时古邵社社长，家资巨富，结交官府，在当地很有声望，老百姓称之为"大王"。作为"官二代"和"富二代"的孙丹庭，子承父业，1926 年年仅 20 岁就担任了"峄县剿匪安民团"第四营营长，后又任国民党峄县五区区长，带着 400 余人，活动在运北一带。1940 年初，自愿改编为八路军，与峄县支队孙竞杰部合编为峄县支队第二大队，他任大队长，孙竞杰为副大队长。后又被改编为第三大队，他仍任大队长。在运河支队打下穆庄，枪毙了他的姑父汉奸王平吉之后，他就开始与八路军离心离德，仇恨共产党，不听指挥，妄自尊大、胡作非为。经常在背后打黑枪，阻止我峄县县委和运河支队向北发展。为扫除这一障碍，9 月 15 日，张光忠司令指挥苏鲁支队第三营、峄县支队第二大队、运河支队第一大队发起讨伐孙莫遲的战斗。

此时，孙部分别驻古邵、颜庄、邱庄、洛庄一带，攻击部署为，运支第一大队、峄支第二大队和苏支第三营，分别进攻孙部各个驻防地，要求在黎明前各部战斗同时打响。

运河支队第一大队从涧头集地区向北开进。因大雨过后道路泥泞，行军速度减慢，各部进到接敌地带时已天亮，孙部已经发觉我军，提前交火使我方此时陷于被动。但军令已下，只得组织强攻，第一、第二中队主力打颜庄较顺，因孙部只有一个中队在此，战斗力不强，加之村周围无险可守，经过两个小时战斗即把守军60余人、枪全部俘获；第三中队攻古邵，火力猛烈，守军溃败，我军随机占领。

但是，另两支队伍的进攻却很不顺利。时至下午，苏鲁支队第三营，峄县支队第二大队攻打邱庄依然受阻，这里因系孙莫迟亲自在指挥，全力固守。孙部已被压缩到两所深宅大院里，张光忠正准备再次强攻，这时峄县支队副支队长孙云庭出来讲情，说毕竟他曾是主动带队伍参加八路的，这次就放其一马。孙云庭系运北地区实力人物，曾任国民党峄县南办事处主任兼西区区长，在孙氏封建家族中地位显赫，和孙莫迟为本族兄弟，关系不错。同时又有运河支队第二大队队长孙正才一同出面调解。孙莫迟又表示承认错误，愿意改过，今后绝对服从八路军统一领导指挥，不再背后乱来。故此照顾双方面子，也是以统战的角度再放孙一马，张光忠命令撤离包围。孙莫迟部向东撤至马兰屯地区驻防，让开了古邵、曹庄等地。起初表面上还与我军来往，后又向东移防，完全投靠了顽军孙亚洪部，任第四团团长，从此完全脱离我军，走上彻底反共道路。之后，苏鲁支队第三营和运河支队第一大队撤回运河南岸涧头集地区，第二大队暂时接防古邵一带，峄县支队撤至运北文峰地区进行休整。

运河支队自宣布成立之日起，队伍不断扩大。到1940年10月，虽然走了"尤瓜屋子"和孙莫迟，但队伍仍有1500多人。峄县县委以涧头集为中心，依靠运河支队、峄县支队、苏鲁支队等武装，开辟了东西长50余公里、南北纵深60余公里的抗日游击根据地。部队初创，士气高昂，接连打韩庄、袭利国驿、战贾汪，每战皆捷，队伍也滋生了一些骄傲自满和麻痹松懈情绪。峄县党政机关全从黄邱山套迁到了涧头集中心大镇，镇上的农救会、妇救会、儿童团全都组织起来了。运河支队和苏鲁支队第三营也驻扎于此，使这里热闹非凡，常常是锣鼓震天响，歌声入云霄。10月10日这天，又在镇南大广场举行军民庆祝胜利大联欢活动。晚会上，一开始大家集体合唱了梁瑾侠创作的《黄邱山歌》：

> 十八黄邱长又长，山里一片好风光。
> 高粱大豆棉花地，家家户户粮满仓。
> 鬼子一来遭了殃，烧杀抢掠丧天良。
> 穷苦人家卖儿女，地主老财吃得香。
> 运河支队打进来，土匪恶霸四处藏。
> 消灭日寇和汉奸，人民翻身得解放。

梁瑾侠不仅唱了几首鲁南民歌，还和褚斯宇、殷宪涛等演出了压轴戏《烈凤传奇》，她扮演金凤和殷宪涛扮演的昌田，用拉魂腔演绎了青春爱情；和褚斯宇扮演的齐藤斗智斗勇，嬉笑怒骂，连续赢得观众的掌声；当演唱到金凤英勇就义，观众潸然泪下，随后连连响起"打倒日寇！""消灭齐藤！"的高呼声，高潮迭起，杀声震天。

运河支队的迅速发展壮大，共产党在峄滕铜邳地区抗日斗争如火如荼，不能不引起敌人的忌惮，令日寇坐卧不宁。就在我军民庆祝胜利之时，日军已经开始实施大规模"扫荡""进剿"行动。由于王金凤同志牺牲后，我方未能及时采取补救措施，未另派人员打入敌营，使徐州、贾汪一带的敌情信息中断，造成情报完全失灵。运河支队和苏鲁支队对敌人已经开始的"进剿"行动毫无察觉，仍陶醉在一时胜利的歌舞升平之中，而危险已经降临，并正在步步逼近我根据地。

恰于10月10日涧头集举行军民大联欢之夜，驻扎在徐州的日军第二十一师团的2000多人，在板垣司令的带领下，乘火车到达贾汪，接着分成两路"扫荡""进剿"运河以南八路军驻地：一路由贾汪东行，经宗庄、上黄邱，于10月11日拂晓前到达涧头集镇南部的库山南头，攻击运河支队第一大队；另一路由贾汪北行，经杜安集、后孟东进到郑庄、后楼，攻击运河支队第二大队。

进攻库山的一路是日军的主攻部队。因库山战事吃紧，第二大队为支援库山除留下少数人在郑庄、后楼一带阻击敌人外，大部也开到库山参加了战斗，苏鲁支队也在库山东侧阻击敌人。

天刚一放亮，日军在强大的炮火掩护下，一次次从库山南坡向上发起冲锋，驻守在这里的三中队，打得十分英勇顽强，不怕流血牺牲，顾不得部队减员，以百人抗击日军第二十一师团主力千余人的反复进攻，在火海中坚守阵地，视死如归，打退敌人一次次的疯狂推进，战后被命名为"库山英雄连队"。

11日上午10点左右，驻陇海路大许家据点千余名日军也出动北进，来到库山脚下，从东侧开始发起冲锋，增强了日军进攻库山的力量。库山主峰下的几个大大小小的山头，战斗都在激烈地进行着。下午2点，日军吃饱喝足后，又开始一轮更猛烈的进攻。我军阵地上已被日军的炮火炸起一层厚厚的土石。敌人进攻山头受阻，就加大炮火支援，狂轰滥炸，我军所构筑的工事大多已被夷为平地，部队出现严重伤亡，但阵地仍在我方控制之中。

从早上日出战至黄昏，双方部队都在减员。天渐渐黑了，日军的进攻停止了，但他们并未撤离，仍集结在库山四周，准备着明天的再次进攻。苏鲁支队张光忠司令一看这样打下去不行，敌我力量悬殊太大，硬拼下去吃亏的肯定是我们。因为从参战人员上看，敌方至少超我一倍；从武器装备上看，我们是土枪土炮，敌人是洋枪洋炮，火力也是敌人占上风。审时度势，认为不能等明天再打下去，那样就有全军覆灭的危险。所以，他马上召集运河支队领导孙竞云、朱道先等协商，决定乘夜色撤离库山等战场，向大运河以北转移。

此时，苏鲁支队三营在张司令的率领下，离开抱犊崮，开进运河以南黄邱山区，已连续三个多月一直在打仗，没能得到休整，部队减员也很严重，兵力已经减半不能再继续战下去，必须当机立断。随后，鲁南支队三营部队撤下库山，连夜北渡大运河，越过枣台铁路封锁线，胜利返回抱犊崮，与带队出击邹滕东部地区的彭嘉庆政委率领的第二营会合，苏鲁支队主力外线作战，分离三个月后又在老山里再相聚，终于摆脱险境。

运河支队分两路北渡运河。一路是支队领导机关、直属队，跟随一大队从得胜庄一带北渡运河去朱阳沟一带宿营；另一路是二大队从六里石、新闸子村一带北渡运河到刘家汪、郝家湖一带待命。

梁瑾侠随运河支队领导机关行动，在得胜庄坐船过河上岸，向北走不到二里地，就听见东边响起炮声，这可能是运河支队二大队北渡运河时被敌人发现，交上了火。这是从台儿庄和陇海铁道线上追赶过来的2000多名日军在黑木的指挥下，从东、南两个方向对运河支队和苏鲁支队正在进行合围。不一会儿，西边也响起了枪炮声，那就是运河支队第一大队的先头部队也被敌人发现。但因夜色茫茫，听起来这些枪炮是无目的地乱放，有点虚张声势，企图阻击我军北上。

运河支队领导机关大部分已撤到阴平一带。孙竞云因断后过运河较晚，于拂晓前赶到指定地点朱阳沟村时，天刚蒙蒙亮，突然听到从东南方向传来的炮声，南边运河一线，从涧头集尾随而来的日军也追上来了。孙竞云和褚雅青参谋在一起分析，看来这次敌人的"扫荡"，不仅有徐州贾汪出动的日军主力，还有从邳县、台儿庄、峄县、枣庄、韩庄等同时采取行动的日伪军，是上万人的围攻，而不是两三千人，敌人的武装力量是我方的五倍以上，他们企图一举将运河支队彻底消灭。而我军因情报失灵、盲目乐观，没有很好的备战，战略上出现失误，造成仓促应战，且战且退，兵力分散不能相互照顾，形成各自为政，而被敌人分割包围的局面。孙竞云原打算撤到朱阳沟宿营，让队伍先休整一下，没想到这还没住下，就和敌人交上了火。在这万分危急的时刻，为了变被动为主动，孙支队长当机立断，命令队伍抓紧进村、抢修工事，做好迎接残酷战斗的准备。

朱阳沟是个大村，人口四五千人，有一大一小两个独立的土圩子，运河支队领导机关和直属大队开进大圩子，四中队的一个排开进小圩子。大圩子四个角上各有一座炮楼，打阻击战十分有利。天亮之后，日军黑木旅团的2000多人开始"进剿"，先用密集的大炮猛轰，村内顿时到处墙倒屋塌，陷入一片火海。此时，梁瑾侠发现院子里还站着那匹驮着物品的大黑骡子，文件、纸张、印刷品和油印机还都绑在架子上。于是她全然不顾密集的炮弹，立即跑上前去，把大黑骡子牵到一坚固的墙根处，拍拍骡子的肩部让它趴下，那骡子很通人性，马上卧倒。梁瑾侠搬下它背上的物资，让它得以休息，她又转身持枪冲向前沿阵地。

打过仗的人都知道，"老兵怕机枪，新兵怕大炮"，敌人猛烈的炮火，使新战士到处乱跑，十分危险。梁瑾侠大声疾呼："同志们，请不要乱窜，快躲到炮弹已经炸过的地方！或找个墙体死角躲避！这样才会安全，快！快！隐蔽！"新战士听到了梁部长的话，纷纷跑进弹坑或到墙角躲避，果然十分有效。

孙竞云为她竖起了大拇指："你声音洪亮传得远，可以做好战地宣传，但也一定要注意自身安全，不能只顾大声喊话。"

"是。我会注意的。"战场上听到支队长关爱的话，令梁瑾侠备感温暖，怀着美滋滋的心情，转身又去了另一个阵地。

一阵大炮过后，日军在黑木的驱使下，弓腰撅腚开始冲锋，最前面的已接近第三中队的阵地，这支在库山敢打硬仗的英雄连队，这时仍毫不含糊。在队长丁瑞庭、指导员龚正刚的组织带领下，沉着应战，专等敌人靠近再靠近，最后只剩几米的情况下，丁队长一声喊："打！"机关枪、步枪、手榴弹一齐上，小鬼子退避不及，即时上了西天，几十个鬼子全部被打死。梁瑾侠在此处两支手枪左右开弓，击毙了有七八个鬼子。敌人第一波的进攻被打退了，黑木气得直跺脚："八嘎！大炮的继续的干活！"敌人不怕浪费炮弹，又开始新一轮轰炸。

孙竞云在临时设立的指挥所里，和作战参谋褚雅青分析着战况，黑木的战术是每轮进攻前先用大炮开路，鬼子兵随后，好在这个村子大，又有不少大户人家，深宅大院成了阻击敌人的很好掩体。"雅青，你在这里守着，我到前沿阵地看看，得把瑾侠叫回来，不能让她一个女同志老转在前线。"支队长说着就往外走，被褚参谋一把抓住。

"你是总指挥，怎能离开指挥所。各处来请示，我能决断吗？要去还是得我去。"褚雅青拦下支队长，自己要出去。

"不行！我得去把瑾侠调回来。"孙竞云是在为梁瑾侠的安危着想。

"我知道你关心她。但你说话不见得有我管用，论辈分，她得叫我舅姥爷，这孩子还是很听我的话的。"褚雅青这话说得一点不假，他长得人高马大、皮肤黢黑像个黑铁塔，声如洪钟，战场上有时骂骂咧咧。所以很多战士都怕他。梁瑾侠作为他的晚辈，他说话倒很注意分寸，从来没带过脏字。他也十分爱惜这个晚辈，当作小女孩、小孙女一样看待照顾。瑾侠也十分尊敬这位舅姥爷，对他说的基本上都是言听计从。所以他非常自信能把她从前沿阵地叫回来。

炮声又起，利用敌人进攻的间隙。褚雅青提着驳壳枪到各个阵地转了一圈，安排新一轮迎战准备。来到东部土圩子下，听了丁瑞庭的战况汇报，仅此一处已歼灭百余名鬼子。梁瑾侠和战士们正隐身在圩子下掩体内，从瞭望孔注视着敌情。"瑞庭，你这阻击战打得精妙，不像有的中队，老个鸟的沉不住气，还没等小鬼子靠近就开了枪，既浪费了子弹，又没打着鬼子，气死我了，我恨不能上去端他们几脚。你这打得好，不过也得节约着子弹和手榴弹，天还长着哎，子弹用完了怎么办？我看现在咱们周围至少也得有2000多鬼子，谁知道他们老个鸟还增不增兵。支队长说了，咱们要想突围，也要等天黑之后。所以你一定要沉住气，要像库山一样坚守到最后。"褚雅青沙哑着嗓子说道，然后转头喊梁瑾侠："喂！大孙女快过来，舅姥爷有话对你说。"

梁瑾侠很不情愿地过来说："是！大舅姥爷，您有何吩咐？请快说，小鬼子马上就要上来了。"

"奶奶个孙的，小鬼子上来也不用你打，这里有瑞庭、正刚他们，打得不比你差，支队长让你和我一起回指挥部，有事要商量。褚雅青说得不容置疑。

"舅姥爷，您先歇会儿，等我杀完这一波鬼子就跟您回去。"瑾侠的回答也是斩钉截铁，没等褚回答，她又转身进入前沿阵地。

褚雅青一看，这孙女不给面子，也没办法。结果他却跟着瑾侠爬上圩子，也参加了这一轮的阻击战。丁瑞庭一看，赶快安排两名战士负责警戒，保护好褚参谋和梁部长的安全。这一战持续不到20分钟就结束了。阵地前小鬼子又丢下30多具尸体撤退了。

梁瑾侠和褚雅青躲着敌人的炮弹向村中指挥部跑去，远远看见在高地上搭建的临时指挥所已被炸塌。支队长在前，警卫员在后，抬着一人向大屋奔去。梁瑾侠到跟前一看，是警卫队副队长刘继先负伤了。刘队长被放在一个门板上，那左腿膝弯处血像红酒一样向外喷涌，她忙上前把挎包上的毛巾撕破两条，将刘队长膝盖的上下两端扎紧止血。因战事吃紧，支队长已顾不得批评梁瑾侠，叫上警卫员小李和褚参谋又出去了。屋里只留下伤员和梁瑾侠，她一边安抚伤员，一边擦拭伤员身上的伤口，但因缺医少药无法止住血，膝弯处的毛巾很快被血浸透，血顺着往下滴，很快地面浸湿一片，她干着急，因为无包扎绷带只能把伤员腿上的毛巾再扎紧些。冲到门外大声喊道："卫生员！卫生员在哪里？快来救救刘队长。"几分钟之后，卫生员就背着药箱过来了，梁瑾侠帮着卫生员处理完刘继先的伤口，又冒着炮弹的呼啸声奔赴前沿。

梁瑾侠提着枪、弓着身向西跑去，没跑多远就迎面碰见褚雅青带着两个战士急速地踏过瓦砾，穿过烈火向南奔去，可以看出这是南面战事吃紧。"你个小龟孙往哪跑的，不在屋里好好照顾伤员，刘队长要有个好歹，支队长不会轻饶你，赶快回去。"这个从未骂过梁瑾侠的大舅姥爷，这一急也骂上了她。

因打仗心切，梁瑾侠一言不发，而是尾随在褚雅青他们的后面，也调转方向向南奔去，只见南面火炮、手榴弹的爆炸声此起彼伏，弄不清哪一方的火力更猛烈些，冲到前沿阵地，只见褚雅青单腿跪地，驳壳枪支在枪眼上，向外瞭望，观察敌情。这里是警卫队配合第二中队一排在打阻击。警卫队队长王云修、指导员王克俊使用的都是短枪，射程近，只能等敌人靠近再打。但因·排最近补充进的新队员较多，老是沉不住气，还未等敌人靠近，有个战士就扣动扳机，子弹飞出枪膛，气得褚雅青又开骂了："老个鸟的！哪个龟羔子放的枪，干娘熊的！大家都听好了，我不开枪，谁都不许再乱打枪。谁要再乱放枪，我毙了他个贼羔子。"

放近、放近、再放近！三十米、二十米、十米……"给我打！"褚雅青大喊一声，子弹出膛，冲在最前头的鬼子应声倒下，梁瑾侠又挥舞起双枪给小鬼子"点名"。很快，这一波敌人又撂下几十具尸体退了回去。为了节省子弹，褚雅青又大声喊道："停止射击！"然后站起来说："好！很好！就得这样打。哼！老个鸟的你只要敢过来，看老子我揍不好你个狗日的。"

我们都是神枪手，

每一个子弹消灭一个敌人，

我们都是飞行军，

哪怕那山高水又深。

……

不知是王云修，还是王克俊带头唱起了《游击队之歌》。这时，梁瑾侠又突发灵感，融会她舅姥爷教导新战士打枪之法，脱口唱出即时改的歌词：

上好子弹，要沉住气儿，

三点一线，要瞄准儿，

一枪一个，消灭鬼子。

我们是铁打的八路军队伍，

我们是铁心的杀敌能手……

她唱着自创的歌，从南圩走向西圩、北圩、东圩跑了一圈，褚雅青就陪在她的身后。这一圈见识了队友们英勇杀敌的场景，当然也看到不少牺牲，看到翻肉露骨的瘆人场面，使她又突然想到受伤的刘继先副队长，不知他是否还活着。

中午时分，梁瑾侠和褚雅青等一同回到村中指挥所大屋，警卫员立正站在门口，往里走，一看孙支队长双手叉腰站在那里，正和已经坐起的伤员说话："继先，你这腿可伤得不轻，我看一时半会儿你走不了路，你是愿留下在老家养伤，还是跟我们一起走？"他亲切又和蔼地问道。

刘继先当然想跟自己的队伍一起走，不过今夜的突围一定很难，如果自己执意要跟队伍，至少要有两人抬着自己，突围更难，于是两眼含泪坚决地说道："支队长，我就不再拖累大家了，我要留下为你们断后，保证你们胜利突围。"听到这里，支队长把脸转向一边，他那满面的泪水，全被梁瑾侠、褚雅青看到了。谁说男儿有泪不轻弹，那只是未到伤心处。这从昨天到今天，又有多少战友倒在了血泊中，不愿想起，但又怎能忘记。此时，也不知道朱政委、邵副支队长是否脱离危险？孙竞云狠劲一把抹去泪水，忙问道："雅青，现在圩子四周的情况怎么样，伤亡人员情况如何？"

"报告支队长，北面和西面较为安全；南面圩子破炸开两个大豁口；东面打得最激烈，圩子被削去半米高，但丁瑞庭他们打得勇敢，阵地仍在我们手里。总计已牺牲20多人，伤员也有30多人，但重伤不是很多，多数仍在坚持战斗。目前看来，伤势最重的就是继先队长了。"褚雅青嘶哑地报告着，那嗓子如同火烧，眼看就要发不出声音。

梁瑾侠接着说道："现在我们困难，敌人也很困难，他们进攻，我们坚守，敌人的伤亡要超我方10倍，我看他们已经是强弩之末，进攻的次数明显减少，进攻的强度明显减弱。我想带领队员冲他们一下子，给他们致命一击。"

"你敢！你要再逞能，我这就关你的禁闭。"孙竞云眼一瞪大声说道，"今天谁也不要向外冲锋，这是命令，褚参谋，请你赶快安排下去，让大家省点力气，保证今晚能够突围出去。"

"是！"说完，褚雅青又出了大屋。

这时梁瑾侠仍站在那里，守着这么多人，支队长训她，她感到下不来台，还觉得有些委屈，好心想减轻他的负担，却没给好脸。"老站在那干什么？还不赶快到西边堡垒户刘大娘家给继先同志安排个隐身处。她家和继先一姓一族，肯定会很好地照顾继先的，我们撤了也可放点心。"孙竞云的口气已经缓和。

"是！保证完成任务。"总算找了个台阶，梁瑾侠就一阵风地去了刘大娘家，看了她家的地窖子非常隐蔽，是个很好的藏身之处，又帮她抱来秆草麦穰，打个地铺，为刘继先安了一个很安全的窝。然后又回到指挥部去接刘继先，他却死活不愿离去，非要为今晚的突围战友阻击敌人不行。孙竞云强忍着脾气没再发出火来，然后摆手示意梁瑾侠，让她赶快想法把继先架走。她从门外叫来两个战士，加上卫生员共四人，一起硬把刘队长抬架到了刘大娘家，他还执意要爬着出来。

刘大娘装作生气的样子说道："同志，你们都走吧，该忙什么忙什么。继先你个小贼羔子，今天你要敢离开半步，我就把你那条好腿也给你打折。"按本家辈分，继先得喊刘大娘婶子。他们家只从这搬走两代，还没出五服，所以刘大娘的话他不能不听。梁瑾侠他们就非常放心地离开了。

下午的战事依然吃紧，敌人还没到强弩之末的程度，战斗力仍很强。要知道今天参战的人数，敌我双方比例是十比一，我们的战士是以一当十。更猛烈的轰炸又开始了，村里的房屋又被炸塌不少，殃及无辜的百姓，不时传来大人孩子的哭喊声，让人听了心碎。

"要坚强、要战斗，就会有牺牲。""牺牲有时是必要的……"今天朱道先政委虽然没在这里，梁瑾侠看到这惨烈的战斗，突然又想起朱政委常给她讲述战友公今寿烈士的故事。

公今寿是个膀大身宽的黑脸大汉，长得有点像褚雅青参谋。在广州起义中，公今寿为主力二方面军教导团的战士，在白云山上以自己的身躯充当迫击炮架，展示了钢铁英雄的形象。他那个伟大志向、崇高理想、彻底的唯物主义和完美的集体主义化身，又在梁瑾侠心里复活了，又给她增添了无穷的力量。她要用歌声继续激励战士们的斗志——

各位战友，各位勇士：
日本帝国主义为着要
逃脱危机和恐慌，
疯狂占领了我国的北方，
又进攻我们的长江。
他们要把中国当作一个屠场，
任他们宰割，任他们劫抢。
如果我们再不抗争，
那就将走向灭亡。
我们要拼着最后一滴血，
抗战到底，守住我们的家乡。

梁瑾侠把她原来教妇救会、姊妹团传唱的《慰劳歌》在战场上四处传唱。唱得不少战士热泪盈眶，更加坚定了誓死保卫家乡的意志。

从早上太阳出来，打到日薄西山，梁瑾侠和她的战友们已经记不清敌人进攻多少次，也估不准他们打了多少炮，反正是朱阳沟村的房屋倒塌多半，完完整整的所剩无几。日军旅团长黑木怎么也没想到会遇到如此顽强的阻击，使他的部队受到重创。他十分沮丧，想撤退又不甘心，收拢了一下队伍，准备就地宿营，等明天日出再战。

天慢慢黑下来了，褚雅青对孙竞云说："支队长，大家都准备得差不多了，突围计划可以实施了。我已经侦察过了，圩子西北方向敌人兵力相对薄弱，等一会儿我们可以从那突围出去。"

"很好，咱们想到一块儿去了。让战士们先吃点喝点，稍事休息，攒足力气，等天全黑下来我们就行动。"

此时此刻，撤离运河南时和孙竞云分头突围的运河支队副大队长邵剑利在撤到阴平北之后，得知孙部被困朱阳沟，急忙率领突出日军重围的第一大队第一、第二中队回转奔赴朱阳沟打增援。

天黑后，游击队员们每人胳膊上扎着白毛巾，在邵剑利的指挥下，从敌人背后突然发起攻击，让黑木措手不及，仓促应战。

听到密集的枪声和呐喊声，孙竞云断定，这肯定是自己的队伍前来支援。于是命令各部立即行动，向西北方向突围。梁瑾侠牵着大黑骡子，保护着运河支队的文件资料、印刷机，牵着那匹枣红色战马和孙竞云的马夫老徐紧急前行。在圩子北部很快撕开一个口子，两军会合，孙竞云紧拉邵剑利的手，相对无语，然后紧紧地抱在一起，相互捶打着后背，喜极而泣。邵剑利哽咽地说："你们能活着？这真是天意，让我们又见面了！"这是生死过后的重逢，大家都无比兴奋，梁瑾侠丢下缰绳也和这运河支队的主副官紧紧拥抱在一起，又蹦又跳……

此时此地不可久留，部队会合后，立即向周营镇方向的牛山、石门、张庄、黄风口一带转移。终于跳出了这次由日军第二十一师团、第十混成旅团和徐州、贾汪、台儿庄、峄县、枣庄、韩庄等地日伪军上万人组成的大清剿包围圈。在朱阳沟这片英雄的土地上，孙竞云以仅 200 人的兵力，击退了黑木旅团 2000 余人的 20 多次进攻，以牺牲和负伤 53 人的代价，换取了毙伤日军 470 余人的重大胜利。是役，充分展示了孙竞云这位黄埔生高超的军事指挥才能。当然，褚雅青、丁瑞庭、梁瑾侠等队友也功不可没。当奉命留在运河南继续坚守战斗的运河支队参谋长胡伯勋，听到梁瑾侠的事迹后，赋诗一首给予赞扬：

> 瑾侠本姓梁，好个女儿郎；
> 襄助支队长，战斗有奇方。
> 朱阳保卫战，火线来往忙；
> 今日梁红玉，爱国把名扬。

第三十四章　二十八勇士殉难　巨梁桥波涛呜咽

　　朱阳沟一战，我军占了上风，取得了重大胜利，但这只是局部的。整体上仍是严重失利的。另一路是第二大队渡过运河到郝家湖、刘家汪、小堤子一带待命，落脚未稳就突然遭到敌人的炮火轰击，队伍顿时大乱，有的战士向南跑，有的向东跑，在徒步涉水过河时，因水深流急，一些不会游泳的战士就被大水冲走了。向东撤退的队员想从东边的巨梁桥过河南回，再撤到黄邱山套去。没想到刚逃出虎口，又钻进狼窝，铁杆汉奸刘善云在这里设下了口袋阵。

　　巨梁桥横卧在京杭大运河涧头集和占邳两大镇交界的河面上，全长85米，石砌桥墩，方木桥面。桥下是明清以来为疏通河道淤浅，在河岸边设置的叫"浅铺"的水利设施。后形成村落，南边为运河主流，北边是月河环村东流，再与主流交汇，形成四面环水的水寨，名字就叫"巨桥村"。这里易守难攻。刘善云是巨桥村一带的恶少，自幼调皮捣蛋，祸害乡邻，现二十七八岁，正年轻气盛，无恶不作。在全面抗战初期就弄了十几条枪成立"村联防自卫团"，自任团长，先是参加了红枪会，后又投靠了日军，一直与抗日政权为敌，也曾遭受过运河支队在穆庄一带的沉重打击，队伍被打散，他侥幸逃脱。后又四处钻营，招兵买马，拉起100多人的汉奸队伍。这次当日军"扫荡"涧头集时，他的手下打探到运河支队被打散的消息，欣喜若狂，找到了报复的机会。于是便派人埋伏在各个村口，专等失散的运河游击队员进入口袋。

运河支队第二大队政治处主任陈诚太、在袭击贾汪矿大显神威的手枪队队长沙玉坤，带着几名战士打了一天一夜的仗未能休息，又渴又饿，又困又乏，摸到一农户家，喝了点水，吃了点煎饼，就倒头睡下了。所放的岗哨也困睡了。这一农户很不地道，将来人情况偷偷告诉了刘善云，正当几位运河支队游击队员熟睡之时，突然闯进一伙歹徒，把他们几个捆得结结实实，押回了巨桥水寨。

滕县九区区长李彦召本来是到运河支队学习的，却碰上了日军突袭，就参加了这场恶战。他和几名战士从库山退下来，就与大队失去了联系，转移到程庄时，被刘善云的人包围，李区长指挥战士边打边撤，子弹打完了，就与土匪扭打在一起，终因敌多我寡，全部被俘。

加上零散被俘的总共31人，有两人被作保出去，余下的29名我方官兵，被刘善云关进张兴坡的深宅大院里。

刘善云杀气腾腾，要逐个过筛，想从中挖出八路军的大官，他好去日本主子那里领大赏。皮鞭加木棍审了一个上午，毫无结果。这时一个歪戴帽斜楞眼的家伙进来了。这人也姓刘，外号刘三斜子，比刘善云还年长几岁，扒在刘善云脸上耳语道："大兄弟，我这刚从运河南回来，听说你在亲自审讯，半天也没有审出个道道。你不用费劲审了，这里面几个当官的怹哥我全认识，那个年龄最大的姓陈，是运河支队第二大队的政治处主任老革命；那个长得膀宽腰细，十分精干的是手枪队队长，姓沙，神枪手，如果让他要开，我们都不是他的对手；还有那个瘦高个，我也认识，他姓李，是从滕县九区过来的干部。"这刘三斜子在运河支队干过很长一段时间，前不久因偷鸡摸狗违反纪律受到禁闭处理后，才开小差跟刘善云干了伪军。

"三哥，你怎么不早过来说，看我一上午白费这么多熊劲，打也打了，骂也骂了，也没问出个道道，原来这里面还真有几条大鱼，这回你兄弟我发了。"刘善云有点得意忘形，"三哥，你这一过来我可就把人交给你了，你可得给我带人看好了，等把他们送给大日本皇军，太君的奖赏也少不了你的。"

"我在这恐怕不方便，他们几个都认识我，当面还不得骂死我，恨不得吃了我，你得让我避开他们。"刘三斜子这是做贼心虚，不敢与陈主任等见面。

刘善云和三斜子正说着，只见一个勤务兵连滚带爬地跑来，上气不接下气地报告说："皇军从东边来了！"

这认贼作父的刘善云一听欣喜若狂，赶忙出去迎接，见了鬼子小队长，比见亲爹还亲："欢迎皇军大驾光临，大太君您的辛苦了！"不断地点头哈腰献殷勤。

渡边小队长明知他是汉奸，也不是十分信任他。不仅没给好脸，却还故意恐吓他："刘桑，你的八路'毛猴子'的干活，死啦死啦的。"说着抽出了军刀。吓得这刘善云一屁股坐到地上："大太君，你不要误会，我可是大大的良民。我可不是'毛猴子'。但我今天给你抓住了几十个毛猴子，正打算给你送去，您却自己来了。"

"'毛猴子'现在在哪里？"渡边一听来了精神，没让刘善云安排吃喝，先带去看"毛猴子"。

"就关押在西边院里，我这就领您过去。"说着，刘善云就猫着腰，低三下四地在前边引路，带进了张兴坡的院子，又帮助渡边一一指认游击队员里面当官的。这帮小鬼子打了两天仗，也是人困马乏，本来是到这找饭吃、歇歇脚的，却意外碰上被刘汉奸俘获的运河支队游击队员，顿时来了精神，渡边亲自上阵，开始审讯。

"陈桑，八路军运河支队已被我们统统消灭了，你的投降吧！我的饶你不死。"渡边围着陈诚太身边转了一圈，奸笑着劝道。

"呸！放你娘的熊屁，这运河支队你是打不垮、杀不绝的。老子绝不会向豺狼屈服。要杀要剐给老子来个痛快。"陈诚太大义凛然、慷慨陈词。

日酋气得脸红脖子粗，把军刀架在陈诚太的脖子上，"死啦死啦的"。陈诚太昂首挺立、怒目以视。日酋一用力，划出一道深深的血痕，紧接着几个小鬼子上前拳打脚踢，轮番用皮鞭抽打，陈主任遍体鳞伤，渐渐失去知觉。这位于20世纪30年代初就已加入共产党的老党员、老革命，经历过多少次的枪林弹雨，经受了多少血与火的考验，早已视死如归，对日寇的这番暴行嗤之以鼻。

架走陈诚太，又抬过李彦召，他因在程庄战斗中，接连杀死了三四个汉奸，在弹尽粮绝之际仍拒捕，和汉奸扭打在一起，最终好汉斗不过群狗，腰被打断，腿被打折而被俘。"你的，硬汉的干活。吆西，跟我回台儿庄，我给你治伤。你的把滕县县委和八路的情况给我说说。"渡边蹲在地上进行劝降，冷不防被李彦召蹬了个仰巴拉叉。"我给你说个屁！"这从来没说过脏字的李彦召也开骂了，骂完等着日酋给他一刀。这渡边却没有脾气地爬起，向李彦召竖了一下大拇指，这里面包含了他的胆怯和敬佩。

接着渡边又指使鬼子和汉奸，对沙玉坤等游击队员一一过堂，鞭棒伺候。他随刘善云吃喝去了。待酒足饭饱之后，回来一听说29名好汉，没有一个充孬种的，打死也没一个说投降的。气得他大声吼叫："不要命的，统统杀掉！"

随后，渡边指挥日伪军把29名游击队员全部绑架到巨梁桥上，进行集体杀害。刚到桥上，突然有一人挣脱了鬼子之手，大声喊道："小日本，我日你娘，老子跟你再见了！"然后，勇猛地跳进滔滔大运河。他的名字叫李明，年龄20岁，自幼在运河里泡大，水性很好，传说他可以在水下潜伏半个多小时，在水里可以像鱼儿一样自由换气。匆忙间日伪军长枪短炮向水中乱射，也没见泛起一个花来。李明的双手被敌人反绑着，靠潜水和踩水在20里之外上了岸，逃过一劫。他革命意志坚定，后来又重新归队参加了八路军，继续打鬼子。人们传咏着："在运河边上长大的李明，比水泊梁山的浪里白条张顺还厉害。"

日伪军一阵慌乱过后，渡边抽出军刀指向滚滚东流的大运河，声嘶力竭地喊道："杀鸡给给！杀鸡给给！"

"中国共产党万岁！"

"八路军万岁！"

"运河支队万岁！"

"打倒小日本！"

陈诚太、李彦召、沙玉坤、王清雅、戴体正、孙茂明、贺明谨……28

位英烈的鲜血染红了大运河水。

　　大运河怒浪滔滔，诉说着二十八位英豪。

　　多灾多难的中华民族，哪容小日本逞凶霸道。

　　全民奋起杀敌报国，还我中华江山美好……

　　梁瑾侠在急行军途中，听到了28位运河支队战友为祖国、为民族英勇牺牲的噩耗，悲愤含泪挥写出《二十八烈士颂歌》。

　　运河支队领导机关和直属大队，第一大队第一、第二、第三、第四中队撤至周营一带后，文立政主任和钟联祥副参谋长率领第二大队第七、第八两个中队也赶到这里。部队在集合清点人数时，发现副官"尤瓜屋子"和他几个心腹不见了，这个见风使舵的家伙，这是一看运河支队被打散了，又转向投敌去了。气得大家咬牙切齿："上次抓回就不该放过他，一刀宰了算了！"

　　"我们为统战对他仁至义尽，他却一再阳奉阴违、出尔反尔！"

　　"下次再抓到他，我要亲手毙了他。"

　　孙竞云这时说话了："好了，别再说这个混蛋透顶的'尤瓜屋子'了，得抓紧商量一下部队的下步行动方向。敌人还在寻找我们，为保存有生力量，我们要想方设法跳出他们的包围圈。"

　　经过一番讨论，基本形成统一意见，部队合在一起，目标太大，不利于隐蔽行动。于是决定：（一）由孙竞云、邰剑利、褚雅青等率领第一大队直属队和四个中队主力余下队员及轻伤患者，连夜向西行动，穿过津浦铁路，去微山湖边的堡垒村郗山隐蔽休整；（二）由文立政、钟联祥、褚斯惠、张友蕃等率领第二大队第七、第八中队再潜回运河南涧头集、后孟、张山子一带，寻找、收容失散的队员；（三）由梁瑾侠、谢昭唐、马瑞祥、张凤峨等带领部分机关后勤人员和马匹，抄小道经庞家渡、武宅子、黑谷堆一线，去龙门山隐蔽待命。支队长部署完之后，各部立即行动，乘着茫茫夜色向目的地开拔。

　　运河支队机关跟第一大队和直属队从刘家河口，经杨村、塘湖等越过铁路直奔郗山。

郗山，是一座高不足百米的孤山。它东临津浦铁路，西濒微山湖，南距韩庄、北离沙沟，都在二三十里地内。山下住着数千户人家，人口过万，渔民和农民各半，大多姓殷，是殷纣王的庶兄微子的后代，人民非常团结，淳朴善良。殷伯衡参谋就是这村的，经他事先联络，运河支队顺利进驻，军民鱼水情，使游击队员有一种到家的感觉，在这一休整就是三天，使十分疲惫的队员得到歇息，体力得到补充，伤病员也得到医治。对这个安乐窝，大家都想多待几天。但支队长孙竞云、副支队长邵剑利却心急火燎，派出的侦察兵，回来都说敌情很紧，黑木仍在四处寻找运河支队要与之决战，以报朱阳沟之仇。南、东、北三面都是鬼子，我军根本出不去。"支队长，此地我们不能再待下去。俗话说：'卧榻之侧，岂容他人鼾睡！'我们都在这睡三天了，该马上挪窝了。一旦走漏风声，我们只能背水一战，凶多吉少。"邵剑利对孙竞云说。

"你说往哪撤？考虑好了吗？我们现在是三面环敌，一面环水，能往哪走？"孙竞云像自问，又是在问他人。

"回运河南吧！日寇这次扫荡是从运河南开始的，现在已是第五天，敌人多集中在运河以北，运河南相对是安全的，我们出其不意，杀他个回马枪！"邵剑利说。

"我非常赞同邵剑利副支队长的意见！"褚雅青插话道。

"那你说说，我们怎么去运河之南？"

"报告支队长！这我已经想好了，并跟殷伯衡等合计过，我们可以走水路直插运河南。"褚雅青打了个强有力的手势说，"我的家就在郗山东边不远的李张阿村，在当地行医多年，还有些人脉，殷伯衡又是郗山的大户人家，凑个二三十条船一点不困难，我们乘船夜走微山湖水路，可以神不知鬼不觉地重返运河南。"

"那真是太好了！就这么办！"孙竞云右拳砸到左掌上说，"这就叫鬼子有堵门计，我们有跳墙法。事不宜迟，大家分头准备，我们明天晚上就行动。"

会议一结束，运河支队以运粮的名义向郗山一带湖边的渔民征用帆船。半天之内就调剂了24艘运输船只。为照顾个别旱鸭子，还准备了部分漂葫芦。

为防止黑夜中船只走散，每4只船用绳连在一起，分成6组。老乡们抓紧推磨轧糊子、烙煎饼，为每个游击队员备用两天的干粮。一切准备就绪，只等支队长一声令下。

部队计划后天拂晓之前，在运河以南离韩庄6里的南陇子湖边登陆，从郗山到那里大约50里，帆船正常的行驶速度每小时为六七里，船老大算计说要7个小时左右，行动过早怕暴露目标；行动晚了又怕拂晓前赶不到南陇子，最后确定时间为头晚九点钟出征。

10月17日夜晚9点整，孙竞云支队长站在船头说道："出发！"二三十条船驶向微山湖里。湖面风平浪静，万籁俱寂，"十七、十八合黑瞎"，这时月亮刚露出倩倩身影，为游击队员夜行打亮照明。微风吹来，湖面泛起粼粼波光，蒸蒸的水雾笼罩水面，远远望去朦朦胧胧，微山岛时隐时现。船老大熟练地操舵，船队浩浩向前……

微山湖是个神秘的湖，微山岛也是座神秘的岛。八亿至六亿年前，形成中国大陆主体的华北板块和扬子板块多次撞击，耸立起许许多多大大小小的山脉，这微山岛便列其中。千万年过后沧海桑田，昔日的崇山峻岭，变成南四湖之中的一座大岛，距海平面已不足百米，它东西长十里，南北宽六里，岛上主峰为凤凰台，据传说曾落过一只金凤凰，从此这里不再受水魔侵害，风调雨顺，岛民得以安居乐业。山岛上有"三贤墓"：微子、目夷和张良。殷姓始祖微子，葬在凤凰台上；目夷，字子鱼，是微子的第十七世孙，春秋五霸之一、宋襄公的庶兄，古代著名的军事家、战略家，著有《子鱼论战》一书，墓地离微子墓三里以东；张良文韬武略，帮助刘邦夺取天下，后被封于留城为侯，死后葬于微子墓前二里许。三贤之中，有两位是军事战略家。听着孙竞云说古论今，游击队员凝神聚心，全无睡意，个个精神抖擞。

船队已驶进湖心，有几个烟鬼想抽几口烟提提神。褚雅青马上制止："这是谁在想找死！赶快给我掐灭了。你没看见东边塘湖、韩庄一带不时有探照灯闪烁，要是谁把小鬼子给我引过来，我这就枪毙他个熊玩意儿。"

"褚参谋长说得对，我们谁也不许抽烟！"孙竞云再作强调，接着他又给大家讲"留城"的故事——

这碧波万顷的微山湖，原来是座美丽的城，名叫留城，是"汉留侯张良"的封地，后因黄河泛滥而淤淹成湖。民间传说，张良在弥留之际，嘱咐儿孙赶紧修造七条大船，以备他下葬头七祭祀时用。子孙虽然疑惑不解，这响晴的天做船放旱地何用，但又不能不听从安排，便请来能工巧匠昼夜赶造大船，张良葬后第六天奇迹出现了，晴天突降暴雨，一下多日不停，天水泛滥，浊浪排空，席卷留城。张氏的子孙们乘船幸免于难，散居于峄、滕、铜、邳之野，附近有个大庄叫西万，一村万余人，多数姓张，都是张良的后裔。张氏的始祖"挥"公，就是位能造弓箭并善用弓箭的军事家。据说，这沉入水下的留城，每逢盛世就会 60 年一现，比蓬莱仙境几年一现更为珍稀。等我们赶跑日军，迎来太平盛世，保准能看到那留城千年奇观。

船队在湖面上一路向南，船老大见风使舵，一面帆船能用八面风，一会儿顺行，一会儿戗行，很快贴近了离韩庄日军据点不足三里的窄水道，他提醒大家千万不要大声喧哗，更不准抽烟，大约还有一个小时就临岸了。人说："谨慎能捕千秋蝉，小心驶得万年船。我们大家还是小心谨慎为妙。远处的探照灯在乱照，那是在为小鬼子们壮胆，但你若靠近湖边，还真容易被他们发现，还是尽可能避远点儿好。"船老大一边稳舵，一边小声念叨着。有些战士想笑又不能笑，心想这船老大不让大家说话，他自己却唠唠叨叨个没完。

在夜幕和薄雾的掩护下，凌晨三四点钟，船队靠岸了。孙竞云等运河支队领导紧紧握住船老大的手，大恩不言谢，但还是说了声："谢谢！感谢各位乡亲！"转首登上了南陇子，越过纵横南北的津浦铁路，离开利国驿据点，一路向东奔袭到郝家、马园、万庄一带隐蔽休息。

与此同时，板垣、黑木等日酋正在组织队伍向郗山一带合围。驻守在韩庄、夏镇等湖边的水军、汽艇、摩托艇正从水上赶往郗山附近。游击队员刚驻下，侦察兵就看到一队队驻在运河南岸贾汪、江庄一带的日军，正由东向西经过万庄、马园、郝家去利国驿，准备从那里乘车或坐船去郗山打增援。游击队员们开心地说："嘿！这是小鬼子在跟我们换防哪！我们从西北而来，他们往西北而去。"说是说，笑是笑，不过这确实是一场擦肩而过的险局，如果再晚一天行动的话，那后果将不堪设想。

鬼子的算计失败了，企图合击郡山彻底消灭运河支队主力的图谋彻底落空了。

运河支队主力部队在万庄一带稍事休息，等鬼子过去之后，吃过早饭，就继续向东挺进。

烈火燃烧在黄邱山上，
愤怒充满每个队员的胸膛。
鬼子兵各路进剿来"扫荡"，
游击队机动灵活打东洋……

战士们哼着梁瑾侠之前所写《黄邱小调》，又回到了离开一周的涧头集镇。

"尤瓜屋子"逃离运河支队，再没有回国军的行列。他认为谁的拳头硬谁是爹，转身又投进日本人的怀抱，认贼作父，这回彻底当了汉奸，随即被委任为伪警备第八大队队长，这个首鼠两端、见风使舵的家伙，再次背信弃义，卖国求荣，正在运河两岸、涧头集一带招兵买马，以图东山再起。听说运河支队主力部队又回来了，他像惊弓之鸟，不敢怠慢，当即就带着几个喽啰逃往运河以北，未敢在运河南停留。一气跑到峄城，找到伪县长寻求庇护资助，很快又拉起百余人的队伍。此后，"尤瓜屋子"完全由人变鬼，丧心病狂在峄南不断祸害当地百姓，特别是泥沟、马兰屯一带的老百姓深受其害。

是夜，坚守在运河南的运河支队第二人队队长孙正才，六七大收拢了几十名走散的游击队员，从黄邱山套西于沟回到涧头集；文立政、梁瑾侠、谢昭唐等也从唐庄、候孟、龙门山等处赶来与主力部队会合。当地百姓的脸上又露出了笑容："咱们的队伍又回来了，'尤瓜屋子'个熊王八蛋说运河支队全完了，是他娘的造谣。"街上又有人燃放了鞭炮，欢迎运河支队的胜利回归。涧头集的民众对"尤瓜屋子"既恨又怕，把他当成瘟神。如果运河支队不回来，他会更猖狂，闹得当地鸡犬不宁。

日军大规模"扫荡"运河南之后，活动在燕子埠一带的邳县伪军梁广洁想坐收渔翁之利，接连几天不断到薛庄、毛楼、小山子一带骚扰百姓，搜刮民财。此时，他还不知道运河支队主力又回来了，仍肆无忌惮地西进，已接近涧头集，我军趁其不备，大白天向小山子一带主动出击，一举击溃梁广洁的百余人伪军。他一看是运河支队又回来了，自知不是对手，夹着尾巴仓皇东逃。老百姓无不拍手称快，传颂着："梁广洁真混蛋，想巧必拙失了算，要不是狗腿跑得快，小命差点玩儿完。"运河南仍是八路军的天下。

运河支队自建立以来，军事行动不断，接连取得对日伪作战的胜利，因而产生了麻痹和轻敌思想。虽然先有峄县支队在运河北岸遭受敌军五路合击的教训，但未能引起运河支队和鲁南支队的足够重视，领导层中仍认为运河南是华北华中的边界，属于山东和江苏"两不管"地区，敌人在山东采取军事行动，江苏方面不会配合；江苏的日伪采取行动，山东方面也不会支持。但日伪却没有墨守成规，在战术上采取新的变化：一是改变过去单路进攻的形式为多路合击；二是将过去天亮由据点出发、白天"扫荡"、夜晚返回的单日进攻，改为夜间开进、拂晓进攻、连续多日进剿的战术。而我方对敌方的这种变化没有很好的探讨和研究，加之王金凤的牺牲造成对徐州、贾汪一带的情报真空，盲目乐观，以至于对日军的这种集两个师、旅团和几十个据点一起"扫荡"的大规模行动，事前毫无所知，事后疲于应付，指挥调度不力。先是库山一战失利，就急忙分散北渡运河，岂不知日军早在运河北岸布下口袋，遭敌合击。加之敌强我弱，以千余之力应对敌人上万人围追，虽在局部战斗中取得一些胜利，毙伤敌人数千，但运河支队也遭受自成立以来最大损失，队伍由1500多人锐减至四五百人。

八路军第一一五师首长对运河支队遭受的损失十分痛心，为保持有生力量，命令随县委撤到运河北的朱道先政委，于10月25日从阴平北山里到大运河南，立即通知运河支队再向北转移。采取隐蔽行动，昼伏夜出，跨过运河，穿插越过敌占区，开拔到抱犊崮老山里。孙正才大队长首先带领第八、第九两个中队越过大运河开路，孙竞云率领支队总部随后跟进运河北岸。按照第一一五师首长的指示，运河支队除留下小部队坚持战斗在运河南北两岸以外，大部进入抱犊崮山区休整。

运河支队参谋长胡伯勋、第二大队副大队长胡伯毅仍奉命留在运河之南，因为他们土生土长在运河之南，也十分愿意留下继续坚守。在不老河朱家湾一带，利用统战关系很好的国民党苏鲁游击司令韩治隆，相互予以照应，巩固友军关系，逐步立稳脚跟，收拢整顿原属的运河大队的旧部，又不断扩充新队员，使队伍很快又扩大到200多人。

第十中队被打散后，副指导员刘启家带着一个排，隐蔽在据贾汪日军据点仅4里的宗庄一带；原来活动在徐州东的运河支队铜山独立营，损失更为惨重，因在战斗中佟震伍大队长等大部牺牲，副大队长佟昌勤带着剩下的十几名队员和一挺机枪仍坚持在贺村、上朱家一带。胡伯毅收容这两支队伍之后，重新组建起第八中队。第二大队政委宋学民，在我运河支队最困难的时期，丧失党性和革命意志，偷偷脱离部队，到徐州投敌当了汉奸。第五中队队长陈英坡是个坚定的抗日勇士，在队伍打散后，潜回老家，日军扫荡后，又拉起了抗日队伍。老的第十、第十一中队都被打垮，已不复存在。胡伯毅指挥着新成立的第五、第八中队，分散在贾汪东西及贾柳铁路支线南北敌占区，并着派杜玉环同志以第十中队的名义到黄邱山套发展队伍，短短三个月，杜又拉起50多人的抗日武装，在运河以南，保留住了运河支队的点点火种。

灰色的10月，使运河支队遭受巨大损失。主要的原因还是敌强我弱，力不如人，这是客观事实。但在主观上，也有我们的工作失误，小胜即满，盲目乐观，没有预案，仓促迎战，无论是在战略上，还是在战术上，都存在明显缺失。在运河南北抗日大潮蓬勃兴起之际，突然遭到重创，令人扼腕。对敌斗争潮起潮落，革命者揩干身上的血迹，掩埋好同伴的遗体，继续投入新的战斗；投机者如"尤瓜屋子"之流在失望中又改换门庭，卖身求荣，心甘情愿去当日本人的走狗。

第三十五章　留守山外游击队　湾槐树村遭偷袭

运河支队主力在支队长孙竞云的率领下，开赴抱犊崮老山里休整后，在运河北岸只留下一中队由政委朱道先、副支队长邵剑利、宣传部部长梁瑾侠、作战参谋褚雅青等率领，与孙竞杰率领的峄县支队一部，在山外坚持敌后斗争。这支队伍里好多人是身带病伤，行动不便。又因老山里缺医少药，不便疗伤治病，所以就留在了当地坚持敌后斗争和治疗伤病。优秀的运河之子康美才，在反"围剿"战斗中身受重伤，无法随队行动，被送回老家，母亲冒着生命危险辗转多次，在卜乐、侯庄等躲过日伪军反复搜捕，在乡亲们的帮助下，保住了性命。半年后伤仍未痊愈，带着伤残的右手又返回部队参加对日作战。

11月8日晚，朱道先、邵剑利、孙竞杰率部驻在运河以北、阴平镇附近的梅花台村。刚落脚两天，就接到情报，日伪军有对这里"扫荡"的迹象。于是，朱政委就带病主持召开了紧急会议，研究决定转移方向。会上，大家比较集中的意见有三条：一是南渡运河，穿插到黄邱山套一带，争取与胡伯勋会合，但路程较远，有四五十里路。朱政委正在发疟疾，邵支队、褚参谋也都发烧拉肚子，根本不能走那么远的路，所以，多数同志不同意；二是向北行动，去周营以北的小山区杏峪、张庄、黄风口一带，但路途同样较远，且周营镇又被日伪军占据，很可能途中遭遇危险，也不可行；三是去离梅花台不远的湾槐树村宿营，因为那是邵剑利的老家，群众基础好，利于隐蔽，在那能找到老中医给政委等人治治病，其他队员也能养养精神，所以，大多数与会同志倾向于这条意见。梁瑾侠提出："去湾槐树省时省力不错，但这村离韩庄车站鬼子据点太近，安全上存在很大风险。"

"你这孩子别尽说扫兴的话。"褚雅青因身体不适，也不想再走远路，心不耐烦，就直接打断了梁瑾侠的话，没给他的晚辈留点面子："咱们不是常说'兵不厌诈'吗？越是危险的地方反而越安全，炮弹留下的弹坑，多不会再落进炮弹。湾槐树近期刚遭遇过敌人的洗劫，他们再去的可能性不太大。我看大家的意见也比较统一，请政委、支队长拍板吧。"这黑铁塔一说话，再没别人提出反对意见，梁瑾侠虽然对这位舅姥爷很有意见，也不好再提，她也不想再惹这位正在生病的长辈生气。

朱道先认为梁瑾侠说的有道理，毕竟湾槐树村离韩庄不过十里路，如果敌人出动，用不了一个小时就到，确实风险很大。但看到多数同志倾向于褚雅青，这也是多日的行军打仗把大家累极了，都想缓冲一下体力，也有照顾他们几个病号的意思，一看剑利副支队长虽不说，却点了头予以默许，所以就勉强拍板，同意先到湾槐树休整一天。过不过运河，明天再定。

湾槐树又写作弯槐树，因村内有一株千年古槐而得名，那树高达10余米，胸围达5米，树冠遮阴近10亩地，尽管是个不足200户的小村庄，却因历史悠久而闻名。清朝光绪三十年（1904年）《峄县志》载：弯槐树植于汉唐，已有人烟繁衍，后邵氏一族迁入，成为当地大户，后又分为前湾村、后湾村、西湾村，大户集于前湾，邵剑利于1910年诞生在这一大户人家。1933年弃学从军，到张家口参加抗日同盟军干部学校当学生兵；1937年七七事变后，返乡拉起抗日武装，最多发展到400多人、枪；1939年，八路军第一一五师挺进鲁南，他主动提出参加八路军，八路军运河支队成立后，他先后受命担任副支队长、支队长等。为此，家乡受到牵连，日伪军多次重点"扫荡"，原来高墙大院、河圩围绕的美丽村庄，现在已是断壁残垣，高高的圩墙已破烂不堪。邵府原来的五进院落，现在能住的砖瓦房所剩无几，邵氏族人，年轻的多跟他投了八路，老人和孩子多迁到老山里，剩下的多是外姓族人，多为邵家的长工、短工和亲友。邵剑利还曾因照顾家乡的族人和亲友，险受组织处分。这次他和朱道先政委一起带着留在山外坚持斗争的八路军运河支队非主力部队百余人，于半夜时分，从梅花台村赶到这里。顿时小村子又沸腾了，烧水做饭迎亲人，迎接他们心目当中的英雄邵家大少爷。见到乡亲们，剑利心里也特别激动，拉着兄弟爷们的手，有说不完的话，拉不尽的呱。

梁瑾侠也是多日没见到这样感人的场面了。"亲不亲，故乡人；美不美，家乡水。"这是自洞头集军民大联欢之后被敌人打散，连续作战、疲于奔命的劫后余欢，体现的是百姓的真心热情。她也十分激动，近日的病痛自觉已好去大半，这次让她留下，一是因为她伤风感冒旧病复发连日剧烈咳嗽，不便远行奔袭；二是让她协助卫生员照顾好朱政委等年纪比较大的重病号，上级首长出于好意，认为在山外寻诊寻医总比老山里更方便些，并把她部里那头非常听话的大黑骡和两匹马给留了下来。在行军中可以让重病号歇歇脚。这次从梅花台到湾槐树，朱政委就是骑着骡子过来的。

战友们吃饱喝足，大多已经入睡，但梁瑾侠也许因为病痛，也许因为高兴，翻来覆去怎么也睡不着。联想起邵副支队长的许多传奇故事，随手写下了一段顺口溜：

湾槐树，槐树湾，
邵司令抗日领了先。
西杨村，伏击战，
缴获日军汽车和枪弹。
牛山后、沙沟前，
猛杀鬼子和汉奸，
黄风口、黑峪川，
阻断敌人交通线。
……

更深人静的时刻，没有入睡的还有朱道先。在这里落脚，他总感觉心里不踏实，在邵剑利残存的老宅内，来回踱着步子且咳嗽不止。连日来与日军紧张周旋，连续作战，吃不好，睡不安，再加上生病，身体更加瘦长了。虽然高烧不止，头有时涨痛得厉害，但他以坚强的意志支撑着，两眼尽管布满了血丝，却依然闪耀着睿智的光芒。遥望月色下的天际，谋划着明日的行程。

运河支队山外留守队昨天下午刚刚离开的那个梅花台村，绝不是个平和安稳处，叛徒汉奸褚思杰就是这村的，该村又有不少人跟着他当了伪军。运河支队这边一离开，那边就有人跑到韩庄日伪据点报告运河支队的去向，驻在韩庄的日伪军则马上出动，直奔湾槐树村而来。

鸡叫三遍，拂晓时分，在汉奸张来余、褚思杰的引领下，日军已摸到湾槐树村。正在执勤的七班长贾成泉，突然看见一个黑影向前靠近，一拉枪栓问道："谁？干什么的？"

"同志！千万别开枪，我是来向咱们部队报告重要情况的。"

一听是个老头的声音，还有点气喘吁吁的，贾成泉就压低了声音说："大爷！请过来吧。"来到跟前一看，是位50多岁背着粪篓子的庄稼汉，"大爷，您别慌，有话慢慢讲。"

"可不能慢慢讲恁哥，我得快快说。我叫邵世起，和世清房份不远，住在西边后湾圩外，今早起来拾粪，就发现有几个人闯进邵性德家，我侧耳一听，那就是鬼子在逼问：'你的快说，八路的村里有没有？''报告太君，俺们这里哪还有八路，八路早就进老山里了！'邵性德这是故意放大嗓门，说给外人听见的。鬼子不信就毒打他，他又故意皇天爷娘地大喊大叫。我一听这情况紧急，就悄悄退出来给咱们队伍报告了。"

"谢谢大爷！谢谢大爷！"贾成泉一看情况十分紧急，一边派人去向政委、副支队长汇报，一边组织叫醒就近的班组做好迎战准备。

战士刘向军首先向本中队长华新艺报告了敌情，华又立即派勤务兵跑步去找朱道先政委和邵剑利副支队长汇报，随后又让郑森昌指导员马上传令各排火速占领阵地，转身带着通讯兵平开月向村西边奔去。他人还未到，就听见驻在西边圩下的七班已经与偷袭的日军交上了火。战士们在七班长贾成泉的指挥下一阵猛打，日军丢下五具尸体而仓皇败退。

这时天已麻麻亮，华新艺透过熹微的晨光，隐约发现鬼子正向我前方一片狭长的洼地里运动。洼地的南侧有一高台，是个制高点，日军在那里放一挺重机枪。他冷静意识到敌人准备利用这挺机枪，居高临下压制我方火力，以便他们即将发起的进攻。但我方阵地前方有一道矮土圩，矮土圩后还有一堵高厚砖土墙，成为我方有力的防护屏障。为了充分借助有利地形，打好阻击，死死把敌人拖在这里，华队长命令在矮土圩下防守的两个班只留下一个战斗小组，其余人员连同机枪组迅速撤到后面的高墙做掩体，构筑上下左右的立体火力网，保证有效地绞杀冲进的敌人。布置完毕，他要通讯兵平开月立即向支队首长报告这里的部署情况，可以随时投入战斗。

平开月刚离开不一会儿，日军的轻重机枪、小炮就一起开火，我前沿阵地上霎时硝烟弥漫，砖土飞扬，矮土圩一带成了一片火海。圩体被削去半截，留在那里的战斗小组被压制得抬不起头来，在坑道掩体里躲过这一轮轰炸。

猛烈的轰炸之后，日军在机枪的掩护下开始冲锋，越过土圩，临近高墙，华新艺大喊一声："打！"隐蔽在高墙上下左右的游击队员们怀着满腔的仇恨，机枪、步枪、手榴弹同时涌上，急风暴雨般地向敌人扫去，小鬼子应声倒下一片，低圩高墙之间，日寇残骸狼藉。有几个鬼子要往回跑，被隐蔽在圩下的战士击毙。一看不好撤回，余下的十几个鬼子嗷嗷乱叫着冲向高墙左右两侧。战士郑少武一跃而起，手起刀落，连毙数敌。小鬼子先是猝不及防，现在回过神来，一起开枪，郑少武英勇牺牲。

在敌人的炮击中，右腿负伤的华新艺凭着惊人的毅力指挥战斗。这时有两个鬼子爬上高墙，端着明晃晃的刺刀向他逼近，关键时刻他的枪里子弹卡壳，只好搬起土块扔向敌人，咬紧牙关跃起身来，迅猛跳过墙体拐角，四处寻找可以还击的武器，这时只听身后"叭！叭！叭！"连着几声枪响过后没有动静。华新艺回头一看，是邵副支队长手握着还在冒着青烟的二十响竹节盒子枪过来了。华新艺眼泪一下流下来了："谢谢您，支队长！您要再晚来一步，我这性命恐怕就没了。"

"谢什么？别说外气话了，走吧。"邵剑利不容分说背起华新艺就撤出了前沿阵地，把华放到安全的地方，让卫生员来给他包扎。鬼子这一轮的进攻暂时停息了。梁瑾侠一边帮华队长疗伤，一边进行战地采访。

邵剑利放下华新艺，转身去找朱道先、孙竞杰等商量利用战斗间隙，召开紧急干部会，分析敌情，研究对策。两位主要领导都认为敌情十分严重，估计日军正从四面八方增兵过来，白天突围已无成功的可能。想要突围出去，也需坚持到天黑之后。这一个白天如何坚守？面对严峻的形势，朱政委连着咳嗽几声，清清嗓子，然后非常严肃地对大家讲："同志们，敌人第一波的进攻被我们打下去了。现在天已大亮，敌人更猛烈的进攻还在后头，大家一定要有充分的思想准备，杀敌报国，杀身成仁，也许就会在今日。共产党员们，危急时刻，一定要站在最前头。朱阳沟一战，孙支队长能够带领大家突出重围，我们也一定能够。华新艺同志已起到带头作用，大家都要有坚持到最后的决心，坚持到天黑，胜利就一定是我们的！大家有没有信心和决心？"

"有！"

"坚持抗战到底！坚决打退小鬼子的进攻！"

"誓死守住阵地！誓死与湾槐树村共存亡！"

看到大家群情激奋、慷慨激昂，朱政委感到十分欣慰："很好！只要我们大家齐心协力，就没有克服不了的困难，就没有不可战胜的敌人！"

褚雅青随后按照支队领导研究的意见，及时调整战斗部署：由朱道先政委带领机关后勤和伤病人员继续坚守邵家老宅院，准备随时接应救治撤下的伤员；由邵剑利副支队长负责组织好一中队一排阻击从西面进攻的日军；由褚雅青参谋长率一中队二排阻击从南面进攻的日军；由孙竞杰大队长率领峄县支队第二大队一中队负责阻击从东面进攻的敌人；由郑森昌指导员带领残缺不全的一中队三排和警卫排守住村子北部和保护机关。各处要随时保持联系，一旦被敌人分割包围，既要各自为政，又要相互增援、相互照应，不到万不得已，不得向后撤离。

太阳已升得老高。日军调整好兵力，又发起新一轮的进攻。他们早上从西南面攻击不成吃了大亏，这次转移到北面，成了"黄鼠狼专咬病鸭子"。这里是刚从西南撤回的一中队三排，队伍减员严重，好在有警卫排做补充，华中队长已经负伤，郑指导员也不是好惹的，他带领着三排要继续给敌人点颜色瞧瞧。

日军的战术仍是老一套，先用炮火轰炸一阵子，然后再出击。游击队员已完全熟悉他们的鬼把戏，大炮一响，队员们全都进入掩体，等炮停之后再出来阻击，一点也不会晚。

大炮渐稀，机枪响起，这是敌人进攻开始了。"靠近点，再让鬼子靠近点。"郑指导员小声交代着。就在敌人已离阵地只有五六米远时，一声喊，"打！"三排官兵机枪、步枪、手榴弹一起上，鬼子兵被撂倒了一大片，但有几个不怕死的，疯狂爬上低矮的圩墙，喊叫着往前冲。

八班班长王厚田二目圆瞪，像猛张飞一样手挥大刀（而不是板斧）喊道："跟我上！"几名战士一跃而起，与几名小鬼子开始肉搏。

"大刀片，光闪闪，杀得鬼子爹娘喊。"这是梁瑾侠的声音，她不知什么时候上来了，枪炮一响，她就完全忘却了病痛，像个好人样，这是战斗的激情支撑着。只见她左右开枪，"叭！叭！叭！"几个鬼子应声倒地。

敌人的又一轮进攻被打退了，日军撤出了村外，村内出现了暂时的平静，各处正在利用这个空隙抢救伤员，加固阵地。

起来，同胞们，起来和鬼子们拼！
他们炸毁我们的工厂、我们的家庭！
起来，同胞们，起来和鬼子们拼！
他们炸死我们的父母、我们的兄弟！
只有战！只有拼！才能赶跑鬼子，求得生存！

起来，同胞们，起来和鬼子们拼！
他们杀死了我们的姐妹、我们的妻儿！
起来，同胞们，起来和鬼子们拼！
他们强占了我运河之南，又来强占运河之北。
只有战！只有拼！才能消灭日寇，赢得和平！

梁瑾侠一边组织护救从前沿撤下的伤员，一边哼唱她改词的外地抗战歌谣，鼓舞游击队员们誓死保卫湾槐树的勇气。

战至上午10点，从峄县和临城出动的1500多鬼子汉奸也赶到湾槐树村打增援。敌酋高桥、中村太郎和西川次郎聚在一起，准备发起一次更猛烈的攻击，实行分割包围、各个击破的方法，企图要一举歼灭留守在运河以北的八路军运河支队和峄县支队的游击队员。

前湾村中间有一条东西通道，道路南北各有几个深宅大院，是打阻击和开展巷战的有利于我方的阵地。日军仗着人多势众，又是一阵猛烈的炮击之后，不等硝烟散去，就从四面八方开始进攻，东边由于力量相对薄弱，首先被突破，小鬼子蜂拥而进，占据了中心东西大道，将我方阵地分割在三四个大院子里。用机枪火力封锁这一通道，目的就是切断我南北不能联络，相互不能支援，妄图各个击破，一口气将我军吃掉。好在支队领导之前已经部署，要求各部坚持好独立作战，采取机动灵活的运动战、麻雀战，怎么顺手就怎么打的战术。

敌人冲进了一排阵地，机枪手许长生端起轻机枪，狠狠地扫向日军，一排排鬼子像秋秸个子倒下去。在他换弹匣的工夫，敌人冲了上来，副排长李青愤然跃起，指挥战士与小鬼子白刃格斗。许长生身大力不亏，有一鬼子向他刺过来，他飞起一脚把小鬼子踢出好远。然后安上子弹匣又是一阵猛射，打倒敌人一片。这时，有两个鬼子从他背后袭来，明晃晃的刺刀眼看就要触及他的脊背，他仍无知觉。就在这千钧一发之际，是李排长赶到，砍倒两个小鬼子。只听身后"嗷唠"一声，许长生一回首，看到是排长救了自己。也就在他一愣神的工夫，又冲进十几个鬼子，来不及说声"谢谢！"就又举起枪扫射过去……

就这样反反复复，接连打退了敌人的几次进攻，敌酋恼羞成怒，开始采用孬法子。突然一发炮弹落在李青不远处，没有出现爆炸声，却有一股浓烟腾空升起，并四处扩散，刺鼻的怪味呛得战士胸闷气短，他瞬间想起那个一定是毒气弹，小鬼子有防毒面具，我们却没有。不过早听支队领导和梁部长讲过，对付这种毒气，最简单易行的办法是用尿湿的毛巾或衣物遮住口鼻。实在尿不出来或不便撒尿，只能找水沾湿毛巾。李青大声喊道："毒气弹！大家快用湿东西堵住口鼻，快撕下破布，尿湿捂在脸上。"说着，他先示范，撕下一块长布，接完尿遮向口鼻。有一个战士干使劲尿不出来，李青就向他扔过去一块湿尿布，那战士毫不犹豫地捂上自己的口鼻。这样总算能透点气来，总比憋闷被毒死强。几个戴着防毒面具的鬼子趾高气扬地想过来看看我军倒下的情况，想不到我方还有战斗力。枪声一响，几个小鬼子全都倒在血泊中。

日军最坏的一招也被我们破解了，他们已经黔驴技穷了，战场上出现了暂时对峙，因为鬼子也进到村子里，大炮不能再用了，调来的两个骑兵队也是有劲使不上，到处不断被别马腿。在南面，褚雅青故意闪开一个小缺口，放进一支从峄县过来的骑兵队，进了巷子，被两头一堵，小鬼子再想出去就难了。这黑铁塔大喝一声："给我打！"二排的战士就放开了手脚，先给他们来一排子机枪、手榴弹，打得这骑兵队人仰马翻。为了节省子弹，褚雅青挥舞着大刀，第一个杀出战壕，也不管人腿马腿，是见脚就削，其他战士一拥而上，不到半个小时，这40多人的骑兵小队全被包了饺子，无一生还，但我方也有11名战士为此献出生命。

邵剑利副支队长在西面组织打得很顺手，因为他对这里的人熟地熟，大街小巷、沟沟坎坎全部了然于胸，可以指哪打哪。战斗间隙，他让战士多掏墙洞，作为瞭望和射击孔，只要看见有日军身影晃动，就给他一枪，把外面的小鬼子当靶子练起射击。邵副支队长从墙洞看到一个肥头大耳的日军正站在高处举着望远镜四处乱看，他手疾眼快，举起三八大盖就射，正击中那大鬼子的头部，事后知道，那正是日军小队长冈田少雄。日军那边被惹急了，又组织一次出击，这次还没等靠近就被打回去了。这是墙洞发挥了重要作用。这时，日军也学习了，组织狙击手，专打我方墙洞，那也是一打一个准，连伤了我们几个战士。邵副支队长又让战士改变战法。一名战士用木棍挑着军帽吸引敌人，等敌人射击帽子，我们专打他的脑袋，如此你来我往，双方各有伤亡。就这样战斗时紧时松，敌人越打越没劲，我方越打越精神。

太阳偏西了，中村太郎知道，等日落西山土八路就更难对付了。于是他又出了坏招，在老百姓身上打主意，十几个鬼子凶神恶煞地闯进圩外一个农户家里，用刺刀逼迫刘世清一家来到前沿阵地。"老头，你的大大的良民，快向八路喊话，让他统统的投降，你的大大的有赏。"中村狞笑着对刘世清说道。

"呸！老子我绝不会为你们这帮狗杂种卖命。"刘世清一口痰吐在了中村的脸上，"你让老子喊，我给你喊：'八路同志您听好了，千万不要上小鬼子的当，他们烧杀抢掠无恶不作，我的老伴早在小鬼子上次'扫荡'时惨死在他们的刀下，我家附近已没有几户全乎人家了，请你们为我们报仇雪恨。'"边喊边扑向老鬼子，中村一刀刺去，刘世清悲壮地倒下。

刘世清的三个子女，刘贵友、刘贵勤和刘桂玲，一看老父亲死在日军的屠刀之下，便疯了一般扑向中村，脚踢手撕口咬，拼命要给父母报仇。日军一时被他们的举动惊呆了。等他们回过神来，中村已被揍个半死。刘贵友刚捡起军刀向中村刺去，身后枪响了，他回手一刀刺死了那个放枪的鬼子，与敌人同归于尽。接连几枪响后，刘贵勤、刘桂玲也中弹身亡，他们至死仍按着中村不放。

这时，响晴的天突然乌云翻滚，不该打雷的季节，远处却响起"隆！隆！"的雷声，日军害怕了。他们也知道，逆天而行，早晚也是会遭报应的。

日落西山，天渐渐黑下，那远处轰隆隆的雷声变成了越来越近的枪炮声。那是峄县抗日民主政权成立后，共产党任命的两个红色乡长，后又打入日伪内部，担任牛山乡、周营乡乡保长的单兰亭、华召斌，得知峄县支队、运河支队在湾槐树村遇险，于是就组织带领60多人的队伍，虚张声势来营救运河支队和峄县支队。日军一听背后响起枪炮声，也不知来了多少队伍，就不敢再停留恋战，而是如鸟兽散，各自向韩庄、临城、峄县仓皇而逃。

湾槐树战斗从拂晓打到月亮东升。运河支队加上峄县支队，总计不足200人的伤病队伍，阻击日伪军2000余人，从早到晚十多次的冲锋，以伤亡50多人的代价，毙伤日伪军300余人，最后以日伪军撤退而告终。运河支队、峄县支队留守队员在朱道先、邵剑利、孙竞杰的率领下随单兰亭、华召斌一起向文峰山里开进。随后朱道先、邵剑利、褚雅青经研究决定，也回老山里，昼伏夜出绕过敌占区，一路向东北方向隐退，不几日也转入抱犊崮山区休整。孙竞杰决定留下，他怀着对日寇切齿的仇恨，要和单兰亭、华召斌一起，继续隐蔽下来，在峄西坚持敌后斗争。不久，孙大队长组织队伍在木林村设伏，全歼顽军 200 余人，补充了武器装备，队员增加到 300 多人，又成为运河岸边对敌斗争的一支生力军。

第三十六章 抱犊崮运支整训 主力军编入五团

    运河支队主力全部撤到抱犊崮老山里后，驻扎在王家湾附近的彭家楼村，弯弯一条小溪紧贴村边缓缓向东流去，风光旖旎，令人心旷神怡。梁瑾侠在这里，把她在湾槐树村参加战斗的情况写成一篇通讯报道，并根据她当时所写的顺口溜，经加工整理为《湾槐树赞歌》，一并发表在鲁南军区战地小报上。

    湾槐树，槐树湾，
    老槐树挺立上千年，
    宁折腰不弯。

    运河北、运河南，
    运河两岸游击战，
    专杀日伪顽。

    朱道先、孙怡然，
    两支隐蔽寨山前，
    夜宿前后湾。

十月初八那夜晚，
日本兵出动两三千，
拂晓突袭至前沿。

邵剑利、褚雅青，
组织指挥到一线，
亲手操刀把鬼斩。

华新艺、郑森昌，
一中队个顶个的不简单，
杀敌成了欢。

郑少武、王厚田，
一见到鬼子就红眼，
大刀银光闪。

好乡亲，刘世清，
爷儿四个斗凶顽，
死不做汉奸。

为报仇，为雪恨，
游击健儿猛厮杀，
苦战一整天。

机关枪、手榴弹，
送三百多日寇上西天，
英雄凯歌还！

湾槐树村战况报道和英雄赞歌一经发表，很快传遍鲁南苏北大地，给仍在敌后坚持抗战的游击队员们以极大鼓舞。特别是战斗在运河以南的八路军运河支队新成立的第五、第八、第十中队，在黄邱山套至不老河一带，不断在贾汪、利国驿及贾柳铁路支线袭扰日军，有力地策应了抱犊崮反"扫荡"、反"围剿"斗争。

英雄总是惺惺相惜，对朱道先政委、邵剑利副支队长带病指挥的湾槐树阻击战所取得的重大胜利，胡伯勋参谋长、胡伯毅副大队长，远距百里，还专门派人越过重重封锁，前来表示慰问和祝贺。特别对文武双全的梁瑾侠给予高度赞扬，身患重病，仍以坚强的意志奋勇杀敌，称其不愧为"巾帼豪杰"。胡伯勋专门捎信给梁瑾侠，说朱阳沟战后已经为她赋诗一首，他现在正构思歌颂湾槐树战斗的诗，等下次见面给她。这胡参谋长也有点文化水平，有点"老顽童"的性格，战斗间隙也常写点诗呀歌的。对梁瑾侠的能文能武十分认可，也可谓情有独钟。他多次赋诗赞扬梁瑾侠，但她却无回应之作。《礼记·曲礼上》有言："往而不来，非礼也；来而不往，亦非礼也。"但那同志情、战友情还是深厚的。

王家湾，是一个很有故事的地方，具有深厚的历史底蕴和红色基因。它地处抱犊崮以西，群山环抱，树木林立，是峄县承水河的源头之一，不远处就是有名的沧浪之渊。据《孟子·离娄上》载："沧浪之水清兮，可以濯吾缨；沧浪之水浊兮，可以濯吾足。"相传这里是秦汉时期李左车隐居之地，李左车死后被封为雹神，行雨雹之司，老百姓敬畏雹神，尊其为沧老爷，每年农历三月三沧浪渊庙会，方圆百里的群众纷至沓来，焚香祷告沧老爷雨润大地、化雹为露、惠泽百姓过上好日子。1939 年 11 月，在八路军第一一五师及鲁南三地委的领导下，在王家湾举行了峄县抗日民主政府成立大会，选举产生鲁南地区第一个抗日民主政府，为八路军第一一五师在抱犊崮山下建立的首个县级红色政权。随后又在滕、邹、费、平、临、兰、郯、邳、铜等县建立起 12 个县级民主政权，以及 58 个区级政权、210 个乡级政权组织、2600 个村级政权机构，使抗日烽火燃遍鲁南苏北。所以，这里在当时又被称为"鲁南灯塔"。运河支队主力来此不久，罗政委就从教导二旅五团抽调派来胡世香、褚振武等几个老红军来帮助朱道先、孙竞云做好部队的思想政治工作，和文立政、梁瑾侠一起研究制订整训计划，以八路军正规部队的训练方法进行整训。为提高部队的政治、军事素质，每天军号一响，就得起床出操，一天的学习、训练教程安排满满的。刚开始，有些没参加过正规训练的游击队员们感到很不适应，对政治学习提不起兴趣，对队列操练感到厌烦，总认为打仗用不着这些虚套子，对付日军还是要靠真枪真刀，敢于拼命。

针对整训中反映出的问题，孙竞云、朱道先及时召开班排以上的干部会，认真分析总结运河支队自成立以来所取得的成绩、经验和教训。

"同志们，我们运河支队自成立以来，几乎天天都在和日军干仗，敢于在鬼子头上跳舞，战杜庄、打韩庄、袭利国驿、攻贾汪，连续取得不少的胜利。但也因此产生一些骄傲自满的情绪，轻敌麻痹，盲目乐观，其结果是吃了大亏。特别贾汪矿之战，里应外合，打得很顺手，取得不少收获，但却造成了王金凤同志的牺牲，情报站被破坏，我们又没有很好地采取补救措施，敌情成了真空。我们这边搞军民大联欢，敌人那边将我们铁壁合围，仓促应战。库山撤退后，先丢了运河南，又丢了运河北。我们能从湾槐树村撤出来，那也是十分侥幸。"朱政委结合夜宿湾槐树村，检讨了自己的错误，"那也是在敌情不明的情况下，疲于应付，最后是靠大家的精诚团结、敢打敢拼和友军的支援下才解了围，属于侥幸取胜，是一步险棋。"

朱道先喝口水后继续讲道："目前，由于我们的苏鲁支队三营、峄县支队和运河支队主力都先后撤进了抱犊崮山里，山外留下继续坚持斗争的同志大多已转入了地下。日军更加猖狂，不断进行'清乡''扫荡'，大运河两岸的环境日益恶化。早在秋季反'扫荡'之初，叛离运河支队的孙莫迟已率部公开投降日军，日军委派他为峄县第五区区长兼警备队大队长，又占据古邵、马兰屯一带；阴平镇的孙竞仪也被敌委任为周营区区长。日伪在古邵、周营设立据点后，现在又在老和尚寺、南石沟、上新庄、棠阴、牛山后、南常、宁楼、金陵寺、坊上、马兰屯、文堆、曹庄、新闸子、六里石、巨梁桥等也安插了据点。运河北、运河南已全部被伪化。大家不是想急于出去打仗吗？仗有的是要打，但我们目前的主要任务是学习和训练。大家要学好毛主席的《论持久战》，深刻领会游击战、运动战的战略战术，克服浮躁、盲从、硬拼等思想。要加强军事技术训练，不断提高克敌制胜的本领。同时还要坚持认真学习文化，毛主席说了：'没有文化的军队是愚蠢的军队，而愚蠢的军队是不能战胜敌人的'。"讲到这里，迎来大家的一阵掌声。

接着，孙竞云支队长又进一步强调关于加强军事训练的问题，文立政主任部署了政治学习计划，梁瑾侠部长讲了宣传和扫盲的工作。

在随后举行的军民联欢会上，梁瑾侠为调动大家学习文化的热情，还现场演唱了民谣《识字班里学识字》：

黑咕隆咚天上出呀么出星星，
黑板上写字放呀放光明。
什么字放光明？
"学习"二字我们认得清。
认得清呀唉认得清，
还要把道理说分明。
庄户人为什么要识字？
不识字不知道大事情，
受苦人翻身当了家，
睁眼瞎子怎么能行……

她结合在儿童团、妇救会、识字班、宣传队等教妇女、儿童识字的做法、经验和成功案例，说明学识字并不是很难："只要功夫深，铁棒磨成针。不识字没文化，让你当家也当不好家。大家说是不是？"

"是！"识字和不识字的战士都在一起回答。

"我们一定要跟你好好学识字、学文化。"有几个十六七岁的年轻战士，跟着梁部长学习已上瘾。这也是长期激战后，难得的一段休整时间，战士们有了大块的学习空间，大家非常珍惜时间，努力学识字、学文化。

第一一五师领导对运河支队指战员非常关心，认为能够走进老山里接受整训的都是骨干和精英，安排在最安全的村庄，并尽量满足伙食方面的供应，让大家吃好、休息好、训练好，养足精神以利再战。在这难得的清闲，缓解了游击队员们多日疲惫的身心，体力得到恢复，精神更加振奋。罗荣桓、陈光、萧华、陈世榘等八路军第一一五师领导分别亲切接见了支队领导，听取了孙竞云的工作汇报，提出了工作要求，使他深受启发和鼓舞。特别是当孙竞云见到了黄埔军校六期的同学、现任鲁南区党委书记的好友赵镈同志，更是格外高兴。他向赵镈同学倾诉了广州之别后的坎坷经历、在国民党内几经起伏、失落后办学和之后又拉起队伍与日军拼杀的情况，使他的苦闷情绪得到释放，舒展了多日紧锁的眉头。

不久，上级决定对运河支队的领导干部做大的调整：支队长孙竞云调任鲁南军区副司令；朱道先政委调任峄县县长，邵剑利副支队长接任运河支队队长；峄县县委书记季华调山东分局高级党校学习，孙竞华接任峄县县委书记兼任运河支队政治委员；政治部主任文立政提任运河支队副政治委员；梁瑾侠紧随孙竞云，奉命调往鲁南军区机关工作。

11 月 18 日，鲁南军区司令员张光忠同志，在抱犊崮山区青石岭峄县县委临时驻地召开干部会议。主要讲到山外部队撤出运河地区，党政军民都受到很大损失，教训是多方面的，从领导责任来讲，他应负主要责任。"在客观上讲，是敌人力量强大。但从主观上分析，我们在军事上、政治上没有跟上斗争形势的发展变化，领导上缺少斗争经验，在指挥上不力。由于历史条件的局限，斗争形势的紧张，加之时间的短促，当时不可能具体细致地总结出经验教训及失误，导致重犯以往的错误。现就掌握的情况资料看，日军的这场秋季大'扫荡'，其战略意图就是逼迫我们让开运河地区：峄、滕、铜、邳边境地区处在邻近战略要地徐州和津浦、陇海、临赵铁路的三角地带，枣庄既是煤矿，又是控制鲁南山区的外围屯兵要地，贾汪煤矿、利国驿铁矿也都是日军执行的'以华制华、以战养战'的方针必须确保的资源基地。武汉失守以后，国民党军政已撤向云、贵、川、滇，西南战事渐缓，日军又重兵回师华北。自春季以来，日军先后开始加强对抱犊崮山区和山外运河南北地区的'扫荡'和控制。面对新的形势，如何在敌后坚持游击战，是我们做领导的应该考虑的首要课题。"

张司令员从 8 个方面总结了运河支队成立之后的经验和教训及下步开展游击战的六项工作要求。季华也主动承担了领导责任。

孙竞云在会上讲话，重点讲了组建运河支队以来，十个多月行军打仗、扩充队伍、开辟根据地所取得的成绩，也分析了因节节胜利而冲昏头脑，好大喜功、盲目乐观而忽视情报，处在危险之中而不知，库山之战后，丢掉了运河南和运河北，让敌人占了上风，使运河地区被伪化，教训深刻，个人负有重要责任。"作为运河支队主要负责人，没有预料到敌人的联合'扫荡'如此强烈，仅凭以往经验办事，使部队吃了大亏，根据地丧失，这个教训一定要记取。"他沉重地停顿一下，接着讲道，"同志们，我们各级指战员都要认真研究学习毛泽东的《论持久战》《抗日游击战争的战略问题》《放手发展抗日力量，抵抗反共顽固派的进攻》等光辉著作，武装思想，提高认识，增强觉悟。我们还要很好地从战争中学习战争，克服经验主义和主观主义，提高观察事物和战场应变的能力。"孙副司令的讲话通篇充满哲理和高度，一听就知道是梁瑾侠操笔起草的讲稿。

孙竞云被任命为鲁南军区副司令时，时值鲁南军区刚成立不久，他分管部队军事训练和机关工作。一开始心情十分愉悦，并再次向组织提出申请加入中国共产党，但组织总认为把他留在党外发挥的作用会更大。那时军区住在抱犊崮脚下的一个大炉镇，办公驻地在万家大院。孙竞云初到时，抓紧熟悉分管工作，制订训练计划，改进机关作风，业余时间还和警卫员一道，骑上枣红大马到野外兜风，登抱犊崮顶览胜抒怀，在山里打些山鸡、野兔等，送给军区各位领导打打牙祭。同时他还频频派人出山去了解峄西寨山前的情况。起初大概自认为军区虽然远隔山前百里，依然可以遥控那里的局势。但后来的境遇，与他个人的想法大相径庭，就逐渐产生一些不满情绪，由乐观又变得沉闷和急躁。

邵剑利接任运河支队长之后，工作积极性很高，但也遇到人员思想不稳、武器装备不足等一些实际困难，急于找上级汇报，寻求解决办法。恰在此时，已从大炉镇迁移至费县北部蒙山千佛崖的八路军第一一五师师部传信，罗荣桓要召见他和朱道先等同志。接到指令，邵剑利当天晚上就跟随师部运输连的车，顶着凛冽的北风就出发了，第二天一大早就赶到了蒙山前第一一五师师部。

在千佛崖下的一个农家大院，罗荣桓亲切接见了邵剑利。代师长陈光、参谋长陈士榘、政治部主任萧华等一一与邵握手并问候。邵详细汇报了运河支队之前作战及进山休整的情况。

接着陈光、陈士榘、萧华等领导询问了支队的武器装备、军事训练和政治思想工作情况，邵剑利一一作答。首长们感到很满意。

第一天的集体接见谈话，基本上是礼节性的、务虚的。第二天罗荣桓政委的单独谈话，才是正题。这次让邵过来，是要安排重大事项和部署任务。

根据鲁南军区的意见，运河支队的主力部队第一大队和第二大队的第八、第九中队一并编入二旅五团。

邵剑利毫无思想准备，一时不知如何作答。但他毕竟也是个非常明白的人，一点就透。军令如山，下级必须服从上级。邵剑利稍思片刻站起来，严肃认真地答道："报告首长，我没有什么意见，坚决服从命令。"

邵剑利一边认真聆听，一边在小本本上记录，唯恐漏掉首长指示的重要内容。在进一步明确了运河支队在运河地区坚持斗争的战略意义和今后的任务之后，他一会也不想耽误时间。谈话一结束，他当晚就冒着蒙蒙小雪向抱犊崮返回。

对运河支队主力被编入第一一五师教导二旅五团，孙竞云的内心可谓是五味杂陈。这支抗日武装是他和朱道先携手打造的，发展起来很不容易，中间有多少挫折和牺牲。就像在困境中从小养大的孩子，突然被人抱走，酸甜苦辣咸一起涌心头，总有些不舍和失落，但又无从找谁诉说，内心就有些苦闷。最能说上话的就是梁瑾侠，但她自调到鲁南军区机关，忙得也是不亦乐乎，正在赶写两个剧本，有时三五天见不到面。见到面也是来去匆匆，说不上几句话。同时，有些话，他不便对梁说，只能放在心里闷闷而不乐，这是其一。另外还有一件事，对他的刺激也很大，那就是他的族兄孙竞仪当了汉奸，成了伪峄县第七区区长兼大队长，带领 200 多人盘踞在峄西周营镇。近日他几次派人劝说让他要么带着队伍反正，要么洗手不干退出伪军，怎么也没有说通。孙竞仪在给孙竞云的回话中说："你走你的阳关道，我过我的独木桥，咱兄弟俩谁也不要管谁。"他是死心塌地地跟日本人混了。现在，孙竞云深感是有心除奸也使不上劲了。虽然身为鲁南军区副司令，但已无兵权，也没有了直管的队伍，只能是望山兴叹。

作为一个喜欢带兵打仗的人，你不让他上战场，他就会感到失落。如巴顿将军，是为战争而生的军人，战争的结束对他来说就等于失业。"一个职业军人的适当归宿是在最后一战中被最后一颗子弹击中而干净利索地死去。"这是巴顿对布莱德雷说过的一句话。在战争硝烟正浓的时候，让一个职业军人远离战场，他是会感到十分痛苦的，孙竞云这时的处境正是如此。在那个为着国家和民族利益而争着赴死的时代，他渴望重返战场，与敌人真枪真刀拼杀，以实现自己的快意人生。

第三十七章　完成剧作《骨肉恩》 劝通知己履新职

在孙竞云思想遇到瓶颈的时候，幸遇他的好友、同学赵镈，多次与他谈心交流，引其走出迷津。

赵镈，原名赵宋杰，陕西省府谷县人。1906 年出生，1926 年受周恩来的直接派遣，到黄埔军校学习，和孙竞云成为同班好友。当时由于蒋介石阴谋篡夺军权，排挤共产党人，因此在校园内部产生分化，形成了若干个派别，相互之间钩心斗角，斗争十分复杂。针对这种情况，时任中共地下连党支部书记的赵镈根据周恩来的指示，团结带领同学积极开展斗争，经过一段时间的工作，将他们班 70% 以上的青年团结在党的周围，并已从中发现、培养了十多名青年加入中国共产党，壮大了革命军队。孙竞云比赵镈年长几岁，做事沉稳老练，显得城府很深。赵镈非常敬重竞云，但因斗争形势严峻复杂，未能把他拉进共产党的队伍里，两人之后走上了不同的革命道路。

1927 年大革命失败后，赵镈到北平、天津一带从事地下工作。之后的 9 年时间里，他曾两次被捕，7 年时间在牢狱中度过，受尽了严刑拷打，但仍在狱中坚持斗争，经常给难友们讲述革命道理，组织开展绝食斗争，反对敌人的虐待和迫害。1936 年西安事变之后，经党组织营救获得出狱。他不顾身体病弱，立即投入党的工作。开始，组织上派他去冀东，不久就派他去中共津南工委任书记。1937年，抗日战争全面爆发，他又受党的指派，拖着伤病的身体到冀东一带恢复党的组织，组织抗日武装，发动敌后游击战争。1938年秋季开始，他先后担任冀南区党委组织部部长、党校校长，鲁西区党委组织部部长、党校校长。1940年3月调任中共鲁南区党委书记兼鲁南军区政委。

而孙竞云在黄埔军校加入了国民党，1928年，国民党革命军在徐州誓师北伐，他随国民党第四十军开进鲁南，击败奉系军阀孙博万部后，奉命留在家乡峄县，任国民党县党部常务执行委员、书记长。1931年后到博山、安丘两县国民党县党部任职。终因对国民党的明争暗斗的"官场"恶习不满，愤然辞职回乡创办教育，开展抗日救亡活动，七七事变后，在家乡组织一支百余人的队伍开展抗日斗争，1940年元旦，组建八路军第一一五师运河支队，他被委任为支队长，1940年11月，调任鲁南军副司令。这二位黄埔军校老同学自大革命分手，时隔13年之后，在鲁南重逢，又成为同一个战壕的战友。

同学一见面可以说无话不谈。因为赵镈时任中共鲁南党委书记并兼任鲁南军区政治委员，所以等见过两次面，孙竞云就向他提出了加入共产党的问题："我说赵镈同志，十几年前在黄埔军校你没把我接收到共产党内，使我在革命的道路上走得很曲折，现在我正式向你提出，我要申请加入中国共产党，这是我的入党申请书。"说完郑重地把申请书交到赵镈手里。

赵镈虽然脸上笑着，但是心里总觉得沉甸甸的，因为想把他继续留在党外工作，是鲁南党委和军区党委比较一致的意见，也是第一一五师首长的决定。大家总认为把他留在党外，更加有利于我党的统一战线工作。所以赵镈同志当时就没有明确表态，只是说了句："那好吧，入党申请书先放我这里，等我们党委开会再做研究决定。"

一等好长时间不见动静，再见面谈的多是工作方面的问题，赵镈向他谈形势、谈政治、谈政策，就是不提他的入党申请问题，他也不好意思追问。但他自认为，不加入共产党就进不了核心层，游离于核心之外，枉为副司令。回来之后，孙竞云总是行立不安，坐卧不宁，极为烦躁。一见到梁瑾侠，就发出了牢骚："唉，咱是一心想跟共产党抗日，宁可鞠躬尽瘁，死而后已。人家却不信任咱，不让咱上一线，挂个副司令让咱在后方闲着，到底怎么样才能被人信任？"

梁瑾侠劝说道："你没必要这样着急，有什么要说的话，你不好给张司令说，还不好给赵政委说吗？若如此，无非因为你还不是共产党员，那就赶快向政委提出，抓紧加入共产党呗。"

"唉！你难道不知道？咱想加入，人家不收。我是被两边都开除不要了。"孙竞云痛心疾首地说，"做人真难，想去前方打仗赴死都不行。唉，你说我该怎么办？"

"你少说点不吉利的话，什么死不死的，只有活着，才能更好地多杀敌人。"梁瑾侠劝他一阵子，待他的情绪稳定时又说，"你很早就对我讲过，要做'职业革命家'：一要无限忠诚；二要勇于斗争；三要自我革命。为了涌雪国耻、铲除不平、解放落后、创造文明……去奋斗终身。你说过的话我一点没忘，难道你就忘记了？做职业革命军人要坚定往前走，永远不回头。"随后她又说，"你现在感觉清闲了，浑身不自在了，我却很忙，按照军区要求，正在赶写剧本《骨肉恩》，国民党反动派掀起的第二次反共高潮，已经波及鲁南地区。'千古奇冤，江南一叶；同室操戈，相煎何急。'这是周恩来副主席用以挽在皖南事变中遇难的项英和被扣的叶挺将军，同时也是对国民党右派的做法予以严厉谴责。因为这个剧本反映的是皖南事变的重大题材，所以我也在全力以赴去做，等我忙完这阵子，有些话咱再慢慢聊，咱们也可以和朱老仙一块去找赵政委。"

梁瑾侠知道，现在朱道先的心情也很沉重。库山开战之后不到一个月的时间，运河支队就丢掉了运河南北两岸，队伍也由1500多人锐减到四五百人，有的中队被打散，有的就地插枪，还有的转脸跟了日本人。他在检讨湾槐树村战斗中时，曾痛心疾首地对梁瑾侠说："全怪我懒！明知敌人要来，剑利提出了三条对策，其中第三条才是不动的。'敌人也会以为我们不敢驻在这里'，这分明是一种侥幸心理。我当时正在害病，浑身难受，实在不想动，就说'好吧，不动了，就在湾槐树宿营吧'……那次损失是完全可以避免的。"师部对此也是不满意的，所以他和孙竞云一起被提升，但总觉得不得劲。调离出运河支队，虽然当上了县长，但是他"无论在什么情况下，最感痛苦的是不能再打敌人"。他从此基本上远离了前沿阵地，专做机关工作。师首长对他的评价："峄县的形势好，你是主力。"这一点峄县人有目共睹亲证；然而首长还说："峄县的形势坏，你是阻力。"这话的分量是很重的，他也默领了。他从自身查找原因，认为首长说得没有错，如果工作像一开始那样更积极主动些，"峄县的局面原可以更好些"。

梁瑾侠听了这位引路人的话，也不好妄加评价，但总觉得心里沉甸甸的。她知道，她劝服也劝不了这位既是导师，又是领导的长者，只能说些家长里短，逗他开心，减轻些他的烦闷："朱老，你都当上大县长了，还有什么想不开的？这也是峄县人民众望所归，听说第一届县政府民主选举，你就得了高票，是组织上没让你当，让你多打了一年的仗，现在回归正位，这也是峄县人民之盼。我也是渴望天天在战场上与小鬼子厮杀，这不也回到后方，放下枪，拿起笔，做起了宣传工作。其实这做宣传、搞创作一点也不比战场轻松。一打起仗来，我是无病无灾；一不打仗，感到浑身不自在，反而好生病。也请您这位大县长帮我求求情，让我再重返战场吧。"

朱道先，这位1927年加入中国共产党的老党员，毁家纾难，救国存亡，从家乡带出走上革命道路的200多人，其中朱姓家族中就有80多人，孙竞华、梁瑾侠、张耀先、刘金振等是佼佼者。他有着极强的事业心、责任感，他常讲的英雄公今寿，其实就是他的化身。他忠诚、勇敢、坚定、担当，无愧于那个时代，1925年夏参加共产主义青年团，1927年入党并参加共产党领导的广州起义，1932年创办"南华书店"，引导青年走革命道路。抗日战争爆发后，领导了邹坞暴动，组织成立"抗日联庄会""鲁南人民抗日义勇总队"和"运河支队"。"苏鲁支队"成立的老班底，多是他带出的骨干。他在战场上是一位足智多谋的军事指挥人才，经历过革命的低潮和高潮，在枪林弹雨中不畏牺牲，勇往直前，始终矢志不移，忠诚党的事业，党叫干啥就干啥，不计个人得失，不居功自傲。在之后担任峄县县长、鲁南行署秘书长、山东省办公厅副主任等职都做得很好，并且一直关心着梁瑾侠的工作、学习和生活，成为她在黑夜道路上不断前行的一盏明灯。梁瑾侠对朱道先始终怀有一种崇敬和追随的思想。

在梁瑾侠创作话剧《骨肉恩》最紧张的时候，也是孙竞云心情最郁闷的时候。他在与赵镈书记几次谈话之后，表露了他入党的急切请求，赵镈反复相劝，说他在党外比进入党内更有必要。但孙竞云很不理解，也很有情绪，多次对梁瑾侠讲："唉！干革命真难，想加入中国共产党，而共产党不要咱。"特别是赵镈代表鲁南区党委让他到"抗协"任职，他情绪更激动，当场就予以回绝。回来对梁瑾侠发牢骚道："咱早已被国民党开除了，这又要咱打国民党的旗号。对国民党咱早已深恶痛绝，现在让咱再任国民党的军职，你说还有什么意思。"

"既然组织决定了，你就去干呗！你不是想回到战场上去吗？这不正是个机会吗？"梁瑾侠劝说道。

"名不正则言不顺，言不顺则事不成。不管怎么说，咱参加八路军第一一五师运河支队就是共产党的人了，不能再打着国民党的旗号去干活。"孙竞云上了脾气，不仅不给老同学面子，更不给梁瑾侠面子。后来组织上又派朱道先出面，也没有做通工作。

朱道先这时真有点犯难，感到骑虎难下，转过头又来找梁瑾侠："我说瑾侠，你得帮我老朱把这项任务完成了，不然我不好给组织交差。我知道你有这个能力，肯定能够做通竞云的工作，让他到'抗协'任职，我就全权拜托你了。"

不管怎么说，这导师的话总是要听的。梁瑾侠就硬着头皮答应了，这边忙着剧本创作，那边忙着做孙竞云的思想工作。

这"抗协"，是"山东国民党抗敌同志协会"的简称。由于沈鸿烈在山东任省政府主席后，极端反动，积极反共，引起山东文化教育界和国民党中的一些进步爱国人士的强烈不满，相继来到鲁南抗日民主根据地，由李澄之、范明枢、彭畏三、杨希文等发起成立了"鲁南国民抗敌协会"，随后还成立了"鲁南国民抗敌自卫军"，由梁竹航任司令员，李澄之任政治部部长，下辖两个团，1940年9月因形势需要，"鲁南国民抗敌协会"改称为"山东国民党抗敌同志协会"。此后，山东各抗日根据地都以"抗协"的名义组织抗日武装。各个区党委都物色人选成立"抗协"组织和武装。因孙竞云战前就是国民党峄县党部的主要负责人，在峄县国民党内部和社会各界有着广泛的人脉，让他去当"抗协"武装司令，那也是名正言顺。但是，他的老同学赵铸没能打开他的心结，他的老同事朱道先也没能做通他的工作，最后还是梁瑾侠把这事落实了。

在那近半个月的时间里，梁瑾侠一心两用，不分白天黑夜改写《骨肉恩》，兼顾着跟孙竞云谈心。剧本完成后，交给了鲁南军区政治部文工团进行赶排，她又把主要精力用在了做孙竞云的思想工作上。

这是学生在做老师的工作。好在这位老师对他的这位学生非常认可，特别是在政治思想领先上的认可，他始终把梁瑾侠看作是党的化身。这也不是近期形成的印象。自济南会面、文庙小学共事，他就一直把梁瑾侠作为共产党的代表，时时处处维护她、保护她，与黄埔军校老同学黄僖常决裂，最主要的原因还是为了保护梁瑾侠。在政治上信任和能力上认同两方面，孙竞云和朱道先对梁瑾侠的看法非常一致，都认为她思想觉悟比他们要高，文化理论功底也比他们要厚。论政治工作能力，在运河支队里面，除了文立政主任，就数到她了。要不然，几年前朱道先也不会派她到白楼和文立政一起举办"山外抗日联合委员会青年抗日干部政治训练班"。在受训的50多人中，有不少同志后来成为我党我军的重要领导干部，比如曹捷、孙竞华、褚斯林等。

梁瑾侠这个学生，在朱道先、孙竞云这两位老师的心目中，早已是青出于蓝而胜于蓝了，已把她作为政治上的军师和参谋助手了。经过她的多次谈心交流，最后终于说服了孙竞云。当话剧《骨肉恩》由部队文工团成功演出之时，孙竞云已经同意出任"鲁南抗协自卫军峄山支队"支队长一职。梁瑾侠近段时间的心血总算没有白费，也算是替朱老仙完成了组织上交给的任务。

第三十八章　运河支队重于山　三战三捷英雄团

　　1941 年，在我党我军历史上都是极不平静的一年。1 月 4 日，新四军军部所属部队 9000 余人奉命北移，从云岭驻地出发，绕道前进，6 日行至皖南泾县茂林地区，突遭国民党第三战区顾祝同、上官云相指挥的 7 个师 8 万多人的拦击。8 日，陷入重围。众指战员在叶挺军长、项英副军长的指挥下进行抗击，血战七昼夜，终因众寡悬殊，弹尽粮绝，除约 2000 人分散突围外，大部分壮烈牺牲。军长叶挺在与顽军谈判时被扣押，副军长项英、参谋长周子昆、政治部主任袁国平等牺牲。这就是历史上所称的皖南事变。17 日，蒋介石反诬我新四军"叛变"，宣布取消新四军番号，并声称要将叶挺交军事法庭审判。中国共产党对国民党这一暴行进行了针锋相对的斗争。20 日，毛泽东以中共中央军委发言人发表讲话，揭露国民党反动派破坏抗战、实行反共的罪恶阴谋，提出取消 17 日反动电令、惩治祸首、废止国民党一党专政和实现民主政治等要求。梁瑾侠就是在这种背景下创作反映这一历史实情的话剧《骨肉恩》的。

　　这是一篇党交给梁瑾侠的命题作文，所以她做得非常认真用心。当时，驻山东的国民党军队也在不断与八路军制造摩擦。鲁南区党委在万村召开边联县村支部书记会议，赵铸书记亲自传达了皖南事变的经过、党中央的指示及鲁南地区的形势和任务，揭露国民党反动派发动的第二次反共高潮已波及鲁南的情况，号召大家要提高警惕，以应对可能发生的突然事变。这些内容，全被梁瑾侠融入剧情，所以公演之后，引起轰动。以铁的事实有力揭露了国民党顽固派假抗日真反共的丑恶嘴脸和阴谋诡计，表明了我党我军的正义自卫立场，激起党政军民学的共愤，得到社会各界人士、民主党派的同情和支持，迫使国民党当局在政治上陷入空前的孤立，不得不收敛其反共活动。最终打退了国民党顽固派掀起的第二次反共高潮。《骨肉恩》的演出成功，使梁瑾侠如释重负，自我感觉没有辜负组织上的信任。

与此同时，通过梁瑾侠所做的大量工作，促成了孙竟云按照八路军第一一五师、山东分局和鲁南区党委的指示，打起国民党"抗协"的旗号出山抗日。他向组织提出的唯一要求是让梁瑾侠以作训参谋、办公室秘书的身份陪他一起出山。为稳定他的思想情绪、协助配合他做好与八路军联合作战和统战工作，鲁南区党委和鲁南军区经研究批准同意了他的请求。随后，山东分局任命孙竟云为鲁南抗协自卫军峄山支队支队长，彭伟山为政治委员，原峄县支队副支队长孙云庭为副支队长，梁瑾侠为支队参谋兼秘书。队伍组成主要来自峄县县大队和运河支队原第一大队第二中队部分队员。

为了重新打开抱犊崮山外大运河地区的抗战局面和建立华东、华中通往延安的秘密交通线，1941年春节过后尚未出正月，鲁南区党委和鲁南军区根据第一一五师首长的命令，决定派教导二旅五团副团长王银培兼任运河支队副支队长，带领五团三营护送峄县党政机关出山，向苏鲁边界黄邱山套进发。运河支队、峄山支队和峄县大队第一中队随营出行。

王银培家在四川省宣汉县，1909年出生在农民家庭，在他十几岁时，曾因交不出苛捐杂税、抗租抗税，两次被保甲长用铁链套着脖子囚禁在私设牢房。1933年红军来到他家乡，他目睹红军打倒军阀地主，分田地给农民，助农爱民，就毅然参加了红军。由于他作战勇敢，一个月就被提升为班长，三个月后就加入了中国共产党，不久又被提升为排长、连长，长征途中跟随毛主席爬雪山、过草地，胜利到达陕北。全面抗战一开始就率队参加了平型关战役。1939年随第一一五师入山东鲁南，在师特务团任政治教导员，翌年改任师特务团政委。这次率队出征，每场战斗他都是冲锋在最前头，身先士卒做表率，展示了红军老战士的英雄风范。

运河支队重新出山，为了尽快打开新局面，鼓舞和振奋士气，决定先拿周营伪据点开刀。这也是孙竞云以鲁南军区副司令和"抗协"峄山支队支队长的身份最先提出来的。因为周营是他的老家，他对这一带地形特别熟，又因为伪峄县七区区长兼大队长孙竞仪是他的族兄，经他多次教育，仍不思悔改，留着这个铁杆汉奸，他认为有辱门庭和祖宗，必欲除之而后快。

2月10日夜，正是农历的正月十五，出山的部队和峄县党政机关，乘着月光开进枣庄西南山岭的聂庄、马场村一带隐蔽，封锁消息，做好攻克周营伪据点的一切准备。这里离梁瑾侠的姥姥家张林村只有三五里路，她多想回家看看姥姥和家中亲人，但为了保守军事行动的秘密，她放弃了这一想法，不能破坏部队的纪律。

孙竞仪盘踞的周营，共有3个中队，200余人的兵力。分驻在1大2小3个据点。据点的四周围墙高约4米，外有宽5米、深3米的围壕，壕边架设有铁丝蒺藜网，围墙四角各设有一座碉堡，可谓是深壕高垒，易守难攻。2月11日下午，天上飘着雪花，部队从聂庄一带出发，沿着山间小路向西行动，等天一冒黑影而转向南进，战斗部队一路奔袭，于深夜1点多到达周营外围指定位置，担任打援，防御韩庄、阴平方向日伪军的两个连队，也分别开进防御阵地。

伪据点夜间四周汽灯高照，明如白昼，孙竞仪自认为防备森严，又是天寒地冻的春节期间，不会有人来打搅他的春梦，于是就在中心据点，吃饱喝足睡大觉。12日凌晨3点整，王银培一声令下，战斗打响，突击队员们迅速剪断铁蒺藜网，用梯子架桥越过了壕沟，这时碉堡里的站岗伪军发觉我军行动后，立即开枪向我突击队员射击。王银培命令道："狙击手，把敌人的汽灯给我打掉；机枪班加强火力，掩护突击队冲锋。"

当时如果不是阴天，而是皓月当空，那么打掉汽灯仍会很光亮。好在是乌云遮月，灯灭后，敌人盲目射击。突击队在机枪的掩护下，趁机爬过围墙，打开了大门，后续部队接着跟进。先对东西两个小据点开展进攻，绝大多数伪军因这两天晚上过元宵节、神农节，憨吃愣喝睡得很晚，有的被枪声惊醒，有的还没有醒来，未及还击，便成了俘虏。就这样，不到半小时，东、西两个据点里的敌人全部缴了枪，我军无一人伤亡。

攻打中心据点的是九连，连长任振家身先士卒冲在前头，刚开始如入无人之境，像其他两个据点一样，营房里熟睡的伪军多数还没醒盹儿就做了俘虏。只有伪区长孙竞仪带着20多个亲兵，聚在中心炮楼上，枪声惊醒了他的梦，也震醒了他的酒，指挥着下属负隅顽抗。我军多次喊话："放下武器！赶快投降！""再作反抗，死路一条！"

"土八路！你们少来这一套，老子的炮楼是铁打的，你们休想上来。"孙竞仪狂妄地叫嚣着，"兄弟们，给我狠狠地打，等会儿韩庄、阴平的弟兄们就到了，让土八路吃不了兜着走。"

"孙竞仪，你给我听好咪，老子可不是啥子土八路，老子是正规八路军第一一五师！"王银培拿过话筒喊道，"孙竞云副司令让我给你带个话，劝你不要再做汉奸了，请你赶快放下武器投降吧，我们一定会优待你的。"

"优待个鸟！孙竞云早就想要杀我，我犯到他手里，恐怕连命都没了，还能有什么好！"孙竞仪听那喊话的口音不像是当地人，像是四川、云南一带的。知道碰上了八路军正规部队，仍顽固不化，"喂！我说这位长官，请你别再费口舌了，老子是不会投降的。也请你给竞云说，我还是那句话'他走他的阳关道，我过我的独木桥'，我与他井水不犯河水。我说你们赶快撤退吧，别等到天明想跑也跑不了啦"。

"孙竞仪，你给我听好了，不是老子跑不了，而是你已成瓮中之鳖跑不掉了，再不投降，死路一条。"王银培反复规劝，孙竞仪依然负隅顽抗。

利用喊话的机会，九连一排在排长巴华堂、班长陈桂友的带领下猛冲跨进了一步，但又被炮楼里的火力压了下来。这时天已大亮，双方不用望远镜都看得很清楚。副连长张少丛心里着急，他和二班长陈桂友用两捆秫秸浇上煤油，在机枪的掩护下，冲到炮楼门洞处，点燃了秫秸，熊熊大火烧了一阵子毫无结果，因那楼门裹着厚厚的铁皮，柴火解决不了问题。张少丛怒火中烧，抓起两枚手榴弹想冲过去炸毁碉堡门洞，结果中途倒下再没能起来。战士们红了眼，都要往前冲去为副连长报仇，被连长鸣枪阻止。

"哈！哈！哈！还敢上来吧？谁上来老子就打死谁。"孙竞仪有点得意忘形，"老爷个鸟的，有本事就上来，没本事上来还不赶紧滚，皇军马上就要到了，等会你们想跑也跑不了啦！"

孙竞仪的狂骂很刺激人，有的战士在跟他对骂："你恁老个鸟的不是东西，谁的话都不听，孙司令怎么摊上你个混蛋本家兄弟。你现在是死到临头了，王八蛋，赶快举手投降吧。"

天早已大亮，远处不断传来枪声，那是从韩庄出动来增援的日军与我埋伏在河湾村打援部队交上了火，炮声轰隆隆，东边从阴平出动的日伪军在宁楼附近也与我军开始交战，情况十分紧急。王银培这位打仗不要命的老红军这时也急了眼，"大江大河都闯过，岂能在小阴沟里翻了船！"他想到这里火气腾地一下子上来了，"不获全胜，绝不收兵！"立即命令班长陈桂友、副班长赵庆云、战士王大洋等人把梯子靠上碉堡，梯子还未靠稳，他就蹭、蹭、蹭地抢先攀登上去了，灵巧得像只山猫，迅速攀爬到炮楼水溜子处，一连向炮楼枪眼内投进三颗手榴弹，"轰隆隆！"几声响，炸得炮楼里面的伪军鬼哭狼嚎，乱作一团。孙竞仪胳膊腿全受了伤，在炮楼里哀鸣道："别打了！别打了！我投降！我投降！"随即炮楼里伸出一条白毛巾。

孙竞仪被拖出炮楼，王银培上前狠狠地踹他一脚。因损失一名副连长，真想一枪毙了他才解恨："你个啥子东西，劝你投降你偏不听，非等老子送你几个手榴弹吃才行，老子的话你不听，孙副司令的话你也不听，我这就把你送给孙副司令，去听从他的发落吧。"

"我求求你了长官，千万不要把我送给竞云，我给他丢人现眼了，见面他非杀了我不行，请你快给我一枪吧，我宁愿死在你的手下，不能死在俺兄弟手下。"孙竞仪抱着王银培的腿求饶道。

王银培一挥手，让两名战士把孙竞仪架走了。随后，孙竞云听说周营据点被攻克，孙竞仪被俘，心里松了一口气。他执意要枪毙孙竞仪，但有不少族人向他求情，最终在地下乡长华召斌和峄山支队副支队长孙云庭等劝说恳求下，才饶孙竞仪不死。

周营之战，为运河支队再出山打出了声威。以牺牲副连长张少丛一人和伤三人的代价，毙伤及俘获伪军 200 余人，并缴获大量枪支弹药及军备物资。战斗一结束，王银培一面组织队伍向北撤离，一面派人通知打援的两个连队迅速奔向距周营十几里外的王楼村会合。来增援的日伪军进到周营，已是人走楼空，主炮楼仍燃着熊熊大火。太阳已经偏西，增援的日伪军也弄不清来了多少八路，听街上百姓说，当时满街都是八路官兵，怕夜长梦多，再吃大亏。对着东西两庄空发了几炮，自我耍耍威风，然后匆忙各自向韩庄、阴平撤回。

事后总结战斗经验，认为周营战斗之所以能够取胜，一是指挥有力。王银培副团长兼运河支队副支队长作战勇敢，冲在前面，不怕牺牲，鼓舞了参战队员的士气和斗志。二是对地形熟悉。指战员中有几名是当地人，原来跟孙竟云在这里打过多次仗，对当地的情况了如指掌。三是骄兵必败。孙竟仪自鸣得意，死到临头还嘴硬，他没有料到老山里的队伍会直接对他而来，在高枕无忧中被全歼。按孙竟仪后来的话说："根本没想到，做梦也不会想到，这春节刚过，哪会有神兵天降。这八路军团长百里奔袭亲自给俺送蛋（弹）吃，俺真服气了。俺对不住竟云，也对不住王团长，能饶俺不死，真是大恩大德。"

运河支队参战人员在王楼、牛山一带稍事休整，当夜 10 点多钟又乘月光向南进发，凌晨 2 点多，先头部队抵达运河北岸闫庄村，因当时渡船已被敌人控制，只找到两条渔船，反复多次，直到天亮时突击部队前指才全部渡过运河，驻进南岸新闸子村。这个沿河闸而居的村子，从东到西有三四里路。运河支队老队员王环信就是这村的，七七事变之后，他带领弟弟和亲友，一起参加了抗日的队伍。这里也算是我方的堡垒村，村东头王家大户，对共产党八路军很贴心；村西头孙家，又和孙竟云的房份不远，部队在这里落脚比较放心。主力九连驻新闸子村东头王家大院，正在吃早饭时，忽然传来哨兵的枪声，连长任振家赶忙放下碗筷向门外跑去，哨兵气喘吁吁地说："报告连长！不好了，有日军开着两艘汽艇过来了。"因为在西边，后续部队仍在渡河。如果日军汽艇碰到我方渡船，那后果会很严重。

任连长转过头来叫一排排长巴华堂："华堂，你们一排赶快去运河边阻击日军汽艇！"

"是！"巴华堂边答边组织队伍出了大院。

在我部队员还没赶到运河边，已有十几名日本兵冲上了岸，进了村子。由此看来，日军对我军正在渡河的行动情况尚不清楚，而是上岸来抢劫捞外快的。迎面正碰上九连一排二班，这可是有名的青年猛虎班。班长陈桂友在打周营时挂了点彩，但一点也阻止不了他继续参战；副班长赵庆云，也是位打仗不要命的主儿，那是一见到穿黄皮的鬼子就红眼。狭路相逢勇者胜，二人也不躲避，连掷几枚手榴弹，带着战士冲了过去，打日军个措手不及，扔下两具尸体退回到运河边，双方都在利用高岗、土岭、石头墙做掩护，不断向对方发起攻击，机枪、步枪、手榴弹你来我往，因陈班长身上带伤，行动不便，赵庆云亲自带几名战士发起猛攻。在接连越过两道坎，赵的腿部也受到重伤，已不能站立，他打开两枚手榴弹盖，准备就地滚过去与日军同归于尽，被战友强行按住而动弹不得。战斗约相持半个小时，支队作战参谋褚雅青带着一个排，从村西过来打增援，日军一看情况不妙，没有下艇的慌忙后撤，扔下已上岸的鬼子于不顾，加足油门向六里石方向疾驶而去。这场短兵相接，我军以重伤副班长1人，轻伤5人，毙伤日军20多人而获胜。

六里石，因距新闸子村下游六里而得名，这里现在也是运河线上的闸口之一，驻有伪军一个中队，碉堡建在运河的月河圈内，四面环水，地势险要，易守难攻。据点的前面是运河大闸，闸口宽6米，水流湍急，小船不便航行，两艘被击伤的日军汽艇从后面月河绕过停靠岸边，剩余的几名日军进了据点。当我部队追击日军至六里石村时，日军指挥伪军急忙把大闸口上的跳板抽掉，使其不能通行，妄图凭借运河闸口进行抵抗我军进攻。

我军追击部队从早上进到这里，一直隔河射击，打到中午后续部队到，也没能再向前一步。这时，峄县县委机关和峄山支队、峄县大队也从新闸子得胜庄一带渡过运河。王银培一心要乘机拔掉六里石伪军据点，但久攻不克，就与孙竞云、孙竞华等商量，看有什么好法解决六里石的问题。孙竞云就找到新闸子村的人头孙正宇，让他去六里石找孙竞锐联系，给我部队攻打日伪据点提供支持。

战斗从早上打到下午，运河支队战士始终未能接近据点，支队领导一看时间不能再等，必须发起强攻。"红军能飞夺泸定桥、强渡大渡河，难道我们就过不了这道闸口？"王银培亲自赶到现场，号召战士们要发扬红军的革命精神和英雄气概，坚决打过去。正当紧急关口，孙竞锐按照本家二姥爷孙正宇的要求，组织村民前来增援，带着老乡，抬架着门板和木棒，来到前沿阵地。"长官，我们带来的这几根长木和竹竿，完全可以铺过闸口，保证能把战士送到对岸。"孙竞锐对王银培说。

王银培握着孙竞锐的手说："感谢你和乡亲们。"

十一连连长王士奇主动请缨，强攻打头阵："首长，请把主攻任务交给我们吧，趁着太阳还未落山，我连保证在天黑前拿下据点！"

"好！我相信你们！"王银培拍了拍王连长的肩膀一下，"士奇，你给我听好了，任务要完成，你也要给我安全回来！"

"是！"王士奇坚定回答后，马上组织起突击队。

机枪组以密集的火力网做掩护，50 名突击队员一齐出动。前面是扛着木棒、抱着竹竿、抬着门板的战士，拼命在闸口上搭起了跳板，后面紧跟着端起轻机枪、冲锋枪的猛虎班队员，飞速跨过闸口，向拦在路中的敌人碉堡发起进攻。

十一连三排临时组成一个爆破小组，由一班班长李长勇带着两名身体敏捷的战士，携带集束手榴弹，背着夕阳余晖冲到碉堡前，"轰隆"一声巨响，炸开了碉堡的大门，里面的敌人有的已被炸死炸伤，剩下的大喊"投降！"停止了射击。挡住去路的碉堡被炸掉后，鬼子艇长一看情况不妙，屁滚尿流地奔向一艘尚能启动的汽艇，还没等他人上去，就开逃了。另一艘受损严重的汽艇再也发动不起来，余下的小鬼子"八嘎！""八嘎！"骂不停，也只能望河兴叹，绝望地返过头来负隅顽抗。

激战不到半个小时，除个别水性好跳水逃生的外，被打死打伤和俘虏的日伪军共 60 多人。但我突击队也付出了沉重代价，王士奇连长冲锋在前，英勇牺牲。没能安全回来的还有 3 名战士，负伤的 5 人。战后，孙竞锐带着村民随即拆除了据点的碉堡、岗楼和营房设施。

梁瑾侠在行军途中赶写了一段渔鼓词《士奇真是奇》歌颂王连长敢打硬

仗、奋不顾身的英雄气概，很快传遍运河两岸。

运河支队拔除六里石日伪据点后，和驻在新闸子、得胜庄的峄县党政机关、峄山支队、峄县大队第一中队又连夜向南进军，于第二天拂晓全部胜利进入黄邱山套，和胡伯勋参谋长、胡伯毅大队长领导的运河南新组织起来的第五、第八、第十中队会师。

王银培副团长率领的五团三营指战员，保持和发扬了老红军的精神，敢打敢拼，连续三天，在周营、新闸子、六里石打了三场胜仗，打击了敌人，鼓舞了群众，开创了运河支队复出后的新局面。运河南北两岸，老百姓齐声欢呼："咱们八路军的队伍又回来了。"但五团三营也为此付出了很大代价。牺牲了1名连长、1名副连长，伤亡达20余人。他们在黄邱山套休整三天后，王副团长与孙竞华、孙竞云、朱道先、邵剑利、胡伯勋、梁瑾侠等握手话别，带着五团三营的官兵返回抱犊崮向第一一五师师部复命：护送峄县县委和三支队伍出山的任务圆满完成。

第三十九章 国共两军携起手 粉碎日伪"围剿"战

黄邱,黄帝之陵丘也。后因避讳"大成至圣文宣王"孔丘之名,而改成黄邱。而今的黄邱山套地处苏鲁两省交界处,南面邳县、铜山两县属徐州(徐州一度也属山东省管辖),北面为峄、滕两县管辖,周围全是连绵起伏的丘陵峰峦,山虽都不是太高,没有达千米的主峰,但沟沟坎坎很多,地形十分复杂,是个易守难攻、便于隐蔽的用兵之处。运河支队在抱犊崮休整之后,主力被划归到了第一一五师正规八路军部队,邵剑利率领少数队员又重新回到运河南边的黄邱山套。孙竞云、梁瑾侠对这一带的情况已很熟悉,老百姓民风朴实,勤劳勇敢,抗日的热情非常高,是创建抗日根据地的理想之处。唯一不足的是南北纵深较短,被人称为"一枪能打透",但群众基础好,山套里有18个村,对外统称黄邱。若问东西有多长,路人说,"紧十八,慢十八,不紧不慢又十八"。自"运河大队"到"运河支队"进驻,这里村村都有参加八路抗日队伍的,丁庄村被称为"丁半连",张塘村被称为"张一排",就是指参加八路军的人数。

库山战斗失利后,胡伯勋、胡伯毅、谢昭唐、马瑞祥、陈英坡等之所以能在这里继续生存下来,并收拢失散的队伍,立住脚跟,离不开当地群众的大力支持。同时,也因为去年春天,胡伯勋、梁瑾侠出面做好国民党徐州常备四旅七团团长韩治隆的统战工作，采取又拉又打等措施，化敌为友，使他暂时不再与我方为敌，与胡伯勋又保持了较长一段时间的"友好"关系，使运河支队残存力量得以重新落地生根发芽。

峄县党、政、军在八路军教导二旅五团三营的护送下，在与坚守在运河南的胡伯勋部会师后，胡提议，趁我军出山后连战皆捷、指战员士气正旺，再统战一下韩治隆，也算回敬他近段时间"友好"表现。孙竞华书记征求大家的意见，一致同意去会一会韩治隆，以维护和巩固现有的"和平相处"的局面。

当时，韩治隆部驻在贾汪日军据点东南侧的鹿楼村，相约在这里与他会晤。当我方党、政、军领导孙竞云、孙竞华、胡伯勋和梁瑾侠、胡伯毅、谢昭唐等抵达鹿楼村时，韩治隆率领他的部下亲自迎至村头，相互握手或拥抱，他和胡伯勋紧抱在一起："胡大哥，你认为小弟近期做得咋样？对得住兄弟吧！去年夏天，我一时犯糊涂，多有得罪，你们也是宽宏大量，放回了我的人。咱人心都是肉长的，小弟我非常悔恨当初上了小人的当，与贵军发生了摩擦。我给您保证，今后这种事不会再发生了。"

胡伯勋说："咱兄弟俩相处不是一天两天了，都互相知根知底，愿我们今后还能继续联合抗日，绝不能再做亲者痛、仇者快的事了。"这是话里有话，不再挑明。据来自他们内部的情报，有多事者又再拉拢韩一起反共，韩的态度还不够十分明朗。

"那是！那是！看来大哥还是有点不完全相信我，那咱就骑驴看唱本——走着瞧。"韩治隆虽然脸上仍堆着笑容，但心里有点不太乐意，这"走着瞧"含义也很深刻。

梁瑾侠担心这二位抬上杠，破坏了这"友好"的气氛，忙在一旁插话道："韩团座，这一见面也不能你俩单亲上了。去年春天一别快一年了，不知道你还认识我吗？"

"认识！认识！哪能不认识。军中一枝花，谁见谁不夸。只可惜我们军中没有这样才貌双全的女参谋。"韩治隆顿时又眉开眼笑，"你们今天来的，我除了第一次见到孙竞华书记，其他大都见过面，也算是老熟人了。请各位对我韩某人听其言、观其行，看我到底做得咋样。"

"今天我们大家一起来到贵方，就是对韩团长的信任。"孙竞华说道，"人们常说'不打不相识'，过去我们有打有闹那已成为历史，让我们共同携手开创未来，坚决把日寇赶出中国去！"说着，孙书记左手卡腰右手做出一个强有力的推动势。

这还没到团部，途中已把要说的话基本挑明了。在随后的座谈和宴席上，现场的气氛非常热烈。孙竞华重申了我党关于建立抗日民族统一战线的方针和政策。面对民族危亡的严峻形势，中华儿女只有加强团结、众志成城、同仇敌忾，才能打败日本侵略者。如果再继续"攘外必先安内"，势必存在亡国灭种的危险。"团结抗战，才有力量、才有希望。孙副司令现兼任国民党'抗协'峄山支队支队长，我相信韩团长与孙副司令携手抗日会更加紧密，使运河两岸的日伪军更没有好日子过了。"

孙竞华的一番话，得到大家的认可。韩治隆再次表态："听君一席话，胜读十年书，孙书记年轻有为，一看就是做大事的人。我和胡兄虽然也都读过几年书，但与孙书记相比，都成了老粗。但我们都是干实事的，打日军，谁都不含糊。但自身力量确实有限，日军仍欺负在家门口，确实需要联合抗战。我这次保证说到做到，一旦日军再出来'扫荡'，一定联起手来共同打击日军。没有二话可说，团结抗战，决不食言。"

在座谈的基础上，双方草签了联合抗日的"协议"，双方保证，在中华民族生死存亡的危急时刻，要摒弃前嫌，化敌为友，互相不许再打黑枪。枪口一致对外，共同把抗击日寇之战进行到底。

鹿楼会晤，相互坦诚交谈，为和韩治隆继联合抗日打下基础。为适应对敌斗争的形势需要，也是落实第一一五师首长和鲁南军区的指示精神，峄县党、政、军领导从鹿楼回来后，一边坚持作战，一边整顿扩大队伍。首先以涧头集为界，恢复建立了东西两个区政权组织，东边的旺庄区由郑东方任区长，西边的黄邱区由王思斌任区长，统领各乡村政权组织。并要求各区委首先建立自己的区武装，在自己的活动区域内独立坚持对敌斗争，不到万不得已的情况下，不能脱离本区域活动。

运河支队、峄山支队、峄县大队三支队伍再次出山，最缺少的是作战人员。为扩大队伍、壮大力量，运河支队重新编组和调整。第一大队第五中队在中队长陈英坡、政治指导员李海洋的带领下，以第一大队的旗号活动在利国驿以东的新河区；第一大队大队长邵子诚、副大队长王默卿，只带少数几人进到津浦路沙沟车站以南的铁路两侧隐蔽活动，依靠自己良好的社会基础和人脉，重新招兵买马，大力发展壮大队伍；第二大队以第八、第十中队为基础，另将原参加第五中队的杨茂浦分队和县大队合编为第九中队，编入第二大队序列，任命胡伯毅为大队长，曹捷为教导员。由于支队副政委文立政已调往铁道游击队任政委，决定由曹捷兼任支队的总支书记，管理党务。作战参谋褚雅青被派回老家，在微山湖东岸的塘湖、郗山、张阿村一带发展队伍。派原第二大队侦察参谋谢昭唐，在黄邱山套以南、以西和贾汪周围以龙门大队的名义发展队伍，并任命谢昭唐为大队长，李浩为政委。

运河支队现有很少的骨干被分散到微山湖一带、津浦铁路沿线、大运河两岸的广大地区，暂时还没有形成主力，对峄县党政机关的保卫除了县大队，峄山支队和运河支队同样负有保卫之责。三支队伍现阶段基本上合署办公。梁瑾侠在这段岁月成了三支队伍的共同秘书，负责三支队伍的文案处理，上报第一一五师和鲁南军区的材料，全部出自她的手笔。同时，她还兼着部队的宣教任务。因为在这三支队伍里，能打硬仗的人很多，但真正能动笔的人少之又少。在文墨方面，梁瑾侠成为这里的凤毛麟角，只能是能者多劳，好在她乐此不疲，因为这也是她喜好的两件事之一，个人爱好除了喜好耍枪杆子、热衷打仗；再就是喜欢动笔杆子、勤于写作。最近在急行军中完成的《王团长飞身炸碉堡》《运河击溃日军汽艇》《强渡闸口拔据点》《加强统一战线、携手共同抗日》等新闻稿件不断发表于《大众日报》《火光报》《前进周刊》等报刊上。

阳春三月，正是一年中最美好的季节。然而日本侵略者，却偏偏要打破这中国人的春和景明。4月16日，驻防在北许阳的峄县党政机关和县大队、峄山支队、运河支队，接到从台儿庄送来的情报：日军对郯（城）马（头）的集中"扫荡"已经结束，由徐州派出参加"扫荡"的日军已经撤到了台儿庄。据可靠消息，日军回撤徐州之前要乘着胜利，准备对运河以南再合力大"扫荡"一番，驱逐这里的抗日武装。除了共产党领导的游击队，当然也包括国民党的部队。随之各路情报都汇集到县委孙竞华书记那里，他以县委书记和支队政委的名义，召集孙竞云、邵剑利、胡伯勋等人，认真分析敌情，准备采取应对措施。认为敌人的这次顺手牵羊的"扫荡"，是不可避免的，从各路情报看，日寇士气正旺，这一"扫荡"规模和声势还是很大的。其具体部署和进攻路线是以南北许阳为中心，分路对我县委和部队驻地进行合击。不仅如此，日军还调动了周边各路反动反共力量，北面有峄县日军和伪县长王徽文带领的伪军；西北面有韩庄的日军和汉奸张来余、叛徒褚斯杰的伪军；东北方向是徐州和台儿庄的日伪军一齐来犯；西面有贾汪矿的日军、利国驿的日军；北面还有两次反水的铁杆汉奸"尤瓜屋子"所带的伪军，四面形成"铁桶合围"之势。"尤瓜屋子"这次归顺日伪后，急于表现、急于立功，徐州日军的这次顺路"扫荡"，与尤的上下撺掇、左右煽风、四处活动有很大关系。他是想借日军之手，挤走运河支队、峄山支队，为他扩大地盘。

当时，我方在运河南的三支队伍总兵力不足 300 人，并且新队员占很大比例。而敌人进攻的兵力将为 3000 人以上，而且武器精良。敌我力量悬殊太大，我方根本就没有胜算的可能，搞不好又会一败涂地。这时，孙竞云和胡伯勋同时想到，可借助韩治隆的部队以助我方解除燃眉之急，而且韩的司令部现驻在苑河村，与北许阳我方驻地仅隔 10 里之遥。县委决定，还是派与韩有交情的胡伯勋、梁瑾侠再次出面去苑河村会见韩治隆。

接到命令后，胡伯勋骑着自己的黑骊，梁瑾侠借骑孙竞云的火龙驹，带着十几个卫兵一路向苑河飞驰。不一会就到达了目的地。这春光明媚的天气，韩治隆也一脸春光欢迎老友的大驾光临："大哥，又是哪阵风把您匆匆刮来，事前也没有通报一声，容弟我有失远迎。"

"咱兄弟谁跟谁，还用得着客套吗？我到我弟弟这里串门，还不是想来就来。"胡伯勋拉着韩治隆的手，边说边往营房里面走。

进了团部客厅，胡伯勋也没有绕弯子，就单刀直入地说："老弟，我和瑾侠一同来找你，还真是有要事要相商。你可能也听说了，从徐州出动到郯城'扫荡'的日军，明后天他们返回途中还会到我们这一带进行顺路'扫荡'，南北许阳是首当其冲。单靠我们的力量难以抗衡。老弟，你现在是兵强马壮，对付台儿庄这一路强敌非你莫属，请老弟鼎力相助。"

因为两个月之前有"鹿楼之约"，韩治隆没有犹豫，就爽快地答应："大哥亲自登门，对我那还有什么好说的，就按大哥说的办，由我部担任阻击北面的来犯之强敌。不过，阻击西面的来犯之敌任务就交给你们了。"

"那是必须的。我陪胡参谋长来之前，我们已经开过会，要动员一切力量，协同你打好这一仗。"梁瑾侠接话道，"你和参谋长既是好兄弟，又都是爽快人，说话办事就是利索，我就喜欢你们这样的人。喜欢你们立说立行、敢作敢当的脾气性格。"

"那好哇！梁小姐干脆调过来跟我干，我可以让你当我的参谋长或副团长，你看怎么样？"韩治隆半像玩笑半像真地说道。

"哎——我说老弟，她可是我们孙副司令的人，我都想不成，你也不会想成。哈！哈！哈！"胡伯勋这玩笑话开得有点大，也有点酸味。

"参谋长，你可不要笑话我。我是一直拿你当亲哥待的，我就是你的小妹妹。亲哥不能老拿小妹乱开玩笑哟。我谁的人都不是，是我自己的人，说不准我哪天还真来跟韩团长干咪，就怕韩团长说话不算数，怕我把你的队伍带跑了。"梁瑾侠边说边看他二人的表情，老胡脸皮厚，看样子没觉着，韩团长一时有点不好意思。这任命参谋长、副团长真不是他所能当家的，那得上峰批准，再说他真的也不敢让共产党来管自己的队伍。

"好啦，瑾侠你就不要再难为我老弟了。等打完这一仗，我们再谈情说爱也不晚。哈！哈！哈！"胡伯勋狡黠而又爽朗的笑声圆了场，"我看事不宜迟，今天就不在我弟这吃饭了。我们都抓紧做做准备，争取共同打赢这一仗。之后，我请老弟喝酒。"

说完，胡伯勋就起身告辞。韩治隆真心实意也没留住客。送走客人，他也马上召开了战前会议，部署各营连做好迎战准备。

韩治隆决定和我方联合作战，是我们统一战线政策的重大胜利，对我方粉碎敌人的合围"扫荡"增强了信心。为保证我县委机关能够安全撤离，然后集中现有兵力打击最弱一路敌人，吃柿子专挑软的捏，决定就以铁杆汉奸"尤瓜屋子"为重点的打击对象。

是夜，峄县县委机关和峄县大队、峄山支队迅速行动，跳出敌人准备合围的南北许阳、东西朱古一线，趁着天黑，开进了黄邱山套的赵圩子、张塘等村隐蔽下来；邵剑利带领运河支队第五、第九、第十，共三个中队在涧头集头东南布防，待机截击"尤瓜屋子"的部队；胡伯毅大队长率领第八中队埋伏在黑山口，准备阻击来自运河以北峄县方向的敌人；孙竞云率领峄山支队进驻到西北方向的杨家埠一带，准备迎击从韩庄而来的鬼子汉奸。我方主动撤离后，当夜韩治隆部的邢焕章营顶替进驻到北许阳村防地。

第二天天还未亮，日伪分兵五路向南北许阳发起了攻击。从北面台儿庄来犯之敌已经进到了北许阳村北的山脚下，迅速爬山，企图占领北山制高点。这邢焕章去年夏季被运河支队夜间俘虏，后被我军"友好"释放后，韩治隆又让他官复原职，但他没能很好地吸取教训，吃一堑却没能长一智，带领一营驻进北许阳，认为这里已经有我方原已修建好的防御工事，就可以高枕无忧了，只在北边山头放了一个班哨，其他人全都睡了大觉。这都东边日出了，哨兵才注意到敌人已经快爬到山顶，赶忙鸣枪报警。邢焕章听到枪声这才知道情况不妙，立即集合队伍向北山运动。哪知日军早已捷足先登。班哨空放几枪未敢抵抗而向山南面撤下。邢营的部队才刚醒盹，哪能抵得住势如猛虎的日军重压，抵抗一阵子伤亡数十人，接着兵败如山倒，向东南溃逃。日军轻易占领了北许阳。从贾汪矿出动的日军经崮岘独角湖也开进了南许阳，没想到我军已提前撤离，让他们扑了个空。在南、北许阳我军没有受到任何损失，但却牺牲了我友军韩部的50多人的性命，他们也是为抗日牺牲的运河儿女。

邢焕章逃回后，被他的老上司韩治隆臭骂了一顿："一年前你是夜里遭八路袭击，全营被俘，现在是大白天你又惨败日军手下。你还有脸给我回来，我懒得枪毙你，自己撒泡尿淹死算了。"邢焕章被骂得无地自容，但他知道团长不会枪毙他，因为他俩是患难之交，他曾在战场上救过团长的命。好死不如赖活着，等团长消了气，还是会用他的，虽然自己本事头小点，带兵打仗能力差点，但团长知道他对己忠，到什么时候不会拆团长的台，团长用着放心。所以他是"闷声发大财"，一声不吭，任由韩团长骂去。

在东边打得火热的同时，西边驻涧头集的日军和"尤瓜屋子"带领的伪军，经张塘村东的山沟向南开进时，突然遭到邵剑利支队长指挥的三个中队给予拦腰截击。这时天色似明非明，朦胧中敌人措手不及，被打得晕头又转向，"尤瓜屋子"所带的伪军很不经打，战斗一打响，许多伪军便吓得抱头鼠窜，战斗很快就结束了，日军这次也随了大溜，跟着"尤瓜屋子"转身向回跑，一溜烟逃回到了涧头集据点，成了缩头乌龟。运河支队乘胜追击，一直追到涧头集南不到一里处。拉开继续进攻的架势，吸引敌人从街里不断向外放空枪。运河支队此战缴获轻机枪2挺，步枪50余支，毙伤日伪军50余人，俘虏伪军30余人。占领北许阳的日军大队人马，当得知涧头集据点被我军包围的消息，急忙前来救援，时间已是下午，邵支队长早已带领运河支队队员安全转移到黄邱山套尤窝子一带。

由峄县、枣庄出动助攻许阳的日军，一大早就进到我军在黑山口的伏击圈。运河支队第二大队在胡伯毅的指挥下给日军以迎头痛击。日酋被胡伯毅击毙，敌人被第二大队第八中队密集的火光打散，失去了统一指挥，像无头苍蝇一样乱撞，死伤30多人，已溃不成军，直到日升三竿之后日军才把残部收拢起来，还想与我军再战。这时运河支队第二大队也早已见好就收，迅速撤离黑山口，也进入了黄邱山套集结待命。

从韩庄出动的日伪军，在中村太郎和张来余的带领下，夜里越过运河，拂晓进到了平山子、杨家埠。峄山支队在孙竞云的指挥下在杨家埠村南龙河边设伏，张网以待，当张来余带伪军匆忙向东南方向前行，被一阵密集的枪弹压下阵来。张来余做梦也没想到，会在这里遇袭。毫无精神准备，当头一闷棍，打得他晕头又转向。梁瑾侠一看敌人溃不成军向后撤，就大喊一声："同志们！冲啊！"这张来余一听是运河女侠的声音，比兔子逃得还快，因为在常埠桥一战，他已领教了神枪手女侠的厉害，怕跑慢了被那长眼的子弹追上。气得中村大骂："八嘎！再后退统统死啦死啦的。"连放了几枪也没止住溃败的日伪军。结果他也被裹挟着向平山子方向退去。我军追至平山子附近，梁瑾侠叫："停。"这就是适可而止，见好就收。还没等敌人反应过来，我方就击鼓鸣金，结束了战斗。此战，峄山支队以零伤亡，毙伤日伪军30多人，俘虏张来余的队伍30余人。简单打扫一下杨家埠的战场，队伍迎着朝阳，梁瑾侠起头，大家一齐唱着由她编写的《峄山支队队歌》向东南方向唐庄、后孟一带凯旋。

抱犊崮下起狼烟，
峄山支队出了山。
运河两岸摆战场，
黄邱山下把敌歼。
国共两军携起手，
赶跑日寇换新天……

第四十章 兵分各路显神通 敌后发展新队伍

4月的反"扫荡"，由于我方统战工作做得成功，国民党徐州常备四旅七团发挥了很好的协助作用，不仅保住了峄县党政机关，而且让运河支队、峄山支队得以腾出手来消灭了日伪军小股有生力量。这一战除了国民党七团伤亡数十人，运河、峄山两支队仅有十几人挂了点彩，没有出现重伤亡。使从抱犊崮出山的士气继续保持。运河、峄山、峄县三支队伍暂时以黄邱山套为根据地，一边打仗，一边休整，一边继续扩大武装。

负责组建龙门大队的谢昭唐、李浩二人按组织要求，来到龙门山、岵岘一带发展队伍。这全靠的是谢昭唐在这里的广泛人脉。他可是位"老江湖"，在来参加运河支队之前，他干过"红枪会"，参加"三番子"，而且在"三番子"里辈分较高。1938年家乡沦陷，黄邱山套成立群众自卫组织"黄邱山套抗日护乡大队"，他被推举为大队长。1939年夏，毅然带着100多人参加我党领导的峄县抗日武装，从此，黄邱山套为我军所控制。后转入运河支队，担任第二大队参谋，为我军创立黄邱山套革命根据地立下汗马功劳。去年夏，里应外合成功袭击贾汪矿，那也是他和梁瑾侠事先做了大量的统战工作，在潜伏侦察员王金凤的配合下完成的。这次出征任务仍很艰巨，事前，胡伯勋专门找他谈话，指示他抓紧回到龙门山招兵买马，尽快把队伍组织起来："昭唐，组织上知道你有办法、有能力做好这件事。你过去参加过'三番子'，现在仍可以打着这个旧的旗号，大摆香堂、广招徒弟、扩大兵源。"

"参谋长，您不是给我开玩笑吧？不管怎么说，我这都参加八路军两年了，我也信了共产党，再去搞封建迷信笼络人心那一套，恐怕不太合适了吧？"谢昭唐有点难为情地说。

"怎么不合适，现在是对日斗争的特殊时期，一切为了抗战。我们共产党八路军最讲实事求是，现在形势变了，我们的斗争方式也在变，罗政委不是让我们要脱下军装换便装吗，我们现在都穿了老百姓的衣服，混同于当地民众，不是照样打鬼子。不管着什么装，只要我们心中有正义、不忘打鬼子，保持住一颗红心就行。这也是经峄县县委和支队领导讨论研究过的，你不要有什么顾虑，要放开手脚，利用一切可以利用的关系和手段，抓紧把队伍拉起来。"胡伯勋既十分严肃认真，又十分风趣地说，"你这是老江湖再战新江湖，利用旧瓶装新酒，红心萝卜绿皮装，学会孙悟空的七十二变，怎么得心应手你就怎么干。至于你说的像不像八路，那就还是先当'土'八路，等你把队伍组织起来，让瑾侠秘书过去给他们上上课，用理论武装武装，适当时候再着正规军装，再变成为正规八路。哈！哈！哈！我是十分相信昭唐同志会干得很好的。"

有了组织交给的尚方宝剑，谢昭唐到了龙门山、岠岘一带，大摆香堂、摇旗呐喊、广招徒弟。听说谢堂主回来了，十里八乡的青壮年不断向这里会集，仅仅一个多月的时间，就拉起了百余人的队伍。"没有枪、没有炮，自有敌人为我们造"，端杏窝、袭贾汪、战利国、打江庄，主要依靠大刀、长矛连续几次出击，不久就搞到50多支长短枪，暂时没枪的，用大刀长矛一样杀敌。在贾汪一带闹得动静很大，日伪也不知他们是哪来的队伍，当地群众也弄不清是"红枪会"还是"绿枪会"。人说："会看看门道，不会看看热闹。"内行人一看，这支队伍有八路的影子。队伍拉起后，李浩政委在队伍的思想转变上做了大量工作，并三番五次请梁瑾侠参谋兼秘书来给队员讲课，讲民族危难、讲抗日大局、讲未来希望，启发大家转化思想，提高觉悟，要由绿林豪杰变为民族革命战士。后来这支队伍到200多人，发展壮大成为运河支队的一支主力军。

第一大队队长邵子诚、副大队长王默卿、作战参谋褚雅青回到老家微山湖畔、津浦铁路沿线，发展壮大也都很快，两三个月队伍就发展到了100多人，又建立了两个中队，接连打掉3个伪乡公所，拔掉日军2个据点。不久，邵子诚率领队伍驻进微山岛。这样，活动在微山湖里和岸边的微山湖大队、铁道大队、滕沛大队等几支抗日队伍，都把微山岛作为自己的后方基地。引起了敌人的警觉和重视，不久，滕县、临城、夏镇日伪军出动500人攻打微山岛，运河支队作战参谋褚雅青，被驻岛四支抗日队伍公推为作战总指挥，褚参谋不负众望，指挥有方。敌人猖狂进攻，我方积极迎战，利用芦苇荡设伏，在浅滩下钩拦网，把鬼子汉奸当成鱼鳖虾蟹一样去抓，战斗持续10多个小时，共消灭日伪军200余人，活捉伪军副团长苏海如，缴获枪支200余支。攻岛的日伪军，一看岛上早有准备，而且火力很猛，后续的日伪军不敢再向前冲，像受惊的乌龟、王八一样四处逃散。微山岛一战极大鼓舞了微山湖内外抗日军民的胜利信心，在峄西和滕南展现出一个崭新的抗日局面。

转眼间进入了炎热的夏季，峄县县委得到我运北地下区委送来的情报：古邵、曹庄等据点的伪军正在筹集装运粮食的麻袋、牛驴车等，估计敌人将开始夏季"扫荡"，来抢夺运河南北两岸农民刚刚收割完的麦子。一是可以增加他们的军需给养；二是扼制抗日军民吃不上饭、打不了仗。县委经研究，将峄山支队和运河大队联合在一起，保护老百姓收获的麦子，不让敌人从我运河南岸地区掠走一粒粮食，坚决粉碎敌人即将开始的麦收抢粮"扫荡"。

鲁南抗协自卫军峄山支队的独立团，由新任团长孙正才率领200多人参加反"扫荡"，独立营营长褚斯惠当先锋。他可是个见日军眼红、打起仗来不要命的硬汉。家住在运河南岸的孙楼村，和孙正才既是同乡，又有亲戚，对孙正才尊敬、崇拜又真心服从。让他打头阵，那算选对了人。

褚斯惠，字子宽，生于1896年，世代务农，家境不富裕，读书不多，刻苦自学，略通文字，为人坦诚，好友重义，秉性豪爽，台儿庄战役后，家乡沦陷。基于民族义愤，他动员族人及乡邻拉起一支40多人的抗日武装，后被编入运河支队第二大队第七中队，任命他为中队长。去年初，贾汪日伪军三面包围上黄邱村时，他亲率第七中队绕到日军侧后发起猛攻，毙伤敌军20余人，我军无一伤亡而获全胜；之夏，在运河边生擒叛军"尤瓜屋子"等10余人；之秋，鲁南军区和运河支队主力撤往运河北，他又奉命留守运河南，和胡伯勋、胡伯毅等坚持在敌后斗争。由于叛徒出卖，他在耿楼村被俘，日伪军并抓他全家老少20余口，家产被洗劫一空。经组织采取措施营救出来后，按县委的指示，为保存实力，积聚力量而易帜，挑白旗做红事，干了伪军。1941年5月，当得知我峄县党政军重整旗鼓又回到运河南，他带领原第七中队为基础的60余人，突然袭击伪军大队部，活捉叛徒伪大队副队长耿序堂，又争取过来60多人，共计120多人的队伍奔向黄邱山套。他被任命为峄山支队独立营营长，布防在运河岸边，以抵御运河北来犯之敌。

日伪的这次夏季"扫荡"开始前，驻扎在运河南北两岸据点的鬼子、汉奸，就已开始着手抢粮行动。特别是南北许阳一带夏粮大丰收，敌人集中力量对这里重点"扫荡"，我县委机关和三支队伍为避其锋芒，按计划撤离旺庄、南北许阳，隐蔽进入黄邱山套待机行动。峄县、韩庄、台儿庄的日伪军计2000余人，分别从三个方向向南北许阳扑来，进入我党政军原活动地区之后，报复性地到处烧杀抢掠，把农民刚到手的粮食全部抢去，猪马牛羊、鸡鸭鹅狗全不放过，并强迫抓来的几百民众，在旺庄、北许阳为他们伐木构寨、挖沟筑墙，形成坚固工事，然后把抢来的小麦等物资暂时存放在这里，并派重兵把守，待腾出手来，再送往运河北各据点和峄县、枣庄等处，用于支持日军的侵华战争。

5天之后，敌人"扫荡"个差不多了，也没碰到什么干扰，自认为平安无事了，各部就撤回了自己的营地。并准备用强行征集来的几十辆牛车，将在许阳、旺庄一带抢来的粮食陆续运往古邵、阴平、马兰屯等运河北据点。县委孙竞华书记根据获悉的情报，当即决定要拦下这批粮食。安排部队在夜间由黄邱、尤窝子、张塘等地出发，隐蔽转入敌人后方，在旺庄至涧头集之间敌人运粮必经的于沟、毛楼等村附近设下埋伏，守株待兔，张网以捕。

这天早上天刚放亮，几十辆牛驴车从旺庄、许阳出动了。一路缓慢前行，待来到于沟、毛楼村时，已经日头升得老高，九点多钟，几十名伪军多数坐在或躺在粮食车上晒着太阳，哼着当地民间小曲，逍遥自在往前行。

　　五月里，五端阳，
　　家家户户过节忙。
　　人家备酒夫妻共饮呀，
　　我那小死鬼呀，
　　奴家备酒为谁尝啊伊尔伊尔呦。

　　六月里，是中伏，
　　天长夜短热气扬，
　　小奴家合眼床上躺呀，
　　我那早死鬼，
　　上边没人我哭断肠啊伊尔伊尔呦……

　　这些伪军以为这一带的八路早已被日军打跑了，躲藏不敢露面了，一路上不会发生任何危险，所以就大胆放心地慢悠悠向前。万万没想到，他们已经全部进入我军伏击圈。前后左右一阵枪响，哼小曲的还没有明白过来怎么回事，就随着大溜乖乖举起双手缴了枪。我参战队员安排老乡把粮食运到指定地点卸下后，就让其各自赶着自己的牛驴车回家了。敌人费了九牛二虎之力抢来的粮食，未能够转运出运河南，就被我军全部拦下，并迅速分给当地百姓掩藏起来。

　　在夺下运粮车之后，褚斯惠仍不甘心，经请示孙竞云支队长批准，又带领独立营，于当夜向旺庄、南北许阳的日伪军仓库发起进攻。看守粮仓的日伪军得知白天运走的粮食已全部落空，内心非常惶恐，担心夜里遭袭，猜测现有的库存也很难保住。这还真叫他们猜中了。于是，当峄山支队独立营枪声一响，守敌没怎么抵抗就逃离了。我方组织当地百姓，迅速将粮食运走并坚壁起来。这次敌人的夏季运河南抢粮运粮行动被我峄山支队为主力的部队彻底粉碎，负责指挥各路抢粮行动的峄县伪县长王徵文，因已到手的粮食又被我方夺回，他的主子非常不满，被日军指挥官山田大佐好一顿臭骂，险些掉了脑袋，他却一点也不记恨日本人，内心又恨恨地计划如何报复峄山支队和运河支队。

褚斯惠重新举起红旗，连续打了几场漂亮仗，峄县县委和峄山支队的主要领导都给予了表扬。孙竞云说："老褚不愧为'抗日猛虎'！我看独立营今后就叫'猛虎营'。与日寇豺狼相斗，就要有猛虎之威，敢打敢拼才能取胜。"

"我这几位舅姥爷，个个都是英雄好汉，子宽姥爷一点也不比雅青姥爷差，他们两个，一个在微山岛上显神威，一个在运河两岸逞英豪。这次又轻而易举地赶跑了驻在旺庄、许阳粮库的敌人，重新为老百姓夺回粮食，这是多大的功劳呀，我必须马上写篇英雄事迹报道报给鲁南军区。"梁瑾侠很激动地说过之后，马上成稿一篇《褚子宽猛虎出山，王徽文闻风丧胆》，孙竞云过目后同意上报。

两个月后，不甘失败的伪县长王徽文又蠢蠢欲动。主动去找山田大队长讨好地说："铁路好比人身上的大动脉，城市好比人身上的五脏六腑。现在大动脉和五脏六腑都被皇军占领着，国民党的正规军都被皇军打得屁滚尿流，我就不信运河边上的几个土八路还能翻了天。他们抢了咱们的粮食，咱们要砸他们的饭碗，我这就去要他们的好看。这次您仍不要动，看我是怎么收拾他们的。"大话说过之后，又从峄县县城、台儿庄、韩庄、曹庄、阴平、古邵、马兰屯等地调集伪军2000多人，山田派出100多个鬼子给他壮威，兵分几路向运河南、黄邱山套一带进犯。王徽文坐镇涧头集调兵遣将，气势汹汹。为了打破他的这次报复性"扫荡"，峄县县委、县政府决定，还是要好钢用在刀刃上，仍让褚斯惠带领"猛虎营"，先到涧头集不远处设伏，以巧取胜，给进犯之敌一个下马威。

8月3日夜，独立营在隐蔽进入毛楼村附近后，埋伏在道路两边。这里距涧头集伪据点不到10里路。4日清晨，当东方微明时，集结在涧头集据点和附近的敌人出动了。王徽文指挥伪军走在大队人马前头，日军尾随其后，向东南方向旺庄一带开进，一溜长蛇阵走进我军伏击圈而全然不知。他们做梦也没想到，在离涧头集几里路的地方，会再有大部队埋伏，王徽文骑在高头大马上，耀武扬威，毫无避险准备。此时，褚斯惠一声令下："打！"独立营轻重机枪全张开了口，步枪、手榴弹齐发。突遭密集火力袭击，敌军应声倒下一片。王徵文胳膊和腹部被子弹射中受伤，一头栽落马下，在卫兵的抬架下仓皇后撤，前边的伪军失去了指挥，如鸟兽四散，前呼后拥，走在后边的日军连开几枪也阻挡不住便后退逃跑，最后也被裹挟后撤。"猛虎营"越战越勇，在褚斯惠的指挥下发起冲锋，一口气又追击到涧头集，敌人龟缩回到街里，其他几路出动的日伪军一看主力受挫，败退而回，也都纷纷撤回到各自据点。这次准备联合进攻我县委机关暂住地旺庄的计划又彻底破产。"猛虎营"大显身手，又立了头功，连国民党那边也都给予了嘉奖，增拨军饷1万大洋。

王徵文的这次报复性"扫荡"又铩羽而归，还差点丧命。由此看来，他是吹牛在行，打仗真是不行。之后他在医院里住了3个多月疗伤。是役，独立营无一人伤亡，而毙日伪军100多人，王徵文气得吐了血，山田如果不是看他对皇军特别效忠，早就把他枪毙了。

王徵文转过头来把"尤瓜屋子"叫到峄县，在医院里狠剋了"尤瓜屋子"一顿，怨"尤瓜屋子"不给他长脸。"尤瓜屋子"内心感到委屈，这次行动不是他出的馊主意，是王自作主张并主动打头阵，唯恐别人抢了头功，这惨遭失败后又埋怨别人。尽管不服气，"尤瓜屋子"一看王正在气头上，也没敢争辩，只能"好好好""是是是"地应承着："来日方长，来日方长。下次我打头阵，替你出气。"特别是当他知道，王徵文这次也是栽到褚斯惠手下，他真是又恨又怕。人说他是打败的鹌鹑斗败的鸡，一提到褚子宽，他就头皮发麻，手脚打战。真在战场上见，他是不敢与"猛虎营"交手的，也只能是老鼠见猫，能跑多快跑多快。俗话说得好，愣的怕横的，横的怕不要命的。这"猛虎营"营长历来就是打起仗来不要命的狠角。在其后的多场战斗中，褚营长逢战都是打头阵，当先锋，身先士卒，重拳出击，英勇杀敌，不断夺取新胜利。

第四十一章　策应山里反"扫荡"　主动出击敌占区

　　独立营在于沟、毛楼一带打的两次伏击战都非常成功，为峄县党政军机关创造了一个相对稳定的发展环境。特别是通过胡伯勋、梁瑾侠统战韩治隆，暂时使国民党徐州常备四旅七团不再背后捣乱，而是相互支持，联合抗日，让红色峄县县委、县政府在旺庄、北许阳一驻达 3 个月，这是以前所从来没有过的。原来能在一地驻上十天半个月就算长的。基本上是三天两头打一枪换一个地方。随着秋季到来，日伪军除了在津浦铁路线的柳泉至韩庄段东侧对我边缘地区进行袭扰，保障利国驿铁矿石的开采和外运。北线峄、枣、台之敌对我运河南地区暂时采取了保守政策，这也是因为伪县长土徵文还躺在医院里，"尤瓜屋子"龟缩在涧头集不敢轻举妄动。

　　9 月初，为了策应抱犊崮山区对日伪军的反"扫荡"，峄县县委提出，我们主动出击运河北，进行一次显示力量的行动，扩大政治影响，也为下一步在运河北敌占区腹地建立游击区创造条件，同时为老山里反"扫荡"减轻部分压力。

　　此时的运河北地区，已被敌人占领近一年，据点稠密，岗楼林立，交通运输线全部被日伪军占领。我部队一旦进入运河北腹地后，随时都有可能遭受津浦、临枣、枣台三面铁路线上的日伪军的合击，因此，这次的军事行动非同小可。经过几天的周密筹划，县委决定采取南北对进的策略。调动隐蔽在微山湖地区和运河以南的运河支队，峄县大队、微山湖大队、铁道大队等几支队伍，同时出击，把敌人吸引到阴平镇上郭家村一带，利用山岭、树林、青纱帐为掩护，打一次较大的运动战、伏击战、打援战。

运河支队的第二大队第八、第九中队在支队长邵剑利、大队长胡伯毅的带领下，于9月10日夜从黄邱山套出发，绕开日伪据点，穿插敌人薄弱环节，隐蔽向北迂回，由新闸子、得胜庄渡过运河，开至距津浦路韩庄车站据点十几里的曹庄、范村一带；同时驻在微山湖一带的运河支队第一大队、微山湖大队和铁道游击队也按照县委的统一部署，开出微山湖，东进到距阴平日军据点不到十华里的中冶寺、下郭家等村，南北两军都已插入运河北敌占区腹地。南线主动向敌人发起攻击，先拿下曹庄据点，歼敌30多人。然后运河支队继续北进、奔向阴平。敌人发觉我军行动后，恼羞成怒，匆忙调集峄县、台儿庄、涧头集、古邵、韩庄据点的日伪军1600余人扑向曹庄、范村，结果都扑了空，气得日军中村队长暴跳如雷，一路骂骂咧咧向北开进。我方引蛇出洞的目的已经达到。

11日上午，我军一边是运河支队第二大队佯攻阴平；另一边是运河支队第一大队、微山湖大队和铁道游击队联手，以迅雷不及掩耳之势，拿下郭家日伪据点。各路敌军正向上郭家一带靠拢，中村带领日军已追到阴平附近，邵剑利遂命令作战参谋王福堂、第二大队政委曹捷，率领第九中队隐蔽进占上郭家村东南方向三里许的褚家庄，利用沟坎、树林、民房、墙体等有利地形抢构工事，专等来犯之敌进入阵地前沿，给予迎头痛击。第八中队留作第九中队的预备队。据可靠消息，敌人的后续部队正尾随运河支队第二大队从后面赶来。牛山后、周营据点的敌人在战斗一旦打响后，也会向上郭家出动。这也正是我们这次军事行动所规划设计的。以攻打上郭家据点为吸引、诱敌深入，在运动战中打好伏击战，守点打援、各个击破，争取多歼灭敌人的有生力量。于是，支队又立即通知驻在中冶寺下郭家村的第一大队、微山湖大队和铁道游击队的指战员进入阵地，分头阻击牛山后、周营方向增援的敌军。

正午刚过，一路尾随的中村队长，带领日伪向褚家庄开来。先头部队已接近我阵地，王福堂叮嘱排长李守山和机枪班班长马玉坡："一定要等敌人靠近再开枪，没有我的口令，不准开枪。"敌人越来越近，近到10余米处，王参谋大喊一声："打！"机枪、步枪瞬间开火，密集的子弹像雨点一样洒向敌人，手榴弹接连扔出，打得小鬼子抱头鼠窜，扔下20多具尸体退却下去。

敌人的后续部队上来之后，他们用炮火做掩护，向第九中队阵地发起猛攻。这时，张新华队长率领微山湖大队进到了第九中队阵地，迎战正面进攻的峄县日伪军。"尤瓜屋子"被逼打头阵，他畏首畏尾，不堪一击，很快就伤亡惨重败下阵去。刘金山、文立政率领铁道游击队进到上郭家村北，跟从牛山后进犯的敌人交上了火。兄弟部队并肩作战，相互配合，战斗打得异常激烈。这时敌人向我阵地投放了毒气弹，战士们用毛巾或上衣蘸上尿液蒙住口鼻继续战斗，一连打退敌人的多次进攻，直到黄昏时分，敌人仍没有撤退的迹象。此时，邵剑利命令王默卿带领第一大队第四中队，由新屋村火速穿插敌后，袭击日军的指挥所。

第四中队经上刘村直奔新屋村，日落时分抵达后，机枪、步枪、手榴弹齐鸣，日军中村队长和伪县长王徽文根本没有预料到会有人背后袭击，毫无思想准备，在惊慌失措中边抵抗边撤退，"尤瓜屋子"这时比谁跑得都快，跟随王徽文向东南方向的阴平镇逃窜。失去统一指挥的日伪军全线溃退。各自向东、西落荒而逃。我部队乘势发起追击，一口气追到阴平镇日军据点附近。天色已晚，不便进攻。随后，我军各参战部队也分头向黄邱山套和微山湖畔撤离。围点打援的上郭家战斗，我军以微山湖大队副队长孙殿法牺牲，九中队5人负伤的代价，共毙伤日伪军120余人，缴获长短枪100余支，获得了全面胜利，震撼运河北敌占区，人们奔走相告，八路军又打回来了。

在运河北上郭家村战斗打响的当夜，运河南的涧头集也响起了枪声。那是峄山支队在孙竞云的亲自带领下，突然袭击了涧头集日伪军据点。

善用兵者，"攻其不备、出其不意"。孙竞云正是抓住了"尤瓜屋子"被王徽文调动去了运河北，后方相对空虚之际，狠狠打击了伪警备第五大队。这时在涧头集共驻有日伪军500多人，分驻在三个据点：一是在涧头集圩子里驻有伪军300人；二是在涧头集圩子北的黄庄据点，驻有伪军100多人；

三是在涧头集圩子东门外的日军大兵营驻有 100 多个鬼子。当天被"尤瓜屋子"带走 200 多人，伪军的两个据点，留守的不足 200 人，日军出动 60 多人，留下 40 多人守营。孙竞云安排独立团第一中队攻打日军营房，第二、第三中队攻打街里圩子，独立营去端黄庄据点。当夜 10 点钟，乘着朦胧月色，三支队伍分别开向 3 个据点。

梁瑾侠随孙竞云前去攻打日军兵营。这个被当地百姓称为"大兵房"的据点，四周都是用青石砌垒的高墙，上面架设电网，围墙四周建有两层楼高的炮楼，围墙外沿都是水壕，壕沟内还布有密密麻麻的竹签子，"大兵房"只设有一个南门，人员出入要走吊桥，夜间吊桥拉起，外人无法进入。这是个坚固的堡垒，为了确保能够拿下它，孙竞云和孙正才等人商量预设三种方案。一是打断吊桥绳索，从南门进入；二是用长梯架在壕上铺上门板，过壕后竖梯子爬上高墙；三是直接在壕沟里铺设门板，过人实施爆破，炸开围墙，强行攻入，分三个小组分头做了准备。

深夜子时，我部队袭击涧头集日伪据点的峄山支队同时在三个据点打响。第一中队首先打"大兵房"南门，指战员隐蔽来到吊桥处，借助一个高坎做掩体，支好机枪，为即将打响的冲锋做掩护。梁瑾侠借助月光和探照灯观察一下吊桥的拉索，小声对孙竞云说："可以开始了。"

"打！"

随着支队长的一声令下，梁瑾侠和两位狙击手首先扣动扳机，她左右开弓，吊桥的拉索被打断，吊桥"咣当！"一声落地，狙击手随手又打灭了探照灯和炮楼上的照明，十几名突击队在机枪、手榴弹的掩护下率先冲进了大门，两名站岗的卫兵被打死，直奔"大兵房"，20 多个在睡梦中被惊醒的鬼子，慌里慌张地穿衣抓枪，还没弄准方向就见了阎王。除了几个炮楼上的敌人抵抗一阵子，地面上的二三十人全部被消灭，有六名日军缴械投降，我军无一人伤亡。原来计划的其他两套方案也没用上，这座坚固的堡垒就被拿了下来。

攻击涧头集镇中心圩子的第二、第三中队，在朱育祥的带领下，也打得很顺利，留守的 100 多名伪军，被毙伤 16 人，有 40 余人被俘虏；褚斯惠带领的独立营，没费多大劲就端掉了黄庄据点，毙伤伪军 14 人，俘虏 36 人。

涧头集一战，是峄山支队成立以来，打得最顺手、最漂亮的一仗。整个战斗持续不到一小时，我军以伤亡9人的代价，共毙伤日伪军60余人，俘虏80余人，缴获轻重机枪3挺、长短枪120余支，以及大宗弹药和物资。打扫完战场，又乘着夜色向东南方向的库山一带撤离。

第二天早上，"尤瓜屋子"带着他的百余名残兵败将，从阴平镇急急忙忙赶回涧头集，一看据点一片狼藉，于是疯狂报复。在大街上见人就杀，被伤害的无辜百姓达百余人，有几名夜间躲藏起来的伪军，找他来报到，也被一并杀掉。"尤瓜屋子"的疯狗病发过之后，因害怕再次遭袭击，未敢在涧头集过夜，当天祸害完百姓，就带着他的被打残的伪警备第五大队，仓皇逃往运河北岸马兰屯一带的老巢。驻涧头集出击上郭家的日军没有随"尤瓜屋子"回来，当知道据点被端后，直接跟着中村、王徵文从阴平镇回到了峄县县城。涧头集镇的老百姓，对"尤瓜屋子"的暴行恨之入骨，自发行动去捣毁和拆除日伪公所。

这次由峄县县委统一组织的，由运河支队、微山湖大队、铁道游击队等在上郭家一带展开的集中行动和峄山支队乘机攻克涧头集，彰显了游击抗日的力量，打出了声威，一扫当地老百姓心头的阴霾，震撼伪化区的敌人，有力策应了老山里八路军的反"扫荡"，受到鲁南军区和第一一五师首长的表扬。

运河支队自抱犊崮休整重新出山以来，先是在八路军第一一五师教导二旅五团的配合下，连打几场漂亮仗；夏秋以来，又在峄山支队的协助下，开展伏击战、运动战，又取得了几场胜利。近几次战斗，峄山支队独立营发挥了很大的作用。

出山半年多来，运河支队、峄山支队都有了较大的发展，人员队伍不断壮大。但因分散多地，各自为政，难以形成合力。同时也产生不少问题，诸如纪律松弛、作风散漫、地方独立主义、不听统一指挥、不执行上级指示、违反党的政策、无政府主义倾向等。为了加强党的统一领导，加强自身队伍建设，在政策上除了加强教育，县委研究决定，又把两个政治基础好的区队和褚雅青新发展起来的队伍，纳入峄县大队直接领导，鲁南军分区又任命县长朱道先兼任峄县大队大队长，褚雅青、李明平为副大队长，华如景、程伴勤为正副教导员，以此加强对县委、县政府的安全保卫工作，挽救运河南北两岸岌岌可危的抗战局面。

第四十二章 峄山支队损减重 诚劝主官振雄风

1941 年 11 月，日军集结 5 万多兵力对鲁南、鲁中南山区进行为期近两个月的疯狂"扫荡"，加之国民党顽固派破坏统一战线对我们施压，迫使我第一一五师在抱犊崮的根据地大大缩小。但是，由于日军不能同时兼顾对运河地区再进行"扫荡"，相对减轻了我运河南岸黄邱山套的压力，峄县党政军机关暂时处于相对稳定的局面，从黄邱山套至不老河一带相对进退自如，在这之前是不可能做到的。如在许阳、旺庄等地一驻就是八九十天不移防，这是运河支队再次出山连续作战后，得到一次最长时间的休整，队伍的战斗力得到很好的补充。

峄山支队虽然打的是国民党"抗协"自卫军的旗号，但出山以来一直和运河支队并肩作战。为了减轻敌人对抱犊崮山区的压力，主动灵活地袭击敌人后方，有力地拖住了敌人的后腿。坝子战斗之后，在县委的统一指挥下，峄山支队和运河支队又在台儿庄西北方向的大北洛村设伏，打掉了日军的一个运输车队，炸毁军车 4 辆，我军以伤亡 15 人的代价，打死鬼子 100 多人，然后带上截获的 200 多支三八大盖、4 挺轻机枪和大宗弹药等物资，迅速撤回到运河之南龙门山一带，使龙门大队的武器装备得到补充。

时隔不久，峄山支队独立营，在褚斯惠营长的带领下，对台儿庄火车站进行一次夜间袭击。这里驻有日军一个小队共30多人，伪军80多人。行动之前，褚营长就安插了内线，铁道工人贾庆平已成为副站长，也是伪军的副队长，他将火车站的日伪军设防情况和兵力部署，都已提前报告给我方，为褚营长决定何时行动提供了方便。这天夜里，独立营的战士吃饱喝足，身上暖和和的，就冒着刺骨的寒风出发了。

部队从涧头集以东的库山向东北疾行，经毛楼、孙庄、丁庙等村，渡过运河，过坝子、黄口、彭楼等村，到达台儿庄火车站附近。在与贾庆平沟通后，于深夜12点钟，行动突击队化装成北洛巡道队，大模大样沿着铁道边小路来到台儿庄火车站警卫门口，褚庆福班长击掌三下，大门顿时打开，突击队的10余名战士首先闯进伪军队部，一伙伪军正围坐在火炉旁取暖聊天，枪全放在一边。战士进屋后，他们仍毫无发觉。"不许动！谁动打死谁！"这一伙很听话，全都乖乖举起了手。当看到突击队员与他们的着装相同，有一名胆大的伪军问道："喂！我说弟兄们，是不是大水冲了龙王庙，一家人不认一家人，咱们是不是一伙的。"

"谁和你是一伙的，我们是八路军游击队。放老实点。"随之，大部队进入，将在热被窝熟睡的五六十名伪军全部缴了枪，没费一枪一弹，就把伪军的事情办完了，这当中应有贾庆平的一半功劳。

褚斯惠打头，带着队员直奔站长室。在经过一个碉堡旁边，大概里边的日军听到了动静，从地堡枪眼里伸出半截"九六式"轻机枪枪管，褚斯惠手疾眼快，连想都没想，上去抓住枪管猛然外拉，里边的鬼子也很有力气地往里拽，千钧一发之际，褚营长一脚蹬住地堡一狠劲，只听里面"喂！"的一声撒了手。褚营长硬拽出枪后，随手向地堡里投进一枚手榴弹，"轰！"的一声响，也不知里面有几个鬼子，估计全都上了西天。

与此同时，三班班长褚庆珍带领战士孙成耀、李凤岭、褚庆平、董茂元等冲进了站长室。中野站长刚听到外面的爆炸声才醒盹，一看冲进这么多穿着伪军制服的，还没明白是哪路的部队，"八嘎！什么的干活！出去！"这时褚营长已进了门来，一看中野持刀要做反抗，举手就是一枪。这时车站突然停电，室内一片漆黑，队员们摸黑搜索，从指挥调度台下搜出日军副站长和 2 名调度员。室外,在车站月台南边,战士吴修真、孙茂基等架着机关枪,监视桥头堡内敌人的动向,突然发现有一队人马跑步过来。吴修真等一扣动扳机,鬼子应声倒下一片。二班长褚庆元带着战士孙茂喜、于世龙等在车站另一内应贾庆安的引领下,接近鬼子营房门卫。褚庆元、孙茂喜分别手刃一名卫兵,随后冲进营房,因为天黑也看不清目标,战士朝室内扫射一阵才大声喊道:"缴枪不杀!"活着的小鬼子还没有来得及穿好衣服,全做了俘虏。

经过 2 个多小时的战斗,共击毙日军站长中野、伍长清水等 20 多人,俘虏日军副站长等 10 余人,伪军伤亡十几人,60 多人做了俘虏,我军负伤 11 人,无一人牺牲。伪军愿意反正的跟着走,愿意回家的就地解散。独立营和反正的 13 名新队员押着俘虏的日军和大宗的战利品,又乘着夜色撤回到运河南。等泥沟和燕子埠两路日伪军前来增援,已经是晚了三秋。他们只能去埋葬死去的鬼子和清理战场。

由于山外大运河两岸、微山湖畔枪声不断响起,干扰了日军对抱犊崮、老山里的"扫荡"蚕食行动。运河支队、峄山支队、微山湖大队和铁道游击队等在峄县县委的指导下,有时联合作战,有时单独行动,扒铁路、炸桥梁、打军车、端据点,在敌占区不断制造麻烦,使鲁南的日伪军一天到晚不得安宁,特别是夜晚,小鬼子再也不敢伸直腿躺在铺炕上睡安稳觉了,而是惶惶不可终日。在山外的有力策应下,老山里第一一五师在罗荣桓政委、陈光代师长的指挥下,采取"敌进我进"的"翻边战术",声东击西,指南打北,机动灵活,出敌不意,粉碎了侵华日军总司令畑俊六和山东日军司令官土桥中将亲自督战,分成十一路"围剿"我抱犊崮根据地的敌军疯狂进攻,利用运动战、阻击战、游击战等,歼灭日伪军 1 万多人。

11 月中旬之后的老山里,天气已很寒冷,纷纷扬扬的雪花飘落,给抱犊崮山区披上银装,雪雨造成了日军的机械化装备行进困难,而为我军歼敌却创造了有利条件。在蒙蒙雪天中,第一一五师官兵如"神行太保"来无影去无踪,在抱犊崮、马头崮、鸡冠崮、熊耳崮等山峰下来回转战,打得鬼子蒙头转向。一天夜里,千余名鬼子带着辎重在李家湾陷入泥泞,进退不得。师首长及时调度 2000 多人马,在拂晓前攻进湾里,全歼了日军,大部分鬼子兵尚在惊醒的睡梦中，又回到梦中再没有醒来。

在50多天的反"扫荡"中，八路军第一一五师共进行大小战斗500余次，在山里山外共歼灭日军6000多人，歼灭伪军和国民党顽军8000余人，我军伤亡也有2000多人，最终彻底粉碎了日伪军近10万人对老山里的残酷大扫荡，打破了敌人的铁壁合围，是罗政委创造的"翻边战术"的伟大胜利。

鲁南是华东进入山东通往京津和华北的门户，是津浦和陇海线的枢纽，也是苏鲁豫皖抗日根据地的中心，战略地位十分重要。罗荣桓政委在率第一一五师挺进鲁南之初，就提出要以"抱犊崮为中心，向北、向西连接大块山区，向南、向东南发展大块平原"的战略构想。鲁南抗日根据地的创立，像一把钢刀插入敌人的脊梁，使敌如芒刺在背一样难受。千方百计想要拔除。随着第一一五师在反"扫荡"中的节节胜利，有力地打击了日军的嚣张气焰。为了挽回在主战场颓废的败局，日军又转过头来对敌后游击武装下狠手。特别是对鲁南军区副司令兼任"抗协"峄山支队长的孙竞云更是仇恨和忌惮，必欲除之而后快。一直在收集情报，搞策反活动，准备选准时机，突下狠手。

峄山支队在和运河支队并肩作战中，又是接连不断地取得一些胜利，不仅惹恼了日军和伪军，同时也遭到国民党顽固派的抵触，想着如何解散或取消这支武装。这也是孙竞云最为苦恼的。他曾多次在梁瑾侠面前发牢骚："唉！运河支队让我交了，转头又让我兼任峄山支队长。峄山支队打的是国民党抗协自卫军的旗号，但国民党顽固派并不认可，依然把我们划归共产党的队伍而横加排斥，非置于死地不可。""峄山支队本来就是共产党组织起来的抗日武装，何必非要挂一个国民党抗协自卫军的名头，无非是想借此搞统一战线，多争取国民党一点支持，实际上又争取多少？天知道。在这方面，我对鲁南军区领导是有意见的，我也不该听你和赵铸的。不该出山担任这个支队长。"

"我和赵政委绝对是好意。看到你这长期担任一把手的，让你干副司令，好像浑身有劲使不上，显得很憋屈。这不正好有个一把手的位置，组织上认为让你干很合适，我们觉得也恰当，所以就多劝了你几句。"梁瑾侠看他仍很不开心，接着又劝说道："你这经过大风大浪的，什么世面没见过，我看只要能够打鬼子，挂什么名号不行。你这大旗一竖，不是有好几支伪军和国军都过来投奔你了。特别是我那舅姥爷褚营长，反过来就接连打胜仗，我看了都高兴。"梁瑾侠劝说道。

"那褚斯惠本来就是我们自己人，他去干皇协军，那也是我们组织批准的。他在那里也是身在曹营心在汉，他这是回归，不算反正。像他这样真心实意抗日的太少了。最可恨的是朱育祥，他这个昔日抗日先锋是伪装的，是机会主义者，是叛徒。也不知敌人给了多少好处，他自己投敌还不算，又拉走我军 100 多人，带着这'投名状'当上了敌人的剿共司令；咱们的副支队长，也因家属被敌人抓去受到要挟，也悄悄带走十几条枪和人，换回家属后也回家当了寓公；彭政委一直没到任，我现在几乎成了孤家寡人，除了有事跟你说，还能找谁去商量？"孙竞云心事重重，既是给梁瑾侠诉说，又像是自怨自艾："人们常说，名不正则言不顺，言不顺则事不成。我现在才对《论语·子路》中的这句话有了更深刻的理解。让我这个共产党军队的副司令，来兼任国民党自卫军的支队长，真是名不正言不顺。共产党不让咱参加，国民党又早已将咱开除，现在弄成了'八不归'，国共两党都不要的人，搞得咱真是猪八戒照镜子——里外不是人。"

"我说领导，这话你可说严重了。共产党从来都是把你当成自己人，要不然也不会一次次委你重任，你现在仍是独当一面，重任在肩。咱可不能有任何泄气。我们峄山支队由于敌人的拉拢、腐蚀、搞破坏，造成严重减员，但我们仍像钉在敌人背上的钉子，成为他们的心头之患。敌人越恨，越能说明我们打疼了他们，说明我们是正义之师、威武之师。我们就是要按照上级的要求，在这鲁南钉紧、钉死，不让日伪军好受，迎接大反攻的到来。"梁瑾侠信心满满，不断给孙竞云打气。

梁瑾侠就是孙竞云的开心果，别人的意见他可以不听，但对梁瑾侠基本上是言听计从，这种习惯已经养成多年。

是处清波，
竟涌动鱼纹闪烁。

珠趵虎,

升腾突吐,

晶莹、皎洁。

荡漾楼台呈丽彩,

冲漂腐败新城阙。

幸重来,瞩目见光明,

寒泉激。

这首《满江红》,是梁瑾侠多年后再游济南珍珠泉、趵突泉、黑虎泉时,"浮想联翩""百感交集"所吟成的追思词。在那个风起云涌、狂飙突进的大革命时代,少男少女们的思想都非常激进和罗曼蒂克。他们模仿 18 世纪的德国,有志青年知识分子以"天才、精力、自由、创造"为口号,追求摆脱封建传统偏见的束缚,主张"个性解放",呼喊民族意识觉醒,倡导"返归自然""不自由毋宁死"。伟大的五四运动也直接影响那一代人的觉醒和追求。她与孙竞云相识相处,是以聆听他讲《职业革命家的修养》始,以共读《共产党宣言》《星星之火,可以燎原》《论持久战》等形成共识,反过来是学生为老师释疑解惑,破除他心头的迷雾。他们自当年泉城"争议"开始,那也是多少楼台烟雨中……

在梁瑾侠的开导下,使孙竞云多日郁闷的心情稍有缓解:"唉!我这个老师总是说不过你这个学生。牢骚归牢骚,接下的路还要走,事还要干。现在,峄山支队独立团又在我本家姥爷孙正才带领下,去南许阳随峄县县委行动了,独立营又在黄邱山套尤窝子一带休整,咱们身边所有的部队就剩下这五六十人了,大仗打不了了,还可以到涧头集、古邵、马兰屯一带打打游击,牵制那几个据点的敌人。我们这也在贺家窑、薛家庄待不短时间了,该挪挪窝了,我看还是再回毛楼村吧。你认为如何?"

"回毛楼村当然可以,那里群众基础好,你的人脉又在那儿扎得深。但是,那里毕竟离涧头集太近,前段时间,我们偷袭拔了涧头集日伪据点,现在'尤瓜屋子'又在日本主子的扶持下带着数百名伪军,跟着日军又回到涧头集，他们一直对我们怀有恶意，虎视眈眈。'子系中山狼，得志便猖狂。'这'尤瓜屋子'仗着日本人撑腰又开始翘尾巴了。毛楼离那不过 10 里，我们驻进他的卧榻之侧，他岂会善罢甘休，是不是有点不够安全？"梁瑾侠担心道，"这都年底了，为了能安稳过个新年春节，是不是应该移驻旺庄一带，靠峄县县委近些更好？"说完，她看看孙副司令的脸。

这次，孙竞云没有听从梁瑾侠的建议，而是坚决果断地说："就回毛楼！我就是要看看他'尤瓜屋子'敢动我一根毫毛。"因为孙竞云主政运河支队一年之内，对"尤瓜屋子"两合两纵，并委以重任，更何况他的弟弟仍干着八路。对"尤瓜屋子"这只打败的鹌鹑斗败的鸡，根本就没放在眼里。所以，就执意要回毛楼。总认为毛楼群众基础好，又有士绅孙传朴这层关系，这里还是安全可靠的。

但这"尤瓜屋子"既是势利小人，又绝不是善茬。见风使舵，出尔反尔，忘恩负义，其父尤传道的这些坏毛病，他全都继承了。在家乡做出很多伤天害理的事。他的本家二姥爷和三叔因得罪他而被点了天灯，更何况外人。他跟日本强盗一样，欺软怕硬。由跟日本人作对，到拜日本人为干爹，翻云覆雨，完全丧失了人性。乡亲说他是蛇蝎心肠，那是一点不假。他既是一条变色龙，善于伪装；又是一条得志更猖狂、吃人不吐骨头的中山狼。但对这些，孙竞云副司令一直没上心，或者说没拿他当盘子菜，有点过于藐视了他，忘却了东郭先生的教训。之后，就带着身边现有的五六十人队伍，开进毛楼村。

第四十三章　毛楼村突遭袭击　副司令壮烈殉国

毛楼村，又称毛家楼。原名金库山村，因有明清时期毛氏一族盖的堂楼而得名。这个只有百十户人家的小村，却因历史悠久和有传说故事而远近闻名。毛氏始祖为周文王第八子、周武王的第五个兄弟毛叔郑，在西周初年被分封于岐山附近的毛国。西周末年迁于河南新乡原阳，魏晋时因北方大乱而逃往江南的浙江三衢，五代十国时期，毛让的儿子毛休在江西吉州为官而落地生根。一位叫毛太中的，也是在朱元璋麾下南战北征，留守在苏北鲁南的金库山安营扎寨，在此繁衍生息几代，创下一片基业，随后举家又迁往江南或他地，而使毛家楼后来没有一户姓毛的。现在住这里的孙家大户，原与毛姓有姻亲，就接管下来这个村寨，并在原有的基础上对村寨进行了多次改扩建，使围墙碉堡更加坚固，并形成内外两道圩体。也算是个藏兵驻军的好地方。在兵荒马乱的年代，更利于自卫自保，拒敌于村外。运河支队创建黄邱山套根据地，孙竞云曾多次来此落脚。

毛楼村南面是延绵起伏的山岭，北面是较平缓的沃野，金库山和金水涧环绕村四周，使这里成为风水宝地。孙氏一族秉持"忠厚传家、诗书继世"的理念，农耕、经商、办教、行医，在鲁南苏北一带很有名望，吸引周边张、王、李、赵等姓氏也来此安家落户，使毛楼慢慢地成了杂姓村庄。村里有一位叫孙传朴的士绅，素谙医道，在孙氏家族中辈分较高。几世积业，家有良田数百顷，又在峄县、枣庄、台儿庄、贾汪、徐州等地开有药铺，家产万贯。并且在峄县、兰陵、邳州、铜山等地界有广泛的人脉，各方都想与其打交道。他虽然有钱，但是绝不任性。绝不是为富不仁，而是同情和接济百姓。他有一句格言叫作："穷汉吃药，富汉拿钱。"他解释道："这是中医的医德。穷人拿不起钱，我也得尽其能治好他的病。富人养生保命不在乎钱多钱少，可以让他们多出一些，以弥补亏空。""穷苦老百姓生活不容易，长年累月劳作，很少吃药打针，实在撑不下去了，才来找医生。如医生平易近人，说上几句宽慰的话，稍一用药即可治愈。而有些富翁恰恰相反，他们平日养尊处优，小病大养，无病呻吟，前来看病，却又对医生的医术医道持怀疑态度，很难伺候，你不宰他，他也怀疑被宰。救死扶伤，我们要对得起天地良心。绝不能见死不救，也绝不赚黑心钱。"

1938年春，台儿庄大战期间，日军抓孙传朴去给小头目取出左臂的子弹。几天后在给鬼子换药时治疼了，那鬼子翻脸不认人，不分青红皂白，张嘴就骂："八嘎！"抬腿就是一脚，把孙先生踢倒在地。举手就是一枪，子弹从孙先生耳边飞过。之后那鬼子说是跟孙开玩笑的。从此，孙先生发誓，再也不给日军看病治伤，打死也不去。

台儿庄大战之前，孙传朴就与孙竞云、朱道先、孙正才、胡伯勋及孙亚洪、尤望贞、韩治隆等都有些交往。大战之后，特别是运河南北被伪化后，日军四处烧杀奸淫，更激起他无比的民族仇恨，深深感受到做亡国奴的悲哀和痛苦。从此，全力支持抗日的队伍。孙竞云之前率领运河支队进驻运河南，利用家族亲情等关系，重点做了孙传朴的统战工作，部队经常驻防毛楼村。一来到这里，孙传朴总是让孙竞云把支队指挥部安在前客厅里，孙竞云也不客套，就吃住在他家大院里。这次又带峄山支队机关进驻毛楼，孙传朴仍是宾客相待，管吃管住。现在峄山支队虽有国民党的军饷，但发放很不及时，经常拖欠，仍需要地方支持。这里仍是峄山支队的坚强后盾。

因为外面还开有药铺、医院，孙传朴时有外出，到徐州、枣庄、峄县等伪化地区做些生意，所见所闻令他痛心疾首，回家后总是要找孙竞云聊聊伪化区的情况。孙竞云在他面前虽是小辈，但官位却不小，既是副司令，又是支队长，所以他对孙竞云也非常敬重，看作真正的抗日英雄。孙竞云也是见多识广，借助他们是一笔写不出俩字的同姓关系，彼此又都喜欢传统文化，所以一见面就无话不谈，总有说不完的话题、聊不尽的天，只要不打仗，他们会从白天聊到昏天黑地、夜里掌灯。孙竞云讲他的革命斗争史，孙传朴介绍自己的行医之道。

这次进驻毛楼村，孙竞云向孙传朴讲述了库山之战后，转战运河南北然后到抱犊崮休整的情况，以所见所闻及亲身感受，讲共产党八路军坚持抗战、反对妥协，坚持团结、反对分裂，坚持进步、反对倒退的坚强意志；揭露国民党顽固派消极抗日、积极反共，不断搞摩擦。最为严重的是制造皖南事变，妄图消灭由共产党领导的新四军，激起全国人民的反对和世界相关组织的谴责。孙传朴深受教育和启发："我通过你和朱老仙等，看到了共产党所领导的八路军、新四军是真抗日，真正为民族利益不怕流血牺牲。所以，我也更加认清了国民党顽固派的嘴脸，从今往后，再也不给'尤瓜屋子'等人掠掠了。我要尽其所能，继续为咱们这些坚持真正抗日的队伍，多奉献绵薄之力。"

孙传朴说到做到，他对我党的抗战方针政策，积极拥护和认真执行。如峄县县委、县政府发出减租减息、减轻人民负担的指示后，他在运河南率先垂范，起带头作用，从而推动了"双减"工作的开展。当时由于抗日环境的艰苦，地方部队还未能实行供给制，后勤保障十分困难，只靠打土豪、惩劣绅、武装"请客"，解决不了大问题。队伍驻进哪里，只能采取吃摊子饭，供给由当地群众分担。而孙竞云带的队伍每次到毛楼，部队的生活基本由孙传朴全包，他是毫无怨言。包括给指战员医伤治病，从未收过半文钱。孙传朴还经常做其他乡绅的工作，动员他们支持抗日，搞好"双减"，使驻进运南的峄县党政军的后勤供应得到较好的解决，成为我党统战工作的成功范例。

在峄县县委、县政府关心指导和峄山支队的具体帮助下，毛楼村也建立了基层政权组织，妇救会、识字班、儿童团的工作都开展得有声有色。旷日持久的抗战，虽然老百姓的生活都还很艰难，但在民主政府的组织领导下，过得比较开心。转眼间1941年在残酷的日军不断"扫荡"中过去。运河支队、峄山支队在反"扫荡"中经常主动出击，袭扰敌占区据点，连续取得胜利，支援了老山里八路军主力的对日作战，鼓舞了当地民众的抗日热情。现驻在毛楼村的峄山支队，在辞旧迎新的 1942 年元旦，支队干部战士和毛楼村民举办了军民联欢晚会。孙竞云致辞，讲了抗日的形势和政策，鼓励民众积极参加抗战。梁瑾侠亲自主持节目并演唱了几首革命歌曲：

咱们的八路军啊，

那可真是好。

三大纪律、八项注意，

件件能做到。

吃的是煎饼，铺的是干草，

穿的衣服冷热是一套。

爱护咱老百姓，想得真周到，

为了求解放，为了把仇报，

英勇杀敌为国立功劳，立功劳……

冬天的夜晚尽管很寒冷，但居民沉浸在欢乐的气氛中而忘却了天寒地冻，联欢会一直进行到晚上 9 点多钟，大家仍意犹未尽不愿离去。孙传朴因去徐州有事而未能参加，为此留下终生遗憾。峄山支队指战员和毛楼村民们已好久没有这样开心了，在过于兴奋中都很晚才休息。梁瑾侠记完当天的日记，已是深夜 11 点钟。当时谁也没有预料到，在这元旦节日之夜危险正在一步步逼近，日伪军就偏偏选准这个时机杀向毛楼。应验了梁瑾侠事前的判断，"尤瓜屋子"一直在磨刀霍霍，伺机报复峄山支队。

军民联欢后的第二天清晨，住在毛楼村圩外的张老汉到野外拾粪，隔着蒙蒙薄雾，看见远处来了一个马帮。一开始他认为是贩私盐的走夜路，但仔细一看不对劲。盐帮一般都是马背上驮盐，人牵着牲口，而这一队全骑在马背上，而且都戴着猪耳朵帽子，队前还挑着膏药旗帜。不用问，这是日军来了。于是，张老汉摞下粪篓拼命向村口跑去，报告哨兵："我说同志，可了不得了，我看见有一帮鬼子骑马过来了！

"大爷，你看准了，真是有日本人的骑兵？"哨兵问气喘吁吁的张老汉。

"绝对没错！我绝对不会看走眼的！他们在村东边停了下来，像是等后边的人马。"张老汉果断地回答，"赶快报告咱们孙司令吧，不然时间来不及了！"

听到这里，哨兵"砰！砰！砰！"对天鸣放三枪，紧接着带着张老汉一起向村中指挥部跑去。另一名哨兵吹响了紧急集合哨，催促还在休息的官兵赶快起床，准备战斗。

听到传来的枪声，孙竞云折身而起，还没等他穿好衣服，卫兵已带着东门哨兵和张老汉进了峄山支队指挥部大厅。孙一边问发生了什么情况，一边扣着棉上衣。没等哨兵开口，张老汉又把自己刚看到的情况重复一遍。

孙竞云抓起望远镜，快捷登上村中的炮楼顶部，冒着刺骨的寒风四下瞭望。这时由于天还未大亮，加上团团迷雾，也看不很清。经他仔细观察，村东确实有大批人员窜动，像是在排兵阵向村寨靠拢。他拿过卫兵的三八大盖，连射几枪，也不知射没射死鬼子，但顿时引起敌人的骚动，人喊马叫声传来。他又向西连射几枪，未有什么动静。仔细观察村寨西面没有发现什么异常，孙支队长临危决断，马上开始调度，但手下兵力总计就这五六十人。他首先命令薛俊才带领一班去东面迎战；二班李金贵出南门探路当先锋，准备向西于沟一带撤离；三班张善德负责组织机关后勤人员向西跟进。紧接着，大家分头行动。孙竞云骑着火龙驹，带领李金贵等20多名勇士冲出村寨前门。走出一二里地，没有发现敌情，于是就让卫兵到后面去接应机关后勤人员。梁瑾侠决定留下和薛俊才等人一起断后。恰在这时，孙支队长所率领的20多名官兵陷入了绝境，中了敌人声东击西的埋伏。

日伪军这次针对峄山支队的"围剿"行动，全是在"尤瓜屋子"的撺掇挑唆下形成的，是一次部署周密的行动，鬼子、汉奸连元旦节都没过，不顾天气严寒，调兵遣将直向毛楼村杀来。

峄山支队在毛楼村一驻就是半个月，梁瑾侠多次提醒孙竞云移防，他总是满不在乎地说："没事，传朴老先生去徐州之前不是也说了，让咱们在这过完春节再走。多驻些日子无妨。"劝不动主官，她只能在这里陪着。

这"尤瓜屋子"可不是个省油的灯，他也是吃一堑长一智，几次失败后，他也学会了。一面放出不敢再与峄山支队为敌的风声，并派人去毛楼邀请孙司令，说让在适当时候到涧头集做客；一面向峄县日军报告，说现在峄山支队走了朱育祥、歇了孙莫汉，兵力严重不足，请求日军趁节日期间出击，誓要一举歼灭峄山支队，以报之前峄山支队捣毁其据点之仇。并向山田大佐出谋划策，要接受日军之前失败的教训，改白天出动为夜间出动；改明目张胆为暗中偷袭。山田纠集峄县、台儿庄、韩庄等据点和从兖州借调过来的日军，共有 500 多名鬼子，伪县长王徵文又组织 1000 余名伪军参与行动。日军也一改往日让伪军打头阵，成事不足败事有余的战法。这次鬼子兵亲自当先锋，那村东的骑兵就是从台儿庄过来的日军。他们这次是采取声东击西的打法。因为他们知道毛楼村寨经几百年打造，两道寨墙非常坚固，易守难攻。于是就让骑兵在东面先发起佯攻，人欢马叫阵势很大；而在西面悄无声息地设下了埋伏，布下了口袋阵。要不是孙竞云的火龙驹天性警觉，峄山支队的全体成员走出村寨都要被日伪军在村外包了饺子。

由于误判西部安全，所以孙竞云就亲自率领 20 多名突击队员向西南方向撤离，准备经西于沟村、金楼村，先转移到黄邱山套，然后再看情况是去旺庄峄县驻地，还是去尤窝子与独立营会合。

刚走出 2 里多地，火龙驹"咴儿咴儿！"叫着举蹄不前，孙竞云连策数鞭，狠命打马向前冲。但这战马仍原地打转想要返村，他这才警醒，知道前方敌情严重，正要顺马而回，这时埋伏在库山脚下道路两边的日军猛然开火，轻重机枪一起扫射，火力很猛，顷刻间在孙竞云周围倒下八九名战士。他两腿中弹，跌落马下，几名战士过来扶他，被他一把推开，大声命令道："不要管我，赶快撤回村里坚守，多杀几个敌人为我报仇！"大个子卫士张立，不容分说硬是坚决地背起支队长往回撤离，没跑几步就光荣了。孙接着又大声喊道："谁都不要过来救我，谁再过来我就枪毙谁，我做掩护，你们快撤！"剩下的 3 名战士眼含热泪离开了支队长，在后撤的过程中，又有 2 人倒下，1 人受伤被俘。短短几分钟，已有 10 多名指战员英勇牺牲。

在孙支队长与敌人殊死搏斗中，那火龙驹连蹦带窜一刻没停，对周边围上来的鬼子横冲直撞，连踢带咬，伤害鬼子兵 10 多人。现场小鬼子全都被镇住了、惊呆了、看傻了。这时太阳才刚刚升起，照在火龙驹身上闪闪发亮，那是它华美的皮毛伴着汗水所折射出耀眼的光芒。它围绕在支队长身边不停旋跃，形成一个亮丽的光环。

日军小队长川岛被惊得目瞪口呆，半天才回过神来，连声说道："吆西！吆西！""神驹！神驹！"紧急阻止小鬼子们，不让射击，集体围向火龙驹。他们怎么也没想到，那火龙驹打旋的光环里还会有人活着。

孙竞云支队长两腿骨折，左臂负伤，躺在地上万念俱灰，大脑中突闪出英雄项羽的形象。"力拔山兮气盖世，时不利兮骓不逝。骓不逝兮可奈何，虞兮虞兮奈若何！"此情此景让他情不自禁地吟唱出这首《垓下歌》。这位从黄埔军校走出来的战将，面对此情此景，感慨良多：想当初老子也是金戈铁马气吞山河如虎，出师北伐，一路猛进高歌，而今却陷入敌人重围。天时地利无助于我，但良驹却不离不弃，环我左右。此刻，他仍于心不甘，多么祈盼还能有一次卷土重来、再显英雄身手的际遇……在鬼子靠得很近时，他以惊人的毅力坐起，连掷出两枚手榴弹，炸倒一片鬼子，又用手枪接连打倒5 个敌人，把最后一颗子弹留给了自己……

第四十四章　女侠挑起千钧担　指挥战友杀凶顽

八路军鲁南军区副司令员、"抗协"峰山支队支队长孙竞云在抗日战场上壮烈殉国后，他的秘书、峰山支队参谋兼教官梁瑾侠勇敢地担当起指挥作战的重任务。这位年仅 20 多岁的巾帼英豪，面对数十倍于我军的强敌，毫无惧色，沉着机警，根据战局变化，及时研判调整战斗方案，发出一道道作战命令，打退敌人一次次进攻。

当孙支队长率领突击队员向西突进十几分钟后，负责断后的梁瑾侠，组织带领机关后勤人员随一班、三班出南大门向西跟进。刚走出大门没多远，就听到了前方猛烈的枪声，她知道这是支队长和突击队员们与敌人交上了火，决定马上带领三班前去增援。就在这时，被孙支队长命令返回报信的通讯员武强，拼命跑过来向梁瑾侠报告："西于沟、东于沟都有敌人埋伏，孙支队长命令咱们马上返回村里，阻击敌人的进攻，保护毛楼的百姓！"

接到命令，梁瑾侠立即安排一班班长薛俊才带领机关后勤人员后撤到村里，她仍坚持带领三班前去增援孙支队长，却不料，埋伏在南于沟村的敌人杀了过来。这是准备掐我方后路的一帮鬼子。枪声响起，她指挥三班战士就地进行阻击。村寨外，能够利用的掩体也就是沟沟坎坎和几间场屋、草垛等。就这样，她和十几名战士连续阻击日军的三次进攻，被她亲手击毙的小鬼子不下 10 人。直打到天已大亮，日升老高，西南方向的枪声已止，也没见到支队长和火龙驹的身影，也不知道他们是否冲出敌阵。她是心急如焚，不断翘首西眺。

"报告梁参谋，前方的敌人又过来了，人数不少于百人，如果我们再不后撤，就怕来不及了。"班长张善德报告说。梁瑾侠抬眼南望，确实黄压压一片，正向这边拥来，真的不能再等了，于是命令队员们边打边撤向村寨内。

进到村里，两个班清点人数，向梁瑾侠报告说：一班还有 9 人，三班还有 11 人，机关后勤人员持枪的 2 人，没有枪支武器装备的非战斗人员 4 人。加上通讯员武强，总计有能够投入战斗的 24 名队员和几名后勤人员。四周的敌人蜂拥而至，已将毛楼村团团围住，形成铁桶。大白天如再想冲出，已无可能，只能就地坚持战斗，与鬼子拼个你死我活。

在密集的炮火掩护下，村寨南面的敌人跟过来了，不知轻重地窜到南大门口，几个鬼子合力用硬木棒撞开大门，乘虚而入，没想到门楼上接连扔下一枚枚手榴弹，炸得小鬼子人仰马翻，没被炸死的抱头鼠窜，寨门下，敌人的尸体一片狼藉。

沉寂几分钟后，敌人开始动炮，猛轰大门楼和四角炮楼。"轰隆隆！轰隆隆！"迫击炮弹不断射向围墙、炮楼和村内，顿时狼烟四起，遮天蔽日，墙倒屋塌，到处起火，南墙西侧的五间草房浓烟滚滚，东边的炮楼被削掉大半，围墙也被炸出一个口子，梁瑾侠担心敌人从缺口处冲进来，赶忙带着 3 名战士冲了过去。这时，只见有十几个鬼子已爬进墙内，"给我打！"她大喊一声，双枪抢起，"啪！啪！啪！"接连干倒五六个鬼子，在大家的共同努力下，敌人的这一轮进攻又被压了下去。

趁着战斗间隙，梁瑾侠组织战士拼命清除被炸塌炮楼的砖石瓦砾，看里面是否还有活着的战友。不一会儿，战士李刚被发现，他身上虽然多处有伤，但意志仍很坚强，挣扎着坐起来说："梁参谋，炮楼不能再坚守了，外面的火炮离这太近，只要打准，一炮就可将炮楼炸飞，让其他几个炮楼上的人赶快撤下来，在墙体上掏挖枪眼，阻击敌人进攻会更有效。"

"好的！你少说话，我先把你的伤口包扎一下，让人送你到后边休息。"

梁瑾侠边说边从自己的衬衫上撕下一块布，包扎好他的右臂伤口。

"请你不要管我，快去指挥他人战斗！我哪也不去，只要还有一口气，就坚守在这里，绝不让鬼子从我这里进村。我感觉右手还能打枪，左手好好的，可以扔手榴弹，请你快走，梁参谋！"战斗正在白热化，梁瑾侠轻拍了小李的肩膀一下，一抹泪水离开了，留下一名战士陪同李刚一起在此坚守。

梁瑾侠根据李刚的提醒，马上安排战士们在寨墙上掏挖枪眼。土墙好挖些，这石墙掏眼儿就很困难。大家想方设法，铲子、铁锹、钎子、锤头一起上，不大一会儿就打通了许多瞭望射击孔。一班班长薛俊才和弟弟薛俊健等在东面寨墙上连续掏成十几个枪眼。梁瑾侠来到这里，从孔洞向外看，发现东边200米处有六名小鬼子正在一片毫无遮掩的开阔土地上，着手安放迫击炮。她果断地对薛俊才说："薛班长！请打开东门，我带几个人去把炮给抢过来。"

"是！"薛俊才回答完，立即组织六人，打开东门随梁瑾侠冲出，薛俊健端着一挺轻机枪冲在前面，瞬时间开火，小鬼子毫无思想准备，全都麻了爪，"哒！哒！哒！""轰！轰！轰！"机枪加手榴弹送他们上了西天。我们抢回了2门迫击炮和4箱子炮弹。

这时，东面凌晨最早到达的骑兵，已被山田调往村西帮助川岛拦截火龙驹去了。这山田也是骑马、驯马的高手，但从未见过或听说过这样的神马，他是志在必得，今天非俘获而不罢休。因骑兵西调，日军在东边兵力减少，所以梁瑾侠的这一次主动进攻，吓得敌人后撤几百米，一段时间内基本稳住了东部。她又及时调集兵力去应对敌人从西面、北面发起的进攻。两门迫击炮也派上了大用场，被安放在村寨南、北两个制高点上，搞好隐蔽，不到万不得已不能开炮。因为总共就十几发炮弹，打完就没有了。梁瑾侠反复交代两名炮手，一定要精准发炮，千万不能乱放空炮。曾在国军炮团经过专业培训的炮手李智和高强坚定地说："请梁参谋放心，我们一定保证打准选定的目标，决不会浪费每一发炮弹。"

这时太阳已升得老高，敌人吃过早饭，进攻更加频繁了，东面的鬼子刚被镇住，西北面的敌人又开始发起进攻。他们还是老一套的打法，先放一阵炮，然后趁着硝烟弥漫，向村边推进。梁瑾侠命令战士们一定要把敌人放近再打："没有我的命令，不准开枪！"

50米⋯⋯30米⋯⋯20米⋯⋯10米⋯⋯梁瑾侠大喊一声："给我打！"顿时枪眼一齐向外射击，刚要靠近寨墙的小鬼子就倒下一片，这时放在北面制高点上的迫击炮"发言"了，炮手高强调好角度，对准那个挥舞指挥刀日酉方位就是一炮，不偏不倚，炮弹正落在指挥官周围日军稠密的地方，可以说是一炮定乾坤，指挥官被炸死，小鬼子群龙无首，顿时就溃退了。

听到村西北枪炮声不断，潜伏在东南方向的小鬼子又沉不住气了，看到这边没有点动静，以为很空虚，就匍匐前进，向这边偷袭，但在阳光下，那是一览无余。薛俊才班长也是安排把敌人放近再打，游击队员们从墙洞里看到几十个向这边爬行前来送死的鬼子，心里想笑。"这都死到临头了，等会儿让我先敲掉爬在最前头的那个蝼蛄，大家再动手，听清楚了吗？"薛俊才轻声问道。

大家轻声回答："听清楚了！坚决消灭这些蝼蛄害人虫。"

等敌人全部爬进射程内，薛俊才手举枪响，队员们随即跟上，爬在最前面的鬼子全部躺平，爬在后面的小鬼子不再继续匍匐前行，而是站起身来，转头没命地向后跑去。这枪眼儿确实没有白挖，发挥了意想不到的杀敌效果。爬过来的30多名鬼子，有一多半被消灭。那爬起转身后撤的也大部分被撂倒。

上午9点多钟，毛楼村四周的敌人进攻又被打退了，暂时停止了进攻。利用这短暂的空隙，梁瑾侠又召集薛俊才、张善德和军需处处长邵士岚等开个碰头会，汇总一下战况，查看弹药还够用多长时间。总结一下经验，做好迎接下一轮战斗的准备。

大家分析认为，这场战斗肯定是"尤瓜屋子"挑起的，通过刺探情报，他对村里的情况既了解又不全面了解，最起码他还不清楚村里到底驻着多少队伍，能够同时四面应战。因心里没实底，他不敢贸然当先锋，而是听从日军的安排，暂时躲在日本主子后面。另外，我参战人员个个勇敢，打得顽强，火力很猛，让打头进攻的鬼子兵吃了不小的亏。

因进攻受阻，小鬼子死了不少。山田大骂"尤瓜屋子"："良心坏了坏了的。"

正是元旦节期间，他非煽动鬼子前来偷袭。这从昨天开始行动，几股日军多半是远道而来，特别是从兖州调过来的200多鬼子，从利国驿下车长途奔袭，战到现在仍无结果。山田眼珠子一转，心想不能让挑唆事的"尤瓜屋子"再躲在后面当缩头乌龟。再战，山田又改为让"尤瓜屋子"带伪军冲到前面去。"尤瓜屋子"吓得大气不敢喘，只好硬着头皮应承下来。王徵文也不敢为他讲情，反劝他赶快带队伍前去应战。这二人都是孙竞云手下的败将，从内心打怵。就是对独立营营长褚斯惠也是恨得要死、怕得要命。但对日本主子说的话又不敢不听。命令一下，"尤瓜屋子"只好服从，硬着头皮组织队伍向前开进。

刚出西于沟不远处，"尤瓜屋子"就看见一群日军追着骑兵看西洋景。20多匹日军战马，圈着一匹枣红大马向西而来，而未有一匹战马敢向那枣红马靠近。"尤瓜屋子"举起望远镜一看，心头不觉一震，不得了啦，他认识那枣红马，它是孙竞云副司令的坐骑。"这人马怎会分离了？"他猜想，那位开恩放他一马的孙司令恐怕凶多吉少，心里有些忐忑。于是忙派人前去打探，从俘获的那名峰山支队战士口中印证了他的猜测，孙支队长确实已经战死，他既幸灾乐祸，又有点失落，想回去表功，但这功毕竟不是他立的，那是几十名日军用生命作抵的。但他仍不甘心，构想着如何向日酋表功，争得山田赏脸。"尽管这位八路军鲁南军区副司令端掉过自己的老窝，但毕竟曾宽宏大度饶我不死，还开恩让我做了副官。自己的良心真是让狗吃了？"他想到实地去看看孙支队长殉难的情况，又因距毛楼村太近而不敢前往。而停在3里之外的一个山树林里，把林间两间茅屋作为临时指挥所，驱动伪军向毛楼推进。为了扰乱村寨内峰山支队的军心，"尤瓜屋子"释放了那名受伤被俘的队员，让他回去劝降，叫峰山支队放弃抵抗，马上投降。

被释放回来的正是孙竞云的卫兵刘志忠，他来到村寨西门，边跑边大声喊道："快开门，我是大刘，有要事向梁参谋报告！"

经请示梁瑾侠批准，张善德打开西门，把刘志忠放了进来。一见到梁瑾侠，大刘扑通一声就跪下来了。梁瑾侠忙让人将他扶起："下跪干什么，有话站起来讲。我问你，怎么一个人回来了，支队长呢？"

刘志忠哽咽着说："我们早上西进中了敌人的埋伏，掩护支队长后撤，我被炸伤昏了过去，等我醒来，就成了敌人的俘虏。他们放我回来，是为了让我劝咱们投降……"

"我问你，支队长现在在哪里？"梁瑾侠打断了大刘的啰唆。

刘志忠不敢正面看梁瑾侠，低着头怯怯地小声说道："支队长已经牺牲了。"

尽管大刘的声音很小，但梁瑾侠听了却是晴天霹雳，她眼前一黑向后倒去，幸被两名战友扶住。"梁参谋，你可要挺住，我们大家全靠你指挥了，你若倒下，我们就完了。"

大家都在劝慰梁瑾侠，她的眼泪夺眶而出，大脑一片空白。刘志忠捶胸捣足："都怨我，没有保护好支队长。梁姐，你要是气不过，可以把我枪毙了！要不是想回来陪你多杀几个鬼子，为支队长报仇，我早就三头磕死了！"大家听着心里都酸酸的，他们都知道大刘不是一个孬种，他说的绝对是真实想法。

缓出一口憋气，梁瑾侠又挺直站稳了。她深知自己肩负重任，战务在即，绝不能倒下。她任凭泪流满面，坚定地说道："支队长走了，我们活着的人还要坚持继续战斗。为了国家民族的利益，也为了给支队长报仇，我们每个人都要争取多杀几个鬼子、汉奸。人在阵地在，一定要坚守到最后一刻。誓与毛楼共存亡！"

"誓与毛楼共存亡！""誓与毛楼共存亡！"

"坚决多杀鬼子！给支队长报仇！"

看到大家群情激奋，梁瑾侠又铿锵有力地讲道："牺牲的同志已为我们做出了榜样，血债要用血来偿。我们就是要拼将一腔热血与敌人战斗到底。青山处处埋忠骨，何须马革裹尸还。请转告所有队员，为了报仇雪恨，从现在起，每人至少要再消灭3名鬼子，不仅要够本，还要赚两个，大家能不能做到？"

"能！能！能！"

"保证完成任务！"

此时的梁瑾侠百感交集，她不愿相信孙竞云已离她而去，因为那头天晚上的音容笑貌仍浮现在她心头，人怎么说没就没了？但这又确已成为现实。

正如爱国诗人孙雨庭后来所写的《咏运河女侠》诗中那样：

忽闻竞云为国殇，咬破双唇怒目张。

临危不乱意志坚，誓与毛楼共存亡。

指挥若定神枪手，百步穿杨杀豺狼。

运河女侠真豪迈，精忠报国美名扬。

第四十五章　军民团结齐努力　击溃鬼子和汉奸

上午的战斗还在继续，"尤瓜屋子"的人正向毛楼村靠近。因为鬼子的几次进攻都被打败了，伪军愈加胆怯，更不敢靠近村寨，远远地停下，开始用喇叭筒向村里喊话：

"峄山支队的弟兄们，你们全被包围住了，想跑也跑不了啦，赶快投降吧！"

"我们尤大队长说了，只要你们缴枪投降，他会向太君求情，保你们不死！放你们平安回家！……"

"嘟！嘟！嘟！嘟！……"一排子弹过去，喊话的伪军没了声音。

"狗汉奸，你们认贼作父，跟着鬼子打自己人，身上还有人味吗？有种的你就过来，我看你的头是不是比日军还硬！"村里的战士回敬村外的汉奸。

"不敢过来，还不赶紧滚回去，给'尤瓜屋子'捎个信，上次抓他的褚二爷正在此恭候，看他敢不敢来会会。"

伪军们也分不清这褚二爷，到底是褚雅青还是褚斯惠，反正知道他们都很厉害，是战神和狠角，吓得头也不敢抬。

正在两军对垒、相互叫阵之际，日军过来督战了，一边放迫击炮，一边驱赶伪军一起上前。后无退路，伪军只好硬着头皮往前冲。这西边的护城河，原来结着冰能够撑住人，现在早已被打得稀烂，浮着碎冰麻凌，尽管升着太阳，但天气依然很冷，鬼子和汉奸谁都不愿涉水，他们都蜂拥着向西门靠近。寨墙下的枪眼不断向外射击，尽管成片的鬼子、汉奸倒下，但仍有一股日军先冲到了西寨门下，用硬木、石碾子开始撞门、砸门。这时放在西南面一隐蔽处的迫击炮，瞄准了敌人的拥挤处发了一炮，炮弹落地开花，大片的鬼子倒下，汉奸们再也不顾死活，扭头向后逃跑。日军督战队一看堵不住后撤的伪军，也跟着向后撤退。梁瑾侠抓住时机，让张善德班长打开寨门，她带领着七八个战士向外一阵猛打，向进犯之敌发起冲锋，没死的鬼子、汉奸疯狂后撤，追出半里多路，有的战士还要往前冲，被梁参谋阻止，这叫适可而止、见好就收。出其不意，攻其不备，闪电出击，又快速收回，队员们一个没伤，又打退了日伪军混合的这轮进攻。

　　时近中午，毛楼村的百姓们为峄山支队的指战员们送来了煎饼、鸡蛋、大葱和热汤热菜。小鬼子们也回去吃饭了。利用这难得的战斗空闲，战士们狼吞虎咽吃着乡亲们省吃俭用的饭菜，怀着感恩的心准备打好下午的仗。

　　这短暂的沉静，更增加了梁瑾侠的沉痛，她一想到孙竞云为国捐躯，心里就像针扎刀绞一样难以承受。她毫无食欲，转身向村中指挥部方向走去，要看看早上被她安置在大屋里两名伤员怎么样了，要不要给他们做点好吃的。年龄还不足16岁的朱之刚，他不是本地人，家是安徽涡阳的，十三四岁就被国民党抓了壮丁，因身体单薄，打仗跟不上趟，经常遭到欺辱，挨打受骂，从国民党的部队逃跑到了运河支队，被孙竞云收做勤务兵。这孩子既勤快又有眼色，很讨人喜欢，没事就喊："梁姐，请教我识字。"梁瑾侠也非常喜欢他，这才一年多的时间，就教会他认识了上千字。他总是念叨："我要跟梁姐好好学，等再过段时间，我要自己亲自给家里写封信，告诉爹娘，我在这里跟梁姐学文化、学打仗，过得可好嘞。"谁知今早敌人的一发炮弹正落在朱之刚身边，他的左腿被炸掉一大半，只有一点皮连在腿上，血汩汩不断外流，被两个村民抬进屋时，他还大喊大叫："我不进去！我不进去！我还能杀鬼子！"梁瑾侠过来为他包扎伤口，他还硬犟道："梁姐，不要给我包，请给我一菜刀，把那半截烂腿剁掉，我还能参加战斗，我要杀一个够本，杀两个赚一个。"

听到这里，梁瑾侠忍着悲痛说："大朱呀大朱，我知道你很勇敢，想打仗等养好伤再上。我现在命令你不要再大喊大叫，先给我在这里好好养着。"朱之刚很听话地低下了头，不再言语。

"梁参谋，敌人又进攻啦！"刚劝慰好朱之刚，这时薛俊才匆匆跑过来报告。

"好！我知道了，马上到！"梁瑾侠又转过脸来对朱之刚说："大朱啊，乖！梁姐出去指挥战斗，等回来再教你识字，好给家里写信。"满含热泪转身而去，等她中午再过来看大朱，大朱的脸上已盖上了白布。

梁瑾侠三步并作两步，上前抱起朱之刚，用手拍着他的脸，"大朱！大朱！"不住地叫着，再无回声。那脸上仍呈现着孩童的稚气，显得很平静，很安详。身边的老乡说，自打她不让大朱喊叫，他就没再大叫一声，只是小声低吟着："梁姐——梁姐——你快来。""娘啊——娘啊——我想你。"听到这里，梁瑾侠再也控制不住自己的情绪，把大朱揽在怀里失声痛哭，把这一上午的强忍、一上午的憋屈，全都排山倒海释放出来……

16岁的花季少年朱之刚走了，他跟梁瑾侠学习了一年多的文化，最终也没能用上，说是要给家里亲自写封信，直到牺牲也没能写成寄出，不知他会留下多少遗憾。志同道合的最亲密战友，像雾像云一样飘走了，一时还未见到他身落何处，怎能不让她肝肠寸断、五内俱焚。但她知道，此刻还不是放纵痛哭的时候，战斗依然在继续，前面还有很漫长、很艰苦的路要走。她时刻提醒自己，作为目前这支队伍的主心骨，自己无论如何不能倒下，硬撑也要撑下去。置之死地而后生。要坚强地支撑到最后一刻，争取迎来胜利的希望。

此时，炮声又四处响起，这是敌人吃饱喝足，又在发起新一轮进攻。梁瑾侠依依不舍，小心翼翼放平朱之刚，在他的额头上轻轻亲吻一下，什么话也没说，转身又冲入烈火硝烟之中。

这轮的炮火打得更加猛烈，虽然敌人漫无目标，但是村内稠密的房屋不断被炸塌起火，村民的家产遭受严重损失，有的全家丧失了生命。梁瑾侠满腔怒火，为了保护人民群众，她宁愿个人粉身碎骨。她不但指挥新战士跳蹲弹坑，并不断向在炮火中失散乱跑的百姓，特别是孩子们大声疾呼："请大家不要乱跑，快进弹坑趴下！敌人的大炮马上就会停下！"话音未落，一发炮弹正向她身边射来，千钧一发之际，她机敏就地滚进一个浅坑，震耳欲聋的炮声响过，她从泥土中站起，棉袄只剩下半截，头发也被烧焦，已分不清是男是女。虽已全身多处受伤、衣衫褴褛、满脸血污，但她依然斗志昂扬。

起来，不愿做奴隶的人们，
把我们的血肉筑成我们新的长城。
中华民族到了最危险的时候，
每个人被迫发出最后的吼声！
起来！起来！起来！
我们万众一心，冒着敌人的炮火，
前进！冒着敌人的炮火，
前进！前进！前进！进！

梁瑾侠在最危急时刻，满腔悲愤，突然唱起了《义勇军进行曲》，战士们受到她的感染，也一起呼喊："冒着敌人的炮火，前进！"村民们也有许多被她教会唱的，大家一起"发出最后的吼声！——"村外的鬼子、汉奸听到了，也深感震撼，因为这里有不屈的战士和不屈的人民。鬼子们有些胆怯，汉奸们无地自容，"尤瓜屋子"更成了缩头乌龟，止步不敢靠前。敌人进攻的势头一时间有些减弱。

寨墙的西北部被炸塌一片，墙外壕沟被填平，张善德班长远远发现墙外北部的大草垛那边，有一个穿黄呢子大衣的日军军官，举着军刀闪动一下，像是在发布进攻的命令。赶忙向梁瑾侠汇报："梁参谋，村外西北方向老百姓的打麦场，有两间草屋和几个麦穰垛，像是鬼子的又一临时指挥所，我准备带几个人突击一次，把它打掉。"

"好的，你等我先看一下再说！"梁瑾侠说着举起望远镜，一看确实有一面膏药旗飘着，接着看到有几十个头戴钢盔的鬼子兵正在匍匐向寨墙边爬来。"张班长，我们暂时不宜向外突击，我命令你立即组织好战士，把正在爬过来的鬼子先给我消灭掉。"

"是！"张班长顺着掩体回到前沿阵地。

鬼子兵一看匍匐前进没有动静，就大胆地站起来往前冲，叽里呱啦地从寨墙豁口进来了。这边突然机枪、手榴弹一响，那边鬼子倒下十几个，剩余的就地趴下，边打枪边扔手榴弹。敌人扔过来的手榴弹，多被我机警的战士捡起又回敬了敌人。这时，我们从敌人手里抢来的迫击炮又发言了，一发炮弹落入敌群，没被炸死的几个戴钢盔的日军爬起身狼狈后撤。梁瑾侠大喊一声："给我追！"说着和十几名队员跃出战壕，猛打猛冲，那穿着呢子大衣的家伙一看情况不妙，忙从草垛后向草屋那边跑去，被梁瑾侠一枪撂倒。据后来听说，这正是从兖州赶过来的日军小队长长田一男，亡命于毛楼寨下。

指挥官一倒，日军全乱了套，连枪也不放，仓皇向后逃跑。战士小李打得很顺手，边打边喊："绝不能让这伙鬼子跑掉。这可是每人消灭3个鬼子，为支队长报仇的好机会。"

"我说兄弟，你落后了，哥我至少已揍死30多个鬼子，早就超额完成任务了。"大个子小张是个机枪手，说着又接连打倒几个逃跑的鬼子。

午后敌人的第一轮进攻就这样被战胜了。梁瑾侠的心里稍微有点宽慰，她知道，这决死的力量是无敌的。她看着战士，战士也看着她，个个身上衣服破烂，人人脸上血污泥涂，好像都不认识，但那颗火热的心却紧紧贴在一起，战斗中配合默契、机智灵活，自己人很少伤亡，却杀死、杀伤数倍于我军的敌人，创造了运河南岸阻击战的奇迹。她想到，这些阶段性的胜利，不仅来源于我们伟大的战士，也来源于我们伟大的人民。离开民众的支持，这仗不可能坚守这么长时间，打得这么漂亮，自己浑身是铁，又能碾几颗钉。想着想着，她不觉得又泪流满面，于是暗下决心，握紧枪柄，无论千难万险接下来的仗一定要继续打好，以对得起党、对得起这里的人民、对得起已失去的最亲密战友……

冬月天黑得早，日军急于想当天结束战斗，所以下午的进攻更频繁了。

由于长时间的射击，石崩土掩，枪栓失灵，枪油用完。关键时刻掉链子，指战员们都十分着急，枪不能用了，这仗还怎么打？

当务之急，张善德提醒道："鸡油可以擦枪！"

梁瑾侠立即安排大家去老乡家借鸡油。消息一传开，邻居孙大爷端着一碗鸡油赶了过来："同志，鸡油来了！今天鬼子来得早，我家的鸡窝没放，十几只鸡全在窝里，我再多杀几只，保证擦枪够用，鸡肉留咱们晚上炖汤喝，给大家补补身子。"孙大爷边说边向战士分发鸡油。

"梁大妹子，给你鸡油，这是我刚从鸡肚里扒出来的，还热乎着哪！"这李大嫂一路小跑过来，把鸡油交到梁瑾侠手里。正在这时，有一个不到十岁的女孩提着一只大母鸡过来："姑姑，俺奶奶她说不敢杀鸡，让我给你送过来，让你自己杀吧。"说完把鸡交给梁瑾侠，扭头跑了。房东张大爷端着熬好的鸡油送过来了。住在村东的李大娘拐着一双小脚送鸡油来了。看，这里有多好的人民，他们不求回报地全力支持抗日的队伍。

儿童团的拴住、莲花、狗娃也端着或提着鸡油来到梁瑾侠跟前。原来跟她学唱歌的，现在嚷嚷着要枪学打仗。梁瑾侠抱起年龄最小的狗娃，带着泪水在他脸上亲了一口说道："你还没枪高，姑姑怎么教你学打枪。快快长大，等长大了姑姑再教你。"

"我有枪高了，姑姑请给我一支枪，我要像你一样打鬼子。"莲花抢话说。

"你有枪高也拿不动枪，还是拿你们的红缨枪去练刺杀吧。"薛俊才拍拍她的头说。

正说着，敌人的炮弹又响了，梁瑾侠边疏散群众，边指挥作战。这时枪好使了，更不怕敌人冲到跟前。她仍是再三强调，一定要把敌人放近再打，保证每一颗子弹都能够射杀一个敌人。在这里，不得不说，还要感谢士绅孙传朴及其家人，他虽然去徐州办事没回来，但他家里人把他之前存放在库房里留作保家护院的枪支弹药全都奉献出来了，特别是两挺轻机枪，今天派上了大用场，多杀了几十名鬼子。

现在依然是炮火连天，但梁瑾侠的头脑中又突然间闪现出孙竞云的光辉形象。为了统战，他和孙传朴结下忘年交，他用真心真情尊重孙士绅这位长者，孙士绅对他的真诚待人和文韬武略也十分感佩和敬重。毛楼村的乡亲们对峄山支队这么好，这么亲，可以说是孙士绅起到了带头和示范作用。这也与孙竞云的个人魅力有很大关系，迫使她更加思念自己最亲密的首长和战友……

"报告梁参谋，敌人又上来了！"

薛俊才的紧急话语，打断了梁瑾侠瞬间的思绪，她又马上镇静下来，指挥若定，当几十个鬼子全部进入射程，一声喊："打！"枪弹齐发，暴风骤雨般又把从东南面冲过来的鬼子杀死、杀伤大半，余下的落荒而逃，我方又是无一人伤亡，打扫战场，又抢拾回十余支三八大盖连同子弹。

在梁瑾侠指挥作战的队伍中，不仅有峄山支队的战士，而且还有村民和土匪参加。村民林开思，平常喜欢上山打兔子、射山鸡，枪法很准，上山下湖没空手回来过，多是满载而归，大伙儿都叫他"鬼杆子"。这次战斗一打响，他就主动找梁瑾侠请战："梁参谋，我请求参加咱们的作战，请你分配我任务。"

"很好，林师傅，我欢迎你参加战斗，列入一班，听薛班长指挥。"梁瑾侠紧握着他的手说。

"好嘞！我这就找薛班长报到，我一个人保证守住东北角，决不会让一个鬼子从我这里进来。"梁瑾侠要发给他一支枪，他不要，"我还是用我自己的这支老套筒子顺手，多给我几个手榴弹就行了。"

村寨东北角的地势较高，易守难攻，林开思一人独当一面，从早晨到中午，一连打退几次小股敌人的进攻。中午时分，梁瑾侠派人去替他休息，他坚决不同意："小同志，我不累，不用你们替换。我家就在这边，家里人把午饭都给送来了，我还没得空吃，我打得正过瘾，这小鬼子比野兔、狐狸好打多了。我是一枪没放空，枪枪见血，打得正恣儿咪。请你回去给梁参谋说，我这打兔崽子还没过足瘾，哪能撤下休息。"他一直坚守到晚上，独自一人毙伤20多个鬼子，直到战斗结束，一直牢牢地钉在那里。

半个月前，峄山支队抓获几个袭扰村民的土匪，经教育准备近两天释放回家过年，赶上这一战，也都请求参战，要戴罪立功，将功补过。梁瑾侠给他们上过课，做过思想工作，知道他们都是穷苦人出身，因生活所迫才出来偷抢的，本质不是很坏，就对他们说："那好吧，我同意你们参加战斗。国难当头、匹夫有责。杀鬼子这是民族大义，我相信你们会做得很好。"说着，发给他们武器，加入战斗行列。在与鬼子的厮杀中，他们的表现十分勇敢，危难时刻，彰显民族大义。有一人在与敌人拼刺刀时牺牲，其余5人全都挂彩。

家住寨墙外四五十米处的孙宇林一家，早上在日军来犯时没来得及躲藏，全部被抓。宇林妻子因遭受欺侮大骂日军"不是人揍的"而当场被杀。长子孙效鲁十四岁，人很机灵，趁鬼子不备逃脱；次子孙效胜十二岁，因在村内上学住学堂而躲过一劫。敌人逼问孙宇林："喂，老头，村里有多少八路的干活？"孙宇林回答："村里八路大大的、多多的。长短枪、大炮都有，光四条腿的枪（机枪）不下十多支。恐怕你这些龟孙不是对手，都得死了死了的。"村里确实有大炮，只不过是6门土炮，安置在四角炮楼和村中制高点上。敌人听了似信非信，心里恐惧，再看壕沟和高墙壁垒，更不敢贸然向前推进。鬼子让孙宇林、孙宇森兄弟俩向村内喊话，兄弟俩誓死不从，在谩骂和厮打中被鬼子用刺刀活活刺死，好好的一家人，转眼间就被日本人毁了。这不能不在孙效鲁、孙效胜幼小的心灵埋下仇恨的种子，后来这兄弟俩全参加了八路军，加入抗日的队伍。在战场上孙效鲁英勇牺牲；孙效胜虽多次负伤，但一直没下火线，抗战到日军投降。

战斗从拂晓打到太阳偏西，毛楼村的两道寨墙被日军炮火炸得七零八落，七座大小炮楼被摧毁，房屋80%被炸塌损毁，硝烟四处弥漫，火光冲天。村里的男女老幼形成一个共同信念，那就是全力支援峄山支队，坚决守住村寨，决不能让日军占领，冲进来也要打出去。军民同心，决一死战。日军靠武力征服不了这里的战士和村民，便恼羞成怒，毫无人道地向村里释放了大量毒气弹。对付鬼子的这种歪招，战士们早已司空见惯。梁瑾侠大声喊道："大家赶快用尿湿的毛巾捂住口鼻。鬼子又使用孬种法放毒气弹了！"

问题是从早上开始打仗，至今都很少喝上水，且流汗很多，哪还有尿液排出。敌人的毒气弹一个个打进村里，在地上像陀螺一样打转，黄黑色的浓烟直升两三米高，随之四处扩散，扑压下来，催泪、窒息，直刺咽喉和胸腔。战士们干咳不止，有的战士咳出血来，晕倒在地上，一个个干着急，挤不出一滴尿来。眼看这仗就没法打下去了。

"姑姑，我有尿，有一大泡尿。"这正是躲过灾难的少年孙效胜，跑到了梁瑾侠的面前。

梁瑾侠立即找过盆来接："好孩子，使劲尿，叔叔阿姨都急等着用。"乖乖，孙效胜这泡尿是足足尿了半盆，这时他也是鼻涕眼泪的干咳嗽。

后来村民发现，毒气弹一扔进水里就失去了效力，就纷纷拾起扔进茅洞粪坑。孙效胜因尿立功，从此就跟着梁姑姑走上了革命道路。

战士们和村中百姓在战争中学会战争，用毛巾破布捂住口鼻，继续坚守阵地，再发现敌人打过来毒气弹，就立刻给他扔了回去，让那些没戴防毒面具的小鬼子也尝尝毒气弹的滋味。后来，有经验的孙传良老汉，把家里腌制咸鸡蛋的坛子搬过来了，大家用毛巾蘸上腌蛋咸水，一样起到了防毒效果，接着又有几家搬出腌蛋的坛坛罐罐，战士们和乡亲们再也不用为挤不出尿发愁了。军民团结是不可战胜的。

毒气弹释放过后，敌人以为我军失去了战斗力，一伙戴着防毒面具的鬼子兵趾高气扬地向村里跑步前进，梁瑾侠这次再故意放鬼子兵进来，然后堵住退路，这是要他们有来无回。等到这四五十个鬼子全部进入伏击圈，在他们自以为得意之时，四周突然机枪、手榴弹齐放，打得敌人措手不及，逃回去的已不到10个鬼子。

战斗间隙，孙传朴的老伴邵士贞，专门为梁瑾侠送来一碗刚熬好的鸡汤，听说她中午没吃饭，一定要她把这鸡汤喝下，暖暖身子，好继续指挥打仗。梁瑾侠又被感动得哭了，心想："这是多么好的一家人，多么好的老大娘，非亲非故这样想着照顾着咱，如果指挥不好，出现失误，会愧对这里的乡亲。"她没再推辞，含泪喝下这碗鸡汤。

下午4点多钟，敌人密集炮火又开始向村寨狂轰滥炸，看来敌人想赶在天黑之前攻下村寨。残存的寨墙又被削下一层，村里不仅墙倒屋塌，树木已几乎全被打秃，仅剩下些树桩或树墩。隐蔽的战士有的被埋在坑道石岩下，炮声过后又从泥土里钻出，真成了《封神演义》里的土行孙，会土遁穿墙之术。

敌人的这一轮进攻最猛烈，且炮轰持续时间最长。这时我军的弹药已所剩不多了。梁瑾侠再次命令道："大家一定要节约用子弹和手榴弹，争取到天黑突围。"

冲锋在前面的敌人被打倒了，后面的敌人又跟了上来，战士们不顾疲劳连续作战，体力几乎透支已尽，除了13岁的通讯员杨晓明身体全乎的，其他战士全都挂了彩。带伤的战士依然坚强地支撑着。这是信仰的力量、是舍生忘死的精神激发着他们继续战斗到底。

敌人又上来了，战士的子弹快打光，鬼子已经发现我方的枪声稀了，进攻更加疯狂了。红了眼的战士们纷纷上了刺刀，准备开始与敌人肉搏。在这危急关头，村民孙溪成从家里翻箱倒柜找出数千发子弹和两箱手榴弹，孙业标也从家里搜出300多发子弹送了过来。村民家里有土枪、火铳的也都拿出来使了。还有两门能用的土炮和两门迫击炮也一起开火，打得村内村外的小鬼子又晕了头，因为他们完全没有想到我军到现在还有这么强的战斗实力，而且洋炮、土炮还都能打响。

战场上你来我往已持续战斗了一个多小时，我方虽有负伤但无一人牺牲，而阵地前沿，敌人的尸体却越堆越多。这位年仅20多岁的女侠，带着满身伤痛和满腔悲愤，不知疲倦地指挥作战，全靠一种顽强决死的精神支撑。在她的全然不顾危险、将生命置之度外、猛打猛冲、决战到底的精神鼓励下，战士们士气大振，越战越勇，打得敌人又败下阵去。

夕阳西下，血色黄昏。梁瑾侠召集薛俊才、张善德等战斗骨干正商量如何向外突围，向哪个方向突围，突然听到西南方向枪声大作，她断定这是我方的援军来了。"同志们，我们的援军到了，我们和这里的乡亲得救了。请大家打起精神，再给敌人最后一搏，里应外合再多消灭些鬼子。为支队长和牺牲的同志们报仇！"

"好！我们这就组织行动，向外冲锋，迎接援军到来。"薛俊才、张善德边回答边去收拢能够冲锋的队员。

随后，现在还活着的21名峄山支队指战员，除3人因腿部受伤不能够再冲锋，其余18名勇士在梁瑾侠的率领下，一齐向西南方向打去。鬼子、汉奸此时也不知道我们来了多少援军，趁着天还没有完全黑下来，纷纷向东于沟、南于沟、徐家楼、涧头集方向撤退逃跑。

运河支队作战参谋王福堂率领第一大队第四、第五中队，在毛楼村西与梁瑾侠所带领的峄山支队胜利会合了。这是历经生死后的见面，梁瑾侠激动地与王参谋等战友紧紧抱在一起，一时不知说什么好。大家像久别重逢的亲人，悲痛之中热泪伴着笑容，相互拥抱，欢呼雀跃……

第四十六章　黄埔精英留美名　忠主赤骏化长虹

　　毛楼村一战，在孙竞云支队长壮烈殉国，峄山支队在此仅剩下 20 多名战士，处于"群龙无首"即将全军覆没的危急时刻，梁瑾侠毅然担当起"誓死守卫毛楼，保护群众利益"的艰巨任务，是战友们的信任和期待，也是父老乡亲的拥护和支持，她以超常的军事指挥才能，把两个建制班和其他零散力量，分成若干个战斗小组，在全体村民的大力支持和配合下，与 500 多名精锐日军和 1000 多名杂牌伪军决战一整天，连续打退敌人的数十次冲锋，毙敌 200 余人，伤敌 300 余人。成为抗日战争史上以少胜多的经典战例。

　　梁瑾侠当时年仅 20 多岁，她那卓尔不群的军事才能源自天生的悟性。加上她十分酷爱学习，熟读《孙子兵法》《六韬》《三略》《战争论》《论持久战》等军事著作，又有朱道先、孙竞云等言传身教，融会贯通。人说，性格决定命运。这也正是她天不怕、地不怕，无畏鬼神敬苍生的天性使然。"苟利国家生死以，岂因祸福避趋之。"花木兰、梁红玉、秋瑾、唐群英等都是她的偶像和榜样。"谁说女子不如男"，她坚强、勇敢、豪迈的气势征服了武装到牙齿的日寇，大长了中国女性的志气，是中国女性的骄傲，也是中国人民的骄傲。曾受到毛主席亲切接见的原运河支队第五任政治委员童邱龙将军曾感慨说道："一个才 20 多岁的女孩子，临危担当，指挥二十几人的队伍，与 1000 多名敌人激战一天，最后成功突围的战例，恐怕在华东、在全国是仅此一例。"

"毛楼之战是被动的，迫不得已的，我那也是赶鸭子上架，硬撑也得撑下去。如果不破釜沉舟，一旦放日军进来，村子将荡然无存。为了复仇，为了人民利益，我必须这样干，因为已经没有退路，只能置之死地而后生。"当事后有人问起此战，梁瑾侠是如此回答的，"其实我当时只是做了自己应该做的事，胜利主要源于战友的无畏杀敌，军民的同仇敌忾，我一直怀着感恩的心情，感谢我的战友和乡亲。毛楼是我们的再生之地，也是我刻骨铭心永远的记忆。"

胜利是值得庆贺的，但教训也很深刻。思想麻痹、放松警惕，在敌人的眼皮底下一驻多日不移防，敌情不明而仓促转移等。"出师未捷身先死，长使英雄泪满襟。"仗还未摆开阵势，孙竞云支队长和 19 名战士就悲壮牺牲，不能不令人痛心和惋惜。在之后的毛楼保卫战中，又有 7 名战士和后勤人员献出年轻的生命，战到最后活着的 21 人也全是身体伤痕累累，重伤 8 人，轻伤 13 人。毛楼村也损失惨重，房屋全部受损，倒塌近 80%。村民包括孙宇林一家，共有 20 余人死亡，15 人受伤。百姓家的大小牲口全被日军的毒气弹毒死，使这个有着数百年历史、远近闻名的村寨，从此丧失元气，再也没有得到恢复。仁义厚道、家兴业旺的孙传朴一家，从此一蹶不振，老士绅最后流落他乡，客死徐州。

孙竞云的以身殉国，对梁瑾侠的打击可以说是毁灭性的。她多日以泪洗面，痛不欲生，感到百身莫赎。朱道先、邵剑利、胡伯勋等领导反复相劝，并请她的家人过来陪伴安慰，以解她心气郁结。加之医生的多日疗伤调理，才使她慢慢走出悲苦的阴霾。

悠悠运河载青史，萋萋芳草慰忠魂。黄埔高才生、鲁南军区副司令员孙竞云倒在抗日的战场上。大战过后，当地百姓自发地收殓好为国殉难的孙竞云等 19 名勇士。抗日政府在后孟街购置一口上好的棺木，把民族英雄、鲁南军区副司令、峄山支队支队长孙竞云安放在黄邱山套尤窝子村西凤凰山麓的一片苍松翠柏中。鲁南军区和峄县县委、县政府在这里为他召开了追悼会。

八路军第一一五师首长罗荣桓、陈光高度评价孙竞云的一生是"革命的一生、坚持团结抗战的一生"。鲁南军区司令员张光忠、政委邝亚农等领导敬献了挽联。梁瑾侠所撰写的"生为勇士,在鬼子头上跳舞;死化狂涛,召健儿世间弄潮"也放在其中。县委书记孙竞华主祭,县长朱道先致悼词,追忆了英雄光辉的一生。

黄埔校友陈振中,填词一首《八声甘州·缅怀竞云学长》,高度概括了英烈的事迹:

踏陇海踞津浦要道,
扼日伪咽喉。
出没临、枣、峄,
运河两岸,
痛击敌顽。
破据点、透重围,
奇袭凯歌还。
英雄贯齐鲁,
倭寇胆寒。

毛楼阻击日寇,
君先士卒,
含笑九泉。
泰山默哀痛,
黄河亦泪干。
忆昔日,
抗日战场,
黄埔精英碧血斑,
看今朝,
英灵安息,

青史永传。

几天之后，敌人在济南、徐州的报纸上刊登了"皇军毛楼村大捷，峄山司令官毙命"的消息，大肆鼓吹日军取得的辉煌战果，并配发了孙竞云坐骑火龙驹的大幅照片。那马傲然挺立，呈仰天长啸状，正是它对敌人的一种蔑视。

赤炭火龙驹，历史上就很有名，隋唐年间的天宝大将宇文成都，五代十国的打虎太保李存孝，乘骑的都是这种宝马。孙竞云的这个坐骑，也大有来头，它是国民党中将贺光祖在任兰州行辕主任时，从新疆伊犁引进了一批战马，专挑出一匹火红色的幼龄马赠送曾跟随他一起北伐的孙竞云。这马全身赤红，不带杂毛，腰身修长而健壮，四蹄扬起似铁锤。孙竞云拿它当毛宝，亲自驯化和调教，这几年养出了感情，把它当作"战友"一样看待。

这火龙驹灵性十足，善解人意。为了能让它在战场上分清敌友，孙竞云安排马弁找来日军的服装让战士穿上前来挑衅，鞭抽棍打激怒它，刻意在战马心中留下仇恨的种子，而不让穿黄皮的人靠近，否则它就连踢带咬毫不留情。另外，它还非常通人性，除了让孙竞云和梁瑾侠骑，让饲养员徐德胜抚摸亲近，其他人谁也骑不住。薛俊贵在西北国民党骑兵团干过，仗觉有骑功，非让老徐牵过来他试试，结果连续几次上不了马。后来在老徐的扶持下上去了，这马连跳带窜，没跑半圈老薛就摔了个仰面八叉。这老薛真服气了："老子在大西北什么烈马没骑过，今天还真栽了跟头。喂！我说老徐，你这是驯的什么熊马，不让人招。"

"那是你本事头还不行，支队长和梁秘书怎么一骑它就是老实的？"徐德胜幸灾乐祸地说道。

这匹经孙竞云和饲养员精心训练出的火龙驹，嗅觉特别灵。有一次，梁瑾侠骑着它去南许阳向峄县县委汇报工作，走到扒头山它裹足不前，看它偷懒，狠抽了一鞭。结果它"咴！咴！"叫着转头向后跑，勒也勒不住。此时身后接着响起了枪声，差一点中了敌人的埋伏，使她侥幸逃过一劫。从此，她对这马也更加有感情。出事的这天早上，如果孙竞云不是执意前行，而是顺马而回，也许就躲过了这场不测之灾。

日军的20多匹战马簇拥着火龙驹西行，它几次回头想返回毛楼，但毕竟只手打不过多拳，单虎难敌群狼。它看到围在它四周的全穿着黄皮，知道这是自己的仇人，所以它一路连踢带咬，又伤了五六个鬼子骑兵。来到西于沟村，火龙驹被挤进一处高墙大院，因为它未生出翅膀，终究龙居浅滩遭虾戏，虎落平阳被犬欺。

　　山田太郎知道了，心里乐开了花，他心想："如果把它敬献给爱马的木村熊太郎，还不得连升我两级。"这时的木村正率领日军第十二军第三十三师团驻屯兖州。

　　火龙驹被围进于家大院，瞪着铜铃般的双眼，不让任何穿黄皮的靠近。有一个不怕死的小鬼子，冲过来想制服它。战马敌视着一动未动，小鬼子觉得有门，未曾想到刚一靠近，它一扭屁股，一尥蹶子，那鬼子被踢出丈远，撞到南墙，气绝而亡。

　　房东于财主，是个"老江湖"，他一看，猜出了关窍，这马可不是凡马，它认识日本人，并把日本人当仇家，不让靠近。他安排下人拌好草料前去试试，没想到它对地打着响鼻，"嘶——！嘶——！"这是对向它走过来的刘大爷的一种认可。它吃过几口草料，又喝了半桶水，两眼流下感激的泪水。刘大爷轻轻抚摸它一下脖子，也不知不觉流下眼泪，他不知它将身落何处……

　　"吆西！吆西！"山田知道了，亲自叫刘大爷过来，连夸他做得好。既然战马听他的话，那就让他随军行动。刘大爷也是个非常正直的人，他不愿为日军效力。结果被打得遍体鳞伤，奄奄一息被抬回家里。山田又逼着于财主给他找个喂马的，否则就把他家当马圈不走了。一听说是去跟日本人喂马，找谁谁不干。百姓都知道小鬼子反复无常，去了就怕凶多吉少。没办法，于财主只好让他的本家侄子于二歪去了。

　　这于二歪从小就好动，爬墙上树，够天摸地，还不到10岁那年，因到鸟巢摸鸟蛋摸到了蛇，吓得从树上摔下来，窝了脖颈，从此走路一溜大斜歪。庄稼活不能干，整天游手好闲，练就了喂牲口驯猫狗的小能耐，据说他懂鸟语兽言，驯的家禽都很听他的话。这于二歪算个残疾人，没大立场随风倒。二大爷一给他说，他还当个"美差"就接手了，没想到，这马也照人来，它一看那于二歪的形象就知道不像个好人，即使懂兽语马还是不听他的，他眼珠子一转，让他二大爷过来帮忙，让找块黑布把马眼给蒙上，他二大爷虽然长得人模狗样的，这马看不中也不让靠近，最后，还是日军用枪逼着刘家来人用黑布蒙住了马眼。山田从总部调来一辆军车，就坡铺板，由二歪子牵着上了车，一个骑兵班陪着去了峄县城西边的放马场村，俗称"马场"。

这放马场村却大有来头，传说南宋抗金名将岳飞，在征北时曾驻屯在这里，歇兵养马，以利再战，古村因此而得名。它坐落在峄西大山深处，三面环山，一面傍水，山水相依，林木葱郁，高处怪石耸立，南山坡上有"千尺石""望海石""杨二郎脚印石"等奇观。在这里只要守好北面的山口，什么也出不去、进不来。1938年春，日军派飞机轰炸西边的老和尚寺村的时候，从空中发现这个地方，之后，就把这里当作战备物资储藏地而派兵把守。山田认为把火龙驹放在这里就不会跑掉了，然后再找高手调教一番，好献给木村师团长享用。

这马场村因是日军的储物据点，多次遭到运河支队、峄县支队、铁道游击队、飞虎队的偷袭，有两次被攻下，缴获大批战备物资，武装了我们的队伍。所以这村内残垣断壁也不少。去年春天，峄山支队随八路军第一一五师主力部队出征，就曾在这里落过脚，火龙驹被揭去蒙眼布，一看这里似曾相识，它的主人孙竞云、梁瑾侠当时在这里住了两三天，然后去了运南。之后，这里又被日军重新占领。它来到这里睹物思亲，物是人非，情绪不稳。见于二歪过来，它仍是不断地尥蹶子，吓得二歪子不敢靠近。两天不吃也不喝，只是不断地仰天鸣唳。"咴！咴！咴！咴！"像似呐喊，又似哀号。山田很着急，安排"尤瓜屋子"快找懂马的人来伺候。

"尤瓜屋子"苦思冥想，突然想到，听说这战马刚来的时候，曾在梁瑾侠的姥姥老家张林村养过一段时间，赶忙派人前去打探，一问村民，说是张仰明老汉曾喂养过它多日，后来交给了老徐。于是，"尤瓜屋子"就派人到张林村把老张绑架过来。这马一见亲人就很温驯，但仍不愿意进食，只喝了点水。老张牵它出圈，到马场上溜达了一圈，它也是没精打采的。这时，日军的骑兵班长川岛赖郎，骑着一匹黑色大马过来，想挑战一下火龙驹，这家伙很有点功夫，他策马加鞭冲了过来，两马刚一靠近，他飞身跃上火龙驹脊背，两手死死抓住马鬃和缰绳，双腿夹住马肚，动作非常敏捷和老练。他知道在这马两天没大进食，体力肯定下降，拿住它不在话下。他怎会知道，这马一见穿黄皮的就发威，怎能让仇人骑在背上。火龙驹怒不可遏，上蹿下跳，左突右奔。在全速前进中猛然腾空跃起，接着急刹住前腿扑地，重重地把赖郎甩了出去，撞到一棵大树上见了阎王。山田一听，这还了得，准备组织枪队射杀火龙驹。

恰在此时，山田办公室的电话铃声响了，他抓过电话，一听是木村师团长打过来的，说是准备明天来峄县视察，顺便来看看他说的"神马"。山田吓出一身冷汗，如果这电话再晚会打过来，木村就见不到活着的"神马"了，赶忙派人安排老张头去稳住火龙驹，抓紧回圈梳洗打扮，准备明天向老鬼子亮相。

第二天上午，木村就从兖州乘坐火车来到峄县，山田组织军乐队到火车站迎接。检阅完部队，木村骑着一匹黄骠马直奔放马场村。火龙驹因几天绝食，肚子明显下瘪，但经过张仰明的一番梳洗整理，比前几天更显得精神多了。人说，人靠衣裳马靠鞍。这一配上鞍鞯，更加威风凛凛。

老张把火龙驹牵进马场，不断抚摸它的脖颈，口中念叨："乖，别乱动，过会儿就好！"让它少安勿躁。它打着响鼻，像完全听懂了老张的话。

在马场西边的高岗处临时设的观礼台上，山田陪同木村挂着战刀，先看了他们自己骑兵队的表演，绕场、列队、平衡、倒立、翻滚、刺杀对练等，这火龙驹自离开伊犁，来到内地，再没见过这种场面。它"咴——咴——"地叫着，好像是很不服气。木村指派他的骑兵队长岗崎中尉去试骑火龙驹，岗崎也是一个驯马、骑马的高手，要是没有金刚钻，也不敢揽这个瓷器活。他连连做着友好的动作，快步向火龙驹靠近，老张勒紧缰绳不让它乱动。

岗崎上前轻抚马头，慢捋马颈。从老张手里接过缰绳一个轻滚翻就坐到了马背上，双脚一磕马镫，火龙驹就颠跑起来，绕场一周表现得很温驯。岗崎这时就有点扬扬得意了："什么神马？神马都是浮云。这不还是老实地让老子骑吗？"其实，这马内心早就愤怒了，它在寻找能够出去的路径，积蓄着力量，准备外冲出去。

此刻，岗崎想在木村面前再露两手，对着马屁股连抽两鞭，瞬间惹恼了火龙驹，只见它疯狂奋起，岗崎的能耐还未来得及展示，就慌忙趴在马背上，两腿夹紧马腹，双手抓死水勒和马鬃才没被抛出去。紧接着火龙驹飞蹿上观礼台，连踢带咬，伤着了木村和山田等十几个大鬼子。

"八嘎！死啦死啦的！"木村倒在地上，挥刀发出了命令。

周围的日本兵全看傻了眼，呆若木鸡，忘了动手。最先反应过来的骑兵队围了过来，但在这鬼子人群中又不敢放枪，怕误伤了敌酋，只能挥舞马刀上前，这火龙驹仰天长啸一声，一道亮光冲出重围，越过围栏向西飞奔。这时西边炮楼的机枪响起，一颗颗子弹射来，神马像披上一身离弹衣，刀枪不入，继续奋力向前。

顿时，前后左右都响起枪声，后无退路，前有围墙，在这生死攸关之际，只见火龙驹突显神力、凭空跃起，飞过高高的围墙，围墙外是深深的山涧……这是火龙驹宁为玉碎、不为瓦全的惊人之举……

被火龙驹践伤的木村，心里仍惦念着神马。从地上被扶起后，忍着全身疼痛，仍没忘安排小鬼子们追踪。随之派人搜山，却怎么也没有发现神马，只见到挂在山涧半腰树权上的岗崎，据说岗崎身上还遍布着枪眼。即使不挨摔，也是死定了。

现场的鬼子兵说，看见一道彩虹飞向西南，那正是孙竞云的老家方向，是随他的主人而去了；后来也有人说，不久在这西部龙头岗上曾经见过它，昂首挺立于山顶；还有更离奇的传说，在黄邱山套、库山涧峡，有人见过那火龙驹，它越发精神抖擞，成了自由自在的精灵……

峄城爱国诗人孙倚庭听说之后很感动，特写了《烈马行》一诗刊登在《鲁南日报》上：

日寇绝人性，
海内日沸腾。
中华好儿女，

杀敌励忠贞。
烈马称德比君子，
来此塞外马群空。
抗日军人作良骑，
冲锋陷阵敌人惊。

一朝遭敌袭，
烈马陷敌营。
烈马不为敌人驭，
跌踶腾踔长嘶鸣。
一任敌寇施鞭挞，
不食刍豆竟捐生。

君不见人着衣冠行禽兽，
认贼作父虎作伥。
残害同胞不知耻，
烈马独为正气钟！
噫吁兮！何以人而不如马，
感此遂赋烈马行。

第四十七章　运支改隶邳睢铜　开辟红色交通线

　　毛楼一战，充分展示了运河娇娃梁瑾侠巾帼英豪的风采。由于她出色的军事指挥才能，利用仅有的两个建制班，与数十倍于我方的敌人作战一整天，打退敌人数十次进攻，连同中敌埋伏先期牺牲的 19 名烈士，平均每人毙伤敌人 10 人以上。以牺牲不到 30 人，毙伤日伪军 500 余人。尽管是取得如此辉煌的战绩，但在梁瑾侠心里仍留下终身的遗憾，因为她从此失去了最亲密的两个战友，一是亦师亦友的孙竞云离她而去；二是亦神亦魔的火龙驹追梦远行。她时常在黑夜里披衣坐起，遥望那闪动的星空，寻找心目中最耀眼的那颗金星，不知不觉中泪流满面。

　　峄山支队自成立，组织机构就不健全，支队政治委员彭伟山，是被罗荣桓政委聘为八路军第一一五师特约高级参议，鲁南总动员委员会宣传部部长等职，一直在师部协助首长工作，未能真正到峄山支队任职；副支队长，因家庭变故告老回乡。孙竞云壮烈殉国后，这支队伍失去了领头羊，面临解散。在梁瑾侠的带领下，浴火重生的战士又回归运河支队。

　　毛楼战后，鉴于峄、滕、铜、邳地区的严峻斗争形势，鲁南区党委、鲁南军区经报请山东分局和第一一五师领导批准，调鲁南第四军分区政治委员季华同志重回峄县，当县委书记兼运河支队政治委员，孙竞华改任县委副书记，不再兼任运河支队政治委员。为加强县委对党、政、军全面工作的领导，改善我军在运河南北的对敌斗争形势，罗荣桓政委在接见季华时着重强调两点：一是要指挥好部队的军事行动。在反对敌人"蚕食"斗争中，要力争主动，打好仗。要吸取以往的教训，切实把情报工作做好，通过各种渠道掌握好日伪方面的动向，做到知己知彼，才能百战百胜；二是要重视抓好统战工作。可以选派得力人员打入敌伪内部，多发展内线力量，同时要加强与友军的联系，包括做好对国民党顽固派的统战。

4月初，季华带领新的峄县县委班子从抱犊崮出发，来到运河南岸地区，针对运河支队处于敌人不断"蚕食""扫荡"，部队天天行军、天天打仗、天天减员，已缩小到不足400人，已不能实行统一指挥，部队士气低落的局面，解决部队统一指挥、统一领导，成了头等迫切的问题。经县委讨论研究决定，接受邵剑利主动提出辞职的请求和建议，任命参谋长胡伯勋为运河支队支队长，孙正才任副支队长。统一整编部队，"抗协"自卫军峄山支队所属部队、峄县县大队等统一编入运河支队，原峄山支队独立营营长褚斯惠任运河支队第一大队大队长，峄山支队参谋兼秘书梁瑾侠继续任宣传部部长，协助支队长胡伯勋做好统战工作，特别是对驻我军周边国民党军队的统战，以减轻我四面受敌的压力。充分利用亲戚、友人、故交的关系，开展对话、交流感情、晓之以理、减少摩擦。

梁瑾侠大力配合新任支队长胡伯勋，对长期盘踞在徐州以东不老河一带的韩治隆和活动在峄县运河南北的梁结庐、刘毅生等，采取又拉又打、以打促拉、赶驴上山的办法，推拉他们上道，促进联合抗日的局面重新形成。紧张的工作，使她忘我，也减轻了她的毛楼之痛，脸上又渐渐浮出一丝阳光。县委书记季华、县长朱道先、支队长胡伯勋等，对她出色的表现，都给予高度评价："能文能武、智勇双全，是不可多得的军事人才和地方工作人才，其胆识和气魄不亚于秋瑾，不愧为'运河鉴侠'之称号。"运河支队报请鲁南军区和山东分局批准，梁瑾侠被荣记一等功。这也是上级对她危难之际挺身而出，敢于斗争、敢于胜利，打好毛楼保卫战的充分肯定和褒奖。

是年秋，新四军四师政治部调查研究室奚源同志奉命进到徐州以东的黄邱山套、不老河至大运河间，调研敌、我、友，了解日、伪、顽情况，搜集军事、政治、经济、历史、文化等各方面资料，并为我方贡献突出的县团级以上人物写传记。于11月中旬来到黄邱山套运河支队驻地，在这里调研了半个多月，发现了孙竞云、梁瑾侠等抗战典型。他亲自给梁瑾侠部署任务，让她把毛楼之战的英雄事迹全写出来，经验和教训总结出来，以便在八路军、新四军中做好宣传，鼓舞抗战士气，这也是他此行的重要内容之一。他说："我这次奉命而来，争取把苏北鲁南的抗战情况了解清楚，汇报上去，以便领导更好决策。"

胡伯勋支队长、季华政委等多次与奚源座谈，交流思想。通过对近几年情况分析，一致认为：运河支队独立活动在运河两岸，远离抱犊崮老山里，中间隔多道封锁线，与鲁南军区的交通联络有诸多困难，因之鲁南军区对运河支队鞭长莫及。但运河支队跟陇海路南新四军之邳、睢、铜地区相近相连，如能把运河支队划归邳、睢、铜军分区建制，即可南北密切配合，改造战略要地。徐州以东，乃华中、华北接合部，归属新四军，有利于改善我军地位，改善运河支队的供应，减轻鲁南方面的负担。奚源同志非常认可这一提议，商定将这个设想分别向各自领导机关陈述汇报，让领导决定。调研期间，胡伯勋、梁瑾侠还陪同奚源到苑河村会见了国民党徐州常备四旅七团团长韩治隆。会谈的气氛是友好的，统战的作用也是卓有成效的。

由于奚源作为新四军代表，其意义非同小可，使韩治隆意识到他胡大哥现在领导的运河支队已跟新四军取得联系，这北靠八路军，南依新四军，日后再跟运河支队搞摩擦，还真得更加慎重了。

1943年4月27日完成调研任务返程中，奚源又来到黄邱山套运河支队驻地。经过亲身考察实践，他认为走此路去延安不仅路途近，而且确实比较安全。回去后，他就向新四军四师提出了沟通陇海路南北的建议，并带回了梁瑾侠按他要求所写的《毛楼战斗之我见》《抗战楷模孙竞云殉国》两篇文章，在新四军《拂晓报》刊登后引起轰动，英雄事迹在徐淮地区传开。

奚源的调研，起到了重要的穿针引线作用，促进了运河支队与邳、睢、铜军分区的联系。他在重回运河支队时，又巧遇鲁南二地委书记于华琪正在运河支队检查指导工作，交谈时，于书记也积极支持运河支队提出的归属新四军的建议。仅过了一个多月，于华琪、邵剑利二人就代表鲁南二地委和运河支队，在一个连队护送下，夜越陇海路南访，抵达邳、睢、铜军分区，受到军分区司令赵汇川、地委书记兼军分区政委康志强等同志的热烈欢迎和盛情接待。双方互通了情报，使运河支队改变建制和改造徐州以东的华中、华北接合部的构想，进入了具体的筹措实施阶段。7月初，新四军四师侦察科科长罗惠廉带两名侦察员，又沿奚源调研的路线走了一遍，认为这条经运河支队过微山湖去延安的路线确实便捷安全。于是，这样一条从华中经鲁南入华北通往延安的交通线就形成了，当年9月便正式投入使用。

9月初，山东分局朱瑞书记回延安，在微山岛召见了运河支队副政委童邱龙，听取了汇报后，朱瑞对峄县县委和运河支队在条件极为复杂艰苦的峄、滕、铜、邳地区独立坚持抗日斗争、战胜重重困难取得发展的情况表示异常的高兴，对毛楼之战深表惋惜，对孙竞云、梁瑾侠等大无畏的革命精神再次给予充分肯定和高度赞扬。

关于峄县县委和运河支队提出的把峄县运河南地区和运河支队划归淮北新四军的建议，朱瑞说，山东分局已经同意，他并亲自向彭雪枫师长、邓子恢政委写了一封长信，详细介绍了县委和支队的情况，要求在建制改变以前，峄县县委和运河支队的领导要认真全面地汇报工作情况，虚心接受领导，改正缺点错误，继续保持和发扬艰苦奋斗的精神，以求在新四军的领导支持下，各方面有个大的发展。朱瑞书记走后不久，于10月中旬，峄县县委和运河支队正式改隶为淮北邳、睢、铜地委和军分区建制，揭开新的战斗篇章。

1943年10月，峄县县委正式改名为峄、滕、铜、邳县委，邳、睢、铜地委委派郑平任书记，季华改任县长，刘尚一任副书记，孙正才任副县长；运河支队改名为峄、滕、铜、邳总队，胡伯勋任总队长，郑平任政委，陈景龙任副总队长，童邱龙任副政委兼政治部主任，阎超任参谋长，邵剑利调往华中学习。梁瑾侠调往邳、睢、铜军分区司令部工作，司令员赵汇川、政委罗惠廉分别接见了这位传奇的"运河女侠"，鼓励她在新的岗位上再创不平凡的业绩。

八路军第一一五师运河支队改名为新四军四师峄、滕、铜、邳总队，部队的建制和番号换了，但运河地区的老百姓仍习惯叫它运河支队，指战员平时也还是老称呼。但部队的生活及军需供给得到很大的改善，可以说是一次跨越式进步。由先前一直吃摊子饭改为连队单独开火，每人每天三钱油、五钱盐、一斤半粮、两角钱菜金，这是之前所从来没有的。战士由穿百姓衣裳，改为着新四军军装，队伍的士气大振，军纪严整。从此告别了近三年吃百家饭，穿百家衣的农民军困窘局面。部队正规化建设向前迈进一大步，为之后改为九旅十八团，参加解放战争，把红旗插上舟山群岛奠定了良好基础。

运河支队划归新四军，开辟了"华中—运河地区—微山湖—延安"的红色交通线。为保证过往运河地区领导更加安全，总队规划设计了两条护送线：一条是北许阳—黄邱山套南麓涧溪—杨围子—佛山头—鹿家村—杜安山口—杜安集（由此向北）—运河边得胜庄—运北常埠村—界沟（铁道游击队活动区）；另一条是旺庄—黄邱山套北麓—东崮山李庄—穆寨山前—小官庄—大单庄—运河边新闸子—南石沟—西界沟（铁道游击队活动区）。

第四十八章　彭师长谆谆教诲　梁瑾侠孜孜以求

1943 年底，梁瑾侠奉命调往抗日军政大学四分校。这所军政大学是由彭雪枫师长亲自创建的。校长由彭师长兼任，副校长由吴芝圃兼任。彭将军慧眼识珠，爱惜人才，她到那被分配到教务处工作，受到了领导无微不至的关怀。从此，她又由武改文，主要从事文教工作。

梁瑾侠调此工作，真是如鱼得水，她在政治、军事、理论、文化等方面得到很大提升。她一边学习，一边工作，业余时间收集整理抗战题材短剧，供拂晓剧团排练演出，在很短的时间就搜集到了九首《抗日歌》。

（一）抗日先锋队队歌

前进、前进、向前进！
我们确应活泼坚定，
万众一心，奋勇争先，
开辟民族的天明。

前进、前进、向前进！

为抗战我们奋不顾身。

团结民众、肃清汉奸，

歼灭倭寇护人民。

前进、前进、向前进！

为了争取抗战的胜利，

主张民主、反对侵略，

掀起解放的战云。

前进！祖国的孩子们，

我们是民族解放的先锋队，

高举起我们的战旗，

朝着解放的路上，

前进！前进！向前进！

（二）青年进行曲

前进，中国的青年！

挺战，中国的青年！

中国恰像暴风雨中的破船，

我们要认识今日的危险，

用一切力量，争取胜利的明天！

我们要一以当十，百以当千，

我们没有退后，

只有向前向前！

兴国的责任，

落在我们的两肩！

落在我们的两肩！

嘿！

前进！中国的青年！

挺战，中国的青年！

青年！青年！

（三）牺牲已到最后关头

向前走，别退后，

牺牲已到最后关头。

同胞被屠杀，

土地被强占，

我们岂能袖手。

亡国的条件，

我们绝不接受。

中国的领土一寸也不能丢，

同胞们——

向前走、别退后，

牺牲已到最后关头。

……

这些歌曲，很快在淮海地区、运河两岸传唱开来，被大家誉为"抗战九章"。

不久，她又接受新的任务，兼任四师随营学校教导主任。这对梁瑾侠来说，那是轻车熟路，当年她在峄县文庙小学就任教导主任，自编教材，把爱国主义融入她的教学全过程。她自幼热爱学习，并养成良好的自学习惯，即使在戎马倥偬或患病疗伤期间也从未停止过读书，并尽力杜绝即时即事的"随意性"，对传统文化和革命文化的学习和研究情有独钟。当年文庙小学的校歌是她用白话文写成的，为激发师生们的爱国热情，她创作了《没有家乡的孩子》话剧，揭露了日寇在我东北三省的恶劣暴行。演出引起重大反响。她在接任四师随营学校教导主任后，对这出话剧又进行了更新和补充。在此演出，又引起轰动，通过话剧让孩子们认识到解放区和沦陷区，那是两重天地，鼓励孩子们要记住国仇家恨，珍惜幸福时光，多读书、读好书，当好革命事业的接班人。

她在教学实践中发现，古汉语对学生来讲是较难的课程。为了帮助学生们学好古汉语，她反复阅读教材、翻阅大量古籍，把自己零星的体会加以整理融入教材中，然后再传授给学生。她把研读古典、点滴记录下来的东西汇集起来，编成了《汉语词的衍化趣话》，此书一发表，风靡于师生之中。书中涉及词语的发展规律，幽静邃密之处深藏着古汉语的奥妙，为学生学好汉语打开了一扇窗户。

梁瑾侠历来不赞成"学海无涯苦作舟"的格言和"以苦为乐"的教诲。她认为只要"苦"，学生一定学不下去；只有"乐"学，才能事半功倍。苦与乐的辩证统一并不是主观随意调换的，其间苦有苦的因由，乐有乐的根据，它来自思维、理解和自我充实。"书籍是人类进步的阶梯。要知天下事，须读古人书。读书之法在于循序而渐进，熟读而精思。人生最大的幸福与快乐是当他检查了个人的日常生活，证明时间没有浪费，日子没有白过。而感觉还对得起自己生命的时候，这样活着，应该说是受苦，还是生命的增值？"当她读到吴芝圃副校长在淮北区党委刊物上发表的文章，产生一种会心的共鸣，觉得人一天不读书，便会空虚、失落，便是在浪费生命。她于是号召师生要很好地向彭校长、吴副校长学习，无论多忙，都要挤时间学习，用知识丰富自己的人生，点亮自我照耀他人。

1943年冬，峰、滕、铜、邳总队队长胡伯勋、文峰大队负责人孙倚庭偕同地区行署专员于华琪来淮北新四军四师卫生部休养，为迎接新战斗做好准备，以便将来担负更大重任。

1944年春，梁瑾侠在大柳港部队随营学校，接到胡伯勋和孙倚庭的来信，说他们正在卫生部，胡听说大柳港是"淮北的公园"，问她那公园是否真好。于是她就写了封回信，并把刚作的一首新诗附上：

大札敬悉。昨日拾粪淮滨，即景叙事，聊成短章，奉呈胡、孙二兄答问，并请指正：

> 大地此日苏，淮上风光异。
> 骄日换银辉，波明流沙细。
> 幽芬菜花情，芹香燕子意。
> 持枪卫家园，荷锄耕春地。
> 时闻炮声促，还听莺语腻。
> 系春柳丝长，梨花白如玉。
> 轻帆趁东风，览景须早至。

几日过后，正是菜花犹黄，梨实未绿，地面与枝头金玉交辉之际，胡伯勋骑着高头大马来到了大柳港。一见到梁瑾侠就嚷道："哈！哈！哈！好你个丫头片子，不当女侠当粪翁了。你这跟工农结合，算是彻底到家了。"

梁瑾侠忙摆摆手说："不行，不行，才刚开始哩。我这是响应彭师长的号召，支持大生产运动，多积肥、种好田，可唯自给军实，且能支援其他战区。"

由于胡伯勋身经百战，重炮声震坏耳膜，有点耳背，他把两手放在耳边，做成招风大耳朵，听得很认真。感叹道："这彭师长真了不起，不仅文韬武略，而且百事精通，关注百姓疾苦，关心爱护下属，跟这样的领导有干头。"

梁瑾侠陪同胡伯勋，环岛走了一圈，凑近他耳边问道："怎么样总队长，这里的风景还可以吧？"

"好好好！非常好！哈！哈！哈！淮北公园名不虚传。好在它不是有意装点，而是树木田园天然成趣。我要向首长提出，搬到这里来休养，也好靠我妹子近点。"胡伯勋边说边瞟了梁瑾侠一眼，她装作没听见似的，只当一句玩笑话，随风飘过，没作回应。

胡伯勋办事利落，说办就办。时隔不久，他就真搬到离部队随营学校二三百米的地方住下了。按照彭师长的要求，梁瑾侠第二天就来到胡的新住所看望。这是一座农家小院，房东家里人口不多，让出来了一栋三间的东厢房，供老胡和儿子胡力言及卫兵住。通过近几个月的休养疗伤，他的精神头好多了，脸上也看不出多少烟色。再次见面，他更是兴高采烈，热情得恨不得上前拥抱。

"你知道我为什么非要求到你这边来休养吗？实话告诉你，我就是想亲眼看看，一是你怎样与工农结合的；二是好跟你从头学起。我看得出来，彭师长、吴主任都非常欣赏你，注重培养你，你又遇上了好老师。师长他们才是大知识分子，那也是工农结合的表率，你跟他们学，我跟你学就行了。"胡伯勋大大咧咧，一直滔滔不绝，好像多久没见到亲人一样。

胡力言打断老胡的话说："老爹，你少说两句吧，梁大姐找你是不是有事要谈？"

"你这孩子没大没小的。我再给你纠正一次，以后只准叫姑姑，不许喊姐姐。他是你老爹我的战友，萝卜不大，长在辈上。就是再年轻，也高你这儿一辈。"胡伯勋教训儿子力言道。其实，按年龄喊姐姐正对，瑾侠比力言也就大个四五岁。

"哎呀！我说总队长你就别较真了，他喊我姐没有错。你要觉得不合适，那就叫我梁秘书、梁主任好了。"梁瑾侠忙打圆场，"我今天来还真没有什么事，就是要看看老领导，现在又成邻居了，我会经常来串门的。看到总队长身体恢复这么快，我很高兴，如果有什么事需要我去办，请老领导随时安排。今天，我就不多耽搁，学校一大摊子事需要安排处理。"

为了欢迎参加春训干部会的各地同志，领导指派梁瑾侠负责编排一场文艺演出，节目主要由学校出，可以吸收师部机关和群众团体一同参加。给了半个月的准备时间。她一边教学，一边参加大生产运动，还要编、排、演出文娱节目，一时间真是忙得不亦乐乎，恨不得能有分身术。指导排练、借道具、服装、布置会场、搭台子，事无巨细，她都要考虑到，并且安排落实到位。由于确实忙得很，已经几日没去看胡伯勋了。

这天晚上，梁瑾侠去给识字班上课，课后她又来到胡伯勋的住处，本想告诉他彭师长来这里开会，可能会过来看他。没想到他满面春风地迎着她说："哪是可能要来，彭师长已经来过。就在这里刚刚与我见过面。拉着我的手嘘寒问暖，关心我的身体恢复情况。哈！哈！哈！能够遇见这么好的领导，真是我老胡三生有幸。"

　　梁瑾侠说："能遇到这样的好领导，是咱们的造化。你知道吗，在淮北的老百姓心目中，大家非常崇拜他。不仅仗打得好，而且文武双全，处处身体力行，率先垂范，走到哪里就调研到哪里，随时发现群众的创造和积极因素。关心群众疾苦，组织大生产运动，使军民、军政关系十分融洽。'福星一路之歌谣，生佛万家之香火。'唉，对了，前天你来看我们学校的演出没有？我忙晕了头，忘了亲自来请你。"

　　"你忙忘了，彭师长可没忘，专让通讯员来通知我的。你看这感情，彭师长可比你更关心我。我和开会的干部先一起参观了你们的随营学校、识字班，你真不简单，能让老太太都进识字班，成了你们的学生。随后我们大家一起看了你们精彩的演出。对你演唱的《兄妹开荒》和淮北民歌《摘石榴》，大家都夸好。

　　　　姐在南园摘石榴，

　　　　哪一个讨债鬼隔墙砸砖头，

　　　　刚刚巧巧砸在我小奴家的头哟。

　　　　要吃石榴拿了两个去，

　　　　想要谈心跟我上高楼，

　　　　你何必隔墙砸我一个砖头哟……

　　"说实话瑾侠，老哥我要年轻几岁，也想去扔砖头。哈！哈！哈！哈！"

　　梁瑾侠面带羞涩，白了胡伯勋一眼笑道："好啦！我看你这是身体又好受些了，来了精神。还是要好好休养着，等全恢复了，回家练扔砖头，砸嫂子去吧。嘻嘻嘻！"

第四十九章　整风学习再淬火　春风化雨益终身

　　1944 年 5 月，运河支队第二任支队长邵剑利，来到大柳港看望他的老战友、接替他的第三任支队长胡伯勋。两位老伙计一见面又是拥抱，又是拍肩，都很激动和兴奋。"老弟，是哪阵风把你吹过来的？"胡伯勋揽着邵剑利的腰问。

　　"是春风把我刮到你这里来了，专门来看看你戒烟戒得怎么样了？这一看还真像个好人了，健壮多了，看来还是这里的水土养人。"邵剑利微笑着说。

　　"部队上那么忙，你还专门来看我，让我过意不去。噢——噢——不对，不对，你肯定还有其他任务才过来的，看老哥只是顺道，你说是不是？"胡伯勋指着邵剑利问道。

　　"老哥就是厉害，一下子就被你猜中了。我这次是受组织委派，来淮北区党委干部轮训队参加整风学习的。"

　　胡伯勋得知邵剑利是来参加整风学习的，梁瑾侠作为师部机关人员也列席参加，执拗地说道："你们能学，我怎么不能学？师长怎么把我给忘了，我得去找他，我要跟你们一起学。"梁瑾侠非常支持胡能参加整风学习，就说："你要找彭师长就快去，他正准备带兵出去。"

　　胡伯勋雷厉风行，说办就办，随后就来到师部，彭师长不在，邓子恢政委接待了他。他二话没说，就是一个请求，要和他的老战友邵剑利一起进整风轮训学习班。邓政委亲切地告诉他："学习很紧张，就怕你的身体吃不消，我和师长主要是从这方面考虑的，没计划让你参加。"

胡伯勋霍地站起来，脚跟一并打了个标准军礼："报告政委，我全好啦！请您批准我参加，保证完成整风学习任务！"作为年近半百的老头子，像小孩子一样要上赖，"领导不批准，我就在这不走了。"

"好了老胡同志，请容我考虑考虑。再征求一下师长的意见，明天给你答复。"邓子恢好言相劝，好歹让他先回去了。

回去后，胡伯勋一夜没睡好觉，辗转反侧难以入眠。他知道领导不想让他参加整训，完全是为了照顾他的身体。但他却怕错过了这个村就没这个店了，绝不能放弃这次学习机会。第二天一大早就叫上邵剑利又找上了邓子恢。邓政委和颜悦色地说："我跟彭师长通过电话了，他仍担心你的身体承受不了。并说，你有些耳背，上课听不清怎么办？"

胡伯勋用胳膊肘一拐邵剑利，邵忙接过话来："报告政委，这不是个问题，把他和我编进一个小组，听报告和上课让他往前坐，真听不全的课后我给他补充，讨论听不见我写给他看。总之，我不会让他掉了队的。"这是他们二人事先商定好的意见。邓政委笑笑说："我们真拿你这个胡司令没办法，那就参加呗。"

获得领导批准，胡伯勋像返老还童，高兴得一蹦八个圈，逢人便说他参加整训班子，又上大学了。与他同期学习的有南进支队九旅政治部副主任张震寰、二十五团政委李浩然、二十六团政委谢锡玉、运河支队政治处主任张启曙等，他们都是胡的老相识，现在又成了新同学，他心里别提有多高兴了。每当礼拜天、节假日，就由梁瑾侠通知大家，去胡的住处改善生活。大家相聚在一起，都处在整风激起的兴奋之中，革命热情与革命理论的结合，张口总离不开整风和学习的收获。胡伯勋一高兴，还借着酒劲来上一段拉魂腔《喝面叶》。为了给大家助兴，梁瑾侠会即兴演唱一些鲁南民歌或其他民间小调、革命歌曲。《三大纪律、八项注意》，那是大家共同会唱的，也是经常唱起的："第一，一切行动听指挥，步调一致才能得胜利……"

梁瑾侠在这场运动中，思想上受到一次深刻洗礼，系统接受了一次马克思主义教育、最生动的党性教育，更加坚定了共产主义的信仰。在那艰苦的岁月，是党的方针政策吸引了大家，大家都怀着崇高的理想、奋斗目标，要坚决赶走日本侵略者，迎接胜利的曙光。大家在学好文件的基础上，检讨自己的思想、工作和学习，开展批评和自我批评，找出存在的问题和根源，制定整改办法，克服头脑中的非无产阶级思想，提高共产主义的理想觉悟。

座谈讨论会上，大家都争先恐后地踊跃发言。梁瑾侠说："参加整风，受益终身。我自跟随朱老仙、孙竞云等走上革命道路，就抱定为革命献身的精神，打仗不可谓不勇敢，枪炮一响就把生命置之度外。但在理想信念上还有所缺失，眼光不够远大，目标不够明确。观察事物的认知还不够透、分析问题的力度还不够深、解决问题的方法还不够强。与彭师长、邓政委、吴主任相比，那是天壤之别、差距太大。通过整风学习，对马克思主义的革命理论和共产主义理想有了新的认知，对中国革命的道路和未来的发展方向进一步明确，更加坚定了共产党人的政治方向。"

邵剑利说："瑾侠说的是一些大道理，我只谈点个人认识。我和道先、竞云、伯勋等在运河两岸折腾了六七年，搞了个黄邱山套，那是个一枪能打透的根据地，敌人一来'扫荡'，就东躲西藏。一进到这淮北大块的真正的根据地，可以晃晃悠悠地随便走，不用担惊见鬼，这才是令人心旷神怡。这些年来我们被局促多变的黄邱山套的形势弄得神经绷得很紧，到了这里一下子松开了。原来这里的敌后根据地这么大，抗日的天地这么宽啊！"

胡伯勋接着说道："是呀！是呀！这里确实是天高地阔，还是彭师长、邓政委他们领导有方。他们站得高、看得远，治军有方、纪律严明、作风过硬。政治理论水平很高，连听了几天报告，我才明确了新民主主义革命的任务是反帝反封建，还要建立一个新民主主义国家。我以前只想把鬼子赶出中国，所以跟共产党干，是看到共产党抗日坚决，相信跟共产党走才能早日把日军赶回东瀛岛去。从来没想过建立什么样的国家，也没有考虑领导权问题，只打算抗战胜利了就解甲归田，好好种咱的地去。"

梁瑾侠接着说："胡总队长，你这该歇歇脚的思想可不对呀，如果是这样，那咱这烟就白戒了。打败了日本帝国主义及其走狗，我们还要继续革命。建设新中国，让人民当家作主，过上幸福的生活。咱这革命的路还长着咧。"

大家越讨论心里越明亮，对革命的前景和目标越来越明确，纷纷表示：通过这次的整风学习，才觉得为民族利益而努力奋斗的人生才更有意义，我们这一代人的任务艰巨、使命光荣，要继续在中国共产党的领导下，做伟大事业的一名战士，为实现共产主义奋斗终身。

整风学习结束之后，大家领到了文凭，拿着小红本本个个兴高采烈。胡伯勋兴奋得简直一下子返老还童，变成了老小孩，在地上转起圈来，抚摸着、拍打着。

梁瑾侠一高兴，又创作《整风毕业歌》：

我们热烈地相聚，
又热烈地分离。
学习斗争、斗争学习，
在战斗中锻炼自己。
握紧锋利的武器——马列主义。
站稳坚定的立场——无产阶级。
用无情的铁拳击碎汉奸土匪，
坚决打倒日本帝国主义。
努力、努力，
党在热望着你我，
向前线去，到广大群众中去，
再见吧，亲爱的战友！
再见吧，亲爱的同志！

1945年，国际、国内反法西斯战争进入大转折。我山东各战略区对敌占区相继采取春季攻势之后，又积极展开夏季攻势。峄、滕、铜、邳地区，在结束讨伐由坚持团结抗战而走向反面的国民党顽固派张里元战役之后，大股顽军都不复存在了，运河地区与沂河地区根据地连成一片。

新四军淮北三分区峄、滕、铜、邳总队于 5 月又回归山东鲁南地区建制——改名为八路军鲁南军区运河支队，胡伯勋继续担任支队长。峄、滕、铜、邳县改名为运河县，县委书记仍由郑平担任，并兼任运河支队政委。运河南北地区完成党、政机关的合并，军队统一领导指挥，亦由运河支队总揽全责。鲁南军区第二军分区副司令邢天仁在打完老淹子战斗之后，即到运河支队就任副支队长。峄、滕、铜、邳总队副总队长陈景龙奉命调回淮北军区。梁瑾侠也由淮北回归到运河支队，重新回到政治部，继续负责文宣工作。此时运河支队的主要任务是整顿内部纪律、提高政治觉悟、增强军事素质。巩固和扩展新的解放区，准备迎接对日军的大反攻。

峄、滕、铜、邳总队回归"鲁南军区运河支队"建制后，四周敌、伪、顽军除陇海东线宿羊山和八义集的日伪军，自恃力量比较强大，又有郝鹏举部伪军的支援，时而出扰我新解放区外，其他各线的敌人都对我采取保守政策。6 月麦收之后，运河支队在旺庄周围进行了多次反抢粮的战斗。因我军设伏部署兵力使用得当，部队指战员英勇作战，粉碎了日伪军几次抢粮行动，保卫了新解放区的胜利，得到新区人民的信赖。7 月初，部队进行了整编，运河支队扩建为 3 个主力营，部队人数除去区乡武装外，野战兵力已超过3000 人，可算是运河支队的全盛时期。

运河支队的回归，使运河南北的日伪据点里的敌人惶惶不可终日。峄县伪警备大队队长尤望贞带领 300 人的队伍，在我军重兵压境下，匆忙从洞头集据点连夜撤走，在马兰屯小驻几日仍不放心，而后就撤到峄县城东关的黉学。这里曾是元代私塾、官办学库、"文庙小学"曾经的校园。"尤瓜屋子"带伪警队进驻后，又对现有设施进行了加固。四周高高的围墙，院里有前后两套建筑，被日伪改成兵营，成为一个易守难攻的据点。运河支队在结束反抢粮战斗之后，就组织了夜袭黉学兵营的战斗。梁瑾侠申请参加了本次夜袭行动，一心想要亲手宰了"尤瓜屋子"，以报毛楼一战之恨。这次行动是在重新调整后的运河支队二营营长丁瑞庭、教导员华如景亲自带领下进行的，四连、五连、六连全部参加。由于组织周密，共动用 3 个连的兵力从四面同时发起进攻，未给敌人留有可逃之机。已升任为连长的康美才，亲率五连参加战斗，他身先士卒，冲在最前头。梁瑾侠冲进院里，直奔"尤瓜屋子"的指挥所杀去，结果扑了空，"尤瓜屋子"没在所里，令她很失望。本场攻坚战打得还算比较顺利，指战员们怀着为孙竞云复仇的心打得勇猛顽强。加上有内线策应，战斗从凌晨3点打响，不到3个小时结束，我军以牺牲2人、伤5人的代价，共毙伤敌人60多人，俘虏80余人。尤望贞因进城而侥幸逃脱，像丧家犬一样东躲西藏，再也不敢离开峄县县城。

1945年8月15日，日本裕仁天皇向全日本广播，接受波茨坦公告，实行无条件投降，中国人民浴血奋战，终于取得胜利。16日鲁南军区运河支队被改编为山东警备第九旅第十八团。9月7日，第十八团配合山东军区第八师攻打峄县，梁瑾侠请缨参加了战斗。在攻克县城的激战中，再次大显身手，这也是她离开火热战场近三年的第二次参战，此时的心情非常激动和冲动，主要目的还是为了找"尤瓜屋子"算账，要让他血债血偿。一上战场她是精神焕发、斗志昂扬，总感觉耍枪杆子比耍笔杆子更爽。

峄县县城内当时驻有日军200余人，伪军1500余人，拒不向我军投降，依托日伪八年加固整修的高坚城墙负隅顽抗。在我军成功爆破城墙后，九旅十八团的指战员蜂拥而进，奋勇争先。梁瑾侠带头冲向伪警备大队，准备活捉或击毙伪队长"尤瓜屋子"，以报毛楼一战之仇。她双枪开路、横扫敌营，顺利攻下伪警队，打扫战场，在死伤和被俘的日伪人员中未发现"尤瓜屋子"。经问被俘人员，说是他已经带领贴身护卫向城南逃去，这也许是他又想回老鳖窝去隐身。梁瑾侠当机立断，跨上刚俘获的日军战马，向城外他可能回老家的方向追去。

晨曦中梁瑾侠在县城南门外发现多名伪军趁混乱正在出逃。她立刻策马而追，三里之外就赶上了几个骑马仓皇逃窜之敌，连放几枪，有两名伪军落马倒下，其中一人仍拼命南逃。那人趴在马背上，回望有人向他追来，甩手向后还击，被梁瑾侠眼疾手快躲开，随手一枪将其击落马下，上前一看正是尤望贞，他还想反抗，但手臂断裂无能为力，只好束手就擒。他这是躲过了初一，没躲过十五，在惶惶不可终日中再次落网，终究败在运河队员手下。

运河两岸的人们一听说"尤瓜屋子"被女侠生擒，无不拍手称快。

是役从9月7日晚开始，战至第二天早晨，全歼城内外日伪军1000余人。峄县的解放，为我军进击津浦、陇海两条铁路和以后阻击从徐州北犯的国民党军创造了有利条件。特别是为之后我军对国民党军发起的"津浦路阻击战"和"鲁南战役"奠定了基础，峄州革命老区迎来曙光，峄州人民在党的领导下，为决定中国前途命运的大决战积极生产，支援前线。

10月15日，中共运河县委、县政府在涧头集召开公审大会。县委书记郑平、县长关百胜分别讲话。当宣布处决尤望贞时，这个往日杀人不眨眼的魔头顿时瘫在地上。多行不义必自毙，"尤瓜屋子"不死，民愤难平。由于他近年来在当地作恶多端，导致天怒人怨，枪声响后，当地群众蜂拥而上，割其肉剥其皮。若不是政府及时制止，这个罪大恶极的汉奸就会被愤怒的百姓凌迟肢解。即使刀锯斧砍、烹煮分食，那些曾经被他祸害过的民众也难解心头之恨。

公审并公开处决尤望贞，是一场正义的审判。多行不义必自毙。"尤瓜屋子"之死，告慰了因他而牺牲的英烈和无辜受害的群众，在当时引起极大的社会反响。运河两岸的人民奔走相告，感谢共产党领导的人民军队为民除了一大害。

在整个抗日战争中，"运河支队"先后隶属于八路军第一一五师、新四军淮北第三军分区、八路军鲁南军区。共进行大小战斗数千次，以牺牲400余人的代价，毙伤日军1000余人，毙伤和俘虏伪军4000余人。到1945年底，部队发展到3500余人。运河骄子康美才，此时已升任为营长。解放战争期间，九旅十八团又编入华东野战军，康美才不久又升为团长。率团先后参加鲁南、豫东、济南、淮海、渡江等战役，进军浙江，将胜利的旗帜插上舟山群岛。

梁瑾侠在完成了运河支队的历史使命之后，于1945年冬季奉命随罗荣桓领导的八路军山东军区进军东北，与国民党反动派和土匪等顽固势力，战斗在白山黑水之间。后任安东省学生工作团团长、吉林省土改工作队队长、吉林省联合女子中学校长等职。1949年春，又奉命随四野南下，一直开到江西南昌。1949年6月至1950年1月，任江西八一革命大学教育部部长。随后就彻底弃武从文，一直从事教育工作，先后任南昌联合二中副校长，南昌市三中校长，江西工农速成中学校长，中南矿冶学院附属工农速成中学校长，湖南师范学院副院长、副教授，湘南大学校长、教授等。她开创的"快、齐、静"校风和"荣誉考试"影响多所院校。她在教学中不断总结经验，著书立说，为后人提供了宝贵的教育财富。

虽然在教书育人上梁瑾侠干的也是风生水起，但使她久久不能忘怀的，还是那战斗在运河两岸的艰苦岁月和那些可亲、可爱、可敬的战友。孙竞云、文立政、陈诚太、胡伯毅、褚雅青、褚子宽、王金凤……这许多中华民族的优秀儿女，为了民族的独立和解放而献出了年轻的生命。青山不老、英灵长存，在共和国的历史丰碑上，闪耀着他们的光芒。"汴水流、泗水流，流到瓜洲古渡头。吴山点点愁。思悠悠、恨悠悠，恨到归时方始休。月明人倚楼。"梁瑾侠对白居易的这首《长相思》情有独钟，反思难忘。在更深人静时，她常常披衣而起，举首仰望皓月星空，在观察寻找心目中那颗最为璀璨耀眼的启明金星，思念那些远去的战友和亲人……

"为有牺牲多壮志，敢教日月换新天。"新中国成立之后，梁瑾侠虽然一直远在南国工作，但与家乡的联系始终未断，多次回乡重访原来战斗生活过的地方，如杜家庄、朱阳沟、毛楼、黄邱山套等，为宣传运河支队精神著书立说，教育后人。

在重访毛楼村时写下《诉衷情》词：

归来战地忆烽烟，不见故颓垣。

石墙瓦屋连片，好志血痕妍。

心尚炽，志弥坚，奈衰颜，

泰山不走，隐约先前，恍惚青年。

在瞻仰台儿庄烈士陵园时，作《七律》诗：

五十年间如反掌，山河默至儿孙长。

血殷焦土寄丹心，气贯长虹铭志朗。

但愿朝晖焕碧霄，焉辞朽骨随丛莽。

而今遍地耸高楼，还望鬼雄同鉴赏。

梁瑾侠的前半生穿行于枪林弹雨，身体多次负伤，斗志弥坚为国雄；后半生没有离开三尺讲台，呕心沥血育后人。她从来没讲究过养生之道，但带着满身的伤病，却活到耄耋之年。同样的还有康美才，他身经百战，九死一生，新中国成立后曾先后担任舟嵊要塞副司令、南京军区司令部副参谋长、浙江省军区司令员。1968 年 6 月在人民大会堂受到毛泽东主席的接见。2015年他岁逾鲐背应邀赴京，光荣参加纪念抗战胜利 70 周年大阅兵，受到党和国家最高领导人的接见。至今已过百岁，依然身体健康，精神矍铄，声若洪钟。宽厚仁爱、豁达潇洒、重情重义、乐于助人，也许是他们的长寿秘诀，侠之大者。瑾侠一生中无论是顺境还是逆境，她从未退缩过、妥协过。那少年时养成的革命浪漫主义加革命英雄主义精神及高尚情怀，支撑她走过风雨见到彩虹。她孜孜不倦追求真理、追求光明的脚步从未停歇，人生近百仍保持着昂扬向上的朝气和浩然正气。

"乱以尚武平天下，治以修文化人心。"后有贤达之士撰出《运河女侠赋》很好地概括了梁瑾侠的辉煌人生：

巍巍乎抱犊崮，峻峰荟萃于峄临；浩浩然微山湖，英才辈出于水滨。运河女侠之事迹，鉴湖女侠之雄魂。曾熟读鲁迅雄文，早接受革命精神。携民主思想而上路，拳妇女解放而跻身。效须眉倥偬戎马，展女流飒爽英俊；赴国难忠诚可鉴，抗倭寇以命相拼。实可谓丹心侠骨，足以称赤子胸襟。

凭谁问：何以奋不顾身？缘其根壮苗红，富蕴精魂。外祖父前清秀才，同盟革命；疾恶如仇，为国献身。慈父早期国民党员，开明仁人；支持工运，罢官为民。严母继承先辈遗志，刚烈傲寒；妇女解放，领先致勤。倚萱庭而问道，仰开明之缙绅，沐书香、熏民主、壮成长、精气神。

少年接受马列、学生运动之魂；青年文庙执教，抵制日货入侵。比及七七事变，一腔热血偾张；积聚抗日力量，白楼开班授训；参加义勇总队，动员抗战保民；鼓舞杀敌士气，创作《夺枪》剧本。投身运河支队，立下赫赫功勋。鼓词流传，战杜庄旗开得胜；突破重围，朱阳沟杀敌烁金。传疆场之浩气兮，轩辕致远；蕴深情于话剧兮，《骨肉恩》深。抗战危急时刻，勇敢担当大任。血战毛楼，继先烈而振旅；指挥若定，退倭寇之顽军。以区区三十猛士，一日杀敌千人；是巾帼压倒须眉，壮歌响遏风云。彪炳以青史，光照于乾坤。

衣上征尘染酒痕，远行无处不销魂。革命成功不倨傲，意气风发向前奔。出鲁南、闯关东、下洪都、赴湘津，哪里工作需要，就在哪里耕耘。休武秉文做行政，三尺讲台育后昆。挥柔翰而延誉，抒灵府以铸魂。

歌曰：女侠豪情百战身，烈马双枪揍敌人。华章又赋三千卷，运河风流赤子心。

后 记

　　《运河儿女》历时三载，数易其稿。在枣庄市政协原副主席、枣庄市革命老区建设促进会会长刘宗启老师的指导下，现已创作完成。它是以抱犊崮、黄邱山套、大运河、微山湖为背景，以在抗日战争中活跃于大运河两岸英勇杀敌的运河支队为主题，以巾帼英豪梁瑾侠为引线，牵引出孙竞云、朱道先、邵剑利、胡伯勋、文立政、孙正才、谢昭唐、王金凤等抗战英雄的真实故事。本着"大事不虚、小事不拘"的创作原则，以纪实性的笔法，讴歌了"敢在鬼子头上跳舞"的鲁南运河儿女。

　　习近平总书记指出："要讲好党的故事、革命的故事、根据地的故事、英雄和烈士的故事，加强革命传统教育、爱国主义教育、青少年思想道德教育，把红色基因传承好、确保红色江山永不变色。"这为我们创作红色历史纪实文学指明了方向。峄州是一块红色沃土，1938 年春，震惊中外的台儿庄大战在这里打响。1939 年 9 月，中国共产党领导的八路军第一一五师挺进鲁南，创建了以抱犊崮为中心的抗日民主根据地，在王家湾成立了鲁南第一个抗日民主政权——峄县抗日民主政府，整编组建了苏鲁支队、运河支队、峄县支队、铁道游击队等多支抗日武装，留下许多经典故事，尚待我们进一步挖掘整理。

　　八路军第一一五师运河支队，是经第一一五师代师长陈光、政治委员罗荣桓亲自批准，整合当时在峄、滕、铜、邳四县边联地区多支抗日武装，于 1940 年 1 月 1 日在峄西周营镇正式成立的。孙伯龙任支队长、朱道南任政治委员、邵剑秋任副支队长、胡大勋任参谋长、文立正任政治部主任、梁巾侠任宣传股长。成立之初就有 1500 多人，中间起伏波折，队员曾减损至四五百人，之后又重新发展起来，队伍最多时达 3500 人。他们创建了黄邱山套抗日民主根据地，始终坚守在日伪腹地大运河两岸，南锁山东之门户，北辟延安之通道，转战在鲁南苏北两省四县交界广阔地域，历经大小战役战斗数百场次，阵亡 400 多人，毙、伤、俘日伪军 5000 多人，令日寇闻风丧胆。不仅如此，运河支队还先后为第一一五师主力部队输送指战员 3000 多人，并开辟一条从华中经鲁南通往延安的秘密交通线，成功护送刘少奇、陈毅、谭震林、陈光、朱瑞等数十位我党我军重要领导人以及千余名党政干部过往。解放战争开始，运河支队编入华东野战军战斗序列，一直打到江浙，最后把胜利的红旗插上舟山群岛。

罗荣桓政委称赞运河支队"敢于在鬼子头上跳舞"，陈毅元帅说："运河支队可以写成一部大书。"毛主席在接见运河支队副政委童邱龙时指出：运河支队是中国共产党领导建立敌后抗日根据地、开展游击战争的成功实践和重要组成部分。"我听说你们很能打仗，很会做群众工作。"在党的建设、武装斗争、统一战线等方面成绩斐然，为全民族解放事业做出了不可磨灭的重要贡献，在中国抗战史、军事史上留下浓墨重彩的篇章。《运河儿女》截取其中的精华，进行艺术加工，并真实地反映那段光辉历史。梁巾侠作为其中的佼佼者，为运河支队创立发展做出了重要贡献。从白楼培训干部，到联络地方武装，四支队伍被整合为第一一五师运河支队，都有其功劳。在杜家庄、常埠桥、朱阳沟、湾槐树等多场战斗中，作战勇敢，特别是在毛楼战斗中，展现了卓越的军事指挥才能，以 20 多名战士抵御了日伪军 1500 多人的几十次进攻，毙伤敌人 300 多人，最后成功突围。童邱龙将军曾感慨道："一个才二十几岁的女孩子，临危担当，指挥仅有二十几人的队伍，与 1000 多名敌人激战一天，最后成功突围的战例，恐怕在华东、在全国是仅此一例。"她不仅能武，而且能文，战斗间隙创作出《夺枪》《战杜庄》《骨肉恩》等剧作和诗歌、散文、新闻报道、理论著作等。

　　"文学即人学"是苏联文豪高尔基在《谈艺术》中明确表述的，文学所反映的对象、描写的内容，不是笼统的、泛泛的社会生活，而是社会中活生生人的生产、运动、思想、情感，以及人的性格和命运。它是为满足人的精神特殊需求而产生、存在的。文学的社会作用在于启发人、感染人、鼓舞人、陶冶人，以增加社会发展的正能量，而不应是颓废的、消极的、不利于人类发展进步的负能量。《运河儿女》是依据史实写成的，但又不完全照搬历史。所反映的人物、所描写的情节、所再现的场景，是源于生活而又高于生活，是艺术的真实而非全部写实；是从一般中抽象个别，又通过个别反映一般。它在原人、原貌、原景的基础上进行加工整理提升，以使人物更加丰满生动、有血有肉、活灵活现，更富有个性化、立体感、层次感。小说中的人物，无论是正面人物，还是反面人物，多数有历史原型，尽管有些使用了化名，但仍有他（她）们的影子和烙印。这也是纪实小说的一大特点。纪实小说中的人物也是从众多历史人物中概括出来的艺术形象，切勿拿历史上的人和事一一对号入座，他（她）是文学典型中的"这一个"，而非历史上的"那一个"或"哪一个"。

　　关于运河支队的人物故事，已有不少的文学作品提及和展现。为避免重复或雷同，《运河儿女》只截取其中的几位重点人物加以重点塑造，而使"这一个"更具典型性。全书贯穿的一条红线，那就是梁瑾侠这个艺术典型，从小到大，由她引发出的孙竞云、朱道先、胡伯勋、邵剑利、文立政、孙正才、谢昭唐、褚雅青、褚斯惠、康美才、王金凤等正面英雄，和"尤瓜屋子"、齐藤弼州、野田次郎、高桥、中村、张来余、王徽文等反面人物，以及国军中亦敌亦友的统战对象张里元、韩治隆、梁结庐、黄僖常等众多人物。这些人多是有真实历史原型的，但又不是他们的真实全貌，而是小说人物。通过他们在抗日战争中的不同表现，重塑了正面人物的英雄形象，阐释了中间人物的左右摇摆，刻画了反派人物的丑恶嘴脸。

　　纪实小说要有纪实性，通过真实的环境描写来反映那一段社会生活。为凸显历史的纪实性，书中所描写的运河支队战斗、生活场景，基本是真实的、有历史依据的，是在尊重史实的基础上，根据创作需要，对原有的存在进行有取有舍的艺术加工。小说中的地名基本上都能查到。现在的枣庄市，是由原峄、滕两县合并而成。峄县，历史上曾为峄州，它所囊括的地域比现在的枣庄市还要大，不仅涉及峄、滕、铜、邳，而且还辐射到临、兰、费、平，这也正是八路军第一一五师挺进抱犊崮创建革命根据地和组建鲁南行署的地方，小说所展示的都是发生在峄州大地的故事，所以就以"峄州"说事。

为了写好《运河儿女》，作者认真阅读了毛泽东、刘少奇、周恩来、朱德等老一辈无产阶级革命家对抗日战争中坚持游击战、运动战、持久战的著作和论述，以及运河支队指战员中部分老领导、老革命的回忆录。参阅了罗选优编著的《中日战争征战纪实》、崔长琦的《20世纪的战争》、宋金殿的《伟大的中华民族革命史实》、金一南的《苦难辉煌》、郭明泉的《史谭拙论》、杨伟的《运河支队抗战史》、崔秀岩的《巾帼豪杰梁巾侠》和中共枣庄市委党史研究室主编的《中国共产党枣庄历史》、刘宗启主编的《枣庄革命老区发展史》《枣庄红色记忆》等诸多论著。这些都给作者提供了丰富的精神食粮和创作的力量源泉，使作者备受启发和教育、鞭策和鼓舞，积累了素材、激发了灵感，促进了作品的完成。为此，向他们致敬！

本书是积极响应枣庄市革命老区建设促进会的号召，为迎接中华人民共和国成立75周年，暨纪念中国抗日战争和世界反法西斯战争胜利79周年而作。在编撰过程中得到会长刘宗启老师的精心指导，特此表示感谢！

由于作者认知能力和水平有限，政治理论和文学功底不深，书中难免存在错讹疏漏，敬请有关专家、学者和广大读者予以指正。

2024年3月16日